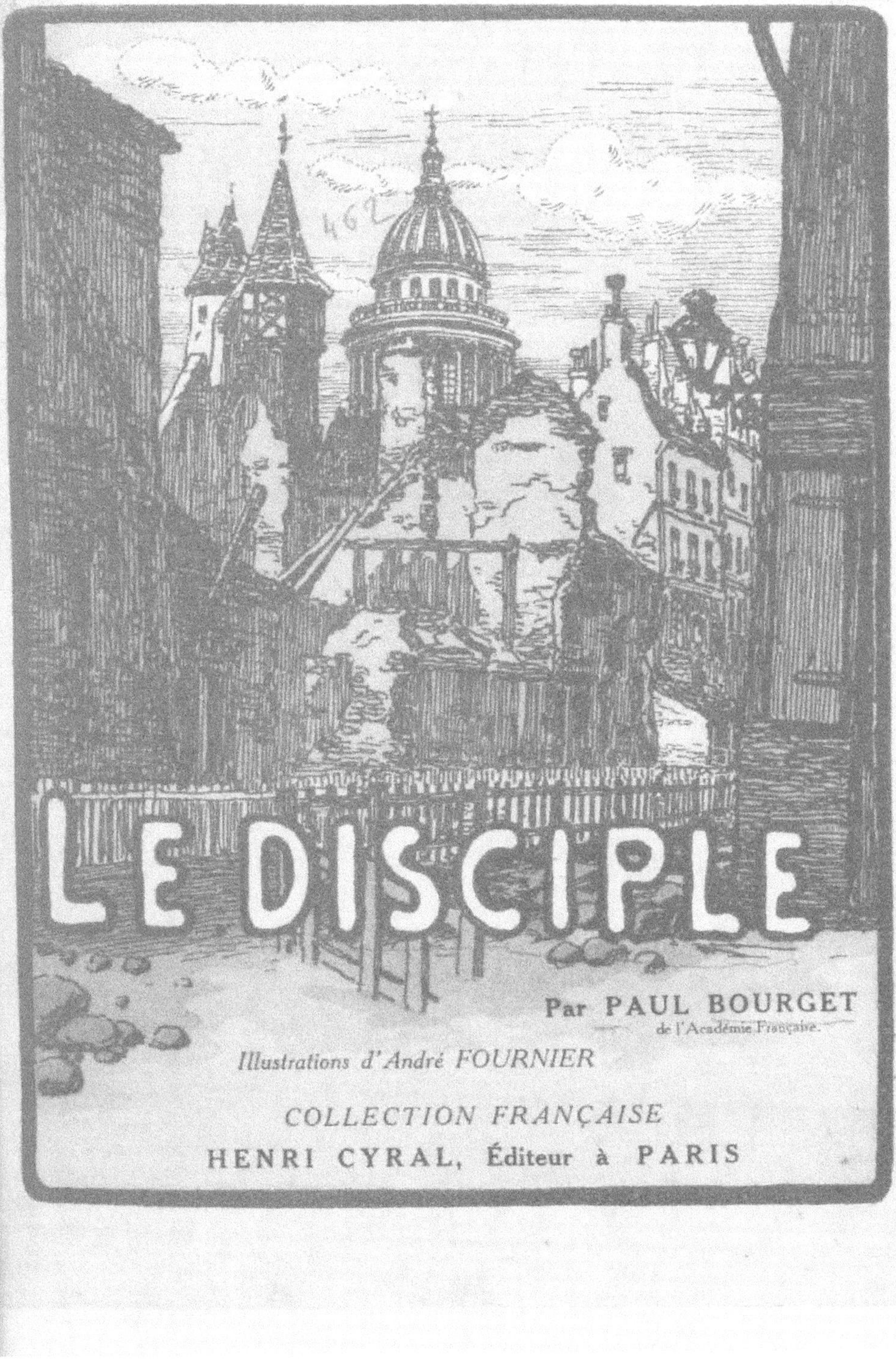

LE DISCIPLE

Par PAUL BOURGET
de l'Académie Française.

Illustrations d'André FOURNIER

COLLECTION FRANÇAISE

HENRI CYRAL, Éditeur à PARIS

LE DISCIPLE

PAUL BOURGET

DE L'ACADÉMIE FRANÇAISE

LE DISCIPLE

ILLUSTRATIONS D'ANDRÉ FOURNIER

COLLECTION FRANÇAISE

HENRI CYRAL, ÉDITEUR

118, BOULEVARD RASPAIL, PARIS (VIᵉ)

1925

A UN JEUNE HOMME

C'EST à toi que je veux dédier ce livre, jeune homme de mon pays, à toi que je connais si bien quoique je ne sache de toi ni ta ville natale, ni ton nom, ni tes parents, ni ta fortune, ni tes ambitions, — rien sinon que tu as plus de dix-huit ans et moins de vingt-cinq, et que tu vas, cherchant dans nos volumes, à nous tes aînés, des réponses aux questions qui te tourmentent. Et des réponses ainsi rencontrées dans ces volumes dépend un peu de ta vie morale, un peu de ton âme; — et ta vie morale, c'est la vie morale de la France même; ton âme, c'est son âme. Dans vingt ans d'ici, toi et tes frères, vous aurez en main la fortune de cette vieille patrie, notre mère commune. Vous serez cette patrie elle-même. Qu'auras-tu recueilli, qu'aurez-vous recueilli dans nos ouvrages? Pensant à cela, il n'est pas d'honnête homme de lettres, si chétif soit-il, qui ne doive trembler de responsabilité...

Tu trouveras dans le Disciple, l'étude d'une de ces responsabilités-là. Puisses-tu y acquérir une preuve que l'ami qui t'écrit ces lignes possède, à défaut d'autre mérite, celui de croire profondément au sérieux de son art. — Puisses-tu trouver dans ces lignes mêmes la preuve qu'il pense à toi, anxieusement. Oui, il pense à toi, et cela depuis bien longtemps, depuis les jours où tu commençais d'apprendre à lire, alors que nous autres, qui marchons aujourd'hui vers notre quarantième année, nous griffonnions nos premiers vers et notre première page de prose au bruit du canon qui grondait sur Paris. Dans nos chambrées d'écoliers on n'était pas gai à cette époque. Les plus âgés d'entre nous venaient de partir pour la guerre, et nous qui devions rester au collège, du fond de nos classes à demi désertes nous sentions peser sur nous le grand devoir du relèvement de la Patrie.

Nous t'évoquions souvent alors, dans cette fatale année 1871, jeune Français de maintenant — nous tous qui voulions vouer notre effort aux Lettres. Mes amis et moi, nous répétions les beaux vers de Théodore de Banville :

Vous en qui je salue une nouvelle aurore,
Vous tous qui m'aimerez,
Jeunes hommes des temps qui ne sont pas encore,
O bataillons sacrés !

Cette aurore de demain, nous la voulions aussi rayonnante que notre aurore à nous était mélancolique et embrumée d'une vapeur de sang. Nous souhaitions mériter d'être aimés par vous, nos cadets nés de la veille, en vous laissant de quoi valoir mieux que nous ne valions nous-mêmes. Nous nous disions que notre œuvre, à nous, était de vous refaire, à vous, une France nouvelle, par notre action privée et publique, par nos actes et par nos paroles, par notre ferveur et par notre exemple, une France rachetée de la défaite, une France reconstruite dans sa vie extérieure et dans sa

vie intérieure. Tout jeunes que nous fussions alors,
nous savions, pour l'avoir appris dans nos maîtres, —
et ce fut leur meilleur enseignement, — que les
triomphes et les défaites du dehors traduisent les qualités et les insuffisances du dedans. Nous savions que
la résurrection de l'Allemagne, au début du siècle, a
été avant tout une œuvre d'âme, et nous nous rendions
compte que l'Ame Française était bien la grande
blessée de 1870, celle qu'il fallait aider, panser, gué-
rir. Nous n'étions pas les seuls dans la généreuse
naïveté de notre adolescence à comprendre que la
crise morale était la grande crise de ce pays-ci, puisqu'en 1873 le plus vaillant de nos chefs de file,
Alexandre Dumas, disait dans la préface de la Femme
de Claude, s'adressant au Français de son âge comme
je m'adresse à toi. mon frère plus jeune : « Prends
garde, tu traverses des temps difficiles... Tu viens de
payer cher, elles ne sont même pas encore toutes
payées, les fautes d'autrefois. Il ne s'agit plus d'être
spirituel, léger, libertin, railleur, sceptique et folâtre :
en voilà assez pour quelque temps au moins. Dieu, la
nature, le travail, le mariage, l'amour, l'enfant, tout
cela est sérieux, très sérieux, et se dresse devant toi.
Il faut que tout cela vive ou que tu meures. »

De cette génération dont je suis, et que soulevait ce
noble espoir de refaire la France, je ne peux pas dire
qu'elle ait réussi, ni même qu'elle ait été assez uniquement préoccupée de son œuvre. Ce que je sais,
c'est qu'elle a beaucoup travaillé, — oui, beaucoup.
Sans trop de méthode, hélas! mais avec une application continue et qui me touche, quand je songe au peu

qu'ont fait pour elle les hommes au pouvoir, combien nous avons tous été abandonnés à nous-mêmes, l'indifférence où nous ont tenus les malheureux qui conduisaient les affaires et à qui jamais l'idée n'est venue de nous encourager, de nous appuyer, de nous diriger. Ah! la brave classe moyenne, la solide et vaillante Bourgeoisie, que possède encore la France! Qu'elle a fourni, depuis ces vingt ans, d'officiers laborieux, cette bourgeoisie, d'agents diplomatiques habiles et tenaces, de professeurs excellents, d'artistes intègres! J'entends dire parfois : « Quelle vitalité dans ce pays! Il continue d'aller, là où un autre mourrait... » Hé bien! s'il va, en effet, depuis vingt ans, c'est d'abord par la bonne volonté de cette jeune bourgeoisie qui a tout accepté pour servir le pays. Elle a vu d'ignobles maîtres d'un jour proscrire au nom de la liberté ses plus chères croyances, des politiciens abominables jouer du suffrage universel comme d'un instrument de règne, et installer leur médiocrité menteuse dans les plus hautes places. Elle l'a subi, ce suffrage universel, la plus monstrueuse et la plus inique des tyrannies, — car la force du nombre est la plus brutale des forces, n'ayant même pas pour elle l'audace et le talent. La jeune bourgeoisie s'est résignée à tout, elle a tout accepté pour avoir le droit de faire la besogne nécessaire. Si nos soldats vont et viennent, si les puissances étrangères nous gardent leur respect, si notre enseignement supérieur se développe, si nos arts et notre littérature continuent d'affirmer le génie national, c'est à elle que nous le devons. Elle n'a pas de victoire à son actif, cette génération des jeunes gens de la guerre, cela est vrai.

Elle n'a pas su rétablir la forme traditionnelle du gouvernement, ni résoudre les problèmes redoutables que l'erreur démocratique nous impose. Pourtant, jeune homme de 1889, ne la méprise pas. Sache rendre justice à tes aînés. Par eux la France a vécu.

Comment vivra-t-elle par toi, c'est la question qui tourmente à l'heure actuelle ceux de ces aînés qui ont gardé, malgré tout, la foi dans le relèvement du pays. Tu n'as plus, toi, pour te souvenir, la vision des cavaliers prussiens galopant victorieux entre les peupliers de la terre natale. Et de l'horrible guerre civile tu ne connais guère que la ruine pittoresque de la Cour des comptes, où les arbres poussent leur végétation luxuriante parmi les pierres roussies qui prennent de poétiques allures de palais ancien, en attendant que cette trace aussi disparaisse. Nous autres, nous n'avons jamais pu considérer que la paix de 71 eût tout réglé pour toujours... Que je voudrais savoir si tu penses comme nous! Que je voudrais être sûr que tu n'es pas prêt à renoncer à ce qui fut le rêve secret, l'espérance consolatrice de chacun de nous, même de ceux qui n'en ont jamais parlé! Mais non, j'en suis sûr, et que tu le sens triste quand tu passes devant l'Arc où les autres ont passé, même si c'est avec un ami, et par les beaux soirs d'été. Tu quitterais tout, gaiement, pour aller là-bas, — si, demain, il le fallait. J'en suis sûr encore. Mais ce n'est pas assez de savoir mourir. Es-tu décidé à savoir vivre? Lorsque tu le vois, cet Arc de triomphe, et que tu te souviens de l'épopée de la Grande Armée, regrettes-tu de n'avoir pas dans tes cheveux le souffle héroïque des conscrits d'alors? Quand tu te souviens de la Restauration et des luttes du Romantisme, éprouves-tu la nostalgie de n'avoir pas, comme ceux d'Hernani, un grand drapeau littéraire à défendre? Sens-tu, quand tu rencontres un des maîtres d'aujourd'hui, un Dumas, un Taine, un Leconte de Lisle, une émotion à penser que tu as là devant toi un des dépositaires du génie de ta race? Quand tu lis des livres, comme ceux que nous devons écrire lorsqu'il nous faut peindre les coupables passions et leur martyre, souhaites-tu d'aimer mieux que n'ont aimé les auteurs de ces livres? As-tu de l'idéal, enfin, plus d'idéal que nous; de la foi, plus de foi que nous? de l'espérance, plus d'espérance que nous? — Si c'est oui, donne-moi la main, et laisse-moi te dire : merci. — Si c'est non?...

Si c'est non?... — Il y a deux types de jeunes gens que je vois devant moi à l'heure présente, et qui sont devant toi aussi comme deux formes de tentations, également redoutables et funestes. — L'un est cynique et volontiers jovial. Il a, dès vingt ans, fait le décompte de la vie, et sa religion tient dans un seul mot : jouir, — qui se traduit par cet autre : arriver. Qu'il fasse de la politique ou des affaires, de la littérature ou de l'art, du sport ou de l'industrie; qu'il soit officier, diplomate ou avocat, il n'a que lui-même pour dieu, pour principe et pour fin. Il a emprunté à la philosophie naturelle de ce temps la grande loi de la concurrence vitale, et il l'applique à l'œuvre de sa fortune avec une ardeur de positivisme qui fait de lui un barbare civilisé, la plus dangereuse des espèces. Alphonse Daudet, qui a su merveilleusement le voir et le définir, ce jeune homme moderne, l'a baptisé struggle-for-lifer,

— et lui-même, ce personnage s'appelle volontiers « fin de siècle ». Il n'estime que le succès, — et dans le succès que l'argent. Il est convaincu, en lisant ce que j'écris ici, — car il me lit comme il lit toutes choses, ne fût-ce que pour être « dans le train », — que je me moque du public en traçant ce portrait, et que moi-même je lui ressemble. Il est si profondément nihiliste à sa manière, que l'idéal lui paraît une comédie chez tout autre, comme il en serait, comme il en est une chez lui, quand il juge à propos, par exemple, de se grimer en socialiste, de mentir au peuple pour avoir ses votes. Ce jeune homme-là, c'est un monstre, n'est-ce pas? Car c'est être un monstre que d'avoir vingt-cinq ans et, pour âme, une machine à calcul au service d'une machine à plaisir. Je le redoute moins cependant pour toi que cet autre qui a, lui, toutes les aristocraties des nerfs, toutes celles de l'esprit, et qui est un épicurien intellectuel et raffiné, comme le premier était un épicurien brutal et scientifique. Ce nihiliste délicat, comme il est effrayant à rencontrer et comme il abonde! A vingt-cinq ans, il a fait le tour de toutes les idées. Son esprit critique, précocement éveillé, a compris les résultats derniers des plus subtils philosophes de cet âge. Ne lui parlez pas d'impiété, de matérialisme. Il sait que le mot matière n'a pas de sens précis, et il est d'autre part trop intelligent pour ne pas admettre que toutes les religions ont pu être légitimes à leur heure. Seulement, il n'a jamais cru, il ne croira jamais à aucune, pas plus qu'il ne croira jamais à quoi que ce soit, sinon au jeu amusé de son esprit qu'il a transformé en un outil de perversité élégante. Le bien et le mal, la beauté et la laideur, le vice et la vertu lui paraissent des objets de simple curiosité. L'âme humaine tout entière est, pour lui, un mécanisme savant et dont le démontage l'intéresse comme un objet d'expérience. Pour lui, rien n'est vrai, rien n'est faux, rien n'est moral, rien n'est immoral. C'est un égoïste subtil et raffiné dont toute l'ambition, comme l'a dit un remarquable analyste, Maurice Barrès, dans son beau roman de l'Homme libre, — chef-d'œuvre d'ironie auquel il manque seulement une conclusion — consiste à « adorer son moi », à le parer de sensations nouvelles. La vie religieuse de l'humanité ne lui est qu'un prétexte à ces sensations-là, comme la vie intellectuelle, comme la vie sentimentale. Sa corruption est autrement profonde que celle du jouisseur barbare; elle est autrement compliquée, et le beau nom d'intellectualisme dont il la pare en dissimule la férocité froide, la sécheresse affreuse. Nous le connaissons trop bien, ce jeune-homme-là; nous avons tous failli l'être, nous que les paradoxes d'un maître trop éloquent ont trop charmés; nous l'avons tous été un jour, une heure; nous le sommes encore dans nos mauvais moments. Et si j'ai écrit ce livre, c'est pour te montrer, enfant de vingt ans chez qui l'âme est en train de se faire, c'est pour me montrer à moi-même ce que cet égoïsme-là peut cacher de scélératesse au fond de lui.

Ne sois ni l'un ni l'autre de ces deux jeunes hommes, jeune Français d'aujourd'hui. Ne sois ni le positiviste brutal qui abuse du monde sensuel, ni le sophiste dédaigneux et précocement gâté qui abuse du monde intellectuel et sentimental. Que ni l'orgueil de la vie, ni celui de l'intelligence ne fassent de toi un cynique et un jongleur d'idées! Dans ces temps de conscience troublée et de doctrines contradictoires, attache-toi, comme à la branche de salut, à la phrase sacrée : « Il faut juger l'arbre par ses fruits. » Il y a une réalité dont tu ne peux pas douter, car tu la possèdes, tu la sens, tu la vis à chaque minute : c'est ton âme. Parmi les idées qui t'assaillent, il en est qui rendent cette âme moins capable d'aimer, moins capable de vouloir. Tiens pour assuré que ces idées sont fausses par un point, si subtiles te semblent-elles, soutenues par les plus beaux noms, parées de la magie des plus beaux talents. Exalte et cultive en toi ces deux grandes vertus, ces deux énergies en dehors desquelles il n'y a que flétrissure présente et qu'agonie finale : l'amour et la volonté. — La science d'aujourd'hui, la sincère, la modeste, reconnaît qu'au terme de son analyse s'étend le domaine de l'Inconnaissable. Le vieux Littré, qui fut presque un saint, a magnifiquement parlé de cet océan de mystère qui bat notre rivage, que nous voyons devant nous, réel, et pour lequel nous n'avons ni barque ni voile. A ceux qui te diront que derrière cet océan de mystère il y a le vide, l'abîme du noir et de la mort, aie le courage de répondre : « Vous ne le savez pas... » Et puisque tu sais, puisque tu éprouves qu'une âme est en toi, travaille à ce que cette âme ne meure pas en toi avant toi-même. — La France a besoin que nous pensions tout cela, et puisse ce livre t'aider à le penser. N'y cherche pas, ce que tu n'y trouverais point, des allusions à de récents événements. Le plan

en était tracé, et une partie en était écrite quand deux
tragédies, l'une Française et l'autre Européenne, sont
venues attester qu'un même trouble d'idées et de sentiments remue, à l'heure présente, de hautes et d'humbles
destinées. Fais-moi l'honneur de croire que je n'ai pas
spéculé sur des drames qui ont fait souffrir, qui font
souffrir trop de personnes. Les moralistes dont c'est le
métier de chercher les causes rencontrent parfois des
analogies de situations qui leur attestent qu'ils ont vu
juste. Ils aimeraient mieux alors s'être trompés. Que je
voudrais, moi, pour me citer en exemple, qu'il n'y eût
jamais eu dans la vie réelle de personnages semblables,
de près ou de loin, au malheureux Disciple qui donne
son nom à ce roman! Mais s'il n'y en avait pas eu, s'il
n'y en avait pas encore, je ne t'aurais pas dit ce que je
viens de te dire, jeune homme de mon pays, à qui je
voudrais avoir été une fois bienfaisant, par qui je sou-
haite passionnément d'être aimé, — et de le mériter.

P. B.

Paris, 5 juin 1889.

I

UN PHILOSOPHE MODERNE

UNE légende qui n'a pas été démentie veut que les bourgeois de la ville de Kœnigsberg aient deviné qu'un événement prodigieux bouleversait l'univers civilisé, à voir simplement le philosophe Emmanuel Kant modifier la direction de sa promenade quotidienne. Le célèbre auteur de la *Critique de la Raison pure* avait appris le jour même que la Révolution française venait d'éclater. Quoique Paris soit peu propice à d'aussi naïfs étonnements, plusieurs habitants de la rue Guy-de-la-Brosse éprouvèrent, par un après-midi de janvier 1887, une stupeur presque pareille à constater la sortie, vers une heure, d'un philosophe moins illustre que le vieux Kant, mais aussi régulier, aussi maniaque dans ses faits et gestes, sans compter qu'il est plus destructif encore dans son analyse, — M. Adrien Sixte, celui que les Anglais appellent volontiers le Spencer français. Il convient d'ajouter tout de suite que cette rue Guy-de-la-Brosse, qui va de la rue de Jussieu à la rue de Linné, fait partie d'une véritable petite province bornée par le Jardin des

Plantes, l'hôpital de la Pitié, l'entrepôt des vins et les premières rampes de la montagne Sainte-Geneviève. C'est dire qu'elle permet ces familières inquisitions du coup d'œil, impossibles dans les grands quartiers de la ville où le va-et-vient de l'existence renouvelle sans cesse le flot des voitures et des passants. Ici ne demeurent que de petits rentiers, de modestes professeurs, des employés au Muséum, des étudiants désireux d'étudier, de tout jeunes gens de lettres qui redoutent autour de leur solitude les tentations du pays Latin. Les boutiques sont achalandées par leur clientèle, fixe comme celle d'un faubourg. Le Boulanger, le Boucher, l'Épicier, la Blanchisseuse, le Pharmacien, — tous ces noms sont prononcés au singulier par les domestiques qui vont aux emplettes. Il n'y a guère place pour une concurrence dans ce carré de maisons que dessert la ligne des omnibus de la Glacière et qu'orne une fontaine capricieusement chargée d'images d'animaux, en l'honneur du Jardin des Plantes. Les visiteurs de ce jardin s'y rendent rarement par la porte qui fait face à l'hôpital. Aussi, même dans les belles journées de printemps et quand la foule abonde sous les arbres reverdis de ce parc, asile favori des militaires et des nourrices, la rue Linné demeure calme comme d'habitude, à plus forte raison les rues avoisinantes. S'il se produit dans ce coin isolé de Paris une affluence inusitée, c'est que les portes de l'hospice de la Pitié s'ouvrent aux visiteurs des malades, et alors se prolonge sur les trottoirs un défilé de figures humbles et tristes. Ces pèlerins de misère arrivent munis de friandises destinées au parent qui souffre derrière les vieux murs grisâtres de l'hôpital, et les habitants des rez-de-

chaussée, des loges et des magasins ne s'y trompent
guère. Ils prennent à peine garde à ces promeneurs de
hasard et toute leur attention se réserve pour les passants qui apparaissent tous les jours sur les trottoirs et
à la même minute. Il y a ainsi, pour les boutiquiers et
les concierges, comme pour le chasseur dans la campagne, des signes précis de l'heure et du temps qu'il fera
dans les allées et venues des promeneurs de ce quartier,
où résonnent parfois les appels sauvages poussés par
quelque bête de la ménagerie voisine : un ara qui crie,
un éléphant qui barrit, un aigle qui trompette, un tigre
qui miaule. En voyant trottiner, sa vieille serviette en
cuir verdi sous le bras, le professeur libre qui grignote
un croissant d'un sou acheté en hâte, ces espions du trottoir savent que huit heures vont sonner. Quand le garçon du pâtissier-restaurateur sort avec ses plats couverts,
ils savent qu'il est onze heures, et que le chef de batail-
lon retraité qui loge tout seul au cinquième étage de
telle maison va déjeuner, — et ainsi de suite pour chaque
instant du jour. Un changement dans la toilette des
femmes qui promènent ici leurs élégances plus ou moins
coquettes est noté, critiqué, interprété par vingt bouches
bavardes et peu indulgentes. Enfin, pour employer une
formule très pittoresque du centre de la France, les
moindres faits et gestes des habitués de ces quatre ou
cinq rues sont « dans les langues », et les faits et gestes
de M. Adrien Sixte plus encore que ceux de beaucoup
d'autres, on va comprendre pourquoi, par une simple
esquisse du personnage. D'ailleurs les détails de la vie
menée par cet homme fourniront aux curieux de nature
humaine un document authentique sur une variété sociale

assez rare, celle des philosophes de profession. Quelques échantillons nous ont été donnés de cette espèce par les anciens et plus récemment par Colerus à propos de Spinoza, par Darwin et Stuart Mill à propos d'eux-mêmes. Mais Spinoza était un Hollandais du dix-septième siècle. Darwin et Mill grandirent dans l'opulente et active bourgeoisie anglaise, au lieu que M. Sixte vivait sa vie philosophique en plein Paris de la fin du dix-neuvième siècle. J'ai connu dans ma jeunesse, et quand les études de cet ordre m'intéressaient, plusieurs individus aussi emprisonnés que lui dans l'atmosphère des spéculations abstraites. Je n'en ai pas rencontré qui m'ait mieux fait comprendre l'existence d'un Descartes dans son poêle au fond des Pays-Bas, ou celle du penseur de l'*Éthique*, lequel n'avait, comme on sait, d'autres distractions à ses rêveries que de fumer parfois une pipe de tabac et de faire battre des araignées.

Il y avait juste quatorze ans que M. Sixte, au lendemain de la guerre de 1870, était venu s'établir dans une maison de cette rue Guy-de-la-Brosse, dont tous les indigènes le connaissaient aujourd'hui. C'était, à cette époque déjà lointaine, un homme de trente-quatre ans, chez lequel toute physionomie de jeunesse était comme détruite par une si complète absorption de l'esprit dans les idées, que ce visage rasé n'avait plus ni âge ni profession. Des médecins, des prêtres, des policiers, des acteurs, offrent au regard, pour des raisons diverses, de ces faces froides, glabres, à la fois tendues et expressives. Un front haut et fuyant, une bouche avancée et volontaire avec des lèvres minces, un teint bilieux, des yeux malades d'avoir trop lu, et cachés sous des lunettes noires, un corps grêle avec de gros os, uniformément vêtu d'une longue redingote en drap pelucheux l'hiver, en drap mince l'été, des souliers noués de cordons, des cheveux trop longs, prématurément presque tout blancs et très fins sous un de ces chapeaux dits gibus qui se plient par une mécanique et se déforment aussitôt, — voilà sous quelles apparences se présentait ce savant, dont toutes les actions furent dès le premier mois aussi méticuleusement réglées que

celles d'un ecclésiastique. Il occupait un appartement de sept cents francs de loyer, situé au quatrième, et composé d'une chambre à coucher, d'un salon de travail, d'une salle à manger grande comme une cabine de bateau, d'une cuisine, d'une chambre de bonne, le tout donnant sur le plus large horizon. Le philosophe voyait de ses fenêtres l'étendue entière du Jardin des Plantes, la colline du Père-La Chaise très au loin, dans le fond, à gauche, par delà une espèce de creux qui marquait la place de la Seine. La gare d'Orléans et le dôme de la Salpêtrière se dressaient en face de lui, et à droite la masse du cèdre noircissait sur le fouillis vert ou dépouillé, suivant la saison, des arbres du Labyrinthe. Des fumées d'usines se tordaient, sur le ciel gris ou clair, à tous les coins de ce vaste paysage, d'où s'échappait une rumeur d'océan lointain, coupée par des sifflements de locomotive

ou de bateaux. Sans doute, en choisissant cette thé-
baïde, M. Sixte avait cédé à une loi générale, quoique
inexpliquée, de la nature méditative. Presque tous les
cloitres ne sont-ils pas bâtis dans des endroits qui per-
mettent d'embrasser par le regard une grande quantité
d'espace? Peut-être ces vues démesurées et confuses
favorisent-elles les concentrations de la pensée que dis-
trairait un détail trop voisin, trop circonstancié? Peut-
être les solitaires trouvent-ils une volupté de contraste
entre leur inaction songeuse et l'ampleur du champ où
se développe l'activité des autres hommes? Quoi qu'il en
soit de ce petit problème qui se rattache à cet autre, trop
peu étudié : la sensibilité animale des hommes d'intelligence, il est certain que ce paysage mélancolique était
depuis quinze ans le compagnon avec qui le silencieux
travailleur causait le plus. Son ménage était tenu par une
de ces domestiques comme en rêvent tous les vieux garçons, sans se douter que la perfection de certains services
suppose chez le maître une régularité correspondante
d'existence. Dès son arrivée, le philosophe avait demandé
simplement au concierge une femme de charge pour ranger son appartement et un restaurant d'où il fit venir ses
repas. Ces deux demandes risquaient d'aboutir aux pires
conséquences : un service fait à la diable et une nourri-
ture de poison. Elles eurent ce résultat inattendu d'introduire dans l'intérieur d'Adrien Sixte précisément la
personne que rêvaient ses vœux les plus chimériques,
si toutefois un abstracteur de quintessences, comme Rabe-
lais appelle cette sorte de songeurs, garde le loisir de
former des vœux.

Ce concierge — d'après les us et coutumes de tous les

concierges dans les maisons à petits appartements —
augmentait le revenu trop faible de sa loge au moyen
d'un métier manuel. Il était cordonnier « en neuf et en
vieux », disait une pancarte collée à la vitre de la fenêtre
sur la rue. Parmi ses clients, le père Carbonnet — c'était
son nom — comptait un prêtre domicilié rue Cuvier. Ce
prêtre, âgé, retiré du monde, avait pour domestique
Mlle Mariette Trapenard, une femme de quarante ans
environ, habituée depuis des années à tout gouverner
chez son maître, avec cela restée très paysanne, sans
aucune ambition de jouer à la demi-dame, rude à l'ouvrage, mais qui n'aurait voulu à aucun prix entrer dans
une maison où elle se fût heurtée à une autorité féminine.
Le vieux prêtre venait de mourir presque subitement dans
la semaine qui précéda l'installation du philosophe rue
Guy-de-la-Brosse. Le père Carbonnet, sur la feuille de
location duquel le nouveau venu s'inscrivit simplement
comme rentier, devina sans peine l'espèce d'homme où
classer ce M. Sixte, d'abord à la quantité de volumes qui
composaient la bibliothèque du savant, puis à un racon-
tar d'une bonne de la maison, celle d'un professeur au
Collège de France domicilié au premier. — Ainsi l'attes-
taient les affiches blanches posées contre le mur et qui
donnaient le programme des cours de ce célèbre établis-
sement. — Dans ces phalanstères du Paris bourgeois tout
devient événement. La bonne avait nommé à sa maîtresse le futur voisin du quatrième. La maîtresse l'avait
nommé à son mari. Ce dernier en parla aussitôt à table
en des termes que la bonne comprit assez pour démêler
que le locataire « était dans les papiers, comme Monsieur ». Carbonnet n'eût pas été digne de tirer le cordon

dans une loge parisienne, si sa femme et lui n'eussent
éprouvé immédiatement le besoin de mettre en rapports
M. Adrien Sixte et Mlle Trapenard, d'autant plus que
Mme Carbonnet, vieille et quasi impotente, se trouvait
elle-même déjà trop occupée par trois ménages dans la
maison pour prendre encore celui-là. Le goût de l'intrigue domestique qui fleurit dans les loges, comme les
fuchsias, les géraniums et les basilics, induisit donc ce
couple à certifier au savant que les traiteurs du quartier
cuisinaient de la gargote, qu'il n'y avait pas une seule
femme de charge dont ils pussent répondre dans le voisinage, que la servante de feu M. l'abbé Vayssier était
une « perle » de discrétion, d'ordre, d'économie et de
talent culinaire. Bref, le philosophe consentit à voir cette
gouvernante modèle. L'évidente honnêteté de la fille le
séduisit, et aussi cette réflexion que cet arrangement
simplifiait de beaucoup son existence, en le dispensant
d'une odieuse corvée, celle de donner lui-même un certain nombre d'ordres positifs. Mlle Trapenard entra donc
au service de ce maître, pour n'en plus bouger, au gage
de quarante-cinq francs par mois, qui devinrent bien
vite soixante. Le savant lui donnait en outre cinquante
francs d'étrennes. Il ne vérifiait jamais son livre, qu'il
réglait, chaque dimanche matin, sans aucune contesta-
tion. C'était elle qui avait affaire à tous les fournisseurs,
sans qu'aucune remarque de M. Sixte vînt la troubler
dans ses combinaisons, d'ailleurs presque honnêtes. Enfin,
elle régnait au logis en maîtresse absolue, situation qui
excitait, comme on le pense, l'universelle envie du petit
monde sans cesse en train d'aller et de venir par l'escalier commun, qu'un frotteur nettoyait tous les lundis.

— « Hein ! mademoiselle Mariette, l'avez-vous mise la main sur le bon numéro, l'avez-vous mise?... » lui disait Carbonnet quand la bonne du philosophe s'arrêtait une minute à causer avec son introducteur, devenu plus vieux. Il était obligé maintenant de porter des lunettes sur son nez carré, et il ajustait avec peine ses coups de marteau sur les clous qu'il enfonçait dans des talons de bottine, la forme serrée entre ses jambes, le tablier de cuir noué autour de son corps. Depuis quelques années, il élevait un coq appelé Ferdinand, sans que  personne eût jamais su le motif de ce surnom. Cette bête errait parmi les cuirs, excitant l'admiration des visiteurs par son avidité à happer des boutons de bottine. Dans ses moments de terreur, ce coq familier se réfugiait chez son maître, enfonçait une de ses pattes dans la poche du gilet et cachait sa tête sous le bras du vieux concierge : « Allons, Ferdinand, dites bonjour à Mlle Mariette... » reprenait Carbonnet. Et le coq becquetait doucement la main de la fille, et son maître continuait :

— « Je dis toujours : Ne vous désespérez pas d'une mauvaise année, il en viendra deux tout de suite, et aussi des bonnes ; elles se suivent comme Ferdinand suit les poules ; n'est-ce pas, gourgandin? »

— « C'est vrai », répondait Mariette, « il faut en convenir, pour un brave homme, Monsieur est un brave homme ; quoique, pour la religion, c'est un païen, qui n'est pas allé une fois à la messe depuis ces quinze ans... »

— « Y en a tant qui z'y vont », répliquait Carbonnet, « que c'est des gaillards qui vous mènent des vies de remplaçant *entre quatre et minuit (catimini)...* »

Ce fragment de conversation peut être donné comme le type de l'opinion que Mlle Mariette nourrissait sur son maître. Mais cette opinion demeurerait inintelligible si l'on ne rappelait ici les travaux du philosophe et l'histoire de sa pensée. Né en 1839 à Nancy, où son père tenait une petite boutique d'horlogerie, et remarqué de bonne heure pour la précocité de son intelligence, Adrien Sixte a laissé parmi ses camarades le souvenir d'un enfant chétif et taciturne, doué d'une force de résistance morale qui éloignait dès lors la familiarité. Il fit des études d'abord très brillantes, puis moyennes, jusqu'à ce que, dans la classe de philosophie, qui portait le nom de Logique, il se distinguât par des aptitudes exceptionnelles. Son professeur, frappé de son talent de métaphysicien, voulut le décider à préparer l'examen de l'École normale. Adrien s'y refusa et déclara d'ailleurs à son père que, métier pour métier, il préférait à tous un travail manuel. « Je serai horloger comme toi... » fut sa seule réponse aux objurgations de ce père, qui caressait, comme les innombrables artisans ou commerçants français dont les enfants fréquentent le collège, le rêve, pour son fils, d'un avenir de fonctionnaire. M. et Mme Sixte — car Adrien avait encore sa mère — ne pouvaient d'ailleurs reprocher quoi que ce fût à ce garçon qui ne fumait pas, n'allait pas au café, ne se montrait jamais avec une fille, enfin qui faisait leur orgueil, et aux volontés duquel ils se résignèrent, le cœur navré. Ils renoncèrent à ce qu'il prît aucune carrière, mais ils ne consentirent pas à le mettre en apprentissage ; et le jeune homme vécut chez eux sans autre occupation que d'étudier à sa guise. Il employa ainsi dix années à se perfectionner dans l'étude des philosophies anglaises et allemandes, dans les Sciences Naturelles et particulièrement dans la physiologie du cerveau, dans les Sciences Mathématiques ; enfin, il se donna, comme l'a dit de lui-même un des grands écrivains de notre époque, cette « violente encéphalite », cette espèce d'apoplexie de connaissances positives qui fut le procédé d'éducation de Carlyle et de Mill, de M. Taine et de M. Renan, de presque tous les maîtres de la philosophie moderne. En 1868, le fils du petit horloger de Nancy, âgé alors de vingt-neuf ans, publia un gros volume de 500 pages intitulé : *Psychologie de Dieu*, qu'il n'envoya pas à plus de quinze personnes, mais qui eut la

fortune inattendue d'un scandaleux retentissement. Ce livre, écrit dans la solitude de la pensée la plus intègre, présentait ce double caractère d'une analyse critique,

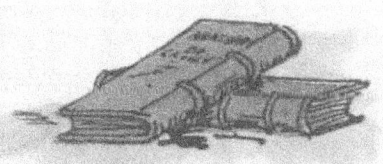

aiguë jusqu'à la cruauté, et d'une ardeur dans la négation, exaltée jusqu'au fanatisme. Moins poète que M. Taine, incapable d'écrire la magnifique préface de *l'Intelligence* et le morceau sur l'universel phénoménisme ; moins desséché que M. Ribot, qui préludait déjà par ses *Psychologues anglais* à la belle série de ses études, sa *Psychologie de Dieu* alliait à la fois l'éloquence de l'un à la pénétration de l'autre, et elle avait la chance, non cherchée, de s'attaquer directement au problème le plus passionnant de la métaphysique. Une brochure d'un évêque très en vue, une allusion indignée d'un cardinal dans un discours au Sénat, un article foudroyant du plus brillant critique spiritualiste dans une célèbre Revue, suffirent pour désigner l'ouvrage aux curiosités de la jeunesse, sur laquelle passait un vent de révolution, symptôme avant-coureur des bouleversements prochains. La thèse de l'auteur consistait à démontrer la production nécessaire de « l'hypothèse-Dieu » par le fonctionnement de quelques lois psychologiques, rattachées elles-mêmes à quelques modifications cérébrales d'un ordre tout physique. Cette thèse était établie, appuyée, développée, avec une âpreté d'athéisme qui rappelait les fureurs de Lucrèce contre les croyances de son temps. Il arriva donc au solitaire de Nancy que son œuvre, conçue et composée comme dans une cellule, fut du premier coup mêlée d'une manière tapageuse à la bataille des idées contemporaines. On n'avait pas rencontré, depuis des années, une pareille puissance d'idées générales mariée à une telle ampleur d'érudition, ni une si riche abondance de points de vue unie à un si audacieux nihilisme. Mais, tandis que le nom de l'écrivain devenait célèbre à Paris, ses parents, ceux qui vivaient auprès de lui sans le connaître, ceux qui l'avaient élevé, demeuraient atterrés de son succès. Quelques articles de journaux catholiques désespéraient Mme Sixte. Le vieil horloger tremblait de perdre sa clientèle dans l'aristo-

cratie nancéenne. Toutes les misères de la province cru-
cifièrent le philosophe, qui allait prendre le parti de
quitter sa famille, quand l'invasion allemande et l'épou-
vantable naufrage national détournèrent de lui l'attention de ses compatriotes et de ses parents. Ces derniers
moururent au printemps de 1871. Dans l'été de cette
même année, Adrien Sixte perdit encore une tante, et
c'est ainsi qu'à l'automne de 1872, ayant réglé toute sa
fortune, il vint s'établir à Paris. Ses ressources consis-
taient, grâce à l'héritage de son père et à celui de cette
tante, dans huit mille francs de rente placés en viager.
Il était résolu à ne pas se marier, à ne jamais aller dans
le monde, à n'ambitionner ni honneurs, ni places, ni
réputation. Toute la formule de sa vie tenait dans ce
mot : penser.

Pour mieux définir cet homme d'une qualité si rare
que cette esquisse d'après nature risquera de paraître
invraisemblable au lecteur peu familiarisé avec la biographie des grands manipulateurs d'idées, il est nécessaire de donner un aperçu des journées de ce puissant
travailleur. Été comme hiver, M. Sixte s'asseyait à sa
table dès six heures du matin, lesté seulement d'une
tasse de café noir. A dix heures, il déjeunait, opération
sommaire et qui lui permettait de franchir à dix heures
et demie la porte du Jardin des Plantes. Il se promenait
là jusqu'à midi, poussant quelquefois sa flânerie vers
les quais et du côté de Notre-Dame. Un de ses plaisirs
favoris consistait dans de longues séances devant les
cages des singes et la loge de l'éléphant. Les enfants et
les servantes qui le voyaient rire, comme il riait, silen-
cieusement et longuement, aux férocités et aux cynismes

des macaques et des ouistitis, ne soupçonnaient guère
les misanthropiques pensées que ce spectacle soulevait
dans le savant qui comparait en lui-même la comédie
humaine à la comédie simiesque, comme il comparait
à notre folie habituelle la sagesse de l'animal si noble
qui fut le roi du globe avant nous. Vers midi, M. Sixte
rentrait, et, de nouveau, il travaillait jusqu'à quatre
heures. De quatre à six il recevait, trois fois la semaine,
des visiteurs qui étaient presque toujours des étudiants,
des maîtres occupés aux mêmes études que lui, des
étrangers attirés par une renommée aujourd'hui européenne. Trois autres fois il sortait et faisait les quelques visites indispensables. A six heures il dînait, sortait encore, allant cette fois le long du jardin fermé
jusqu'à la gare d'Orléans. A huit heures il rentrait,
réglait sa correspondance ou lisait. A dix heures toute
lumière s'éteignait chez lui. Cette existence monastique
avait son repos hebdomadaire du lundi, le philosophe
ayant observé que le dimanche déverse sur la campagne un flot encombrant de promeneurs. Ces jours-
là, il partait de grand matin, montait dans un train de
banlieue et ne rentrait que le soir. Il ne s'était pas une
fois, durant ces quinze ans, départi de cette régularité
absolue. Pas une fois il n'avait accepté une invitation à
manger dehors, ni pris place dans une salle de spectacle.
Il ne lisait jamais un journal, s'en rapportant pour le
service de ses publications à son éditeur, et ne remerciant jamais d'un article. Son indifférence politique était
si complète qu'il n'avait jamais retiré sa carte d'électeur.
Il convient d'ajouter, pour fixer les traits principaux de
cette figure singulière, qu'il avait rompu tout rapport

avec sa famille, et que cette rupture se fondait, comme
les moindres actes de cette vie, sur une théorie. Il avait
écrit dans la préface de son second livre : *Anatomie de
la volonté*, cette phrase significative : « Les attaches
sociales doivent être réduites à leur *minimum* pour celui
qui veut connaître et dire la vérité dans le domaine des
sciences psychologiques. » Par un motif semblable, cet
homme, si doux qu'il n'avait pas fait trois observations
à sa servante depuis quinze ans, s'interdisait systématiquement la charité. Il pensait sur ce point comme Spinoza,
qui a écrit dans le livre quatrième de l'*Ethique* : « La pitié,
chez un sage qui vit d'après la raison, est mauvaise et
inutile. » Ce Saint Laïque, comme on l'eût appelé aussi justement que le vénérable Émile Littré, haïssait dans le
Christianisme une maladie de l'humanité. Il en donnait ces
deux raisons, d'abord que l'hypothèse d'un père céleste et
d'un bonheur infini avait développé à l'excès dans l'âme le
dégoût du réel et diminué la puissance d'acceptation des
lois de la nature, — ensuite qu'en établissant l'ordre social
sur l'amour, c'est-à-dire sur la sensibilité, cette religion
avait ouvert la voie aux pires caprices des doctrines les
plus personnelles. Il ne se doutait point d'ailleurs que sa
fidèle domestique lui cousait des médailles bénites dans
tous ses gilets, et son inadvertance à l'endroit de l'univers
extérieur était si complète qu'il faisait maigre les vendre-
dis et autres jours prescrits par l'Église, sans apercevoir
cet effort caché de la vieille fille pour assurer le salut
d'un maître dont elle disait quelquefois, reproduisant,
sans le savoir elle-même, un mot célèbre :

— « Le bon Dieu ne serait pas le bon Dieu, s'il avait
le cœur de le damner. »

Ces années d'un labeur continu dans cet ermitage de la rue Guy-de-la-Brosse avaient produit, outre cette *Anatomie de la volonté*, une *Théorie des passions*, en trois volumes, dont la publication aurait été plus scandaleuse encore que celle de la *Psychologie de Dieu*, si l'extrême liberté de la presse et du livre depuis tantôt dix ans n'avait habitué les lecteurs à des audaces de description que la tranquille férocité technique d'un savant ne saurait égaler. Dans ces deux livres se trouvait précisée la doctrine de M. Sixte, qu'il est indispensable de résumer ici, en quelques traits généraux, pour l'intelligence du drame auquel cette courte biographie sert de prologue. Avec l'école critique issue de Kant, l'auteur de ces trois traités admet que l'esprit est impuissant à connaître des causes et des substances, et qu'il doit seulement coordonner des phénomènes. Avec les psychologues anglais, il admet qu'un groupe parmi ces phénomènes, celui qui est étiqueté sous le nom d'âme, peut être l'objet d'une connaissance scientifique, à la condition d'être étudié d'après une méthode scientifique. Jusqu'ici, comme on voit, il n'y a rien dans ces théories qui les distingue de celles que MM. Taine, Ribot et leurs disciples ont développées dans leurs principaux travaux. Les deux caractères originaux des recherches de M. Sixte sont ailleurs. Le premier réside dans une analyse négative de ce qu'Herbert Spencer appelle l'Inconnaissable. On sait que le grand penseur anglais admet que toute réalité repose sur un arrière-fonds qu'il est impossible de pénétrer; par suite, il faut, pour employer la formule de Fichte, comprendre cet arrière-fonds comme incompréhensible. Mais, comme

l'atteste fortement le début des *Premiers Principes*,
pour M. Spencer cet Inconnaissable est réel. Il vit,
puisque nous vivons de lui. De là il n'y a qu'un pas à
concevoir que cet arrière-fonds de toute réalité enveloppe une pensée, puisque notre pensée en sort; un
cœur, puisque notre cœur en dérive. Beaucoup d'excellents esprits entrevoient dès aujourd'hui une réconciliation probable de la Science et de la Religion sur ce
terrain de l'Inconnaissable. Pour M. Sixte, c'est là une
dernière forme de l'illusion métaphysique et qu'il s'est
acharné à détruire avec une énergie d'argumentation
que l'on n'avait pas admirée à ce degré depuis Kant. —
Son second titre d'honneur, comme psychologue, consiste
dans un exposé très nouveau et très ingénieux des origines animales de la sensibilité humaine. Grâce à une
lecture immense et à une connaissance minutieuse des
Sciences Naturelles, il a pu tenter pour la genèse des
formes de la pensée le travail que Darwin a essayé pour
la genèse des formes de la vie. Appliquant la loi de
l'évolution aux divers faits qui constituent le cœur humain, il a prétendu montrer que nos plus raffinées sensations, nos délicatesses morales les plus subtiles,
comme nos plus honteuses déchéances, sont l'aboutis-
sement dernier, la métamorphose suprême d'instincts
très simples, transformation eux-mêmes des propriétés
de la cellule primitive; en sorte que l'univers moral
reproduit exactement l'univers physique et que le premier n'est que la conscience douloureuse ou extatique
du second. Cette conclusion, présentée à titre d'hypothèse, à cause de son caractère métaphysique, sert de
terme d'arrivée à une merveilleuse série d'analyses,

parmi lesquelles il convient de citer deux cents pages
sur l'amour, d'une hardiesse presque plaisante sous la
plume d'un homme très chaste, sinon vierge. Mais le
même Spinoza n'a-t-il pas donné une théorie de la
jalousie qu'aucun romancier moderne n'a égalée en
brutalité ? Et Schopenhauer ne rivalise-t-il pas d'esprit
avec Chamfort dans ses boutades contre les femmes ? Il
est presque inutile d'ajouter que le déterminisme le plus
complet circule d'une extrémité à l'autre de ces livres.
On doit à M. Sixte quelques phrases qui traduisent avec
une extrême énergie cette conviction que tout est nécessaire dans l'âme, même l'illusion que nous sommes libres :
« Tout acte », a-t-il écrit, « n'est qu'une addition. Dire
qu'il est libre, c'est dire qu'il y a dans un total plus qu'il
n'y a dans les éléments additionnés. Cela est aussi
absurde en psychologie qu'en arithmétique. » Et ailleurs : « Si nous connaissions vraiment la position relative de tous les phénomènes qui constituent l'univers
actuel, — nous pourrions, dès à présent, calculer avec
une certitude égale à celle des astronomes le jour, l'heure,
la minute où l'Angleterre par exemple évacuera les Indes,
où l'Europe aura brûlé son dernier morceau de houille,
où tel criminel, encore à naître, assassinera son père,
où tel poème, encore à concevoir, sera composé. Tout
l'avenir tient dans le présent comme toutes les propriétés du triangle tiennent dans sa définition... » Le fata-
lisme mahométan ne s'est pas exprimé avec une précision
plus absolue.

Des spéculations de cet ordre ne semblent guère com-
porter que la plus affreuse aridité d'imagination. Aussi
le mot que M. Sixte disait souvent de lui-même : « Je

prends la vie par son côté poétique... » paraissait-il à
ceux qui l'entendaient, le plus absurde des paradoxes.
Et cependant rien de plus exact, eu égard à la nature
d'esprit spéciale des philosophes. Ce qui distingue essentiellement le philosophe-né des autres hommes, c'est que
les idées, au lieu d'être pour son intelligence des formules plus ou moins nettes, sont vivantes et réelles,
comme des êtres. La sensibilité chez lui se modèle sur
la pensée au lieu que chez nous tous il s'établit un divorce,
plus ou moins complet, entre le cœur et le cerveau. Un
prédicateur chrétien a marqué admirablement la nature
de ce divorce quand il a prononcé cette phrase étrange
et profonde : « Nous *savons* bien que nous mourrons,
mais nous ne le *croyons* pas. » Le philosophe, lui, quand
il l'est par passion, par constitution, ne conçoit pas cette
dualité, cette vie dispersée entre des sensations et des
réflexions contradictoires. Aussi n'étaient-ce pas pour
M. Sixte de simples objets de spéculation que cette universelle nécessité des choses, que cette métamorphose
indéfinie et constante des phénomènes les uns dans les
autres, que ce colossal travail de la nature sans cesse
en train de se faire et se défaire, sans point de départ,
sans point d'arrivée, par le seul jeu de la cellule primitive, que ce travail parallèle de l'âme humaine reproduisant, sous forme de pensées, d'émotions et de volontés,
le mouvement de la vie physiologique. Il se plongeait
dans la contemplation de ces idées avec une espèce de
vertige, il les sentait avec tout son être, en sorte que
ce bonhomme assis à sa table, servi par la vieille bonne
qui cuisinait à côté, dans un bureau garni de rayon-
nages encombrés, la mine chétive, les pieds dans sa

chancelière, le torse pris dans un paletot râpé, partici-
pait en imagination au labeur infini de l'univers. Il vivait
la vie de toutes les créatures. Il revêtait toutes les formes,
sommeillant avec le minéral, végétant avec la plante,
s'animant avec les bêtes rudimentaires, se compliquant
avec les organismes supérieurs, homme enfin et s'épa-
nouissant dans les amplitudes d'un esprit capable de
refléter le vaste monde. Ce sont ces délices des idées
générales, analogues à celles de l'opium, qui rendent ces
songeurs indifférents aux menus accidents du monde
extérieur, et aussi, pourquoi ne pas le dire? presque
absolument étrangers aux affections ordinaires de la vie.
Nous ne nous attachons qu'à ce que nous sentons bien
réel ; or, pour ces têtes singulières, c'est l'abstraction
qui est la réalité, et la réalité quotidienne une ombre,
une épreuve grossière et dégradée des lois invisibles.
Peut-être M. Sixte avait-il aimé sa mère. A coup sûr, là
s'était bornée son existence sentimentale. S'il était doux
et indulgent pour tous les hommes, c'était par le même
instinct qui lui faisait, lorsqu'il déplaçait une chaise
dans son bureau, prendre ce meuble sans violence. Mais
il n'avait jamais éprouvé le besoin d'avoir auprès de lui
une chaude et ardente tendresse, une famille, un dévoue-
ment, un amour, pas même une amitié. Les quelques
savants avec lesquels il était lié lui représentaient des
conversations professionnelles, celui-ci sur la chimie,
cet autre sur les hautes mathématiques, un troisième
sur les maladies du système nerveux. Que ces gens-là
fussent mariés, occupés d'élever leurs enfants, soucieux
de se pousser dans une carrière, il n'en tenait aucun
compte dans ses rapports avec eux. Et si bizarre que

doive paraître une telle conclusion après une telle esquisse, il était heureux.

Un pareil homme, un pareil intérieur et une pareille
vie étant donnés, que l'on imagine l'effet produit dans
ce cabinet de travail de la rue Guy-de-la-Brosse par ces
deux faits survenus coup sur coup dans un même après-
midi : d'abord une cédule de citation adressée à
M. Adrien Sixte, pour qu'il eût à comparaître au cabinet
de M. Valette, juge d'instruction, afin d'être interrogé,
suivant la formule, « sur les faits et circonstances dont
il lui serait donné connaissance » ; en second lieu, une
carte portant le nom de Mme veuve Greslou et demandant que M. Sixte voulût bien la recevoir le lendemain
vers quatre heures, « pour l'entretenir du crime dont
était accusé à faux son malheureux enfant ». J'ai dit que
le philosophe ne lisait jamais aucun journal. S'il en eût
seulement ouvert un au hasard depuis quinze jours, il
y eût trouvé des allusions à cette histoire du jeune Greslou que de récents procès ont fait oublier. Faute de ce
renseignement, la cédule de citation et le billet de la
mère ne lui offrirent aucune espèce de sens précis.
Cependant, par le rapport entre cette citation et le mot
de la mère, il se rendit compte que les deux faits étaient
probablement connexes, et il pensa aussitôt qu'il s'agissait d'un jeune homme, d'un certain Robert Greslou,
qu'il avait connu, l'année précédente, dans des circonstances d'ailleurs très simples. Mais, précisément, ces
circonstances contrastaient trop avec toute idée d'un
procès criminel, pour que ce souvenir guidât en aucune
manière les hypothèses du savant, et il demeura longtemps à regarder cette cédule tour à tour et cette carte,

2.

en proie à l'inquiétude presque douloureuse que le
moindre événement d'un ordre très inattendu et très
obscur inflige aux hommes d'habitude.

Robert Greslou? — M. Sixte avait lu ce nom pour la
première fois, voici deux ans, au bas d'un billet qui
accompagnait un manuscrit. Ce manuscrit portait comme
titre : *Contribution à l'étude de la multiplicité du Moi*,
et le billet énonçait modestement le désir que le célèbre
écrivain voulût bien jeter un coup d'œil sur ce premier
essai d'un tout jeune homme. L'auteur avait ajouté à
sa signature : « élève-vétéran de philosophie au lycée
de Clermont-Ferrand. » Ce travail d'environ soixante
pages révélait une intelligence si prématurément subtile,
une connaissance si exacte des théories les plus récentes
de la psychologie contemporaine, enfin une telle ingéniosité d'analyse, que M. Sixte avait cru devoir répondre
par une longue lettre. Un mot de remerciement était
venu aussitôt, dans lequel le jeune homme annonçait
qu'obligé d'aller à Paris pour ses examens oraux de
l'École normale, il aurait l'honneur de se présenter chez
le Maître. Ce dernier avait donc vu entrer un après-
midi un garçon d'environ vingt ans, avec de beaux yeux
noirs vifs et mobiles qui éclairaient un visage un peu
trop pâle. C'était le seul détail de physionomie qui fût
demeuré dans la mémoire du philosophe. Semblable sur
ce point à tous les spéculatifs, il ne recevait du monde
visible qu'une impression flottante et n'en gardait qu'une
réminiscence vague comme cette impression. Mais sa
mémoire des idées était surprenante, et il se rappelait
jusqu'au moindre détail son entretien avec ce Robert
Greslou. Parmi les jeunes gens que sa renommée attirait

chez lui, aucun ne l'avait étonné davantage par la précocité vraiment extraordinaire de l'érudition et du raisonnement. Sans doute il flottait dans l'esprit de cet adolescent bien de l'à-peu-près, l'effervescence d'une pensée qui s'est assimilé, trop vite, trop de connaissances diverses ; mais quelle merveilleuse facilité de déduction ! Quelle éloquence naturelle, et aussi quelle visible sincérité d'enthousiasme! Le savant le revoyait, au cours de cette conversation, gesticulant un peu et lui disant : « Non, monsieur, vous ne savez pas ce que vous êtes pour nous, ni ce que nous éprouvons à lire vos livres... Vous êtes celui qui accepte toute la vérité, celui en qui l'on peut croire... Tenez, dans votre *Théorie des passions*, l'analyse de l'amour, mais c'est notre bréviaire à tous... Au lycée, on défend le livre. Je l'avais chez moi, et deux de mes camarades venaient copier ces chapitres, à la maison, les jours de sortie... » Et comme il se cache une vanité d'auteur dans l'âme de tout homme qui a fait imprimer de sa prose, fût-il aussi absolument sincère que M. Adrien Sixte, ce culte d'un groupe d'écoliers, naïvement exprimé par l'un d'eux, avait flatté particulièrement le philosophe. Robert Greslou avait sollicité l'honneur d'une seconde visite, et là, tout en avouant un échec à l'École normale, il s'était un peu ouvert sur ses projets. M. Sixte, lui, s'était laissé aller, contre ses habitudes, à l'interroger sur des détails intimes. Il avait appris ainsi que le jeune homme était le fils unique d'un ingénieur mort sans fortune, et que la mère l'avait élevé à force de sacrifices. « Mais je n'en accepterai plus », disait Robert; « mon intention est de passer ma licence dès cette année, puis je demande une chaire de philosophie aussitôt, dans un collège, et je travaille à un grand ouvrage sur les variations de la personnalité, dont l'essai que je vous ai soumis forme l'embryon... » Les yeux du jeune psychologue s'étaient faits plus brillants pour formuler ce programme de vie. Ces deux visites dataient du mois d'août 1885. On était en février 1887, et, depuis lors, M. Sixte avait reçu cinq ou six lettres de son jeune disciple. Une d'elles lui annonçait l'entrée de Robert Greslou comme précepteur dans une famille noble, qui passait les mois d'été dans un château situé près d'un des plus jolis lacs des montagnes d'Auvergne : celui d'Aydat. Un simple détail donnera la mesure de la préoccupation où M. Sixte fut jeté par la coïncidence entre la lettre émanée du cabinet du juge et la carte de Mme Greslou. Quoiqu'il eût sur sa table les épreuves à revoir d'un long article pour la *Revue philosophique*, il se mit à rechercher cette correspondance avec le jeune homme le soir même. Il la trouva tout de suite dans le cartonnier où il rangeait méticuleusement ses moindres papiers. Elle était classée, avec d'autres du même genre, sous la rubrique : « Documents contemporains sur la formation des esprits. » Elle formait environ trente pages que le savant lut avec un soin particulier, sans y rencontrer rien que des réflexions d'un ordre intellectuel, des questions sur des lectures à suivre, et l'énoncé de quelques projets de mémoires. Quel fil pouvait bien rattacher de pareilles préoccupations au procès criminel dont parlait la mère ? Il fallait que ce garçon, vu deux fois à peine, eût beaucoup frappé le philosophe, car la pensée que le mystère dissimulé derrière cet appel au Palais de Justice était le même que celui qui motivait cette visite subite d'une mère au désespoir le tint éveillé une partie de la nuit. Pour la première fois depuis des années, il brusqua Mlle Trapenard à cause d'une petite négligence de service, et quand il passa devant la loge à une heure de l'après-midi, son visage, d'ordinaire très calme, exprimait un si visible souci que le père Carbonnet, déjà mis en éveil par la lettre de convocation arrivée ouverte, suivant une coutume assez barbare, et qu'il avait lue, comme de juste, fit cette confidence à sa femme, — il avait déjà parlé de la chose dans tout le quartier :

— « Je ne suis pas curieux des affaires des autres, mais je donnerais bien vingt ans de la vie de la propriétaire pour savoir ce que la justice peut vouloir à ce pauvre M. Sixte, qu'il est là qui dévale à cette heure-ci comme un *abohi-tou*... »

— « Tiens, M. Sixte a changé son heure de promenade », disait à sa mère la jeune fille, assise au comptoir dans la boutique de la boulangerie. « Il paraît qu'il va avoir un procès pour un héritage ? »

— « Pige-moi donc le père Sixte; se défile-t-il, ce zèbre-là !... Il paraît que la justice le chicane », racontait à son camarade un des deux élèves en pharmacie. « Ces vieux, ça n'a l'air de rien, et puis on découvre des tas d'histoires malpropres dans des coins... Au fond, c'est tous des canailles... »

— « Il est encore plus ours que d'habitude. Il ne nous saluera seulement pas. » C'était la femme du professeur au Collège de France établi dans la même maison que le célèbre philosophe et qui se croisait avec lui. « Tant mieux, d'ailleurs; on prétend qu'on va poursuivre ses livres. Ce n'est pas dommage... »

Et voilà comment les plus modestes des hommes, et qui se croient les plus ignorés, ne peuvent bouger sans encourir les commentaires lancés par d'innombrables bouches, du moment qu'ils habitent ce que l'on est convenu d'appeler à Paris un quartier paisible. Ajoutons que M. Sixte se fût soucié de cette curiosité, s'il l'eût soupçonnée, comme d'un volume de philosophie universitaire. C'était pour lui le dernier terme du mépris.

II

L'AFFAIRE GRESLOU

LE célèbre philosophe était, en toute chose, d'une ponctualité méthodique. Parmi les maximes adoptées, à l'imitation de Descartes, dans le début de sa vie, se trouvait celle-ci : « L'ordre affranchit la pensée. » Il arrivait donc au Palais de Justice cinq minutes avant le moment fixé sur la cédule. Il dut attendre une demi-heure dans le corridor avant que le juge le fît appeler. Dans ce long couloir, aux longs murs nus et blancs, meublés de quelques chaises et de tables pour les garçons de service, les voix se faisaient basses comme dans toutes les antichambres officielles. Il s'y trouvait six ou sept personnes. Le savant avait pour voisin un honnête bourgeois et sa femme, commerçants de quartier, appelés pour une autre affaire, et très désorientés par cette rencontre avec la justice. La vue de ce personnage à la face rasée, aux yeux cachés par les verres sombres et ronds de ses lunettes, avec sa longue redingote et sa physionomie inexplicable, inquiéta ces gens au point de leur faire quitter la place où ils chuchotaient :

— « Il est de la police », dit le mari à sa femme.

— « Tu crois »? reprit la femme en regardant l'énigmatique et immobile figure avec terreur. « Dieu! qu'il a l'air faux!... »

Pendant que se jouait cette scène profondément comique, sans que l'observateur professionnel du cœur humain se doutât une seule minute de l'effet qu'il produisait, ni même qu'il y eût quelqu'un à côté de lui, le juge d'instruction causait avec un ami dans une petite pièce attenante à son cabinet. Embellie par les autographes et les portraits de quelques malfaiteurs fameux, cette pièce servait en même temps à M. Valette de chambre à toilette, de fumoir et aussi de *retiro,* quand il voulait bavarder hors de l'inévitable présence de son commis-greffier. Ce juge était un homme de moins de quarante ans, avec un joli profil, des vêtements coupés à la mode, des bagues aux doigts, enfin un magistrat de la nouvelle école. Dans la rue, avec son ruban de chevalier, son veston ajusté et son chapeau luisant, vous l'eussiez pris pour un boursier décoré à propos d'une émission. Il tenait à la main le papier sur lequel le savant avait écrit son nom, d'une écriture claire et toute liée, et il montrait cette signature à son ami, un simple homme de plaisir celui-là, et qui présentait cette physionomie à la fois effacée et nerveuse, comme il ne s'en rencontre qu'à Paris. Essayez d'y déchiffrer des goûts, des habitudes, un caractère? C'est impossible, tant il a passé sur ce visage de sensations multiples et contra- dictoires. Ce viveur appartenait à l'espèce de ceux qui suivent les premières représentations, visitent les ate- liers des peintres, assistent aux procès sensationnels, enfin qui se piquent d'être au courant, « dans le train »,

comme on dit aujourd'hui. Après avoir lu le nom d'Adrien Sixte, il s'écria :

— « Bravo! mes compliments, mon vieux Valette. C'est une vraie chance d'avoir à causer avec cet homme-là! Tu connais son chapitre sur l'amour dans je ne sais plus quel bouquin?... En voilà un qui connaît les femmes... Mais sur quoi diable as-tu à l'interroger? »

— « Sur cette affaire Greslou », dit le juge; « il a beaucoup reçu le jeune homme, et la défense l'a cité comme témoin à décharge. On a lancé une commission rogatoire rien que pour cela. »

— « Quel dommage que je ne puisse pas le voir! » dit l'autre.

— « Ça te ferait plaisir? Rien de plus facile... Je vais le faire introduire... Tu t'en iras comme il entrera... En tout cas, c'est convenu pour ce soir, à huit heures, chez Figon. Gladys y sera, naturellement? »

— « Convenu... Tu sais son dernier mot, à Gladys. Comme nous reprochions devant elle à Percy de tromper Gustave : « Mais il faut bien qu'elle ait deux amants, « puisqu'elle dépense par an le double de ce que chacun « lui donne!... »

— « Ma foi », dit Valette, « je crois que celle-là en remontrerait sur la philosophie de l'amour à tous les Sixtes du monde et du demi-monde... »

Les deux amis rirent gaiement, puis le juge donna l'ordre qu'on appelât le philosophe. Le curieux, tout en prenant congé de Valette par une poignée de main et un nouveau : « A ce soir, huit heures très précises », cligna de l'œil derrière son monocle afin de mieux dévisager l'illustre écrivain qu'il connaissait pour avoir lu des

extraits piquants de la *Théorie des passions* dans des
articles de journaux. L'apparition du bonhomme à la fois
excentrique et timide, entré dans le cabinet du juge avec
la plus visible gêne, démentait si fort l'idée du misan-
thrope mordant, cruel et désabusé, ébauchée dans leur
imagination, que les deux hommes, le boulevardier et le
magistrat, échangèrent un regard de stupeur. Un sourire
leur vint irrésistiblement aux lèvres. Cela ne dura
qu'une seconde. Déjà l'ami était parti. L'autre fit signe
au témoin de s'asseoir sur un des fauteuils de velours
vert dont était meublée cette pièce, — luxe complété, à
la manière administrative, par un tapis d'une moquette
verte aussi et par un bureau d'acajou. La physionomie
du juge d'instruction s'était remise au grave. Ces passages d'une attitude à une autre sont beaucoup plus
sincères que ne l'imaginent ceux qui constatent ces
contrastes de tenue entre l'homme privé et le fonctionnaire. Le parfait comédien social, et qui considère son
métier avec un entier mépris, est un monstre heureusement très rare. Nous n'avons pas cette force de scepticisme au service de nos hypocrisies. Le spirituel
M. Valette, si goûté dans le demi-monde, ami des hommes
de cercle et de sport, émule des journalistes en plaisan-
teries, et qui, tout à l'heure, commentait joyeusement
le mot d'une impure avec laquelle il devait dîner le soir,
n'avait eu besoin d'aucun effort pour céder la place à
l'investigateur sévère et froidement habile qui a mission
de chercher la vérité au nom de la loi. De sa prunelle
devenue soudainement aiguë, il essaya de pénétrer jusqu'au fond la conscience du nouveau venu. Dans ces
premières minutes d'entretien avec quelqu'un qu'il s'agit

de faire parler, même s'il ne le veut pas, les magistrats de race ont en eux une espèce d'éveil de toute leur nature judiciaire, comme les escrimeurs qui tâtent le jeu d'un tireur inconnu, afin d'y entrer. Le philosophe, lui, constata que ses pressentiments ne l'avaient pas trompé, car il lut, écrits en grosses lettres sur la liasse de papiers que prit M. Valette, ces mots qui le firent involontairement tressaillir : *Affaire Greslou*. Un silence régnait dans cette pièce, coupé par le bruit des papiers froissés et par le craquement de la plume du greffier. Ce dernier se préparait à noter l'interrogatoire avec l'impersonnelle indifférence qui distingue les hommes habitués à jouer le rôle de machines dans les drames de la cour d'assises. Un procès pour eux ne se distingue pas plus d'un autre que pour un employé des pompes funèbres un mort ne se différencie d'un mort, ou pour un garçon d'hôpital un malade d'un malade.

— « Je vous épargnerai, monsieur », dit enfin le juge, « les questions habituelles... Il y a des noms et des hommes qu'il n'est pas permis d'ignorer... » Le philosophe ne s'inclina même pas sous le compliment. — « Pas d'usage du monde », pensa le magistrat ; « ce sera un de ces hommes de lettres qui croient devoir nous mépriser. » Et tout haut : « J'arrive au fait qui a motivé la citation que j'ai dû vous adresser... Vous connaissez le crime dont est accusé le jeune Robert Greslou. »

— « Pardon, monsieur », interrompit le philosophe en quittant la position qu'il avait prise instinctivement pour écouter le juge, le coude sur le fauteuil, le menton sur la main et l'index sur sa joue, comme dans les

minutes de ses grandes méditations solitaires, « je n'en
ai pas la moindre notion. »

— « Tous les journaux l'ont cependant rapporté, avec
une exactitude à laquelle ces messieurs de la presse ne
nous ont guère habitués... » répondit le juge, qui crut
devoir répondre au dédain de la littérature pour la robe
diagnostiqué chez le témoin par un peu de persiflage; et
à part lui : « Il dissimule... Pourquoi?... Pour jouer au
plus fin?... Comme c'est bête! »

— « Pardon, monsieur », dit encore le philosophe,
« je ne lis jamais aucun journal. »

Le juge regarda son interlocuteur en faisant un « Ah! »
où il entrait plus d'ironie que d'étonnement. « Bon »,
pensa-t-il, « tu veux me faire poser, toi; attends un
peu... » Ce fut avec une certaine irritation dans la voix
qu'il reprit :

— « Hé bien, monsieur, je vous résumerai donc l'accusation en quelques mots, tout en regrettant que vous
ne soyez pas plus au courant d'une affaire qui peut intéresser gravement, très gravement, sinon votre responsabilité légale, au moins votre responsabilité morale... »
Ici le philosophe dressa la tête avec une inquiétude qui
réjouit le cœur du juge : « Attrape, mon bonhomme »,
se dit-il; et à haute voix : « Vous savez, en tout cas,
monsieur, qui était Robert Greslou et la situation qu'il
occupait chez M. le marquis de Jussat-Randon... J'ai
là, dans le dossier, copie de plusieurs lettres que vous
lui avez adressées au château de Jussat et qui témoignent
que vous étiez — comment dirai-je? — le directeur
intellectuel du prévenu. » — Le philosophe eut un nouveau mouvement de tête. — « Je vous demanderai tout

3

à l'heure de vouloir bien déclarer si ce jeune homme vous a parlé de l'intérieur de cette famille, et dans quels termes... Je ne vous apprends sans doute rien en vous rappelant qu'elle se composait du père, de la mère, d'un fils qui est capitaine de dragons, actuellement en garnison à Lunéville, d'un second fils qui était l'élève de Greslou et d'une jeune fille de dix-neuf ans, Mlle Charlotte. Cette dernière était fiancée au baron de Plane, un officier du même régiment que son frère. Le mariage avait dû être retardé, de quelques mois, pour des raisons de famille qui n'ont rien à voir au procès. Il avait été définitivement fixé au 15 décembre dernier. Or, un matin de la semaine qui précédait l'arrivée du fiancé et du comte André, le frère de Mlle de Jussat, la femme de chambre de cette jeune fille, en entrant chez elle à l'heure accoutumée, la trouva morte dans son lit... »

Le magistrat fit une pause, et, tout en continuant à feuilleter son dossier, il guigna de l'œil le témoin. La stupeur qui se peignit sur le visage du philosophe manifesta une telle sincérité, que le juge en demeura lui-même étonné. « Il ne savait rien », se dit-il; « voilà qui est bien étrange... » Il étudia de nouveau, sans quitter son air préoccupé et indifférent, la physionomie de l'homme célèbre. Mais il manquait des données qui lui eussent rendu intelligible ce personnage abstrait, rencontre d'un cerveau tout-puissant dans le domaine des idées et d'un naïf, d'un timide, presque d'un comique dans le domaine des faits. Il continua de n'y rien comprendre, et il reprit son récit :

— « Quoique le médecin appelé à la hâte, du village le plus proche, ne fût qu'un modeste praticien de

campagne, il n'hésita pas une minute à reconnaître que
l'aspect du cadavre démentait l'idée d'une mort naturelle.
Le visage était livide, les dents serrées, les pupilles
dilatées extraordinairement, et le corps, courbé en arc
de cercle, reposait sur la nuque et sur les talons. Bref,
c'étaient les signes classiques de l'empoisonnement par
la strychnine. Un verre, placé sur la table de nuit, contenait les dernières gouttes d'une potion que Mlle de
Jussat-Randon avait dû prendre la veille au soir ou pendant la nuit, comme c'était son habitude, pour combattre
l'insomnie. Elle souffrait depuis un an à peu près d'une
maladie nerveuse. Le docteur analysa ces gouttes, et il
y trouva des traces de noix vomique. C'est, comme vous
savez, une des formes sous lesquelles le terrible poison
se débite dans la médecine actuelle. Une petite bouteille
sans étiquette, contenant quelques gouttes de couleur
sombre, fut ramassée presque aussitôt par un jardinier,
sous les fenêtres de la chambre. On avait dû la jeter
pour qu'elle se brisât, mais elle était tombée sur de la
terre meuble, dans une plate-bande fraîchement remuée.
Ces gouttes brunâtres étaient aussi des gouttes de noix
vomique. Plus de doute : Mlle de Jussat était morte
empoisonnée. L'autopsie acheva de le démontrer. Était-
on en présence d'un suicide ou d'un meurtre?... Un
suicide? Mais quel motif cette jeune fille, sur le point
de se marier à un homme charmant et qu'elle avait
agréé, pouvait-elle avoir eu de se tuer? Et de quelle
manière, sans un mot d'explication, sans une lettre
d'adieu à ses parents!... D'autre part, comment s'était-
elle procuré le poison? Précisément cette recherche mit
la justice sur la trace de l'accusation qui nous occupe

aujourd'hui. Interrogé, le pharmacien du village déposa que, six semaines auparavant, le précepteur du château lui avait demandé de la noix vomique pour soigner une maladie d'estomac. Or ce précepteur était parti pour Clermont, sous prétexte d'aller voir sa mère malade, le matin même du jour où l'on avait découvert le cadavre, soi-disant appelé par une dépêche. Il fut établi, coup sur coup, que cette dépêche n'avait jamais été reçue, que la nuit même du crime un domestique avait vu Robert Greslou sortir de la chambre de Mlle Charlotte, enfin que le flacon de poison, acheté chez le pharmacien et que l'on retrouva chez le jeune homme, avait été vidé à moitié, puis rempli de nouveau, pour combler le vide ainsi laissé, avec de l'eau simple, afin d'éviter les soupçons. D'autres témoignages vinrent rapporter que Robert Greslou avait été très assidu auprès de la jeune fille, à l'insu de ses parents. On découvrit même une lettre qu'il lui avait adressée, datant de onze mois déjà, mais qui correspondait très bien à un habile effort vers un commencement de cour. Les domestiques et l'élève même du précepteur déposèrent encore que depuis huit jours les relations entre Mlle de Jussat et le jeune homme étaient devenues extrêmement tendues, de familières qu'elles avaient été. A peine si elle répondait à son salut. On tira de ces divers signes l'hypothèse suivante : Robert Greslou, devenu amoureux de cette jeune fille, l'avait courtisée sans espoir, puis il l'avait empoisonnée pour empêcher son mariage avec un autre. Cette hypothèse emprunta une force singulière aux mensonges dont le jeune homme se rendit coupable dès qu'on l'interrogea. Il nia avoir jamais écrit à Mlle de Jussat ; on lui produisit

sa lettre et on put même retrouver dans la cheminée de
la victime, parmi des débris qui décelaient qu'on y avait
beaucoup brûlé de papiers la nuit de la mort, une moitié
d'enveloppe à l'écriture du prévenu. Il nia d'être allé
cette nuit-là dans la chambre de Mlle Charlotte, et on le
mit en face du valet de pied qui l'avait vu en sortir et
qui soutint son dire avec d'autant plus d'énergie qu'il
confessa être entré lui-même à cette heure-là dans la
chambre d'une fille de service dont il était l'amant.
Greslou ne put d'ailleurs expliquer la raison pour
laquelle il avait acheté la noix vomique, abusant ainsi
de la confiance du pharmacien avec lequel il était lié. Il
fut démontré que jamais auparavant il ne s'était plaint
de maux d'estomac. Il n'expliqua pas davantage l'invention du faux télégramme, son départ précipité, ni surtout
le trouble effroyable où l'avait jeté la découverte de
l'empoisonnement. D'ailleurs aucun autre mobile que
celui d'une vengeance d'amoureux éconduit n'était
admissible, par ce simple fait que la victime avait tous
ses bijoux, tout l'argent de son porte-monnaie, et que
son corps ne portait la trace d'aucune espèce de violence.
On reconstruisit ainsi la scène : Greslou s'était introduit
dans la chambre de Mlle de Jussat-Randon, sachant
qu'elle dormait généralement jusqu'à deux heures, puis
qu'à ce moment-là elle se réveillait pour prendre sa
potion. Il avait mélangé à cette potion une dose de noix
vomique suffisante pour foudroyer la jeune fille, qui
n'avait eu que le temps de reposer le verre sans pouvoir
appeler. Puis il avait eu peur que son émotion ne le trahît,
et il était parti précipitamment avant la découverte du
corps. La bouteille vide et retrouvée sur la plate-bande,

3.

il avait dû la jeter par la fenêtre de la chambre d'étude qui ouvrait juste au-dessus de celle de Mlle Charlotte. L'autre bouteille, il avait dû la remplir d'eau, par une de ces ruses compliquées et maladroites auxquelles se reconnaissent les apprentis criminels. Bref, Greslou est aujourd'hui détenu dans la maison d'arrêt de Riom et doit comparaître aux assises de cette ville, dans la session de février, ou aux premiers jours de mars, comme accusé d'avoir empoisonné Mlle de Jussat-Randon. Les charges qui pèsent sur lui sont rendues plus accablantes par son attitude depuis son arrestation. Il se renferme dans un silence absolu, maintenant que ses mensonges ont été confondus, et s'obstine à ne répondre à aucune des questions qu'on lui pose, disant qu'il est innocent et qu'il n'a pas à se défendre. Il a refusé de constituer un avocat, et il vit dans un état de tristesse sombre qui achève de faire croire qu'il est hanté par d'affreux remords. Il lit et il écrit beaucoup, mais, détail qui est bien bizarre et qui montre la force de la comédie chez ce garçon de vingt et un ans, des choses de pure philosophie, sans doute afin de combattre la mauvaise impression produite par sa tristesse et de prouver sa pleine liberté d'esprit... La nature des occupations du prévenu m'amène, monsieur, après ce long récit, à la raison pour laquelle votre témoignage a pu être réclamé dans cette affaire par la mère de ce jeune homme, qui se révolte contre l'évidence, comme il est naturel, et qui meurt de douleur, mais sans arriver à vaincre l'obstination de son fils à se taire. Vos livres sont, avec ceux de quelques psychologues anglais, les seuls que le prévenu ait demandés. J'ajouterai que sur les rayons de la bibliothèque on a trouvé tous vos volumes dans des conditions qui prouvent la lecture la plus assidue, interfoliés de pages sur lesquelles il avait écrit un commentaire parfois plus développé que le texte... Vous en jugerez vous-même... »

Tout en parlant, M. Valette tendait au philosophe un exemplaire de la *Psychologie de Dieu* que ce dernier ouvrit machinalement. Il put voir en effet qu'à chacune des pages imprimées correspondait une feuille noircie de caractères d'une écriture assez analogue à la sienne, mais plus confuse, plus fébrile. Dans la tendance des lignes à tomber, un graphologue eût deviné une propension aux découragements rapides. Cette analogie d'écriture saisit le savant pour la première fois, et ce lui fut une sensation pénible. Il referma le livre qu'il rendit au juge en disant :

— « Je suis douloureusement surpris, monsieur, des révélations que vous venez de me faire sur ce malheureux jeune homme ; mais j'avoue ne pas comprendre quelle sorte de relation existe entre ce crime et mes livres ou ma personne, ni quelle nature de témoignage je peux bien être appelé à donner. »

— « C'est pourtant très simple », reprit le juge. « Si grandes que soient les charges qui pèsent sur Robert Greslou, elles reposent sur des hypothèses. Il y a contre lui des présomptions terribles, il n'y a pas une certitude absolue. Vous voyez donc, monsieur, pour employer le langage de la Science où vous excellez, qu'une question de psychologie dominera tout le débat. Quelles étaient les idées, quel était le caractère de ce jeune homme ? Il est évident que s'il s'occupait avec beaucoup d'intérêt d'études très abstraites, les chances de sa culpabilité diminuent... » En prononçant cette phrase où le savant ne devina pas un piège. Valette semblait de plus en plus indifférent. Il n'ajoutait pas que précisément un des arguments de l'accusation, mis en avant par le vieux marquis de Jussat, consistait à prétendre que Robert Greslou avait été corrompu par ses lectures. Il s'agissait d'amener M. Sixte à bien caractériser le genre de principes dont le jeune homme avait été imprégné.

— « Interrogez, monsieur », répondit le savant.

— « Voulez-vous que nous commencions par le commencement? » dit le juge. « Dans quelles circonstances et à quelle date avez-vous fait la connaissance de Robert Greslou? »

— « Il y a deux ans », dit le philosophe, « et à propos d'un travail purement spéculatif sur la personnalité humaine, qu'il vint me soumettre lui-même. »

— « Et l'avez-vous vu souvent? »

— « Deux fois seulement. »

— « Quelle impression vous produisit-il? »

— « Celle d'un jeune homme admirablement doué pour les travaux psychologiques... » répliqua le philosophe en pesant ses mots. Le juge put sentir à cet accent la conscience de quelqu'un qui veut voir et dire la vérité. « Si bien doué que je fus presque effrayé de cette précocité. »

— « Il ne vous a pas entretenu de sa vie privée? »

— « Fort peu », dit le philosophe; « il m'a seulement raconté qu'il vivait avec sa mère, et que son intention était de faire sa carrière dans le professorat, en même temps qu'il travaillerait à quelques livres. »

— « En effet », reprit le juge, « c'était un des articles inscrits dans une espèce de programme d'existence que

l'on a trouvé dans les papiers du prévenu, parmi ceux
qui restent. — Car, et c'est là encore une des charges
qui pèsent sur lui, entre son premier interrogatoire et
son arrestation, il en a détruit le plus grand nombre. —
Pourriez-vous », ajouta-t-il, « donner quelques expli-
cations sur une des phrases de ce programme, assez
obscure pour des profanes qui ne sont plus au courant
de la philosophie moderne? Voici cette phrase... » et,
prenant une feuille entre les autres : « Multiplier le plus
possible les expériences psychologiques... » Que pensez-
vous que Robert Greslou entendît par là? »

— « Je suis très embarrassé de vous répondre, monsieur », dit M. Sixte après un silence ; mais le juge commençait à voir qu'il était inutile de ruser avec un homme
aussi simple, et il comprit que ce silence indiquait
simplement la recherche d'une expression rigoureuse-
ment exacte à donner à la pensée. « Je sais seulement
le sens que j'attacherais, moi, à cette formule, et probablement ce jeune homme était trop instruit des travaux
de la psychologie pour ne pas penser de même... Il est
évident que dans les autres sciences d'observation, telles
que la physique ou la chimie, la contre-épreuve d'une
loi quelconque exige une application positive et concrète
de cette loi. Quand j'ai décomposé l'eau, par exemple,
en ses éléments, je dois pouvoir, toutes conditions égales
d'ailleurs, reconstituer de l'eau avec ces mêmes éléments.
C'est là une expérience des plus vulgaires, mais qui suffit
à résumer la méthode des sciences modernes. Connaître d'une connaissance expérimentale, c'est pouvoir
reproduire à volonté tel ou tel phénomène, en reproduisant ses conditions... Avec les phénomènes moraux,

un tel procédé est-il admissible? Je crois, pour ma part, que oui, et en définitive ce que l'on appelle l'éducation n'est pas autre chose qu'une expérience psychologique plus ou moins bien instituée, puisqu'elle se résume ainsi : étant donné tel phénomène, — qui s'appelle tantôt une vertu, la patience, la prudence, la sincérité; tantôt une aptitude intellectuelle, une langue morte ou vivante, l'orthographe, le calcul, — trouver les conditions où ce phénomène se produira le plus aisément... Mais ce champ est bien borné, car si je voulais, je suppose, les conditions exactes de la naissance de telle passion une fois connues, produire à volonté cette passion chez un sujet, je me heurterais à d'insolubles difficultés de code et de mœurs. Il viendra peut-être un temps où de telles expérimentations seront possibles. Mon avis est que, pour le moment, nous n'avons, nous autres psychologues, qu'à nous en tenir aux expériences instituées par la nature et le hasard. Avec des mémoires, avec des œuvres de littérature ou d'art, avec des statistiques, des dossiers de procès, des notes de médecine légale, nous possédons un monde de faits à notre service. Robert Greslou avait en effet discuté avec moi ce *desideratum* de notre science. Je m'en souviens, il regrettait que les condamnés à mort ne pussent pas être placés dans des conditions spéciales, qui permettraient d'expérimenter sur eux certains phénomènes moraux. C'était là une opinion simplement hypothétique, d'un esprit très jeune et qui ne se rend pas compte que, pour travailler utilement dans cet ordre d'idées, il est nécessaire d'étudier un cas durant un temps très long... C'est sur les enfants que l'on pourrait opérer le mieux », ajouta le savant, poussant ses propres idées; « mais comment ferait-on comprendre qu'il pourrait être utile à la science de leur donner systématiquement, par exemple, certains défauts ou certains vices? »

— « Des vices?... » fit le juge abasourdi par la tranquillité avec laquelle le philosophe avait prononcé cette phrase énorme.

— « Je parlais en psychologue », répondit le savant qui sourit à son tour de l'exclamation du juge; « voilà justement pourquoi, monsieur, notre science n'est pas susceptible de certains progrès. Votre exclamation m'en donnerait une preuve, s'il en était besoin. La société ne peut pas se passer de la théorie du Bien et du Mal qui pour nous n'a d'autre sens que de marquer un ensemble de conventions quelquefois utiles, quelquefois puériles. »

— « Vous admettez cependant qu'il y a des actions bonnes et des actions mauvaises », fit M. Valette; puis le magistrat reprenant le dessus et utilisant tout de suite cette discussion générale au profit de son enquête : « Cet empoisonnement de Mlle de Jussat », insinua-t-il, « par exemple, vous conviendrez que c'est un crime... »

— « Au point de vue social », répondit M. Sixte, « sans aucun doute. Mais pour le philosophe il n'y a ni crime ni vertu. Nos volitions sont des faits d'un certain ordre régis par certaines lois, voilà tout. Mais, monsieur », et ici la naïve vanité de l'écrivain apparut, « vous trouverez de ces théories une démonstration, que j'ose croire définitive, dans mon *Anatomie de la volonté...* »

— « Avez-vous quelquefois abordé ces sujets avec Robert Greslou? » demanda le juge. « Et croyez-vous qu'il partageât vos idées? »

— « Très probablement », dit le philosophe.

— « Savez-vous, monsieur », reprit le magistrat démasquant ses batteries, « que vous venez presque de justifier les accusations de M. le marquis de Jussat, qui prétend que les doctrines des matérialistes contemporains ont détruit le sens moral chez ce jeune homme et l'ont rendu capable de ce meurtre? »

— « Je ne sais pas ce qu'est la matière », fit M. Sixte, « je ne suis donc pas matérialiste. Quant à rejeter sur une doctrine la responsabilité de l'interprétation absurde qu'un cerveau mal équilibré donne à cette doctrine, c'est à peu près comme si on reprochait au chimiste qui a découvert la dynamite les attentats auxquels cette substance est employée. C'est un argument qui ne compte pas... » Le ton avec lequel le philosophe prononça cette phrase révélait la force invincible de résistance spirituelle que donne la foi profonde, — comme une timidité presque enfantine devant les tracas de la vie matérielle se révéla dans l'accent avec lequel il demanda tout d'un coup : « Croyez-vous que je serai obligé d'aller à Riom pour déposer? »

— « Je ne le pense pas, monsieur », dit le juge, qui ne put s'empêcher de remarquer avec un étonnement nouveau le contraste entre la fermeté du penseur dans la première partie de son discours et l'anxiété avec laquelle avait été prononcée cette dernière phrase, « car je constate que vos rapports avec le prévenu ont été beaucoup plus superficiels que ne le croyait sa mère elle-même, si vraiment ils se bornent à ces deux visites et à une correspondance qui paraît avoir été exclusivement philosophique. Mais, j'y reviens, vous n'avez

jamais reçu de confidences relatives à son existence
chez les Jussat? »

— « Jamais. D'ailleurs il cessa de m'écrire presque
aussitôt après son entrée dans cette famille. »

— « Et dans ses toutes dernières lettres, il n'y avait
pas trace d'aspirations nouvelles, d'une inquiétude, d'une
curiosité de sensations inconnues? »

— « Je n'ai rien remarqué de semblable », dit le philosophe.

— « Hé bien! monsieur », reprit M. Valette après un
nouveau silence durant lequel il étudia de nouveau ce
bizarre témoin, « je ne veux pas vous retenir plus longtemps. Vos heures sont trop précieuses. Permettez-moi
de résumer à mon greffier les quelques réponses que
vous m'avez faites... Il n'est pas habitué à des interroga-
toires qui portent sur des matières aussi élevées... Vous
signerez ensuite... »

Tandis que le magistrat dictait à son commis ce qu'il
croyait pouvoir intéresser la justice dans la déposition
du savant, ce dernier, que la révélation foudroyante du
crime de Robert Greslou et l'entretien avec le juge
avaient évidemment bouleversé, écoutait sans faire de
remarques, sans presque comprendre même, tant la
nouveauté de l'événement auquel il se trouvait mêlé
de loin désorientait en lui le méditatif. Il signa sans
même regarder, après que M. Valette la lui eut relue
à haute voix, la page où ses réponses se trouvaient con-
signées, et, encore une fois, avant de prendre congé :

— « Alors, je peux être bien sûr que je ne serai pas
obligé d'aller là-bas? »

— « J'espère que non », dit le juge en le reconduisant,

et il ajouta : « En tout cas, ce ne serait que pour un
jour ou deux... » éprouvant cette fois un secret plaisir
à l'angoisse enfantine qui se peignit sur la figure du
bonhomme. Puis, quand M. Sixte fut sorti de son cabinet :
« Voilà un fou que l'on ferait bien d'enfermer », dit-il
à son greffier, qui opina de la tête. « C'est avec des
idées comme celles de cette espèce d'anarchiste intellectuel que les jeunes gens se perdent... Avec cela qu'il
a l'air de bonne foi. Il serait moins dangereux, canaille...
Savez-vous qu'il pourrait bien faire couper le cou à son
disciple avec ses paradoxes?... Mais ça paraît lui être
fort égal. Il ne s'inquiète que de savoir s'il ira à Riom...
Quel maniaque! » Et le juge et le greffier se mirent à
rire en haussant les épaules. Puis le premier, après
avoir, dans une rêverie de quelques minutes, repassé
en esprit les impressions diverses qu'il venait de traverser à l'endroit de cet être, pour lui absolument énigmatique, ajouta : « Ma foi, si je m'attendais à ce que le
fameux Adrien Sixte ressemblât à ça... C'est inconce-
vable! »

III

SIMPLE DOULEUR

L'ÉPITHÈTE par laquelle le juge d'instruction condamnait l'impassibilité du savant eût été plus énergique encore si le magistrat avait pu suivre M. Sixte et lire dans cette pensée de philosophe durant le peu de temps qui séparait cet interrogatoire du rendez-vous fixé par la malheureuse mère de Robert Greslou. Arrivé dans la grande cour du Palais de Justice, celui

que M. Valette traitait à cet instant même de maniaque
regarda tout d'abord le cadran de l'horloge, comme il
convenait à un travailleur aussi minutieusement régulier : « Deux heures un quart », songea-t-il; « je ne
serai pas chez moi avant trois heures. Mme Greslou
doit venir à quatre... Il n'y a pas moyen que je me
remette au travail... Voilà qui est bien désagréable... »
Et il prit sur-le-champ la résolution de placer à ce
moment sa promenade quotidienne, d'autant plus qu'il
pouvait gagner le Jardin des Plantes le long du fleuve
et par la Cité, dont il aimait la physionomie vieillie et
la provinciale douceur. Le ciel était bleu, de son bleu
clair des jours de gelée, vaguement teinté de violet à
l'horizon. La Seine coulait sous les ponts, verte et gaiement laborieuse, avec ses bateaux chargés où fume la
cheminée d'une petite maison de bois aux vitres garnies
de plantes familières. Sur le pavé sec les chevaux trot-
taient allégrement. Si le philosophe perçut tous ces
détails, dans le temps qu'il mit à gagner le trottoir du
quai avec les précautions d'un rural effrayé des voitures,
ce fut pour lui une sensation plus inconsciente encore
que d'habitude. Il continuait de penser à la révélation
surprenante que le juge venait de lui faire. Mais la
tête d'un philosophe est une machine si particulière que
les événements n'y produisent pas l'impression directe
et simple qui semble naturelle aux autres personnes.
Celui-ci était composé de trois individus comme emboîtés
les uns dans les autres : il y avait en lui le bonhomme
Sixte, vieux garçon asservi aux soins méticuleux de sa
servante et soucieux d'abord de sa tranquillité matérielle.
Il y avait ensuite le polémiste philosophique, l'auteur,

pour tout dire, animé, à son insu, de susceptible amour-
propre commun à tous les écrivains. Il y avait enfin le
grand psychologue, passionnément attaché aux problèmes
de la vie intérieure, et il fallait, pour qu'une idée eût
accompli sa pleine action sur cet esprit, qu'elle eût traversé ces trois compartiments.

Du Palais de Justice jusqu'aux premiers pas au bord
de la Seine, ce fut le bourgeois qui raisonna : « Oui »,
se disait M. Sixte, répétant le mot que la vue de l'horloge
lui avait arraché, « voilà qui est bien désagréable. Une
journée tout entière perdue, et pourquoi?... Je vous
demande un peu ce que j'avais à faire avec cette histoire
d'assassinat et ce que mon témoignage a dû apporter à
l'instruction!... » Il ne se doutait pas qu'entre les mains
d'un avocat habile ses théories sur le crime et la responsabilité pouvaient devenir contre Greslou la plus
redoutable des armes. « C'était bien la peine », continuait-
il, « de me déranger. Mais ces gens ne se doutent pas
de ce qu'est la vie d'un homme qui travaille... Quel
minus habens que ce juge avec ses questions imbéciles!... Pourvu qu'en effet je ne sois pas obligé d'aller
comparaître à Riom devant quelques autres individus
de même sottise?... » Le tableau d'un départ se peignit
de nouveau devant sa rêverie avec les caractères d'odieuse
bousculade qu'un dérangement de cet ordre représente à
un homme de cabinet que l'action désoriente et pour qui
le moindre ennui physique devient un malheur véritable.
Les grandes intelligences abstraites subissent de ces
puérilités. Le philosophe aperçut, dans un éclair d'angoisse, sa malle ouverte, son linge emballé, les papiers
nécessaires à ses travaux actuels mis auprès de ses

4

chemises, sa montée en fiacre, le tumulte de la gare, le wagon et les grossières promiscuités du voisinage, l'arrivée dans une ville inconnue, les détresses de la chambre d'hôtel sans les soins de Mlle Trapenard qui lui étaient devenus nécessaires, quoiqu'il l'ignorât, comme à un enfant. Ce penseur, si héroïquement indépendant qu'il eût marché au martyre, à une autre époque, pour ses convictions, avec la fermeté d'un Bruno ou d'un Vanini, se sentit, devant l'image de ces médiocres tracas, saisi d'une sorte de détresse animale. Il se vit introduit dans la salle d'assises, contraint de répondre aux questions d'un président, en présence d'une foule attentive, et cela sans avoir, contre sa timidité native, un point d'appui dans une idée. — c'est la seule racine d'énergie pour les spéculatifs purs. — « Je ne recevrai plus aucun jeune homme », conclut-il, profondément troublé par ces prévisions; « oui, je condamnerai ma porte dorénavant... Mais ne devançons pas les faits... Peut-être n'aurai-je pas à traverser cette corvée et tout est-il fini... »

— « Fini?... » Et déjà le bourgeois casanier cédait la place dans ce monologue intérieur au second des trois personnages cachés dans le philosophe, à l'écrivain d'ouvrages discutés avec passion par le public. « Fini?... Envers le moi qui va et qui vient, qui habite rue Guy-de-la-Brosse et que cela ennuierait ferme de partir comme cela pour l'Auvergne en hiver et si bêtement, soit... Mais envers mes livres et mes idées?... Quelle étrange chose que cette haine instinctive des ignorants pour des systèmes qu'ils ne peuvent même pas comprendre!... Un jeune homme jaloux tue une jeune fille pour empêcher

qu'elle n'en épouse un autre. Ce jeune homme a été
en correspondance avec un philosophe dont il étudie les
ouvrages. C'est le philosophe qui est le coupable. Et me
voilà devenu matérialiste, moi qui ai démontré la non-
existence de la matière!... » Il haussa les épaules, puis
une nouvelle image traversa son souvenir, celle de
Marius Dumoulin, le jeune professeur du Collège de
France, l'homme qu'il détestait le plus au monde. Il
vit en même temps, comme si elles eussent été là,
écrites, devant lui, dans une revue bien pensante, quelques-unes des formules chères à ce défenseur attitré du
spiritualisme : « Les funestes doctrines... Le poison
intellectuel distillé par des plumes que l'on voudrait
croire inconscientes... Le scandaleux étalage d'une psychologie de réclame et de corruption... » — « Oui », se
dit Adrien Sixte avec amertume, « si celui-là ne relevait
pas ce hasard qui fait d'un de mes élèves un assassin, il ne
serait pas lui... C'est la psychologie qui aura tout fait... »
Il convient d'ajouter que Marius Dumoulin avait, lors
de l'apparition de l'*Anatomie de la volonté*, signalé
dans ce livre une grave erreur. Adrien Sixte avait fondé
un de ses plus ingénieux chapitres sur une soi-disant
découverte d'un physiologiste allemand, admise par lui
comme vraie, et qui venait d'être démontrée inexacte.
Peut-être Dumoulin, dans sa critique de l'ouvrage,
soulignait-il cette inadvertance du grand analyste avec
une âpreté d'ironie par trop irrévérencieuse. Toujours
est-il que Sixte, qui ne répondait jamais aux critiques,
avait voulu répondre à celle-là. Tout en avouant la surprise de sa bonne foi, il avait établi sans peine que ce
point de détail n'intéressait pas l'ensemble de sa thèse.

Seulement il avait gardé contre le spiritualiste une inex-
piable rancune de savant, et d'autant plus forte qu'il
pouvait la mettre sur le compte du mépris pour un triste
caractère, Dumoulin ayant compromis la sincérité de
ses doctrines par de basses ambitions d'honneurs acadé-
miques et de grosses places. « C'est comme si je l'entendais!... » songea Sixte. « Ce qu'il peut dire de mes
livres, ce n'est rien encore, mais la psychologie? La
psychologie!... C'est pourtant la science d'où dépend
l'avenir de ce pays-ci... » Comme on voit, le philosophe
était arrivé, semblable sur ce point aux autres systéma-
tiques, à faire de ses doctrines le centre du monde. Il
raisonnait à peu près ainsi : Étant donné un fait historique, quelle en est la cause principale? Un état
général des esprits. Cet état des esprits dérive lui-même
des idées en cours. La Révolution française, par exemple, procède toute entière d'une conception fausse de
l'homme qui découle de la philosophie cartésienne. Il en
concluait que, pour modifier la marche des événements,
il fallait d'abord modifier les notions reçues sur l'âme
humaine, et installer à leur place des données précises
d'où résulteraient une éducation et une politique nouvelles. Le plus curieux était que cette théorie avait
fait de cet athée un monarchiste aussi passionné qu'un
Bonald ou un Joseph de Maistre. En s'indignant contre
Dumoulin, il croyait de bonne foi s'indigner contre un
obstacle au bien public. Il eut quelques mauvaises
minutes à se figurer ainsi cet adversaire détesté prenant
texte de la mort de Mlle de Jussat pour une vigoureuse
sortie contre la science moderne de l'esprit. « Faudra-
t-il lui répondre encore? » se demanda Sixte, pour qui

déjà l'attaque de son rival ne faisait plus de doute. « Oui »,
insista-t-il, et cette fois à voix haute, « je lui répondrai,
et de ma meilleure encre... »

Il se trouvait derrière le chevet de Notre-Dame, et il
s'arrêta pour considérer l'architecture de ce monument.
L'antique cathédrale lui symbolisait d'habitude le caractère touffu de l'esprit germanique, qu'il opposait en
pensée à la simplicité de l'esprit hellénique, représentée
pour lui par une photographie du Parthénon, contemplée
autrefois durant de longues séances dans la bibliothèque
de Nancy. Telle était sa manière de sentir les arts. Le
souvenir de l'Allemagne subitement rappelé changea
pour une seconde le cours de sa pensée. Il évoqua
presque malgré lui Hegel, puis la doctrine de l'identité
des contradictoires, puis la théorie de l'évolution qui
en est sortie. Cette dernière idée se rejoignit à celles
qui venaient de l'agiter, et, tout en reprenant sa marche,
il commença d'argumenter en lui-même contre les
objections prévues de Dumoulin sur le cas du jeune
Greslou. Pour la première fois depuis le début de l'entretien avec le magistrat, le drame du château de Jussat-
Randon faisait réalité devant son intelligence, car il y
pensait avec la portion réelle de sa nature, sa faculté
de psychologue. Il oublia aussi bien Dumoulin que les
inconvénients possibles du voyage à Riom, et sa tête
fut absorbée tout entière par le problème moral que
posait ce crime. La première question aurait dû être
celle-ci : « Robert Greslou a-t-il vraiment assassiné
Mlle de Jussat? » Le philosophe n'y songea même point,
s'abandonnant sans s'en rendre compte à ce défaut des
esprits généralisateurs qui ne vérifient jamais qu'à demi

4.

les données sur lesquelles ils spéculent. Les faits ne
sont pour eux qu'une matière à exploitation théorique,
et ils les déforment volontiers pour mieux échafauder
leurs systèmes. Celui-ci reprit la formule par laquelle il
s'était résumé ce drame à lui-même : « Un jeune homme
qui devient jaloux et qui tue, voilà une preuve de plus
à l'appui de ma thèse que l'instinct de la destruction et
celui de l'amour s'éveillent ensemble chez le mâle... »
Il s'était servi de ce principe pour écrire dans sa *Théorie
des passions* un chapitre d'une extraordinaire audace
sur les aberrations du sens génésique. « La réapparition
de l'animalité féroce chez le civilisé suffirait seule à
expliquer cet acte... Il faudrait aussi étudier l'hérédité
personnelle de l'assassin... » Il s'efforça de se représenter Robert Greslou, sans parvenir à ressusciter de cette
image d'autres traits que ceux qui confirmaient l'hypothèse déjà ébauchée dans sa tête. « Ces yeux noirs très
brillants, ces gestes trop vifs, cette manière brusque
d'entrer en relations avec moi, ces enthousiasmes en
me parlant... Il y avait du détraquement nerveux dans
ce garçon. Le père est mort jeune? Si l'on établissait
qu'il y a de l'alcoolisme dans la famille, peut-être
aurait-on là un beau cas de ce que Legrand du Saulle
appelle l'épilepsie larvée. Nous expliquerions ainsi le
mutisme de ce jeune homme, et ses dénégations pourraient être de bonne foi. C'est la différence essentielle
que du Saulle indique entre l'épileptique et l'aliéné. Ce
dernier se souvient de ses actes. L'épileptique les oublie...
Serait-ce donc un épileptique larvé?... » Parvenu à ce
point de sa rêverie, le philosophe eut un moment de
véritable joie. Il venait, suivant une habitude chère à

ceux de sa race, de fabriquer une construction d'idées
qu'il prenait pour une explication. Il considéra cette
hypothèse de plusieurs côtés, se remémorant divers
exemples cités par son auteur dans son beau traité de
médecine légale, tant et si bien qu'il arriva jusqu'au
Jardin des Plantes, où il pénétra par la grande porte du
quai Saint-Bernard. Il tourna sur la droite par une allée
plantée d'arbres anciens dont les fûts se contorsionnent,
blindés de fer et recrépis de plâtre. Il flottait dans l'air
devenu très vif un sauvage relent émané des bêtes
fauves qui tournent dans leurs cages grillées, près de là.
Le philosophe fut distrait de sa méditation par cette
odeur, et il se prit à contempler un grand vieux sanglier,
de hure énorme, qui, debout sur ses pattes minces,
tendait son mufle, mobile et avide, entre ses défenses.

— « Et dire », songea le savant, « que nous ne nous
connaissons guère plus que cet animal ne se connaît! Ce
que nous appelons notre personne, c'est une conscience si
vague, si trouble, des opérations qui s'accomplissent
en nous. » Puis, revenant à Robert Greslou : « Qui
sait? Ce jeune homme était préoccupé par la multiplicité du moi. N'avait-il pas un sentiment obscur qu'il
portait en lui deux états très distincts, comme une condition première et une condition seconde, deux êtres
enfin : un, lucide, intelligent, honnête, amoureux des
travaux de l'esprit, celui que j'ai connu; et un autre,
ténébreux, cruel, impulsif, celui qui a tué?... Évidemment c'est un cas... Je suis bien heureux de l'avoir rencontré... » Il oubliait qu'en sortant du Palais de Justice
il déplorait ses rapports avec l'accusé de Riom. « Ce
sera une bonne fortune que d'étudier la mère à présent.

Elle me fournira des documents exacts sur les ascendants... Cela manque à notre psychologie : de bonnes monographies faites *de visu* sur la structure mentale des grands hommes et des criminels... J'essaierai de dresser celle-ci... » Toute passion sincère est égoïste, les intellectuelles comme les autres. Ainsi le philosophe, qui n'aurait pas, comme on dit, fait du mal à une mouche, marchait d'un pas plus allègre en s'acheminant vers la porte de la rue Cuvier d'où il gagnerait la rue de Jussieu, puis la rue Guy-de-la-Brosse, et il allait avoir une entrevue avec une mère au désespoir qui venait sans doute le supplier qu'il l'aidât à sauver la tête d'un fils, peut-être innocent! Mais l'innocence possible du prévenu, la douleur de la mère, l'action qu'il serait lui-même appelé à jouer dans cette nouvelle scène, tout s'effaçait devant l'idée fixe de la note à prendre, du petit fait significatif à collectionner. Quatre heures sonnaient quand ce singulier songeur, et qui ne soupçonnait pas plus sa propre férocité qu'un médecin charmé par une belle autopsie, déboucha sur son trottoir et arriva devant sa maison. Sur le seuil de la porte

cochère se tenaient deux hommes : le père Carbonnet et le commissionnaire habituellement installé au coin de la rue. Le dos tourné au côté par où venait Adrien Sixte, ils regardaient en riant les titubations d'un ivrogne égaré sur le trottoir d'en face, et ils échangeaient les propos qu'un pareil spectacle suggère aux gens du

peuple. Le coq Ferdinand tournait à leurs pieds, brun
et lustré, et il picotait l'entre-deux du pavé.

— « En voilà un qui a bu un coup de trop, pour sûr
de sûr », disait le commissionnaire.

— « Et si je vous disais, moi », répondait Carbonnet,
que s'il est comme ça, c'est qu'il n'a pas bu assez? Car
s'il avait bu davantage, il serait tombé chez le marchand
de vins.... Il ne serait pas à faire le *lent j'y vas malhabile j'y cours* le long des murs... Bon! le voilà qui
bute sur la dame en noir... »

Les deux interlocuteurs, qui ne voyaient pas venir le philosophe, lui barraient la porte. Ce dernier, avec son aménité habituelle de manières, hésita une minute à les déranger. Machinalement il suivit l'ivrogne, lui aussi, du regard. C'était un malheureux en haillons bourgeois, le chef coiffé d'un chapeau de haute forme délavé par d'innombrables averses, les pieds dansant dans des bottines crevées. Il s'était heurté à une personne en grand deuil qui se tenait debout sur le trottoir de la rue Guy-de-la-Brosse, à l'angle de la rue Linné. Sans doute cette personne épiait du côté de cette dernière rue une arrivée qui l'intéressait beaucoup, car elle ne se retourna pas au premier moment. L'homme en haillons, avec l'insistance des gens ivres, commença de faire des excuses à cette femme qui finit par s'apercevoir de cette présence. Elle s'écarta en faisant un geste de dégoût. L'ivrogne eut alors un accès subit de colère, et, appuyé au mur, lança quelques phrases injurieuses. Il se fit autour d'eux un attroupement de plusieurs enfants qui jouaient. Le commissionnaire se prit à rire, Carbonnet de même. Puis, comme il se retournait pour chercher son coq, grommelant : — « Où est-il encore allé cadencer, ce futé-là?... » il aperçut Adrien Sixte, derrière lequel Ferdinand s'était réfugié, et qui s'attardait, lui aussi, à suivre des yeux la scène entre l'ivrogne et l'inconnue.

— « Ah! monsieur Sixte », fit le concierge, « justement cette dame en noir vient de vous demander deux fois depuis un quart d'heure... Elle a dit que vous l'attendiez. »

— « Allez la chercher », répondit le savant ; et, en lui-même : « C'est la mère... » songea-t-il. Son premier mouvement fut de rentrer aussitôt. Puis une espèce de timidité le retint, et il demeura là sur le pas de la porte, tandis que le concierge, coiffé de sa casquette un peu haute, son tablier de cuir autour du corps, courait, suivi de son coq qui se hâtait derrière lui, jusqu'au groupe amassé au coin de la rue. La femme n'eut pas plus tôt entendu la phrase du père Carbonnet qu'elle se dirigea, laissant là le maître de Ferdinand gourmander l'ivrogne, vers la maison du philosophe. Ce dernier, continuant d'instinct les raisonnements de sa promenade, remarqua aussitôt une ressemblance singulière entre la personne mystérieuse qui venait à lui et le jeune homme sur lequel il avait été interrogé. C'était le même regard brillant, dans un visage très pâle, et la même coupe d'un maigre visage. Cette fois, il n'eut plus le moindre doute, et tout de suite l'implacable psychologue, curieux seulement du cas à étudier, céda la place au bonhomme gauche, malhabile à la vie pratique, embarrassé de son long corps et gêné, jusqu'au supplice, de la première phrase à prononcer. Mme Greslou, c'était elle en effet, — lui rendit le service de lui dire aussitôt, en l'abordant :

— « Je suis, monsieur, la personne qui vous a écrit hier. »

— « Très honoré, madame », balbutia le philosophe; « je regrette de n'avoir pas été chez moi plus tôt... Mais votre lettre disait quatre heures... Et puis, je sors justement de chez le juge d'instruction, où j'ai été appelé pour témoigner à l'occasion de ce malheureux enfant... »

— « Ah! monsieur!... » dit la mère en appuyant sa main sur le bras d'Adrien Sixte pour arrêter sa phrase, et lui montrant du regard le commissionnaire qui restait dans l'angle de la porte à tendre l'oreille.

— « Pardon », fit le savant, qui comprit la cruauté de sa distraction. « Si vous voulez me permettre de passer devant vous pour vous montrer le chemin? »

Il s'engagea sous la voûte, afin de cacher la rougeur dont il se sentait couvert. Il commença de monter l'escalier que l'obscurité envahissait par cette fin d'un après-midi d'hiver. Il allait doucement, afin de ménager la lassitude de sa compagne qui se tenait à la rampe, comme si elle gardait à peine assez d'énergie pour suffire à l'effort de gravir ces quatre étages. Un souffle court, et qui s'entendait dans le silence profond de cette maison vide, trahissait la faiblesse misérable de la femme. Si peu sensible aux impressions du monde extérieur que fût le philosophe, il demeura saisi d'une obscure pitié quand, une fois entré dans son cabinet aux volets clos, qu'éclairaient doucement le feu et la lampe allumés déjà par sa servante, il regarda sa visiteuse bien en face. Les rides creusées au coin de la bouche et le long des ailes du nez, les lèvres sèches de fièvre, le pli des sourcils contractés, les meurtrissures des paupières, l'énervement des mains gantées de noir qui maniaient un rouleau de papier, sans doute quelque mémoire justificatif, tous les détails enfin de cette physionomie révélaient la torture de l'idée fixe; et, à peine tombée plutôt qu'assise sur le fauteuil, elle dit d'une voix brisée :

— « Mon Dieu! mon Dieu!... Je suis donc arrivée trop tard... Je voulais vous parler, monsieur, avant votre entretien avec le juge... Mais vous l'avez défendu, n'est-ce pas?... Vous avez dit que ce n'était pas possible;

qu'il n'avait pas commis ce dont on l'accuse?... Vous
ne le croyez pas coupable, vous, monsieur, qu'il appelait
son maître, vous qu'il aimait tant?...

— « Je n'ai pas eu à le défendre, madame », dit le
philosophe; « on m'a demandé quelles avaient été mes
relations avec lui, et comme je ne l'ai vu que deux fois,
et qu'il ne m'a jamais parlé que de ses études... »

— « Ah! » interrompit la mère avec un profond accent
d'angoisse; et elle répéta : « Je suis arrivée trop tard.
Mais non... » insista-t-elle en joignant ses mains qui
tremblaient. « Vous viendrez, monsieur, pour déposer
devant la cour d'assises qu'il ne peut pas être coupable,
que vous savez qu'il ne le peut pas? On ne devient pas un
assassin, un empoisonneur d'un jour à l'autre. La jeunesse des criminels annonce leur crime... Ce sont des
mauvais sujets, des joueurs, des coureurs de café...
Mais lui, monsieur, depuis qu'il était tout enfant, avec
son pauvre père, toujours dans les livres... C'était moi
qui lui disais : « Allons, Robert, sors; il faut sortir,
« prendre l'air, te distraire... » Si vous aviez vu quelle
douce petite vie nous faisions, lui et moi, avant qu'il
n'entrât dans cette famille maudite! Et c'est à cause de
moi, c'est pour ne plus rien me coûter qu'il y est entré,
pour continuer ses études... Il aurait été agrégé dans
trois ou quatre ans, puis il aurait pris une place dans un
lycée, à Clermont peut-être... Je l'aurais marié. J'avais en
vue pour lui un joli parti... Je serais restée là, moi, dans
un coin, à soigner les enfants. Ah! monsieur! » et elle
cherchait dans les yeux du philosophe une réponse en
accord avec son passionné désir; « dites si c'est possible
qu'un fils qui avait ces idées-là ait fait ce qu'ils

racontent? C'est une infamie : n'est-ce pas, monsieur, que c'est une infamie?... »

— « Calmez-vous, madame, calmez-vous. » C'étaient les seuls mots qu'Adrien Sixte sût répondre à cette mère qui déplorait devant lui, d'un accent si déchirant, la ruine de ses intimes espérances. D'autre part, placé encore sous l'impression de son entretien avec le juge, elle lui paraissait si follement égarée hors de la vérité, en proie à des illusions si aveugles qu'il en demeurait stupéfié; et aussi, — pourquoi ne pas l'avouer? — la nouvelle perspective du voyage à Riom l'épouvantait autant que cette douleur humaine le saisissait. Ces diverses impressions se traduisirent dans son regard par une incertitude, une absence de chaleur à laquelle la mère ne se trompa guère. Les souffrances extrêmes ont les intuitions infaillibles de l'instinct. Cette femme comprit que le philosophe ne croyait pas à l'innocence de son fils, et, dans un geste d'accablement, se reculant de lui comme avec horreur, elle gémit :

— « Comment, vous aussi, monsieur?... Vous êtes avec ses ennemis?... Vous?... Vous?... »

— « Non, madame », répondit doucement Adrien Sixte, « je ne suis pas un ennemi. Je ne demande pas mieux que de croire ce que vous croyez. Mais vous me permettrez de vous parler en toute franchise?... Les faits sont les faits, et ils sont terribles contre ce malheureux enfant... Ce poison acheté clandestinement, cette bouteille jetée par la fenêtre, cette autre bouteille vidée à moitié, puis remplie d'eau, cette sortie de la chambre de la jeune fille, la nuit de la mort, cette fausse dépêche, ce départ subit, ces lettres brûlées et puis ces dénégations... »

— « Mais il n'y a pas une preuve dans tout cela, monsieur », interrompit la mère, « pas une... Ce départ subit? Il voulait quitter sa place depuis plus d'un mois. J'ai ses lettres où il m'annonce ce projet, et d'ailleurs la fin de son engagement approchait. Il s'est imaginé qu'on voudrait le garder, et il en avait assez de cette vie de précepteur ; et puis, comme il est timide, il a donné un faux prétexte et inventé cette malheureuse dépêche, voilà tout... Le poison? Mais il ne l'a pas acheté secrètement. Il avait souffert de l'estomac, voici des années. Il avait tant étudié après ses repas !... Cette sortie la nuit? Mais qui l'a vu? Un domestique? Et si ce domestique est payé, pour accuser mon fils, par le véritable assassin?... Est-ce que je connais les intrigues qu'avait cette jeune fille et qui a pu avoir intérêt à la tuer? Cette bouteille jetée, cette autre à moitié remplie, ces lettres brûlées? Mais est-ce que vous ne voyez pas que c'est la suite d'un plan pour faire tomber les soupçons sur lui? Comment? Pourquoi? Ça se découvrira un jour, allez... Ce que je sais, moi, c'est que mon fils n'est pas coupable. Je le jure sur la mémoire de son père. Ah! croyez-vous que je le défendrais comme cela si je le sentais criminel ? Je demanderais pitié, je sangloterais, je prierais, au lieu que, maintenant, je crie justice, justice! Non, ces gens-là n'avaient pas le droit de l'accuser, comme ils ont fait, de le jeter en prison, de déshonorer notre nom, pour rien, pour rien. Car enfin, monsieur, je vous l'ai démontré, il n'y a pas une preuve. »

— « S'il est innocent, alors, pourquoi cette obstination à se taire?... » dit le philosophe, qui pensait en lui-même que la pauvre femme ne lui avait rien démontré, sinon son acharnement à lutter contre l'évidence.

— « Hé! s'il était coupable, il parlerait », s'écria
Mᵐᵉ Greslou, « il se défendrait, il mentirait! Non »,
ajouta-t-elle d'une voix plus sourde, « il y a un mystère.
Il sait quelque chose, cela, j'en suis sûre, qu'il ne veut
pas dire. Il a quelque raison de ne pas parler. Pourquoi?
Peut-être pour ne pas la déshonorer, cette jeune fille,
puisqu'ils prétendent qu'il l'aimait?... Ah! monsieur »,
fit-elle en joignant les mains, « si j'ai voulu à tout prix
vous voir, si j'ai quitté Riom pour deux jours, c'était
aussi pour cela. Il n'y a que vous qui puissiez le faire
parler, obtenir de lui qu'il se défende, qu'il se justifie,
qu'il dise. Il faut que vous me promettiez de lui écrire,
de venir là-bas. Vous me devez bien cela », insista-t-elle
d'une voix dure. « Vous m'avez tant fait souffrir. »

— « Moi? » interrogea le philosophe.

— « Oui, vous », reprit-elle âprement, et tandis qu'elle
parlait, son visage exprimait la sombre énergie d'anciennes rancunes : « S'il a perdu la foi, à qui la faute?
A vous, monsieur, à vos livres... Mon Dieu! Que je
vous ai haï à cette époque!... Je le vois encore, et sa
figure, quand il m'a dit qu'il ne communierait pas le
jour des Morts, parce qu'il avait des doutes. — « Et
« ton père? » lui ai-je dit. « Un jour des Morts!... » —
Il m'a répondu : « Laisse-moi. Je ne crois plus, c'est
« fini. » Il était assis à sa table et il avait un volume devant lui qu'il ferma en me parlant. Je me souviens. Je lus
le nom de l'auteur, là, machinalement. C'était le vôtre,
monsieur. Je ne discutai pas avec lui, ce jour-là. C'était
un grand savant déjà, et moi une pauvre ignorante...
Mais le lendemain, pendant qu'il était à son collège,

j'amenai M. l'abbé Martel, qui l'avait élevé, dans la chambre de travail pour lui montrer la bibliothèque. J'avais le pressentiment que c'étaient ces lectures qui avaient perdu mon fils. Votre livre, monsieur, était encore sur la table. M. l'abbé Martel le prit, et il me dit : « Celui-là, c'est le pire de tous... » Monsieur, pardon si je vous blesse, pardon, mais, voyez-vous, si mon fils était encore le chrétien qu'il a été, j'irais supplier son confesseur qu'il lui ordonnât de parler. Vous lui avez pris la foi, monsieur ; je ne vous le reproche plus, je ne vous en veux plus ; mais ce que j'aurais demandé au prêtre, je viens vous le demander... Si vous l'aviez entendu, quand il est revenu de Paris ! Il me disait de vous : « Tu ne le connais pas, maman ; tu le vénérerais. C'est « un saint. » Ah ! promettez-moi de le faire parler. Qu'il parle, qu'il parle, pour moi, pour son père, pour ceux qui l'aiment, pour vous, monsieur, qui ne pouvez pas avoir eu pour élève un assassin ! Car c'est votre élève, vous êtes son maître. Il vous doit de se défendre, comme à moi, sa mère... »

— « Madame », dit le savant avec un sérieux profond, « je vous promets de faire ce que je pourrai. » C'était la seconde fois de la journée que cette responsabilité de maître à élève se dressait devant lui. Elle l'avait trouvé, devant le juge, tendu dans la résistance du penseur qui repousse avec dédain un reproche insensé. Les paroles de cette femme âgée, frémissante de cette douleur humaine à laquelle sa vie d'ermite intellectuel l'avait si peu habitué, touchaient en lui des fibres autres que celles de l'orgueil. Il fut plus étrangement remué encore quand Mme Greslou, lui saisissant la main, reprit avec une

5

douceur qui démentait l'âpreté de son accent de tout à l'heure :

— « Il m'avait bien dit que vous étiez bon, très bon... Je suis venue encore », continua-t-elle en essuyant ses larmes, « pour m'acquitter d'une commission dont ce pauvre enfant m'a chargée. Et voyez si ce n'est pas une preuve nouvelle qu'il est innocent. Dans sa prison, depuis deux mois, il a mis au net un long travail de philosophie. Il y tient, m'a-t-il dit, beaucoup ; c'est son principal ouvrage, et je me suis chargée de vous le remettre. » Elle tendit au savant le rouleau de papier qu'elle tenait sur ses genoux. « Il est tel qu'il me l'a donné... On le laisse écrire là-bas tant qu'il veut, tout le monde l'aime... On me permet de lui parler ailleurs que dans cet affreux parloir, où il y avait toujours le gardien entre nous. Je le vois maintenant dans la chambre des avocats... Mais comment ne pas l'aimer quand on le connaît? Voulez-vous regarder? » insista-t-elle ; et d'une voix altérée : « Il ne m'a jamais menti, et je crois que c'est ce qu'il m'a dit... Si pourtant il avait pensé à vous écrire ce qu'il ne veut confier à personne?... »

— « Je verrai cela tout de suite », dit Adrien Sixte, qui déplia le rouleau. Il jeta les yeux sur la première page du cahier, et il put y lire les mots « Psychologie moderne », puis, sur la seconde feuille, un autre titre : *Mémoire sur moi-même*, et au-dessous étaient les lignes suivantes : « *Je prie mon cher maître, M. Adrien Sixte, de se considérer comme engagé de parole à garder pour lui seul les pages qui suivent. S'il ne lui convient pas de prendre cet engagement vis-à-vis de son malheureux élève, je lui demande de brûler ce*

cahier, me fiant à son honneur pour ne pas livrer ce
mémoire à qui que ce soit, même pour sauver ma
tête. » Et le jeune homme avait signé simplement de
ses initiales.

— Hé bien? » demanda la mère, tandis que le philosophe feuilletait le cahier, en proie à une anxiété profonde.

— « Hé bien! » répondit-il en refermant le cahier et
tendant la première page aux yeux inquisiteurs de
Mme Greslou, « ce n'est qu'un travail de philosophie,
comme il vous l'avait annoncé. Voyez... »

La mère eut une question sur la bouche, une défiance
dans les prunelles tandis qu'elle lisait cette formule technique inintelligible pour son pauvre esprit. Elle avait
vu l'hésitation d'Adrien Sixte. Puis elle n'osa pas, et elle
se leva en disant :

— « Vous m'excuserez de vous avoir retenu si longtemps, monsieur. J'ai mis ma dernière espérance en
vous, et vous ne tromperez pas le cœur d'une mère.
J'emporte votre promesse. »

— « Tout ce qu'il me sera possible de faire pour que
la vérité soit connue », dit gravement le philosophe,
« je le ferai, madame. Je vous le promets encore une
fois. »

Lorsqu'il eut reconduit la malheureuse femme, et qu'il
se trouva seul dans son cabinet, Adrien Sixte demeura
longtemps plongé dans ses réflexions. Prenant ensuite
le manuscrit remis par Mme Greslou, il lut et relut la
phrase écrite par le jeune homme, et repoussant le cahier
tentateur, il se mit à se promener dans la pièce, indéfiniment. Par deux fois, il saisit ces feuillets et s'approcha

du feu, puis il ne les lança pas dans les flammes. Un
combat se livrait dans sa tête, entre la curiosité irrésistible que cette confession de son disciple éveillait en lui,
et des appréhensions d'ordre très divers. Il le sentait :
contracter l'engagement que cette lecture lui imposait
et apprendre ce qu'il pouvait apprendre par ces pages
le jetterait dans une situation peut-être horrible. S'il
allait tenir entre ses mains la preuve de l'innocence du
jeune homme sans avoir le droit de la donner, ou, ce
qu'il redoutait plus encore, de sa culpabilité ? Sans qu'il
s'en rendît compte, il tremblait aussi, dans le fond le
plus intime de lui-même, de retrouver à travers ce mémoire, s'il y avait crime, la trace de son influence, à lui,
et la cruelle accusation, déjà formulée deux fois, que
ses livres étaient mêlés à cette sinistre histoire. D'autre
part, son égoïsme inconscient d'homme d'études et qui
avait en horreur tout tracas lui faisait souhaiter de ne
pas entrer plus avant dans un drame auquel en définitive il n'avait pas à se mêler. « Non », conclut-il, « je
ne lirai pas ce mémoire ; j'écrirai à ce garçon comme
j'ai promis à la mère, puis ce sera fini. » L'heure de son
dîner était venue parmi ces réflexions. Il mangea seul
comme toujours, assis au coin d'un poêle de faïence, —
très frileux, le chauffage était son unique luxe, — et
devant une table ronde, très petite, couverte d'une toile
cirée. La lampe qui servait à ses travaux éclairait son
frugal repas, composé, ce soir-là, suivant l'habitude,
d'un potage et d'un seul plat de légumes, avec quelques raisins secs pour dessert, et, pour boisson, simplement de l'eau. D'ordinaire, il prenait au hasard un
des livres qui garnissaient une bibliothèque, exilée dans

cette chambre, afin d'éviter l'encombrement, ou bien
il écoutait Mlle Trapenard lui exposer les détails du
ménage. Ce soir-là, il ne chercha pas de livre, et sa gouvernante essaya en vain de savoir si la visite de la dame
et la citation chez le juge avaient le moindre rapport.
Le vent se levait, un vent d'hiver dont la plainte mou-
rait doucement contre les volets, à travers le sombre
espace vide. Assis dans son fauteuil, après son dîner, au
lieu de sortir, et devant le manuscrit de Robert Greslou,
le savant écouta longtemps cette plainte monotone. Ses
hésitations le reprirent. Puis la psychologie l'emporta
sur les scrupules, et quand plus tard Mariette vint pour
annoncer à son maître que sa couverture était faite et
chercher la lampe, il lui ordonna d'aller se coucher.
Deux heures sonnaient qu'il était encore à lire l'étrange
morceau d'analyse que Robert avait appelé un Mémoire
sur lui-même, et dont le vrai titre eût été : « Confession
d'un jeune homme d'aujourd'hui. »

5.

IV

CONFESSION D'UN JEUNE HOMME D'AUJOURD'HUI

« Maison d'arrêt de Riom. Janvier 1887.

JE vous écris, monsieur, ce mémoire sur moi-même
que j'ai refusé à l'avocat, malgré les supplications
de ma mère. Je vous l'écris à vous qui me connaissez si peu dans les faits, — et à quel moment de ma
vie! — pour la même raison qui m'a fait vous apporter
mon premier travail. Il existe de vous, le maître illustre,
à moi votre élève, accusé du crime le plus infâme, un
lien que les hommes ne sauraient comprendre, que vous
ignorez vous-même, et que je sens, moi, aussi étroit
qu'imbrisable. J'ai vécu avec votre pensée et de votre
pensée si passionnément, si complètement, à l'époque

la plus décisive de mon existence! Maintenant et dans
la détresse de mon agonie intellectuelle, je me tourne
vers vous comme vers le seul être de qui je puisse
attendre, espérer, implorer une aide. Ah ! ne me mécon-
naissez pas, monsieur et vénéré maître, et croyez que
les troubles terribles où je me débats ne sont point cau-
sés par le vain appareil de justice qui m'environne. Je ne
serais pas digne du nom de philosophe si je n'avais, dès
longtemps, appris à considérer ma pensée comme la
seule réalité avec quoi j'aie à compter, le monde extérieur comme une indifférente et fatale succession d'apparences. Dès ma dix-septième année, j'avais adopté pour
règle de me répéter, dans les heures de contrariétés
petites ou grandes, la formule de l'héroïque Spinoza :
« La force par laquelle l'homme persévère dans l'existence est bornée, et celle des causes extérieures la sur-
passe infiniment. » Je serais condamné à mort dans six
semaines, pour ce crime dont je suis innocent et dont
je ne puis me justifier, — vous comprendrez pourquoi,
après avoir lu ces pages, — que j'irais à l'échafaud sans
trembler. Je supporterais cet événement avec le même
sang-froid que si un médecin me diagnostiquait, après
m'avoir ausculté, une maladie avancée du cœur. Condamné, j'aurais à vaincre la révolte de l'animal d'abord,
ensuite, à supporter le contre-coup du désespoir de ma
mère. J'ai appris, par vos livres, le remède contre de
telles épreuves, et en opposant à l'image de la mort prochaine le sentiment de l'inéluctable nécessité, en dimi-
nuant la vision de la douleur de ma mère par le rappel
précis des lois psychologiques qui gouvernent les consolations, j'arriverais au calme relatif. Certaines phrases

de vous y suffiraient, celle par exemple du cinquième chapitre du second livre dans votre *Anatomie de la volonté*, que je sais par cœur : « L'universel entrelacement des phénomènes fait que sur chacun d'eux porte le poids de tous les autres, en sorte que chaque parcelle de l'univers et à chaque seconde peut être considérée comme un résumé de tout ce qui fut, de tout ce qui est, de tout ce qui sera. C'est en ce sens qu'il est permis de dire que le monde est éternel dans son détail aussi bien que dans son ensemble. » Quelle phrase, et comme elle enveloppe, comme elle affirme et démontre l'idée que tout est nécessaire, en nous comme autour de nous, puisque nous sommes, nous aussi, une parcelle et un moment de ce monde éternel!... Hélas! pourquoi faut-il que cette idée, si lucide au regard de mon esprit, lorsque je raisonne comme on doit raisonner, avec ma tête, et à laquelle j'acquiesce de toute la force de mon être, ne puisse détruire en moi une espèce de souffrance si particulière qui envahit mon cœur, lorsque je me souviens du drame que j'ai traversé, de certaines actions que j'ai voulues, d'autres dont je suis l'auteur, bien qu'indirect? Pour vous dire la chose d'un mot, mon cher maître, quoique, encore une fois, je n'aie pas tué Mlle de Jussat, j'ai été mêlé de la manière la plus étroite au drame de son empoisonnement, et j'ai des remords, quand les doctrines auxquelles je crois, les vérités que je sais, les convictions qui forment l'essence même de mon intelligence, me font considérer le remords comme la plus niaise des illusions humaines. Ces convictions se trouvent impuissantes à me procurer cette paix de la certitude qui était la mienne. Je doute avec mon cœur de ce que mon esprit

reconnaît comme vrai. Je ne pense pas que pour un homme
dont la jeunesse fut consumée de passions intellectuelles,
il y ait un supplice plus affreux que celui-là. Mais pourquoi essayer de vous traduire avec des phrases littéraires
un état mental que je veux justement vous exposer par
son détail, à vous le grand connaisseur des maladies de
l'âme, pour que vous me donniez le seul secours qui
puisse m'être bienfaisant : une parole qui m'explique à
moi-même ce qui m'est inexplicable, qui m'atteste que
je ne suis pas un monstre, qui me soutienne dans le
désarroi de mes croyances, qui me prouve que je ne me
suis pas trompé depuis des années en adhérant à la foi
nouvelle avec l'intime énergie d'une créature sincère?
Enfin, mon cher maître, je suis très misérable, et j'ai
besoin de dire ma misère. A qui m'adresser, sinon à vous,
puisque je ne saurais espérer d'être intelligible à qui que
ce soit, hors du psychologue dont je suis l'élève? Depuis
deux mois tantôt que je vis dans cette prison, l'instant où
j'ai pris cette résolution de vous écrire ce mémoire a été
le seul où je me sois retrouvé tel que je fus avant ces
terribles événements. J'avais essayé de m'absorber dans
quelques travaux d'ordre abstrait, je n'avais pas pu. J'y
aurai du moins gagné de vous écrire ces pages sans que
l'on s'occupe de me surveiller. Voici quatre jours que je
ne songe qu'à cela, et, grâces vous en soient déjà rendues, la force de la pensée me revient. J'ai trouvé même
un peu du plaisir qui était le mien autrefois, quand
j'écrivais mes premiers essais, à reprendre pour ce travail, la froide sévérité de ma méthode, — de votre méthode. J'ai jeté hier sur le papier un plan de cette mono-
graphie de mon moi actuel, en pratiquant la division par

paragraphes que vous avez adoptée dans vos travaux. Je me suis prouvé la vigueur persistante de ma réflexion en reconstruisant ma vie depuis son origine, comme je résoudrais un problème de géométrie par synthèse. Je vois distinctement à l'heure présente que la crise dont je souffre a pour facteurs mes hérédités d'abord, ensuite un milieu d'idées, celui où j'ai grandi, puis un milieu de faits, celui où j'ai été transplanté par mon entrée chez les Jussat-Randon. La crise elle-même et les questions qu'elle soulève en moi seront la matière des derniers fragments d'une étude que je débarrasserai du parasitisme des souvenirs insignifiants pour la réduire à ce qu'un maître de notre temps appelle les *génératrices*. A tout le moins je vous aurai fourni un document exact sur des façons de sentir que j'ai crues autrefois précieuses et rares, et je vous aurai prouvé deux fois, par ma confiance dans votre absolue discrétion et par mon appel à votre appui philosophique, ce que vous avez été pour celui qui vous écrit ces lignes et qui, en vous demandant pardon de ce trop long préambule, commence aussitôt sa dissection. Je saurai bien vous la faire tenir, une fois finie.

§ 1. — *Mes hérédités.*

Aussi loin que je remonte en arrière dans mon passé, je constate que ma faculté dominante, celle qui s'est trouvée présente à travers toutes les crises de ma vie, petites ou grandes, comme elle se retrouve présente aujourd'hui, a été la faculté, j'entends le pouvoir et le besoin du dédoublement. Il y a toujours eu en moi deux personnes distinctes : une qui allait, venait, agissait, sentait, et une autre qui regardait la première aller, venir, agir, sentir, avec une impassible curiosité. A l'heure actuelle, et tout en sachant que je suis là en prison, accusé d'un crime capital, perdu d'honneur, et aussi accablé de tristesse, que c'est bien moi, Robert Greslou, né à Clermont le 5 septembre 1864... et non pas un autre, — je pense à cette situation comme à un spectacle auquel je demeure étranger. Même est-il juste de dire *je*? Non, évidemment. Car mon véritable moi n'est, à proprement parler, ni celui qui souffre, ni celui qui regarde. Il est

composé des deux, et j'ai eu de cette dualité une percep-
tion très nette, bien que je ne fusse pas capable alors
de comprendre cette disposition psychologique exagérée
jusqu'à l'anomalie, dès mon enfance, — cette enfance
que je veux évoquer d'abord en essayant de tout abolir
de l'heure présente et avec l'impartialité d'un historien
désintéressé.

« Mes premiers souvenirs me représentent cette ville
de Clermont-Ferrand, et dans cette ville une maison qui
donnait sur une promenade aujourd'hui bien changée
par la récente construction de l'école d'artillerie : le
Cours Sablon. La maison était bâtie, comme toutes celles
de cette ville, en pierre de Volvic, une pierre grisâtre
dans sa nouveauté, puis noirâtre, qui donne aux rues tor-
tueuses une physionomie de cité du moyen âge. Mon
père, que j'ai perdu tout jeune, était d'origine lorraine.
Il occupait à Clermont la place d'ingénieur des ponts et
chaussées. C'était un homme chétif, de santé faible, avec
un visage à la barbe rare, empreint d'une sérénité mélancolique et qui m'attendrit quand j'y songe, après des
années. Je le revois dans son cabinet de travail, par les
fenêtres duquel s'apercevait la plaine immense de la
Limagne avec la gracieuse éminence du puy de Crouël
tout auprès, et au loin la ligne sombre des montagnes
du Forez. La gare était voisine de notre maison, et le
sifflement des trains arrivait sans cesse jusqu'à ce cabinet paisible. J'étais sur le tapis, au coin du feu, à jouer
sans bruit, et cet appel strident produisait dès lors sur mes
nerfs une étrange impression de mystère, d'éloignement,
d'une fuite de l'heure et de la vie. Mon père traçait à la
craie sur un tableau noir des signes énigmatiques, figures

de géométrie ou formules d'algèbre, avec cette netteté
dans les lignes des courbes ou les lettres des polynômes
qui révélait l'habituelle méthode de son être intime.
D'autres fois, il écrivait, debout,
à une table d'architecte qu'il préférait à son bureau, — table
composée simplement d'une
large planche en bois blanc placée sur deux tréteaux. Les
grands livres de mathématiques
rangés avec minutie dans la
bibliothèque, les figures froides
des savants dont les portraits
gravés en taille-douce et sous
verre étaient les seuls objets
d'art dont se décorassent les
murs, la pendule qui représentait

un globe du monde, deux cartes astronomiques au-dessus
du bureau, et sur son bureau, la règle à calculs avec ses
chiffres et son coulant de cuivre, les équerres, les compas,
la règle plate en forme de T, — j'évoque à mon gré ces menus
détails où tout n'était que pensée, et ces images m'aident
à comprendre comment dès ma lointaine enfance le rêve
d'une existence purement idéale et contemplative s'éla-
bora en moi, favorisé sans doute par l'hérédité. Mes réflexions postérieures m'ont fait reconnaître dans plusieurs
traits de mon caractère le résultat transmis sous forme
instinctive, de l'existence en études abstraites menée par
mon père. J'ai constamment éprouvé, par exemple, une
horreur singulière pour l'action, si faible fût-elle, au point
que de faire une simple visite me causait autrefois un

battement de cœur, que les plus légers exercices physiques
m'étaient intolérables, que d'entrer en lutte ouverte avec
une autre personne, même pour discuter mes idées les
plus chères, m'apparaît, encore aujourd'hui, chose presque impossible. Cette horreur d'agir s'explique par l'excès
du travail cérébral qui, trop poussé, isole l'homme au
milieu des réalités. Il les supporte mal, parce qu'il n'est
pas habituellement en contact avec elles. Je le sens bien,
cette difficulté d'adaptation au fait me vient de ce pauvre
père; de lui aussi cette faculté de généraliser, qui est la
puissance, mais en même temps la manie de ma pensée;
et c'est son œuvre encore qu'une prédominance morbide
du système nerveux qui a rendu ma volonté si folle à
de certaines heures. Mon père, qui devait mourir très
jeune, n'avait jamais été robuste. Il avait dû, à l'âge de
la croissance, subir cette épreuve de la préparation à
l'École polytechnique, meurtrière aux meilleures santés.
Avec ses épaules étroites, avec ses membres appauvris
par les longues séances de méditations sédentaires, ce
savant aux mains transparentes semblait avoir dans les
veines, au lieu des rouges globules d'un sang généreux,
un peu de la poussière de cette craie qu'il a tant maniée. Il
ne m'a pas légué des muscles capables de contre-balancer
l'excitabilité de mes nerfs, en sorte que je lui dois, avec
cette faculté d'abstraction qui me rend la moindre activité difficile, une effrénée intempérance du désir. Chaque
fois que j'ai souhaité ardemment, il m'a été impossible
de réprimer cette convoitise. C'est une hypothèse qui
m'est souvent venue quand je m'analysais moi-même,
que les natures abstraites sont plus incapables que les
autres de résister à la passion, lorsque cette passion

s'éveille, peut-être parce que le rapport quotidien entre
l'action et la pensée est brisé en elles. Les fanatiques
en seraient la preuve la plus éclatante. J'ai vu ainsi mon
père, d'habitude extrêmement patient et doux, s'emporter
en des colères d'une violence folle qui le faisaient presque
s'évanouir. Sur ce point aussi, je suis bien son fils, et à
travers lui le descendant d'un grand-père peu équilibré,
sorte d'homme de génie primitif, demi-paysan parvenu
à force d'inventions mécaniques à une demi-fortune
d'ingénieur civil, puis ruiné par des procès. De ce côté-
là de ma race, il y a toujours eu un élément dangereux,
quelque chose de déchaîné par instants, à côté d'une
intellectualité constante. J'ai considéré jadis comme un
état supérieur cette double nature : des crises spasmo-
diques de passion jointes à cette énergie continue de
pensée abstraite. J'ai eu pour rêve d'être à la fois fié-
vreux et lucide, le sujet et l'objet, comme disent les
Allemands, de mon analyse, le sujet qui s'étudie lui-
même et trouve dans cette étude un moyen d'exaltation
à la fois et de développement scientifique. Hélas! Où
cette chimère m'a-t-elle mené? Mais ce n'est pas l'heure
de parler des effets, nous n'en sommes encore qu'aux
causes.

« Parmi les circonstances qui agirent sur moi durant
mon enfance, je crois que voici une des plus importantes :
chaque dimanche matin, et aussitôt que je pus lire, ma
mère commença de m'emmener avec elle à la messe.
Cette messe se célébrait à huit heures dans l'église des
Capucins, assez nouvellement bâtie sur un boulevard
planté de platanes, qui monte du Cours Sablon à la place
du Taureau, en longeant le Jardin des Plantes. A la porte

de cette église, se tenait assise, devant une boutique volante, une marchande de gâteaux, appelée la mère Girard, que je connaissais bien, pour lui acheter au prin-

temps de petits bâtons auxquels quatre ou cinq cerises pendaient attachées par du fil blanc. C'étaient les premiers de ces fruits que je mangeasse dans la saison. Cette friandise aigre et fraîche fut une des sensualités de ces jours d'enfance. Elle aurait pu devenir, pour

quelqu'un qui m'eût observé, l'occasion de signaler en
moi cette frénésie du désir dont je vous parlais. J'avais

presque la fièvre quand je m'acheminais vers cette boutique. Ce n'était pas la seule raison qui me fit préférer

cette église des Capucins, avec son architecture très simple, aux cryptes souterraines de Notre-Dame-du-Port et aux voûtes de la cathédrale soutenues par de si élégantes colonnes à faisceaux. Chez les Capucins, le chœur était fermé. Durant les offices, d'invisibles bouches chantaient, derrière les grilles, des cantiques qui remuaient étrangement mon imagination d'enfant. Ils me semblaient venir de si loin, comme d'un abîme ou d'un tombeau. Je regardais ma mère prier à côté de moi avec l'ardeur contenue qui se manifeste dans ses moindres actions, et je songeais que mon père n'était pas là, qu'il n'entrait jamais à l'église. Ma tête d'enfant se tourmentait de cette absence au point que j'avais un jour demandé :

— « Pourquoi papa ne vient-il pas à la messe avec nous? »

« Avec mes yeux inquisiteurs d'enfant, je n'avais pas eu de peine à démêler l'embarras où ma question jetait ma mère. Elle s'en tira pourtant avec une réponse analogue à des centaines d'autres que m'ont faites depuis ses lèvres de femme essentiellement éprise de principes fixes et d'obéissance :

— « Il entend une autre messe à son heure; et puis, je t'ai déjà dit que les enfants ne doivent jamais demander pourquoi leurs parents font telle ou telle chose... »

« Toute la différence d'âme qui nous a séparés, ma mère et moi, tenait déjà dans cette phrase qu'elle prononçait par un froid matin d'hiver, en revenant sous les arbres du Cours Sablon. Je vois encore sa pèlerine, ses mains dans son manchon de vison doublé de soie brune d'où sortait à moitié son livre, la sincérité de son visage même dans son pieux mensonge, et tandis qu'elle disait :

« Il ne faut jamais demander pourquoi... » Je vois ses
yeux qui trop souvent, depuis lors, m'ont regardé d'un
regard qui ne me comprenait pas, et, dès cette époque,
elle ne soupçonnait en rien ma nature d'enfant méditatif
pour lequel penser c'était déjà se demander toujours et
à propos de toutes choses : Pourquoi?... Oui, pourquoi
ma mère m'avait-elle trompé? Car je savais que mon
père n'allait à aucune espèce d'office. Et pourquoi n'y
allait-il pas?... Les graves et tristes accents des moines
cachés entonnaient les répons de la messe, et moi, je me
perdais dans cette question. Je savais, sans bien apprécier les motifs de cette supériorité, que mon père comptait parmi les premiers de la ville. Que de fois, à la
promenade, étions-nous, lui et moi, arrêtés par quelque
ami, qui, tapotant ma joue, me disait : « Hé bien, nous
deviendrons un grand savant, comme le père?... » Quand
ma mère prenait son avis, c'était pour l'écouter avec la
soumission d'un instinctif respect. Elle trouvait donc
naturel qu'il n'accomplît pas certaines actions qui, pour
nous, étaient obligatoires. Nous n'avions pas les mêmes
devoirs, lui et nous. Cette idée ne se formulait pas dès
lors dans mon cerveau d'enfant avec cette netteté, mais
elle y déposait le germe de ce qui allait être plus tard
une des convictions de ma jeunesse, à savoir que les
mêmes règles ne gouvernent pas les hommes très intelligents et les autres. Ce fut là, dans cette petite église,
et docilement penché sur mon paroissien, que le grand
principe de ma vie a pris naissance : — ne pas considérer comme une loi, pour nous autres qui pensons, ce qui
est et doit être une loi pour ceux qui ne pensent pas; —
— de même que j'ai reçu de mes conversations avec mon

père, à ce même âge, durant nos promenades, le premier germe de ma vue scientifique du monde.

« La campagne autour de Clermont est merveilleuse, et quoique je sois, au rebours du poète, un homme pour qui le monde extérieur existe très peu, j'ai gardé à jamais au fond de ma mémoire l'image des horizons qui ont entouré ces promenades. Tandis que la ville d'un

côté regarde vers la plaine de la Limagne, elle s'adosse de l'autre côté aux derniers contreforts de la chaîne des Dômes. L'échancrure des cratères éteints, la boursouflure des éruptions calmées, les coulées de lave refroidie donnent aux lignes de ces montagnes volcaniques une ressemblance avec les paysages que le télescope découvre dans ce cadavre de planète qui est la lune. C'est donc, là-bas, un sauvage et grandiose souvenir des plus terribles convulsions du globe, et, ici, la plus jolie rusticité de chemins pierreux entre des vignes, de ruisseaux murmurant sous des saules et parmi des châtaigniers. Les grands bonheurs de mon enfance ont consisté dans d'interminables vagabondages avec mon père, sur tous les sentiers qui vont ainsi du puy de Crouël à Gergovie, de Royat à Durtol, de Beaumont à Gravenoire. Rien

qu'à écrire ces noms, ma mémoire rajeunit mon cœur.
Me revoici le petit garçon qu'un portrait conservé me
montre avec ses longs cheveux, avec ses jambes serrées
dans des guêtres de drap, qui chemine en tenant la main
de son père. D'où lui venait ce goût des champs, à lui, le
savant mathématicien, l'homme de cabinet et de réflexion
abstraite? J'y ai souvent songé depuis, et je crois avoir
découvert à son occasion une loi peu connue du développement des esprits : — nos goûts de jeunesse persistent même quand nous nous sommes développés dans
un sens contraire à eux, et nous continuons de les pratiquer, en les justifiant par des raisons intellectuelles qui
les excluraient. — Je m'explique. Mon père aimait la
campagne, naturellement, parce qu'il avait été élevé dans
un village, que tout petit il avait passé des journées
entières au bord des ruisseaux, parmi les insectes et les
fleurs. Au lieu de s'abandonner à ses goûts d'une manière
simple, il y mélangeait ses préoccupations actuelles de
savant. Il ne se serait point pardonné d'aller dans la
montagne sans y étudier la formation du terrain; de
regarder une fleur sans en déterminer les caractères et
sans en découvrir le nom; de ramasser un insecte sans
se rappeler sa famille et ses mœurs. Grâce à la rigueur
de sa méthode en tout travail, il était arrivé à une connaissance très complète de la contrée; et, quand nous
marchions ensemble, cette connaissance faisait la matière
unique de notre entretien. Le paysage des montagnes lui
devenait un prétexte pour m'expliquer les révolutions de
la terre. Il passait de là, sans efforts, avec une clarté de
parole qui me rendait de telles idées perceptibles, à
l'hypothèse de Laplace sur la nébuleuse, et j'apercevais

6.

distinctement en imagination les protubérances plané-
taires s'échappant du noyau enflammé, de ce torride soleil
en rotation. Le ciel de la nuit, par les beaux mois d'été,
devenait une espèce de carte qu'il déchiffrait pour mes
yeux de dix ans, et où je distinguais l'Étoile polaire, les
sept étoiles du Chariot, Véga de la Lyre, Sirius, tous
ces univers inaccessibles et formidables dont la science
connaît le volume, la position et jusqu'aux métaux. Il en
était de même des fleurs qu'il me dressait à ranger dans
un herbier, des cailloux que je cassais sous sa direction
avec un petit marteau en fer, des insectes que je nour-
rissais ou que je piquais, suivant les cas. Bien avant que
l'on ne pratiquât dans les collèges les leçons de choses,
mon père appliquait à mon éducation première sa grande
maxime : « Ne rien rencontrer que l'on ne se rende
« compte scientifiquement », conciliant ainsi la paysan-
nerie de ses premières impressions avec la précision
acquise dans ses études mathématiques. J'attribue à cet
enseignement le précoce esprit d'analyse qui se développa en moi dès cette première adolescence, et qui se
serait sans doute tourné vers les études positives, si
mon père avait vécu. Mais il ne devait pas achever
cette éducation entreprise d'après un plan raisonné
dont j'ai retrouvé la trace dans ses papiers. Justement
au cours d'une de ces promenades, et dans l'été de
ma dixième année, nous fûmes surpris, lui et moi, par
un orage qui nous mouilla l'un et l'autre jusqu'aux
os. Nous étions en nage d'avoir marché. Pendant le
temps que nous mîmes à revenir avec nos vêtements
ainsi trempés, mon père eut très froid. Le soir il se
plaignait d'un frisson. Deux jours après une fluxion de

poitrine se déclarait, et la semaine suivante il était mort.

« Comme je veux, dans cette indication sommaire des diverses causes qui ont formé mon âme de jeune homme, éviter à tout prix ce que je hais le plus au monde, l'étalage de la sentimentalité subjective, je ne vous raconterai pas, mon cher maître, d'autres détails sur cette mort. Il y en eut de navrants, mais je ne sentis leur tristesse qu'à distance et que plus tard. Je me rappelle, quoique je fusse un garçon déjà grand et remarquablement développé, avoir éprouvé plus d'étonnement que d'affliction. C'est aujourd'hui que je regrette vraiment mon père, que je comprends ce que j'ai perdu en le perdant. Je crois vous avoir nettement marqué ce que je lui dois : le goût et la facilité de l'abstraction, l'amour de la vie intellectuelle, la foi dans la science, le précoce maniement de la bonne méthode : voilà pour l'esprit; pour le caractère, la première divination de l'orgueil de penser, et aussi un élément un peu morbide, cette difficulté d'agir qui a pour conséquence la difficulté de résister aux passions lorsqu'elles vous entraînent. — Je voudrais marquer aussi nettement ce que je crois devoir à ma mère. Tout d'abord j'aperçois ce fait que cette seconde influence agit sur moi par réaction, tandis que la première avait agi directement. A vrai dire, cette réaction ne commença qu'au jour où, devenue veuve, elle voulut s'occuper de me diriger elle-même. Jusque-là, elle m'avait abandonné à l'éducation paternelle. Cela peut sembler étrange que, demeurés seuls en ce monde, elle et moi, elle si énergique, si dévouée, et moi si jeune, nous n'ayons pas vécu, au moins durant ces années-là, en complète communion du cœur. Il existe, en effet, une psychologie rudimentaire pour laquelle ces mots : mère et fils, sont synonymes d'absolue tendresse, d'entente intime des âmes. Peut-être en va-t-il ainsi dans les familles de tradition ancienne, quoique en nature humaine je ne croie guère à ce qui suppose une simplicité entière des rapports entre personnes d'âge et de sexe différents. En tout cas, les familles modernes présentent sous les étiquettes conventionnelles les plus cruels phénomènes de divorce secret, de mésintelligence foncière, quelquefois de haine, qui se comprennent trop quand on pense à leurs origines. Il se fait depuis cent ans des mélanges de province à province et de race à race qui ont chargé notre sang, à tous, d'hérédités par trop contradictoires. Des gens se trouvent être, nominalement, de même famille, qui n'ont pas un trait commun dans la structure mentale et morale. Par suite l'intimité quotidienne entre ces êtres devient une cause de conflits quotidiens, ou de dissimulation constante. Ma mère et moi, nous en sommes un exemple que je qualificrais d'excellent, si le plaisir de rencontrer la preuve très nette d'une loi psychologique ne s'accompagnait du cuisant regret d'en avoir été la victime.

« Mon père, je vous l'ai dit, était un ancien élève de l'École polytechnique, et le fils d'un ingénieur civil. Je vous ai dit aussi qu'ils étaient tous deux de race lorraine. Il y a un proverbe qui dit : « Lorrain, traître à son roi et à Dieu même. » Cette épigramme exprime, sous une forme inique, cette observation très juste qu'il flotte quelque chose de très complexe dans l'âme de cette population de frontière. Les Lorrains ont toujours vécu sur le bord de deux races et de deux existences, la germanique et la française. Qu'est-ce que le goût de la traîtrise, d'ailleurs, sinon la dépravation d'un autre goût, admirable au point de vue intellectuel, celui de la complication sentimentale? Pour ma part, j'attribue à cet atavisme le pouvoir de dédoublement dont je vous parlais en commençant cette analyse. Je dois ajouter que j'ai souvent éprouvé, quand j'étais enfant, d'étranges plaisirs de simulation désintéressée qui procédaient évidemment du même principe. Il m'est arrivé de raconter à mes camarades toutes sortes de détails inexacts sur moimême, sur mon endroit de naissance, sur l'endroit de naissance de mon père, sur telle promenade que je venais de faire, et non pas pour me vanter, mais *pour être un autre*, simplement. J'ai goûté plus tard des voluptés singulières à étaler les opinions les plus opposées à celles que je considérais comme la vérité, pour le même bizarre motif. Jouer un rôle à côté de ma vraie nature m'apparaissait comme un enrichissement de ma personne, tant j'avais d'instinct le sentiment que se déterminer dans un caractère, une croyance, une passion, c'est se limiter. Ma mère, elle, est une femme du Midi, absolument rebelle à toute complexité, pour qui les idées de choses sont seules intelligibles. Dans son imagination les formes de la vie se reproduisent, concrètes, précises et simples. Quand elle pense à la religion, elle voit son église, son confessionnal, la nappe de la communion, les quelques prêtres qu'elle a connus, le livre de catéchisme où elle a étudié petite fille. Quand elle pense à une carrière, elle en voit l'activité positive et les bénéfices. Le professorat, par exemple, où elle a désiré que j'entrasse, c'était pour elle M. Limasset, le professeur de mathématiques, l'ami

de mon père, et elle me voyait pareil à lui, traversant
la ville deux fois par jour, en jaquette d'alpaga et en
panama l'été, les pieds protégés, l'hiver, par des socques
et le corps pris dans un paletot fourré, avec un traitement fixe, les revenants-bons des répétitions et la douce
assurance d'une retraite. J'ai pu étudier à propos d'elle
combien cette nature d'imagination rend ceux qu'elle
domine incapables de se figurer l'intérieur des autres
âmes. On dit souvent de ces gens-là qu'ils sont despo-
tiques et personnels, ou qu'ils ont un mauvais caractère.
En réalité, ils sont, devant ceux qu'ils fréquentent, comme
un enfant devant une montre. L'enfant voit marcher les
aiguilles, il ne sait rien du rouage caché qui les fait mou-
voir. De là, quand ces aiguilles ne vont pas à sa fantaisie,
à les violenter et à fausser les ressorts de la montre, il
y a juste l'épaisseur d'une impatience.

« Ma pauvre mère fut ainsi avec moi, et dès la semaine
qui suivit notre commun désastre. Je me sentis presque
aussitôt tomber vis-à-vis d'elle dans un état de malaise
indéfinissable, mais sans qu'un fait précis eût donné corps
à ce malaise. La première circonstance qui m'éclaira sur
le divorce commencé dès lors entre nous deux — dans
la mesure où ma tête d'enfant pouvait être éclairée —
date d'un après-midi d'automne, quatre mois environ
après la mort de mon père. L'impression reçue fut si
forte que je me la rappelle comme si elle datait d'hier.
Nous avions dû changer d'appartement, et nous avions
loué le troisième étage d'une maison, toute en hauteur,
dans la rue du Billard, ruelle étroite qui contourne les
ombrages de la place des Petits-Arbres, devant le palais
de la Préfecture. Ma mère avait été déterminée à ce

choix par l'existence d'un balcon où j'étais justement en
train de jouer durant ce bel après-midi. Mon jeu — vous
y reconnaîtrez le tour scientifique imprimé par mon père
à mon imagination — consistait à conduire un caillou,
qui me représentait un grand explorateur, d'un bout à
l'autre de ce balcon et parmi d'autres pierres prises dans
les pots de fleurs. Ces autres pierres me figuraient, les
unes des villes, les autres des animaux curieux dont
j'avais lu la description. Une des fenêtres du salon donnait
sur ce balcon. Elle était entr'ouverte, et, mon jeu m'ayant
amené jusque-là, j'entendis que ma mère parlait de moi
avec une visiteuse. Je ne pus me retenir d'écouter avec
ce battement de cœur que m'a longtemps donné l'idée de
ma personnalité jugée par les autres. Plus tard j'ai compris qu'entre notre être véritable et l'impression produite
sur nos proches, même sur nos amis, il n'y a pas plus
de rapports qu'entre la couleur exacte de notre visage et
la couleur de son reflet dans une glace bleue, verte ou
jaune.

— « Peut-être », disait la visiteuse, « vous trompez-
vous sur le compte de ce pauvre Robert. A dix ans on
est si peu formé... »

— « Dieu vous entende », reprenait ma mère, « mais
je tremble qu'il n'ait aucune espèce de cœur. Vous n'ima-
ginez pas comme il a été dur lors de la mort de son
père... Le lendemain, il avait l'air de n'y plus penser...
Et depuis, jamais un mot... vous savez, un de ces mots
qui font voir que l'on se souvient de quelqu'un... Quand
je lui en parle, il me répond à peine... On dirait qu'il
n'a jamais connu ce cher homme qui était si bon pour
lui... »

« J'ai lu quelque part que Mérimée, tout enfant, avait
été grondé, puis chassé d'une chambre par sa mère, qui,
lui à peine sorti, éclata de rire. Mérimée entendit ce
rire, il constata comme on lui avait joué la comédie de
l'irritation, et il sentit se creuser sur son cœur un pli de
défiance qui ne s'effaça jamais. Cette anecdote me
frappa beaucoup lorsque je la rencontrai. L'impression
du célèbre écrivain m'offrait une analogie saisissante
avec l'effet que produisit sur moi le fragment de causerie entendu sur le balcon. C'était bien vrai que je ne
parlais jamais de mon père, mais c'était si faux que je
l'eusse oublié! J'y pensais au contraire sans cesse. Je ne
longeais pas un trottoir, je ne traversais pas une rue, je
ne regardais pas un de nos meubles, sans que le souvenir du mort ne s'éveillât en moi, avec une obsession qui
me faisait mal. A cette obsession se mêlait un étonnement épouvanté qu'il eût disparu pour toujours, et le
tout se confondait dans une espèce d'appréhension
anxieuse qui me fermait la bouche quand on m'entretenait de lui. Je me rends bien compte maintenant que ce
travail de ma pensée ne pouvait être connu de ma mère.
Sur le moment, et quand je l'entendis condamner ainsi
mon cœur, j'éprouvai une humiliation profonde. Il me
sembla qu'en parlant de la sorte elle n'agissait pas avec
moi comme elle aurait dû. Je la sentis injuste, et, par
une timidité de petit garçon encore farouche et mal
apprivoisé, au lieu de la ramener sur mon compte, je me
crispai là, sur place, contre cette injustice. A partir de
cette minute, une impossibilité de me montrer jamais à
elle était née en moi. Je sentis cela aussi, et que lorsque
ses yeux se poseraient sur les miens pour y chercher

mes émotions, j'éprouverais un irrésistible besoin de lui cacher mon être intérieur.

« Ce fut là une première scène, — ce rien peut-il même s'appeler de ce gros nom? — bientôt suivie d'une seconde que je note malgré son insignifiance apparente. Les enfants ne seraient pas des enfants si les événements importants de leur sensibilité n'étaient pas puérils. J'étais, à cette époque déjà, passionné de lecture, et le hasard m'avait mis entre les mains des volumes très différents de ceux qui se donnaient en prix dans les distributions. Voici comment : quoique mon père, en sa qualité de mathématicien, eût peu de lettres, il aimait quelques auteurs, qu'il comprenait à sa manière ; et, en retrouvant plus tard quelques-unes de ses notes sur ces auteurs, j'ai pu apprécier à quel degré la sensation des littératures est chose personnelle, irréductible, incommensurable, pour emprunter un mot à sa science favorite, c'est-à-dire qu'il n'y a pas de commune mesure entre les raisons pour lesquelles deux esprits goûtent ou repoussent un même écrivain. Entre autres ouvrages, mon père possédait dans sa bibliothèque une traduction de Shakespeare en deux volumes sur lesquels on m'asseyait pour hausser ma chaise devant la table quand le temps fut venu de quitter mon siège de bébé. On me laissait ensuite, et sans y prendre garde, manier ces volumes illustrés de gravures qui incitèrent bientôt ma curiosité à lire des morceaux du texte. C'était une lady Macbeth se frottant les doigts sous le regard terrifié du médecin et d'une servante, un Othello entrant le poignard à la main dans la chambre de Desdémone et penchant sa face noire sur la forme blanche endormie, un roi Lear

déchirant ses vêtements sous les zigzags des éclairs, un
Richard III couché dans sa tente et environné de spectres.
Et, du texte qui accompagnait ces gravures, je lus tant
et tant de fragments que je finis par me familiariser avant
ma dixième année avec ces drames qui exaltaient mon
imagination dans ce que j'en pouvais saisir, sans doute
parce qu'ils ont été composés pour des spectateurs populaires et qu'ils comportent un élément de poésie primitive et un grossissement enfantin. J'aimais ces rois qui
défilaient, joyeux ou désespérés, à la tête de leur armée,
qui perdaient ou gagnaient des batailles en quelques
instants, ces tueries accompagnées de fanfares parmi
les drapeaux déployés et les apparitions, ces rapides
passages d'un pays à un autre et cette géographie chi-
mérique. Enfin ce qu'il y a de très abrégé, de presque
rudimentaire dans ces pièces et particulièrement dans
les chroniques me séduisait au point que, resté tout seul,
il m'arrivait de les jouer avec des chaises, qui devenaient
ainsi York ou Lancastre, Warwick ou Glocester. O
naïveté !... Mon père, lui, dont les répugnances pour les
réalités douloureuses de la vie étaient extrêmes, avait
goûté dans Shakespeare les côtés touchants et purs,
les profils de femme d'une délicatesse achevée; Imo-
gène et Desdémone, Cordélie et Rosalinde lui avaient
plu, quoique de tels rapprochements puissent sembler
étranges, pour les mêmes raisons que les romans de
Dickens, ceux de Topffer et jusqu'aux enfantillages de
Florian et de Berquin. Voilà des contrastes qui prouvent
l'incohérence des jugements artistiques uniquement fon-
dés sur l'impression sentimentale. Tous ces livres, je les
lisais aussi, et par surcroît ceux de Walter Scott, de

même que les récits champêtres de George Sand, dans
une autre édition illustrée. Il est certain qu'il eût mieux
valu pour moi ne pas nourrir mon imagination d'éléments aussi disparates, et quelques-uns dangereux. Mais
mon âge ne me permettait guère de comprendre que le
quart des phrases, et d'ailleurs, tandis que mon père
peinait à son tableau noir, en train de combiner ses formules, la foudre serait tombée sur la maison sans qu'il
y prît garde, emporté qu'il était sur les ailes du puissant
démon de l'abstraction. Ma mère, à qui ce démon-là est
aussi étranger que la bête de l'Apocalypse, ne resta pas
longtemps, sitôt les premières heures de notre découra-
gement passées, sans fureter dans la pièce où je travaillais à mes devoirs; et, par-dessous un thème commencé,
elle découvrit un grand volume ouvert : c'était l'*Ivanhoë*
de Scott.

— « Qu'est-ce que c'est que ce livre? » demanda-t-elle;
« qui t'a permis de le prendre?... »

— « Mais je l'ai déjà lu une fois », répondis-je.

— « Et ceux-là?... » continua-t-elle en inspectant la
petite bibliothèque qui, à côté de mes bouquins d'écolier, enfermait, outre le Shakespeare, les *Nouvelles
genevoises* et *Nicolas Nickleby*, *Rob-Roy* et *la Mare
au Diable*. « Ce n'est pas de ton âge », insista-t-elle, « et
tu vas me faire le plaisir d'emporter tous ces livres avec
moi dans le salon, pour les enfermer dans la bibliothèque
de ton père. »

« Je me vois encore transbordant, trois par trois, les
volumes, dont quelques-uns étaient très lourds pour mes
petits bras, dans la froide pièce garnie de housses qui
donnait sur le balcon. — cette pièce où j'avais entendu

ma mère, pas beaucoup de jours auparavant, juger si
sévèrement mon cœur. De ses doigts qui sortaient tout
blancs de leurs mitaines noires, elle prenait les volumes,
les rangeait à côté des gros traités de mathématiques.
Elle ferma la porte vitrée du meuble et en détacha la
clef qui prit place, parmi d'autres, dans le trousseau
qu'elle portait toujours avec elle. Puis elle ajouta sévèrement :

— « Quand tu voudras lire un livre, tu me le deman-
deras. »

« Moi, lui demander un de ces livres, mais lequel? Je
savais si bien qu'elle me refuserait tous ceux que j'aurais eu envie de relire et dont je venais regarder les
titres à travers le vitrage! Je me rendais déjà trop
compte que nous ne pensions de la même manière sur
aucun point. Je lui en voulus d'avoir arrêté mes plus
vifs plaisirs de lecture, moins peut-être à cause de cette
défense que pour la raison qu'elle m'en donna. Car elle
crut devoir me répéter à cette occasion, et sur les dangers des romans, des phrases empruntées à quelque
manuel de piété qui, dès lors, me parurent exprimer
exactement le contraire de ce que j'avais éprouvé par
moi-même. Elle prit aussi prétexte des dangers que
j'avais courus dans ces lectures inconsidérées pour
s'occuper plus attentivement de mes études et diriger
mon éducation. C'était son devoir, mais le contraste fut
trop grand entre les idées auxquelles mon père m'avait
initié précocement et la misère de sa pensée, à elle, meublée d'impressions positives, mesquines et bourgeoises.
J'allais avec elle maintenant à la promenade, et elle causait avec moi. Sa conversation portait uniquement sur

des remarques de tenue, sur mes manières bonnes ou
mauvaises, sur mes petits camarades et sur leurs parents.
Mon intelligence, trop dressée au plaisir de penser, se
sentait alors étouffée, comme opprimée. Le paysage
immobile des volcans éteints me rappelait les épisodes
grandioses du drame terrestre que mon père me retra-
çait autrefois. Les fleurs que je cueillais, ma mère les
prenait pour quelques minutes, puis elle les laissait
tomber sans presque les regarder. Elle ignorait leur
nom, de même qu'elle ignorait celui des insectes qu'elle
me faisait rejeter sitôt ramassés, comme malpropres et
venimeux. Les chemins entre les vignes, que nous suivions ensemble, ne s'en allaient plus vers cette découverte du vaste monde à laquelle la parole fécondante du
mort m'avait convié. Ils prolongeaient les rues de la
ville et la misère des devoirs quotidiens. Je cherche des
mots pour traduire la vague et bizarre sensation d'ennui, d'esprit mutilé, d'atmosphère raréfiée que m'infli-
geaient ces promenades, et je n'en trouve pas de précis.
Le langage a été créé par des hommes faits pour exprimer des idées et des sentiments d'hommes faits. Les
termes manquent qui correspondent aux perceptions
inachevées des enfants, à leur pénombre d'âme. Comment raconter des souffrances qui ne se comprennent
pas elles-mêmes et dont la révélation n'a lieu qu'une
fois passées, celles, par exemple, qui furent les miennes,
d'une tête où fermentent des conceptions hautes et larges,
d'un cerveau sur le bord du grand horizon intellectuel
et qui subit la tyrannie inconsciente d'un autre cerveau,
rétréci, chétif, étranger à toute idée générale, à toute
vue ample ou profonde? Aujourd'hui que j'ai traversé

cette période d'une adolescence refoulée et contrariée, j'en interprète les moindres épisodes par les lois de constitution des esprits et je me rends compte que le sort, en confiant l'éducation de l'enfant que j'étais à la femme qu'était ma mère, avait associé deux formes de pensée aussi irréductibles l'une à l'autre que deux espèces différentes. C'est par milliers que les détails me reviennent où je retrouve la preuve de cette antithèse constitutive entre nos deux natures. Je vous en ai dit assez pour que je me contente de noter avec précision le résultat de ce heurt silencieux entre nos âmes, et, pour emprunter des formules au style philosophique, je crois apercevoir que deux germes furent déposés en moi par cette éducation à contresens, le germe d'un sentiment et le germe d'une faculté : — le sentiment fut celui de la solitude du Moi, la faculté fut celle de l'analyse intérieure.

« Je vous ai dit que dans l'ordre de la sensibilité comme dans celui de la pensée, j'avais subi presque aussitôt l'impression de ne pouvoir pas me montrer à ma mère tout entier. J'apprenais ainsi, à peine né à la vie intellectuelle, qu'il y a en nous un obscur élément incommunicable. Ce fut d'abord chez moi une timidité. Cela devint par la suite un orgueil. Mais tous les orgueils n'ont-ils pas une origine analogue? Ne pas oser se montrer, c'est s'isoler; et s'isoler, c'est bien vite se préférer. J'ai retrouvé depuis, dans quelques philosophes nouveaux, M. Renan, par exemple, mais transformé en un dédain triomphant et transcendantal, ce sentiment de la solitude de l'âme. Je l'ai retrouvé transformé en maladie et en sécheresse dans l'*Adolphe* de Benjamin Constant,

agressif et ironique dans Beyle. Chez un pauvre petit
collégien d'un lycée de province qui trottait, son car-
table sous le bras, les mains cuisantes d'engelures, les
pieds gourds dans ses galoches, par les rues glacées de
sa ville de montagnes, l'hiver, ce n'était qu'un obscur
et douloureux instinct. Mais cet instinct, après s'être
appliqué à ma mère, grandissait, grandissait, s'appliquant à mes camarades et à mes maîtres. Je me sentais
différent d'eux, d'une différence que je résumerai d'un
mot : je croyais les comprendre tout entiers et je ne
croyais pas qu'ils me comprissent. La réflexion m'incline
maintenant à croire que je ne les comprenais pas plus
qu'ils ne me comprenaient; mais je vois aussi qu'il y
avait en effet entre nous cette différence qu'ils acceptaient
et leur personne et la mienne, simplement, bonnement,
bravement, au lieu que je commençais à me compliquer
déjà en pensant trop à moi-même. Si j'ai de très bonne
heure senti qu'au rebours de la parole du Christ, je
n'avais pas de prochain, c'est que je me suis habitué,
de très bonne heure, à exaspérer la conscience de ma
propre âme, par suite à faire de moi un exemplaire,
sans analogue, d'excessive sensibilité individuelle. Mon
père m'avait doué d'une curiosité prématurée d'intelligence. N'étant plus là pour me tourner vers le monde
des connaissances positives, cette curiosité sans emploi
retomba sur moi-même. L'esprit est une créature vivante,
comme les autres, et chez qui toute puissance s'accompagne, comme chez les autres, d'un besoin. Il faudrait
retourner le vieux proverbe et dire : Pouvoir, c'est vouloir. Une faculté aboutit toujours à la volonté de l'exercer. L'hérédité mentale et ma première éducation avaient

fait de moi un intellectuel avant le temps. Je continuai
de l'être, mais mon intelligence s'appliquant à mes propres émotions, faute d'un maitre semblable à celui que
j'avais perdu, je devins auprès de ma mère, qui ne le
soupçonna jamais, un *égotiste* absolu, d'une extraordinaire énergie de dédain à l'égard de tous. Ces traits de
mon caractère ne devaient d'ailleurs apparaître que plus
tard, sous l'action des crises d'idées que j'ai traversées
et dont je vous dois maintenant l'histoire.

§ II. — *Mon milieu d'idées.*

LES influences diverses que je viens de résumer un peu abstraitement, mais dans des termes que vous comprendrez, vous, mon cher maître, eurent ce premier résultat, inattendu, de faire de moi, entre ma onzième et ma quinzième année, un enfant très pieux. Vraisemblablement, si j'avais été mis au collège comme interne, j'aurais grandi, pareil à ceux de mes camarades que j'ai pu étudier depuis et pour lesquels la fièvre religieuse n'a pas existé. A l'époque dont je parle, et qui marqua l'avènement définitif du parti démocratique en France, une grande vague de libre pensée roula de Paris sur la province ; mais j'étais le fils d'une femme très dévote, et je fus soumis à toutes les pratiques de la religion la plus sévère. Je trouve une preuve de ce que je vous ai raconté sur mon goût précoce de la dissection intime dans ce fait que je me sentis, au rebours de mes compagnons du catéchisme, séduit d'une manière presque passionnée par la confession. Oui, je peux dire que durant les quatre années de ma crise mystique d'adolescent, de 1876 à 1880, les grands événements de ma vie furent ces longues

7.

séances dans l'étroite guérite en bois de l'église des
Minimes, notre paroisse, où j'allais, tous les quinze
jours, m'agenouiller et parler à voix basse, le cœur
battant, de ce qui se passait en moi. L'approche de ma
première communion marque la naissance de cette sensation du confessionnal, si mélangée d'éléments contradictoires. Je croyais, et par suite mes petits péchés m'apparaissaient comme de vrais crimes, et de les avouer me
faisait honte. Je me repentais, et j'avais la certitude que
je me relèverais pardonné, avec le délice d'une conscience lavée de ses taches. J'étais un enfant imaginatif
et nerveux, il y avait donc pour moi, dans le décor du
sacrement, dans le silence froid de l'église, dans cette
odeur de caveau et d'encens qui la remplissait, dans le
balbutiement de ma propre voix disant « mon père »,
dans le chuchotement de la voix du prêtre répondant
« mon fils », par derrière le grillage, une poésie de mystère que je percevais sans la comprendre encore. Il s'y
joignait une singulière impression d'effroi qui dérivait
de l'enseignement donné par l'abbé Martel, le prêtre
chargé de nous préparer à cette première communion.
C'était un homme petit et court, de mine apoplectique,
avec un regard sombre et d'un bleu dur dans un large
et rouge visage. Il avait été élevé dans un séminaire de
province, encore pénétré de jansénisme. Ses yeux, quand
il nous parlait de l'enfer, dans la tribune des Minimes
où il nous réunissait, dardaient des prunelles brillantes
et soudain fixes, où passaient des visions d'épouvante.
Cette épouvante, il nous la communiquait. J'en arrive à
me réjouir qu'il soit mort, car je le verrais entrer dans ma
prison, et qui sait? peut-être subirais-je une récurrence

des émotions de terreur que sa présence m'infligeait, dans cette salle aux murs blanchis à la chaux, meu-

blée de bancs de bois et d'une petite chaire en bois peint. Le thème habituel de ses discours était le petit nombre des élus et la vengeance di- vine. « Qui empêcherait Dieu », disait ce prêtre, « puisqu'il est tout-puis- sant, de contraindre l'âme de celui qui meurt à rester près du corps dont elle se sépare?...

L'âme serait là, dans la chambre mortuaire, entendant les sanglots, voyant les larmes des proches, et il lui serait défendu de les consoler... Elle serait emprisonnée dans le cercueil, et là, obligée pendant des jours et des jours, des nuits et des nuits, d'assister à la corruption

de cette chair qui fut la sienne, parmi les vers et la pourriture... » Des images pareilles et de cette féro- cité d'invention abondaient sur sa bouche amère. Elles me poursuivaient dans mon sommeil. La peur de l'enfer s'exaltait en moi jusqu'à la folie. D'au- tre part, l'abbé Martel déployait la même éloquence à nous célébrer l'im-

portance décisive qu'aurait pour notre salut cette appro- che de la sainte table, et, par suite, ma crainte des supplices éternels aboutissait à des examens de conscience d'un scrupule infini. Bientôt ces reploiements intimes, ce regard jeté à la loupe sur mes moindres détours de pensée, cette scrutation continue de mon être le plus caché, m'intéressèrent à un degré tel que l'attrait de n'importe quel jeu devint nul à côté. J'avais trouvé pour la première fois depuis la disparition de mon père, un emploi à ce pouvoir d'analyse déjà définitif, presque constitutif en moi.

« Le développement donné ainsi à mon sens aigu de la vie intérieure aurait dû produire une amélioration de mon être moral. Il eut au contraire pour conséquence une subtilité qui par elle seule était déjà une corruption, du moins au point de vue de la stricte discipline catholique. Je devins en effet, au cours de ces examens de conscience, où il entra vite plus de plaisir que de repentir, extrêmement ingénieux à découvrir des motifs singuliers derrière mes actions les plus simples. L'abbé Martel n'était pas un psychologue assez fin pour discerner cette nuance et pour comprendre que de me déchiqueter ainsi l'âme me conduisait droit à préférer aux simplicités de la vertu les fuyantes complications du péché. Il n'y reconnaissait que le zèle d'un enfant très fervent. Par exemple, au matin de ma première communion, il me vit arriver auprès de lui tout en larmes, et je lui demandai à me confesser une fois encore. En tournant et retournant le fonds et le tréfonds de ma mémoire, je m'étais découvert un bizarre péché de respect humain. J'avais, six semaines auparavant, entendu deux de mes camarades bafouer, à la porte du lycée, une vieille dame qui entrait dans l'église des Carmes juste en face. J'avais

ri de leurs propos au lieu de les relever. La vieille dame
allait à la messe. S'en moquer, c'était donc se moquer
d'une action pieuse. J'avais ri, pourquoi? par fausse
honte de protester contre ce scandale. Donc j'y avais
participé. N'était-il pas de mon devoir d'aller trouver
les deux moqueurs et de leur rappeler leur impiété, en les
engageant à s'en repentir? Je ne l'avais pas fait. Pourquoi? Par fausse honte encore; par respect humain,
d'après les définitions mêmes du catéchisme. Je passai
toute la nuit qui précéda le grand jour de la première
communion à me demander avec agonie si je pourrais
rejoindre M. l'abbé Martel, le lendemain, assez à temps
pour lui dire ce péché. Je me souviens du sourire avec
lequel il tapota ma joue après m'avoir donné l'absolu-
tion, pour me calmer. J'entends le ton de sa voix devenue douce et me disant : « Puisses-tu rester toujours
pareil!... » Il ne se doutait pas que ce scrupule puéril
était le signe d'une réflexion maladivement exagérée, ni
que cette réflexion allait m'empoisonner les délices
ardemment souhaitées de l'Eucharistie. Je ne m'étais
pas contenté, au cours des semaines précédentes, de
m'analyser la conscience jusqu'aux moindres fibres, je
m'étais abandonné à cette imagination anticipée de l'émotion qui est la conséquence forcée de cet esprit d'analyse.
Je m'étais donc figuré avec une précision extrême les
sentiments que j'éprouverais en recevant l'hostie sur mes
lèvres. Je m'avançai vers la grille de l'autel drapée d'une
nappe blanche avec une tension de tout mon être que je
n'ai jamais retrouvée depuis, et j'éprouvai, en commu-
niant, un frisson de déception glaçante, une défaillance
devant l'extase dont je ne peux pas traduire le malaise.

J'ai raconté plus tard cette impression sans analogue à un camarade resté très chrétien qui me dit : « Tu n'étais pas assez simple. » Sa piété lui avait donné le coup d'œil d'un profond observateur. C'était trop vrai. Mais qu'y pouvais-je ?

« Le grand événement de mon adolescence, qui fut la perte de ma foi, ne date pourtant pas de cette déception. Les causes qui déterminèrent cette perte furent nombreuses, et je ne les comprends nettement qu'aujourd'hui. Il y en eut d'abord de lentes, de progressives, qui agirent sur mon âme comme le ver sur le fruit, dévorant l'intérieur sans que le dehors garde un autre signe de ce ravage qu'une petite tache presque invisible sur la pourpre de la belle écorce. La première fut, me semble-t-il, l'application à mon confesseur de ce terrible esprit critique, faculté destructive de la confiance, qui m'avait dès mon enfance séparé de ma mère. Je continuais à pousser jusqu'aux plus fines, aux plus ténues délicatesses mes examens de conscience, et l'abbé Martel continuait à ne pas même apercevoir ce travail de torture secrète qui m'anatomisait toute l'âme. Mes scrupules lui paraissaient, ce qu'ils étaient en fait, des enfantillages. Mais c'étaient les enfantillages d'un garçon très complexe et qui ne pouvait être dirigé que si on lui donnait la sensation d'être compris. J'en arrivai bientôt à éprouver, dans mes entretiens avec ce prêtre rude et primitif, la sensation contraire, celle de l'inintelligence. Ce n'était pas de quoi empêcher que je ne remplisse mes devoirs religieux. C'était assez pour enlever à ce directeur de ma première jeunesse toute véritable autorité sur ma pensée. En même temps, et c'est la seconde d'entre les causes qui m'ont détaché de l'Église, je retrouvais chez les hommes que je considérais alors comme supérieurs la même indifférence à l'endroit des pratiques religieuses que j'avais, tout petit, remarquée chez mon père. Je savais que les jeunes professeurs, ceux qui nous venaient de Paris avec le prestige d'avoir traversé l'École normale, étaient tous des sceptiques et des athées. J'entendais ces mots prononcés par l'abbé Martel, avec une indignation concentrée, dans les visites qu'il rendait à ma mère. Involontairement je réfléchissais, en accompagnant cette dernière aux offices des Minimes, comme jadis aux Capucins, sur la pauvreté d'esprit des dévotes qui se pressaient à la messe le dimanche matin, et marmonnaient leurs prières dans le silence de la cérémonie, coupé du bruit des chaises déplacées par la loueuse. Dans ces fronts qui se baissaient avec un mouvement de ferveur soumise, à l'Élévation, jamais une idée vive et claire n'avait allumé sa flamme. Je ne me formulais pas ce contraste avec cette netteté, mais j'évoquais, malgré moi, en regard, l'image de ces jeunes maîtres sortant du lycée d'un pied dégagé, causant les uns avec les autres d'une conversation que j'imaginais pareille à celles que mon père me tenait autrefois, où les moindres phrases se chargeaient de science, et un esprit de doute grandissait en moi sur la valeur intellectuelle des croyances catholiques. Cette défiance fut alimentée par une espèce d'ambition naïve qui me faisait souhaiter, avec une ardeur incroyable, d'être aussi intelligent que les plus intelligents, de ne pas végéter parmi ceux du second ordre. Il entrait bien de l'orgueil dans ce désir, je me l'avoue aujourd'hui, mais je ne rougis pas de cet orgueil. Il était tout intellectuel,

entièrement étranger à une convoitise quelconque du
succès extérieur. Et puis, si je me tiens encore debout
à l'heure présente, et dans l'affreux drame de ma destinée, je le dois à cet orgueil premier. C'est lui qui me
permet de vous montrer mon passé avec cette lucidité
froide, au lieu de courir, comme ferait un vulgaire
accusé, aux événements tapageurs de ce drame. Je vois si
bien, moi, que les premières scènes de la tragédie ont
commencé dès lors dans le collégien pâlot en qui s'agi-
tait le jeune homme d'aujourd'hui !

« La troisième des causes qui concoururent à cette
lente désagrégation de ma foi chrétienne fut la découverte de la littérature contemporaine, qui date de ma
quatorzième année. Je vous ai raconté comment ma
mère m'avait, peu de temps après la mort de mon père,
supprimé un certain nombre de livres. Elle ne s'était
pas relâchée de cette sévérité avec le temps, et la clef
de la bibliothèque paternelle continuait à cliqueter sur
l'anneau d'acier de son trousseau, entre celle de l'office
et celle de la cave. Le résultat le plus net de cette défense
fut d'aviver le charme du souvenir que m'avaient laissé
ces volumes feuilletés autrefois longuement, les pièces
à demi comprises de Shakespeare, les romans à demi
oubliés de George Sand. Le hasard voulut que je rencon-
trasse, au commencement de ma troisième, quelques
échantillons de la poésie moderne dans le livre d'auteurs français qui devait servir aux récitations de l'année. Il y avait là des fragments de Lamartine, une
dizaine de pièces de Hugo, les *Stances à la Malibran*
d'Alfred de Musset, quelques morceaux de Sainte-Beuve
et de Leconte de Lisle. Ces pages, deux cents environ,

me suffirent pour apprécier la différence absolue d'inspi-
ration entre les modernes et les maîtres anciens, comme
on apprécie la différence d'arome entre un bouquet de
roses et un bouquet de lilas, les yeux fermés. Elle réside
tout entière, cette différence que je devinai par un
instinct irraisonné, dans ce fait que, jusqu'à la Révolution, les écrivains n'ont jamais pris la sensibilité comme
matière et comme règle unique de leurs œuvres. C'est
le contraire depuis Quatre-Vingt-Neuf. De là résulte,
chez les nouveaux, un je ne sais quoi d'effréné, de douloureux, une recherche de l'émotion morale et physique,
qui est allée s'exaspérant jusqu'au morbide, et qui tout
de suite m'attira d'un attrait irrésistible. La sensualité
mystique des stances du *Lac* et du *Crucifix,* les cha-
toyantes splendeurs de plusieurs *Orientales,* me fasci-
nèrent; mais surtout je fus séduit, à en avoir une fièvre
physique, par ce qu'il traîne de coupable dans l'éloquence
de l'*Espoir en Dieu* et dans quelques fragments des
Consolations. Ces fuyantes complications du péché
dont je vous parlais tout à l'heure, je les pressentis par
delà les morceaux choisis de mon livre de classe; et je
commençai d'avoir pour les œuvres des écrivains ainsi
devinés une de ces curiosités d'imagination si fortes,
presque folles, qui marquent le milieu de l'adolescence.
On est sur le bord de la vie. On l'entend déjà sans la
voir. C'est la rumeur d'une chute d'eau à travers un
bouquet d'arbres, et comme ce bruit vous enivre d'attente!... Une relation d'amitié avec un camarade qui
habitait au premier étage de ma maison exaspéra encore
cette curiosité. Cet ami, que je devais perdre trop jeune
et qui s'appelait Émile, était aussi un liseur acharné,

mais, plus heureux que moi, il ne subissait aucune surveillance. Son père et sa mère, âgés déjà, vivaient sur de petites rentes et passaient les longues heures de

leur journée à jouer, devant la fenêtre qui regardait la rue du Billard, d'interminables parties de mariage avec un jeu de cartes acheté dans un café et qui sentait encore l'odeur du tabac. Émile, lui, seul dans sa chambre, pouvait s'abandonner à toutes les fantaisies de ses lectures. Comme nous suivions la même classe, que nous allions au lycée ensemble et que nous en revenions de même, ma mère me permettait volontiers de passer des heures entières chez ce charmant enfant, auquel je fis bientôt partager mon goût pour les vers que j'admirais si vivement, et mon désir d'en mieux connaître les auteurs. Nous prenions, pour nous rendre au collège, les rues étroites de la vieille ville, et nous passions devant l'étalage d'un vieux libraire auquel nous avions acheté quelques ouvrages classiques d'occasion. Que devînmes-nous en découvrant dans une des cases du bonhomme un Musset en assez mauvais état, les volumes de poésie, qui coûtaient quarante sous les deux? Ils étaient si usés, si maculés!... Nous commençâmes par les feuilleter, puis il nous devint impossible de ne pas les posséder. En réunissant nos deux « semaines », nous arrivâmes à les emporter, — et c'est là, dans la petite chambre d'Émile, assis, lui sur son lit, moi sur une chaise, que nous lûmes *Don Paez, les Marrons du feu, Portia, Mardoche, Rolla*. J'en tremblais, comme d'une grosse faute, et nous nous laissions envahir par cette poésie comme par un vin, longuement, doucement, passionnément.

« J'ai eu, depuis, entre les mains, dans cette même chambre d'Émile et dans la mienne propre, grâce à des ruses d'amant en danger, bien des volumes clandestins et que j'ai bien aimés, depuis *la Peau de chagrin*, de Balzac, jusqu'aux *Fleurs du mal*, de Baudelaire, sans parler des poèmes de Henri Heine et des romans de Stendhal. Je n'ai jamais éprouvé d'émotion comparable à celle de ma première rencontre avec le génie de l'auteur de *Rolla*. Je n'étais ni un artiste ni un historien. La valeur plus ou moins rare de ces vers, leur signification plus ou moins actuelle me laissait donc indifférent. C'était un frère aîné qui venait me révéler, à moi, chétif encore, et qui n'avais pas vécu, l'univers dangereux de l'expérience sentimentale. Ce que j'avais senti obscurément, cette infériorité intellectuelle de la piété par rapport à l'impiété, m'apparut alors sous un jour étrangement nouveau. Toutes les vertus que l'on m'avait prêchées durant mon enfance s'appauvrirent, se mesquinisèrent, si humbles, si grêles à côté des splendeurs, de l'opulence, de la frénésie de certaines fautes... La foi toute simple, c'étaient des dévotes, les amies de ma mère, si tristement racornies et vieillottes. L'impiété, c'était ce beau jeune homme qui, au matin de sa dernière nuit,

regarde la sanglante aurore, et, dans un éclair, découvre
tout l'horizon de l'histoire et des légendes pour revenir
ensuite appuyer sa tête sur le sein d'une fille belle comme
son plus beau songe, et qui l'aime trop tard. La chasteté,
le mariage, c'étaient les bourgeois que je connaissais,
qui allaient à la musique du Jardin des Plantes, le jeudi
et le dimanche, de leur même pas régulier, qui disaient
du même ton les mêmes phrases. Mon imagination me
dessinait en regard, éclairés par les couleurs chimériques
de la poésie la plus brûlante, les visages des libertins et
des adultères des *Contes d'Espagne* et des fragments
qui suivent. C'était Dalti tuant le mari de Portia, puis
errant avec sa maîtresse sur l'eau morte de la lagune,
entre les escaliers des palais antiques. C'était don Paez
assassinant Juana après s'être enlacé à elle dans une
étreinte affolée par le philtre, Frank et sa Belcolore,
Hassan et sa Namouna, l'abbé Cassio et sa Suzon. Je
n'étais pas capable de critiquer la fausseté romantique
de tout ce décor, ni d'établir un départ entre les portions
sincères et les portions littéraires de ces poèmes. Les
profondeurs scélérates de l'âme m'apparaissaient à travers les lignes, et elles me tentaient, elles attiraient en
moi l'esprit déjà curieux des sensations nouvelles, la
faculté d'analyse déjà trop éveillée. Les autres livres
dont je vous ai cité les titres tout à l'heure furent pour
moi des prétextes à une tentation analogue, quoique
moins forte. Devant les plaies du cœur humain que les
uns et les autres étalent avec tant de complaisance, j'ai
ressemblé, dès ma quinzième année, à ces saints du
moyen âge qu'hypnotisait la contemplation des blessures
du Sauveur. La force de leur piété faisait apparaître sur

leurs mains les stigmates miraculeux, et moi, mon ardeur
d'admiration m'a ouvert sur l'âme, à l'âge des saintes
ignorances et des puretés immaculées, les stigmates des
ulcères moraux dont saignèrent tous les grands malades
modernes. Oui, dans ces années où je n'étais encore
et toujours que le collégien, ami du petit Émile, et qui
se cachait de sa mère pour ses lectures, je me suis assimilé en pensée les émotions que l'enseignement craintif
de mes maîtres m'indiquait comme les plus criminelles.
Ma rêverie s'est repue des poisons les plus dangereux de
la vie, tandis que je continuais, grâce à ma puissance
native de dédoublement, à jouer le personnage d'un
enfant très sage, très assidu à ses devoirs, très soumis à
sa mère et très pieux. Mais non. Si bizarre que cela doive
vous sembler, je ne jouais pas ce personnage. Je l'étais
aussi, avec une contradiction spontanée qui peut-être
m'a mis sur la voie du travail psychologique auquel j'ai
consacré mes premiers efforts. Quand j'ai rencontré dans
votre ouvrage sur la volonté ces suggestives indications
sur la multiplicité du moi, comment n'y aurais-je pas
adhéré aussitôt, après avoir traversé des époques comme
celles que je vous décris aujourd'hui et dans lesquelles
j'ai été réellement plusieurs êtres?

« Cette crise de sensibilité imaginative avait donc
continué d'attaquer en moi la foi religieuse en me donnant la tentation du péché subtil et celle aussi du scepticisme douloureux. La crise de sensualité qui en résulta
faillit raviver cette foi dans mon cœur déjà très malade.
Je cessai d'être pur à dix-sept ans, et comme il arrive
d'habitude, dans des conditions très prosaïques et très
tristes. Une ouvrière d'environ trente ans, fraîche, mais

8

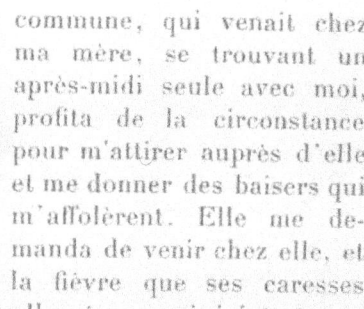

commune, qui venait chez
ma mère, se trouvant un
après-midi seule avec moi,
profita de la circonstance
pour m'attirer auprès d'elle
et me donner des baisers qui
m'affolèrent. Elle me de-
manda de venir chez elle, et
la fièvre que ses caresses
avaient allumée en moi, jointe à une
palpitante curiosité des choses de la
chair éveillée par mes lectures, me
fit aller à ce rendez-vous. Là, dans
une chambre de hasard, sur un lit
aux gros draps de calicot rude, je
perdis ma virginité entre les bras
de cette fille dans les yeux de laquelle
l'idée de mon innocence physique allumait un si bestial
éclat qu'elle me fit peur. L'action ne fut pas plutôt accomplie que je m'enfuis de cette chambre avec un dégoût inexprimable. Il me semblait que mes mains, que ma bouche,
que tout mon corps, étaient souillés d'une souillure
qu'aucune eau ne laverait. Ma première idée fut d'aller
me confesser et d'implorer du Dieu auquel je croyais
encore la force de ne pas recommencer. Ce dégoût persista
pendant plusieurs jours, et puis je constatai, avec un mélange d'épouvante et de volupté, que le désir s'y insinuait
petit à petit, et c'est alors que je pus observer ce trait de
mon caractère que je vous ai signalé en vous parlant de
mon père : l'incapacité à me servir de mon esprit pour me
diriger et me dominer. Contre la honte d'une nouvelle

chute dans l'abîme des sens, j'eus beau dresser et les
convictions de ma piété encore intacte, et les délicatesses
de mon imagination cultivée par tant de lectures ; j'eus
beau me dire que cela était à la fois infâme et trivial,
que je ressemblais aux camarades les plus méprisés par
Émile et moi, ceux qui passaient leurs jeudis au café
ou chez les filles, — un soir, vers les huit heures, je
sortis de la maison, sous prétexte d'un mal de tête. —
Oui, c'était un soir d'été. Je respire encore l'odeur de
poussière mouillée qui flottait sur la place de Jaude
arrosée de l'après-midi. Je

m'acheminai vers le fau-
bourg de Saint-Allyre, où
demeurait Marianne,
c'était le nom de la créature, avec l'angoisse
qu'elle ne fût pas chez
elle. Je la trouvai dans sa
pauvre chambre, et cette
seconde fois fut la pre-
mière où je m'abandon-
nai vraiment au délire
animal, quitte à me retirer
en proie au même mortel
dégoût. Dès lors, à côté
des deux autres personnes
qui vivaient déjà en moi,
entre l'adolescent encore
fervent, régulier, pieux,
et l'adolescent romanes-
quement imaginatif, un

troisième individu naquit et grandit, un sensuel, tourmenté des désirs les plus bassement brutaux. Pourtant le goût de la vie intellectuelle subsistait en moi, si fort, si définitif, que, tout en souffrant de cet état singulier, j'éprouvais une sensation de supériorité à le constater, à l'étudier. Ce qu'il y avait de plus étrange, c'est que je ne m'abandonnais pas plus à cette dernière disposition qu'aux trois autres, avec une claire et lucide conscience. Je demeurais un adolescent à travers ces troubles, c'est-à-dire un être encore incertain, inachevé, en qui s'ébauchaient les linéaments de son âme à venir. Je ne m'affirmais ni dans mon mysticisme, puisque au fond, tout au fond, j'avais honte de croire, comme d'une infériorité; ni dans mes imaginations sentimentales, puisque je les considérais comme de simples jeux de littérature; ni dans ma sensualité, puisque j'avais la nausée, au sortir de la chambre de Marianne; et, d'autre part, je n'avais ni l'audace ni la théorie de ma curiosité à l'égard de mes fautes. C'était dans l'été de ma rhétorique. Émile, qui devait mourir l'hiver suivant de la poitrine, était déjà bien malade et ne sortait plus guère. Il écoutait mes confidences avec un intérêt effrayé qui flattait mon amour-propre, en me donnant à mes propres yeux une allure d'exception. Cet amour-propre ne m'empêchait pas d'avoir moi-même peur, comme à la veille de ma première communion, du regard que l'abbé Martel me jetait maintenant quand il me rencontrait. Il avait sans doute parlé à ma mère dans la mesure où le permettait le secret du confessionnal, car elle surveillait mes sorties, mais sans pouvoir les empêcher tout à fait, et surtout sans y voir autre

chose que des causes possibles de tentations, tant je
continuais à l'envelopper d'hypocrisie. Cette maladie de
mon meilleur ami, cette surveillance de ma mère, l'appréhension des yeux du prêtre, achevaient de m'énerver,
d'autant plus que dans ce pays de volcans il semble que
les chaleurs d'été fassent sortir du sol une vapeur plus
ardente, plus grisante. J'ai connu, dans ces moments-
là, des journées littéralement folles, tant elles renfer-
maient en elles d'heures contradictoires, des journées
où je me levais, plus fervent chrétien que jamais. Je
lisais un peu d'*Imitation*, je priais, j'allais à ma classe
avec le ferme propos d'être parfaitement régulier et
sage. Sitôt rentré, je faisais mes devoirs, puis je descendais pour voir Émile. Nous nous livrions ensemble
à quelque lecture troublante. Son père et sa mère, qui
le voyaient mourir et qui le gâtaient, lui laissaient
prendre chez le libraire tous les livres qui lui plaisaient,
et nous en étions maintenant aux écrivains plus modernes,
à ceux d'aujourd'hui, dont les volumes, arrivés récemment de Paris, exhalaient une odeur de papier frais et
d'encre neuve. Nous nous procurions ainsi un frisson
du cerveau qui m'accompagnait tout l'après-midi, et
cependant je retournais en classe. Là, dans l'étouffante
chaleur du milieu du jour, tandis que les portes ouvertes
sur la cour laissaient voir l'ombre courte des arbres, et
aussi que l'on entendait les voix lointaines des professeurs dictant les devoirs, l'image de Marianne s'offrait
à moi, et une tentation commençait, d'abord lointaine et
vague, qui allait grandissant, grandissant. J'y résistais,
en sachant que j'y succomberais, comme si de lutter
contre mon obscur désir m'en faisait davantage sentir

8.

la force et l'acuité. Je rentrais. L'image impure me
poursuivait. Je dépêchais mes devoirs avec une sorte
de verve endiablée, trouvant du talent dans le désarroi
de mes nerfs trop vibrants. Je dînais, la bouche desséchée, par l'ardeur de sensualité qui, à présent, me brûlait. Je descendais sous le prétexte de revoir Émile, et
je me précipitais vers la rue de Marianne. Je retrouvais
auprès d'elle la sensation brutale, cuisante et âpre, suivie d'une nausée si étrange, et, revenu, il m'arrivait de
passer des heures à ma fenêtre, regardant les étoiles de
la vaste nuit d'été, me souvenant de mon père mort et
de ce qu'il me disait jadis sur ces mondes lointains. Alors
une extraordinaire impression du mystère de la nature
me saisissait, du mystère de toute âme, de mon âme à
moi, vivante, dans cette nature, et je ne sais ce que j'admirais le plus, des profondeurs de ce ciel taciturne, ou
des abîmes qu'une journée, ainsi employée, me révélait
dans mon cœur.

« Telles étaient mes dispositions intérieures, mon cher
maître, lorsque j'entrai dans celle de mes classes qui
devait être décisive pour mon développement : la philosophie. Dès les premières semaines du cours, mon ravissement commença. Quel cours cependant et combien
empâté du fatras de la psychologie classique ! N'importe,
inexacte et incomplète, officielle et conventionnelle, cette
psychologie me passionna. La méthode employée, la
réflexion personnelle et l'analyse intime ; — l'objet à
étudier, le Moi humain considéré dans ses facultés et
ses passions ; — le résultat cherché, un système d'idées
générales capables de résumer en de brèves formules
un vaste tas de phénomènes ; — tout, dans cette science

nouvelle, s'harmonisait trop bien avec le genre d'esprit
que mon hérédité, mon éducation et mes propres ten-
dances m'avaient façonné. J'en oubliai jusqu'à mes lectures favorites, et je me plongeai dans ces travaux d'un
ordre encore inconnu avec d'autant plus de frénésie que
la mort d'Émile, de mon unique ami, survenue à cette
époque, vint imposer de nouveau à mon intelligence si
naturellement méditative ce problème de la destinée
que je me sentais déjà presque impuissant à résoudre
par ma foi première. Mon ardeur fut si vive que bientôt
je ne me contentai plus de suivre mon cours. Je cherchai des ouvrages à côté qui pussent compléter l'enseignement du maître, et c'est ainsi que je tombai un jour
sur la *Psychologie de Dieu*. Elle me frappa si profondément que je pris aussitôt la *Théorie des passions* et
l'*Anatomie de la volonté*. Ce fut, dans le domaine des
idées pures, le même coup de foudre que jadis, avec
les œuvres de Musset, dans le domaine des sensations
rêvées. Le voile tomba. Les ténèbres du monde extérieur
et intérieur s'éclairèrent. J'avais trouvé ma voie. J'étais
votre élève.

« Pour vous expliquer d'une façon très nette comment
votre pensée pénétra la mienne, permettez-moi de passer
aussitôt aux résultats de cette lecture et des méditations
qui la suivirent. Vous verrez comment je pus tirer de
vos ouvrages une éthique complète, raisonnée, et qui
coordonna d'une manière merveilleuse les éléments
épars en moi. Je rencontrai d'abord dans le premier de
ces trois ouvrages, la *Psychologie de Dieu*, un apaise-
ment définitif à cette angoisse religieuse dans laquelle
je continuais de vivre, malgré mes doutes. Certes, les

objections contre les dogmes ne m'avaient pas manqué
depuis que je lisais au hasard tant de livres dont beaucoup manifestaient la plus audacieuse irréligion, et surtout je m'étais senti attiré vers le scepticisme, comme je
vous l'ai dit, parce que je lui trouvais un double caractère
de supériorité intellectuelle et de nouveauté sentimentale.

J'avais subi, entre autres influences, celle de l'auteur de
la *Vie de Jésus*. La magie exquise de son style, la grâce
souveraine de son dilettantisme, la poésie langoureuse
de sa pieuse impiété, m'avaient remué profondément,
mais je n'étais pas pour rien le fils d'un géomètre, et je
n'avais pas été satisfait de ce qu'il y a d'incertain, de
nuancé jusqu'à l'à-peu-près, dans cet incomparable
artiste. C'est la rigueur mathématique de votre livre, à
vous, mon cher maître, qui s'empara de ma pensée. Vous
me démontriez à la fois avec une dialectique irrésistible
que toute hypothèse sur la cause première est un non-
sens, l'idée même de cette cause première une absurdité,
et que néanmoins ce non-sens et cette absurdité sont
aussi nécessaires à notre esprit que l'illusion à nos yeux
d'un soleil en train de tourner autour de la terre,
quoique nous sachions que ce soleil est immobile et cette

terre en mouvement. La puissante ingéniosité de ce raisonnement ravit mon intelligence, qui, s'abandonnant docilement à votre conduite, en arriva enfin à une vision du monde lucide et justifiée. J'aperçus l'univers tel qu'il est, épandant sans commencement et sans but le flot inépuisable de ses phénomènes. Le soin que vous avez

eu d'appuyer toutes vos argumentations sur des faits empruntés à la Science correspondait trop bien aux lointains enseignements de mon père pour ne pas me séduire par cela aussi, par ce charme d'une ancienne habitude d'esprit, pratiquée à nouveau après des années. Je lisais et je relisais vos pages, les résumant, les commentant et m'appliquant, avec l'ardeur d'un néophyte, à m'en assimiler tout le suc. L'orgueil intellectuel que j'avais senti remuer en moi dès mon enfance s'exaltait dans le jeune homme qui apprenait de vous le renoncement aux plus douces, aux plus consolantes utopies. Ah! comment vous raconter ces fièvres d'une initiation qui fut pareille à un premier amour par les félicités de l'enthousiasme et ses ferveurs? J'avais comme une joie physique à renverser, vos livres à la main, l'antique édifice des croyances où j'avais grandi. Oui, c'était la

mâle félicité qu'a célébrée Lucrèce, celle de la négation
libératrice, et non plus les lâches mélancolies d'un Jouf-
froy. Cet hymne à la Science dont chacune de vos pages
est comme une strophe, je l'écoutais avec un ravissement
qui fut d'autant plus intense que la faculté d'analyse,
principale raison de ma piété, trouvait à s'exercer, grâce
à vous, avec une autre ampleur qu'au confessionnal et
que vos deux grands traités m'éclairaient sur mon univers intérieur, en même temps que la *Psychologie de
Dieu* m'éclairait sur l'univers extérieur, d'une lumière
qui, même aujourd'hui, reste mon dernier, mon inextin-
guible fanal dans la tempête.

« Toutes les incohérences de ma jeunesse, en effet,
comme vous me les expliquiez! Cette solitude morale
dont j'avais tant souffert, auprès de ma mère, auprès de
l'abbé Martel, auprès de mes camarades, de tous, même
d'Émile, — je la comprenais maintenant. Dans votre
Théorie des passions, n'avez-vous pas démontré que
nous sommes impuissants à sortir du Moi, et que toute
relation entre deux êtres repose sur l'illusion, comme le
reste? Ces chutes des sens dont j'avais eu des remords
si atroces, votre *Anatomie de la volonté* m'en révélait
les motifs nécessaires, l'inéluctable logique. Les complications que je m'étais reprochées en m'y attardant,
comme un manque de franchise, vous m'y faisiez reconnaître une loi de l'existence même, imposée par l'hérédité à notre personne. Je me rendais compte aussi, grâce
à vous, qu'en recherchant dans les romanciers et les
poètes de ce siècle des états de l'âme coupables et mor-
bides, j'avais, sans m'en douter, suivi une vocation
innée de psychologue. N'est-ce pas vous qui avez écrit :

« Toutes les âmes doivent être considérées par le savant
« comme des expériences instituées par la nature. Parmi
« ces expériences, les unes sont utiles à la société, et l'on
« prononce alors le mot de vertu ; les autres nuisibles,
« et l'on prononce le mot de vice ou de crime. Ces der-
« nières sont pourtant les plus significatives, et il man-
« querait un élément essentiel à la science de l'esprit si
« Néron, par exemple, ou tel tyran italien du quinzième
« siècle n'avait pas existé... » Par ces chaudes journées
d'été, je me revois partant en promenade, un de ces
livres dans la poche, et, une fois seul dans la campagne,
lisant quelqu'une de ces phrases et m'exaltant à en
méditer le sens. J'appliquais au paysage qui m'environ-
nait cette interprétation philosophique de ce qu'il est
convenu d'appeler le mal. Sans doute, les éruptions qui
avaient soulevé la chaîne des Dômes, au pied desquels
j'errais ainsi, avaient dû dévaster de lave brûlante la
plaine voisine et détruire des êtres. Elles avaient produit cette magnificence d'horizon qui me ravissait, quand
mes yeux contemplaient la coupe gracieuse du Pariou,
la boursouflure du puy de Dôme et la ligne de ces nobles
montagnes. Le long des chemins verdoyaient des eu-
phorbes en fleur, dont je brisais les tiges pour voir le
poison en dégoutter, blanc comme du lait. Mais ces
fleurs vénéneuses nourrissaient la belle chenille tithy-
male, verte avec des taches sombres, et un papillon en
devait naître, un sphinx aux ailes colorées des plus fines
nuances. Parfois une vipère glissait entre les pierres de
ces routes poudreuses, que je regardais aller, grise sur
la pouzzolane rouge, avec sa tête plate et la souplesse
de son corps tacheté. La dangereuse bête m'apparaissait

comme une preuve de l'indifférence de cette nature, qui
n'a d'autre souci que de multiplier la vie, bienfaisante
ou meurtrière, avec la même inépuisable prodigalité.
Je sentais alors, avec une force inexprimable, se dégager
de ces choses la même leçon que de vos œuvres, à savoir
que nous n'avons rien à nous que nous-même, que le
Moi seul est réel, que cette nature nous ignore, comme
les hommes, qu'à elle comme à eux nous n'avons rien à
demander, sinon des prétextes à sentir ou à penser.
Mes vieilles croyances en un Dieu père et juge me semblaient des songes d'enfant malade, et je me dilatais
jusqu'aux extrêmes limites du vaste paysage, jusqu'aux
profondeurs de l'immense ciel vide, en songeant que
moi, chétif, j'avais assez réfléchi déjà pour comprendre
de ce monde ce qu'aucun des paysans que je voyais passer ne comprendrait jamais. Ils venaient de la montagne,
conduisant leurs grands chariots attelés de bœufs pai-
sibles, et ils saluaient les croix dévotement. Avec quelles
délices je les méprisais dans mon cœur de leur grossière
superstition, eux, et l'abbé Martel, et ma mère, quoique
je ne me fusse pas décidé à déclarer mon athéisme,
prévoyant trop quelles scènes cette déclaration provo-
querait. Mais ces scènes n'importent guère, et j'arrive
maintenant à l'exposé d'un drame qui n'aurait pas de
sens, si je ne vous avais pas fait entrer d'abord dans
l'intime de ma pensée et de sa formation.

§ III. — *Transplantation*.

J E fis, à la suite de cette année d'études, peut-être trop vivement poussées, une assez grave maladie qui me força d'interrompre ma préparation à l'École normale. Une fois guéri, je redoublai ma classe de philosophie, tout en suivant une partie des cours de la rhétorique. Je me présentai à l'École vers cette date, qui est aussi celle où j'eus l'honneur d'être reçu chez vous. Les événements qui suivirent, vous les connaissez. J'échouai à l'examen. Mes compositions manquaient de ce brillant

littéraire qui ne s'acquiert que dans les lycées de Paris.
En novembre 1885, j'acceptai d'entrer comme précepteur
chez les Jussat-Randon. Je vous écrivis alors que je
renonçais à mon indépendance afin d'éviter de nouvelles
dépenses à ma mère. Il se joignait à cette raison l'espoir
secret que les économies réalisées dans ce préceptorat
me permettraient, une fois ma licence passée, de préparer mon agrégation à Paris. Le séjour dans cette ville
m'attirait surtout, mon cher maître, je peux bien vous
l'avouer aujourd'hui, par la perspective de me loger
auprès de la rue Guy-de-la-Brosse. Ma visite dans votre
ermitage m'avait produit une impression bien profonde.
Vous m'étiez apparu comme une sorte de Spinoza
moderne, si complètement identique à vos livres, par
la noblesse d'une vie tout entière consacrée à la pensée.
Je me forgeais d'avance un roman de félicité à l'idée
que je saurais les heures de vos promenades, que je
prendrais l'habitude de vous rencontrer dans cet antique
Jardin des Plantes qui ondoie sous vos fenêtres, que
vous consentiriez à me diriger, qu'aidé, soutenu par
vous, je pourrais marquer, moi aussi, ma place dans
la Science. Enfin, vous étiez pour moi la Certitude
vivante, le Maître, ce que Faust est pour Wagner dans
la symphonie psychologique de Gœthe. D'ailleurs, les
conditions où s'offrait ce préceptorat étaient particulièrement douces. Il s'agissait surtout de tenir compagnie
à un enfant de douze ans, le second fils du marquis de
Jussat. J'ai su depuis comment cette famille avait été amenée à se retirer pour tout l'hiver dans ce château, près
du lac d'Aydat, où ils passaient d'ordinaire les seuls mois
d'automne. M. de Jussat, qui est originaire d'Auvergne,

et qui a exercé les fonctions de ministre plénipoten-
tiaire sous l'Empereur, venait, déjà entamé par le krach,
de perdre une très grosse somme à la Bourse. Ses
propriétés étant hypothéquées, et son revenu fortement
diminué, il avait trouvé à louer son hôtel des Champs-
Élysées, tout meublé et pour un prix très élevé. Il était
arrivé dans sa terre de Jussat un peu plus tôt, comptant
de là partir directement pour sa villa de Cannes. Une
occasion avantageuse de louer aussi cette villa s'était
présentée. Le désir de libérer son budget l'avait séduit,
d'autant plus qu'une croissante hypocondrie lui faisait
envisager sans trop de désagrément la perspective d'une
année entière passée dans la solitude. Il avait été surpris, dans ce moment même, par le départ subit du
précepteur de son fils Lucien, — lequel s'était sans doute
peu soucié de s'enterrer ainsi pour des mois, — et, dare
dare, il était arrivé à Clermont. Il y avait fait ses mathématiques, trente-cinq ans plus tôt, sous M. Limasset, le
vieux professeur, ami de mon père. L'idée lui était venue
de demander à son ancien maître un jeune homme
instruit, intelligent, capable d'entretenir Lucien dans
ses études pour toute cette année. Il offrait cinq mille
francs. M. Limasset pensa très naturellement à moi, et
j'acceptai, pour les raisons que je vous ai dites, d'être
présenté au marquis comme candidat à cette place. Dans
un salon d'un des hôtels qui donnent sur la place de
Jaude, je vis un homme assez grand, chauve, avec des
yeux d'un gris clair dans une face plaquée de rouge, et
qui ne prit même pas la peine de m'examiner. Il parla
tout de suite et tout le temps, entremêlant les détails sur
sa santé — il était malade imaginaire — aux plus vives

critiques contre l'éducation moderne. Je l'entends encore,
disant pêle-mêle des phrases qui révélaient de la sorte
les diverses facettes de son caractère :

— « Voyons, mon pauvre Limasset, quand viendrez-
vous nous voir là-haut ?... Il y a un air excellent. C'est
ce qu'il me faut. A Paris, je ne respirais pas assez. On ne
respire jamais assez... J'espère, monsieur », et il se tournait vers moi, « que vous n'êtes point partisan de ces
nouvelles méthodes d'enseignement. La Science, toujours la Science ! Et Dieu, messieurs les savants, qu'en
faites-vous ?... » Puis revenant à M. Limasset : « De mon
temps, de notre temps, je peux dire, il y avait encore
partout un sentiment de la hiérarchie et du devoir. On
ne négligeait pas absolument l'éducation pour l'instruction. Vous rappelez-vous notre aumônier, l'abbé Habert,
et comme il savait parler ?... Quelle santé ! Comme il
vous marchait d'un bon pied et par tous les temps, sans
douillette !... Mais vous, Limasset, quel âge ?... Soixante-
dix ans, hein ? Soixante-dix, et pas une douleur ? Pas
une ?... Vous me trouvez mieux, n'est-ce pas, depuis que
je vis dans la montagne ?... Je ne suis jamais bien malade,
mais toujours quelque petite chose... Tenez, j'aimerais
mieux l'être, vraiment, malade. Au moins je me soigne-
rais... »

« Si je vous rapporte ces incohérents discours, tels
qu'ils me reviennent à la mémoire, mon cher maître, c'est
d'abord pour vous montrer ce que vaut l'intelligence de
cet homme qui, je le sais par ma mère, s'est permis de
mêler à mon procès votre nom vénéré. C'est aussi pour
que vous compreniez bien dans quelles dispositions j'arrivai, quatre jours après cette conversation, à ce château

où je me suis heurté contre de si terribles hasards. Le
marquis m'avait agréé dès cette première visite, et il
avait tenu à m'emmener dans son landau. Durant ce tra-
jet de Clermont à Aydat, il eut le loisir de me raconter
toute sa famille. Il m'expliqua successivement, avec ce
bavardage invincible qui est le sien, et toujours coupé
par quelques rappels de sa personne, que sa femme et sa
fille n'aimaient pas beaucoup le monde et qu'elles étaient
d'excellentes ménagères ; — que son fils aîné, le comte
André, se trouvait chez lui pour quinze jours et que je
n'eusse pas à me froisser de sa brusquerie, car elle cachait
le meilleur des cœurs ; — que son autre fils Lucien avait
été très souffrant et que la grosse affaire était surtout de
lui rendre la santé. Puis, sur ce mot de santé, il partit,
partit, et après une heure de confidences sur ses mi-
graines, ses digestions, ses sommeils, ses maux passés,
présents et futurs, fatigué sans doute par l'air vif et par
ce flux de paroles, il s'endormit dans le coin de la voiture. Je me souviens si nettement des plans que je roulais
dans ma tête, tandis que, délivré de ce fâcheux, l'objet
déjà de mon plus entier mépris, je regardais le beau
paysage que nous traversions entre des montagnes ravi-
nées et des bois jaunis par l'automne, avec le puy de la
Vache à l'horizon, dont le cratère s'échancre, tout déchiré,
tout rouge de poussière volcanique ! Ce que j'avais vu
déjà du marquis, ce que ses discours m'annonçaient de
sa maison, aurait suffi, si je n'avais pas été préparé à
cette idée par avance, pour me convaincre que j'allais
être exilé parmi ceux que j'appelais les barbares. Je donnais ce nom, depuis des années, aux personnes que je
jugeais irréparablement étrangères à la vie intellectuelle.

9

« La perspective de cet exil ne m'effrayait pas. La doctrine d'après laquelle je devais régler mon existence était si nette dans ma tête! J'étais résolu à ne vivre qu'en moi, à n'habiter que moi, à défendre ce moi contre toute intrusion du dehors. Ce château où je me rendais et les gens qu'il abritait ne me seraient qu'une manière à exploitation pour le plus grand profit de ma pensée. Mon programme était arrêté : durant les douze ou quatorze mois que je vivrais là, j'emploierais mes loisirs à travailler l'allemand, à dépouiller les deux volumes de la *Physiologie* de Beaunis qui bondaient ma petite malle, derrière la voiture, avec vos œuvres, mon cher maître, avec mon *Éthique*, avec plusieurs volumes de M. Ribot, de M. Taine, d'Herbert Spencer, quelques romans d'analyse et les livres nécessaires à la préparation de ma licence. Je comptais passer cet examen au mois de juillet. Un cahier tout blanc attendait des notes que je me proposais de prendre sur les caractères de mes hôtes. Je m'étais promis de les démonter, rouage par rouage, et j'avais acheté à cet effet avant mon départ un livre, fermé par une serrure à clef, sur la feuille de garde duquel j'avais écrit cette phrase de l'*Anatomie de la volonté* : « Spi-
« noza se vantait d'étudier les sentiments humains
« comme le mathématicien étudie ses figures de géomé-
« trie; le psychologue moderne doit les étudier, lui,
« comme des combinaisons chimiques élaborées dans
« une cornue, avec le regret que cette cornue ne soit
« pas aussi transparente, aussi maniable que celles des
« laboratoires... » Je vous raconte cet enfantillage pour vous prouver le degré de ma sincérité intime et combien je ressemblais peu, tandis que le landau roulait sur la

route d'Aydat, au jeune homme ambitieux et pauvre que
tant de romans ont dépeint. Avec mon goût habituel du
dédoublement, je me souviens d'avoir, dès cette heure-
là, constaté, non sans orgueil, cette différence. Je me rappelais le Julien Sorel de *Rouge et Noir*, arrivant chez
M. de Rênal, les tentations de Rubempré, dans Balzac,
devant la maison des Bargeton, quelques pages aussi du
Vingtras de Vallès. J'analysais la sensation qui se dissimule derrière les convoitises ou les révoltes de ces divers
héros. C'est toujours l'étonnement de passer d'une classe
dans une autre. De cet étonnement avide ou rancunier,
je ne trouvais pas une trace en moi. Je regardais le
marquis sommeiller, enveloppé, par ce frais après-midi
de novembre, dans une fourrure dont le col relevé
cachait à demi son visage. Une couverture garantissait
ses jambes, d'une laine souple et sombre. Des gants de
peau bruns et brodés de noir protégeaient ses mains,
qui tenaient cette couverture. Son chapeau, d'un feutre
aussi fin que la soie, s'abaissait sur ses yeux. Rien que
ces détails représentaient une sorte d'existence bien différente de la nôtre, de la pauvre et mesquine économie de
notre intérieur que la propreté méticuleuse de ma mère
sauvait seule de la misère. Je me réjouissais de n'éprouver aucune envie, pas le plus petit atome, devant ces
signes d'une fortune supérieure, — ni envie, ni timidité.
Je me tenais bien en main, sûr de moi-même et cuirassé
contre toute vulgaire atteinte par ma doctrine, votre doctrine, et par la supériorité souveraine de mes idées. Je
vous aurai tracé un portrait complet de mon âme à cette
minute, si j'ajoute que je m'étais promis, une fois pour
toutes, de rayer l'amour du programme de ma vie. J'avais

eu, depuis ma première aventure avec Marianne, une autre petite histoire que je vous ai passée sous silence, avec la femme d'un professeur du lycée, si absolument sotte et avec cela si ridiculement prétentieuse que j'en étais sorti raffermi plus que jamais dans mon mépris pour l'inintelligence de la « Dame », comme je disais d'après Schopenhauer, et aussi dans mon dégoût pour la sensualité. J'attribue aux profondes influences de la discipline catholique cette répulsion à l'égard de la chair qui a survécu en moi aux dogmes de la spiritualité. Je savais bien, par une expérience trop souvent répétée, que cette répulsion était insuffisante pour empêcher mes chutes dans le désir sensuel. Mais je savais aussi que ce désir naissait en moi, au temps de Marianne, par exemple, par la certitude de son assouvissement, et je comptais sur la solitude du château pour m'affranchir de toute tentation et pratiquer dans sa pleine rigueur la grande maxime du Sage ancien : « Faire remonter tout son sexe dans son cerveau. » Ah ! cette idolâtrie de mon cerveau, de mon Moi pensant, je l'ai eue si forte que j'ai songé à étudier les règles monastiques pour les appliquer à la culture de cette pensée. Oui, j'ai projeté de faire tous les jours mes méditations, comme les moines, sur les quelques articles de mon *credo* philosophique, de célébrer chaque jour, comme les moines, la fête d'un de mes saints à moi, de Spinoza, de Hobbes, de Stendhal, de Stuart Mill, de vous, mon cher maître, en évoquant l'image et les doctrines de l'initiateur ainsi choisi et m'imprégnant de son exemple. Je comprends que tout cela était très jeune et très naïf. Du moins, vous le voyez, je n'ai pas été celui que cette famille flétrit aujourd'hui, le plébéien intrigant

qui rêve un beau mariage, et si l'idée de la séduction de
Mlle de Jussat entra en effet dans mon esprit, ce fut im-
plantée, inspirée, pour ainsi dire, par les circonstances.

« Je ne vous écris pas pour
me peindre sous un jour
romanesque, et je ne vois pas
pourquoi je vous cacherais
que parmi ces circonstances,
qui devaient me pousser
vers cette entreprise de séduction, si éloignée de mes
sentiments d'arrivée, la première fut l'impression produite sur moi par le comte
André, par le frère de cette
pauvre morte, dont le souvenir, à présent que j'approche

du drame, se fait vivant pour moi jusqu'à la torture.
Mais remontons-y, à cette arrivée... Il est près de cinq
heures. Le landau marche plus vite. Le marquis s'est
éveillé. Il me montre la nappe frissonnante du petit lac
d'Aydat, rose et froide sous un ciel du couchant qui
empourpre les feuillages séchés des hêtres et des chênes ;
et, là-bas, le château, une grande bâtisse de construction moderne, blanche avec ses tours trop grêles et ses
toits en poivrière, se rapproche à chaque lacis de la route
grise. Le clocher d'un village, d'un hameau plutôt, dresse
ses ardoises au-dessus de quelques maisons à toits de
chaume. Il est dépassé. Nous voici dans l'allée d'arbres
qui mène au château, puis devant le perron, et tout de
suite dans le vestibule. Nous entrons dans le salon. Qu'il

9.

était paisible, ce salon, éclairé par les lampes aux larges abat-jour, avec le feu qui brûlait gaiement dans la cheminée! Et, par groupes, la marquise de Jussat travaillait avec sa fille à des ouvrages au crochet pour les pauvres; mon futur élève regardait un livre d'images, debout contre le piano ouvert avec sa musique; la gouvernante de Mlle Charlotte et une religieuse se tenaient assises, plus loin, et cousaient. Le comte André parcourait un journal qu'il déposa au moment de notre arrivée. Oui, que ce salon était paisible, et qui m'eût dit que mon entrée marquait la fin de cette paix pour ces personnes qui se dessinent à cette seconde dans le champ de vision de mon souvenir avec une netteté de portraits ? J'aperçois le visage de la marquise d'abord, de cette grande et forte femme aux traits un peu gros, si différents de l'aspect que mon imagination ignorante eût donné à une grande dame. Elle était bien en effet la ménagère modèle dont m'avait parlé le marquis, mais une ménagère d'une éducation accomplie, et, tout de suite, rien qu'en me parlant de la belle journée que nous avions eue pour notre voyage, elle me mit à mon aise. J'aperçois le profil effacé de Mlle Élisa Largeyx, la gouvernante, et dans cette figure terne le sourire toujours approbateur de la vieille fille, — type innocent de servilité heureuse, d'une calme vie en complaisances et en félicités matérielles. J'aperçois la sœur Anaclet avec ses yeux de paysanne et sa bouche mince. Elle logeait en permanence dans le château pour servir de garde-malade au marquis, toujours préoccupé d'une attaque possible. J'aperçois le petit Lucien et ses grosses joues d'enfant paresseux. J'aperçois celle qui n'est plus, et sa taille fine dans sa

robe claire, et ses yeux gris si doux dans leur pâleur, et
ses cheveux châtains, et la coupe allongée de son visage,
et le geste par lequel sa main offrait à son père et à moi
une tasse de thé contre le froid de la route. J'entends
sa voix disant au marquis :

— « Père, avez-vous vu comme le petit lac était rose
ce soir ?... »

« J'entends la voix de M. de Jussat répondant entre
deux gorgées de son grog :

— « J'ai vu qu'il y avait du brouillard dans les prairies et du rhumatisme dans l'air... »

« J'entends la voix du comte André reprenant :

— « Oui, mais quel beau coup de fusil demain !... » —
puis se tournant vers moi : « Vous chassez, monsieur
Greslou ?... »

— « Non, monsieur », lui répondis-je.

— « Montez-vous à cheval ? » me demanda-t-il encore.

— « Pas davantage. »

— « Je vous plains », fit-il en riant « après la guerre,
ce sont les deux plus grands plaisirs que je connaisse. »

« Ce n'est rien, ce bout de dialogue, et, ainsi trans-
crit, il ne vous expliquera pas pourquoi ces simples
phrases furent cause que je regardai André de Jussat, là,
aussitôt, comme un être à part de tous ceux que j'avais
connus jusque-là; pourquoi, une fois monté dans ma
chambre, où un domestique commença de déballer ma
malle, j'y pensai plus encore qu'à sa fragile et gracieuse
sœur; ni pourquoi, à la table du dîner et toute la soirée,
je n'eus d'observation que pour lui. Mon naïf étonnement en présence de ce mâle et fier garçon dérivait pourtant d'un fait très simple. J'avais grandi jusqu'à cette

heure dans un milieu purement cérébral, où les seules formes estimées de la vie étaient les intellectuelles. J'avais eu pour camarades les premiers de ma classe, tous délicats et frêles comme je l'étais moi-même, sans daigner jamais prêter attention aux autres, à ceux qui excellaient dans les exercices du corps, et qui d'ailleurs ne trouvaient dans ces exercices qu'un prétexte à brutalité. Tous mes maîtres préférés et les quelques anciens amis de mon père étaient, eux aussi, des cérébraux. Quand je m'étais dessiné des héros de romans d'après mes lectures, j'avais toujours imaginé des mécaniques mentales plus ou moins compliquées, jamais leurs conditions physiques. En un mot, si j'avais songé à la supériorité que représente la belle et solide énergie animale de l'homme, ç'avait été d'une manière abstraite, mais je ne l'avais pas sentie. Le comte André, âgé d'un peu plus de trente ans, présentait un exemplaire admirable de cette supériorité-là. Figurez-vous un homme de moyenne taille, découplé comme un athlète, des épaules larges et une tournure mince, des gestes qui trahissent à la fois la force et la souplesse, — de ces gestes où l'on sent que le mouvement se distribue avec cette perfection qui fait l'agilité adroite et précise, — des mains et des pieds nerveux, disant seuls la race, avec cela le visage le plus martial, un de ces teints bistrés derrière lesquels le sang coule, riche en fer et en globules, un front carré dans un casque de cheveux très noirs, une moustache de la couleur des cheveux sur des lèvres serrées et fermes, des yeux bruns rapprochés d'un nez un peu busqué, ce qui donne au profil un vague caractère d'oiseau de proie. Enfin un menton découpé hardiment

et frappé d'une fossette achève cette physionomie
dans un caractère d'invincible volonté. Et la volonté,
c'est bien là ce personnage : l'action faite homme. Il
semble qu'il n'y ait, dans cet officier rompu à tous les
exercices du corps, prêt à toutes les bravoures, aucune
rupture d'équilibre entre penser et agir, et que son être
passe toujours tout entier dans ses moindres gestes. Je
l'ai vu, depuis ce premier soir, monter à cheval de
manière à réaliser devant moi la fable antique du Cen-
taure, mettre au pistolet dix balles de suite à trente pas
dans une carte à jouer, sauter des fossés à la promenade
et pour se divertir, avec la légèreté d'un gymnaste de
profession, de même que, parfois, et pour amuser son
jeune frère, il franchissait une table en y posant seulement les deux mains. J'ai su que, pendant la guerre, et
quoiqu'il n'eût encore que dix-sept ans, il s'était engagé,
et qu'il avait fait toute la campagne, résistant aux pires
fatigues et rendant du cœur aux vétérans. Il me suffit
de l'étudier, au dîner, ce premier soir, — mangeant posé-
ment, avec cette belle humeur d'appétit qui décèle la vie
profonde, — parlant peu, mais de cette voix pleine et
qui commande, — pour éprouver, à un degré surprenant,
l'impression que j'étais devant une créature différente
de moi, mais accomplie, mais achevée dans son espèce.
Il me semble, en écrivant, que cette scène date d'hier et
que je suis là, tandis que le marquis commence un
bésigue avec sa fille après le dîner, à causer avec la
marquise, tout en regardant à la dérobée le comte André
jouer seul au billard. Je le voyais, à travers la baie
ouverte, souple et robuste dans la mince étoffe de son
costume de soirée, un noir cigare au coin de la bouche,

qui poussait les billes avec une justesse si parfaite qu'elle en était élégante ; et moi, votre élève, moi si orgueilleux de l'amplitude de ma pensée, je suivais bouche bée les moindres gestes de ce jeune homme se livrant à un sport aussi vulgaire, avec l'espèce d'admiration envieuse qu'un moine lettré du moyen âge, inhabile aux robustes jeux des muscles, pouvait ressentir devant un chevalier en train de marcher dans son armure.

« Quand je prononce le mot d'envie, je vous supplie de me bien comprendre et de ne pas m'attribuer une bassesse qui ne fut jamais la mienne. Ni ce soir-là, ni durant les jours qui suivirent, je n'ai jalousé le nom du comte André, ni sa fortune, ni un seul des avantages sociaux qu'il possédait et dont j'étais si dépourvu. Je n'ai pas ressenti non plus cette étrange haine de mâle à mâle, très finement notée par vous dans vos pages sur l'amour. Ma mère avait eu cette faiblesse de me dire souvent dans mon enfance que j'étais joli garçon. Marianne et mon autre maîtresse me l'avaient répété. Sans être un fat, je me rendais compte que je n'avais rien pour déplaire, ni dans mon visage, ni dans ma tournure. Je vous dis cela, non par vanité, mais afin de vous prouver au contraire que la vanité n'entra pas pour un atome dans la sorte de rivalité subite qui fit de moi, dès ces premières heures, un adversaire, presque un ennemi du comte André, sans que d'ailleurs il s'en doutât une minute. Je le répète, dans cette rivalité il entrait autant d'admiration que d'antipathie. A la réflexion, j'ai trouvé dans le sentiment que j'essaie de vous définir la trace probable d'un atavisme inconscient. J'ai questionné plus tard le marquis, dont je flattais ainsi l'orgueil nobiliaire, sur la généalogie des

Jussat-Randon, et je crois savoir qu'ils sont de pure race conquérante, au lieu que dans les veines du descendant des cultivateurs lorrains qui vous écrit ces quelques lignes coule un sang de race conquise, le sang d'aïeux asservis à la glèbe durant des siècles. Certes, entre mon cerveau et celui du comte André, il y a la même différence qu'entre le mien et le vôtre, mon cher maître, plus grande encore, puisque je peux, moi, vous comprendre, et que je le défie de suivre un seul de mes raisonnements, même celui que je fais, à cette minute, sur nos rapports. Pour parler franc, je suis un civilisé, il n'est qu'un barbare. Hé bien! j'ai subi aussitôt la sensation que mon affinement était moins aristocratique que sa barbarie. J'ai senti là, du coup, et dans les profondeurs de cet instinct de la vie, où la pensée descend avec tant de peine, la révélation de cette préséance de la race que la Science moderne affirme nettement et qui, vraie de toute la nature, doit être vraie aussi de l'homme. Pourquoi même le prononcer, cet inexact mot d'envie qui sert d'étiquette à des hostilités irraisonnées comme celle que m'inspira aussitôt le comte? Pourquoi cette hostilité ne serait-elle pas héritée, elle aussi, comme le reste? Une acquisition humaine quelconque, celle par exemple du caractère et de l'énergie active, suppose que, pendant des siècles et des siècles, des files d'individus, dont on est l'addition suprême, ont voulu et ont agi. L'acquisition d'une pensée puissante résume au contraire des files d'individus qui ont moins voulu que réfléchi, moins agi que médité. Durant cette longue succession d'années, une antipathie, tantôt lucide et tantôt obscure, a rendu les individus du premier groupe odieux aux individus du second, et quand

deux représentants de ce souverain labeur des âges,
aussi typiques chacun dans leur genre que nous l'étions,
le comte et moi, se rencontrent, comment ne se dresse-
raient-ils pas aussitôt l'un en face de l'autre, tels que
deux bêtes d'espèces différentes? Le cheval qui n'a
jamais approché de lions frémit d'épouvante lorsqu'on
tasse sa litière avec de la paille sur laquelle a couché
un de ces fauves. Donc la peur s'hérite, et la peur n'est-
elle pas une des formes de la haine? Pourquoi toute haine
ne s'hériterait-elle point? Dans des centaines de cas,
l'envie ne serait donc que cela, — ce qu'elle fut pour
moi à coup sûr, — l'écho en nous de haines autrefois
ressenties par ceux dont nous sommes les fils, et qui
continuent de poursuivre à travers nous des combats de
cœur commencés il y a des centaines d'années.

« C'est un proverbe courant que les antipathies sont
réciproques, et, si l'on admet mon hypothèse sur l'origine séculaire de ces antipathies, ce phénomène de réciprocité devient très simple. Il arrive pourtant que cette
antipathie ne se manifeste pas dans les deux êtres à la
fois. C'est le cas lorsqu'un de ces deux êtres ne daigne
pas regarder l'autre, et aussi que l'autre se cache. Je ne
crois pas que le comte André ait éprouvé, dès cette première rencontre, l'aversion qu'il aurait eue pour moi s'il
avait lu jusqu'au fond de mon âme. D'abord il fit très
peu d'attention à ce petit bourgeois, venu de Clermont
au château pour y être précepteur, puis j'étais décidé à
une dissimulation constante de mon vrai Moi, emprisonné chez des étrangers. Je ne professais pas plus de répugnance pour cette hypocrisie défensive, que le jardinier
des Jussat n'en avait eu à empailler les groseilliers

du jardin afin de conserver à travers les neiges et les
gelées la fraîcheur de leurs fruits. Le mensonge d'attitude, qui m'a toujours attiré par mon goût natif de
dédoublement, correspondait trop bien à mon orgueil
intellectuel pour que je ne m'y adonnasse pas avec délices.
Mais lui, le comte André, n'avait aucun motif pour rien
me cacher de son caractère, et dès ce même soir qui
suivit mon entrée dans la maison, à l'heure de nous
retirer, il me pria de venir dans son cabinet afin de causer un peu. Il m'avait regardé à peine, et je compris tout
de suite que son intention était, non pas de se mettre
davantage en familiarité avec moi, mais de me donner
ses idées, à lui, sur mon rôle de précepteur. Il occupait
dans une aile un petit appartement composé de trois
pièces : une chambre à coucher, une chambre à toilette
et le fumoir où nous nous trouvions. Un grand divan
drapé, quelques fauteuils, un large bureau, meublaient
ce fumoir. Aux murs miroitaient des armes de toute pro-
venance : fusils marocains rapportés de Tanger, sabres
et mousquets du premier Empire, et un casque de soldat prussien, troué d'une balle, que le comte me montra,
presque aussitôt entrés. Il avait allumé une courte pipe
en bois de bruyère, préparé deux verres d'eau-de-vie
coupée d'eau de seltz, et, la lampe à la main, il m'éclairait de près la pointe de cuivre de ce casque en me disant :
— « Celui-là, je suis bien sûr de l'avoir descendu moi-
même... Vous ne connaissez pas cette sensation de tenir
un ennemi au bout de son fusil, de l'ajuster, de le voir
qui tombe, et de se dire : Un de moins?... C'était dans
un village, pas loin d'Orléans... J'étais de garde, à la
petite pointe du jour, dans l'angle du cimetière... Par-

dessus le mur, je vois une tête qui passe, qui regarde, des épaules qui suivent... C'était ce curieux qui venait voir un peu ce que nous faisions... Il n'est pas retourné le dire. »

« Il reposa la lampe, et, après avoir ri à ce souvenir, son visage devint sérieux. J'avais cru devoir tremper mes lèvres par politesse dans ce mélange d'alcool et d'eau gazeuse qui m'écœurait, et le comte reprit :

— « J'ai tenu à vous parler dès ce soir, monsieur, pour bien vous expliquer le caractère de Lucien et dans quel sens vous aurez à le diriger. Le précepteur que vous allez remplacer était un excellent homme, mais très faible, très indolent. J'ai appuyé votre candidature parce que vous êtes jeune, et, pour la tâche à remplir auprès de Lucien, un homme jeune convient mieux qu'un autre... L'instruction, monsieur, pour moi, ce n'est rien, pire que rien quelquefois, quand ça vous fausse les idées... La grande chose dans cette vie, je devrais presque dire : l'unique chose, c'est le caractère... »

« Il fit une pause comme pour me demander mon opinion ; je répondis par une phrase banale et qui appuyait dans son sens.

— « Très bien », continua-t-il, « nous nous entendrons. A l'heure présente, voyez-vous, il n'y a en France, pour un homme de notre nom, qu'un métier : soldat... Tant qu'à l'intérieur ce pays-ci sera aux mains de la canaille et qu'au dehors nous aurons l'Allemagne à battre, notre place est dans le seul endroit propre qui nous reste : l'armée... Grâce à Dieu, mon père et ma mère partagent ces idées. Lucien sera soldat, et un soldat n'a pas besoin d'en savoir si long, quoi qu'en

jabotent les gens d'aujourd'hui... De l'honneur, du sang-
froid et des muscles, quand avec cela on aime bien la
France, tout va. J'ai eu toutes les peines du monde à
être bachelier, moi qui vous parle... C'est vous dire que
cette année à la campagne doit être pour Lucien, avant
tout, une année de grand air, de vie un peu rude, et,
pour les études, seulement d'entretien. C'est sur vos
causeries avec lui que j'appelle votre attention. Vous
devez insister sur le côté pratique, positif des choses,
et sur les principes. Il a quelques défauts qu'il importe
de redresser dès maintenant. Vous le trouverez très
bon, mais très mou; il faut qu'il s'apprenne à tout supporter. Exigez, par exemple, qu'il sorte par tous les
temps, qu'il marche des deux à trois heures chaque jour.
Il est très inexact, et je tiens à ce qu'il devienne ponctuel
comme un chronomètre. Il est aussi un peu menteur.
C'est pour moi le plus horrible des vices. Je pardonne
tout à un homme, oui, bien des folies. Moi, le premier,
j'ai fait les miennes. Je ne pardonne jamais, jamais, un
mensonge... Nous avons eu, monsieur, par le vieux
maître de mon père, de si bons renseignements sur vous,
sur votre vie auprès de madame votre mère, sur votre
dignité, sur votre droiture, que nous comptons beaucoup
sur votre influence. Votre âge vous permet d'être justement pour Lucien un camarade autant qu'un précepteur... L'exemple, voyez-vous, c'est le meilleur des
enseignements. Dites à un conscrit qu'il est noble et
beau de marcher au feu, il vous écoutera sans vous
comprendre. Marchez-y devant lui, là, crânement, et il
devient plus crâne que vous... Quant à moi, je rejoins
mon régiment dans quelques jours, mais, absent ou

présent, vous pouvez compter sur mon appui, s'il s'agit jamais d'une mesure à prendre pour que cet enfant devienne, ce qu'il doit devenir, un homme qui puisse servir bravement son pays et, si Dieu permet, son roi... »

« Ce petit discours, que je crois bien vous reproduire presque fidèlement, n'avait rien qui dût m'étonner. Il était trop naturel que dans une maison où le père était un vieux maniaque, la mère une simple ménagère, la sœur timide et très jeune, le frère aîné tînt une place dirigeante, et qu'il prît langue avec un précepteur arrivé du jour. Il était trop naturel aussi qu'un soldat et un gentilhomme, élevé dans les idées de sa caste et de son métier, me parlât en soldat et en gentilhomme. Vous, mon cher maître, avec votre universelle compréhension des natures, avec votre facilité à dégager le lien nécessaire qui unit le tempérament et le milieu aux idées, vous eussiez vu dans le comte André un cas très défini et très significatif. Et moi-même, pourquoi avais-je préparé mon cahier à fermoir, sinon pour recueillir des documents, et de cette espèce, sur la nature humaine? N'en avais-je pas là de tout nouveaux dans la personne de cet officier si un et si simple, qui manifestait une manière de penser évidemment identique à sa manière d'être, de respirer, de bouger, de fumer, de manger? Je me rends trop compte que ma philosophie n'était pas comme du sang dans mes veines, comme de la moelle dans mes os, car ce discours et les convictions qu'il exprimait, au lieu de me plaire par cette rare rencontre de logique, avivèrent encore la plaie d'antipathie, subitement ouverte, je ne sais où, — dans mon amour-propre peut-être, car enfin j'étais le chétif et le frêle en face

du fort, — à coup sûr, dans ma sensibilité la plus intime.
Aucune des idées émises par le comte n'avait à mes
yeux la moindre valeur. C'étaient pour moi de pures
sottises, et voici qu'au lieu de simplement mépriser ces
sottises comme j'aurais fait dans n'importe quelle autre
occasion, je me mis à les haïr sur sa bouche. Le métier
de soldat? Je le considérais comme si misérable à cause
des fréquentations brutales et aussi du temps perdu, que
je m'étais réjoui d'être fils de veuve afin d'échapper à la
grossièreté de la caserne et aux misères de la discipline.
La haine de l'Allemagne? Je m'étais appliqué à la
détruire en moi, comme le pire des préjugés, par dégoût
des camarades imbéciles que je voyais s'exalter dans un
patriotisme ignorant, et aussi par admiration, par religion pour le peuple à qui la psychologie doit Kant et
Schopenhauer, Lotze et Fechner, Helmholtz et Wundt.
La foi politique? Je professais un égal dédain pour les
hypothèses grossières qui, sous le nom de légitimisme,
de républicanisme, de césarisme, prétendent gouverner
un pays a priori. Je rêvais, avec l'auteur des Dialogues
philosophiques, une oligarchie de savants, un despo-
tisme de psychologues et d'économistes, de physiologistes
et d'historiens. La vie pratique? C'était la vie diminuée,
pour moi qui ne voyais dans le monde extérieur qu'un
champ d'expériences où une âme affranchie s'aventure
avec prudence, juste assez pour y recueillir des émotions.
Enfin ce mépris pour le mensonge que professait mon
interlocuteur me frappait comme un affront, en même
temps que cette confiance absolue dans ma moralité,
fondée sur une fausse image de moi, me gênait, me
froissait, me blessait. Certes, la contradiction était

10

piquante : je me donnais comme pareil au portrait que
le vieil ami de mon père avait tracé de ma personne; il
me plaisait par certains côtés que l'on me crût tel, et je
me sentais irrité que lui, le comte André, ne se défiât
pas de moi. Il y a là un détour du cœur qui déconcerte
mon analyse. Qu'est-ce que cela prouve, sinon que nous
ne nous connaissons jamais entièrement nous-même?
Vous l'avez dit, mon maître, avec magnificence : « Nos
« états de conscience sont comme des îles sur un océan
« de ténèbres qui en dérobe à jamais les soubassements.
« C'est l'œuvre du psychologue de deviner par des son-
« dages le terrain qui fait de ces îles les sommets visibles
« d'une même chaîne de montagnes, invisible et immo-
« bile sous la masse mobile des eaux... »

« Si j'ai insisté sur cette soirée qui suivit mon arrivée
au château, ce n'est pas qu'elle ait eu des conséquences
immédiates, puisque je me retirai après avoir assuré
au comte André que j'étais absolument de son avis sur
la direction à donner à son jeune frère, et que, remonté
dans ma chambre, je me bornai à consigner ses paroles
sur mon livre de notes, avec un commentaire plus ou
moins dédaigneux. Mais cette première impression vous
fera bien comprendre quelles impressions analogues lui
succédèrent, et la crise inattendue, quoique très naturelle, qui en résulta. C'est là une de ces chaînes sous-
marines dont vous parlez, et j'en retrouve aujourd'hui
tout le détail en jetant la sonde au fond de mon cœur.
Sous l'influence de vos livres, mon cher maître, et sous
celle de votre exemple, je m'étais intellectualisé de plus
en plus. Je croyais, comme je vous l'ai raconté tout à
l'heure, avoir renoncé définitivement à cette morbide

curiosité des passions qui m'avait fait trouver autrefois de cuisants plaisirs dans mes lectures coupables et jusque dans les dégoûts de ma liaison sensuelle avec Marianne. Nous gardons ainsi en nous-même des portions d'âme que nous avons connues très vivantes, que nous croyons mortes et qui ne sont qu'assoupies. Et voilà que peu à peu, à fréquenter pendant seulement quinze jours cet homme, mon aîné de neuf ou dix ans à peine, et qui était, lui, tout réalité, tout énergie, cette existence de pur spéculatif, jadis si sincèrement rêvée, commença de me sembler... comment dirai-je? inférieure? Oh! non, puisque je n'aurais pas consenti, au prix d'un empire, à devenir le comte André, avec son titre, sa fortune, ses supériorités physiques et ses idées. Décolorée? Non encore. Je n'avais qu'à me souvenir de cette apparition unique, votre profil détaché sur la fenêtre de votre cabinet de travail avec ce fond de paysage parisien si vaste et si triste, pour en goûter à nouveau la méditative poésie. Le mot d'incomplet me paraît seul résumer la singulière défaveur que la soudaine comparaison entre le comte et moi répandit sur mes propres convictions. C'est dans le sentiment de cet incomplet que résida le principe tentateur dont je fus la victime. Il n'y a rien de bien original, je crois, dans cet état d'âme d'un homme qui, ayant cultivé à l'excès en lui-même la faculté de penser, rencontre un autre homme ayant cultivé au même degré la faculté d'agir, et qui se sent tourmenté de nostalgie devant cette action pourtant méprisée. Gœthe a tiré son Faust de cette nostalgie-là. Je n'étais pas un Faust. Je n'avais pas, comme le vieux docteur, épuisé la coupe des sciences; et cependant il faut croire

que mes études de ces dernières années, en m'exaltant
dans un sens trop spécial, avaient laissé en moi des
puissances inemployées, qui tressaillirent d'émulation à
l'approche de ce représentant d'une autre race. Tout en
l'admirant, l'enviant et le dédaignant à la fois, durant
les jours qui suivirent, je ne pouvais empêcher ma tête
de travailler et les raisonnements d'aller. Et je songeais :
« Un homme qui vaudrait celui-ci par l'action et qui me
« vaudrait par la pensée, celui-là serait vraiment l'homme
« supérieur que j'ai souhaité d'être. » Mais l'action et
la pensée ne s'excluent-elles pas l'une l'autre? Elles ne
s'excluaient pas à la Renaissance, et, plus près de nous,
elles ne se sont pas exclues chez ce Gœthe qui a incarné
en lui-même la double destinée de son Faust, tour à
tour philosophe et courtisan, poète et ministre; ni chez
Stendhal, romancier et lieutenant de dragons; ni chez
Constant, qui fut l'auteur d'*Adolphe* et un orateur de
feu, en même temps qu'un duelliste, un joueur et un
séducteur. Cette culture accomplie du Moi dont j'avais
fait le résultat dernier, la fin suprême de mes doctrines,
allait-elle sans ce double jeu des facultés, sans ce paral-
lélisme de la vie vécue et de la vie pensée? Probablement le premier regret que j'eus à me sentir dépossédé
ainsi de tout un monde, celui du fait, ne fut que d'orgueil. Mais chez moi, et par la nature essentiellement
philosophique de mon être, les sensations se transfor-
ment aussitôt en idées. Les moindres accidents me servent
à poser des problèmes généraux. Chaque événement de
ma destinée me mène à des théories sur toute destinée.
Là où un autre jeune homme se fût dit : « C'est dommage
que le sort ne m'ait permis qu'une seule espèce de

développement », je me pris à demander si je ne m'étais
pas trompé sur la loi de tout développement. Depuis que
j'avais, grâce à vos admirables livres, affranchi mon
âme et terrassé les vaines terreurs religieuses, je ne
gardais de mes anciennes pratiques de piété qu'une
seule, l'habitude d'un examen de conscience quotidien,
sous forme de journal, et, de temps à autre, je faisais
ce que j'appelais une « oraison ». Je transportais, comme
je vous l'ai dit déjà, et avec une jouissance étrange, les
termes de la religion dans le domaine de ma sensibilité
personnelle. J'appelais cela encore la liturgie du Moi.
Je me souviens qu'un des soirs de la seconde semaine
que je passai au château de Jussat, j'employai ainsi plusieurs heures à rédiger une confession générale, c'est-
à-dire à dresser un tableau complet de mes instincts
divers depuis le plus lointain éveil de ma conscience.
J'arrivai à cette conclusion que le trait essentiel de ma
nature, la caractéristique de mon être intime avait toujours été, comme je l'ai marqué en commençant le présent travail, la faculté de dédoublement. Cela signifiait
une tendance constante à être tout ensemble passionné
et réfléchi, à vivre et à me regarder vivre. Mais en
m'emprisonnant, comme je le voulais, dans la réflexion
pure, en négligeant justement de vivre pour n'être plus
qu'un regard ouvert sur la vie, ne risquais-je pas de
ressembler à cet Amiel dont le douloureux journal
paraissait alors, de me stériliser par l'abus de l'analyse
à vide? Pour me renforcer dans ma résolution d'une
existence abstraite, en vain votre image me revenait,
mon cher maître. Je me rappelais les phrases sur l'amour
dans la *Théorie des passions*. « Il n'a pas toujours été

10.

ce qu'il est », me disais-je, « un mystère criminel a dû traverser sa jeunesse », et je vous voyais, à mon âge, vous abandonnant aux expériences coupables qui déjà me tentaient obscurément à travers ces allées et venues de mes pensées.

« Je ne sais si cette chimie d'âme, très compliquée et très sincère pourtant, vous semblera suffisamment lucide. Le travail par lequel une émotion s'élabore en nous et finit par se résoudre dans une idée reste si obscur que cette idée est précisément le contraire parfois de ce que le raisonnement simple aurait prévu. N'eût-il pas été naturel, par exemple, que l'antipathie admirative soulevée en moi par la rencontre du comte André aboutît soit à une répulsion déclarée, soit à une admiration définitive? Dans le premier cas, j'eusse dû me rejeter davantage vers la Science, et dans l'autre, souhaiter une moralité plus active, une virilité plus pratique dans mes actes? Oui, j'eusse dû. Mais le naturel de chacun, c'est sa nature. La mienne voulait que, par une métamorphose dont je vous ai marqué de mon mieux les degrés, l'antipathie admirative pour le comte devînt chez moi un principe de critique à mon propre égard, que cette critique enfantât une théorie un peu nouvelle de la vie, que cette théorie réveillât ma disposition native aux curiosités passionnelles, que le tout se fondît en une nostalgie des expériences sentimentales et que, juste à ce moment, une jeune fille se rencontrât dans mon intimité, dont la seule présence aurait suffi pour provoquer le désir de lui plaire chez tout jeune homme de mon âge. Mais j'étais trop intellectuel pour que ce désir naquît dans mon cœur sans avoir traversé ma tête. Du moins,

si j'ai subi le charme de grâce et de délicatesse qui
émanait de cette enfant de vingt ans, je l'ai subi en
croyant que je raisonnais. Il y a des heures où je me
demande s'il en a été ainsi, où toute mon histoire m'apparaît comme plus simple, où je me dis : « J'ai tout
« bonnement été amoureux de Charlotte, parce qu'elle
« était jolie, fine, tendre, et que j'étais jeune; puis je
« me suis donné des prétextes de cerveau parce que
« j'étais un orgueilleux d'idées qui ne voulait pas avoir
« aimé comme un autre. » Quel soulagement quand je
parviens à me parler de la sorte! Je peux me plaindre
moi-même, au lieu de me faire horreur, comme cela
m'arrive lorsque je me rappelle ce que j'ai pensé alors,
cette froide résolution caressée dans mon esprit, consi-
gnée dans mes cahiers, vérifiée, hélas! dans les événements, la résolution de séduire cette enfant sans l'aimer,
par pure curiosité de psychologue, pour le plaisir d'agir,
de manier une âme vivante, moi aussi, d'y contempler
à même et directement ce mécanisme des passions
jusque-là étudié dans les livres, pour la vanité d'enrichir
mon intelligence d'une expérience nouvelle. Mais oui,
c'est bien ce que j'ai voulu, et je ne pouvais pas ne
pas le vouloir, dressé comme j'étais par ces hérédités,
par cette éducation que je vous ai dites, transplanté
dans le milieu nouveau où me jetait le hasard, et mordu,
comme je le fus, par ce féroce esprit de rivalité envers
cet insolent jeune homme, mon contraire?

« Et pourtant qu'elle était digne de rencontrer un
autre que moi, qu'une froide et meurtrière machine à
calcul mental, cette fille si pure et si vraie! Rien que d'y
songer me fend soudain le cœur et me déchire, moi qui

me voudrais sec et précis comme un diagnostic de
médecin. Elle, ce n'est pas dès le premier soir que je
l'ai remarquée. Elle n'offrait pas au premier regard cette
perfection des lignes du visage, cet éclat du teint, cette
royauté du port qui font dire d'une femme qu'elle est
très belle. Tout dans sa physionomie était délicatesse,
effacement, demi-teinte, depuis la nuance de ses cheveux
châtains jusqu'à celle de ses prunelles, d'un gris un peu
brouillé, dans un visage ni trop pâle ni trop rose. Elle
appelait nécessairement à l'esprit le terme de modeste,
quand on étudiait son expression, et celui de fragile,
quand on prenait garde aux finesses de ses pieds et de
ses mains, à la grâce presque trop menue de ses mouvements. Quoiqu'elle fût plutôt petite, elle paraissait
grande à cause de la proportion de sa tête et de l'attache
du col qu'elle avait dégagée et si naturellement noble.
Si le comte André reproduisait un de leurs communs
ancêtres par un atavisme évident, elle trouvait, elle, le
moyen de ressembler à leur père, avec une telle idéalité
de lignes que c'était à ne pas admettre cette ressemblance, quand on ne les voyait pas l'un à côté de l'autre.
Il était néanmoins aisé de reconnaître en elle l'influence
des dispositions nerveuses qui, chez le père, créaient
l'hypocondrie. Charlotte était d'une sensibilité presque
morbide, que révélait, à de certaines minutes, un léger
tremblement des mains et des lèvres, ces belles lèvres
sinueuses où résidait une bonté presque divine. Son
menton très ferme dénonçait une rare force de volonté
dans cette enveloppe frêle, et je comprends aujourd'hui
que la profondeur de ses yeux, parfois immobiles et
comme attirés vers un point visible pour eux seuls,

trahissait une tendance fatale à l'idée fixe. Comment
l'aurais-je remarqué dès lors? Le premier trait que j'ai
observé en elle — dès la seconde semaine qui suivit

mon arrivée — fut cette extrême bonté, et cela, grâce
au petit Lucien. Cet enfant me raconta qu'elle l'avait
prié de savoir de moi, à plusieurs reprises, s'il ne me
manquait rien dans ma chambre, — humble détail puéril,
mais qui me toucha, parce que je me sentais très seul
dans cette grande maison où personne, depuis mon
arrivée, ne semblait faire la moindre attention à moi.
Le marquis n'apparaissait qu'au déjeuner, enveloppé
d'une robe de chambre, et pour gémir sur sa santé ou

sur la politique. La marquise s'occupait à parfaire le confortable du château, et elle soutenait de longues conférences avec un tapissier venu de Clermont. Le comte André montait à cheval le matin, il chassait l'après-midi, et, le soir, il fumait ses cigares sans plus m'adresser la parole. La gouvernante et la religieuse s'observaient et m'observaient avec une discrétion qui me glaçait. Mon élève était un garçon paresseux et lourd, qui n'avait qu'une qualité, celle d'être très simple, très confiant, et de me raconter tout ce que je voulais bien entendre sur lui-même et sur les siens. J'avais appris ainsi que le séjour à la campagne, cette année, était l'œuvre du comte André, ce qui ne m'étonna point, car je le sentais de plus en plus le vrai chef de la famille. J'appris que, l'année précédente, il avait voulu faire épouser à sa sœur un de ses camarades, un M. de Plane, que Charlotte avait refusé et qui était parti pour le Tonkin. J'appris... Mais qu'importe ce détail? Dans nos deux classes quotidiennes, le matin de huit heures à neuf heures et demie, l'après-midi de trois heures à quatre heures et demie, j'avais une peine extrême à fixer l'attention du petit flâneur. Assis sur sa chaise, en face de moi, de l'autre côté de la table, et roulant sa langue contre sa joue tandis qu'il couvrait le papier de sa maladroite et grosse écriture, il me guignait de l'œil. Il épiait sur mon visage la moindre trace de distraction. Avec cet instinct animal et sûr des enfants, il vit bientôt que je le ramenais moins vite à ses leçons quand il m'entretenait de son frère ou de sa sœur, et voilà comment cette innocente bouche me révéla qu'il y avait, dans cette froide maison étrangère, quelqu'un pour qui mon bien-être comptait,

qui pensait à moi. Ma mère me manquait tant, quoique
je ne voulusse pas en convenir avec moi-même. Et ce fut
ce rien — il ne représentait cependant qu'un intérêt de
banale politesse — qui me fit regarder Mlle de Jussat
avec plus d'attention.

« Le second trait que je découvris en elle, après la
bonté, fut le goût du romanesque; non qu'elle eût lu
beaucoup de romans, mais elle avait, comme je vous l'ai
dit, une sensibilité trop vive, et cette sensibilité lui avait
donné comme une appréhension du réel. Sans qu'elle
s'en doutât, elle était par ce point très différente de son
père, de sa mère et de ses frères. Elle ne pouvait ni se
montrer à eux dans la vérité de sa nature, ni les voir
dans la vérité de la leur, sans en souffrir. Aussi ne se
montrait-elle pas, et se contraignait-elle à ne pas les
voir. Elle s'était, spontanément, naïvement, formé sur
ceux qu'elle aimait des idées en harmonie avec son cœur
à elle, et si contraires à l'évidence qu'elle aurait passé
pour fausse ou flatteuse aux yeux d'un observateur
malveillant. Elle disait à sa mère, si commune d'âme, si
matérielle : « Vous, maman, qui êtes si fine...; » à son
père, si cruellement égoïste : « Vous, papa, qui êtes si
bon...; » à son frère, si absolu, si entier : « Toi, qui comprends tout...; » et elle le croyait. Mais cette illusion où
s'emprisonnait cette créature ingénue et trop tendre la
laissait en proie à la plus complète solitude morale et
dépourvue, à un degré bien dangereux, de toute entente
des caractères. Elle s'ignorait comme elle ignorait les
autres. Elle se languissait, à son insu, du besoin de rencontrer quelqu'un qui eût une analogie de sentiment avec
elle. Il lui arrivait, par exemple, je l'observai dès les

premières promenades que nous fîmes ensemble, d'être la
seule à sentir vraiment la beauté du paysage formé par le
petit lac, les bois qui l'environnent, les volcans lointains
et le ciel d'automne, souvent plus beau que le ciel d'été
à cause du contraste avec les ors des feuillées, de son
azur parfois si pâle, si tristement vaporeux et lointain.
Elle tombait ainsi dans des silences sans cause apparente
qui venaient de ce que son être trop ému se dissolvait
réellement dans le charme des choses. Elle possédait, à
l'état d'instinct obscur et de sensation inconsciente, cette
faculté qui fait les grands poètes et les grandes amou-
reuses, de s'oublier, de se disperser, de s'abîmer tout
entière dans ce qui touchait son cœur, que ce fût un
horizon voilé, une forêt silencieuse et jaunie, un morceau
de musique joué par sa gouvernante au piano, l'émotion
d'une histoire attachante racontée devant elle. Je ne
me lassais pas, dès ce début de notre connaissance, de
constater le contraste entre l'animal de combat qu'était
le comte et cette créature de grâce et de douceur qui
descendait les escaliers de pierre du château d'un pas si
léger, posé à peine, et dont le sourire était si accueillant à la fois et si timide! J'oserai tout dire, puisque
encore une fois je n'écris pas ceci pour me peindre en
beau, mais pour me montrer. Je n'affirmerais pas que le
désir de me faire aimer par cette adorable enfant, dans
l'atmosphère de laquelle je commençais de tant me
plaire, n'ait pas eu aussi pour cause ce contraste entre
elle et son frère. Peut-être l'âme de cette jeune fille, que
je voyais toute pleine de ce frère si différent, devint-elle
comme un champ de bataille pour la secrète, pour l'obscure antipathie que deux semaines de séjour commun

transformèrent aussitôt en haine. Oui, peut-être se
cachait-il, dans mon désir de séduction, la cruelle volupté
d'humilier ce soldat, ce gentilhomme, ce croyant, en
l'outrageant dans ce qu'il avait au monde de plus pré-
cieux. Je sais que c'est horrible, mon cher maître, ce
que je dis là, mais je ne serais pas digne d'être votre
élève si je ne vous donnais ce document aussi sur l'arrière-fond mesquin de mon cœur. Et, après tout, ce ne
serait, cette nuance odieuse de sensations, qu'un phénomène nécessaire, comme les autres, comme la grâce
romanesque de Charlotte, comme l'énergie simple de son
frère et comme mes complications à moi, — si obscures
à moi-même!

§ IV. — *Première crise.*

J<small>E</small> me souviens avec une extrême netteté du jour où
ce projet de séduire la sœur du comte André se posa
devant moi, non plus comme une donnée de roman
imaginaire, mais comme une possibilité précise, prochaine, presque immédiate. Après deux mois consécutifs
de présence au château, j'étais allé chez ma mère pour
y passer les fêtes de janvier et je n'étais rentré de Clermont que depuis une semaine. La neige venait de tomber pendant quarante-huit heures. Les hivers, dans nos
montagnes, sont si durs que la manie de M. de Jussat peut
seule expliquer cette obstination à séjourner là, dans

cette sauvage lande de lave indéfiniment balayée par
les rafales. Il est vrai d'ajouter que la marquise veillait
au confortable de la maison avec une merveilleuse
entente des ressources quotidiennes, et d'ailleurs, bien
qu'Aydat passe pour très isolé, par Saint-Saturnin et
Saint-Amand-Tallende, les communications avec Clermont demeurent libres même dans la pire rigueur de la
saison. Puis cette saison, si elle est en effet très rigou-
reuse, offre de soudaines et radieuses éclaircies. A des
journées de tourmente succèdent des après-midi d'un
incomparable azur où le paysage rayonne, comme transformé par la soudaine magie d'un enchantement de
lumière. Ce fut le cas durant le jour, que j'essaie d'évoquer en ce moment-ci, où ma fatale résolution se
fixa et prit corps. Je revois le lac couvert d'une mince
lame de glace, sous les plis de laquelle se devinait le
frisson souple de l'eau. Je revois la vaste coulée de la
Cheyre, blanche de neige avec des taches sombres de
lave apparues dans cette blancheur; et tout blanc aussi,
mais sans une tache, se dressait le cirque des montagnes,
le puy de Dôme, le puy de la Vache, celui de Vichatel,
celui de la Rodde, celui de Mont-Redon, tandis que le
ballon de Charmont et la forêt de Rouillat détachaient
sur le fond de neige et d'azur les masses noires de leurs
sapins. Des détails revivent devant mes yeux, de ces
menus détails qui se remarquent à peine, et puis ils
demeurent cachés, on ne sait dans quel arrière-fond de
la mémoire. Je revois un bouquet de bouleaux dont
les ramures dépouillées se teintaient de rose. Je revois
les cristaux de givre qui brillaient à la pointe des branches,
une touffe de genêts qui pointait maigre et encore verte,

sur le tapis immaculé la trace des pattes d'un renard, et, à une minute, le volètement d'une pie qui cria au milieu de la route. Ce cri aigu rendait le silence de cet immense horizon de neige comme perceptible. Je revois des brebis jaunâtres et brunes poussées par un berger vêtu d'une blouse bleue, coiffé d'un large chapeau rond et bas, qu'accompagnait un chien roux et velu, avec des yeux jaunes, luisants et rapprochés. Oui, je revois tout de ce paysage, et les quatre personnes en train de s'y promener sur la route qui monte vers Fontfrède : Mlle Largeyx, Mlle de Jussat, mon élève et moi-même. La taille de Charlotte était prise dans une jaquette d'astrakan ; un boa de fourrure enroulé autour de son cou faisait paraître sa tête encore plus petite et plus gracieuse sous la toque pareille à la jaquette. Après ces longues heures d'emprisonnement dans le château, cet air si vif semblait la griser. Le rose d'un sang animé par la marche colorait ses joues. Ses pieds fins s'enfonçaient vaillamment dans la neige, où ils imprimaient leur trace légère, et ses yeux exprimaient cette exaltation naïve devant la beauté de la nature, privilège des cœurs restés simples qui ne se retrouve pas quand on s'est desséché l'âme à force de raisonnements, de théories

abstraites et de lectures. Je marchais auprès d'elle
qui allait très vite, si bien que nous eûmes très tôt
dépassé Mlle Largeyx, dont les socques glissaient avec
peine sur le chemin. L'enfant, lui, tantôt en avant,
tantôt en arrière, s'arrêtait ou courait, avec une viva-
cité de jeune animal. Entre ces deux gaietés, celle du
petit Lucien et celle de Charlotte, je me sentais devenir
de plus en plus taciturne et sombre. Était-ce l'irritation
nerveuse qui nous rend, à de certaines heures, antipa-
thiques à une joie que nous constatons à côté de nous
sans l'éprouver? Était-ce l'ébauche, à demi inconsciente encore, de mon plan futur de séduction, et vou-
lais-je me faire remarquer de la jeune fille par une espèce
d'hostilité contre son plaisir? Durant toute cette promenade, moi qui avais déjà pris l'habitude de causer

beaucoup avec elle,
je coupai à peine
par des monosylla-
bes les phrases
admiratives qu'elle
jetait au hasard de
la route, comme
pour me convier au
partage de ses émo-
tions heureuses. De
réponses brusques
en silences, ma
mauvaise humeur
devint si évidente

que Mlle de Jussat finit, malgré son état d'enthousiasme,
par s'en apercevoir. Elle me regarda deux ou trois fois,

11

avec une question sur le bord des lèvres qu'elle n'osa pas
formuler, puis ce fut un assombrissement de son
mobile visage. Sa gaieté tomba au contact de ma bou-
derie, peu à peu, et je pus suivre sur cette physionomie transparente le passage par lequel elle cessa d'être
sensible à la beauté des choses pour ne plus voir que
ma tristesse. Un instant vint où elle ne fut plus capable
de dominer l'impression que cette tristesse lui causait,
et, d'une voix que la timidité rendait comme un peu
étouffée, elle me demanda :

— « Est-ce que vous êtes souffrant, monsieur Greslou? »

— « Non, mademoiselle », lui répondis-je avec une
brusquerie qui dut la blesser, car sa voix tremblait
davantage encore pour insister :

— « Alors, quelqu'un vous a fait quelque chose. Vous
n'êtes pas comme à votre ordinaire... »

— « Personne ne m'a rien fait », répondis-je en secouant
la tête; « mais c'est vrai », ajoutai-je, « j'ai des raisons
d'être triste, très triste, aujourd'hui... C'est pour moi l'an-
niversaire d'un grand chagrin, que je ne peux pas dire... »

« Elle me regarda de nouveau. Elle ne se surveillait
pas et je continuais de suivre dans ses yeux les mouvements qui l'agitaient comme on suit les allées et venues
du mécanisme d'une montre à travers une boîte en
cristal. Je l'avais vue inquiète de mon attitude au point
d'en perdre du coup la sensation du divin paysage. Je
la voyais maintenant à la fois soulagée d'apprendre que
je n'avais contre elle aucun grief, touchée de ma mélancolie, curieuse d'en connaître la cause, et n'osant pas
m'interroger. Elle dit seulement :

— « Pardon de vous avoir questionné... » Puis elle
se tut. Ces quelques minutes suffisaient pour me révéler la place que j'occupais déjà dans sa pensée. Devant
la preuve de ce délicat et noble intérêt, j'aurais dû avoir
honte de mon mensonge, car c'en était un que ce soi-
disant rappel d'un grand chagrin, — un mensonge gra-
tuit et instantané dont la soudaine invention m'a souvent
étonné moi-même quand j'y ai songé depuis lors. Oui,
pourquoi ai-je imaginé subitement de me draper ainsi
dans la poésie d'une grande douleur, moi dont la vie,
depuis la mort de mon père, avait été si douce, somme
toute, si peu sacrifiée? Ai-je cédé à ce goût inné de me
dédoubler qui fut toujours si fort en moi? Cette sima-
grée romanesque dénonçait-elle l'hystérie de vanité qui
pousse quelques enfants à mentir, eux aussi, sans raison et avec tant d'inattendu? Une vague intuition me
fit-elle apercevoir dans un cabotinage de déception et
de mélancolie le plus sûr moyen d'intéresser davantage
la sœur du comte André? Je ne me rends pas bien compte
des mobiles précis qui me dominèrent à ce moment
de notre promenade. Assurément, je ne prévoyais avec
exactitude ni l'effet de ma tristesse affectée ni celui de
mon mensonge, mais je me rappelle qu'aussitôt cet
effet constaté, une résolution s'installa en moi : celle
d'aller jusqu'au bout et de voir quel effet je produirais
sur cette âme, en continuant avec conscience et calcul
la comédie à demi instinctive commencée par ce lumi-
neux après-midi de janvier, devant la magnificence
d'un paysage qui aurait dû servir de cadre à d'autres
rêves.

« Aujourd'hui que l'irréparable s'est accompli, et par

une pénétration rétrospective horriblement douloureuse,
— car elle me convaine moi-même d'inintelligence
tout ensemble et de cruauté, — je comprends que
j'avais dès lors inspiré à Charlotte le plus vrai, le plus
tendre aussi des sentiments. Toute la diplomatie psychologique à laquelle je me suis livré fut donc l'odieux
et ridicule travail d'un écolier dans la science du cœur.
Je comprends que je n'ai pas su respirer les fleurs qui
poussaient pour moi naturellement dans cette âme. Je
n'avais qu'à me laisser aller pour connaître, pour goûter les émotions dont j'avais soif, pour vivre une vie
sentimentale exaltée et amplifiée jusqu'à égaler ma vie
intellectuelle. Au lieu de cela, je me suis paralysé le
cœur à coups d'idées. J'ai voulu conquérir une âme
conquise, jouer une partie d'échecs quand il suffisait
d'être simple, et je n'ai même pas aujourd'hui l'orgueil-
leuse consolation de me dire que j'ai du moins dirigé
à mon gré le drame de ma destinée, que j'en ai com-
biné les scènes, provoqué les épisodes, conduit l'intrigue. Il se jouait tout entier en elle et sans que j'y
comprisse rien, ce drame où la Mort et l'Amour, les
deux fidèles ouvriers de l'implacable Nature, ont agi
sans mon ordre et en se moquant des complications de
mes analyses. Charlotte m'a aimé pour des raisons
absolument différentes de celles qu'avait su aménager
ma naïve psychologie. Elle est morte, désespérée,
quand, à la lumière d'une explication tragique, elle
m'a vu dans ma vérité. Alors je lui ai fait horreur, et
elle m'a donné ainsi la preuve la plus irréfutable que
mes subtiles réflexions n'ont jamais rien pu sur elle.
J'ai cru résoudre dans cet amour un problème de

mécanique mentale. Hélas! j'avais tout uniment rencontré, sans en sentir le charme, une sincère et profonde tendresse. Pourquoi n'ai-je pas deviné alors ce
que j'aperçois aujourd'hui avec la netteté de la plus
cruelle évidence? Égarée par les côtés romanesques
de son être intime, c'était si naturel que cette enfant
s'abusât sur mon compte. Mes longues études m'avaient
acquis cet air un peu souffrant qui intéressera toujours
l'instinctive charité féminine. D'avoir été élevé par ma
mère m'avait donné des manières douces, une finesse de
geste et de voix, un soin méticuleux de ma personne qui
sauvaient mes gaucheries et mes ignorances. J'avais été
présenté, par le vieux maître qui m'avait recommandé,
comme un garçon d'une noblesse irréprochable d'idées et
de caractère. C'en était assez pour qu'une jeune fille très
sensible et très isolée s'intéressât à moi d'une façon
très particulière. Hé bien! je n'eus pas plus tôt reconnu
cet intérêt, dans la promenade dont je vous ai parlé,
que je pensai à en abuser au lieu d'en être touché. Qui
m'eût vu seul dans ma chambre durant la soirée qui
suivit cet après-midi, assis à ma table et écrivant, un
gros livre d'analyse auprès de moi, n'eût jamais cru
que c'était là un jeune homme d'à peine vingt-deux
ans, en train de méditer sur les sentiments qu'il inspirait ou voulait inspirer à une jeune fille de vingt... Le
château dormait. Je n'entendais plus que le passage
d'un valet de pied occupé à éteindre les lampes de
l'escalier et des corridors. Le vent enveloppait la vaste
bâtisse de son gémissement tour à tour plaintif et
apaisé. Ce vent d'ouest est terrible sur ces hauteurs,
où, parfois, il emporte d'une bourrasque toutes les

11.

ardoises d'un toit. Cette lamentation de la rafale a toujours augmenté en moi le sentiment de la solitude intérieure. Mon feu brûlait, paisible, et je griffonnais sur
ce cahier à serrure, brûlé avant mon arrestation, le
récit de ma journée et le programme de l'expérience que
je me proposais de tenter sur l'esprit de Mlle de Jussat.
J'avais recopié le passage sur la pitié qui se trouve dans
votre *Théorie des passions*, vous vous souvenez, mon
cher maître; c'est celui qui commence : « Il y a dans
« ce phénomène de la pitié un élément physique et qui,
« chez les femmes particulièrement, confine à l'émotion
« sexuelle... » C'est par la pitié aussi que je me proposais
d'agir d'abord sur Charlotte. Je voulais profiter du premier mensonge par lequel je l'avais déjà remuée, l'en-
lacer par une suite d'autres, et achever de me faire
aimer en me faisant plaindre. Il y avait, dans cette
exploitation du plus respecté des sentiments humains
au profit de ma fantaisie curieuse, quelque chose de
radicalement contraire aux préjugés généraux, qui flattait mon orgueil jusqu'au délice. Tandis que je rédigeais
ce plan de séduction, avec textes philosophiques à l'appui, je me représentais ce qu'en eût pensé le comte André,
s'il avait pu, comme dans les anciennes légendes, du
fond de sa ville de garnison, déchiffrer les mots tracés
par ma plume. En même temps, la seule idée de diriger
à mon gré les rouages subtils d'un cerveau de femme,
cette horlogerie intellectuelle et sentimentale si compliquée et si ténue, me faisait me comparer à Claude Ber-
nard, à Pasteur, à leurs élèves. Ces savants vivisectent
des animaux. N'allais-je pas, moi, vivisecter longuement
une âme?

« Pour tirer de cet effet de pitié, surpris plutôt que
provoqué, le résultat demandé, il s'agissait d'abord de
le prolonger. A cette fin, je résolus de continuer par
calcul la comédie de tristesse improvisée par hasard,
tout en préparant, pour le jour plus ou moins éloigné
d'un entretien explicatif, un petit roman attendrissant
de fausses confidences. Je m'attachai donc, pendant
la semaine qui suivit cette promenade, à feindre une
mélancolie de plus en plus absorbée, et à la feindre
non seulement en présence de Charlotte, mais encore
durant les heures où je restais seul avec mon élève, sûr
que cet enfant rapportait à sa sœur les impressions de
nos tête-à-tête. Vous avez là, mon cher maître, la
preuve de l'inutile rouerie que je m'appliquais à déployer.
Était-il besoin de mêler ce garçon qui m'était confié à
cette triste intrigue, et pourquoi joindre cette ruse aux
autres, quand Mlle de Jussat ne songeait guère à
mettre ma bonne foi en doute, fût-ce une minute? Mais,
par un étrange détour de conscience, je plaçais ma
fierté à multiplier les complications du piège. Nous
prenions, Lucien et moi, nos leçons dans une vaste
pièce décorée du nom de bibliothèque, à cause du rayon-
nage qui garnissait un pan du mur. Là, derrière les
grilles doublées d'une toile verte, s'entassaient d'innombrables volumes reliés en basane, notamment toute la
suite de l'*Encyclopédie*. C'était un héritage du fonda-
teur du château, grand seigneur philosophe, parent et
ami de Montlosier, et qui s'était construit cette habita-
tion en pleine montagne afin d'y élever ses deux fils
dans la nature et d'après les préceptes de l'*Émile*. Le
portrait de ce gentilhomme libre penseur, assez médiocre

peinture dans le goût de l'époque, avec de la poudre et un sourire à la fois sceptique et sensible, décorait un côté de la porte; de l'autre côté se trouvait celui de sa femme, encore coquette sous une haute coiffure étagée et des mouches aux joues. En regardant ces deux peintures, tandis que Lucien traduisait un morceau d'Ovide ou de Tite-Live, je me demandais ce que faisaient mes aïeux, à moi, durant les années de l'autre siècle où vivaient les deux personnes représentées dans ces portraits. Je les voyais, ces rustres, ces vilains dont j'étais sorti, poussant la charrue, émondant la vigne, hersant la terre dans les plaines brumeuses de Lorraine, pareils aux paysans qui passaient sur la route devant les portes du château, par tous les temps, et qui, bottés jusqu'aux genoux, traînaient un bâton ferré attaché à leur poignet par une courroie. Cette image donnait l'attrait d'une vengeance presque légitime au soin que je prenais de composer ma physionomie. Chose singulière, quoique je détestasse en théorie les doctrines de la Révolution et le cartésianisme médiocre qu'elles dissimulent, je me retrouvais plébéien dans ma joie profonde à songer que moi, l'arrière-petit-fils de ces cultivateurs, j'arriverais peut-être à séduire l'arrière-petite-fille de ce grand seigneur et de cette grande dame

par la seule force de ma pensée. J'appuyais mon menton
sur ma main, je contraignais mon front et mes yeux à se
faire tristes, sachant que Lucien épiait les expressions de
mon visage dans l'espoir de couper son travail par
une causerie. Lorsqu'il eut à plusieurs reprises constaté qu'il ne rencontrait plus chez moi ni le sourire
accueillant ni l'indulgence de regards des leçons précédentes, il devint lui-même soucieux. Comme il est
naturel, le pauvre garçon prenait ma tristesse pour de
la sévérité, mes silences pour du mécontentement. Un
matin, il se hasarda jusqu'à me demander :

— « Est-ce que vous êtes fâché contre moi, monsieur
Greslou? »

— « Non, mon enfant », répondis-je en flattant sa
joue fraîche avec ma main; et je continuai de garder
ma physionomie songeuse, tout en contemplant la neige
qui fouettait les vitres. Elle tombait maintenant, du
matin jusqu'au soir, par larges étoiles tourbillonnantes,
avec un enveloppement, un endormement de tout le
paysage, et, dans les pièces tièdes du château, c'était
un charme silencieux d'intimité, une lointaine mort
des moindres bruits de la montagne, tandis que les
carreaux des fenêtres, revêtus de givre au dehors et
de vapeur au dedans, tamisaient une lumière plus
adoucie, comme malade. Cela faisait un fond de mystère à la figure de mélancolie que je me façonnais et
que j'imposais à l'observation de Charlotte durant les
heures où nous nous rencontrions. Quand la cloche du
déjeuner nous réunissait dans la salle à manger, je surprenais, dans les yeux avec lesquels elle m'accueillait,
la même curiosité timide et compatissante remarquée

dans la promenade d'où datait ce que j'appelais
sur mon journal mon entrée en laboratoire. Ses yeux
me regardaient du même regard quand nous nous
trouvions de nouveau tous ensemble, assis dans le
salon, au moment du thé, sous la clarté des premières
lampes, puis à la table du dîner et encore dans la
longue solitude de la soirée, à moins que, sous le prétexte d'un travail à finir, je ne me retirasse dans ma
chambre plus tôt que les autres. La monotonie de la
vie et des discours était si entière, que rien ne
l'aidait à secouer cette impression d'énigme émouvante
que je lui infligeais ainsi. Le marquis, en proie aux
contrastes presque fous de son caractère, maudissait sa
funeste résolution de séjour dans cet isolement. Il
annonçait, pour la prochaine éclaircie, un départ qu'il
savait impossible. C'eût été trop coûteux maintenant.
D'ailleurs, où aller? Il calculait ses chances de recevoir
la visite d'amis clermontois qui étaient venus déjeuner
en effet à plusieurs reprises, mais lorsque les quatre
heures de route entre Aydat et la ville n'étaient pas
doublées par le mauvais temps. Puis il s'installait à la
table de jeu, tandis que la marquise, la gouvernante et
la religieuse vaquaient à leurs infinissables ouvrages.
J'étais chargé de surveiller Lucien qui feuilletait des
livres à gravures ou bien combinait quelque patience.
Je m'installais dans une place, choisie de façon qu'en
levant les yeux de dessus les cartes qu'elle tenait pour
jouer avec son père, la jeune fille fût obligée de me voir.
Je m'étais occupé d'hypnotisme, et j'avais en particulier
étudié par le menu, dans votre *Anatomie de la volonté*,
le chapitre consacré aux singuliers phénomènes de

certaines dominations morales, que vous avez intitulé : *Des demi-suggestions*. Je comptais obséder de la sorte cette tête inoccupée, jusqu'à la minute propice où, pour compléter ce travail de hantise quotidienne, je me déciderais à lui raconter sur moi-même une histoire qui, justifiant mes tristesses et commentant mes attitudes, achevât d'accaparer cette imagination que je jugeais déjà troublée.

« Cette histoire, je l'avais machinée savamment d'après deux des principes que vous posez, mon cher maître, au courant de votre beau chapitre sur l'Amour. Ce chapitre, les théorèmes de l'*Ethique* sur les passions, le livre de M. Ribot sur les *Maladies de la volonté*, étaient devenus mes bréviaires. Permettez-moi de vous rappeler ces deux principes, au moins dans leur essence. Le premier, c'est que la plupart des êtres n'ont de sentiment que par imitation. Abandonnés à la simple nature, l'amour, par exemple, ne serait pour eux, comme pour les animaux, qu'un instinct sensuel, aussitôt dissipé qu'assouvi. Le second, c'est que la jalousie peut très bien exister avant l'amour; par suite, elle peut quelquefois le créer, de même qu'elle peut souvent lui survivre. Très frappé par la justesse de cette double remarque, je m'étais dit que le roman à raconter devant Mlle de Jussat devait exciter tout ensemble son imagination et irriter sa vanité. J'avais réussi à toucher en elle la corde de la pitié, je voulais toucher d'un seul coup celle de l'émulation sentimentale et celle de l'amour-propre. J'avais donc calculé mon histoire d'après cette idée que toute femme intéressée par un homme est froissée dans sa vanité si cet homme lui montre qu'il

continue d'appartenir tout entier à la pensée d'une autre
femme. Mais c'est vingt pages que j'aurais à vous trans-
crire pour vous montrer comment j'avais tourné et
retourné ce problème de la fable à inventer. L'occasion
de la dire, cette fable tentatrice, me fut fournie par ma
victime elle-même, quinze jours environ après que
j'avais commencé la mise en œuvre de ce que je continuais de dénommer fièrement mon expérience. Le marquis s'était avisé que dans la collection de l'*Encyclopédie*,
il se trouvait un volume consacré aux cartes. Il voulait
y rechercher quelques jeux anciens tels que l'*Impériale*,
l'*Hombre*, la *Manille*, pour les essayer. Cette belle idée
lui était venue après le déjeuner, à rencontrer dans un
journal une chronique sur un jeu nouveau, le *Poker*, à
propos duquel le journaliste dressait une liste de diver-
tissements démodés. Quand ce maniaque conçoit une
fantaisie, il ne peut supporter d'attendre, et sa fille
avait dû monter aussitôt dans la bibliothèque, où j'étais
occupé à prendre des notes. Je dépouillais le livre d'Helvétius sur l'*Esprit*, égaré parmi d'autres ouvrages du
dix-huitième siècle. Je me mis à la disposition de
Mlle de Jussat pour dénicher le volume qu'elle désirait,
et, quand elle le prit de mes mains, après que j'en eus
secoué la poussière, elle me dit avec sa grâce habituelle :

— « J'espère que nous découvrirons là quelque jeu
auquel vous puissiez prendre part avec nous... Nous
avons si peur que vous ne vous ennuyiez ici, vous êtes
toujours si triste... »

« Elle avait prononcé ces derniers mots avec ce même
air de me demander pardon pour une indélicatesse, qui
m'avait tant frappé dans notre promenade, et en sauvant

la familiarité de sa phrase par un « nous », que je savais trop bien mensonger. Sa voix s'était faite si douce, nous étions si seuls pour ces dix ou quinze minutes, que l'instant me sembla venu de lui expliquer ma feinte tristesse :

— « Ah! mademoiselle », répondis-je, « si vous connaissiez ma vie!... » Charlotte n'eût pas été la créature crédule, la romanesque enfant qu'elle était demeurée, malgré deux ou trois saisons de monde, à Paris, — elle eût reconnu que je lui débitais un récit préparé d'avance rien qu'à ce début, et aussi à la tournure des phrases par lesquelles je continuai. En les prononçant, ces phrases, je les trouvais moi-même trop maladroites, trop gauchement apprêtées. Je lui racontai donc que j'avais été fiancé à Clermont avec une jeune fille mais secrètement. Je crus poétiser davantage cette aventure à ses yeux, en insinuant que cette jeune fille était une étrangère, une Russe, de passage chez une de ses parentes. J'ajoutai que cette fille m'avait laissé lui dire que je l'aimais, qu'elle m'avait, elle aussi, dit qu'elle m'aimait. Nous avions échangé des serments, puis elle était partie. Un riche mariage s'offrait pour elle, et elle m'avait trahi pour de l'argent. J'eus soin d'insister sur ma pauvreté jusqu'à laisser entendre que ma mère vivait presque uniquement de ce que je gagnais. C'était là un détail inventé sur place, car l'hypocrisie se redouble elle-même en s'exprimant. Enfin, ce fut une scène d'une comédie enfantine et scélérate, que je jouai sans grande adresse. Mais les raisons qui me déterminaient à mentir de la sorte étaient si spéciales qu'elles exigeaient une pénétration extraordinaire pour être comprises, une

entente totale de mon esprit, presque votre génie d'observateur, mon cher maître. Le visible embarras de mon
attitude pouvait très bien être attribué au trouble insé-
parable de pareils souvenirs. Comme j'étais resté de
plein sang-froid en débitant cette fable, je pus, tandis
que je parlais, observer Charlotte. Elle m'écoutait sans
donner le moindre signe d'émotion, les yeux baissés sur
le gros livre contre lequel s'appuyait sa main. Elle prit
ce livre quand j'eus fini, en me répondant avec une voix
devenue blanche, comme on dit, une de ces voix qui ne
laissent rien passer des sentiments de celui qui parle
ainsi :

— « Je ne comprends pas que vous ayez pu avoir
confiance dans cette jeune fille, puisqu'elle vous écoutait
à l'insu de ses parents... »

« Et elle s'en alla, emportant l'épais volume à tranche
rouge avec une simple inclination de sa gracieuse tête.
Comme elle était jolie dans sa robe de drap clair, et fine,
et presque idéale avec sa taille mince, son corsage frêle,
son visage un peu long qu'éclairaient ses yeux d'un
gris pensif! Elle ressemblait à une Madone gravée
d'après Memling, dont j'avais tant admiré autrefois la
silhouette, fervente, gracile et douloureuse, à la première page d'une grande *Imitation* appartenant à l'abbé
Martel. Expliquez-moi cette autre énigme du cœur, vous,
le grand psychologue, jamais je n'ai mieux senti le charme
suave et pur de cet être qu'à cette seconde où je venais
de lui tant mentir, et de lui mentir, m'imaginai-je aussitôt d'après sa réponse, inutilement. Oui, j'eus la naïveté
de prendre au pied de la lettre cette réponse, qui aurait
dû tout au contraire m'encourager à l'espérance. Je ne

devinai pas que d'avoir écouté seulement une confidence
d'un ordre trop intime constituait de la part d'un être
aussi fier et réservé, aussi éloigné de moi par la condition, une preuve d'une sympathie bien puissante. Je ne
m'en rendis pas compte, cette phrase presque sévère,
jetée en réponse à cette trompeuse confidence, était
dictée en partie par la jalousie secrète que j'avais justement voulu éveiller chez elle, en partie par un besoin
de se raidir dans ses propres principes afin de justifier
à ses propres yeux son excessive familiarité. De même
qu'elle n'avait pas su lire le mensonge dans mon récit,
je ne sus pas déchiffrer, moi, la vérité derrière sa ré-
plique. Je restai là, devant la porte refermée, à sentir
s'écrouler toutes les espérances que j'échafaudais depuis
quinze jours. Non. Je ne l'intéressais pas d'un intérêt
véritable et que je pusse transformer en passion. Et
d'ailleurs, étais-je niais d'avoir pris mes chimères pour
des réalités! Je fis aussitôt le bilan de nos relations,
d'après lesquelles j'avais conçu cette possibilité de la
séduire. Quelles preuves avais-je eues de cet intérêt?
Les délicatesses des soins matériels dont elle m'avait
enveloppé? C'était un simple effet de sa bonté. Son attention à épier mon attitude de mélancolie? Hé bien! elle
avait été curieuse, et voilà tout. L'accent intimidé de sa
voix quand elle m'avait interrogé? J'avais été un sot de
n'y pas reconnaître l'habituelle modestie d'une jeune
fille délicate. Conclusion : ma comédie de ces deux
semaines, mes mines à la Chatterton, les mensonges de
mon soi-disant drame intime, autant de ridicules ma-
nœuvres qui ne m'avaient pas avancé d'une ligne dans
ce cœur que je voulais conquérir. Cette petite phrase de

Charlotte, prononcée sèchement, avait suffi pour que je me jugeasse de la sorte là, dans le quart d'heure qui suivit ce court entretien, tant je suis soumis à ces crises soudaines d'analyse qui, en un instant, me glacent l'être, comme une tombée d'eau froide détruit le déchaînement d'un jet furieux de vapeur.

« Je m'étais accoudé de nouveau sur le livre de l'*Esprit*, mais je n'étais plus capable de fixer mon attention au texte abstrait d'Helvétius. Je vous rapporte cet enfantillage, mon cher maître, pour que vous aperceviez mieux quelle étrange mixture d'innocence et de dépravation s'élaborait alors dans ma tête. Que prouvait en effet cette déception subite, sinon que je m'étais imaginé diriger les pensées de Charlotte en appliquant à cette jeune fille des lois de psychologie empruntées aux philosophes, absolument comme son frère, le comte André, dirigeait les billes du billard à son gré, le soir où il m'avait comme médusé par ses moindres gestes? La blanche touche la rouge un peu à gauche, part sur la bande, revient sur l'autre blanche. Cela se dessine à la main sur le papier, cela s'explique par une formule, cela se prévoit et s'exécute dix fois, vingt fois, cent fois, dix mille fois. Malgré mes énormes lectures, à cause d'elles peut-être, je voyais alors le jeu des passions comme un schéma de cette simplicité idéale. Je n'ai compris que plus tard combien je me trompais. Pour définir les phénomènes du cœur, c'est au monde végétal qu'il faut emprunter des analogies et non à la mécanique. Pour conduire ces phénomènes, c'est des procédés de botaniste qu'il convient d'employer, de patientes greffes, de longues attentes, de minutieuses éducations. Un sentiment naît, grandit,

s'épanouit, se dessèche comme une plante, par une évolution parfois ralentie, parfois rapide, toujours inconsciente. Le germe de pitié, de jalousie et de dangereux
exemple déposé par ma ruse dans l'âme de Charlotte
devait y développer son action, mais après des jours et
des jours, et cette action serait d'autant plus irrésistible
que la jeune fille me croyait épris d'une autre et que par
suite elle ne songeait pas à se défendre contre moi. Mais
pour se rendre compte à l'avance de ce travail et en
escompter l'espoir, il aurait fallu être un Ribot, un Taine,
un Adrien Sixte, c'est-à-dire un connaisseur d'âmes d'une
supériorité souveraine, au lieu que je ressemblais, moi,
au promeneur ignorant qui traverse une plaine, et qui,
ne sachant pas que la terre recouvre du grain, ne soup-
çonne pas la moisson prochaine de l'été. Encore le promeneur a-t-il pour excuse qu'il n'a pas vu semer le grain,
au lieu que je l'avais semé moi-même, ce grain fécon-
dant, et je n'en devinais pas davantage la récolte à
venir !

« Cette conviction que j'avais échoué d'une manière
définitive dans mon premier effort pour me faire aimer
augmenta durant les jours qui suivirent cette fausse confidence. Car Charlotte ne me parla qu'à peine. J'ai su
depuis, par ses propres aveux, qu'elle dissimulait sous
cette froideur un trouble grandissant qui la déconcertait
elle-même par sa nouveauté, par sa force et sa profondeur. En attendant, elle paraissait absorbée par l'étude
du jeu de trictrac dont le marquis avait découvert les
règles en feuilletant le volume de l'*Encyclopédie*. Se
rappelant que c'était le passe-temps favori de son grand-
père l'émigré, il avait renoncé à étudier les autres jeux

détaillés dans le livre. Tout de suite un marchand de
Clermont avait dû envoyer de quoi satisfaire ce caprice.
La table de trictrac à peine installée dans le salon, les
soirées se passaient pour le père et pour la fille à jeter
les dés qui sonnaient avec un bruit sec contre le rebord
de bois. Les termes cabalistiques de petit jan, de grand
jan, de jan de retour, de bezet, de terne, de quine, les
« je bats » et les « je remplis » se mélangeaient maintenant aux propos tenus par la marquise et ses deux
compagnes de travail. Quelquefois le curé d'Aydat, un
vieux prêtre qui disait la messe dans la chapelle du château par les dimanches trop rudes, l'abbé Barthomeuf,
venait relever Charlotte de sa corvée et tenir la partie
du marquis. Quoique ce dernier pratiquât avec moi une
politesse irréprochable, il ne m'avait jamais demandé si
j'aurais ou non de la répugnance à apprendre le jeu. La
différence qu'il établissait entre l'abbé Barthomeuf et
moi m'humiliait, par la plus bizarre contradiction, car je
préférais de beaucoup me tenir sur ma petite chaise à
lire un livre ou bien à imaginer les caractères des diverses
personnes d'après leurs physionomies. Mais n'en est-il
pas de la sorte pour quiconque se trouve dans une position qu'il juge inférieure? Toute inégalité de traitement
blesse l'amour-propre. Je m'en vengeais en observant
les ridicules de l'abbé, qui professait, pour le château
en général et le marquis en particulier, une admiration
idolâtre. Son visage déjà trop rouge tournait à l'apoplexie quand il prenait place vis-à-vis du vieux gentilhomme, et en même temps la perspective de gagner les
pièces blanches destinées à intéresser la partie faisait
trembler le cornet dans sa main lors des coups décisifs.

Cette observation ne m'occupait pas longtemps, et j'en revenais vite à suivre du regard la jeune fille qui, rendue à la liberté, s'asseyait pour travailler près de sa mère. L'insuccès de ma tentative pour me faire aimer d'elle m'était rendu plus cruel à mesure que j'admirais davantage la grâce ingénue de cette enfant. Pour tout dire, je commençais à subir, dans son atmosphère, des émotions d'un ordre beaucoup plus sensuel que psychologique. J'étais un jeune homme, et j'avais, dans ma chair, malgré mes résolutions de philosophe, cette mémoire du sexe dont vous avez si magistralement analysé les fatalités persistantes et les invincibles reviviscences. L'animal impur, greffé en moi sur l'animal pensant, pour employer une de vos métaphores, par mes expériences voluptueuses, tressaillait au frôlement de cette robe de jeune fille. La souplesse de son buste, celle de ses gestes, son pied apparu au bord de sa jupe, ses épaules un peu maigres devinées sous l'étoffe de son corsage, sa nuque blonde avec ses cheveux simplement relevés au sommet de la tête, un petit signe brun qu'elle avait près de sa bouche fraîche, les moindres détails de sa personne physique, irritaient en moi un vague et presque douloureux désir. Je m'étais préparé à la séduire, et c'était moi qui me sentais séduit, avec quelle révolte cachée, vous le comprendrez après ce que je vous ai dit sur mon orgueil et sur mon ambition de me tenir tout entier en main! Et vous qui avez si bien montré l'élément de haine farouche qu'enveloppe l'appétit sexuel, vous comprendrez aussi que cette vaine irritation du désir s'accompagnât par instants d'une fureur féroce contre ce charmant visage, toujours immobile dans sa rêveuse froideur, et qui me troublait si profondément sans avoir l'air de s'en apercevoir.

« Combien de temps avait duré cette période d'inertie à la fois passionnée et découragée ? Je ne le sais pas. Nous étions, Mlle Jussat et moi, dans une situation très particulière, poussés l'un vers l'autre, elle par un amour naissant et qui s'ignorait encore, moi par toutes les raisons confuses que je vous ai analysées et que je regardais plus que je ne la regardais elle-même. Bien que nous fussions ensemble à tant d'heures du jour, aucun de nous deux ne soupçonnait donc les sentiments de l'autre. Dans des données pareilles, on ne se rend pas compte si les événements qui marquent une nouvelle crise sont des effets ou s'ils sont des causes, si leur importance réside en eux-mêmes ou bien s'ils nous servent simplement à manifester les états latents de notre âme. Mais ne pourrait-on pas poser cette question à propos de chaque destinée prise en son ensemble ? Que de fois, surtout depuis que j'use mes heures dans cette cellule n° 5, entre ces quatre murs blanchis à la chaux, ne voyant que le ciel vide par les quatre ouvertures percées au bord du toit, à scruter et scruter encore l'intime de ma courte histoire, oui, que de fois me suis-je demandé si notre sort nous crée notre pensée, ou si, au contraire, ce n'est pas notre pensée qui nous crée notre sort, même extérieur ! A coup sûr, nous devions, Charlotte et moi, saisir la première occasion qui nous serait offerte, à elle, de s'abandonner à un sentiment d'autant plus dangereux qu'il ne se comprenait pas entièrement ; à moi, de reprendre mon expérience interrompue. Voici comment cette occasion se présenta. Il arriva qu'un soir

le marquis, adossé au feu dans cette robe de chambre
où il drapait, parfois toute la journée, sa maladie imaginaire, parla longuement à sa femme d'un article paru
dans un journal du matin. Il y était question d'une fête
donnée chez des gens de leur connaissance. Je tenais ce
journal en ce moment même, et M. de Jussat, le remar-
quant, me dit tout d'un coup :

— « Si vous nous le lisiez, cet article, monsieur Greslou?... »

« J'admirai, en moi-même, une fois de plus, avec quel
art ce grand seigneur rendait insolentes les moindres
demandes. Rien que son ton avait suffi pour me froisser.
J'obéis cependant, et je commençai de lire cette chronique, plus finement écrite que ne le sont d'ordinaire
ces sortes d'articles, et dans laquelle revivait le pittoresque et le chatoyant d'un bal costumé, avec un curieux
mélange de reportage et de poésie, et comme un rappel
des subtilités de style propres aux frères de Goncourt.
Pendant cette lecture, le marquis me regardait avec
étonnement. Il faut vous dire, mon cher maître, qu'aux
temps de mon amitié avec Émile, j'avais acquis un réel
talent de diction. Durant sa maladie, mon petit camarade n'avait pas de plus vif plaisir que de m'écouter lui
lire de longs passages choisis dans nos auteurs préférés.
Ma voix, que j'ai naturellement un peu sourde, s'était
exercée ainsi à devenir douce et claire.

— « Mais vous lisez très bien, très bien!... » s'écria
M. de Jussat, lorsque j'eus fini. Son étonnement fit de
son éloge une nouvelle blessure à mon amour-propre.
Il laissait trop voir combien peu il s'attendait à rencontrer le moindre talent chez un petit jeune homme de

12.

Clermont, silencieux, timide, venu au château sur la recommandation du vieux Limasset, pour y être valet de lettres. Puis, suivant comme d'habitude l'impulsion de son caprice, il continua :

— « C'est une idée, cela... Vous nous ferez un peu de lecture, le soir... Ça nous distraira plus que ce trictrac... Petit jan, grand jan, jan de retour, un trou, deux trous, trois trous, c'est toujours la même chose, et puis ce bruit de dés m'agace... Chien de pays !... Si la neige reprend, nous n'y restons pas huit jours... Tu ris, Charlotte, et tu te moques de ton vieux père ! Pas huit jours... Et quel livre allez-vous nous choisir pour commencer ?... »

« Ainsi, je me trouvais du coup promu à une nouvelle domesticité, sans avoir pu même calculer si cela convenait ou non à mes études, puisque, même le soir, j'apportais souvent dans le salon des ouvrages de licence afin de travailler un peu sans quitter Lucien. Mais je ne pensai pas une seconde à esquiver cette corvée, ni même à en souffrir. D'abord la brusquerie du marquis m'avait valu un coup d'œil presque suppliant de la jeune fille, un de ces coups d'œil par lesquels une femme sait demander pardon, sans parler, pour un tort de quelqu'un qu'elle aime. Puis, un projet nouveau venait de s'ébaucher immédiatement dans ma tête. Cette corvée de lecture, ne pourrais-je pas l'utiliser au profit de l'entreprise de séduction abandonnée, et que le regard de Mlle de Jussat venait de me faire de nouveau considérer comme possible ? A la question du marquis sur le choix du livre, je répondis que je chercherais. Je cherchai en effet, mais un ouvrage qui pût me permettre de m'approcher de la proie autour de laquelle je tournais, comme j'avais vu une fois, près

du puy de Dôme, un milan tourner au-dessus d'un joli
oiselet. N'était-ce pas le cas de tenter par un autre procédé cette influence d'imitation que j'avais vainement
espérée de ma fausse confidence? C'est à vous, mon
cher maître, que l'on doit les plus fortes pages qui aient
été écrites sur ce que vous appelez si justement l'Ame
Littéraire, sur ce modelage inconscient de notre cœur à
la ressemblance des passions peintes par les poètes. J'en-
trevoyais donc un moyen d'action sur Charlotte auquel
je me reprochai de n'avoir pas pensé encore. Mais comment trouver un roman qui fût assez passionné pour la
troubler, assez correct d'extérieur pour être lu devant
la famille assemblée? Je fouillai en tous sens la bibliothèque. Sa composition incohérente et contrastée reflé-
tait les séjours successifs des maîtres et les hasards de
leur goût. Il y avait là tout ce fonds d'ouvrages du dix-
huitième siècle dont je vous ai parlé — puis une lacune.
Durant l'émigration, le château était demeuré inoccupé.
Ensuite un lot de livres romantiques dans leurs premières
éditions attestait les aspirations littéraires du père du
marquis, que je savais avoir été l'ami de Lamartine. On
retombait ensuite aux pires romans contemporains, à
ceux qui s'achètent en chemin de fer et se jettent, à demi
débrochés, coupés quelquefois au doigt, sur un rayon
perdu, et à des traités d'économie politique, marotte
abandonnée de M. de Jussat. Je finis par découvrir dans
ce fatras une *Eugénie Grandet*, qui me parut remplir
la double condition désirée. Rien de plus attirant pour
une imagination jeune que ces idylles à la fois chastes
et brûlantes où l'innocence enveloppe la passion dans une
pénombre de poésie. Mais le marquis devait connaître

par cœur ce célèbre roman, et j'appréhendai qu'il ne
refusât d'en écouter la lecture.

— « Bravo ! » répliqua-t-il au contraire lorsque je lui
soumis mon idée, « c'est un de ces livres qu'on lit une
fois, dont on parle toujours et qu'on oublie tout à fait...
Je l'ai vu une fois, à Paris, ce Balzac, chez les Castries...
Il y a plus de quarante ans de cela, j'étais un blanc-bec
alors... Mais je me le rappelle bien, un gros, trapu et
court, bruyant, important, de beaux yeux vifs, l'air commun... »

« Le fait est qu'après les premières pages, il commença de sommeiller, tandis que la marquise, Mlle Largeyx et la religieuse tricotaient sans rien laisser deviner
de leur pensée et que le petit Lucien, en possession d'une
boîte à couleurs depuis peu de jours, enluminait con-
sciencieusement les illustrations d'un gros volume. Moi,
en lisant, j'observais surtout Charlotte, et je n'eus pas
de peine à constater que pour cette fois mon calcul avait
été juste, et qu'elle vibrait sous les phrases du roman,
comme un violon sous un habile archet. Tout la préparait à recevoir cette impression, depuis ses sentiments
déjà troublés jusqu'à ses nerfs un peu tendus par une
influence d'un ordre physique. On ne vit pas impuné-
ment des semaines dans une atmosphère comme celle
de ce château, toujours tiède, presque étouffante. L'hypocondrie du marquis exigeait que le calorifère chauffât
la maison jour et nuit. C'était, ce petit énervement quotidien, un auxiliaire auquel je n'aurais jamais osé songer,
et que ma conscience de psychologue a comme un plaisir à marquer aujourd'hui. Dès ce soir-là, je vis cette
enfant comme suspendue à mes lèvres, à mesure que

les naïves amours d'Eugénie et de son cousin Charles
déroulaient leurs touchants épisodes. Ce même instinct
de comédie qui m'avait guidé dans ma fausse confidence
me fit mettre derrière chaque phrase l'intonation que je
jugeais devoir lui plaire davantage. Certes, je goûte ce
petit livre, quoique je lui préfère dix autres romans dans
l'œuvre de Balzac, ceux, par exemple, comme *le Curé
de Tours*, qui sont de véritables écorchés littéraires, et
où chaque phrase ramasse en elle plus de philosophie
qu'une scolie de Spinoza. Je m'efforçai pourtant de paraître remué par les infortunes de la fille de l'avare jusque
dans mes fibres les plus secrètes. Ma voix s'apitoyait
sur la douce recluse de Saumur. Elle devenait rancunière
contre le déloyal cousin. Ici, comme avant, je me donnais un mal inutile. Il n'était pas besoin d'un art si com-
pliqué. Dans la crise de sensibilité imaginative que traversait Charlotte, tout roman d'amour était un péril. Si
le père et la mère avaient possédé, même à un faible
degré, cet esprit d'observation que les parents devraient
sans cesse exercer autour d'eux, ils auraient deviné ce
péril à la physionomie de leur fille, toujours et toujours
plus captivée durant les trois soirs que dura cette lecture. La marquise fit simplement remarquer que des
caractères de la noirceur du père Grandet et du cousin
n'existent pas. Quant au marquis, il avait trop vécu pour
proférer des opinions de cette naïveté, il formula d'un
mot les causes de son ennui pendant la lecture :

— « Décidément, c'est bien surfait. Ces descrip-
tions qui n'en finissent pas, ces analyses, ces calculs de
chiffres... C'est très bien, je ne dis pas... Mais quand je
lis un roman, moi, c'est pour m'amuser... »

« Et il conclut qu'il fallait demander au libraire de
Clermont la suite entière des comédies de Labiche. Cette
nouvelle fantaisie me désola. J'allais donc me retrouver
dans l'impuissance d'agir sur l'imagination tentée de la
jeune fille, juste au moment où je venais d'entrevoir le
succès probable. C'était mal connaître le besoin que
cette âme, déjà touchée, éprouvait à l'insu d'elle-même,
— celui de se rapprocher de moi, de me comprendre, de
vivre en contact avec ma pensée. Le lendemain du jour
où le marquis avait porté cet arrêt de proscription contre
les romans d'analyse, je vis Mlle de Jussat entrer dans
la bibliothèque à l'heure où j'y travaillais avec son frère.
Elle venait remettre à sa place le volume maintenant
inutile de l'*Encyclopédie*, puis avec un demi-sourire
embarrassé :

— « Je voudrais vous demander un service », — me
dit-elle ; et timidement : « J'ai beaucoup d'heures libres
ici et dont je ne sais trop que faire... Je voudrais avoir
vos conseils pour mes lectures... Le livre que vous aviez
choisi l'autre jour m'avait fait tant de plaisir... » Elle
ajouta : « D'ordinaire les romans m'ennuient, et celui-là
m'a tellement intéressée... »

« Je ressentis, à l'entendre parler de la sorte, la joie
que le comte André dut goûter en voyant le soldat
ennemi, qu'il a tué pendant la guerre, ériger sa tête
curieuse au-dessus du mur. Moi aussi, il me sembla que
je tenais mon gibier humain au bout d'un fusil. En
m'offrant de diriger ses lectures, Charlotte ne venait-elle
pas se placer d'elle-même à ma portée. La réponse à
cette demande me parut d'une importance telle que je
feignis un grand embarras. Tout en la remerciant de sa

confiance, je lui dis qu'elle me chargeait là d'une mission
très délicate et dont je me jugeais incapable. Bref, je fis
mine de décliner une faveur que j'étais ravi, jusqu'à
l'ivresse, d'avoir obtenue. Elle insista, et je finis par lui
promettre que je lui donnerais le lendemain même une
liste d'ouvrages. Il s'agissait de ne pas me tromper dans
ce choix, autrement difficile que celui d'*Eugénie Grandet.* Je passai la soirée et une partie de la nuit à prendre
et à rejeter en pensée des centaines de volumes. Comment déterminer ceux qui remueraient son imagination
sans la bouleverser, qui la troubleraient sans la révolter?
Enfin je me dis tout haut, en imitant la voix de mon
père, sa formule favorite : « Procédons méthodique-
ment », et je ramenai ce problème à cet autre : comment
les livres avaient-ils agi sur mon imagination à moi,
dans mon adolescence, et quels livres? Je constatai —
ainsi que je vous l'ai indiqué déjà dans cette minutieuse
confession — que j'avais été attiré surtout vers la littérature par l'inconnu de l'expérience sentimentale. C'était
le désir de m'assimiler des émotions inéprouvées qui
m'avait ensorcelé. J'en concluais que c'était la loi générale de l'intoxication littéraire. Je devais donc choisir
pour la jeune fille des livres qui éveillassent chez elle ce
même désir, en tenant compte de la différence de nos
caractères. J'avais aimé parmi les écrivains les compli-
qués et les sensuels, parce que c'étaient là les deux
traits profonds, constitutifs, de ma nature. Charlotte était
fine, pure et tendre. Il convenait de l'engager sur le dangereux chemin de la curiosité romanesque par des peintures de sentiments analogues à son cœur. Je jugeai en
dernière analyse que le *Dominique* de Fromentin, que

la *Princesse de Clèves*, *Valérie*, *Julia de Trécœur*, *le
Lys dans la vallée*, les romans champêtres de George
Sand, certaines comédies de Musset, en particulier *On
ne badine pas avec l'amour*, les premières poésies de
Sully-Prudhomme et celles de Vigny, serviraient le mieux
mon dessein. Je me donnai la peine de rédiger cette
liste en l'accompagnant d'un commentaire tentateur, où
j'indiquais de mon mieux la nuance de délicatesse propre
à chacun de ces écrivains. C'est la lettre que la pauvre
enfant avait gardée et dont les magistrats ont dit
qu'elle correspondait à un commencement de cour. Ah!
L'étrange cour, et si différente de la vulgaire ambition
de mariage que ces grossiers esprits m'ont sottement
reprochée! Quand je n'aurais pas, pour refuser de me
défendre, une raison d'orgueil que je vous dirai à la fin
de ce mémoire, je me tairais par dégoût de ces basses
intelligences dont pas une ne saurait même concevoir
une action dictée par de pures idées. Qu'on vous donne
à moi pour juge, mon cher maître, vous et les autres
princes de la pensée moderne. Alors je pourrai parler,
comme je vous parle maintenant. Mais vous savez, vous,
que j'étais fatalement déterminé à cette heure décisive,
comme à celle où je vous écris, et cette société de mensonges aime mieux vivre en dehors de la Science — de
cette Science que je servais même alors — uniquement.

« Les ouvrages ainsi désignés arrivèrent de Clermont.
Ils ne furent l'objet d'aucune remarque de la part du
marquis. Il faut avoir une autre portée d'esprit que ce
pauvre homme pour comprendre qu'il n'y a pas de mauvais livres. Il y a de mauvais moments pour lire les meil-
leurs livres. Vous avez, vous, mon cher maître, une

comparaison si juste dans votre chapitre sur l'Ame Littéraire quand vous assimilez la plaie ouverte sur certaines imaginations par certaines lectures au phénomène
bien connu qui se produit sur les corps empoisonnés de
diabète. La plus inoffensive piqûre s'y envenime de gan-
grène. S'il était besoin d'une preuve à cette théorie de
« l'état préalable », comme vous dites encore, je la trouverais dans ce fait que Mlle de Jussat chercha surtout
dans ces livres, de provenances si diverses, des renseignements sur moi, sur mes manières de sentir, de penser,
de comprendre la vie et les caractères. Chaque chapitre, chaque page de ces dangereux volumes lui devint
une occasion de me questionner longuement, passionnément et naïvement. Oui, je suis certain qu'elle était de
bonne foi et qu'elle s'imaginait ne rien faire de mal
quand elle venait causer avec moi maintenant, à propos
de telle ou telle phrase sur Dominique ou sur Julia, sur
Félix de Vandenesse ou sur Perdican. Je me souviens
encore de l'horreur qu'elle ressentit pour ce jeune homme,
le plus séduisant et le plus coupable des héros de Musset, et de la chaleur avec laquelle je lui fis écho, en
flétrissant sa duplicité de cœur entre Camille et Rosette.
Or il n'y avait pas de personnage qui me plût dans aucun
livre au même degré que cet amant traître à la fois et
sincère, déloyal et tendre, ingénu et roué, qui exécute,
lui aussi, à sa manière, son expérience de vivisection
sentimentale sur sa jolie et fière cousine. Je vous cite
cet exemple, entre vingt autres, pour vous donner une
idée des conversations que nous avions sans cesse à
présent dans ce château où nous nous trouvions si étrangement isolés. Personne, en effet, ne nous surveillait.

La dissimulation dont je m'étais masqué dès mon arrivée continuait de me couvrir. Le marquis et la marquise s'étaient façonné de moi dès la première semaine une image absolument différente de ma vraie nature. Ils ne se donnaient plus la peine de vérifier si cette première impression était exacte ou fausse. La bonne Mlle Largeyx, installée dans la douceur de son parasitisme complaisant, était bien trop innocente pour soupçonner les pensées de dépravation intellectuelle que je roulais dans ma tête. L'abbé Barthomeuf et la sœur Anaclet, que séparait une rivalité secrète, cachée sous les formes d'une amabilité tout ecclésiastique, n'avaient qu'un souci, celui de bien disposer les maîtres du château, le prêtre pour son église, la religieuse pour son ordre. Lucien était trop jeune, et quant aux domestiques, je n'avais pas encore appris ce qui se voilait de perfidie sous l'impassibilité de leur visage rasé et l'irréprochable tenue de leur livrée brune, à boutons de métal. Nous étions donc, Charlotte et moi, libres de nous parler presque tout le long du jour. Elle apparaissait une première fois le matin, dans la salle à manger où nous prenions le thé, mon élève et moi, et, là, sous le prétexte de déjeuner ensemble, nous causions dans un coin de table, elle avec toute la fraîcheur parfumée de son bain comme respirable autour d'elle, avec ses cheveux tressés dans une lourde natte, et la souplesse de son charmant corps, visible pour moi sous l'étoffe de sa robe à demi ajustée. Ensuite je la voyais dans la bibliothèque, où elle avait toujours quelque motif de venir; — là elle n'était déjà plus la même, coiffée maintenant, et sa taille prise dans son corsage de jour. Nous nous retrouvions dans le salon, avant le

second déjeuner, et encore après ; et elle mettait sa grâce
ordinaire à nous servir tous, distribuant le café un peu
en hâte pour s'attarder auprès de moi qu'elle servait le
dernier, ce qui nous permettait de causer encore dans un
angle de fenêtre. Quand le temps le permettait, nous
sortions, tous les quatre le plus souvent, la gouvernante,
Charlotte, mon élève et moi, dans l'après-midi. Le thé
de cinq heures nous réunissait, puis le repas, où j'étais
assis près d'elle, puis la soirée, en sorte que nos entretiens, pris et repris à si peu de distance, n'en formaient
qu'un seul pour ainsi dire. Je comparais mentalement le
phénomène qui se passait chez cette jeune fille à celui
que j'avais déjà observé à plusieurs reprises en appri-
voisant des bêtes. J'avais eu à une époque la curiosité
d'écrire quelques chapitres de psychologie animale, et si
ma mère, comme je le lui ai demandé, vous communique,
après ma mort, ce que la justice lui rendra de mes papiers,
vous y trouverez des notes sur ces relations dociles de la
bête avec l'homme. J'ai tout lieu de les croire inédites
et dignes de votre attention. Un théorème de Spinoza
m'avait servi de point de départ. — Je ne me rappelle
plus le texte, mais voici le sens : — se représenter un
mouvement, c'est le refaire en soi-même... Cela est vrai
de l'homme, et cela est vrai de l'animal. Un savant d'un
rare mérite et que vous connaissez bien, M. Espinas,
a expliqué ainsi que toute société est fondée sur la ressemblance. J'en ai conclu, moi, que pour un homme,
apprivoiser un animal, l'amener à vivre en société avec
lui, c'est ne faire dans ces rapports avec cet animal que
des mouvements dont cet animal puisse se rendre compte
en les refaisant, c'est lui ressembler. J'avais vérifié cette

loi en constatant la mystérieuse analogie de physionomie qui s'établit entre les chasseurs et leurs chiens, par
exemple. Je constatais de même — et c'était le signe
qu'en effet Mlle de Jussat s'apprivoisait chaque jour un
peu davantage — que nous commencions, elle et moi, à
employer dans nos phrases des expressions analogues,
des tournures presque pareilles. Je me surprenais tim-
brant mes mots d'un accent qui ressemblait au sien, et
j'observais en elle des gestes qui ressemblaient aux miens.
Enfin, je devenais une portion de sa vie, sans qu'elle
s'en aperçût elle-même, tant j'avais souci de ne pas
effaroucher cette âme, en train de se prendre, par un
mot qui lui fît sentir le danger.

« Cette vie d'une diplomatie surveillée, à laquelle je
me condamnai durant près de deux mois que durèrent ces
rapports simplement intellectuels, n'allait pas sans des
luttes intérieures et presque quotidiennes. Intéresser cet
esprit, envahir petit à petit cette imagination, ce n'était
pas là tout mon programme. Je voulais être aimé, et je
me rendais compte que cet intérêt moral n'était que le
commencement de la passion. Ce commencement devait
aboutir, pour ne pas demeurer inutile, à une autre intimité que l'intimité sentimentale. Il y a dans votre *Théorie
des passions*, au bas d'une page, mon cher maître, une
note que je relisais continuellement à cette époque-là, et
j'en sais encore le texte par cœur : « Une étude bien
« faite sur la vie des séducteurs professionnels », dites-
vous, « jetterait un jour définitif sur le problème de
« la naissance de l'amour. Mais les documents nous
« manquent. Ces séducteurs ont presque tous été des
« hommes d'action, et qui, par suite, ne savaient pas se

« raconter. Pourtant, quelques morceaux d'un intérêt
« psychologique supérieur, les *Mémoires* de Casanova,
« la *Vie privée* du maréchal de Richelieu, le chapitre
« de Saint-Simon sur Lauzun, nous autorisent à dire que
« dix-neuf fois sur vingt l'audace et la familiarité phy-
« siques sont les plus sûrs moyens de créer l'amour.
« Cette hypothèse confirme d'ailleurs notre doctrine sur
« l'origine animale de cette passion. » Je me la récitais
tout bas, cette phrase, tandis que je poursuivais avec
Charlotte ces causeries littéraires, avec d'autant plus de
conviction que la nature, comme je vous ai dit, parlait
en moi, et que la présence de la jeune fille réveillait la
brûlure de mes souvenirs les plus cuisants. Parfois,
lorsque nous étions seuls ensemble quelques minutes, et
qu'elle bougeait, que ses pieds marchaient vers moi,
qu'elle respirait, que je la sentais vivante, l'ondée
fiévreuse du désir courait dans mes veines, et il me fallait détourner mes yeux qui lui auraient fait peur. Je
regardais sa main blanche feuilleter un livre, son doigt
fin s'allonger pour me montrer une ligne. Si je la prenais
pourtant, cette petite main, si je la serrais doucement,
longuement, dans la mienne? Je me disais que je le
devais. Puis, je n'osais pas. — Souvent aussi, et lorsque
nous n'étions plus en présence, il me semblait que
l'audace me serait d'autant plus facile qu'elle serait plus
complète. Je me promettais alors de la serrer dans mes
bras, de coller ma bouche sur sa bouche. Je la voyais
se trouvant mal sous ma caresse, domptée, foudroyée
par cette brutale révélation de mon ardeur. Qu'arrive-
rait-il ensuite? Mon cœur battait à cette idée. Ce n'était
pas la peur d'être chassé honteusement qui me retenait.

Il était plus honteux pour mon orgueil de ne pas oser. Et je n'osais pas. Que de fois des résolutions plus folles encore m'ont tenu éveillé la nuit! Je me levais de mon lit, après des heures d'une agitation qui me couvrait le corps d'une sueur glacée. « Si j'allais maintenant dans « sa chambre », me disais-je; si je me coulais auprès « d'elle; si elle se réveillait enlacée à moi, nos lèvres « unies, nos corps liés?... » Je poussais la frénésie de ce projet jusqu'à ouvrir ma porte avec des précautions de voleur, je descendais un étage, je tournais par le corridor jusqu'à une autre porte, celle de Charlotte. C'était risquer d'être surpris et chassé, cette fois pour rien. Je posais ma main sur le loquet. Le froid du cuivre me brûlait les doigts. Puis je n'osais pas. — Ne croyez point que ce fût chez moi simplement de la timidité. L'impuissance à l'action est bien un trait de mon caractère, mais quand je ne suis pas soutenu dans cette action par une idée. Que l'idée soit là, et elle m'infuse une invincible énergie jusqu'au fond de l'être. Même d'aller à la mort me paraît alors aisé. On le verra bien, si je suis condamné. Non, ce qui me paralysait auprès de Mlle de Jussat comme d'une influence magnétique, c'était, je m'en rends compte sans bien me l'expliquer, sa pureté. Cela semble absurde, au premier abord, que de courtiser une vierge soit plus difficile que de s'attaquer à une femme qui s'est donnée et qui, sachant tout, peut mieux se défendre. Cela est ainsi pourtant. Du moins je l'ai subi, mais avec une force singulière, ce recul forcé devant l'innocence. Souvent, lorsque je sentais entre Charlotte et moi cette invincible barrière, je me suis rappelé la légende des Anges gardiens, et j'ai compris la naissance de cette poétique imagination du catholicisme. Réduit à sa réalité par l'analyse, ce phénomène prouve simplement que, dans les rapports entre deux êtres, il y a une réciprocité d'action de l'un sur l'autre, même à l'insu de cet un et de cet autre. Si par calcul je m'efforçais d'apprivoiser cette jeune fille en lui ressemblant, je subissais sans calcul la force de la suggestion morale que dégage tout caractère très vrai. L'extrême simplicité de son âme triomphait par instants et de mes idées, et de mes souvenirs, et de mes désirs. Enfin, tout en jugeant cette faiblesse indigne d'un cerveau comme le mien, je respectais Charlotte — ah! qu'on est ouvert à l'envahissement des préjugés! — comme si je n'avais pas su la valeur de ce mot respect et qu'il représente la plus sotte de nos ignorances. Respectons-nous le joueur qui passe dix fois de suite à la roulette avec la rouge ou la noire? Hé bien! Dans cette loterie hasardeuse de l'univers, la vertu et le vice, c'est la rouge et la noire. Une honnête fille et un joueur heureux ont juste autant de mérite.

« Le printemps arriva, dans ces alternatives, pour moi si troublantes, de projets audacieux, de timidités folles, de raisonnements contradictoires, de savantes combinaisons, de naïves ardeurs. Et quel printemps! Il faut avoir connu l'âpreté de l'hiver dans ces montagnes, puis la subite douceur du renouveau, pour savoir quel charme de vivre flotte dans cette atmosphère quand avril et mai ramènent la saison sacrée. C'est d'abord à travers les prairies humides comme un réveil de l'eau qui frémit sous la glace plus mince; elle la brise, cette glace aiguë, puis elle court, légère, transparente et libre, en chantant. C'est, dans les bois abandonnés, un infini murmure

des neiges qui, se détachant une par une, tombent
sur les branches toujours vertes des pins, sur le feuillage
jauni et desséché des chênes. Le lac, débarrassé de son
gel, se prit à frissonner sous le vent qui balaya aussi les
nuages, et l'azur apparut, cet azur du ciel des hauteurs,
plus clair, semble-t-il, plus profond que dans la plaine,
et en quelques jours la couleur uniforme du paysage se
nuança de teintes tendres et jeunes. Sur les ramures
jusque-là toutes nues, les frêles bourgeons pointèrent.
Les chatons verdâtres des noisetiers alternèrent avec
les chatons jaunâtres des saules. Même la lave noire de
la Cheyre parut s'animer avec la nature. Les fructifica-
tions veloutées des mousses s'y mêlèrent aux taches
blanchissantes des lichens. Le cratère du puy de la Vache
et celui du puy de Lassolas découvrirent, morceau par
morceau, la chaude splendeur de leur sable rouge. Les
fûts argentés des bouleaux et les fûts chatoyants des
hêtres brillèrent au soleil d'un éclat plus vif. Dans les
halliers commencèrent d'éclore les belles fleurs que je
cueillais autrefois avec mon père et dont les corolles me
regardaient comme des prunelles, dont l'arome me suivait comme une haleine. Les pervenches, les primevères
et les violettes apparurent les premières, puis je retrouvai successivement la cardamine des prés avec sa nuance
lilas, le bois-gentil qui porte ses fleurs roses avant de
porter ses feuilles, la blanche anémone, le muscari à
l'odeur de prune, la scille à deux feuilles et sa senteur de
jacinthe, le sceau de Salomon avec ses clochettes blanches
et le mystère de sa racine qui marche sous la terre, le
muguet dans les creux des petites vallées, et l'églantine
le long des haies. La brise qui venait des dômes encore

blancs passait sur ces fleurs. Elle roulait en elle des
parfums, du soleil et de la neige, quelque chose de si
caressant à la fois et de si frais, que respirer, à de certains moments, c'était s'enivrer d'un air de jeunesse,
c'était participer au renouveau du vaste monde; et moi
aussi, tout tendu que je fusse dans mes doctrines et mes
théories, je ressentis cette puberté de toute la nature.
La glace d'idées abstraites où mon âme était emprisonnée
se fondit. Quand j'ai relu plus tard les feuillets du journal, aujourd'hui détruit, où je notais alors mes sensations, je suis demeuré étonné de voir avec quelle force
les sources de la naïveté se rouvrirent en moi sous cette
influence qui n'était pourtant que physique, et de quel
flot jaillissant elles inondèrent mon cœur! Je m'en veux
de penser avec cette lâcheté. Pourtant j'éprouve une
douceur à me dire qu'à cette époque j'ai sincèrement
aimé celle qui n'est plus. Oui, je me répète, avec un
soulagement réel, que du moins le jour où j'ai osé enfin
lui parler de mon amour, — jour fatal et qui marqua
le commencement de notre perte à tous les deux, — j'étais
la dupe sincère de mes propres paroles. Vous voyez,
mon cher maître, comme je suis redevenu faible, puisque
je revendique comme une excuse la sincérité de cette
duperie. Excuse de quoi? Et qu'est-ce autre chose que
la misérable abdication du savant devant l'expérience
instituée par lui?

« Pour tout dire et ne pas me faire plus fort que je
ne l'ai été, cette déclaration, sur laquelle j'avais tant
délibéré, fut simplement l'effet du moins préparé des
hasards. Je me souviens, nous étions au 12 mai. C'est la
date exacte. Dire qu'il y a moins d'un an et que depuis!...

Dans la matinée, le temps avait été plus radieux encore, et nous partions dans l'après-midi, Mlle Largeyx, Lucien, Charlotte et moi, pour aller jusqu'au village de Saint-Saturnin à travers un massif de chênes, de bouleaux et de noisetiers qui sépare ce village du château ruiné de Montredon et qui s'appelle le bois de la Pradat. La route qui coupe ce parc sauvage est excellente. Aussi avions-nous pris la petite charrette anglaise, où l'on pouvait tenir quatre à la rigueur. Nous devions y monter à tour de rôle. Non, jamais la journée n'avait été plus tiède, plus bleu le ciel, plus grisante l'odeur de printemps éparse dans le vent... Nous n'avions pas marché une lieue que déjà Mlle Largeyx, fatiguée du soleil, s'installait sur la banquette de la voiture que conduisait le second cocher. Le drôle a depuis déposé cruellement contre moi et il a rappelé tout ce qu'il a su ou deviné de ce que je vais, moi, vous raconter. Lucien se déclara bientôt lassé aussi, et rejoignit la gouvernante, en sorte que je me trouvai marcher seul avec Mlle de Jussat. Elle s'était mise en tête de composer un bouquet de muguets, et je l'aidais à cette besogne. Nous nous engageâmes sous les branches qu'un feuillage tendre, à peine déployé, saupoudrait d'une sorte de nuage finement vert. Elle marchait en avant, attirée loin de la lisière par la recherche de ces fleurs qui tantôt poussent en tapis épais et tantôt manquent entièrement. A force d'avancer, nous nous trouvâmes, à un moment, dans une clairière, et si éloignés que nous ne voyions même plus, à travers le taillis pourtant dépouillé, le groupe formé par la petite voiture et les trois personnes. Charlotte s'aperçut la première de notre solitude. Elle tendit l'oreille, et,

n'entendant pas le bruit que faisaient les sabots du
cheval sur le sol de la route, elle s'écria avec un rire
d'enfant :

— « Nous sommes perdus... Heureusement que le
chemin n'est pas difficile à *rembourser,* comme dit la
pauvre sœur Anaclet... Voulez-vous attendre que j'aie
rangé mon bouquet? Ce serait si dommage de gâter ces
belles fleurs... »

« Elle s'assit sur un rocher baigné de soleil, et elle
étala sur sa jupe sa fraîche cueillette, prenant un par un
les brins de muguet. Je respirais le parfum musqué de
ces pâles grappes, assis moi-même sur l'autre extrémité
de la pierre. Jamais cette créature vers qui tendaient
depuis des mois toutes mes pensées ne m'avait paru
aussi délicate, aussi adorablement délicate et fine qu'à
cette minute, avec son visage coloré de rose par le grand
air, avec la pourpre vive de ses lèvres qui se plissaient
dans un demi-sourire, avec la claire limpidité de ses yeux
gris, avec l'élégance de son être entier. Elle portait, sur
une robe de drap sombre, une sorte de veston qui dessinait à demi sa taille. Ses pieds, chaussés de bottines
lacées, dépassaient le bord de sa jupe, et ses cheveux
châtains, massés sous un chapeau de feutre noir, luisaient dans la lumière avec des reflets fauves. Pour
mieux manier les tiges de ses fleurs, elle avait ôté ses
gants, et je voyais ses belles mains blanches dont les
doigts fragiles allaient et venaient. Elle s'harmonisait
d'une façon presque surnaturelle avec le paysage où
nous nous trouvions, par le charme de jeunesse qui émanait d'elle. Plus je la regardais, plus cette idée s'imposait
à moi qu'il *fallait* saisir cette occasion de lui dire ce que

je voulais lui dire depuis trop longtemps. Certainement
je n'en retrouverais jamais une autre aussi propice. De
quelles profondeurs de mon âme cette idée était-elle
sortie, et à quelle seconde? Je ne sais pas, mais je sais
qu'à peine entrée en moi, elle grandit, grandit... Un
remords obscur s'y mêlait, celui de la voir, elle, si
confiante, si peu soupçonneuse du patient travail par
lequel, abusant de notre intimité quotidienne, je l'avais
amenée à me traiter avec une douceur presque frater-
nelle. Mon cœur battait. La magie de sa présence remuait
tout mon sang.. Pour son malheur, elle se tourna vers
moi à un moment, afin de me montrer son bouquet
presque achevé. Sans doute elle aperçut sur mon visage
la trace de l'émotion que l'orage de mes pensées soulevait
en moi, car elle-même, sa physionomie si joyeuse, si
ouverte, se voila soudain d'une inquiétude. Je dois ajouter que, durant nos entretiens de ces deux mois où nous
étions devenus si étroitement amis, nous avions évité,
elle par délicatesse, moi par ruse, toute allusion au faux
roman de déception par lequel j'avais essayé d'émouvoir
sa pitié. Je compris combien elle avait cru à ce roman et
qu'elle n'avait pas cessé d'y songer, quand elle me dit,
avec un passage d'involontaire mélancolie dans ses
yeux :

— « Pourquoi vous gâtez-vous à vous-même cette
belle journée par de tristes souvenirs? Vous paraissiez
être devenu plus raisonnable... »

— « Non! » lui répondis-je; « vous ne savez pas ce
qui me rend triste... Ah! Ce ne sont pas des souvenirs.
Vous faites allusion à mes chagrins d'autrefois, je le vois
bien... Vous vous trompez... Il n'y a pas de place en moi

pour eux, non, — pas plus qu'il n'y a place, sur ces branches, pour les feuilles de l'an passé... »

« Je lui montrais la ramure jeune d'un bouleau dont l'ombre découpée tombait, juste à cette seconde, sur la pierre où nous étions assis. J'entendis ma voix prononcer cette phrase, comme si c'eût été celle d'un autre. En même temps je lus dans les yeux de ma compagne que, malgré la comparaison poétique par laquelle j'avais sauvé ce que cette phrase enfermait de sens direct, elle m'avait compris. Que se passa-t-il en moi et comment ce qui m'avait été impossible jusqu'à cette heure me devint-il facile? Comment osai-je ce que je croyais ne devoir jamais oser? Je pris sa main, que je sentis trembler dans la mienne, comme si la pauvre enfant était saisie d'une terreur foudroyante. Elle eut la force de se lever pour s'en aller, mais ses genoux tremblaient aussi, et je n'eus pas de peine à la contraindre de se rasseoir. J'étais si bouleversé de ma propre audace que je ne me possédais plus, et je commençai de lui dire mes sentiments pour elle avec des mots que je ne pourrais pas retrouver aujourd'hui, tant j'obéissais peu à un calcul quelconque, en ce moment-là. Toutes les émotions que j'avais traversées depuis mon arrivée au château, oui, toutes, depuis les plus détestables, celles de mon envie contre le comte André, jusqu'à la meilleure, mon remords d'abuser ainsi d'une jeune fille, se fondaient dans une adoration presque mystique, à demi folle, pour cette créature si frémissante, si émue, si belle!... Je la voyais devenir, à mesure que je parlais, aussi pâle que les fleurs qui demeuraient éparses sur sa robe. Je me souviens que les phrases me venaient, exaltées jusqu'à la folie, désordonnées jusqu'à l'imprudence, et que je finis par répéter comme dans un spasme : « Que je vous aime! Ah! Que je vous aime!... » en serrant sa main dans la mienne et m'approchant d'elle davantage encore. Elle se penchait, comme si elle avait perdu la force de se soutenir. Je passai mon bras demeuré libre autour de sa taille, sans même songer, dans mon propre trouble, à lui prendre un baiser. Ce geste, en lui donnant un nouveau frisson d'épouvante, lui rendit l'énergie de se lever et de se dégager. Elle gémit plutôt qu'elle ne dit : « Laissez-moi... Laissez-moi... » Et marchant à reculons, les deux mains tendues en avant pour se défendre, elle alla jusqu'au tronc du bouleau que je lui avais montré tout à l'heure. Là elle s'appuya, haletante d'émotion, tandis que de grosses larmes roulaient sur ses joues. Il y avait tant de pudeur blessée dans ces larmes, une telle révolte, et si douloureuse, dans le frémissement de ses lèvres entr'ouvertes, que je restai à la place où j'étais, en balbutiant « Pardon... »

— « Taisez-vous », dit-elle en faisant un mouvement de la main. Nous demeurâmes ainsi, en face l'un de l'autre et silencieux, pendant un temps que j'ai compris avoir dû être bien court, quoiqu'il m'ait paru infini. Tout d'un coup un appel traversa le bois, d'abord lointain, puis plus rapproché, celui d'une voix imitant le cri du coucou. On s'inquiétait de notre absence, et c'était le petit Lucien qui nous lançait notre signal habituel de ralliement. A ce simple ressouvenir de la réalité, Charlotte tressaillit. Le sang revint à ses joues. Elle me regarda avec des yeux où la fierté l'emportait maintenant sur l'épouvante. Elle se regarda elle-même, comme

si elle venait d'être réveillée d'un horrible sommeil.
Elle vit ses mains nues, qui tremblaient encore, et,
sans ajouter un mot, elle ramassa ses gants et ses fleurs,
et elle se mit à courir devant moi, oui, à courir comme
une bête poursuivie, dans la direction d'où était partie
la voix. Dix minutes après, nous étions de nouveau sur
la route.

— « Je ne me suis pas sentie très bien », dit-
elle à sa gouvernante, comme pour prévenir la question
qu'allait provoquer son visage décomposé; « voulez-
vous me donner place dans la voiture? Nous allons
rentrer... »

— « C'est cette chaleur qui vous aura incommodée »,
répondit la vieille demoiselle.

— « Et M. Greslou?... » demanda l'enfant, lorsque
sa sœur se fut installée et qu'il eut lui-même pris place
à l'arrière.

— « Je reviendrai à pied », répondis-je.

« La charrette anglaise détala, lestement, malgré sa
quadruple charge, dans un adieu de Lucien, qui me salua
d'un geste. Je pouvais voir le chapeau de Mlle de Jussat
immobile à côté de l'épaule du cocher, qui donna du *pull
up* à son cheval, puis la voiture disparut et je me retrouvai, m'acheminant seul sur cette route, par ce même
ciel bleu et entre ces mêmes arbres couverts d'un semis
d'une impalpable verdure. Mais une angoisse extraordinaire avait remplacé en moi l'allégresse et les ardeurs
heureuses du commencement de la promenade. Cette
fois le sort en était jeté. J'avais livré la bataille, je l'avais
perdue; j'allais être chassé du château ignoblement.
C'était moins cette perspective qui me bouleversait, qu'un

mélange singulier de regret, de honte et de désir. Voilà
donc où m'avait mené ma savante psychologie, le résultat de ce siège en règle entrepris contre le cœur de cette
jeune fille ! Pas un mot de sa part en réponse à la plus
passionnée déclaration, et moi, là, sur le moment d'agir,
qu'avais-je trouvé que des phrases de romans à lui réciter ? Et un simple geste d'elle, cette fuite loin de moi,
les mains en avant, m'avaient immobilisé à ma place.
Sans doute il entrait dans ma passion pour elle, à ce
moment de nos relations, bien de l'orgueil et de la sensualité, car le mouvement d'idolâtrie qui m'avait fait
lui parler avec une éloquence sincère se transforma en
une rage de ne pas l'avoir jetée à terre et violentée là,
au pied de cet arbre contre lequel je la voyais toujours
s'appuyant ; et moi, à quatre pas, — quatre pas à peine,
— je n'avais su que lui demander pardon. J'aperçus
en pensée le visage du comte André. Je vis dans un
éclair l'expression de mépris que prendrait ce visage
quand on lui parlerait de cette scène. Enfin je n'étais
plus ni le psychologue subtil, ni le jeune homme
troublé, j'étais un amour-propre humilié jusqu'au sang,
lorsque je me trouvai devant la grille du château. En
reconnaissant le lac, la ligne connue des montagnes,
la face de la maison, cet orgueil céda la place à une
appréhension affreuse de ce que j'allais avoir à subir, et
le projet traversa ma tête de m'enfuir, de retourner
tout droit à Clermont plutôt que d'essuyer de nouveau
le dédain de Mlle de Jussat. l'affront qu'allait m'infli-
ger le père... C'était trop tard ; le marquis lui-même
s'avançait vers moi, dans l'allée principale, accompagné de Lucien, qui m'appela. Ce cri de l'enfant avait

l'habituelle intonation de familiarité, et l'accueil du père acheva de me prouver que j'avais eu tort de me croire perdu si vite.

— « Ils vous ont abandonné », me dit-il, « et ils n'ont même pas eu l'idée de vous renvoyer la voiture... Vous avez dû marcher d'un pas!... » Il consulta sa montre. « J'ai peur que Charlotte n'ait pris froid », ajouta-t-il; « elle a dû se coucher aussitôt arrivée... Ces soleils de printemps sont si traîtres! »

« Ainsi, Mᴵˡᵉ de Jussat n'avait rien dit encore !...

— « Elle souffre ce soir. Ce sera pour demain », pensai-je, et je commençai, aussitôt seul, à préparer l'emballage de mes papiers. Je tenais à eux, en ce temps-là, avec une si naïve confiance dans mon talent de philosophe! Le lendemain arriva. Rien encore. Je me retrouvai avec Charlotte à la table du déjeuner; elle était pâle, comme quelqu'un qui a traversé une crise de violente douleur. Je vis que le son de ma voix lui infligeait un léger tressaillement. Puis ce fut tout. Dieu! Quelle étrange semaine je passai ainsi, m'attendant chaque matin à ce qu'elle eût parlé, crucifié par cette attente et incapable de prendre les devants moi-même et de quitter le château! Ce n'était pas seulement faute d'un prétexte. Une brûlante curiosité me retenait là. J'avais voulu vivre autant que penser. Hé bien! Je vivais, et avec quelle fièvre! Enfin, le huitième jour, le marquis me fit demander de venir dans son cabinet. « Cette fois », me dis-je, « l'heure a sonné. J'aime mieux cela... » Je m'attendais à un visage terrible, à des mots injurieux. Je trouvai au contraire l'hypocondriaque souriant, l'œil vif, l'air rajeuni.

— « Ma fille », me dit-il, « continue d'être très souffrante... Rien de bien grave... Mais de bizarres accidents
nerveux... Elle veut absolument consulter à Paris...
Vous savez, elle a déjà été très malade et guérie par un
médecin en qui elle a confiance. Je ne serais pas fâché
de le consulter pour moi-même. Je pars avec elle après-
demain. Il est possible que nous fassions ensuite un
petit voyage pour la distraire... Je tenais à vous donner
quelques recommandations particulières au sujet de
Lucien, pour le temps de mon absence, quoique je sois
content de vous, mon cher monsieur Greslou, très, très
content... Je l'écrivais à Limasset hier... C'est un bonheur
pour moi que de vous avoir rencontré... »

« Vous jugerez, mon cher maître, par tout ce que je
vous ai montré de mon caractère, que ces compliments
devaient me flatter comme un témoignage de la perfection avec laquelle j'avais joué mon rôle, et me rassurer
sur mes craintes des derniers jours. Il n'en fut rien.
J'aperçus ce fait bien net et positif; Charlotte n'avait
pas voulu raconter la tentative de déclaration que j'avais
faite auprès d'elle, et je me demandai aussitôt : pourquoi ? Au lieu d'interpréter ce silence dans un sens qui
me fût favorable, j'entrevis soudain cette idée qu'elle
s'était tue parce qu'elle n'avait pas voulu m'ôter mon
gagne-pain, par pitié, mais non pas cette pitié amoureuse
que j'avais voulu provoquer. Je n'eus pas plus tôt imaginé cette explication, qu'elle devint pour moi évidente
et en même temps insupportable. « Non », me dis-je,
« cela ne sera pas. Je n'accepterai pas l'aumône de cette
» outrageante indulgence... Quand Mlle de Jussat revien-
» dra, elle ne me retrouvera plus ici. Elle me montre

» ce que j'aurais dû faire, ce que je ferai. J'ai voulu
» l'intéresser, je n'ai même pas attiré sa colère... Lais-
» sons-lui du moins un autre souvenir que celui d'un
» cuistre qui garde sa place malgré les pires affronts... »
J'étais tellement désarçonné de mes projets, cette espérance de séduction qui m'avait soutenu tout l'hiver
était si morte, que je rédigeai, dans la nuit qui suivit
cet entretien, une lettre pour celle dont j'avais rêvé de
me faire aimer, où je lui demandais de nouveau pardon.
Je comprenais, lui disais-je, combien tout rapport était
devenu impossible entre nous, et j'ajoutais qu'à son retour
elle n'aurait plus à supporter l'odieux de ma présence. Le
lendemain matin et à travers le remue-ménage du départ,
j'épiai un moment où, sa mère l'ayant appelée, je pusse
entrer dans sa chambre. Je m'y précipitai pour y déposer ma lettre sur son bureau. Là, entre les livres préparés
pour mettre dans la malle et quelques menus objets, était
son buvard de voyage. Je l'ouvris et j'aperçus une enveloppe sur laquelle étaient ces mots : 12 mai 1886... C'était
la date du jour de cette fatale déclaration!... Je pris
cette enveloppe et je l'entr'ouvris. Elle contenait des
fleurs de muguet desséchées, et je me souvins de lui
en avoir, dans cette dernière promenade, donné en effet
quelques brins plus beaux que les autres, et qu'elle
avait mis à son corsage... Elle les avait donc conservés.
Elle y tenait malgré ce que je lui avais dit, — à cause
de ce que je lui avais dit, puisque cette date était là,
écrite de son écriture : 12 mai 1886. — Je ne crois pas
que j'éprouverai jamais une émotion comparable à celle
qui me saisit là, devant cette simple enveloppe. Un flot
d'orgueil m'inonda soudain tout le cœur. Oui, Charlotte

m'avait repoussé. Oui, elle s'enfuyait. Mais elle m'aimait. Je tenais une preuve de ses sentiments que je n'aurais jamais osé espérer. Je fermai le buvard, je remontai chez moi en hâte, de peur qu'elle ne me surprît, sans laisser ma lettre, que je détruisis à l'instant même. Ah ! il ne s'agissait plus de m'en aller, maintenant. Il s'agissait d'attendre qu'elle revînt, et cette fois, j'agirais, je vaincrais... Elle m'aimait...

§ V. — *Seconde crise.*

ELLE m'aimait. L'expérience de séduction instituée par mon orgueil et ma curiosité avait réussi. Cette évidence — car je ne doutai pas une minute de la preuve ainsi surprise — me rendit le départ de la jeune fille non seulement supportable, mais presque doux. Sa fuite s'expliquait par un effort contre ses propres émotions qui m'attestait leur profondeur. Et puis, en s'en allant pour quelques semaines, elle me tirait d'un cruel embarras. Comment agir, en effet? Par quelle politique sauvegarder, pousser un succès à ce point inespéré? J'allais avoir le loisir d'y songer pendant cette absence, qui ne pouvait durer bien longtemps, puisque les Jussat ne possédaient d'installation actuelle qu'en Auvergne. Remettant donc à plus tard de combiner un nouveau plan, je m'abandonnai à l'ivresse de l'amour-propre triomphant, tandis que j'assistais à ce départ de Charlotte et de son père. J'avais pris congé d'eux au salon comme par délicatesse, afin de ne pas gêner les adieux des dernières minutes, et j'étais remonté dans ma chambre. La poignée de main du marquis, très chaude, très cordiale, m'avait prouvé une fois de plus combien j'étais ancré dans la maison, et j'avais deviné, derrière la froideur voulue de la jeune fille, la palpitation d'un cœur qui ne veut pas se livrer. J'habitais, au second étage, une pièce d'angle, avec une fenêtre qui donnait sur le devant du château.

14

Je me plaçai derrière le rideau de manière à bien voir, sans être vu, la montée dans la voiture. C'était une victoria encombrée de couvertures fourrées et attelée du même cheval bai-cerise qui traînait l'autre jour la charrette anglaise. C'était aussi le même cocher qui se tenait sur le siège, son fouet en main, avec la même immobilité impassible dans sa livrée brune. Le marquis parut, puis Charlotte. Sous le voile et d'en haut, je ne distinguai pas ses traits, à elle, et quand elle releva ce voile pour s'essuyer les paupières, je n'aurais su dire si c'étaient les derniers baisers de sa mère et de son frère qui lui donnaient ce petit accès d'émotion nerveuse ou le désespoir d'une résolution trop pénible. Mais je la vis bien, quand la voiture disparut vers la grille, qui tournait la tête; et comme les siens étaient déjà rentrés, que pouvait-elle regarder ainsi longuement, sinon la fenêtre à l'abri de laquelle je la regardais moi-même? Puis un massif d'arbres déroba la voiture, qui reparut au bord du lac pour disparaître encore et s'enfoncer sur la route qui traverse le bois de la Pradat, — cette route où l'attendait un souvenir dont j'étais certain qu'il ferait battre plus vite ce cœur enfin troublé, enfin conquis.

« Ce sentiment d'orgueil assouvi dura un mois entier, sans une minute d'interruption, et — preuve que j'étais encore, dans mes rapports avec cette jeune fille, tout intellectuel et psychologique — jamais mon esprit ne fut plus net, plus souple, plus habile au maniement des idées qu'à cette époque. J'écrivis alors mes meilleures pages, un morceau sur le travail de la volonté pendant le sommeil. J'y fis entrer, avec un délice de savant que vous comprendrez, les détails que j'avais notés, depuis

ces quelques mois, sur les allées et venues, les hauts et
les bas de mes résolutions. J'en avais tenu, comme je
vous l'ai dit, le journal le plus précis, analysant, le soir
avant de m'endormir, et le matin sitôt réveillé, les
moindres nuances de mes états d'âme. Oui, ce furent
des journées d'une singulière plénitude. J'étais très libre.
Mlle Largeyx et la sœur Anaclet se relayaient pour tenir
compagnie à la marquise. Mon élève et moi, nous profi-
tions des belles et douces heures pour nous promener.
Sous le prétexte d'enseignement, je lui avais donné le
goût des papillons. Armé de la longue canne et du filet de
gaze verte, il était sans cesse à courir loin de moi après
les Aurores aux ailes bordées d'orange, les Argus bleus,
les Morios bruns, les Vulcains bigarrés et les Citrons
couleur d'or. Il me laissait seul avec ma pensée. Tantôt
nous suivions cette route de la Pradat maintenant parée
de toutes les verdures du printemps, tantôt nous remon-
tions du côté de Verneuge, vers cette vallée de Saint-
Genès-Champanelle aussi gracieusement jolie que son
nom. Je m'asseyais sur un bloc de lave, fragment minus-
cule de l'énorme coulée épanchée du puy de la Vache,
et là, sans plus m'occuper de Lucien, je m'abandonnais
à cette disposition étrange qui m'avait toujours montré,
dans cette nature sauvage, comme un symbole saisissant de mes doctrines, un type de fatalité implacable,
un conseil d'indifférence absolue au bien et au mal. Je
regardais les feuilles des arbres s'ouvrir au soleil. Je
me rappelais les lois connues de la respiration végétale,
et comment, par une simple modification de lumière, la
vie de la plante peut être changée. De même l'on devait
pouvoir à son gré diriger la vie de l'âme si l'on en con-

naissait exactement les lois. J'avais déjà réussi à créer
un commencement de passion dans l'âme d'une jeune
fille séparée de moi par des abîmes. Quels procédés
nouveaux et appliqués avec une rigueur ingénieuse me
permettraient d'accroître l'intensité de cette passion?
J'oubliais la transparence du ciel, la fraîcheur des bois,
la majesté des volcans, le vaste paysage déployé autour
de moi, pour ne plus voir que des formules d'algèbre
morale. J'hésitais entre des solutions diverses, pour ce
jour prochain où je tiendrais de nouveau Mlle de Jussat
en face de moi dans la solitude du château. Devais-je,
à ce moment du retour, jouer l'indifférence, pour la
déconcerter, pour la réduire, par l'étonnement d'abord,
ensuite par l'amour-propre et la douleur? Piquerais-je
sa jalousie en lui insinuant que l'étrangère de mon soi-
disant roman était revenue à Clermont et m'écrivait?
Continuerais-je au contraire la série des déclarations
brûlantes, des audaces qui enveloppent, des folies qui
grisent? Je reprenais ces hypothèses successivement,
d'autres encore. Je m'y complaisais, pour me témoigner
à moi-même que je n'étais pas pris, que le philosophe
dominait l'amoureux, que mon Moi enfin, ce Moi ido-
lâtré dont je m'étais constitué le prêtre, demeurait
supérieur, indépendant et lucide. Je m'en voulais,
comme d'indignes faiblesses, des rêveries qui, à d'autres
instants, remplaçaient ces subtils calculs. C'était surtout dans l'intérieur de la maison qu'elles me prenaient,
ces rêveries, et devant les portraits de Charlotte épars
sur les murs du salon, sur les tables, dans la chambre
de Lucien. Des photographies de toute grandeur la
représentaient à six ans, à dix ans, à quinze, et j'y pou-

vais suivre l'histoire de sa beauté, depuis la grâce
mignonne des premières années jusqu'au charme frêle
d'aujourd'hui. Les traits changeaient de l'une à l'autre

de ces photographies, jamais le regard. Il restait le
même dans les yeux de l'enfant et dans ceux de la jeune
fille, avec ce je ne sais quoi de sérieux, de tendre et de
fixe qui révèle la sensibilité trop profonde. Il s'était posé
ainsi sur moi, et de m'en souvenir me remuait d'une

14.

émotion confuse. Ah! Pourquoi ne m'y livrais-je pas entièrement? Pourquoi ma vanité s'acharnait-elle à ne pas s'y complaire? Mais pourquoi, sur tant de ces portraits, Charlotte se trouvait-elle à côté de son frère André? Quelle fibre secrète de haine cet homme avait-il, par sa seule existence, touchée dans mon cœur, que de voir simplement son image auprès de celle de sa sœur desséchait soudain ma tendresse et ne laissait plus subsister en moi que la volonté? Quelle volonté?...J'osais me la formuler, maintenant que je me croyais sûr d'avoir pris ce cœur à mon piège. Oui, je voulais être l'amant de Charlotte... Et après? Après? je me forçais à n'y pas réfléchir, de même que je me forçais à détruire les instinctifs scrupules d'hospitalité violée qui me remuaient. Je ramassais les plus mâles énergies de ma pensée et je m'enfonçais dans l'âme davantage encore mes théories sur le culte du Moi. Je sortirais de cette expérience enrichi d'émotions et de souvenirs. Telle était l'issue morale de l'aventure. L'issue matérielle était le retour chez ma mère, une fois mon préceptorat fini. Lorsque les scrupules s'éveillaient trop vivement, et qu'une voix intérieure me disait : « Et Charlotte? As-tu le droit de la « traiter ainsi en simple objet de ton expérience? » je prenais mon Spinoza, et j'y lisais le théorème où il est écrit que notre droit a pour limite notre puissance. Je prenais votre *Théorie des passions*, et j'y étudiais vos phrases sur le duel des sexes dans l'amour. — « C'est « la loi du monde », raisonnais-je, « que toute existence « soit une conquête, exécutée et maintenue par le plus « fort aux dépens du plus faible. Cela est vrai de l'uni- « vers moral comme de l'univers physique. Il y a des

« âmes de proie comme il y a des loups, des chats-pards
« et des éperviers. » Cette formule me paraissait forte,
neuve et juste; je me l'appliquais, et je me répétais :
« Je suis une âme de proie, une âme de proie », avec un
furieux accès de ce que les mystiques appellent l'orgueil
de la vie, parmi les verdures nouvelles, sous le ciel bleu,
au bord de la claire rivière qui des montagnes descend
vers le lac! C'était ma façon, à moi, de communier avec
l'aveugle, la sourde, la malfaisante nature.

« Cette ivresse de ma fierté victorieuse fut dissipée par
un fait inattendu. Le marquis écrivit qu'il rentrait au
château, mais seul. Mᶫᶫᵉ de Jussat, toujours souffrante,
restait à Paris, installée chez une sœur de sa mère. Lorsque la marquise nous communiqua cette nouvelle, nous
étions à table. J'entrai dans un spasme de colère si violent qu'il m'étonna moi-même, et que je dus, sous le prétexte d'un éblouissement subit, quitter le dîner. J'aurais
crié, brisé un objet, manifesté par quelque folie le mouvement de rage qui me secouait l'âme. Dans la fièvre
de vanité qui m'exaltait depuis le départ de Charlotte,
j'avais tout prévu, excepté que cette jeune fille aurait
assez de caractère, même amoureuse, pour ne pas rentrer
à Aydat. C'était si simple, le moyen qu'elle avait trouvé
d'échapper à son sentiment ; si simple, mais si souverain,
si définitif. La merveilleuse tactique de ma psychologie
devenait aussi vaine que le mécanisme du canon le plus
savant contre un ennemi réfugié hors de portée. Que
pouvais-je sur elle, si elle n'était pas là? Rien, absolument rien, et la rejoindre m'était interdit. La vision de
mon impuissance surgit si forte, si douloureuse, elle
remua si profondément mon système nerveux, que je ne

dormis ni ne mangeai entre cette lettre et l'arrivée du
marquis lui-même. J'allais apprendre si cette résolution
excluait toute espérance de contre-ordre, s'il ne restait
aucune chance que la jeune fille revînt pour la fin de
juillet, pour le mois d'août, pour septembre. Mon engagement durait jusqu'au milieu d'octobre. Mon cœur
battait, ma gorge était serrée, tandis que nous nous pro-
menions, Lucien et moi, dans la gare de Clermont,
attendant le train de Paris vers les six heures. Dans l'excès de mon impatience, j'avais obtenu qu'on nous laissât
venir au-devant du père. La locomotive entre en gare.
M. de Jussat met sa tête fine et ravagée à une portière.
Je dis, au risque de lui ouvrir les yeux sur mes sentiments :

— « Et mademoiselle Charlotte ? »

— « Mais, merci, merci », répond-il en me serrant la
main avec effusion ; « le médecin dit qu'elle a un trouble
nerveux très profond... Il paraît que la montagne ne lui
vaut rien... Et moi, qui ne me porte bien que là-haut !...
Vraiment, c'est pénible, très pénible... Enfin, nous essaie-
rons d'une longue cure d'eau froide à Paris, et puis de
Ragatz peut-être... »

« Elle ne revenait pas !... Si jamais j'ai regretté, mon
cher maître, à titre de document psychologique, le cahier
fermé que j'ai brûlé, c'est assurément aujourd'hui, et ce
tableau quotidien de mes pensées depuis le soir de juin
où le marquis m'annonçait ainsi l'absence définitive de
sa fille. Ce tableau allait jusqu'au mois d'octobre, où
une circonstance, impossible alors à prévoir, changea
brusquement le cours probable des choses. Vous y auriez
trouvé, comme dans un atlas d'anatomie morale, une

illustration de vos belles analyses sur l'amour, le désir,
le regret, la jalousie, la haine. Oui, durant ces quatre
mois, j'ai traversé toutes ces phases. Ce fut d'abord une
tentative insensée mais trop naturelle, persuadé comme
j'étais que l'absence de Charlotte prouvait seulement sa
passion. Je lui écrivis. Dans cette lettre, savamment
composée, je commençais par lui demander pardon pour
mon audace du bois de la Pradat, et je renouvelais cette
audace d'une manière pire, en lui traçant une peinture
brûlante de mon désespoir loin d'elle. C'était, cette lettre,
une déclaration plus folle encore que l'autre, et si hardie
qu'une fois l'enveloppe disparue dans la petite boîte au
bureau de poste du village où j'étais allé la porter moi-
même, j'eus de nouveau peur. Deux jours, trois jours
se passèrent ; pas de réponse. La lettre du moins ne me
revenait pas, comme je l'avais tant craint, sans même
avoir été ouverte. A ce moment même, la marquise achevait ses préparatifs pour partir à son tour et rejoindre
sa fille. Sa sœur occupait à Paris, rue de Chanaleilles,
un hôtel assez vaste pour qu'elle y pût céder à ces dames
un appartement suffisant. *Hôtel de Sermoises, rue de
Chanaleilles, Paris...* que j'ai eu d'émotions alors à
écrire cette adresse, non pas une fois, mais cinq ou six !
Je calculai, en effet, que la tante de la jeune fille ne surveillait pas étroitement sa correspondance, au lieu que
sa mère la surveillerait. Il fallait profiter du temps où
cette dernière était encore à Aydat et redoubler l'impression certainement produite par ma lettre. J'écrivis donc
chaque jour, jusqu'au départ de la marquise, des lettres
pareilles à cette première, et je n'avais aucune peine à y
jouer l'amour. Mon passionné désir de faire revenir

Charlotte était sincère, aussi sincère que peu raisonnable.
J'ai su depuis qu'à chaque arrivée nouvelle de ces dan-
gereuses missives, et sitôt mon écriture reconnue, elle
demeurait des heures à lutter contre la tentation d'ouvrir
l'enveloppe. Puis elle l'ouvrait. Elle lisait et relisait ces
pages, dont le poison agissait sûrement. Comme elle
ignorait la découverte qui m'avait rendu maître de son
secret, elle ne pensait pas à se défendre contre l'opinion
que je pouvais concevoir d'elle. Pour se justifier de cette
lecture, elle se disait sans doute que je l'ignorerais toujours, comme j'ignorais son amour naissant. Ces quelques lettres la touchèrent même si vivement qu'elle les
conserva. On a retrouvé leurs cendres dans la cheminée
de sa chambre. Elle les y a brûlées la nuit de sa mort.
Je soupçonnais bien l'effet troublant de ces pages que
je griffonnais la nuit, exalté par la pensée que je tirais là
mes dernières cartouches, et cela ressemblait bien à des
coups de fusil dans un brouillard, puisque aucun signe
ne m'avertissait qu'à chaque fois j'atteignais celle que
je visais, droit au cœur. Cette incertitude absolue, je
l'avais d'abord interprétée à mon avantage. Puis, quand
la mère eut quitté le château pour rejoindre sa fille, je
me vis dans l'impossibilité d'écrire à nouveau, et je
trouvai dans le silence de Charlotte la preuve la plus
évidente, non point qu'elle ne m'aimait pas, mais qu'elle
mettait toute sa volonté à vaincre cet amour et qu'elle
y réussirait. « Hé bien ! » me dis-je, « il faut y renoncer,
puisque je ne peux plus l'atteindre, et voilà qui est fini… »
Je me prononçais cette phrase à voix haute, seul dans
ma chambre, en entendant rouler la voiture qui, cette
fois, emportait la marquise. M. de Jussat et Lucien

l'accompagnaient jusqu'aux Martres-de-Veyre, où elle
allait prendre le train. « Oui », répétai-je, « voilà qui est
fini. Qu'est-ce que cela me fait, puisque je ne l'aime
pas?... » A la minute, cette idée me laissa relativement
tranquille, et sans autre trouble qu'une sensation vague
de gêne à la poitrine, comme il arrive dans les vives contrariétés. Je sortis, afin de secouer même cette gêne, et,
par une de ces bravades solitaires avec lesquelles je me
plaisais à me prouver ma force, je me dirigeai vers la
place où j'avais osé parler de mon amour à Charlotte.
Afin de mieux m'attester ma liberté d'âme, j'avais pris
sous mon bras un livre nouveau que je venais de recevoir, une traduction des lettres de Darwin. Le jour était
voilé, mais presque brûlant. Une espèce de simoun, un
vent venu de la Limagne et du Sud, chauffait de son
haleine les branches maintenant vertes des arbres. A
mesure que j'avançais, ce vent me brisait les nerfs. Je
voulus attribuer à son influence le grandissement de ma
gêne. Après quelques recherches infructueuses à travers
le bois de la Pradat, je finis par trouver la clairière où
nous nous étions assis, Charlotte et moi, — la pierre, —
le bouleau. Il frémissait tout entier au souffle de ce vent,
avec son feuillage dentelé dont l'ombre était plus épaisse
aujourd'hui. Je m'étais promis de lire mon livre à cette
place. Je m'assis et j'ouvris le volume. Il me fut impossible d'aller au delà d'une demi-page... Voici que les souvenirs m'envahissaient, m'obsédaient, me montrant la
jeune fille sur cette même pierre, rangeant les brins de
ses muguets, puis debout, appuyée contre cet arbre, puis
affolée et fugitive, sur l'herbe du sentier. Une douleur
indéfinissable montait, montait en moi, oppressant mon

cœur, étouffant ma respiration, brûlant mes yeux de larmes, et je constatai avec épouvante qu'à travers tant de complications, d'analyses et de subtilités, j'étais devenu, sans m'en douter, éperdument amoureux de l'enfant qui n'était pas là, qui n'y serait plus jamais.

« Cette découverte, si étrangement inattendue, et d'un sentiment si contraire au programme réfléchi de mon aventure, s'accompagna presque aussitôt d'une révolte et contre ce sentiment et contre l'image de celle qui m'en infligeait la douleur. Je ne passai pas un jour, durant les longues semaines qui suivirent, sans me débattre contre cette honte d'être pris à mon propre piège, et sans subir un accès d'amère rancune contre l'absente. Je reconnaissais la profondeur de cette rancune à la joie infâme qui m'inondait le cœur lorsque le marquis recevait une lettre de Paris, qu'il la lisait d'un sourcil froncé, et qu'il soupirait : « Charlotte n'est toujours pas bien... » J'éprouvais une consolation insuffisante, misérable, mais une consolation tout de même, à me dire que, moi aussi, je l'avais blessée d'une blessure envenimée et lente à se fermer. Il me semblait que ce serait là ma vraie vengeance, si elle continuait, elle, de souffrir, et si je guérissais, moi, le premier. Je faisais appel au philosophe que je m'étais enorgueilli d'être pour abolir en moi l'amoureux. Je reprenais mon vieux raisonnement : « Il y a des lois de la vie de l'âme et je les connais. Je ne peux pas les appliquer à Charlotte, puisqu'elle m'a fui. Serai-je incapable aussi de me les appliquer à moi-même ? » Et je méditais sur cette nouvelle question : « Y a-t-il des remèdes contre l'amour ?... » — « Oui », me répondais-je, « il y en a, et je es trouverai. » Mes habitudes d'analyse quasi mathéma-

tique se mettaient au service de mon projet de guérison,
et je décomposais le problème en ses éléments d'après la
méthode des géomètres. Je réduisais cette question à cette
autre : « Qu'est-ce que l'amour ? » à quoi je répondais bru-
talement par votre définition : « L'amour, c'est l'obsession du sexe. » Or, comment se combat une obsession ?
Par la fatigue physique, qui suspend, qui du moins dimi-
nue le travail de la pensée. Je m'astreignis donc et j'astreignis mon élève à de longues marches. Les jours où
je n'avais pas de classe à lui faire, le dimanche et le
jeudi, je partais, seul, dès la première pointe du matin,
après avoir arrêté l'heure et l'endroit où Lucien me rejoin-
drait avec la voiture. Je me faisais réveiller vers les deux
heures. Je sortais du château dans ce demi-crépuscule
froid qui précède le lever de l'aurore. J'allais droit devant
moi, frénétiquement, choisissant les pires coursières,
m'attaquant dans mes ascensions des puys les plus rapprochés aux côtés abrupts, presque inaccessibles. Je ris-
quais de me casser les reins en dévalant le long des sables
fuyants des cratères, ou sur les escaliers des crêtes de
basalte. N'importe. J'allais dans la nuit finissante. La
ligne orangée de l'aurore gagnait le bord du ciel. Le vent
du jour nouveau fouettait ma face. Les étoiles se fondaient
comme des pierreries noyées dans le flot d'un azur d'abord
tout pâle, puis tout foncé. Le soleil allumait sur les fleurs,
les arbres, les herbes, un étincellement de rosée brillante.
J'essayais de me procurer la sauvage griserie animale
que j'avais connue jadis dans des courses semblables.
Persuadé, comme je le suis, des lois de l'atavisme pré-
historique, je m'efforçais, par cette sensation de la marche
forcée et celle des hauteurs, d'éveiller en moi l'esprit

rudimentaire de la brute ancestrale, de l'homme des
cavernes dont je descends, moi comme les autres. Je
parvenais ainsi à une sorte de délire farouche, mais qui
n'était ni la paix rêvée ni la joie, et qui s'interrompait
à la moindre réminiscence de mes relations avec Charlotte. Le détour d'un chemin que nous avions suivi
ensemble, la nappe bleue du lac aperçue d'un sommet,
la ligne ardoisée des toits du château profilés à travers
l'espace, moins que cela, le feuillage mobile d'un bouleau
et son fût argenté, sur un écriteau le nom d'un village
dont elle avait parlé un jour, cela suffisait, et cette frénésie factice cédait la place à la cuisante douleur du
regret qu'elle ne fût pas auprès de moi. Je l'entendais
me dire de sa voix timbrée finement : « Regardez donc... »
comme elle disait autrefois quand nous errions ensemble
dans ce même horizon de montagnes, en ces temps-là
glacé de neiges, — mais la fleur vivante de sa beauté
s'y épanouissait, — maintenant paré de verdure, — mais
la fleur vivante en était retirée. Et cette sensation de
son absence devenait plus intolérable encore à retrouver
Lucien, qui ne manquait jamais de me parler d'elle. Il
l'aimait, il l'admirait si tendrement, et dans son ingé-
nuité il me donnait tant de preuves qu'elle était si digne
d'être admirée et d'être aimée ! Alors la lassitude physique se résolvait en un pire énervement, et des nuits
suivaient, d'une insomnie agitée, comme empoisonnée
d'amertume, dans lesquelles il m'arrivait de pleurer tout
haut, indéfiniment, en criant son nom comme un aliéné.

— « C'est par la pensée que je souffre », me dis-je
après avoir vainement demandé le remède aux grandes
fatigues. « Attaquons la pensée par la pensée... » Il y eut

donc une seconde période durant laquelle je voulus dépla-
cer le centre même de mes forces d'esprit. J'entrepris
l'étude la plus complètement opposée à toute préoccupation féminine. Je dépouillai en moins de quinze jours, la
plume à la main, deux cents pages de cette *Physiologie*
de Beaunis emportée dans ma malle, et les plus dures pour
moi, celles qui traitent de la chimie des corps vivants.
Mes efforts pour entendre et pour résumer ces analyses,
qui exigent le laboratoire, eurent beau être suprêmes, je
n'arrivai qu'à m'hébéter l'intellect et je me trouvai moins
capable de résister à l'idée fixe. Je reconnus que je faisais de nouveau fausse route. La vraie méthode n'était-
elle pas plutôt celle que professait Gœthe : appliquer sa
pensée à la douleur même dont on veut se délivrer ? Ce
grand esprit, qui a su vivre, mettait ainsi en pratique la
théorie exposée dans le cinquième livre de Spinoza et
qui consiste à dégager derrière les accidents de notre vie
personnelle la loi qui les rattache à la grande vie de l'Univers. M. Taine, dans d'éloquentes pages sur Byron, nous
conseille de même de « nous comprendre », afin que « la
« lumière de l'esprit produise en nous la sérénité du
cœur ». Et vous, mon cher maître, que dites-vous d'autre
dans la préface de votre *Théorie des passions* : « Con-
« sidérer sa propre destinée comme un corollaire dans
« cette géométrie vivante qui est la nature, et par suite
« comme une conséquence inévitable de cet axiome éter-
« nel dont le développement indéfini se prolonge à tra-
« vers le Temps et l'Espace, tel est l'unique principe de
« l'affranchissement. » Et que fais-je d'autre, à cette
heure, en rédigeant ce mémoire, que de me conformer à
ces maximes ? Puissent-elles me réussir mieux qu'alors !

J'essayai, en effet, à cette époque, de résumer, dans
une espèce de nouvelle autobiographique, l'histoire de
mes sentiments pour Charlotte. J'y supposais — voyez
comme le hasard se charge parfois de réaliser étrangement nos rêves — un grand psychologue consulté par
un jeune homme ; et, vers la fin, le psychologue rédigeait,
à l'usage du malade moral venu à lui, un diagnostic
passionnel avec indication des causes. J'écrivis ce morceau pendant le mois d'août et sous l'influence accablante
de la plus torride chaleur. J'y consacrai quinze séances
environ, poussées de dix heures du soir à une heure du
matin, toutes fenêtres ouvertes, avec le vol autour de ma
lampe allumée des grands sphinx de nuit, de ces larges
papillons de velours sombre qui portent sur leur cor-
selet l'empreinte blanche d'une tête de mort. La lune se
levait, inondant de ses clartés bleuâtres le lac où couraient des reflets nacrés, les bois dont le mystère s'ap-
profondissait, et la ligne des volcans éteints, — ces
volcans pareils à ceux que mon père montrait à mes
yeux d'enfant à travers le télescope dans cette lune
elle-même. Je posais ma plume pour m'abîmer, devant
ce paysage muet, dans une de ces rêveries cosmogo-
niques dont j'étais coutumier jadis. Comme aux temps
où la parole de ce pauvre père me révélait l'histoire du
monde, je revoyais la nébuleuse primitive, puis la terre
détachée d'elle, et la lune détachée de la terre. Cette
lune était morte aujourd'hui, et la terre mourrait aussi.
Elle allait, se glaçant de seconde en seconde. La suite
imperceptible de ces secondes, s'additionnant durant
des milliers d'années, avait déjà éteint l'incendie des
volcans d'où jaillissait autrefois, brûlante et dévastatrice,

la lave sur laquelle posait le château. En se refroidissant,
cette lave avait dressé comme une barrière au cours d'eau
qui s'étalait maintenant en lac, et l'eau de ce lac irait
aussi s'évaporant, à mesure que l'atmosphère irait dimi-
nuant, — ces quatorze pauvres kilomètres d'air respirable qui environnent la planète. Je fermais les yeux,
et je le sentais rouler, ce globe mortel, à travers le vide
infini, inconscient des petits univers qui vont et qui
viennent sur lui, comme l'immense espace est inconscient des soleils, des lunes et des terres. La planète rou-
lera ainsi quand elle ne sera plus qu'une boule sans air
et sans eau, d'où l'homme aura disparu, comme les bêtes
et comme les plantes. Au lieu de me procurer la sérénité
du contemplateur, cette vision de l'irrémédiable écoule-
ment me faisait me ramasser et sentir avec terreur cette
conscience de ma personne, la seule réalité que j'eusse
à moi, et pendant combien de temps? A peine un point
et un moment! Je me souvenais alors d'une phrase naïve
que Marianne disait en pleurant, un jour que je lui avais
fait de la peine : « On n'a que soi... » répétait cette fille
à travers ses larmes. « On n'a que soi... » Et moi aussi
je les redisais, ces syllabes, et j'en extrayais tout le sens.
Puisque, dans cette fuite irréparable des choses, ce point
et ce moment de notre conscience demeurent notre unique
bien, il faut en exalter, en exaspérer l'intensité. Je repous-
sais les papiers sur lesquels j'étais en train d'écrire ma
confession plus ou moins doctement commentée. Je sentais, avec une évidence affreuse, que cette intensité souveraine de l'émotion, seule Charlotte me la procurerait
si elle était dans cette chambre, assise sur ce fauteuil,
couchée sur ce lit, unissant sa chair périssable à ma

15

chair périssable, son âme condamnée à mon âme condamnée, sa fugitive jeunesse à ma jeunesse ; et comme
tous les instruments d'un orchestre s'accordent pour produire une note unique, toutes ces forces diverses de mon
être, les intellectuelles, les sentimentales, les sensuelles,
s'accordaient dans un cri aigu de désir. Hélas ! de savoir
les causes de ce désir en exaspérait encore la folie, et la
vision de l'univers avivait en moi la frénésie de la vie
personnelle au lieu de la calmer.

« La phrase de Marianne, subitement revenue à ma
pensée, me fit souvenir des temps dont je vous ai parlé,
et des ardeurs que j'avais connues alors. Je me dis que
sans doute je me trompais sur moi-même en me croyant
un abstrait, un intellectuel pur. Depuis des mois et des
mois que j'étais entièrement sage, ne vivais-je pas au
rebours de mon caractère ? Les phénomènes de passion
pour Charlotte dont j'étais le théâtre ne dérivaient-ils
pas simplement d'une chasteté trop prolongée ? Peut-
être ce désir n'avait-il rien de psychologique, et mani-
festait-il une apoplexie de jeunesse, un excès de sève à
dépenser ? « Ce serait alors un prurit de désirs à détruire
par l'assouvissement. » Sous le prétexte de quelque
affaire de famille à régler, j'obtins du marquis huit jours
de vacances, et j'arrivai à Clermont bien résolu de m'y
livrer à la plus violente frénésie de débauche avec la première créature venue. Comme j'avais, ces temps derniers,
pensé à Marianne à cause du mot que je vous ai cité, je la
cherchai. J'eus tôt fait de la retrouver. Ce n'était plus la
simple ouvrière d'autrefois. Un propriétaire de campagne
l'entretenait ; il l'avait installée, nippée, et, ne venant à la
ville qu'un jour sur huit, ce protecteur lui laissait une

liberté de petite bourgeoise. Cette demi-métamorphose,
jointe à la résistance qu'elle m'opposa d'abord, donnait
à la reprise de cette ancienne histoire un rien de piquant
et qui m'amusa vingt-quatre heures. La pauvre fille con-
servait pour moi, malgré mes duretés lors de notre rupture, un sentiment tendre, et, le surlendemain de mon
arrivée, ayant tout organisé pour bien tromper la surveillance maternelle, je passai la nuit dans sa chambre.
Mon cœur battait, tandis que je montais l'escalier de la
maison qu'elle habitait rue Tranchée-des-Gras, pas très
loin de la sombre cathédrale, que je contournai pour aller
chez elle. Cette rentrée dans le monde des sens m'émou-
vait comme un renouveau d'initiation. J'allais savoir
jusqu'à quel degré le souvenir de Charlotte gangrenait
mon âme. Assis au pied du lit, je regardais se dévêtir
cette femme sur qui je m'étais rué dans la première fureur
de la puberté. Elle était lourde, mais jeune, fraîche et
robuste. Ah ! comme l'image de Mlle de Jussat se fit présente à cette minute, et sa silhouette de frêle statuette
grecque, et la délicatesse devinée de son corps gracile !
Comme cette image était encore là vivante devant mes
yeux, tandis qu'étendu dans le lit, j'étreignais ma première maîtresse, avec une ardeur de brutalité qui se
mélangeait d'une tristesse infinie ! Cette créature était
une simple fille du peuple et qui ne raisonnait guère.
Mais les plus matérielles ont d'étranges finesses quand
elles aiment, et celle-là m'aimait à sa façon. Je m'aperçus
qu'elle aussi n'éprouvait plus auprès de moi les sensations anciennes. Je la vis s'exalter sous mes caresses,
puis, au lieu de cette fougue heureuse d'autrefois, elle
parut déçue dans son désir, comme déconcertée par mes

regards, comme gagnée par ma tristesse, et elle me dit,
dans l'intervalle de nos baisers :

— « Qu'as-tu qui te peine?... » et, employant une locu-
tion bien clermontoise : « Je ne t'ai plus vu si triste »,
et, plaisantant avec la bonhomie matoise des Auver-
gnats : « C'est quelque femme mariée qui t'a monté le

coup... Il est assez long ton cou, tu n'as pas besoin qu'on
te le hausse... »

« Elle m'avait, en commentaire de son mauvais jeu
de mots, mis ses deux mains autour du cou, deux grosses
mains aux doigts épais. — Celles de Charlotte étaient
si fines, aussi fines que son délicat esprit comparé à la
vulgarité de Marianne. Ce qui me désespérait, ce qui me
serra le cœur aux paroles de cette dernière, ce ne fut ni
cette vulgarité, ni ce contraste. Non. Mais fallait-il que
j'eusse l'âme malade pour que même cette créature s'en
aperçût? Je réagis cependant contre cette impression,
je me moquai de ses hypothèses, et je me forçai à des
transports d'un libertinage bestial dont le plus clair
résultat fut que je rentrai, au matin, avec un déborde-
ment d'amertume. Il me fut impossible de retourner chez
la fille, impossible d'aller chez d'autres. Je passai les

quelques jours qui me restaient à me promener avec ma
mère, qui, me voyant plongé dans une mélancolie profonde, s'en inquiétait et en redoublait la profondeur par
ses questions. Ce fut au point que je vis approcher l'instant du retour au château avec un soulagement. Du
moins j'allais y vivre parmi mes souvenirs. Un coup

terrible m'y attendait, qui me fut porté par le marquis
dès mon arrivée.

— « Une bonne nouvelle », me dit-il, sitôt qu'il me vit.
« Charlotte va mieux. Et une autre aussi bonne... Elle se
marie... Oui, elle accepte M. de Plane. Mais, c'est vrai,
vous ne savez pas : un ami d'André qu'elle avait refusé
une fois, et maintenant elle veut bien... » Et il continua,
revenant comme à son habitude sur lui-même : « Oui,
c'est une très bonne nouvelle, car, voyez-vous, je n'ai
plus beaucoup à vivre... Je suis frappé, très frappé... »

« Il pouvait me détailler ses maux imaginaires, m'analyser tant qu'il voulait son estomac, sa goutte, son intes-
tin, ses reins, sa tête; je ne l'écoutais pas plus qu'un
condamné à qui l'on vient d'annoncer la sentence n'écoute
les propos de son geôlier. Je ne voyais que le fait, pour
moi si douloureux à cette seconde. Vous qui avez écrit

15.

des pages admirables sur la jalousie, mon cher maître,
et sur les ravages que produit dans l'imagination d'un
amant la seule pensée des caresses d'un rival, vous devi-
nez quel cuisant poison cette nouvelle versa sur ma blessure. Mai, juin, juillet, août, septembre, — il y avait
presque cinq mois que Charlotte était partie, et cette
blessure, au lieu de se cicatriser, était allée s'élargis-
sant, s'envenimant jusqu'à cette dernière atteinte, qui
m'achevait. Cette fois, je n'avais plus même la cruelle
consolation de me dire que du moins ma souffrance était
partagée. Ce mariage ne me démontrait-il pas qu'elle
était guérie de son sentiment pour moi, tandis que j'ago-
nisais de mon sentiment pour elle? Ma fureur s'exaspérait encore à me dire que cet amour, né de la veille,
m'avait été arraché juste au moment où j'allais pouvoir
le développer dans sa plénitude, à l'heure précise de
l'action décisive. Il doit y avoir de cette rage-là chez le
joueur qui, forcé de quitter la table, apprend la sortie du
numéro sur lequel il voulait ponter et qui lui aurait
ramené trente-six fois sa mise. J'en venais à me reprocher de n'avoir pas tout quitté, sitôt Charlotte partie;
de ne pas l'avoir suivie, avec les quelques cents francs
que je possédais déjà de par moi. C'était trop tard. Je
la revoyais à Paris, où je savais que M. de Plane passait
un congé, recevant son fiancé dans le demi-tête-à-tête
d'une familiarité permise, sous les yeux indulgents de
la marquise. Ils étaient pour cet homme maintenant,
ces sourires fiers et intimidés, ces regards tendres et
troublés, ces passages de pâleur et de rougeur pudique
sur ce délicat visage, ces gestes d'une grâce toujours un
peu farouche. Enfin, elle l'aimait, puisqu'elle l'épousait.

Et il m'apparaissait semblable à ce comte André dont
je retrouvais là encore la détestable influence, et que je
me reprenais à haïr dans le fiancé de sa sœur, confon-
dant ces deux gentilshommes, ces deux oisifs, ces deux
officiers, dans la même antipathie forcenée. Vaines et
puériles colères que je promenais dans les bois déjà
revêtus de ces vagues teintes blondes qui vont se changer en teintes rousses! Les hirondelles se rassemblaient
pour le départ. Comme la chasse avait commencé, sans
cesse des coups de fusil partaient auprès d'elles. Alors
elles s'épouvantaient, elles s'enlevaient, serrées et frémissantes, d'un vol plus rapide, un vol pareil à celui
dont s'était échappé le sauvage oiseau que j'avais cru
abattre un jour. Du côté de Saint-Saturnin, les coteaux
plantés de vignes étalaient par grappes encore rouges
les raisins bientôt mûrs pour la vendange. Je regardais
les ceps veufs de fruits, ceux que les grêles du printemps
avaient hachés dans leur fleur. Ainsi était morte sur
place, avant d'être mûre, ma vendange, à moi, vendange
d'émotions enivrantes, de félicités douces, de brûlantes
extases. J'éprouvais un morne, un indéfinissable plaisir
à chercher partout dans le paysage des symboles de
mon sentiment; l'alchimie de la douleur m'avait, pour
une courte période, purifié de tout calcul. Si je fus jamais
un véritable amant et livré sans réflexion au cruel va-et-
vient des regrets, des souvenirs et des désespoirs, c'est
alors, durant ces journées qui devaient être les dernières
de mon préceptorat. Le marquis, en effet, annonçait
l'intention de rapprocher son départ. Il avait abdiqué
son hypocondrie, et, allègre, ses yeux gris tout clairs
dans son teint moins rouge, il me disait :

— « Je l'adore, moi, mon futur gendre... Je voudrais
que vous le connussiez... C'est loyal, c'est brave, c'est
bon, c'est fier. Du vrai sang de gentilhomme dans les
veines... Enfin, comprenez-vous les femmes? En voilà
une qui n'est pas plus folle qu'une autre, au contraire,
n'est-ce pas? Il y a deux ans, on le lui offre. Elle dit
non. Là-dessus mon garçon perd la tête. Il va là-bas
pour en revenir à moitié mort... Et puis, c'est oui...
Vous savez, j'ai toujours pensé qu'il y avait de cette
amourette-là dans sa maladie nerveuse... Je m'y connais.
Je me disais : elle aime quelqu'un... C'était lui. Et s'il
n'avait plus voulu d'elle, tout de même?... »

« Je vous cite ce discours entre vingt autres. Il vous
expliquera comment je trouvais à chaque minute une
occasion de m'ensanglanter le cœur. Non, ce n'était pas
M. de Plane que Charlotte avait aimé cet hiver; mais
elle avait aimé, voilà qui était certain. Nos existences
s'étaient croisées en un point, comme les deux routes
que je voyais, de ma fenêtre, se couper toutes deux,
l'une qui descend des montagnes et va vers le bois
fatal de la Pradat, l'autre qui remonte vers le puy de la
Rodde. Il m'arrivait, tout seul, à la tombée du jour, de
regarder les voitures suivre l'une et l'autre de ces deux
routes. — Après s'être presque effleurées, elles se perdaient vers des directions contraires. Ainsi s'étaient
séparées nos destinées, et pour toujours. La baronne de
Plane vivrait dans le monde, à Paris, et cela me représentait un tourbillonnement de sensations inconnues et
fascinantes, dans le décor d'une fête ininterrompue. Moi,
je la connaissais trop bien, ma vie prochaine. En pensée, je
me réveillais dans la petite chambre de la rue du Billard.

En pensée, je suivais les trois rues qu'il faut prendre pour
aller de là jusqu'à la Faculté. J'entrais dans le palais de
l'Académie, bâti en briques rouges, et je gagnais la salle
des conférences avec ses murs nus, garnis de tableaux
noirs. J'écoutais le professeur analyser quelque auteur de
licence ou d'agrégation. Cela durait une heure et demie,
puis je revenais, ma serviette sous mon bras, par les froides ruelles de la vieille ville, car il m'y faudrait séjourner
cette année encore, n'ayant pas travaillé de manière à subir
mon examen avec succès. Je continuerais d'aller et de
venir dans ce décor de maisons noires, avec cet horizon de
montagnes neigeuses, de voir le père et la mère du petit
Émile assis à leur fenêtre et jouant au mariage, le vieux
Limasset lisant son journal dans l'angle du café de Paris,
les omnibus de Royat au coin de Jaude. Oui, j'en étais descendu là, mon cher maître, à cette misère des esprits sans
psychologie, et qui, s'attachant à la forme extérieure de la
vie, n'en pénètrent pas l'essence. Je méconnaissais ma foi
ancienne dans la supériorité de la Science, à qui trois
mètres carrés d'une chambrette suffisent pour qu'un Spinoza ou un Adrien Sixte y possède l'immense univers en le
comprenant. Ah ! j'ai été bien médiocre dans cette période
d'impuissantes convoitises et d'amour vaincu ! J'ai bien
maudit, et avec quelle injustice, cette existence d'études
abstraites que j'allais reprendre ! Et comme je voudrais
aujourd'hui que c'eût été là en effet mon sort, et me réveiller pauvre étudiant près la Faculté des lettres de Clermont, locataire du père d'Émile, élève du vieux Limasset,
le passant morose de ces ruelles noires, — mais un innocent ! un innocent ! et non pas celui qui a traversé ce que
j'ai traversé, et qu'il faut dire.

§ VI. — *Troisième crise.*

VERS la fin de ce dur mois de septembre, Lucien se plaignit d'un malaise que le docteur attribua d'abord à un simple refroidissement. Deux jours après, les symptômes s'aggravaient. Deux médecins de Clermont, appelés en hâte, diagnostiquaient une fièvre scarlatine, mais d'un caractère bénin. Si ma pensée n'avait pas été tout entière absorbée par l'idée fixe qui faisait de moi, à cette époque, un véritable maniaque, j'aurais trouvé de quoi remplir de notes tout mon livre à serrure. Je n'avais qu'à suivre les évolutions de l'esprit du marquis et la lutte engagée dans son cœur entre l'hypocondrie et l'amour paternel. Tantôt, et malgré les propos rassurants des docteurs, il était inquiet de son fils jusqu'à l'angoisse et il passait la nuit à le veiller. Tantôt, l'épouvante de la contagion le saisissait. Il se mettait lui-même au lit, se plaignant de douleurs imaginaires et comptant les heures jusqu'à la visite du médecin. Il en arrivait, tant les symptômes lui semblaient graves, à demander que cette visite commençât par lui. Puis, il avait honte de sa panique. Le fonds de bonne race qui était dans son sang reparaissait. Il se levait, il se châtiait de ses terreurs par des phrases amères sur la faiblesse qu'amène l'âge, et il retournait au chevet de son fils. Sa première idée fut de cacher à la marquise, aussi bien qu'à Charlotte et au comte André,

la maladie de l'enfant. Mais, après deux semaines, ces
alternatives de zèle et de terreur ayant épuisé son énergie, il éprouva le besoin d'avoir sa femme auprès de lui
pour le soutenir, et son incohérence d'idées était si grande
qu'il me consulta.

— « Ne croyez-vous pas que c'est mon devoir?... »
conclut-il.

« Il y a des âmes de mensonge, mon cher maître, et
qui excellent à excuser par de beaux motifs leurs plus
vilaines actions. Si j'étais de ce nombre, je pourrais me
faire un mérite d'avoir insisté pour que le marquis ne
rappelât point sa femme. Certes, je savais toute la portée de ma réponse et de la résolution qu'allait prendre
M. de Jussat. Je savais que, s'il prévenait la marquise,
elle arriverait par le premier train, et je connaissais assez
Charlotte pour être assuré que la fille viendrait avec la
mère. Je la reverrais, je tiendrais une suprême occasion
de réveiller en elle l'amour naissant dont j'avais surpris
la preuve. Je pourrais dire que ce fut une loyauté de ma
part, ce conseil donné au marquis de laisser Mme de
Jussat heureuse à Paris. Oui, j'eus cette apparence de
loyauté. Pourquoi? Si je n'étais convaincu qu'il n'y a
pas d'effet sans cause et pas de ces loyautés-là sans un
secret égoïsme, j'y reconnaîtrais une horreur d'exploiter,
au profit d'une passion coupable, le plus noble des sentiments, celui d'une sœur pour son frère. Voici la nue
vérité : en essayant de dissuader M. de Jussat, j'étais
convaincu que tout effort pour reprendre le cœur de
Charlotte serait inutile. Je prévoyais dans ce retour une
humiliation certaine. Usé par ces longs mois de luttes
intérieures, je ne me sentais plus la force de manœuvrer.

Je n'eus donc aucune vertu à représenter au marquis les inconvénients, les dangers même du séjour de ces deux femmes au château, près d'un malade qui pouvait leur communiquer sa maladie.

— « Et moi? » répondit-il ingénument. « Est-ce que je ne m'expose pas tous les jours? Mais vous avez raison pour Charlotte. J'écrirai que je ne la veux pas... »

— « Ah! Greslou », me disait-il deux jours après, au reçu d'un télégramme, « voilà ce qu'elles me font : lisez... » Il me tendit la dépêche qui annonçait l'arrivée de Mlle de Jussat avec sa mère. « Naturellement », gémissait l'hypocondriaque, « elle a voulu venir, sans penser que je n'ai pas besoin de ces émotions-là. »

« Le marquis me parlait de la sorte à deux heures de l'après-midi. Je savais, pour l'avoir pris à mon retour du voyage où je vous ai connu, que le train de Paris part à neuf heures du soir et arrive à Clermont vers cinq heures du matin. Le temps de monter en voiture, Mme de Jussat et Charlotte seraient au château avant dix heures. Je passai une soirée et une nuit affreuses, dépourvu maintenant de cette tension philosophique, hors de laquelle je flotte, créature sans énergie, au gré d'impressions nerveuses. Le bon sens m'indiquait pourtant une solution bien simple. Mon engagement finissait, comme je vous l'ai dit, le 15 octobre. Nous étions au 5 de ce mois. L'enfant entrait en pleine convalescence. Il avait auprès de lui sa mère et sa sœur. Je pouvais retourner chez moi sans scrupule et sous le premier prétexte venu. Je le pouvais et je le devais, — pour ma dignité autant que pour mon repos. Au matin de cette nuit d'insomnie, j'avais pris cette résolution. J'allai jusqu'à en toucher

un mot au marquis tout de suite ; il ne me laissa pas lui
parler, tant il était agité par l'arrivée de sa fille :

— « C'est bon », me dit-il, « plus tard, plus tard. En
ce moment je n'ai la tête à rien... Cette contrariété !...
Voilà comment j'ai vieilli si vite... Toujours des coups
nouveaux, toujours... »

« Qui sait ? ma destinée aura peut-être dépendu tout
entière du mouvement d'humeur par lequel ce vieux fou
refusait de m'entendre. Si je lui eusse parlé à cette
minute, et si nous eussions fixé mon départ, je me serais
vu obligé de partir en effet ; au lieu que la seule présence
de Charlotte changea ce projet de partir en un projet de
rester, comme une lampe apportée dans une chambre
change les ténèbres en lumière, immédiatement. Je vous
le répète, j'étais convaincu qu'elle avait cessé de s'intéresser à moi d'une part, et, de l'autre, que, moi-même,
je traversais, par rapport à elle, une crise non pas de
véritable amour, mais de vanité blessée et de sexualité
morbide. Hé bien ! A la voir descendre de voiture devant
le perron, à constater combien ma présence la bouleversait, combien la sienne m'affolait, je compris avec une
égale évidence deux choses : d'abord, qu'il me serait physiquement impossible de quitter le château tant qu'elle
y serait ; ensuite, qu'elle avait traversé depuis le mois de
mai des troubles pareils aux miens, sinon pires. Ma divination devant l'enveloppe qui contenait les brins de
muguet ne m'avait pas trompé. Elle pouvait m'avoir
fui avec le plus sincère courage, n'avoir pas répondu à
mes lettres, ne pas les avoir lues, s'être fiancée pour
mettre entre nous l'irréparable, avoir cru même qu'elle
ne m'aimait plus, être revenue au château sur cette

persuasion. Elle m'aimait. Pour reconnaître cet amour, je
n'eus pas besoin d'une analyse détaillée, comme celles
où je m'étais trop complu et qui m'avaient tant trompé.
Ce fut une intuition soudaine, irraisonnée, invincible, à
me faire croire que les théories sur la double vue, si
discutées par la Science, sont absolument vraies. Je le
lus, cet amour inespéré, à travers les yeux émus de cette
enfant, comme vous lisez les mots par lesquels j'essaie
de vous reproduire ici l'éclair et le foudroiement de cette
évidence. Elle était là, devant moi, dans son costume
de voyage, et blanche, blanche comme cette feuille de
papier. J'aurais dû expliquer cette pâleur par les lassi-
tudes de la nuit passée en wagon, n'est-ce pas, et par
l'inquiétude sur son frère malade? Ses yeux, en rencon-
trant mes yeux, tremblèrent d'émotion. Cela pouvait être
la pudeur offensée. Elle était maigrie, comme fondue; et
quand, arrivée dans le vestibule, elle ôta son manteau,
je vis que sa robe, une robe de l'année dernière que je
reconnus, faisait comme des plis autour de ses épaules.
Mais n'avait-elle pas été malade?... Ah! moi qui avais
tant cru à la méthode, aux inductions, aux complications
du raisonnement, que j'ai senti là cette toute-puissance
de l'instinct contre quoi rien ne prévaut! Elle m'aimait
toujours. Elle m'aimait davantage encore. Que m'impor-
tait qu'elle ne m'eût pas donné la main à notre première
rencontre; qu'elle m'eût à peine parlé dans le vestibule;
qu'elle montât les marches du grand escalier avec sa
mère sans détourner la tête? Elle m'aimait. Cette certitude, après un si long dessèchement d'anxiété, m'inondait le cœur d'un flot de joie à me trouver mal, là, sur
le tapis de cet escalier que je dus gravir à mon tour

pour remonter dans ma chambre. Qu'allais-je faire cependant? Accoudé sur ma table et contenant mon front avec mes mains pour réprimer les battements de mes tempes, je me posai cette question sans rien y répondre, sinon que je ne pouvais plus m'en aller, que cela ne pouvait pas finir entre Charlotte et moi sur une absence et sur un silence; enfin que nous approchions d'une heure où tant d'efforts réciproques, de luttes cachées, de désirs combattus de part et d'autre, nous précipitaient vers une scène suprême. Cette scène, je la sentais toute proche, tragique, décisive, inévitable. D'abord, Charlotte était contrainte de subir ma présence. Quoi qu'elle en eût, nous devions nous rencontrer au chevet de son frère, et, ce matin même de son arrivée, quand ce fut mon tour d'aller tenir compagnie au petit malade, vers onze heures, je la trouvai là, qui causait avec lui, tandis que la marquise interrogeait la sœur Anaclet, toutes deux se parlant à mi-voix et debout près de la fenêtre. Lucien, à qui l'on avait caché la venue des deux femmes, montrait sur son visage amaigri et dans ses gestes énervés cette joie un peu excitée, presque fiévreuse, qui se remarque chez les convalescents. Il me salua de son plus gai sourire, et, me prenant la main, il dit à sa sœur :

— « Si tu savais comme M. Greslou a été bon pour moi tous ces jours-ci!... »

« Elle ne répondit rien, mais je vis que sa main, à elle, posée près de la joue de son frère sur l'oreiller, était comme secouée d'un frisson. Elle fit un effort, pour me regarder d'un regard qui ne la trahît point. Sans doute mon visage, à moi, exprimait une émotion qui la toucha. Elle sentit que de laisser ainsi tomber la phrase

innocente du petit garçon me ferait mal, et, avec sa voix
des jours passés, avec sa douce et vivante voix, où frémissait la palpitation étouffée d'un cœur trop ému, elle
dit, sans m'adresser la parole directement :

— « Oui, je le sais ; et je l'en remercie. Nous le remer-
cions tous beaucoup... »

« Elle n'ajouta pas un mot. Je suis sûr que si je lui
avais de nouveau pris la main à cette minute, elle se
serait évanouie, tant elle était remuée par ce simple
entretien. Je balbutiai une réponse vague, un : « C'est
trop naturel », ou je ne sais quoi de semblable. Je n'avais
pas moi-même beaucoup plus de sang-froid. Lucien,
cependant, qui n'avait remarqué ni l'accent altéré de sa
sœur ni ma gêne, continuait :

— « Et André, ne viendra-t-il pas me voir ? »

— « Tu sais bien qu'il est retenu au régiment », répon-
dit-elle.

— « Et Maxime ? » insista l'enfant.

« Je n'ignorais pas que c'était le petit nom du fiancé
de Mlle de Jussat. Ces deux syllabes ne furent pas plus
tôt sorties des lèvres du malade que je vis sa pâleur, à
elle, s'empourprer soudain d'un flot de sang. Il y eut un
passage de silence durant lequel j'entendis le susurre-
ment de la sœur Anaclet, le crépitement du feu dans la
cheminée, le balancier de la pendule allant et venant, et
l'enfant reprit, étonné lui-même de ce mutisme :

— « Oui, Maxime ? il ne viendra pas non plus ?... »

— « M. de Plane a rejoint son régiment, lui aussi »,
fit Charlotte.

— « Vous montez déjà, monsieur Greslou ? » me demanda Lucien, comme je me levais brusquement.

— « Je reviens », répliquai-je ; « j'ai oublié une lettre
sur ma table... » Et je sortis laissant Charlotte au chevet du lit, toute pâle de nouveau et les yeux baissés.

« Ah ! mon cher maître, j'ai besoin que vous me croyiez
dans ce que je vais vous dire ; besoin qu'en dépit des
incohérences d'un cœur presque inintelligible à lui-
même, vous ne doutiez pas de ma sincérité en ce
moment-là. J'ai tant besoin de ne pas en douter, moi
non plus ; besoin de me répéter que je n'ai pas menti
alors. Croyez-moi. Il n'y avait plus un atome de comédie volontaire dans le mouvement subit par lequel je me
levai au seul rappel du nom de l'homme à qui Charlotte
devait appartenir, à qui elle appartenait. Il n'y avait pas
de comédie dans les larmes qui me jaillirent des yeux,
sitôt passé le seuil de la porte, ni dans celles que je
versai encore la nuit qui suivit, désespéré par cette
double et affreuse certitude que nous nous aimions,
elle et moi, et que jamais, jamais, nous ne serions l'un
à l'autre ; pas de comédie dans les sursauts de douleur
que sa présence m'infligea durant les jours d'après. Son
visage creusé, sa silhouette émaciée, ses prunelles souf-
frantes étaient là qui me bouleversaient, et cette pâleur
me navrait l'âme, et cette ligne mince de son corps affolait mon désir, et ces prunelles me suppliaient : « Ne
parlez pas... Je sais que vous êtes misérable aussi...
Vous seriez trop cruel de reprocher, de vous plaindre,
de montrer votre plaie. » Dites, si je n'avais pas été de
bonne foi dans ces journées, est-ce que je les aurais lais-
sées passer sans agir, lorsque les heures m'étaient comp-
tées ? Mais je ne me rappelle pas une réflexion, pas une
combinaison. Je me rappelle des sensations tourbillon-

16

nantes, quelque chose de brûlant, de frénétique, d'intolérable, une terrassante névralgie de tout mon être intime,
une lancination continue, et, — grandissant, grandissant
toujours, le rêve d'en finir, un projet de suicide... Commencé où, quand, à propos de quelle souffrance particulière? Je ne peux pas le dire... Vous le voyez bien, que
j'ai aimé vraiment dans ces instants-là, puisque toutes
mes subtilités s'étaient fondues à la flamme de cette passion, comme du plomb dans un brasier, puisque je ne
trouve pas matière à une analyse dans ce qui fut une
réelle aliénation, une abdication de tout mon Moi ancien
dans le martyre. Cette idée de la mort, sortie des profondeurs intimes de ma personne, cet obscur appétit du
tombeau dont je me sentis possédé comme d'une soif et
d'une faim physiques, vous y reconnaîtrez, mon cher
maître, une conséquence nécessaire de cette maladie de
l'Amour, si admirablement étudiée par vous. Ce fut,
retourné contre moi-même, cet instinct de destruction
dont vous signalez le mystérieux éveil dans l'homme en
même temps que l'instinct du sexe. Cela s'annonça
d'abord par une lassitude infinie, lassitude de tant sentir sans rien exprimer jamais. Car, je vous le répète,
l'angoisse des yeux de Charlotte, quand ces yeux ren-
contraient les miens, la défendait plus que n'auraient
fait toutes les paroles. D'ailleurs, nous n'étions jamais
seuls, sinon parfois quelques minutes au salon, par
hasard, et ces quelques minutes se passaient dans un de
ces silences imbrisables qui vous prennent à la gorge
comme avec une main. Parler alors est aussi impossible
que pour un paralytique de remuer ses pieds. Un effort sur-
humain n'y suffirait pas. On éprouve combien l'émotion,

à un certain degré d'intensité, devient incommunicable. On se sent emprisonné, muré dans son Moi, et l'on voudrait s'en aller de ce Moi malheureux, se plonger, se rouler, s'abîmer dans la fraîcheur de la mort où tout s'abolit. Cela continua par une délirante envie de marquer sur le cœur de Charlotte une empreinte qui ne pût s'effacer, par un désir insensé de lui donner une preuve d'amour contre laquelle ne pussent jamais prévaloir ni la tendresse de son futur mari ni l'opulence du décor social où elle allait vivre. « Si je meurs du désespoir d'être séparé d'elle pour toujours, il faudra bien qu'elle se souvienne longtemps, longtemps, du simple précepteur, du pauvre petit provincial capable de cette énergie dans ses sentiments!... » Il me semble que je me suis formulé ces réflexions-là. Vous voyez, je dis : « Il me semble. » Car, en vérité, je ne me suis pas compris durant cette période. Je ne me suis pas reconnu dans cette fièvre de violence et de tragédie dont je fus consumé. A peine si je démêle, sous ce va-et-vient effréné de mes pensées, une auto-suggestion, comme vous dites. Je me suis hypnotisé moi-même, et c'est comme un somnambule que j'ai arrêté de me tuer à tel jour, à telle heure, que je suis allé chez le pharmacien me procurer la fatale bouteille de noix vomique. Au cours de ces préparatifs et sous l'influence de cette résolution, je n'espérais rien, je ne calculais rien. Une force vraiment étrangère à ma propre conscience agissait en moi. Non. A aucun moment je n'ai été, comme à celui-là, le spectateur, j'allais dire désintéressé, de mes gestes, de mes pensées et de mes actions, avec une extériorité presque absolue de la personne agissante par rapport à la personne pensante. —

Mais j'ai rédigé une note sur ce point, vous la trouverez sur la feuille de garde, dans mon exemplaire du livre de Brierre de Boismont consacré au suicide. — J'éprouvais à ces préparatifs une sensation indéfinissable de rêve éveillé, d'automatisme lucide. J'attribue ces phénomènes étranges à un désordre nerveux voisin de la folie et causé par les ravages de l'idée fixe. Ce fut seulement le matin du jour choisi pour exécuter mon projet que je pensai à une dernière tentative auprès de Charlotte. Je m'étais mis à ma table pour lui écrire une lettre d'adieu. Je la vis lisant cette lettre, et cette question se posa soudain à moi : « Que fera-t-elle ? » Était-il possible qu'elle ne fût pas remuée par cette annonce de mon suicide possible ? N'allait-elle pas se précipiter pour l'empêcher ? Oui, elle courrait à ma chambre. Elle me trouverait mort... A moins que je n'attendisse, pour me tuer, l'effet de cette dernière épreuve ?... — Là, je suis bien sûr d'y voir clair en moi. Je sais que cette espérance naquit exactement ainsi et précisément à ce point de mon projet. « Hé bien ! » me dis-je, « essayons. » J'arrêtai que si, à minuit, elle n'était pas venue chez moi, je boirais le poison. J'en avais étudié les effets. Je le savais quasi foudroyant, et j'espérais souffrir très peu de temps. Il est étrange que toute cette journée se soit passée pour moi dans une sérénité singulière. Je dois noter cela encore. J'étais comme allégé d'un poids, comme réellement détaché de moi-même, et mon anxiété ne commença que vers dix heures, quand, m'étant retiré le premier, j'eus placé la lettre sur la table dans la chambre de la jeune fille. A dix heures et demie, j'entendis par ma porte entr'ouverte le marquis, la marquise et elle qui montaient. Ils s'arrêtèrent pour causer une dernière minute dans les couloirs, puis ce furent les bonsoirs habituels, et l'entrée de chacun dans sa chambre... Onze heures... Onze heures un quart. Rien encore. Je regardais ma montre posée devant moi, auprès des trois lettres préparées, pour M. de Jussat, pour ma mère et pour vous, mon cher maître. Mon cœur battait à me rompre la poitrine, mais la volonté était ferme et froide. J'avais annoncé à Mlle de Jussat qu'elle ne me reverrait pas le lendemain. J'étais sûr de ne pas manquer à ma parole, *si*... Je n'osais creuser ce que ce *si* enveloppait d'espérance. Je regardais marcher l'aiguille des secondes et je faisais un calcul machinal, une multiplication exacte : « À soixante secondes par minute, je dois voir l'aiguille tourner encore tant de fois, car à minuit je me tuerai... » Un bruit de pas dans l'escalier, et que je perçus tout furtif, tout léger, avec une émotion suprême, me fit interrompre mon calcul. Ces pas s'approchaient. Ils s'arrêtèrent devant ma porte. Brusquement cette porte s'ouvrit. Charlotte était devant moi.

« Je m'étais levé. Nous restâmes ainsi face à face, et tous les deux debout. Son visage était décomposé par le saisissement de sa propre action, plus pâle encore, et ses yeux y luisaient d'un éclat extraordinaire. Ils semblaient noirs, tant le point central en était agrandi par l'émotion, jusqu'à envahir la prunelle. Je remarquai ce détail parce qu'il transformait toute sa physionomie. D'ordinaire si réservée, presque effacée, cette physionomie respirait l'égarement d'un être dominé par une passion plus forte que sa volonté. Elle avait dû se coucher, puis se relever, car ses cheveux étaient tressés

16.

dans une grosse natte au lieu d'être noués derrière sa
tête. Une robe de chambre blanche, attachée par une
cordelière, se plissait autour de sa taille, et, preuve de
son trouble affolé, elle avait passé en hâte ses pieds nus
dans ses mules sans même s'en rendre compte. Évidemment une angoisse insoutenable l'avait précipitée de son
lit dans ma chambre. Elle ne se souciait ni de ce que
je penserais d'elle, ni de ce que je pourrais être tenté
de dire. Elle avait cru à ma lettre, et elle arrivait, en
proie à une exaltation si vive qu'elle ne tremblait pas.

— « Ah ! » fit-elle d'une voix brisée, après ce silence
de la première minute, « Dieu soit loué, je ne suis pas
arrivée trop tard... Mort ! je vous ai cru mort !... Ah !
c'est horrible !... Mais c'est fini, n'est-ce pas ? Dites que
vous m'obéirez, dites que vous n'attenterez pas à vos
jours. Jurez, jurez-le-moi... »

« Elle prit ma main dans les siennes par un geste
suppliant. Ses doigts étaient glacés. C'était quelque
chose de si décisif que cette entrée, une telle preuve
d'amour dans un instant où je me trouvais moi-même si
exalté, que je ne réfléchis pas, et, sans lui répondre, je
me souviens que je la pris dans mes bras en pleurant,
que mes lèvres cherchèrent ses lèvres, que je lui donnai,
à travers ces larmes, le plus brûlant, le plus tendre des
baisers, le plus sincère ; que ce fut une seconde d'extase
infinie, de félicité suprême, et aussi qu'elle s'arracha de
moi, ayant, sur son visage toujours égaré, toute la honte
de ce qu'elle venait de permettre.

— « Malheureuse », disait-elle. « Il faut que je m'en
aille !... Laissez-moi m'en aller !... Ne m'approchez
plus... »

— « Vous voyez bien que je dois mourir », lui répondis-je, « puisque vous ne m'aimez pas, puisque vous allez être la femme d'un autre, puisque tout nous sépare, et pour toujours. »

« Je pris la fiole noire sur la table et je la lui montrai à la lueur de la lampe.

— « Le quart seulement de ce flacon », continuai-je, « et c'est le remède à tant de souffrances... Dans cinq minutes ce sera fini. » Et doucement, sans faire un seul geste qui pût la forcer encore à se défendre : « Partez, et merci d'être venue. Avant un quart d'heure j'aurai cessé de sentir ce que je sens, cette intolérable privation de vous depuis tant de mois... Allons, adieu ; ne m'ôtez pas mon courage... »

« Elle avait tressailli tout entière quand la flamme avait éclairé la noire liqueur. Elle étendit sa main vers moi et m'arracha le flacon en disant : « Non ! Non !... » Elle le regarda, lut la petite inscription sur l'étiquette rouge, et elle trembla. Son visage s'altéra davantage encore. Une ride se creusa entre ses sourcils. Ses lèvres palpitèrent. Ses yeux exprimèrent l'agonie d'une anxiété dernière, puis, d'un accent presque dur, saccadant ses mots comme s'ils lui étaient arrachés par une puissance à la fois torturante et irrésistible.

— « Moi aussi », dit-elle, « j'ai trop souffert, j'ai trop souffert, j'ai trop lutté... Non », continua-t-elle en s'avançant vers moi et me prenant le bras, « pas seul, pas seul... Nous mourrons ensemble. Après ce que j'ai fait, il n'y a plus que cela... » Elle fit le geste de porter la fiole à ses lèvres. Je la lui enlevai, et elle, avec un sourire presque fou : « Mourir, oui, mourir là, près de

vous, avec vous... » Et elle s'approchait encore, posant
sa tête sur mon épaule, si bien que je sentais contre
le bas de ma joue la soie fine de ses cheveux. « Ainsi...

Ah ! il y a si longtemps que je vous aime, si longtemps...
Je peux bien vous le dire maintenant, puisque je paye
ce droit de ma vie... Vous voulez bien me prendre avec
vous, nous en aller ensemble tous deux, tous deux?... »
— « Oui », lui répondais-je, « ensemble... Nous mourrons ensemble. Je vous le jure. Mais pas tout de suite...
Ah ! laissez-moi le temps de sentir que vous m'aimez... »
Nos lèvres s'étaient unies de nouveau, mais cette fois
elle me rendait mes baisers. Je la serrai contre moi. Je

la sentis qui défaillait sous cette étreinte. Je l'entraînai
jusqu'à mon lit, ainsi enlacée à moi, et elle s'abandonna
tout entière. Ah! ce furent de ces baisers où l'extase de
l'âme, en débordant sur tout le corps, donne à la fièvre
des sens l'ardeur d'un élan spirituel, où le passé, le
présent, l'avenir, s'abolissent pour ne plus laisser de
place à rien qu'à l'amour, à la douloureuse, à l'enivrante
folie de l'amour. Cette frêle vierge, cette vivante statuette de Tanagra était à moi dans son innocence. Elle
m'appartenait sans se défendre, avec une passivité d'hyp-
notisée, et il me semblait que cette heure en effet n'était
pas vraie, tant elle dépassait les forces de mon espérance,
presque celles de mon désir. Dans le jour adouci que
jetaient la flamme de la lampe et celle du feu à demi
éteint, la délicatesse de ses traits amaigris, sa pâleur
consumée, ses cheveux maintenant épars, la faisaient
ressembler à une apparition, même dans ce don physique
de sa personne qu'elle me livrait comme une sacrifiée.
C'est avec une voix de fantôme qu'elle me parlait, me
racontant la longue histoire de ses sentiments. Elle
disait comme elle s'était prise presque au premier regard
et sans même s'en douter; puis comme elle avait souffert
de mes tristesses et de ma confidence; puis comme elle
avait rêvé d'être mon amie, une amie qui me consolerait
doucement; puis la lumière affreuse que ma déclaration
dans la forêt avait soudain jetée sur son cœur, et qu'elle
s'était juré de mettre un abîme entre nous. Elle me
racontait ses luttes quand elle recevait mes lettres, et ses
vaines résolutions de ne pas les lire, et ses fiançailles
désespérées, afin que tout fût irrémédiable, et son retour,
et le reste. Elle trouvait, pour me révéler le secret roman

de sa tendresse, de ces phrases pudiques et passionnées qui tombent du bord mystérieux de l'âme comme les larmes tombent du bord des yeux. Elle disait : « Je le pourrais que je ne voudrais rien effacer de ces douleurs, tellement j'ai besoin de sentir que j'ai vécu par vous... » Elle disait : « Vous me laisserez mourir la première, pour que je ne vous voie pas souffrir... » Et elle m'enveloppait de ses cheveux, et c'était, sur ce visage que j'avais connu si maître de lui, une extase de martyre, une joie comme surnaturelle avec un fonds de douleur, une exaltation mêlée de remords. Quand elle se taisait, serrée à moi, absorbée en moi, nos bouches unies, nos bras liés, nous pouvions entendre le vent qui tournait, tournait, mélancolique, autour des fenêtres closes, et ce château endormi avec son silence paisible, c'était déjà la tombe, cette tombe vers laquelle nous roulions, roulions, entraînés hors de la vie par l'ardeur d'amour qui nous avait ainsi jetés sur le cœur l'un de l'autre.

« C'est ici, mon cher maître, que se place l'épisode le plus singulier de cette aventure, celui que les hommes appelleraient le plus honteux; mais de vous à moi ces mots-là n'ont pas de sens et j'aurai le courage de tout vous raconter de cette heure. J'avais été sincère, je vous l'ai dit, et sincère sans l'ombre de calcul, dans cette résolution de suicide qui m'avait fait acheter la fiole de noix vomique, puis écrire à Charlotte. Lorsqu'elle était venue, qu'elle était tombée dans mes bras, qu'elle s'était écriée : « Mourons ensemble! » j'avais répondu : « Mourons ensemble », avec la plus entière bonne foi. Il m'avait paru si simple, si naturel, si facile de nous en aller ainsi tous les deux! Vous qui avez décrit en des pages si fortes

la vapeur d'illusions soulevée en nous par le désir physique, ce vertige du sexe dont nous sommes pris comme
d'un vin, vous ne me jugerez pas monstrueux d'avoir
senti cette vapeur se dissiper avec le désir, cette ivresse
s'en aller avec la possession. Au milieu de cette nuit
de folie, une heure arriva où, lassés de caresses, — moi,
alangui de volupté; — elle, épuisée d'émotions, nous
nous laissâmes aller à nous reposer l'un près de l'autre.
Nous nous taisions. Charlotte avait posé sa tête sur ma
poitrine. Elle fermait ses yeux, brisée par l'excès des
sensations subies. Je me souviens. Je la regardais et je
me sentais, sans savoir comment, retomber de mon âme
exaltée et frénétique d'avant le bonheur, à cette âme
réfléchie, philosophique et lucide qui avait été la mienne
autrefois et que le sortilège du désir avait métamor-
phosée. Je regardais Charlotte, et cette idée s'emparait
de moi, que dans quelques heures ce corps adorable,
animé en ce moment de toutes les ardeurs de la vie,
serait immobile, glacé, mort, — morte cette bouche fine
qui frémissait encore de mon baiser, morts ces beaux
yeux abrités sous leurs tremblantes paupières pour
mieux retenir leur rêve, morte cette chair à qui je venais
de révéler l'amour, morte cette âme à moi, pleine de
moi, ivre de moi! Je répétai mentalement à plusieurs
reprises cette syllabe : « Morte, morte, morte... » et ce
qu'elle représente de subit écroulement dans la nuit,
d'irréparable chute dans le noir, le froid, le vide, me
serra soudain le cœur. Cette entrée dans le gouffre sans
fond du néant, qui me semblait, non pas seulement
aisée, mais passionnément désirable, quand la fureur
de l'amour malheureux me dominait, — tout d'un coup,

et cette fureur une fois apaisée, m'apparut comme la plus redoutable des actions, la plus folle, la plus impossible à exécuter ainsi... Charlotte continuait de fermer ses yeux, ses cheveux toujours défaits. Qu'elle était jeune, fragile, enfantine presque, dans son attitude, combien à ma merci! L'amincissement de sa pauvre figure, rendu plus visible par la clarté adoucie de la lampe, me disait trop ce qu'elle avait senti depuis des jours. Et j'allais la tuer, ou du moins l'aider à se tuer? Nous allions nous tuer?... Un frisson me secoua tout entier à cette pensée, et j'eus peur... Pour elle? Pour moi? Pour tous les deux? Je ne sais pas. J'eus peur, une peur paralysante et qui glaça mon être le plus secret, cette âme de mon âme, cet indéfinissable centre de notre énergie. Subitement, par une volte-face d'idées pareille à celle des mourants qui jettent un dernier regard sur leur existence, et aperçoivent, dans le mirage d'un infini regret, les joies connues ou convoitées, la vision s'évoqua de cette vie toute en pensée que j'avais tour à tour tant désirée et tant reniée. Je vous vis dans votre cellule, mon cher maître, en train de méditer, et l'univers de l'intelligence développa de nouveau devant moi la splendeur de ses horizons. Mes travaux personnels, si négligés depuis quelque temps, ce cerveau dont j'avais été si fier, ce Moi cultivé si complaisamment, j'allais sacrifier tous ces trésors... « A la parole donnée... » eussé-je dû répondre. « A un caprice d'exaltation... » répondis-je. A la rigueur, ce suicide avait une signification tout à l'heure, quand d'être à jamais séparé de Charlotte me bouleversait de désespoir. Mais maintenant? Nous nous aimions, nous étions l'un à l'autre. Qui nous empêchait, libres et jeunes tous deux, de fuir ensemble, si, au lendemain de cette nuit d'ivresse, nous ne pouvions supporter l'absence? Cette hypothèse d'un enlèvement fit surgir dans ma mémoire l'image du comte André. Pourquoi ne pas noter cela aussi? Un chatouillement enivrant d'amour-propre me courut sur tout le cœur à ce souvenir. Je regardai Charlotte de nouveau, et je me sentis, cette fois, rempli du plus farouche orgueil. La rivalité instituée autrefois par ma secrète envie entre son frère et moi se réveilla dans un sursaut de triomphe. Il y a un proverbe célèbre qui dit que tout animal est triste après la volupté : *Omne animal...* Ce n'est pas cette tristesse que j'éprouvai alors, mais un desséchement absolu de ma tendresse, un retour rapide — rapide comme l'action d'un précipité chimique — à un état d'âme antérieur. Je ne crois pas que ce déplacement de sensibilité ait demandé plus d'une demi-heure. Je continuais de regarder Charlotte en m'abandonnant à ces passages d'idées, avec le délice d'une liberté reconquise. La plénitude de la vie volontaire et réfléchie affluait en moi maintenant, comme l'eau d'une rivière dont on a levé l'écluse. La maladive nostalgie de sa présence avait, durant notre séparation, dressé une barrière contre laquelle s'était endigué le flot de mes sentiments anciens. Cette barrière supprimée, je redevenais moi et tout entier. Elle, cependant, s'était assoupie peu à peu. J'entendais son souffle égal et léger, puis brusquement un grand soupir, et elle s'éveilla :

— « Ah ! » me dit-elle en me serrant contre elle d'une façon presque convulsive, « vous êtes là, vous êtes là. J'avais perdu connaissance... J'ai rêvé... Ah ! quel rêve !...

J'ai vu mon frère qui marchait sur vous... Dieu! l'horrible rêve!... »

« Elle me donna de nouveau un baiser, et, comme sa bouche était près de ma bouche, l'heure sonna. Elle écouta le tintement de la pendule, et compta jusqu'à quatre.

— « Quatre heures », dit-elle, « il est temps... Adieu, mon amour, encore adieu... »

« Elle m'embrassa de nouveau. Sa physionomie était redevenue calme dans son exaltation, presque souriante.

— « Donne-moi le poison », dit-elle d'une voix ferme en me tutoyant pour la première fois.

« Je restai immobile sans lui répondre.

— « Tu as peur pour moi », reprit-elle; « va, je saurai mourir... Donne... »

« Je me levai du lit, toujours sans répondre. Elle s'était mise sur son séant et joignait ses mains sans me regarder. Priait-elle? Était-ce le dernier effort de cette âme pour arracher d'elle cet amour de la vie qui pousse de si profondes racines dans un être de vingt ans? Je vous donnerai la mesure de mon sang-froid quand je vous aurai marqué ce détail puéril, mais bien significatif : je réparai en hâte le désordre de ma toilette en prévision d'éviter le ridicule dans la scène que je savais imminente. Car ma résolution d'empêcher ce double suicide était maintenant absolue. J'eus le sang-froid encore de saisir la fiole brune sur la table et de la porter dans une armoire à la clef de laquelle je donnai un tour. Ces préparatifs, auxquels elle ne prenait pas garde, semblèrent sans doute longs à Charlotte, car elle insista en se tournant vers moi :

— « Je suis prête », dit-elle.

« Elle vit mes mains vides. L'expression extatique de son visage se changea en une angoisse extrême, et sa voix devint âpre pour répéter :

— « Le poison. Donnez-moi le poison... » Puis, comme répondant à une pensée qui se présentait tout d'un coup à son esprit, elle ajouta fébrilement : « Non, ce n'est pas possible!... »

— « Non! » m'écriai-je en me jetant à genoux devant le lit et saisissant ses mains. « Non, tu dis vrai, ce n'est pas possible... Je ne peux pas te laisser mourir devant moi, pour moi, t'assassiner... Je t'en supplie, Charlotte, ne me demande pas de réaliser ce funeste projet... Quand je l'ai acheté, ce poison, j'étais fou, je croyais que tu ne m'aimais pas... Je voulais me tuer. Ah! sincèrement!... Mais aujourd'hui que tu m'aimes, que je le sais, que tu t'es donnée à moi, non, je ne peux pas, je ne veux pas... Vivons, mon amour, vivons, consens à vivre... Nous partirons ensemble, si tu veux. Nous avons le droit de nous épouser. Nous sommes libres... Et si tu ne veux pas, si tu te repens de ces heures d'abandon, hé bien! je souffrirai le martyre; mais, je te le jure, ce sera comme si ce n'avait jamais été, rien de moi ne gênera ta vie... Mais t'aider à mourir, te tuer, toi... Non, non, non, ne me le demande plus... »

« Combien de temps lui parlai-je ainsi et que lui dis-je encore? Je ne sais plus. J'épiais sur son visage une émotion douce, une faiblesse de femme, un de ces « oui » du regard qui démentent le « non » que prononce la bouche. Elle se taisait, les yeux fixés sur moi, et brillant cette fois d'un feu tragique. Elle avait retiré ses mains des miennes, croisé ses bras sur sa poitrine, et, tout enveloppée de ses cheveux, comme éloignée de moi par une horreur invincible, elle dit, lorsque je m'arrêtai de la supplier :

— « Ainsi, vous ne voulez pas tenir votre parole?... »

— « Non », balbutiai-je, « je ne peux pas... Je ne peux pas... Je ne savais pas ce que je disais... »

— « Ah! » dit-elle avec un cruel dédain sur ses belles lèvres qui tremblaient, « mais dites-moi donc que vous avez peur!... Donnez-moi le poison. Je vous la rends pour vous, cette parole... Je mourrai seule... Mais m'avoir attirée dans ce piège ainsi... Ah que c'est lâche! lâche! lâche!... »

« Pourquoi je n'ai pas bondi sous cet outrage, pourquoi je n'ai pas pris de moi-même la fiole de poison, pourquoi je ne l'ai pas mise sur mes lèvres devant elle, en lui disant : « Regardez si je suis un lâche... » je ne le comprends pas quand j'y songe, quand je me souviens de l'implacable mépris empreint alors sur ce visage. Il faut croire qu'en effet, à cette minute, j'avais peur, moi qui maintenant marcherais à l'échafaud sans trembler, moi qui ai le courage de me taire depuis trois mois en risquant ma tête. Mais c'est que maintenant une idée me soutient, une volonté, froidement, intellectuellement conçue, au lieu que, durant cette affreuse scène, c'était un désarroi de toutes les forces de mon âme, entre mes sensations suraiguës de ces mois derniers et celles de l'heure présente, et, m'asseyant sur le tapis où je venais de m'agenouiller, comme si je n'avais plus eu même l'énergie de me tenir debout, je remuai la tête, et je dis : « Non, non. » Cette fois, ce fut elle qui ne répondit pas.

Je la vis ramasser d'un geste ses beaux cheveux, qu'elle tordit en un nœud fait à la hâte, assurer ses pieds dans ses mules, s'envelopper de sa robe blanche. Elle chercha des yeux le flacon noir à étiquette rouge, et, ne le voyant pas sur la table, elle marcha vers la porte, puis, sans même retourner sa tête, elle disparut après m'avoir lancé de nouveau le mot terrible :

— « Lâche ! lâche !... »

« Je restai là, écroulé devant ce lit, dont le désordre me témoignait seul que je n'avais pas rêvé, — longtemps, longtemps. Soudain une inquiétude effrayante m'étreignit le cœur. Si Charlotte, une fois rentrée chez elle, exaspérée comme elle était, oui, si Charlotte avait attenté à ses jours ? En proie aux affres de cette nouvelle angoisse, j'osai aller à travers les corridors et l'escalier jusqu'à sa chambre, et là, collant mon oreille contre la porte, j'épiai un bruit, un gémissement, un signe qui me révélât quel drame se jouait derrière ce mince rempart de bois que j'aurais fait sauter de l'épaule si vite pour lui porter secours. Rien. Je n'entendis rien. Les premières rumeurs du château commençaient de monter des sous-sols. Les gens de service se réveillaient. Je dus rentrer chez moi et je m'habillai. Dès six heures j'étais dans le jardin, sous la fenêtre de la jeune fille, mon imagination en panique me l'avait montrée s'élançant par cette fenêtre et gisant à terre, les membres brisés. Je vis ses volets fermés, et, au bas, la plate-bande intacte avec sa ligne de rosiers où s'épanouissaient les dernières roses, frissonnantes et frileuses dans ce demi-jour glacé d'automne. Elle m'avait parlé, cette nuit, du charme qu'elle goûtait, dans ses heures de détresse et quand elle m'aimait sans

17

me le dire, à s'accouder le soir au-dessus de ce parterre
de roses et à respirer l'arome de ces douces fleurs, épars
dans la brise. J'en cueillis une au hasard, et sa senteur
me fit défaillir. Pour tromper une anxiété que chaque
minute rendait plus intense, je marchai droit devant
moi, dans la campagne noyée de vapeurs, par ce gris
matin de novembre. J'allai très loin, puisque je dépassai
dans cette course désordonnée le village de Saulzet-le-
Froid, et pourtant, dès huit heures, j'étais en bas, à
déjeuner, ou faire semblant, dans la salle à manger du
château. C'était le moment, je le savais, où la femme de
chambre entrait chez Mlle de Jussat. S'il était arrivé un
malheur, cette fille appellerait tout de suite. Avec quel
inexprimable soulagement je la vis qui, revenant de là-
haut, se dirigeait vers l'office et en sortait, tenant à la
main le plateau préparé pour le thé! Charlotte ne s'était
pas tuée. Une espérance me reprit alors. A la réflexion,
et une fois son premier mouvement de colère passé,
peut-être interpréterait-elle comme une preuve d'amour
mon refus de mourir et de la laisser mourir? J'allais
savoir cela aussi. Il suffisait de l'attendre dans la chambre
de son frère. Le petit malade touchait alors à la fin de
sa convalescence, et, quoique privé de promenades, il
déployait la gaieté d'un enfant en train de renaître à la
vie. Il m'accueillit ce matin-là par toutes sortes de gen-
tillesses, et sa gracieuse humeur redoubla mon espoir.
Elle allait servir à briser la glace entre la sœur et moi.
Les mains d'un jeune homme et d'une jeune fille se
joignent si vite quand elles s'effleurent autour d'une tête
innocente et bouclée. Mais quand Charlotte parut, toute
blanche dans sa robe claire qui plombait davantage sa

pâleur, prétextant une migraine pour se dérober aux
gamineries de Lucien, les yeux brûlés de fièvre entre
leurs paupières desséchées et presque fanées, je compris
que j'avais cru trop vite à une réconciliation possible.
Je la saluai. Elle trouva le moyen de ne pas même
répondre à mon salut. J'avais connu d'elle trois personnes
déjà : la créature tendre, délicate, compatissante, la
jeune fille effarouchée, l'amante passionnée jusqu'à l'extase. Je rencontrais maintenant sur ce noble visage le
plus froid, le plus impénétrable masque de mépris. Ah!
la vieille et banale formule : l'orgueil patricien, j'ai pu
m'en rendre compte à cette minute et que certains silences
vous exécutent comme le fer du bourreau. Cette impression fut si amère que je ne pus m'y résigner. Ce jour
même, je la guettai pour avoir un mot de sa bouche,
fût-ce un nouvel outrage, et, au moment où elle entrait
dans sa chambre, vers la fin de l'après-midi, pour s'ha-
biller avant le dîner, j'allai à elle dans l'escalier. Elle
m'écarta d'un geste si altier avec un si cruel : « Je ne
vous connais plus... » sur sa bouche frémissante, un
regard si indigné dans les yeux, que je restai sans trouver
une phrase à lui dire. Elle m'avait jugé et condamné.

« Oui, condamné. Cet arrêt aurait dû m'être d'autant
plus cruel à subir qu'il était plus mérité. Elle me
méprisait pour ma peur de la mort; et c'était vrai,
j'avais senti ce lâche frisson devant le trou noir, pendant que je la regardais reposer sur ma poitrine. J'avais
certes le droit de me dire que cette peur toute seule ne
m'aurait pas arrêté devant le suicide à deux, si la pitié
pour elle ne s'y s'était point jointe à mon ambition de
penseur. N'importe. Elle s'était donnée à moi sous une

condition. A cette condition tragique j'avais répondu
« oui » avant, et « non » après. Hé bien! Ce que vous
appelez, mon cher maître, l'orgueil du mâle est si fort,
et le fait d'avoir vraiment possédé une femme, d'avoir
eu d'elle et son corps et son âme, et ses sentiments,
et ses sensations, satisfait cet orgueil si complètement,
que l'atroce humiliation du mépris de Charlotte ne
m'atteignait pas comme autrefois son silence après la
première déclaration, sa fuite loin du château, ses
fiançailles. Elle me méprisait, mais elle avait été à moi.
Je l'avais tenue entre mes bras, ces bras-ci, et le premier. Oui, j'ai souffert cruellement entre cette nuit de
délire et mon départ définitif du château. Pourtant ce
ne fut pas le désespoir aride et vaincu de cet été, l'abdication totale dans la détresse. Je gardais au fond de
mon être, je ne peux pas dire un bonheur, mais un je
ne sais quoi d'assouvi qui me soutenait dans cette crise.
Quand Charlotte passait devant moi, sans plus me
regarder qu'un objet oublié là par quelque domestique,
je la contemplais qui montait l'escalier, qui suivait le corridor, et je me la représentais en souvenir, ses cheveux
défaits, ses pieds nus, sa bouche sur ma bouche, dans cet
abandon virginal de toute sa personne qu'elle ne pourrait
plus jamais, jamais, avoir pour aucun autre. Cela me
faisait un mal horrible que cette nuit d'amour eût été si
courte, si unique, et ne dût pas recommencer. Pour
une heure de cette félicité une fois goûtée, peut-être
aurais-je accepté à nouveau le pacte fatal, avec la froide
résolution de le tenir. Mais cette félicité n'en avait pas
moins été vraie, et cette certitude de ma mémoire suffisait à me sauver des affolements d'auparavant. Et puis

cet amour était-il réellement, irrémédiablement fini? En
agissant avec moi comme elle avait agi, Mlle de Jussat
m'avait prouvé une passion si profonde. Était-il possible qu'il n'en demeurât rien dans ce cœur romanesque? Aujourd'hui et à la lumière de la tragédie qui a
terminé cette lamentable aventure, je comprends que
précisément ce caractère romanesque empêchait tout
retour de ce cœur exalté. Elle n'avait pas une
minute admis l'idée qu'elle pût être ma femme, fon-
der avec moi une famille. Elle n'avait pu faire ce
qu'elle avait fait que par un accès de délire qui l'avait
enlevée à la vie, à sa vie. Elle avait aimé en moi un
mirage, un être absolument différent de moi-même, et
la vision subite de ma vraie nature ayant du coup
déplacé ce plan d'illusion, elle me haïssait de toute la
puissance de son ancien amour. Hélas! avec toutes mes
prétentions à la psychologie savante, je n'ai pas vu cette
évolution de cette âme, alors. Je n'ai pas soupçonné non
plus qu'elle chercherait à tout prix le moyen de me
connaître davantage et qu'elle irait, dans l'égarement
de ses dégoûts actuels, jusqu'à me traiter comme les
juges traitent les accusés; enfin qu'elle voudrait lire
mes papiers et ne reculerait pour cela devant aucun
scrupule. Je n'ai même pas su deviner qu'elle n'était
pas fille à survivre aux hontes que lui représentait ce
don d'elle-même accompli dans des circonstances
pareilles, et je n'ai pas pensé à supprimer cette fiole de
poison que je lui avais refusée. Je me croyais un grand
observateur parce que je réfléchissais beaucoup. Les
arguties de mes analyses m'en cachaient la fausseté. Il
ne fallait pas réfléchir à cette époque. Il fallait regarder.

17.

Au lieu de cela, trompé par ce raisonnement que je vous ai fait tout à l'heure, et persuadé que Charlotte m'aimait toujours malgré son mépris, j'essayai de rappeler cet amour par les moyens les plus simples, les plus ineffi- caces dans cet instant. Je lui écrivis. Je retrouvai ma lettre sur mon bureau, le jour même, non décachetée. J'allai jusqu'à sa porte la nuit et j'appelai. Cette porte était fermée à double tour et l'on ne me répondit pas. Je voulus l'aborder de nouveau. Elle m'écarta de la main avec plus d'autorité encore que la première fois, sans me regarder.

« Enfin, le crève-cœur de cette insulte continue fut plus fort que les ardeurs du désir qui recommençaient de s'allumer en moi. Le soir du jour où elle m'avait ainsi repoussé, je me rappelle que je pleurai beaucoup, puis je m'arrêtai à un parti définitif. Un peu de mon énergie ancienne m'était revenue, car ce parti fut ce qu'il devait être. J'ajoute, pour dire la vérité entière, que la pro- chaine arrivée de M. de Plane et du comte André était annoncée. Cette nouvelle eût achevé de me décider si j'avais encore hésité. Leur présence à tous deux, dans ce double et sinistre désastre de mon amour et de ma fierté, non, je ne voulais pas, je ne pouvais pas la sup- porter. Voici donc ce que je décidai. Le marquis m'avait prié de prolonger mon séjour jusqu'au 15 novem- bre. Nous allions être au 3. J'annonçai, au matin de ce fatal 3 novembre, que je venais de recevoir de ma mère une lettre un peu inquiétante, puis dans la journée je racontai qu'une mauvaise dépêche avait encore augmenté mes inquiétudes. Je demandai donc à M. de Jussat la permission de partir pour Clermont dès le lendemain

et à la première heure, ajoutant que, si je ne revenais
pas, l'on voulût bien me faire une caisse des objets
que je laissais et me les renvoyer. Je tins ce discours
devant Charlotte, assuré qu'elle le traduirait par sa vraie
signification : « Il s'en va pour ne plus revenir. » Je
comptais que la nouvelle de cette séparation définitive
la remuerait, et, voulant profiter aussitôt de cette émotion, j'eus l'audace de lui écrire un nouveau billet, ces
deux lignes seulement : « Sur le point de vous quitter à
« jamais, j'ai le droit de vous demander une dernière
« entrevue. Je viendrai chez vous à onze heures. » Il
fallait qu'elle ne pût pas me renvoyer ce billet sans le
lire. Je le posai donc tout ouvert sur sa table de nuit,
au risque de me perdre et de la perdre, si la femme de
chambre y jetait les yeux. Ah! comme mon cœur battait,
lorsque, à onze heures moins cinq minutes, je m'acheminai vers sa porte et que j'appuyai sur le loquet! Le
verrou n'était pas mis. Elle m'attendait. Je vis au premier regard que la lutte serait dure. Sa physionomie
disait trop clairement qu'elle ne m'avait pas laissé venir
pour me pardonner. Elle portait sa robe du soir en
étoffe sombre, et jamais l'éclair de ses yeux n'avait été
plus fixe, plus implacablement fixe et froid.

— « Monsieur », fit-elle dès que j'eus refermé la porte
et comme j'étais là immobile, « j'ignore ce que vous
avez l'intention de me dire, je l'ignore et je ne veux pas
le savoir... Ce n'est pas pour vous écouter que je vous
ai laissé entrer. Je vous le jure, — et je sais tenir ma
parole, moi, — si vous faites un pas en avant et si
vous essayez de me parler, j'appelle et je vous fais jeter
dehors comme un voleur...

« En prononçant ces mots, elle avait posé son doigt sur le bouton de la sonnette électrique placée au chevet de son lit. Son front, sa bouche, son geste, sa voix, traduisaient une telle résolution que je dus me taire. Elle continua :

— « Vous m'avez, monsieur, fait commettre trois actions indignes... La première a eu pour excuse que je ne vous ai pas cru capable d'une infamie comme celle que vous avez employée... D'ailleurs je saurai l'expier », ajouta-t-elle comme se parlant à elle-même. « La seconde? Je ne lui cherche pas d'excuse... » Et son visage s'empourpra d'un flot de honte. « Il m'a été trop insupportable de penser que vous aviez agi ainsi. J'ai voulu être sûre de ce que vous étiez. J'ai voulu vous connaître... Vous m'aviez dit que vous teniez votre journal... J'ai voulu le lire... Je l'ai lu... Je suis entré chez vous quand vous n'y étiez pas. J'ai fouillé vos papiers. J'ai forcé la serrure d'un cahier... Oui, moi, j'ai fait cela!... J'en ai été trop punie, puisque j'ai lu dans ces pages ce que j'y ai lu... La troisième... En vous la disant j'acquitte la dette que j'ai contractée avec vous pour la seconde. La troisième... » et elle hésita, « sous le coup de l'indignation qui m'a saisie, j'ai écrit à mon frère. Il sait tout. »

— « Ah! » m'écriai-je, « vous êtes perdue... »

— « Vous savez ce que j'ai juré », interrompit-elle, et, mettant de nouveau la main sur la sonnette : « Taisez-vous... Je ne peux plus me perdre », continua-t-elle, « et personne ne fera plus rien ni pour ni contre moi. Mon frère saura cela aussi, et ce que j'ai résolu. La lettre lui arrivera demain matin. Je devais vous prévenir,

puisque vous tenez à votre vie. Et maintenant, allez-
vous-en... »

— « Charlotte... » implorai-je.

— « Si dans une minute vous n'êtes pas sorti », dit-
elle en regardant la pendule, « j'appelle. »

§ VII. — *Conclusion.*

Et j'obéis! Le lendemain, dès six heures, je quittai le château, en proie aux plus sinistres pressentiments, essayant en vain de me persuader que cette scène ne serait pas suivie d'effet, que le comte André arriverait assez tôt pour la sauver d'une résolution désespérée, qu'elle-même, au dernier moment, elle hésiterait; qu'un incident inconnu surviendrait... que sais-je? Quant à fuir, à reculer devant la vengeance possible du frère, je n'y songeai pas une seconde. Cette fois, j'avais retrouvé du caractère parce qu'une idée était en moi, vivante et qui me soutenait, celle de ne plus me laisser humilier par personne. Oui, si j'avais eu, devant une fille affolée et dans la faiblesse de l'amour heureux, une heure de défaillance, je n'en aurais pas une autre devant la menace d'un homme. J'arrivai à Clermont, dévoré d'une anxiété qui ne fut pas de longue durée, puisque j'appris le suicide de Mlle de Jussat et que je fus arrêté, coup sur coup. Dès les premiers mots du juge d'instruction, j'ai reconstitué tous les détails de ce suicide : Charlotte a pris, dans la fiole de poison achetée par moi, ce qu'elle a cru devoir suffire à sa mort. Elle a fait cela le jour même où elle a lu mon journal. J'ai retrouvé en effet la serrure du cahier forcée. Je ne m'en étais seulement pas aperçu, tant j'avais l'âme ailleurs qu'à ces notes stériles. Elle eut soin, pour détourner mes soupçons,

de remplacer par de l'eau la quantité de noix vomique
ainsi dérobée. Elle a jeté le flacon qui lui avait servi par
la fenêtre, parce qu'elle n'a pas voulu que son père ou
sa mère apprissent son suicide autrement que par son
frère. Et moi qui savais toute la vérité sur cet horrible
drame, moi qui pouvais du moins donner mon journal
comme une présomption de mon innocence, je l'ai
détruit, ce journal, au sortir de mon premier interrogatoire; j'ai refusé de parler, de me défendre, — à cause
de ce frère. Je vous l'ai dit, j'avais vidé jusqu'au fond
la coupe de mes humiliations et je n'en voulais plus. Je
n'en veux plus. Cet homme que j'ai tant envié dès le
premier jour, cet homme qui me représente la morte maintenant et qui, sachant toute la vérité, lui aussi, doit me considérer comme le dernier des derniers, je ne veux pas
qu'il ait le droit de me mépriser entièrement, et il ne l'a pas.
Il ne l'a pas, parce que nous nous taisons tous deux. Mais
nous taire, — pour moi, c'est risquer ma tête afin de sauver
l'honneur de la morte, — et pour lui, c'est immoler un
innocent à cet honneur. De nous deux en ce moment, de
moi qui ne veux pas me défendre en m'abritant derrière
le cadavre de Charlotte, et de lui qui, ayant cette lettre
où elle lui annonce son suicide, la garde devers lui, pour
se venger de l'amant de sa sœur en le laissant condamner comme assassin, lequel est le brave? Lequel est le
gentilhomme? Toute la honte de ma faiblesse, dans
cette nuit où Charlotte s'est donnée à moi, — s'il y a eu
honte, — je l'efface en ne me défendant pas, et je trouve
une volupté d'orgueil, comme une revanche de ces
horribles derniers jours, à ne pas me tuer maintenant,
à ne pas demander à la mort l'oubli de tant de tortures.

Il faut que le comte André pousse son infamie jusqu'au bout. Si je suis condamné, lui me sachant innocent, lui en ayant la preuve, lui se taisant, hé bien! les Jussat-Randon n'auront rien à me reprocher, nous serons quittes.

« Pourtant je vous ai tout dit à vous, mon vénéré maître, je vous ai ouvert le fond et l'arrière-fond de mon être intime, et en con-fiant ce secret à votre hon- neur, je sais trop à qui je m'adresse pour même in- sister sur la promesse que j'ai pris le droit d'exiger de vous à la première feuille de ce cahier. Mais, voyez- vous, ce silence m'étouffe. J'étouffe de ce poids que j'ai là toujours, toujours, sur moi. Pour tout vous dire d'un mot, et appliqué à ma sensation il est légi- time, comme cette sensa- tion même, j'étouffe de remords. J'ai besoin d'être compris, consolé, aimé; qu'une voix me plaigne et me dise des paroles qui dissipent les fantômes. J'avais dressé en esprit, quand j'ai commencé ces pages, une liste des questions que je voulais vous poser à la fin. Je m'étais flatté que j'arriverais à vous raconter mon histoire comme vous exposez vos problèmes de psychologie dans vos livres que j'ai tant lus, et je ne trouve rien à vous dire que le mot du désespoir : *De profundis!* Écrivez-moi, mon cher maître, dirigez-moi. Renforcez-moi dans la doctrine qui fut, qui est encore la mienne, dans cette conviction de l'universelle nécessité qui veut que même nos actions les plus détestables, les plus funestes, même cette froide entreprise de séduction, même ma faiblesse devant le pacte de mort, se rattachent à l'ensemble des lois de cet immense univers. Dites-moi que je ne suis pas un monstre, qu'il n'y a pas de monstre, que vous serez là encore, si je sors de cette crise suprême, à me vouloir comme disciple, comme ami. Si vous étiez un médecin, et qu'un malade vînt vous montrer sa plaie, vous le panseriez par humanité. Vous êtes un médecin aussi, un grand médecin des âmes. La mienne est bien profondément blessée, bien saignante. Je vous en supplie, une parole qui la soulage, une parole, une seule, et vous serez à jamais béni de votre fidèle

ROBERT GRESLOU. »

V

TOURMENTS D'IDÉES

Un mois s'était écoulé depuis que la mère de Robert Greslou avait apporté dans l'ermitage de la rue Guy-de-la-Brosse cet étrange manuscrit qu'Adrien Sixte avait tant hésité à lire. Et le philosophe restait à ce point l'esclave, après ces quatre semaines, du trouble infligé par cette lecture, que même les humbles comparses de son entourage avaient dû s'en apercevoir. C'étaient maintenant de continuelles consultations entre Mlle Trapenard et les Carbonnet, dans la loge emplie d'une odeur de cuir, où la fidèle servante et les judicieux concierges discutaient à perte de vue la cause du bizarre changement survenu dans les manières du célèbre analyste. Cette admirable, cette automatique régularité des sorties et des rentrées qui, pendant quinze ans, avait fait de Sixte un chronomètre vivant pour ce paisible quartier du Jardin des Plantes, s'était transformée du coup en une anxiété fébrile et inexplicable. Le philosophe allait et venait, depuis cette visite de Mme Greslou, comme un homme agité, qui ne peut tenir en place, qui, sitôt en promenade, pense à rentrer, et, sitôt rentré, ne peut pas supporter sa chambre. Dans la rue, au lieu de cheminer de ce pas méthodique et qui révèle une machine nerveuse parfaitement équi-

librée, il se pressait, il s'arrêtait, il gesticulait, comme
disputant avec lui-même. Cet énervement se traduisait
par des signes plus étranges encore. Mlle Trapenard avait
raconté aux époux Carbonnet que son maître ne se
couchait plus à présent avant des deux ou trois heures
du matin :

— « Et ce n'est pas pour travailler », insistait la brave
fille, « car il marche... Il marche... La première fois,
j'ai cru qu'il était malade. Je me suis levée pour lui
demander s'il voulait quelque infusion... Lui toujours si
poli, si doux, qu'on ne se douterait pas que c'est un homme
instruit comme il est, il m'a renvoyée en vrai butor... »

— « Et moi qui l'ai vu l'autre jour », répondait la
mère Carbonnet, « comme je revenais d'une course,
installé au café!... Je n'en croyais pas mes yeux... Il
était là, derrière les vitres. qui lisait un journal... Si je
ne le connaissais pas, j'en aurais eu peur... Il aurait
fallu la voir, cette figure, et ce front plissé, et cette
bouche...

— « Au café?... » s'était écriée Mlle Trapenard.
« Depuis seize années tantôt que je suis chez lui, je ne
lui ai seulement pas vu ouvrir un journal une fois... »

« Cet homme-là », conclut le père Carbonnet, « il
a un chagrin qui lui *malichaude* les sangs... Et le
chagrin, voyez-vous, mademoiselle Mariette, c'est comme
qui dirait le tonneau d'*Adélaïde*, ça n'a pas de fond...
Pour un fait, c'est un fait que ça a commencé par l'histoire du juge et la visite de la dame en noir... Et
savez-vous ce que je pense? C'est peut-être *quéque* fils
qu'il a *quéque* part qui tourne mal...

— « Jésus Dieu! » exclamait Mariette, « lui un fils? »

— « Et pourquoi pas? » reprenait le concierge, clignant derrière ses lunettes un œil égrillard; « avec cela qu'il n'a pas pu *galipander* tout comme un autre en son jeune temps... C'est toi, canaille, qui voudrais bien t'en aller faire tes farces... » continuait-il en s'adressant à son coq, qui se promenait en poussant de petits cris parmi les rognures, happant les boutons au passage et secouant sa crête. A regarder ce « courasson de Ferdinand », comme il l'appelait encore, Carbonnet oubliait jusqu'à ses curiosités de pipelet parisien. Ferdinand lui sautait sur l'épaule et se tenait là, immobile, tandis que son maître reprenait son marteau et clouait une semelle assurée sur une forme, en murmurant sa même joyeuse exclamation :

— « C'est-y une bête? C'est-y une personne?... Non... Je vous le demande... »

Puis il communiquait à Mlle Trapenard épouvantée les bruits qui couraient sur le compte de ce pauvre M. Sixte dans les rez-de-chaussée de la rue Linné, depuis ce changement visible d'habitudes. Toutes les mauvaises langues s'accordaient pour attribuer à la citation chez le juge le trouble actuel du philosophe. La blanchisseuse prétendait tenir d'un « pays » de M. Sixte que sa fortune provenait d'un dépôt dont son père avait abusé et qu'il devait rendre. Le boucher racontait à qui voulait l'entendre que le savant était marié et que sa femme était venue lui faire une scène atroce et qu'elle lui intentait un procès. Le charbonnier avait insinué que le digne homme était le frère d'un assassin dont l'exécution sous le faux nom de Campi tourmentait à cette époque les cervelles populaires.

— « Je n'irai plus chez eux », gémissait Mlle Trapenard; « c'est-il Dieu possible d'imaginer de pareilles horreurs ? »

Et la pauvre fille quittait la loge, navrée. Cette grande créature, haute en couleur, forte comme un bœuf malgré ses cinquante-cinq ans, demeurée paysanne avec ses gros souliers, ses bas de laine bleue tricotés par elle-même et son bonnet collé sur son chignon serré, ressentait pour son maître une affection d'autant plus forte que les divers éléments de sa franche et simple nature y étaient à la fois engagés. Elle respectait en lui le Monsieur, le personnage éduqué, dont elle savait que les journaux parlaient souvent. Elle chérissait, dans le vieux garçon qui ne vérifiait jamais ses comptes et qui la laissait maîtresse au logis, une source assurée pour son bien-être et les rentes de ses vieux jours. Enfin, elle protégeait, elle, la solide, la robuste, cet être, faible de corps, presque chétif et si simplet, comme elle disait, qu'un enfant de dix ans l'aurait dupé... Aussi de pareils propos la froissaient-ils dans son orgueil, en même temps que la soudaine altération d'humeur du savant lui rendait leur commun intérieur presque inconfortable. Par véritable affection, elle s'inquiétait de ce que son maître ne mangeait presque plus et ne dormait guère. Elle le voyait triste, quinteux, malade, et elle n'arrivait pas à l'égayer, ni même à deviner le motif de cette mélancolie grandissante et de cette agitation. Que devint-elle lorsqu'un après-midi du mois de mars Sixte revint vers cinq heures, après avoir déjeuné au dehors, et qu'il lui dit :

— « La valise est-elle en bon état, Mariette ? »

— « Je ne sais pas, monsieur », répondit la servante.

18

« Monsieur ne s'en est pas servi depuis mon entrée dans la maison... »

— « Allez la chercher », dit le philosophe.

La fille obéit. Elle apporta d'une soupente qui servait de grenier et de bûcher tout ensemble une mallette en cuir poussiéreuse, aux serrures rouillées, et dont les clefs manquaient.

— « Très bien », reprit M. Sixte; « vous allez en acheter une à peu près pareille, tout de suite, et vous y mettrez ce qu'il faut pour voyager... »

— « Monsieur part? » interrogea Mᵉˡˡᵉ Trapenard.

— « Oui », dit le philosophe, « pour quelques jours... »

— « Mais monsieur n'a rien de ce qu'il faut », insista la vieille servante. « Monsieur ne peut pas s'en aller comme cela, sans couverture de voyage, sans... »

— « Procurez-vous ce qui est nécessaire », interrompit le philosophe, « et dépêchez-vous : je prends le train à neuf heures. »

— « Et il faudra que j'accompagne monsieur?... »

— « Non, c'est inutile », dit Sixte. « Allons, vous n'avez que le temps... »

— « Pourvu qu'il n'ait pas l'idée de se périr... » fit Carbonnet, quand Mariette, descendue à la loge, lui eut raconté ce nouvel événement, presque aussi extraordinaire dans ce petit coin du monde que si le philosophe eût annoncé son mariage.

— « Ah ! » dit la servante suivant sa pensée, « si seulement il voulait me prendre avec lui!... Je devrais payer de ma poche que j'irais... »

Ce cri, sublime dans la bouche d'une créature arrivée de Péaugres en Ardèche pour être domestique et qui poussait l'économie jusqu'à se tailler ses casaques d'appartement dans les vieilles redingotes du savant, prouvera mieux que toutes les analyses quelles inquiétudes inspirait à ces petites gens la métamorphose opérée dans cet homme qui traversait en effet une crise morale, pour lui terrible. Ne se sachant pas regardé, il en laissait voir l'extrême intensité dans ses moindres gestes aussi bien que dans les traits de son visage. Depuis la mort de sa mère, il n'avait pas connu d'heures aussi dures, et du moins la souffrance infligée alors par l'irréparable séparation était demeurée toute sentimentale; au lieu que la lecture du mémoire de Robert Greslou avait du coup atteint le philosophe dans le centre même de son être, au plus profond de cette vie intellectuelle, sa seule raison d'exister. Au moment où il donnait à Mariette l'ordre de préparer sa valise pour son départ, il était aussi pénétré d'épouvante que dans la nuit où il feuilletait ce cahier de confidences. Elle avait commencé, cette épouvante consternée, dès les premières pages de ce récit où une criminelle aberration d'âme était étudiée, comme étalée, avec un tel mélange d'orgueil et de honte, de cynisme et de candeur, d'infamie et de supériorité. A rencontrer la phrase où Robert Greslou se déclarait lié à lui par un lien aussi étroit qu'imbrisable, le grand psychologue avait tressailli, et il avait tressailli de même à chaque rappel nouveau de son nom dans cette sinistre analyse, à chaque citation d'un de ses ouvrages qui lui prouvait le droit de cet abominable jeune homme à se dire son élève. Une fascination faite d'horreur et de curiosité l'avait contraint d'aller d'un trait jusqu'au bout de ce fragment de biographie, dans lequel ses idées,

ses chères idées, sa Science, sa chère Science, apparaissaient unies à des actes honteux. Ah! si elles y avaient
été seulement unies! Mais non, ces idées, cette Science,
l'accusé de Riom les revendiquait comme l'excuse,
comme la cause de la plus monstrueuse, de la plus com-
plaisante dépravation! A mesure que Sixte avançait
dans le manuscrit, il lui semblait qu'un peu de sa personne intime se souillait, se corrompait, se gangrenait,
tant il y retrouvait des choses de lui-même, mais un
« lui-même » cousu, par quel mystère? aux sentiments
qu'il détestait le plus au monde. Car dans ce philosophe
illustre les saintes virginités de la conscience demeuraient intactes, et, derrière le hardi nihiliste d'esprit,
un noble cœur d'homme naïf se dissimulait toujours.
C'était là, dans cette conscience intacte, dans cette honnêteté irréprochable, que le maître du précepteur félon
se sentait soudain déchiré. Cette lamentable histoire
d'une séduction si bassement poussée, d'une trahison si
noire, d'un suicide si mélancolique, le mettait face à
face avec la plus affreuse vision : celle de sa pensée
agissante et corruptrice, lui qui avait vécu dans le plus
entier renoncement et avec un idéal quotidien de pureté.
L'aventure de Robert Greslou lui montrait dans ses
livres les complices d'un hideux orgueil et d'une abjecte
sensualité, lui qui n'avait jamais travaillé que pour servir la psychologie, en modeste ouvrier d'un travail qu'il
croyait bienfaisant, et dans l'ascétisme le plus sévère,
afin que jamais les ennemis de ses doctrines ne pussent
arguer de son exemple contre ses principes. Cette impression fut d'autant plus violente qu'elle fut subite. Un
médecin de grand cœur éprouverait une angoisse d'un

ordre analogue si, ayant établi la théorie d'un remède,
il apprenait qu'un de ses internes en a essayé l'application et que toute une salle d'hôpital est à l'agonie. Avoir
fait le mal le sachant et le voulant, c'est bien amer pour
un homme dont la conscience vaut mieux que ses actes.
Mais avoir dévoué trente années à une œuvre, avoir cru
cette œuvre utile, l'avoir poursuivie sincèrement, simplement, avoir repoussé comme injurieuses les accusations d'immoralité lancées par des adversaires passionnés,
s'être tendu à ne jamais douter de son esprit, et, tout d'un
coup, à la lumière d'une révélation foudroyante, tenir
une preuve indiscutable, une preuve réelle comme la vie
même, que cette œuvre a empoisonné une âme, qu'elle
portait en elle un principe de mort, qu'elle répand à
l'heure présente ce principe dans tous les coins du
monde, — la cruelle secousse à recevoir, et la cruelle
blessure, quand la secousse ne devrait durer qu'une
heure et la blessure se fermer aussitôt !

Tous les penseurs révolutionnaires ont connu de ces
heures d'angoisse. La plupart les traversent vite. Voici
pourquoi. Il est rare qu'un homme soit lancé dans la
bataille des idées sans vite devenir le comédien de ses
premières sincérités. On soutient son rôle. On a des
partisans, et surtout on arrive bientôt, par le frottement
avec la vie, à cette conception de l'à-peu-près qui vous
fait admettre comme inévitable un certain déchet de
votre Idéal. On se dit que l'on fait du mal ici, du bien
ailleurs, et, quelquefois, qu'au demeurant le monde et
les gens iront toujours de même. Chez Adrien Sixte, la
sincérité était trop ingénue pour qu'un pareil raisonnement fût possible. Il n'avait, lui, ni rôle à jouer ni

18.

fidèles à ménager. Il était seul. Sa philosophie et lui ne
formaient qu'un, et les compromis dont s'accompagne
toute grande renommée n'avaient rien entamé dans sa
belle âme farouche et fière de savant. Il faut ajouter
qu'il avait trouvé le moyen, grâce à sa parfaite bonne
foi, de traverser la société sans jamais la voir. Les passions qu'il avait dépeintes, les crimes qu'il avait étudiés,
lui apparaissaient comme ces personnages que désignent
les observations médicales : « A..., 35 ans..., telle profession..., célibataire... » Et l'exposition du cas se
développe, sans un détail qui donne au lecteur la sensation de l'individuel. Pour tout dire, jamais le théori-
cien rigoureux des passions, l'anatomiste minutieux de
la volonté, n'avait regardé bien en face une créature de
chair et d'os; en sorte que le mémoire de Robert Greslou ne se trouvait pas seulement parler à sa conscience
d'honnête homme. Il devait mordre et il mordait sur
l'imagination du philosophe à la manière dont la clarté
du soleil mord sur la pupille d'un malade opéré soudain
de la cataracte. Aussi, pendant les huit jours qui suivirent cette première lecture, ce fut comme une obsession
continuelle, et cette obsession augmenta la douleur
morale en la doublant d'une sorte de malaise physique.
Ce cerveau de manieur d'abstractions subissait l'étreinte
obsédante d'un cauchemar précis et concret. Le psychologue le voyait, son funeste disciple, tel qu'il l'avait vu
là, dans cette même chambre, posant les pieds sur ce
même tapis, appuyant son bras sur cette même table,
respirant, bougeant. Derrière les mots écrits sur le papier,
il entendait cette voix un peu sourde qui lui prononçait
la terrible phrase : « J'ai vécu avec votre pensée et de

votre pensée, si passionnément, si complètement... » Et
les mots de la confession, au lieu de rester de simples
caractères, écrits avec l'encre froide sur l'inerte papier,
s'animaient ainsi en paroles derrière lesquelles il sentait palpiter un être. « Ah! » songeait-il quand cette
image était trop forte, « pourquoi la mère m'a-t-elle
apporté ce cahier? » Il eût été si naturel que la malheureuse femme, en proie à sa folle anxiété de prouver
l'innocence de son fils, violàt ce dépôt! Mais non, Robert
l'avait sans doute trompée avec cette hypocrisie dont le
misérable se vantait, comme d'une conquête psychologique... Cela seul, cette hantise hallucinante du visage
du jeune homme, suffisait à bouleverser Adrien Sixte.
Quand cette mère lui avait crié : « Vous avez corrompu
mon fils... » — car elle le lui avait crié, — sa sérénité
de savant avait à peine été touchée. Pareillement il
n'avait opposé que le mépris aux accusations du vieux
Jussat, répétées par le juge, et à la phrase de ce dernier
sur sa responsabilité morale. Comme il était sorti tranquille, intéressé même et presque allègre, du Palais de
Justice! Maintenant cette force de mépris, il ne la retrouvait plus en lui; cette sérénité, elle était vaincue, et lui,
le négateur de toute liberté; lui, le fataliste qui décom-
posait la vertu et le vice avec la brutalité d'un chimiste
étudiant un gaz; lui, le prophète hardi de l'universel
mécanisme, et qui jusqu'alors avait toujours connu
l'harmonie parfaite de son cœur et de son esprit, il souffrait d'une souffrance en contradiction avec toutes ses
doctrines : — il était comme son disciple, il avait des
remords, il se sentait responsable!

Ce fut seulement après ces huit jours d'un premier

saisissement, une fois le mémoire lu et relu à pouvoir
en réciter toutes les phrases, que ce conflit du cœur et
de l'esprit devint lucide chez Adrien Sixte, et que le
philosophe tenta de réagir. Il se promenait au Jardin
des Plantes, par un après-midi de cette fin de février,
tiède comme un printemps. Il s'assit sur un banc, dans
son allée favorite, celle qui longe la rue Buffon, et au
pied d'un acacia de Virginie, étayé de béquilles de fer,
garni de plâtras comme un mur, avec des branches nouées
comme les doigts d'un géant goutteux. L'auteur de la
Psychologie de Dieu aimait ce vieux tronc desséché
de toute sève, à cause de la date inscrite sur la pancarte
et qui constituait l'état civil du pauvre arbre... « Planté
en 1632... » 1632, l'année de la naissance de Spinoza ! Le
soleil de deux heures était ce jour-là très doux, et cette
impression détendit les nerfs du promeneur. Il regarda
autour de lui distraitement, et se plut à suivre le manège
de deux enfants qui jouaient auprès de leur mère. Ils
ramassaient du sable avec des pelles de bois pour en
construire une maison imaginaire. A un moment, l'un
d'eux se releva dans un geste de brusquerie et cogna de
la tête contre le banc qui se trouvait derrière lui. Il
devait s'être fait beaucoup de mal, car son petit visage
se contracta dans une grimace de douleur. Il eut, avant
de fondre en larmes, ces quelques secondes de silence
suffoqué qui précèdent les sanglots des enfants. Puis,
dans un accès de rage furieuse, il se retourna contre le
banc, dont il frappa le bois avec son poing fermé, furieu-
sement.

— « Es-tu bête, mon pauvre mignon ! » lui dit sa mère
en le secouant et lui essuyant les yeux : « Allons,

mouche-toi », et elle le moucha : « Quand tu te seras
mis en colère contre un morceau de bois, ça t'avancera
bien... »

Cette scène avait diverti le savant. Lorsqu'il se leva
pour continuer sa promenade sous ce bon soleil, il y
pensa longuement : « Je ressemble à ce petit garçon »,
se disait-il. « Dans sa naïveté d'enfant, il anime un
objet inanimé, il le rend responsable... Et moi, que
fais-je d'autre, depuis plus d'une semaine?... » Pour la
première fois depuis la lecture du mémoire, il osa formuler sa pensée avec la netteté qui faisait la marque
propre de son esprit et de tous ses travaux : « Moi aussi,
je me suis cru responsable pour une part dans cette
affreuse aventure... Responsable?... Ce mot n'a pas de
sens... » Tout en s'acheminant vers la porte du jardin,
puis vers l'île Saint-Louis et vers Notre-Dame, il reprenait le détail des raisonnements dirigés contre cette
notion de responsabilité dans l'*Anatomie de la volonté*,
surtout sa critique de l'idée de cause. Il avait toujours
tenu particulièrement à ce morceau. « Voilà qui est
évident », conclut-il ; et puis, après s'être ainsi enfoncé
la certitude une fois de plus dans son intelligence, il se
contraignit de penser à Greslou, à celui de maintenant,
prisonnier dans la cellule n° 5, au fond de la maison
d'arrêt de Riom, et au Greslou d'autrefois, au jeune
étudiant de Clermont penché sur les pages de la *Théorie
des passions* et de la *Psychologie de Dieu*. Il éprouva
de nouveau une sensation insupportable que ses livres
eussent été maniés, médités, aimés par cet enfant. « Que
nous sommes doubles! » songea-t-il, « et pourquoi cette
impuissance à vaincre des illusions que nous savons

mensongères?... » Tout d'un coup, une phrase du mémoire de Greslou lui revint à la tête : « J'ai des remords, quand les doctrines auxquelles je crois, les vérités que je sais, les convictions qui forment l'essence même de mon intelligence me font considérer le remords comme la plus niaise des illusions humaines... » L'identité entre son état moral actuel et l'état moral de son élève lui apparut comme si haïssable qu'il essaya de s'en débarrasser par un nouveau raisonnement. « Hé bien ! » se dit-il, « imitons les géomètres, admettons comme vrai ce que nous savons être faux... Procédons par l'absurde. Oui, l'homme est une cause, et une cause libre. Donc il est responsable... Soit. Mais quand, où, comment ai-je mal agi? Pourquoi ai-je des remords à propos de ce scélérat? Quelle est ma faute?... » Il rentra, décidé à passer en revue toute sa vie. Il s'aperçut tout petit enfant et qui travaillait à ses devoirs avec une minutie de conscience digne de son père l'horloger. Plus tard, quand il avait commencé de penser, qu'avait-il aimé, qu'avait-il voulu? La vérité. Quand il avait pris la plume, pourquoi avait-il écrit, pour servir quelle cause, sinon la vérité? A la vérité, il avait tout sacrifié : fortune, place, famille, santé, amours, amitiés. Et qu'enseignait même le Christianisme, la doctrine la plus pénétrée des idées contraires aux siennes? « Paix sur la terre aux hommes de bon vouloir », c'est-à-dire à ceux qui ont cherché la vérité. Pas un jour, pas une heure, dans ce passé qu'il scrutait avec la force du plus subtil génie mis au service d'une intransigeante conscience, il n'avait manqué au programme idéal de sa jeunesse, formulé autrefois dans cette noble et modeste devise : « Dire toute sa pensée,

ne dire que sa pensée. » — « C'est le devoir, cela, pour
ceux qui croient au devoir », se dit-il, « et je l'ai rempli... » Cette nuit-là, et au sortir de cette méditation
courageuse sur sa destinée de travailleur intègre, ce
grand honnête homme put s'endormir enfin, et d'un
sommeil que le souvenir de Robert Greslou ne troubla
pas.

En se réveillant, au lendemain de cette sorte de confession générale faite à lui-même et pour lui-même,
Adrien Sixte se retrouva calme encore. Il était trop
habitué à se regarder penser pour ne pas chercher une
cause à cette volte-face de ses impressions, et d'une
bonne foi trop entière pour ne pas reconnaître cette
cause. Il devait cette accalmie momentanée de ses
remords au simple fait d'avoir admis comme vraies,
pendant quelques heures, des idées sur la vie morale
qu'il condamnait par sa raison. « Il y a donc des idées
bienfaisantes et des idées malfaisantes », conclut-il.
« Mais quoi? La malfaisance d'une idée prouve-t-elle sa
fausseté? Supposons que l'on puisse cacher au marquis
de Jussat la mort de Charlotte, il s'apaiserait dans l'idée
que sa fille est vivante. Cette idée lui serait salutaire. En
serait-elle vraie pour cela?... Et inversement... » Adrien
Sixte avait toujours considéré comme un sophisme,
comme une lâcheté, l'argumentation dirigée par certains
philosophes spiritualistes contre les funestes conséquences des doctrines nouvelles, et, généralisant le problème, il se dit encore : « Tant vaut l'âme, tant vaut la
doctrine. La preuve en est que ce Robert Greslou a
transformé les pratiques religieuses en un instrument
de sa propre perversité... » Il reprit le mémoire pour y

rechercher les pages consacrées par l'accusé à ses sensations d'église; puis, cette lecture le fascinant de nouveau, il relut ce long morceau d'analyse, mais en
s'attachant cette fois à chacun des passages où son nom,
ses théories, ses ouvrages étaient mentionnés. Il appliquait toute sa vigueur d'esprit à se démontrer que
chacune des phrases citées par Greslou eût justifié des
actes absolument contraires à ceux que le morbide jeune
homme avait justifiés par elles. Cette reprise attentive
et minutieuse du fatal manuscrit eut pour effet de le
rejeter dans un nouvel accès de son trouble intime. Les
raisonnements n'y faisaient rien. Avec sa magnifique
sincérité, le philosophe le reconnaissait : le caractère
de Robert Greslou, déjà dangereux par nature, avait
rencontré, dans ses doctrines à lui, comme un terrain
où se développer dans le sens de ses pires instincts, et,
ce qui ajoutait à cette première évidence une autre, non
moins douloureuse, c'est qu'Adrien Sixte se trouvait
radicalement impuissant à répondre au suprême appel
jeté vers lui par son disciple, du fond de son cachot. De
tout ce mémoire, les dernières lignes remuaient dans le
philosophe la corde la plus profonde. Quoique le mot
de dette n'y fût pas prononcé, il sentait comme une
créance de ce malheureux sur lui. Greslou disait vrai :
un maître est uni à l'âme qu'il a dirigée, même s'il n'a
pas voulu cette direction, même si cette âme n'a pas
bien interprété l'enseignement, par une sorte de lien
mystérieux, mais qui ne permet pas de jeter à certaines
agonies morales le geste indifférent de Ponce-Pilate. Ce
fut là une seconde crise, plus cruelle que la première.
Quand il avait été saisi de cette affolante angoisse à

l'aspect des ravages produits par son œuvre, le savant
était surtout la victime d'une panique. Il pouvait se dire
et il s'était dit que le sursaut de la terrible révélation
agissait sur lui. A présent qu'il était de sang-froid, il
mesurait, avec une précision affreuse, l'impuissance de
sa psychologie, si savante fût-elle, à manier ce mécanisme étrange qui est une âme humaine. Que de fois,
pendant cette fin de février et dans les premiers jours
de mars, il commença pour Robert Greslou des lettres
qu'il se sentit incapable d'achever! Qu'avait-il à dire en
effet à ce misérable enfant? Qu'il faut accepter l'inévitable dans le monde intérieur comme dans le monde
extérieur, accepter son âme comme on accepte son
corps? Oui, c'était là le résumé de toute sa philosophie.
Mais cet inévitable, c'était ici la plus hideuse corruption
dans le passé et dans le présent. Conseiller à cet homme
de s'accepter lui-même, avec les affreuses scélératesses
d'une nature pareille, c'était se faire le complice de
cette scélératesse. Le blâmer? Au nom de quel principe l'eût-il fait, après avoir professé que la vertu et
le vice sont des additions, le bien et le mal, des étiquettes sociales sans valeur, enfin que tout est nécessaire dans chaque détail de notre être, comme dans
l'ensemble de l'univers? Quel conseil lui donner davantage pour l'avenir? Par quelles paroles empêcher que
ce cerveau de vingt-deux ans fût ravagé d'orgueil et de
sensualité, de curiosités malsaines et de dépravants
paradoxes? Démontrerait-on à une vipère, si elle comprenait un raisonnement, qu'elle ne doit pas sécréter
son venin? « Pourquoi suis-je une vipère?... » répon-
drait-elle. Cherchant à préciser sa pensée par d'autres

images empruntées à ses propres souvenirs, Adrien
Sixte comparait le mécanisme mental, démonté devant
lui par Robert Greslou, aux montres dont il regardait,
tout petit, aller et venir les rouages sur l'établi paternel. Un ressort marche, un mouvement suit, puis un
autre, un autre encore. Les aiguilles bougent. Qui enlè-
verait, qui toucherait seulement une pièce, arrêterait
toute la montre. Changer quoi que ce fût dans une âme,
ce serait arrêter la vie. Ah! si le mécanisme pouvait de
lui-même modifier ses rouages et leur marche? Si l'horloger reprenait la montre pour en refaire les pièces? Il
y a des créatures qui reviennent du mal au bien, qui
tombent et se relèvent, qui déchoient et se reconstituent
dans leur moralité. Oui, mais il y faut l'illusion du
repentir, qui suppose l'illusion de la liberté et celle d'un
juge, d'un père céleste. Pouvait-il, lui, Adrien Sixte,
écrire au jeune homme : « Repentez-vous », quand,
sous sa plume de négateur systématique, ce mot signifiait : « Cessez de croire à ce que je vous ai démontré
comme vrai? » Et pourtant c'est affreux de voir une
âme mourir, sans rien essayer pour elle. Arrivé à ce
point de sa méditation, le penseur se sentait acculé à
l'insoluble problème, à cet inexpliqué de la vie de l'âme,
aussi désespérant pour un psychologue que l'inexpliqué
de la vie du corps pour un physiologiste. L'auteur du
livre sur Dieu, et qui avait écrit cette phrase : « Il n'y a
pas de mystère, il n'y a que des ignorances... » se refusait à cette contemplation de l'au-delà qui, montrant
un abîme derrière toute réalité, amène la science à s'in-
cliner devant l'énigme, et à dire un « je ne sais pas, je ne
saurai jamais », qui permet à la religion d'intervenir.

Il sentait son incapacité à rien faire pour cette âme en détresse, et qu'elle avait besoin d'un secours qui fût, pour tout dire, surnaturel. Mais de prononcer seulement une pareille formule lui semblait, d'après ses idées, aussi fou que de mentionner la quadrature du cercle ou d'attribuer trois angles droits à un triangle.

Un événement bien simple acheva de rendre cette lutte intime plus tragique en imposant à ce philosophe une action immédiate. Une main anonyme lui envoya un journal qui contenait un article d'une violence extrême contre lui et contre son influence, à propos de Robert Greslou. Le chroniqueur, évidemment inspiré par quelque parent ou quelque ami des Jussat, flétrissait la philosophie moderne et ses doctrines, incarnées dans Adrien Sixte et plusieurs autres savants. Puis il réclamait un exemple. Dans un paragraphe final, improvisé à la moderne, avec ce réalisme d'images qui est la rhétorique d'aujourd'hui, comme le poétisme de la métaphore fut la rhétorique d'autrefois, il montrait l'assassin de Mlle de Jussat montant à l'échafaud, et toute une génération de jeunes décadents corrigés du pessimisme par cet exemple. En n'importe quelle autre circonstance, le grand philosophe aurait souri de cette déclamation. Il eût pensé que l'envoi venait de son ennemi Dumoulin, et repris ses travaux commencés, avec la tranquillité d'Archimède traçant ses figures de géométrie sur le sable pendant le sac de la ville. Mais à la lecture de cette chronique griffonnée sans doute sur un coin de table, chez quelque fille, par un moraliste du boulevard, il aperçut nettement un fait auquel il n'avait pas songé, tant la folie de l'abstraction égarait ce spéculatif hors du monde social : à savoir,

que ce drame moral se doublait d'un drame réel. Dans
quelques semaines, quelques jours peut-être, l'accusé,
de l'innocence duquel il possédait une preuve, allait être
jugé. Or, pour la justice des hommes, le séducteur de
Mlle de Jussat était innocent; et si ce mémoire ne constituait pas un témoignage décisif, il présentait un indiscutable caractère de véracité qui suffisait à sauver une tête.
Allait-il la laisser tomber, cette tête, lui, le confident des
misères, des hontes, des perfidies du jeune homme, mais
qui savait aussi que ce scélérat intellectuel n'était pas un
meurtrier? Sans doute il était lié par l'engagement tacite,
contracté en ouvrant le manuscrit. Cet engagement-là
était-il valable devant la mort? Il y avait, dans ce solitaire
assailli depuis un mois par la tourmente morale, un tel
besoin physique d'échapper au rongement inefficace et
stérile de sa pensée par une volonté positive, qu'il éprouva
comme une détente lorsqu'il se fut enfin fixé à un parti.
D'autres journaux, consultés anxieusement, lui apprirent
que l'affaire Greslou passait aux assises de Riom le vendredi 11 mars. Le 10, il donnait à Mariette cet ordre de
préparer sa valise qui avait tant surpris sa servante, et
le soir même il prenait le train après avoir jeté à la
poste une lettre adressée à M. le comte André de Jussat,
capitaine de dragons, en garnison à Lunéville. Cette
lettre, non signée, contenait simplement ces lignes :
« *Monsieur le comte de Jussat a en main une lettre*
de sa sœur qui contient la preuve de l'innocence de
Robert Greslou. Permettra-t-il que l'on condamne un
innocent? » Le psychologue nihiliste n'avait pas pu
écrire les mots *droit* et *devoir*. Mais sa résolution était
prise. Il attendrait que le procès fût fini pour parler, et

si M. de Jussat se taisait jusqu'au bout, si Greslou était condamné, il déposerait le mémoire entre les mains du président, sur l'heure même.

— « Il a pris son billet pour Riom », dit Mlle Trapenard au père Carbonnet en revenant de la gare, où elle avait accompagné son maître, presque malgré lui. « Cette idée de s'en aller là-bas, seul, par cette fin d'hiver, lui qui est si bien ici?... »

— Soyez tranquille, mademoiselle Mariette », lui répondait l'astucieux portier. « Nous saurons tout ça un jour... Mais rien ne m'ôtera de l'idée qu'il y a *quéque* fils illégitime là-dessous... » Et comme il était en train de faire une infusion de menthe que Mme Carbonnet lui préparait chaque soir, il dit encore : « Voyez, j'ai l'estomac si *déblatéré* qu'il me faut des *fortifications* à toutes les minutes. » Puis il dégusta une gorgée : « Passe donc, nanan, gourmand t'attend », pendant que le coq usait son bec à déchiqueter un morceau de sucre que son maître avait détaché pour lui donner. « Allons, Ferdinand », continuat-il, « vous ne suivriez pas vos coqueriaux comme M. Sixte, vous... Vous auriez trop à faire, grand débardé. »

VI

LE COMTE ANDRÉ

Au moment où arrivait à Lunéville le billet jeté à la poste par Adrien Sixte, celui à qui le philosophe adressait ce suprême appel, ce comte André, de qui dépendait en ce moment le sort de Robert Greslou, était lui-même à Riom. Le hasard voulut que ces deux hommes ne se rencontrassent pas, car le célèbre écrivain, en descendant du train, prit place à l'aventure dans l'omnibus de l'hôtel du Commerce tandis que le comte avait son appartement à l'hôtel rival, celui

de l'Univers. Là, dans un salon meublé de vieux meubles,
tendu d'un papier fané, avec des rideaux passés et un
tapis rapiécé, et par ce matin de ce vendredi 11 mars
1887, où s'ouvraient les débats de l'affaire Greslou, le
frère de la pauvre Charlotte se promenait de long en
large. Midi allait sonner à la pendule de cuivre doré, à
sujet mythologique, dont s'ornait cette pièce que chauffait à grand'peine un feu allumé dans une cheminée qui
fumait. Au dehors, c'était sur la ville une pesée d'un
ciel de neige, un de ces ciels d'Auvergne où passe par
instants le vent glacial des montagnes. L'ordonnance du
comte, un dragon à la physionomie joviale, avait mis
un peu d'ordre militaire dans ce salon loué de la veille,
et, après avoir remonté cette pendule, allumé ce feu, il
achevait de préparer deux couverts sur la table du milieu.
De temps à autre il regardait aller et venir son capitaine,
qui, tirant sa moustache d'une main nerveuse, mordant
sa lèvre, fronçant ses sourcils, portait sur son mâle
visage l'expression de l'anxiété la plus douloureuse.
Mais Joseph Pourat, c'était le nom de l'ordonnance,
s'expliquait trop bien dans sa simple cervelle que le
comte fût à peine maître de soi pendant qu'on jugeait
l'assassin de sa sœur. Pour lui, comme pour toutes les
personnes qui de près ou de loin touchaient aux Jussat-
Randon et qui avaient connu Charlotte, la culpabilité de
Robert Greslou ne faisait pas doute. Ce que le fidèle
soldat comprenait moins, connaissant l'énergie de son
officier, c'est qu'il eût laissé le vieux marquis se rendre
seul à l'audience. « Cela me ferait trop mal... » avait
dit le comte, et Pourat, qui disposait les assiettes et les
fourchettes, après les avoir essuyées au préalable, par

une juste défiance pour la propreté du service de l'hôtel, pensait devant la visible angoisse de son maître : « C'est un bon cœur tout de même, quoiqu'il soit brusque... Comme il l'aimait!... »

André de Jussat, lui, ne semblait même pas se douter qu'il y eût quelqu'un dans la chambre. Ses yeux bruns rapprochés du nez, qui avaient autrefois étonné, presque gêné Robert Greslou, par leur ressemblance avec ceux d'un oiseau de proie, ne lançaient plus ce regard fier qui va droit sur l'objet, si l'on peut dire et qui s'en empare. Non, il y avait dans ces prunelles une espèce d'inexplicable reploiement de l'être, presque une honte, comme une peur de montrer la souffrance intime. Enfin c'étaient les yeux d'un homme que l'idée fixe obsède et que l'aiguillon d'une peine intolérable touche sans cesse à la fibre la plus sensible de son âme. Cette peine datait du jour où il avait reçu la terrible lettre par laquelle sa sœur lui révélait son projet de suicide. Une dépêche lui était arrivée presque en même temps, annonçant la mort de Charlotte, et il avait pris le train pour l'Auvergne, précipitamment, sans savoir de quelle manière il apprendrait à son père l'affreuse vérité, mais décidé à tirer de Greslou une juste vengeance. Et le marquis l'avait accueilli par ces mots :

— « Tu as reçu ma seconde dépêche?... Nous le tenons, l'assassin... »

Le comte n'avait rien dit, comprenant que c'était entre son père et lui un malentendu. Le marquis avait précisé, en racontant les soupçons qui pesaient sur le précepteur, et que ce garçon allait être arrêté comme meurtrier. Tout de suite cette idée s'était imposée au frère

affolé de douleur : la destinée lui offrait cette vengeance,
objet unique de sa pensée depuis qu'il avait lu — avec
quel serrement de cœur! — la confession de la morte
et le détail de sa misère, de ses égarements, de ses résis-
tances, de son réveil atroce, de sa funeste résolution. Il
n'avait qu'à ne pas montrer la lettre qu'il tenait là, dans
son portefeuille, et le lâche séducteur de la jeune fille
était accusé, emprisonné, condamné sans doute. L'honneur du nom de Charlotte était sauvé, car Robert Greslou ne pouvait pas démontrer la nature de ses relations
avec la jeune fille. Le marquis et la marquise, ce père et
cette mère si confiants, si pénétrés de l'amour le plus
vrai envers le souvenir de la pauvre enfant, ignoreraient
du moins la faute de cette enfant, qui devait leur être
un désespoir nouveau par-dessus l'autre... Et le comte
André s'était tu.

Il s'était tu, — non sans un effort violent sur lui-
même. Cet homme courageux, qui possédait, par nature
et par volonté, les vraies vertus d'un vrai soldat, détestait la perfidie, les compromis de conscience, tous les
biais, toutes les lâchetés. Il avait senti que son devoir
était de parler, de ne pas laisser accuser un innocent. Il
avait eu beau se dire que ce Greslou était l'assassin
moral de Charlotte, et que cet assassinat méritait un
châtiment comme l'autre ; ce sophisme de sa haine n'avait
pas dominé l'autre voix, celle qui nous défend de nous
faire les complices d'une iniquité, et la condamnation de
Greslou comme empoisonneur était inique. Une circonstance inattendue et pour lui presque monstrueuse avait
achevé de bouleverser André de Jussat : le silence de
l'accusé. Si Greslou avait parlé, racontant ses amours,

défendant sa tête au prix de l'honneur de sa victime, le
comte n'aurait pas eu pour lui assez de mépris. Mais
non. Par un contraste de caractère qui devait paraître
plus inexplicable encore à un esprit simple, ce brigand
déployait soudain une générosité de gentilhomme à ne
pas prononcer un mot dont fût souillée la mémoire de
celle qu'il avait attirée dans un si détestable guet-apens.
Ce coquin se retrouvait brave devant la justice, héroïque
à sa manière. En tout cas, il cessait d'être uniquement
digne de dégoût. André se disait bien que c'était là une
tactique de cour d'assises, un procédé pour obtenir un
acquittement par l'absence de preuves. Mais, d'autre
part, il savait, par la lettre de sa sœur, l'existence du
journal où le détail de la séduction était consigné heure
par heure. Ce journal diminuait singulièrement les
chances d'une condamnation, et Greslou ne le produisait pas. L'officier n'aurait pas su expliquer pourquoi
cette dignité d'attitude chez son ennemi l'affolait d'une
colère qui lui donnait un frénétique désir de courir chez
le magistrat chargé d'instruire l'affaire, afin que la vérité
parût au jour, et que la morte ne dût rien, non, rien,
pas un atome de son honneur posthume au coquin qui
l'avait perdue. Quand il se représentait sa sœur, la
douce créature qu'il avait aimée, lui, d'une si virile et
noble affection, celle du frère aîné pour une enfant fragile et fine, possédée par ce manant, par ce précepteur
de hasard, cela lui faisait l'impression d'un outrage si
abject infligé à son sang qu'il en défaillait de fureur,
comme autrefois, quand il lui avait fallu, pendant la
guerre, assister à la capitulation de Metz et rendre ses
armes. Il éprouvait alors un soulagement à penser que

le banc d'infamie où s'assoient les faussaires, les escrocs,
les meurtriers, attendait cet homme, et ensuite l'échafaud ou le bagne... Et il étouffait la voix qui lui disait :
« Tu dois parler... » Mon Dieu! Quelle agonie pour lui
que ces trois mois durant lesquels il n'était pas demeuré
cinq minutes sans se débattre entre ces sentiments contradictoires! Au champ de manœuvre, — car il avait
repris son service, — à cheval et trottant à grandes
allures sur les chemins de Lorraine, dans sa chambre
et travaillant sous la lampe, cette question s'était posée
devant lui : « Qu'allait-il faire? » Il avait laissé passer
des semaines sans y répondre, mais l'instant était venu
où il fallait agir et se décider, puisque dans deux jours
— les débats devaient occuper quatre séances — Greslou serait jugé et sans doute condamné. Il y aurait bien
du temps encore après cette condamnation. Mais quoi!
le même débat intime serait à recommencer alors. Lui,
l'homme d'action et pour qui l'incertitude était un malaise intolérable, il en était, après trois mois, à n'avoir
pas pris parti, car en descendant au fond, bien au fond
de lui-même, il sentait que son silence actuel n'était
encore qu'une résolution momentanée. Il n'avait pas
accepté de se taire jusqu'à la fin. Il remettait de parler,
mais il ne s'était pas serré la main et donné sa parole
qu'il ne parlerait pas. C'était la raison pour laquelle il lui
avait été physiquement impossible d'accompagner son
père au Palais de Justice pendant cette première séance,
dont il allait avoir le compte rendu, — puisque midi son-
nait maintenant à la pendule, douze coups très grêles
aussitôt suivis d'un carillon dans le clocher d'une église
voisine. Le vieux Jussat ne pouvait tarder à revenir.

— « Mon capitaine, voilà M. le marquis », dit l'ordonnance, qui avait entendu le roulement d'une voiture,
puis son arrêt devant l'hôtel, après un regard jeté par la
fenêtre.

— « Hé bien, mon père? » demanda André anxieusement sitôt que le marquis fut entré.

— « Hé bien! nous avons le jury pour nous », répondit le nouvel arrivant. M. de Jussat n'était plus le maniaque brisé dont Greslou s'était moqué si amèrement
dans son mémoire. Il avait les yeux brillants, de la jeunesse dans la voix et dans les gestes. La passion de la
vengeance, au lieu de l'abattre, le soutenait. Il en oubliait
son hypocondrie. Sa parole se faisait vive, impérieuse
et nette. « On a tiré au sort ce matin... Sur les douze
jurés... J'ai pris leurs noms », et il consulta ses papiers,
« sur les douze jurés, il y a trois cultivateurs, deux
officiers retraités, un médecin d'Aygueperse, deux boutiquiers, deux propriétaires, un manufacturier, un professeur, tous des braves gens, des hommes de famille et
qui voudront un exemple... Le procureur général est
sûr d'une condamnation... Ah! le scélérat! que j'ai eu un
bon moment, le seul depuis ces trois mois, à le voir qui
arrivait entre deux gendarmes, et de sentir qu'il était
pris!... On ne s'échappe pas de ces poignes-là... Mais
quelle audace! Il a regardé dans la salle... J'étais au
premier banc... Il m'a vu... Le croirais-tu? Il n'a pas
détourné les yeux... Il m'a regardé fixement, comme
pour me braver... C'est sa tête qu'il nous faut, et nous
l'aurons. »

Le vieillard avait parlé avec un sauvage accent, et il
n'avait pas remarqué la douloureuse expression que son

discours avait éveillée sur le visage du comte. Ce dernier, à l'image de son ennemi ainsi vaincu par la force publique, saisi par les gendarmes, comme broyé dans le formidable engrenage de cette anonyme et invincible machine de la justice, avait frissonné d'un frisson de honte, — la honte d'un homme qui a chargé des *bravi* d'une besogne de mort. Ces gendarmes et ces magistrats, il les employait comme des *bravi* en effet, comme les ouvriers d'une action qu'il eût tant aimé à exécuter lui-même, de ses mains et sous sa responsabilité!... Décidément, oui, c'était lâche de n'avoir pas parlé. Et puis ce regard lancé par l'accusé au marquis de Jussat, que signifiait-il? Greslou savait-il que Charlotte avait écrit cette lettre d'aveux à la veille de son suicide? Et s'il le savait, que pensait-il? La seule idée que ce jeune homme pût soupçonner la vérité et les mépriser, le marquis et lui, de leur silence, allumait la fièvre dans le sang du comte.

— « Non », se dit-il quand son père fut parti pour la reprise de la séance, après un déjeuner mangé à la hâte et presque sans échanger un mot, « je ne peux pas me taire. Je parlerai ou j'écrirai... »

Il s'assit à la table, et il commença de tracer machinalement ces mots en tête d'une feuille : « Monsieur le président... » Le soir tombait, et cet homme malheureux était encore à cette place, le front dans sa main, n'ayant pas écrit la première ligne de cette lettre. Il attendait les nouvelles de la seconde séance, et ce fut avec un saisissement qu'il entendit son père en raconter le détail :

— Ah! mon bon André! Que tu as eu raison de ne pas venir! Quelle infamie!... Mais quelle infamie!... Greslou

a été interrogé... Il continue son système et refuse de
parler... Ce n'est rien... Mais les experts sont venus rapporter les résultats de leur analyse. Notre brave docteur d'abord... Sa voix tremblait, le cher homme, quand
il a décrit son impression devant notre pauvre Charlotte, tu sais, à son entrée dans la chambre... Et puis
le professeur Armand. Tu n'aurais pas supporté cette
horrible chose, cette autopsie de notre ange, étalée là,
devant cette salle où il y avait bien cinq cents personnes...
Et puis le chimiste de Paris. S'il restait encore un doute,
après cela !... La fiole dont le monstre s'est servi était
sur la table, je l'ai vue... Et puis... Comment a-t-on osé?
Son avocat, un avocat d'office pourtant, et qui n'a pas
l'excuse d'être l'ami de son client... son avocat donc...
Mais comment te dire? Il a demandé si Charlotte était
morte vierge, si on l'avait examinée... Il y a eu un murmure de dégoût dans la salle, une indignation de tous...
Elle, mon enfant, si pure, si noble, une sainte ! Je l'aurais souffleté, cet homme... Même l'assassin en a été
remué, lui que rien ne touche... Je l'ai vu. A ce moment
il a pris sa tête dans ses mains, et il a pleuré... Réponds,
est-ce que cela ne devrait pas être défendu par la loi,
d'outrager ainsi une victime en plein tribunal?... Que
croyait-il donc? Qu'elle avait eu un amant?... Un amant !
Elle, un amant !... »

L'indignation du vieillard était si forte que soudain il
fondit en larmes. Le fils, en présence de cette touchante
douleur, sentit, lui aussi, son cœur se fondre et les
larmes lui venir, et les deux hommes s'embrassèrent
sans se dire un mot. « Vois-tu », reprit le père quand il
put parler, « c'est là le côté affreux de ces débats, cette

discussion en public sur des choses si intimes, elle qui
avait tant de pudeur pour ses moindres sentiments. Je
te l'ai dit... Je suis sûr qu'elle a été malheureuse tout
l'hiver par l'absence de Maxime. Elle l'aimait, crois-
moi, sans vouloir le montrer... C'est bien cela qui a
exaspéré la jalousie de ce Greslou... Quand il est arrivé
dans la maison, qu'il l'a trouvée si gracieuse, si simple,
il a cru pouvoir la séduire, l'épouser. Comment s'en
serait-elle doutée, alors que moi-même, qui ait tant
d'habitude des hommes, je n'ai rien deviné, rien vu!... »
Et, lancé sur cette route, durant tout le dîner, puis durant
toute la soirée, le marquis parla, parla. Il goûtait cette
consolation, la seule possible dans certaines crises, de
se souvenir à haute voix. Ce culte religieux que leur
malheureux père gardait à la morte était pour le fils,
qui écoutait sans répondre, quelque chose de tragique
en ce moment où il se préparait... à quoi? Allait-il vraiment porter ce coup terrible au vieillard? Retiré dans
sa chambre, avec ce grand silence d'une ville de province autour de sa méditation, il reprit la lettre de sa
sœur, et il la relut, quoiqu'il en sût par cœur toutes les
phrases. Il sortait de ces pages tracées par cette main
aujourd'hui à jamais immobile, un soupir si désespéré,
un souffle d'agonie si triste et si navrant! L'illusion de
la jeune fille avait été si folle, ses luttes si sincères, son
réveil si amer, que le comte sentit de nouveau les larmes
couler le long de ses joues. C'était la seconde fois qu'il
pleurait dans la journée, lui qui, depuis la mort de Charlotte, avait gardé ses yeux secs et comme brûlés par
la haine. Il se dit : « Greslou a tout mérité... » Il resta
immobile quelques minutes, et, marchant vers la che-

minée, où le feu achevait de s'éteindre, il posa sur la
bûche à demi consumée les feuillets de la lettre. Il fit
craquer une allumette et la glissa sous le papier. Il vit la
ligne de flamme se développer tout autour, puis gagner
la frêle écriture, puis transformer cette unique preuve
du misérable amour et du suicide de la jeune fille en
un débris noirâtre. Le frère acheva de mélanger ce
débris aux cendres à coups de pincettes. Il se coucha
en disant tout haut : « C'est fait », et il s'endormit,
comme au soir de sa première bataille, du sommeil
assommé qui succède, chez les hommes d'action, aux
grandes dépenses de volonté, pour n'ouvrir les yeux,
lui si matinal d'ordinaire, qu'à neuf heures le lendemain.

— « M. le marquis a défendu qu'on éveillât mon
capitaine », répondit Pourat, quand, appelé par son
maître, il ouvrit les volets. Le soleil rayonnait dans un
azur gai de fin d'hiver au lieu du ciel gris et bas de la
veille. « Il est parti, voilà une heure... Mon capitaine
sait qu'aujourd'hui on a dû amener l'accusé par le souterrain, tant le monde est exalté contre lui. »

— « Quel souterrain ? demanda André.

— « Celui qui va de la maison d'arrêt au Palais de Justice... Il paraît qu'on l'emploie pour les grands criminels,
ceux qui pourraient être écharpés. Ma foi, mon capitaine,
si je le voyais passer, celui-là, je crois bien que j'aurais
un peu l'envie de lui tirer dessus avec mon revolver...
Les chiens enragés, ça ne se juge pas, ça s'abat... Bon »,
continua-t-il, « j'ai oublié les lettres de ce matin dans le
salon. »

Il revint après une minute, ayant à la main trois enve-
loppes. André, qui jeta un regard sur les deux premières,

devina aussitôt, à l'adresse, de qui elles venaient. La troisième portait une suscription d'une écriture inconnue. Elle avait été adressée à Lunéville, de Paris, puis dirigée sur Riom. Le comte la décacheta et lut les trois lignes que Sixte avait griffonnées avant de prendre le train. Les mains de cet officier si brave et qui ne savait pas le sens du mot peur se mirent à trembler. Il devint pâle comme la feuille qu'il tenait dans ces mains frémissantes, si pâle que Pourat lui demanda lui-même avec épouvante :

— « Mon capitaine est malade ? »

— « Laisse-moi », dit brusquement le comte, « je m'habillerai seul. »

Il avait besoin en effet de se remettre du coup subit qui venait de le frapper. Il se trouvait donc quelqu'un au monde qui connaissait le mystère de la mort de Charlotte et qui n'était pas Robert Greslou, — car il avait vu des pages de la main du jeune homme, et ce n'était pas son écriture. Ce fut une secousse de terreur comme les hommes les plus courageux peuvent en ressentir devant un fait si absolument inattendu qu'il prend un caractère surnaturel. Le frère de Charlotte aurait vu sa sœur, là devant lui, vivante, qu'il n'aurait pas été terrassé d'un étonnement plus effrayé. Quelqu'un savait le suicide de la jeune fille, et la lettre écrite par elle avant de mourir, et le reste peut-être... Et ce quelqu'un, ce témoin mystérieux de la vérité, que pensait-il de lui ? L'interrogation par laquelle se terminait le billet anonyme le disait assez. Subitement, le comte se souvint de ce qu'il avait osé cette nuit. Il se rappela cette lettre jetée au feu, et le pourpre de la honte lui vint aux joues... Cette résolution, prise la veille, et sur laquelle il avait dormi, il

ne pouvait plus la tenir. Qu'un homme eût le droit de
dire : « Le comte de Jussat a commis une lâcheté »,
cela dépassait, pour cet officier affamé d'honneur, ce
qu'il était capable de supporter. Son trouble de la veille,
qu'il avait cru fini, se réveilla de nouveau, rendu plus
intolérable par le retour de son père, qui lui dit :

— « On a entendu les témoins... J'ai déposé... Mais ce
qui a été dur, ç'a été de me trouver dans la petite salle
avant l'audience, avec la mère de Greslou... C'est une
chance encore qu'elle ne soit pas descendue ici... Elle
est à l'hôtel du Commerce, où elle a osé me supplier de
venir pour causer avec elle, dans une scène qu'elle m'a
faite. Quelle scène !... C'est une figure à ne pas l'oublier,
une face sinistre, avec des yeux noirs qui ont comme
un feu sombre dans les larmes... Elle a marché sur moi
et elle m'a parlé... Elle m'a adjuré de dire que son fils
était innocent, que je le savais, que je n'avais pas le
droit de déposer contre lui. Oui, la terrible scène, et que
le gendarme a dû interrompre !... La malheureuse ! Je
ne peux pas lui en vouloir... C'est son fils... Quelle
étrange chose qu'un scélérat comme celui-ci puisse
encore avoir au monde un cœur qui l'aime ainsi comme
j'aimais Charlotte, comme je t'aime !... N'importe !...
continua le cruel vieillard. « Il est une heure... Le procureur général va parler... Puis la défense... Entre cinq
et six heures, nous aurons le verdict... Que cela me
rassasiera le cœur de le regarder pendant l'énoncé de la
sentence !... Ce n'est que juste... Il a tué. Il doit mourir... »

Entre cinq et six heures !... Quand le comte André se
trouva seul, il recommença de se promener de long en

large, — comme la veille, — tandis que Pourat desservait
la table avec le valet de chambre de M. de Jussat. Ces
deux hommes ont raconté que jamais leur maître ne leur
avait paru plus violemment inquiet que pendant les
quelque trente minutes qu'ils étaient demeurés à faire
ce service. Leur stupeur fut grande lorsqu'il demanda
qu'on lui préparât ses vêtements d'uniforme. En un quart
d'heure il fut prêt, et il quittait l'hôtel, lui qui avait
refusé de sortir depuis les trois jours qu'il était arrivé
à Riom. Un détail fit frémir le brave Pourat. Il constata
que l'officier avait pris avec lui son revolver, posé depuis
deux jours sur la table de nuit. Le soldat se rappela ses
propres discours, et il communiqua ses craintes à son
compagnon.

— « Si ce Greslou est acquitté », dit-il, « le capitaine
est homme à lui brûler la cervelle, là, sur place... »

— « Nous devrions le suivre peut-être ?... » répondit
le valet de chambre.

Tandis que les deux domestiques délibéraient, le comte
suivait la grande rue qui conduit au Palais de Justice. Il
la connaissait, pour être venu souvent à Riom dans son
enfance. Cette vieille ville parlementaire, avec ses grands
hôtels aux hautes fenêtres, bâtis en pierre noire de Volvic,
semblait plus vide, plus silencieuse, plus morte encore
que d'habitude, tandis que le frère de Charlotte marchait
vers la cour. Puis brusquement, aux abords du Palais,
c'était une foule serrée et qui remplissait l'étroite ruelle
Saint-Louis par où l'on accède à la salle des assises.
L'affaire Greslou avait attiré tous ceux qui pouvaient
disposer seulement d'une heure. André eut de la peine à
fendre les groupes, composés de paysans venus de la

campagne et de petits boutiquiers qui discutaient avec
une animation passionnée. Il arriva devant les deux
marches qui mènent au vestibule. Deux soldats s'y
tenaient, chargés de contenir le peuple. Le comte sembla
hésiter, puis au lieu d'entrer il poussa jusqu'au bout de
la ruelle. Il se trouva devant une terrasse plantée d'arbres
nus, et qui, jetée entre les murs sinistres de la maison
centrale et la masse sombre du Palais, domine la plaine
immense de la Limagne. Une fontaine en charme d'ordinaire le silence avec le bruit de son eau, et ce bruit
restait perceptible encore malgré la rumeur de la foule
pressée dans la rue voisine. André s'assit sur un banc,
près de cette fontaine. Depuis, il n'a jamais su expliquer
pourquoi il était resté là plus d'une demi-heure, ni quelle
raison précise l'avait fait se lever, marcher vers l'entrée
du Palais, écrire quelques mots sur sa carte, donner
cette carte à un soldat pour être portée par l'huissier au
président. Il avait la sensation très nette d'agir presque
malgré lui, et comme dans un songe. Sa résolution néanmoins était prise, et il sentait qu'elle ne faiblirait plus,
quoiqu'il appréhendât avec une angoisse horrible de se
retrouver en face de son père, qui était là, par delà ces
gens dont il apercevait les têtes penchées, les nuques
immobiles, les épaules voûtées. Il éprouva, dans cette
agonie qu'il traversait, le seul soulagement qu'il pût ressentir, quand l'huissier vint le prendre. Car, au lieu de
l'introduire droit dans la salle, cet homme le conduisit
par un couloir jusqu'à une petite pièce qui était sans
doute le cabinet du président. Des dossiers y traînaient
sur une table. Un pardessus et un chapeau étaient pendus
à une patère. Arrivé là, son guide lui dit :

— « M. le président va vous entendre aussitôt que
M. le procureur général aura fini... » Quelle consolation
inattendue dans sa peine ! Le supplice de déposer en

public et devant son père lui serait donc épargné ! Cette
espérance fut de courte durée. L'officier n'était pas depuis
dix minutes dans le cabinet du président que ce dernier
entrait, un grand vieillard à la face bistrée de bile avec
des cheveux gris que l'opposition du rouge de la robe
faisait paraître verdâtres. Dès les premiers mots et devant
l'affirmation du comte qu'il apportait la preuve de l'innocence de l'accusé :

20

— « Dans ces conditions, monsieur », dit le magistrat, sur le visage de qui s'était posé comme un masque de stupeur, « je ne peux recevoir vos confidences... L'audience va être reprise et vous allez être entendu comme témoin, pourvu que ni l'accusation ni la défense ne s'y opposent. »

Ainsi aucune des étapes de son calvaire ne serait évitée au frère de Charlotte. Il venait se heurter à cette machine impassible de la Justice qui ne tient pas, qui ne peut pas tenir compte de la sensibilité humaine. Il lui fallut s'asseoir dans la chambre des témoins, et se souvenir de la scène qui s'y était passée — si peu d'heures auparavant ! — entre son père et la mère de Greslou, puis entrer de là dans la salle des assises. Il vit le mur nu avec l'image du Crucifié qui dominait cette salle, les têtes tournées vers lui dans une attention suprême, le président de nouveau entre ses assesseurs, le procureur général et l'avocat général assis dans leurs robes rouges ; les jurés à gauche du tribunal. Robert Greslou se tenait à droite sur le banc des prévenus, les bras croisés, livide, mais impassible, et du monde se pressait partout, derrière les magistrats, dans les tribunes. Au banc des témoins André reconnut son père et ses cheveux blancs. Cette vue lui serra le cœur, — son cœur qui pourtant ne défaillit pas quand le président, après avoir demandé au défenseur et au procureur général s'il ne s'opposaient pas à l'audition du témoin, lui fit décliner ses noms et qualités et prêter serment suivant la formule. Les magistrats qui ont assisté à cette scène sont unanimes à dire qu'aucune émotion d'assises ne fut jamais comparable à celle qui saisit toute la salle et qui les saisit eux-mêmes

quand cet homme, dont tous connaissaient le passé
héroïque par les articles des journaux publiés à l'occasion du procès, commença, d'une voix pourtant ferme,
mais où l'on devinait l'atroce douleur :

— « Messieurs les jurés, je n'ai que deux mots à dire.
Ma sœur n'a pas été assassinée, elle s'est tuée. La veille
de sa mort, j'ai reçu une lettre d'elle où elle m'annonçait sa résolution de mourir, et pourquoi... Messieurs,
j'ai cru avoir le droit de cacher ce suicide, j'ai brûlé
cette lettre... Si l'homme que vous avez devant vous »
— et il montra Greslou de sa main en se tournant à
demi vers l'accusé — « n'a pas versé le poison, il a fait
pire... Mais ce n'est pas de votre justice qu'il relève, et
il ne doit pas être condamné comme assassin... Il est
innocent... A défaut d'une preuve matérielle que je ne
peux plus vous donner de cette innocence, je vous apporte
ma parole. »

Ces phrases tombaient une à une, dans une espèce
d'angoisse de toute la salle. On entendit un cri suivi
d'un gémissement :

— « Il est fou », disait une voix, « il est fou, ne l'écou-
tez pas. »

— « Non, mon père », reprit le comte André, qui reconnut l'accent du marquis, et qui se tourna vers le vieillard
comme écroulé sur son banc. « Je ne suis pas fou... J'ai
fait ce que l'honneur exigeait... J'espère, monsieur le
président, que l'on m'épargnera d'en dire davantage. »

Il avait une supplication dans la voix, cet homme si
fier, en disant cette dernière phrase, et elle fut si bien
sentie qu'un murmure passa dans la foule quand le président lui répondit :

— « A mon grand regret, monsieur, je ne peux vous accorder ce que vous demandez... L'extrême gravité de  la déposition que vous venez de faire ne permet pas à la Justice d'en rester sur des indications que notre devoir — un doulonreux devoir, mais un devoir — est de vous forcer à préciser... »

— « C'est bien, monsieur, je ferai, moi aussi, mon devoir jusqu'au bout... » Il y eut dans l'accent avec lequel le témoin jeta cette phrase une telle résolution, que le murmure de la foule céda tout d'un coup la place au silence, et on entendit le président reprendre :

— « Vous avez parlé d'une lettre, monsieur, que vous aurait écrite mademoiselle votre sœur... Permettez-moi de dire qu'il est au moins extraordinaire que votre première idée n'ait pas été d'éclairer la Justice en la lui communiquant... »

— « Elle contenait », dit le comte, « un secret que j'aurais voulu cacher au prix de mon sang... »

Il a raconté plus tard à l'ami qui resta si parfait jusqu'à

la fin de ce drame, à ce Maxime de Plane choisi par lui
pour frère, que ç'avait été là le moment le plus terrible
de son sacrifice, — mais qu'à partir de cette minute,
l'émotion fut comme supprimée en lui par son excès
même. Les terribles détails de la lettre de la morte, il
dut les donner, — et raconter ses propres sensations, et
tout confesser de ses agonies. Quant à ce qui suivit, il a
déclaré lui-même qu'il s'en rappelait seulement quelques
détails matériels, — et les plus inattendus : — le froid
sous sa main d'une colonne de fer contre laquelle il s'appuya quand il dut s'asseoir au banc des témoins d'où
l'on venait d'emporter son père, qui s'était évanoui aux
derniers mots de sa déposition... Il a dit avoir remarqué
aussi le traînant accent lorrain du procureur général
qui se leva pour abandonner l'accusation... Combien de
temps s'écoula-t-il entre cette phrase du procureur, le
discours de l'avocat de Greslou, la sortie du jury et sa
rentrée avec un verdict négatif ? Il n'a jamais pu s'en
rendre compte, non plus que de l'emploi de sa soirée,
quand, la salle une fois vidée, le gardien fut venu l'invi-
ter à sortir à son tour. Il se souvient d'avoir marché
devant lui très vite et très loin. Des bourgeois de Com-
bronde qui rentraient après les assises le rencontrèrent
sur la route de ce village. Il sortait d'une auberge où il
avait écrit quelques lettres, adressées l'une à son père,
l'autre à sa mère, une troisième à son colonel, une dernière à Maxime de Plane. A neuf heures, il frappait à
la porte de l'hôtel du Commerce, où M. de Jussat lui
avait dit que la mère de l'acquitté était descendue, et il
demandait au concierge si M. Greslou était là. Ce garçon
avait entendu le récit de la dramatique audience. Il

20.

devina, rien qu'à l'uniforme du capitaine, qui se trouvait devant lui, et il eut le bon sens de répondre que M. Robert Greslou n'avait point paru. Malheureusement, il crut bien faire de monter aussitôt chez le jeune homme, qui, sorti de prison depuis une heure, se trouvait avec sa mère et M. Adrien Sixte. Ce dernier n'avait pu résister aux supplications éperdues de la veuve, qui, l'ayant rencontré dans le corridor de l'hôtel, l'avait conjuré de l'aider à raffermir son fils.

— « Monsieur », dit cet homme à Robert, après avoir demandé la permission de lui parler à part, « prenez garde M. le comte de Jussat vous cherche. »

— « Où est-il ? » interrogea fièvreusement Greslou.

— « Il ne doit pas avoir quitté la rue », répondit le concierge, « mais je lui ai dit que l'on ne vous avait pas vu ici. » « Vous avez eu tort », répliqua Greslou. Et, prenant son chapeau, il se précipita vers l'escalier.

— Où vas-tu ? » implora sa mère.

Le jeune homme ne répondit point. Peut-être n'entendit-il même pas ce cri, tant il avait mis de vitesse à descendre les marches de l'escalier. L'idée que le comte André le croyait assez lâche pour se cacher de lui le bouleversait. Il n'eut pas longtemps à chercher son ennemi. Le comte était de l'autre côté de la rue, qui surveillait la porte. Robert le reconnut et marcha droit sur lui.

— « Vous avez à me parler, monsieur? » lui demanda-t-il fièrement.

— « Oui », dit le comte.

— « Je suis à vos ordres », continua Greslou, » pour telle réparation qu'il vous conviendra d'exiger de moi...

Je ne quitterai pas Riom, je vous en donne ma parole. »

— « Non, monsieur », répondit André de Jussat, « on ne se bat pas avec des hommes comme vous, on les exécute. »

Il tira son revolver de sa poche, et comme l'autre, au lieu de fuir, se tenait devant lui et semblait lui dire : « Osez », il lui logea une balle dans la tête. On entendit, à la fois, de l'hôtel, le bruit de la détonation, un cri d'agonie, et, quand on accourut, on trouva le comte André debout contre le mur, qui jeta son arme et, croisant les bras, dit simplement, en montrant le corps de l'amant de sa sœur à ses pieds :

— « J'ai fait justice. »

Et il se laissa arrêter sans résistance.

. . . .

. . . .

Durant la nuit qui suivit cette scène tragique, certes, les admirateurs de la *Psychologie de Dieu*, de la *Théorie des passions*, de l'*Anatomie de la volonté* eussent été bien étonnés s'ils avaient pu voir ce qui se passait dans la chambre n° 3 de l'hôtel du Commerce, et lire dans la pensée de leur implacable et puissant Maître. Au pied du lit où reposait un mort, le front bandé, se tenait agenouillée la mère de Robert Greslou. Le grand négateur, assis sur une chaise, regardait cette femme prier, tour à tour, et ce mort qui avait été son disciple dormir du sommeil dont dormait aussi Charlotte de Jussat. Pour la première fois, sentant sa pensée impuissante à le soutenir, cet analyste presque inhumain à force de logique s'humiliait, s'inclinait, s'abîmait devant le mystère impénétrable de la destinée. Les mots de la seule oraison

qu'il se rappelât de sa lointaine enfance : « Notre Père
qui êtes aux cieux... » lui revenaient au cœur. Certes, il

ne les prononçait pas. Peut-être ne les prononcerait-il
jamais. Mais s'il existe, ce Père Céleste, vers lequel
grands et petits se tournent aux heures affreuses comme
vers le seul recours, n'est-ce pas la plus touchante des
prières que ce besoin de prier ? Et, si ce Père Céleste
n'existait pas, aurions-nous cette faim et cette soif de

lui dans ces heures-là? — « Tu ne me chercherais pas si tu ne m'avais pas trouvé!... » A cette minute même et grâce à cette lucidité de pensée qui accompagne les savants dans toutes les crises, Adrien Sixte se rappela cette phrase admirable de Pascal dans son *Mystère de Jésus*, — et quand la mère se releva, elle put le voir qui pleurait.

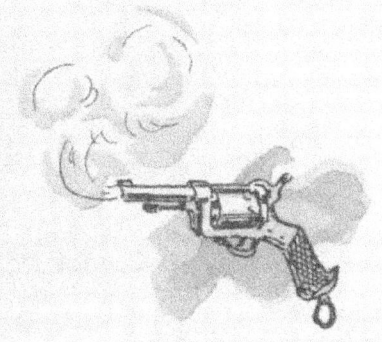

TABLE DES MATIÈRES

—

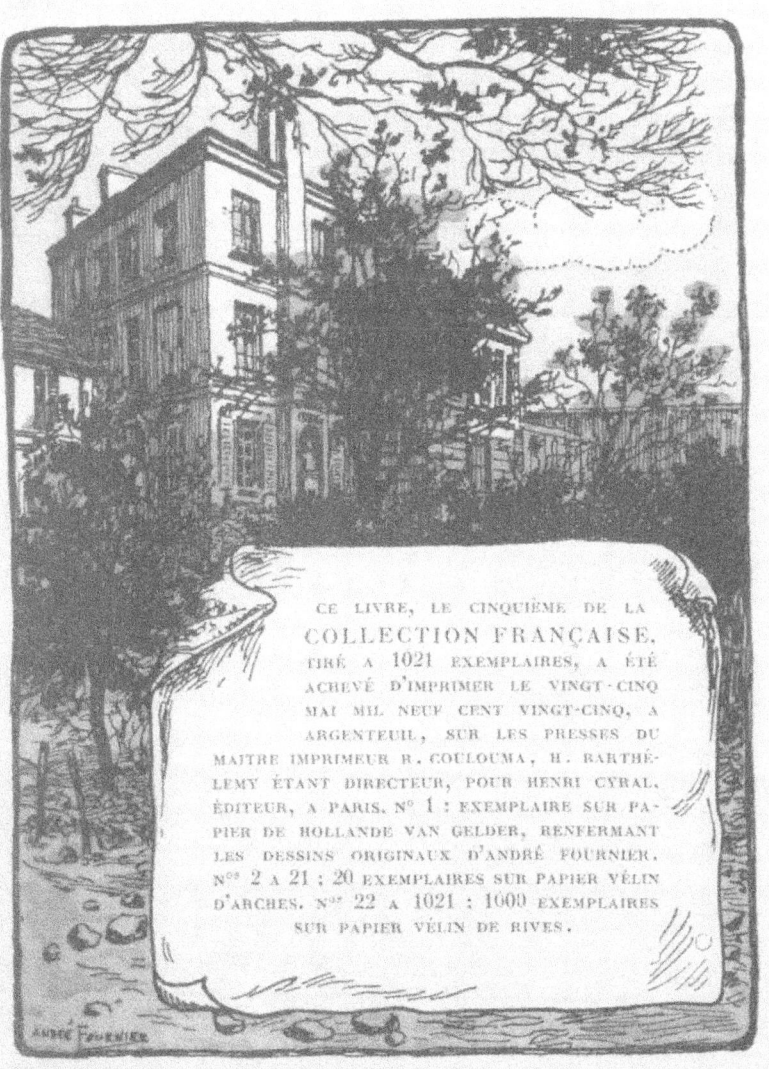

CE LIVRE, LE CINQUIÈME DE LA
COLLECTION FRANÇAISE,
TIRÉ A 1021 EXEMPLAIRES, A ÉTÉ
ACHEVÉ D'IMPRIMER LE VINGT-CINQ
MAI MIL NEUF CENT VINGT-CINQ, A
ARGENTEUIL, SUR LES PRESSES DU
MAITRE IMPRIMEUR R. COULOUMA, H. BARTHÉ-
LEMY ÉTANT DIRECTEUR, POUR HENRI CYRAL,
ÉDITEUR, A PARIS. Nº 1 : EXEMPLAIRE SUR PA-
PIER DE HOLLANDE VAN GELDER, RENFERMANT
LES DESSINS ORIGINAUX D'ANDRÉ FOURNIER.
Nᵒˢ 2 A 21 : 20 EXEMPLAIRES SUR PAPIER VÉLIN
D'ARCHES. Nᵒˢ 22 A 1021 : 1000 EXEMPLAIRES
SUR PAPIER VÉLIN DE RIVES.

ANDRÉ FOURNIER

CLEANSING THE SINS

Sandy Prindle

ABOUT THE AUTHOR

SANDY PRINDLE was a Justice of the Peace in Tarrant County for twenty-four years. He retired in December 2006. During his career, he served Texas by sitting on numerous boards, writing and passing laws to improve the justice courts, and lecturing on the Civil War and the Abraham Lincoln assassination. His positions of service included President of JPCA (Justices of the Peace and Constables Association of Texas), Vice President of TAC (Texas Association of Counties), and Legislative Chairman of JPCA three times, 1989, 1995, and 1999. In addition, he taught landlord-tenant law to all of the JPs in Texas for the last twelve years of his tenure.

At the time of this writing, he is the only Justice of the Peace in Texas to hold all three of JPCA's top awards: Judge Of The Year, 2000, T.A. Vines Award, 2003, and the Lifetime Achievement Award, 2006.

Judge Prindle lives in Fort Worth, Texas with his wife Linda. He has retired to write fiction full time.

Watch for his future books: Revolution II, The Sins of our Forefathers, and Neptune's Farewell.

Visit his website prindlesnovels.com for blogs on history, sports, politics and travel.

ACKNOWLEDGMENTS

A big thank you to all of my friends who have provided suggestions and encouragement to me in writing this book. They are too many to enumerate here. But there are four specific people to single out:

Dr. Steve Weinberg, who provided medical knowledge on congestive heart failure and other medical scenarios.

Tom Whiteman, President of the Prospera Financial Group, who provided details of selling stocks on foreign exchanges and other investing scenarios.

To my stepson, Major Kenneth Walker, U.S.A.F., for preliminary editing.

Last and certainly not the least, my wife Linda, who provided many pearls of wisdom and encouragement for me to persevere.

CLEANSING THE SINS

BY

SANDY PRINDLE

PROLOGUE

Dawn was just breaking as the four men and one woman walked slowly to the private jet sitting outside the hangar. The pilot and co-pilot led the way, followed by the flight attendant. Several feet behind followed the two older men. The oldest was about eighty-five years old, dark complexioned, a little stooped, twenty pounds overweight, and walked with a cane. His hair was white and thinned by the years. His old eyes were piercing, nevertheless. Those eyes had seen much: crime wars, many bodies hidden in the desert, and the rapid growth of his city, Las Vegas, Nevada. He had been here since the beginning in 1947. It was he who had received the famous call from Cleveland. "Terminate Bugsy Seigel", the cold voice had said. He was a young man then but he didn't have to ask why. He knew. You don't let your girlfriend steal from the mob.

He had been there through the years, working behind the scenes to make the mob casinos flourish. He knew about the back room deals and the payoffs. He learned all about the nuts and bolts of the casino business, the marketing, watching the help like a hawk, guarding against the cheats and the card counters, and sending the strong arms all over the country to collect from the losers.

He developed several side businesses. He founded security firms, catering businesses, pawn shops, and one firm he would become famous for in the underworld. For a price, he could get someone on the lam identities and documents. For the right price a criminal could vanish like a puff of smoke. Many had done just that. Most of the men had been murderers, but some were robbers, and a few were confidence men after a big score. But he had never met one like the man walking beside him. This man had no equal. His criminal mind went beyond anything the old man had ever seen or heard of. He had no conscience, was utterly ruthless, and he had a plan that would enable the mob to rule all of Europe.

The old man had mixed feelings about his customer. He admired him for his skill but it was hard to like anyone that ruthless. He was not someone you could turn your back on. The old man put his hand on the younger guy's back and broke the silence.

"I hope you make us a lot of money over there."

The younger man was a little over fifty with thinning hair dyed dark, a slim fit figure, and a pale complexion from years confined inside an office. He was dressed in casual but expensive clothes with a sport coat draped over his arm. He moved away from his protector, he hated to be touched.

"You can forget worrying about it. I've never had a plan fail yet."

"Did you get the money that you hoped for?"

"More", replied the younger man with a smile. "There will be weeping and gnashing of teeth in California in about three hours. I wish I could be there to see it."

"Who are the victims? Will it cause us a problem?"

"Just banks, employees of my corporation, and members of my family."

The old man looked at him in surprise. "Your own family?"

"My wife and two sons. I mortgaged the house on the Monterrey Peninsula to the hilt. That bitch of a wife will have to move into something much more modest and my youngest son will have to do without all the luxury that he is used to. He never worked a day in his life, the lazy little shit. He will have to make it without his sports car, fancy beach house, and his ten thousand a month allowance. He's going to find out how loyal those groupie friends are when his parties go away. It's almost comical. He will have to grow up. I left them twenty-three dollars in the family bank account." He followed that with a laugh.

"What about your oldest son?"

"He's a grown man. He's strong and resilient. He will get over this. If I had left him any money, he would have given it to his mother. I'm not going to leave her a cent. She's going to have to change her lifestyle too. Maybe she will have to find a job. Wouldn't that be priceless? That silver spoon bitch never worked a day in her life either." He laughed again.

"They have no idea what you have done to them? You didn't say anything before you left? You didn't leave them a little secret nest egg?"

The younger man laughed in derision. "Hell no! They never made a cent of that money. I did. They are getting exactly what they deserve."

"No regrets?"

"The only regret is that I won't be there to see their faces about noon today when the overdrafts hit the banks. I'd give a million to charity to see them then."

The old man stopped at the ladder going up to the cabin of the Gulfstream jet. The pilot had started the engines and the land crew was removing the chocks. Further talk was impossible. He just nodded to his charge. The younger man walked up the stairs without turning to thank the old man. Shaking his head, the old man walked slowly away.

The younger man strapped himself in as the flight attendant approached him.

"Would you like some coffee before we take off, sir?

The man leaned forward.

"Listen, honey. If I want something from you, I will ask for it. Now get me the Wall Street Journal and leave me the hell alone."

The flight attendant nodded and turned, relieved to escape his bad breath.

He leaned back and closed his eyes as the expensive private jet taxied away. Two minutes later, the torque pushed him back in his seat as the plane headed east over the mountains. He was headed east to a new life. A life without the encumbrances of a spoiled family. It would be a new life with new challenges, a life with money and power that he had only dreamed of. He smiled a last smile for the thousands of people he would leave destitute with his theft. Five and a half billion dollars left a bunch of victims. He smiled about his former employees when he thought about their retirement and investment funds. He had taken the last dollar. He knew they would remember him always. This was the theft that was second only to Bernie Madoff. His smile continued as he saw them wringing their hands in frustration. They would never find him.

CHAPTER ONE

FBI Special Agent Frank Bledsoe glanced up to the clock as he walked into the new deputy director's spacious outer office. 8:04 A.M.! *Was four minutes late a big deal?* His glance fell to the young pert assistant.

"I'm here to see Deputy Director Blaisdale."

She flashed him a professional smile.

"Have a seat, Agent Bledsoe. He'll be with you in a moment. He's on the phone."

Relieved, Frank sank into a soft sofa and looked around. Above the door to the inner sanctum was the familiar FBI shield with the standard words; Fidelity, Bravery, and Integrity. On the walls to his left and right were autographed photos of the deputy director with famous people, most from the Pacific Northwest. There were senators, congresspersons, the Seattle mayor, and most prominently, a twenty-four inch by thirty-inch blowup of Blaisdale with Matt Hasselbeck. Blaisdale was a football nut. *So! That information could come in handy later.* The outer office furniture had been changed as well as the secretary, including a plasma TV on the wall opposite her desk. This one was much younger. She was brunette, slender, and with big brown eyes that could make you a prisoner of war. She was about Blaisdale's age and her eyes met Frank's every time he glanced her way. She missed nothing, including the passersby in the corridor. *What happened to Grace,* he wondered. Frank made a mental note not to underestimate her. Maybe she could be cultivated directly or indirectly.

She picked up her phone after the first buzz. "Yes, sir?"

She flashed him the smile again. "You can go in now."

Frank fought his way out of the too-soft sofa. It only took a couple of seconds to enter the large corner office with a view. As he closed the door behind him, he focused on his new boss, managing his own professional smile.

"Good morning, sir."

The deputy director rose from his chair and extended his hand.

"Good morning, Agent Bledsoe. We meet at last. Have a seat and make yourself comfortable."

Frank sat in a business chair and relaxed a little as he studied the younger man sitting across from him. *He is eleven years my junior and five years less tenure.* Frank continued his smile.

"Congratulations on your promotion. I've heard a lot of good things about you."

Blaisdale nodded and leaned back in his oversized chair. His appearance was manicured with not a black hair out of place. His tan was straight out of the

Caribbean. While looking relaxed and confident, his suit coat was still on, but unbuttoned. He sized up Frank with an unflinching gaze and a slight smile.

"I've studied your file, Frank. You have had remarkable success in bringing in the bad guys."

"Thank you, sir."

Blaisdale's smile disappeared.

"But it seems that you have had one glaring failure."

Frank remained motionless while Blaisdale continued.

"It appears that the bureau has spent over nine million dollars chasing this Reed guy. He's not even on the top ten most wanted list. What the hell's going on here?"

Frank swallowed. This was not the time to shoulder the blame for something.

"I've worked closely with Director Taney and his predecessor on Reed. He's just too big to let go of, although he's not active, as far as we know."

Blaisdale frowned as he leaned forward.

"How can he be too big? I've never heard of him. Who the hell is he?"

"Reed is a professional assassin. You could have missed him because he didn't work in the west, much if at all."

"He never made the top ten lists. How many has he killed?"

Frank squirmed. "Reed has two hundred and eleven hits that we have confirmed, but I suspect that it's many more."

Blaisdale's jaw dropped.

"Did you say two hundred and eleven? He should be more famous than Jesse James. Why has this been kept quiet? Who did he work for? Tell me."

Frank squirmed again. "It's a long story, sir. How much of it do you want?"

The young deputy director picked up his phone and glanced back at Frank. "Coffee?"

"Please."

"Jennifer, could you come in, please?"

It took about three seconds for the assistant to enter, pad in hand. Blaisdale waived off the pad.

"Could you get us some coffee, please? Also, postpone my 8:30 appointment with Agent Story. See if you can work him in this afternoon."

The assistant nodded and turned to Frank.

"How do you like your coffee?"

"Cream and stevia, please."

"Yes, sir."

Frank watched her as she left the room.

"I'm impressed. No one that young knows about stevia."

Blaisdale laughed a little. "You should be. She beat out over a hundred applicants to land this job. That includes about sixty from inside the bureau."

Frank nodded guardedly. "Where is she from, sir?"

"Baltimore."

"Oh! She had no problems getting her security clearance?"

"Not at all. She already had top secret and this position only required secret."

"Really? Where did she work before?"

"She worked for Senator Stanfield. She is his niece."

Blaisdale stood and shed his coat. "OK. You have forty-five minutes to tell me about Reed and why we can't catch him with nine million dollars."

Frank hesitated as Jennifer carried a tray in, leaving it beside Frank, and exiting without a word. Both men flavored their coffee before Frank resumed.

"Buck Reed isn't his real name. He was famous in the underworld for decades using that alias. His real name is Kyle Drake. He descends from a Grecian family named Dorakis. He is a fourth generation American and Dorakis became Drake before he was born. We set up his file in 1974 and Buck Reed was the only name we knew until September 2001."

Blaisdale interrupted. "That's a significant date."

"It's only coincidental as far as Reed is concerned. We almost had him, but he used our chaos to disappear."

Blaisdale sipped his coffee. "We've been chasing him since 1974?"

"Yes, sir, but it's been on a sporadic basis."

"Is that when the killing began?"

"No. That's when we discovered him."

"How did that happen? Did he kill Jimmy Hoffa?" Blaisdale smiled at his own joke.

"We got a canary from a labor union in Kansas City. He had quite a story on Reed. Apparently the unions had used him for several years by then. He even had his own 800 number. 1-800-GET-REED."

Blaisdale laughed again. "That was dumb. We should have caught him in a week."

"Bob Graham is my predecessor and worked on the case but Reed was too smart for him. Bob said he was the cleverest criminal the bureau ever saw and I believe him."

Blaisdale sipped more coffee.

"Why?"

"Everything he does and doesn't do. He has a dark complexion, fluent in five languages, and can pass for anyone. He constantly changes identities and pays a lot of attention to detail. He's an expert in many methods of killing, including explosives, all types of firearms, chemicals, and hand to hand combat. He can break a man in two with his bare hands."

Blaisdale leaned back in his chair. "Who taught him all that?"

"We did, sir. He was a Green Beret in Vietnam. Two Silver Stars, a Purple Heart, and numerous citations. He served two stretches in three years. He was a dynamo in the first stretch but was in constant turmoil with his commander in the second. He left the army after that. We interviewed other soldiers in his unit. The commander was an idiot and a jerk, endangering his men with bonehead military actions. The outfit, to a man, loved Reed. They called him 'The Chameleon' because he could change his looks to pass for VC. Most of them felt that Reed fragged the commander. We got this information in 2001 after learning his identity."

Blaisdale frowned. "That had to be sloppy work back then. We could have tracked him down through that phone number or lured him in with a sting."

"That was all done, sir. The billing addresses were always post office or mail room boxes hired by arms length agents who never saw him. They tried a sting three times. He took the money and disappeared."

"Did we find out why?"

"We think so. We couldn't just hire him to kill someone. Sooner or later we had to protect our target. When that happened, he sniffed it out and vanished."

"We couldn't just close the number down?"

"Yes, it was considered, but we opted to tap the line instead."

"What happened then?"

Frank put his cup down. "It didn't go as well as we hoped. We knew the towns he was in but the phone numbers on the other end led to phone booths. We did get some arrests on the employers and that led to two of the canaries, but not Reed. The last one was in August, 2001 that led to an arrest in Charleston. It was different from the others in some respects."

Blaisdale refilled his coffee cup. "Why was it different?"

"His employer tried to stiff him for the balance of the contract fee. He paid dearly for that mistake."

"Did Reed kill him?"

Frank smiled. "No. Reed kidnapped him and ransomed him back to his family. It cost him much more than the contract. I hate to admit it, but it was neatly done."

"Did Reed shake down other employers?"

"I don't think so. No one else was stupid enough to pull something like that."

Blaisdale leaned back and sipped more coffee.

"When did you come in on this case, Frank?"

"In 1999, sir."

"How much of that nine million have you spent?"

Frank cringed. "About seven point four, sir. The previous directors never made him much of a priority."

"Why was that?"

"Bob once told me that Hoover told the section chief back in '76 to leave him alone. Hoover wasn't concerned with the targets. They thought all the labor union bosses were bad guys."

Blaisdale drummed his fingers on his desk. "OK. When did that change and why?"

"In the mid-nineties, sir. The new director felt that the numbers were so high that Congress would crucify us if the story got out. He ordered a max effort, but low profile."

"What have you spent the seven point four million on?"

"Reed only has one living relative; a sister, Mildred Cane, and her family are in Baton Rouge. We kept her under light surveillance from early 2002 until hurricane Katrina in late 2005. She lived in New Orleans until the hurricane. We only monitored her phone, emails, and bank account. About a month after Katrina, five hundred thousand dollars magically appeared in her bank account. We traced the deposit through Canada to a bank in Panama. The accounts had already been closed. That's typical of Reed. After we applied diplomatic pressure on Panama, the bank told us a little. They received the funds from three undisclosed sources in the Caymans, Belize, and Switzerland. Since then, we increased surveillance. She bought a home with the money in Baton Rouge where she lives with her daughter and granddaughter."

"What has that revealed?"

"Not enough, I'm afraid. She lives on a cul-de-sac. Our surveillance car sticks out like a sore thumb. She brings our guys warm cookies every afternoon."

Blaisdale had to laugh. "Are they that bad?"

Frank poured more coffee. "They have no place to hide."

"Where does she get her monthly income?"

"She has a modest pension and her deceased husband's social security. Her daughter works, but is putting the granddaughter through college at LSU."

"Does she get visitors?"

"Only vendors, repairmen, and the yard guy."

"Where does she go when she leaves the house?"

"Just the usual places; hair and nail salons, grocery stores, and the library."

"Does she always write a check or use a debit card?"

"No. Sometimes she uses cash. We are trying to trace down the source. We have traced the daughter and granddaughter too without results."

"Have you done a family budget?"

"Yes. Counting all three family members, they appear to be about three thousand dollars a month short. The granddaughter hasn't taken out a student loan either."

Blaisdale sat silent thinking this over. "You've checked the other family members' bank accounts, I presume."

"Yes sir, with only meager activity."

"Any credit card debt?"

"They have only two credit cards in the family with minimal activity."

"So. You think Reed is sending her money."

"Yes, sir. I just don't know how. That's the reason why we are continuing the surveillance."

Blaisdale stroked his chin. "Have you checked all the islands for real estate holdings?"

"Yes, twice. He wouldn't use his real name though. We even checked the real estate companies with photos and composites. We came up with nothing."

"You said some of the money came from Switzerland. Does Interpol have this?"

"Of course. But as you know, that brings in the CIA."

Blaisdale nodded with a frown. "What happened in 2001? How did you get his real name?"

"He was hired to kill a Texas judge and the plan went awry. The whole deal was weird. The judge was under police protection. Reed was arrested as he was following one of the judge's employees. He was using one of his false identities so the sheriff didn't know who he had. He let him go after the standard twenty-four hours without charges. He found out a couple of days later who he was when one of the employer's agents turned canary. The sheriff called us. After getting his fingerprints the rest was pretty easy. We matched Reed's prints with his military records."

Blaisdale held up his hand. "Who was the canary?"

"He was some dirty attorney hired as a liaison between Reed and his employers. The attorney tried to finish the contract but got caught. He sang right away to avoid the death penalty."

"Death penalty?"

"Yes, sir. A deputy sheriff was killed when the attorney triggered a bomb in the judge's house. Reed installed the bomb but spooked after he was arrested."

"Was the judge dirty?"

"No. He uncovered some corruption down there. The dirties were the people who hired Reed."

"So, after you traced Reed to Kyle Drake what else did you find?"

"Believe it or not he was a regular taxpayer. He owned a farm in Guthrie, Oklahoma. He did well with it, too. It was sold four days after Reed was released from the Texas jail. The money was sent to Montreal and then to a Panama bank. Sound familiar?"

"How much money do you think he has, Frank?"

"There's no way to tell. We've played with the math over the years. He could have averaged a contract a month for thirty- five years. He charged a minimum of twenty-five thousand a hit. That's about nine million. His farm brought about two million and according to his tax returns, he averaged a half million a year including commodity investments. That's another twelve, even after all his charities."

Blaisdale laughed again.

"A hit man with charities? I've heard it all now."

"Yes, sir. It's strange all right. He set up rehab clinics for Vietnam vets all over the country. They were used for homeless shelters too. No questions asked. He built them and turned them over to the government. It was unbelievable. You would be shocked with all the stuff the canaries told us about him. They were in awe of him."

"Like what?"

"He wouldn't accept a hit on a woman. He took precautions to avoid hitting bystanders. But a lot of hits were arranged to point the blame away from his employers, usually to somebody else dirty. The labor unions paid top dollar for that."

Blaisdale leaned back in his chair, put his hands behind his head, and let all this sink in.

"I see what you mean."

"By the mid-nineties he had risen to the embarrassment level. Too many questions would be asked about why he wasn't pursued more aggressively. We couldn't admit how big he was until we caught him. Our enemies in Congress would have a field day with this if they had it."

"But we can't keep spending our resources on him like this. There must be a cheaper way."

Frank nodded. "I hope so."

"Would you have your secretary bring up the surveillance files for the last two weeks? Maybe we can come up with something new."

Frank breathed a sigh of relief. Maybe the program wouldn't be scrapped after all. He stood, walked around Blaisdale's desk, and picked up the phone.

"Yes, sir. Right away."

After ordering the file, Frank returned to his chair.

"I've always wondered if Reed was the reason that Bob Graham was canned."

Blaisdale looked up in surprise. "No. I thought you knew. Graham was too chummy with Robert Hanssen."

"Hannsen the spy? Graham would have never given up secrets. I knew him too well. He was as loyal as any of us."

"Maybe so, but he spent too much time with him. He got caught up in the purge."

Frank was impressed. "How do you know that?"

Blaisdale smiled and winked. "It's inside information. Don't spread it around."

The phone buzzed, giving Frank a moment to look around the office. There was a large framed family photo on the back wall. Blaisdale was with a beautiful blonde and two toddlers sitting on a grassy slope with a mountain in the background. Frank presumed it was Mount Rainier. He had never been there. A polished credenza stood under the picture with three glass plaques on top. On the other side wall was another large picture with an ocean scene. Twin majestic mountains rose behind a harbor spotted with sailboats. The other two walls were windows that overlooked the capitol building beyond a park. Frank thought it was quite an office. Jennifer entered while Blaisdale was talking on the phone, leaving a thick manila folder in front of him. Without glancing in Frank's direction, she quietly left the room. Blaisdale started thumbing through the folder while still giving orders on the phone. Something was happening in San Diego. The bureau was really goosy in the border towns. With the conversation ending, Blaisdale focused on the three-inch folder. First, he studied the phone tap records. Without comment, he moved to the surveillance report. After ten minutes, he retraced a few pages, pausing to stare out the window. After he finished, he pushed the file across the desk to Frank with a slight smile.

"You could go crazy listening to a college girl talk to her friends."

Frank nodded without comment. Blaisdale continued.

"His sister doesn't talk much on the phone, has no visitors, and doesn't linger at the grocery store, post office, or the bank. She doesn't go to church, bingo parlors, bridge clubs, or the movies. Her one passion seems to be the library."

Frank interrupted. "She does watch television a lot."

"OK, how is she communicating with her brother and how is he getting money to her?"

Frank shook his head. "We've been asking that question for over two years now. The daughter and granddaughter aren't doing anything out of the ordinary either."

Blaisdale leaned forward for emphasis. "Well, if we can't discover it in two years, we may as well cancel the surveillance. It's costing us a fortune."

Frank sat up straight. He thought he had avoided this.

"Sir, you might want to check with the director first."

Blaisdale shook his head. "I want to try something else first. Did you read about the house going up for sale on her street?"

"Yes. What about it?"

"I'm going to transfer a husband and wife team to your unit. We'll buy the house, move the team into it, and the wife will try to become the sister's best and only friend."

Frank pondered how to avoid hurting his new boss's ego.

"It sounds good at first, but as you know, the bureau has a policy against family teams."

Blaisdale smiled. "I know about the policy, but I talked to the director last week about Charles and Allison

Adams. We knew about their quiet office romance before they got married but they have skills we don't want to lose. The director agreed to move Allison to another department. She is undergoing field training at Quantico as we speak."

Frank mulled this over. "What about the phone taps and mail intercepts?"

"Let's leave them in place for now. The emails too."

"When will Allison Adams finish her training?"

"Two weeks."

"Should I leave the surveillance team in place until then?"

"Absolutely not. Pull them now. I want no apparent connection between their exit and the Adams' arrival. I'll send Charles down there tomorrow to buy the house."

Frank sensed it was time to leave. He started to rise, but Blaisdale fired one more question.

"Frank, what are your thoughts on this guy after all these years?"

Frank paused then looked hard at his boss.

"There's no one I'd rather catch, but we must face the possibility that we never will. We can't deal with him the way we handle other criminals. We need to think outside the box. Besides, he's sixty-three years old. I think his career is over."

Blaisdale rose to signal the end of the meeting.

"We'll see what Allison Adams can do. She has great people skills. I predict that she will have the sister spilling her secrets within a month. We'll have Reed soon, inactive or not."

CHAPTER TWO

The voice returned. It was the third night in a row. A voice so cold, so frigid, and so chilling that it robbed him of sleep in the night, and drained the spirit from his soul in the day. The voice came wrapped in a different dream this time. A dream not of an inferno, but of darkness that was dank, foul, and grimy. The voice was carried in by a soft wind straight out of catacombs of a different kind of hell. The voice brought a message totally devoid of comfort, hope, and consolation. The message was one of rebuke and accusation. The dream penetrated the deepest sleep of Anil Jaffer, leaving him despondent and hopeless. When he dozed off from fatigue, the words came again:

Empty! Your life's purpose is empty.
Empty! Your family circle is empty.
Empty! Your friendship circle is empty.
Empty! Your accomplishment list is empty.
None! Your children.

None! Meaningful relationships.
None! Pleasant memories.
None! Friends who know you.
None! Friends who will mourn you.
None! Friends who will remember you.
None! Your future.
None! Your hope.
None! Your dreams.
None! Not even a grave marker.
Nothing! The good you leave behind.

Anil Jaffer awoke with a start, warm coffee spilling on his hand with his jerky reaction. His reflexes were still as good as ever. He gazed to the east, taking in the sunrise beyond Old Man Bay. The ocean was calm, unlike his spirit. His fatigue was almost overwhelming due to loss of sleep. After consideration, he rejected a walk on the beach. He was just too tired, even though Rum Point was the best place to be at daybreak in the Caymans. Anil studied the rising sun, dropping again into deep thought. The doctors had given him a year or so but if these dreams persisted, he wouldn't last the week. *Would sleeping pills help?* Anil didn't know. He had never taken one. He had to find out and pray that the voice in the dream didn't return.

* * *

Anil Jaffer came from Channai, the largest city in Tamil Nadu, India. His family had disowned him after he became a converted Christian. They did pay him for his stock in the family business. They exported hinges and fasteners all over the world. With his meager fortune, he had made his way to Mumbai, formerly Bombay, years ago. He got a job in the stock exchange there and within three years had tripled his fortune. Investing half his money in a fledgling movie company, he hit pay dirt, becoming a man of wealth. Strangely, he shunned society although he had several influential friends. Reaching retirement age, he gravitated to the Caribbean, attracted by its beauty and mild weather. The Caymans were perfect for him. A $200,000 bank deposit qualified him for citizenship and the islands had an international flavor. However, he was careful to keep his Indian citizenship and passport.

He met an elderly American widow at the stock exchange and made friends, eventually renting her guest house which was more than ample for his modest needs. For a while, he amused himself by diving, boating and fishing. It was a twelve month a year vacation. Anil entertained the widow with historical stories at dinner. His knowledge of the United States was phenomenal. Since the widow only had one surviving family member, she was grateful for the company and they soon became the best of friends.

Her niece, Jana lived in California with her husband. They came down about once a year to visit their old Aunt Hattie. They had both embraced Anil after he had saved them a perilous trip to the island when Hurricane Ivan had approached in 2004. The servants had all deserted the old woman in the crisis. Anil managed to secure plywood and carpenters to cover the windows in the main mansion and guest house. Money buys almost anything if you have enough of it. After securing all the smaller items, they had weathered the terrible storm together. Other than roof damage, the mansion and guest cottage survived unscathed. Anil was now a virtual family member. His rent money was never accepted again.

Anil avoided the small Indian community on the island. His life in India was behind him. That's what he told Aunt Hattie. It made no difference to her but it puzzled Jana. She concluded that Anil had secrets. But, it made no difference to her either.

Jana had come for a long visit this time, with her husband left behind. She had been here two weeks with no sign of leaving. Anil had heard voices rise from time to time. He knew when to stay away. Anyway, he had problems of his own. His chest pains were getting worse. Finally, he had quietly gone to the doctor. Tests were ordered. The results had come back three days ago. The news was as bad as it gets. He had let congestive heart failure go undiagnosed for far too long. He had a year or less. The doctor had pushed him to go to the United States for better care. He could buy some time there. Fat chance on that, he had laughed to himself. The doctor didn't know.

Her aroma drifted across his nostrils before he heard her soft footsteps tiptoeing on his patio. Only Jana could smell that fresh in the morning. Goose bumps rose on his body as her arms encircled him and her lips brushed his cheek.

"How's my hero this morning? Were you able to sleep?"

"Ah, Memsahib Jana! I'm so honored that you came to check on me, your humble servant."

Jana's soft chuckle was throaty and sexy. She acted totally oblivious to her effect on him. It was a game that they played. He was way too lonely not to like it. Circling the table, she sat across from him.

"Anil, cut out that Indian stuff. You can speak American English better than I can."

"I didn't sleep well, I'm afraid."

"Bad dreams again?"

"Yes."

"You should dream more about me."

"I couldn't sleep then, either."

They both laughed.

"You're up early this morning and you smell heavenly."

Anil reached over and patted her arm.

"Are you going to tell me about your dreams?"

"I can't remember them," he lied.

"You're so secretive at times. What am I going to do with you?"

"Just throw me away. I'm a worthless old man."

"You're not worthless, you're my hero."

She favored him with another hug. Anil squeezed her arm.

"Would you like some coffee?"

"Not that mud you drink. I brought some with me."

With that, she sat back down and propped her feet on another chair.

"We need to talk, Anil."

"This sounds serious."

"Yes, it is. I need to move Aunt Hattie home with me. She is getting quite frail. We've talked at length about it and she doesn't want to go."

"Would she be less frail in California?"

"She would have better medical care there and I could look after her better."

Anil feigned insult. "I am not looking after her well enough?"

Jana laughed. "Of course you are. But if she gets into a crisis here, she probably won't make it. You know that."

"Why doesn't she want to go?"

"You know Aunt Hattie. She doesn't like to leave the house. It's her sanctuary. She loves the ocean view and the quiet life here. The pace in California is hectic and she remembers that. That's why she came here after Uncle Walter died."

"Does she want to be buried next to her husband?"

"Yes."

"Then she should go back at some point. It would be difficult after she died. Do you think that will be soon?"

"There's no way to know. She is getting weaker. I don't think she can make it through the summer next year."

"What about the house? Will she sell it?"

"She won't sell this house while she is still alive. That much I know. She is concerned about you and knows you won't come with us."

"You needn't be worried about me. I'll be fine."

"She doesn't want you to leave either. You're like a son to her. You know that."

"Whatever you need me to do is ok. If I need to move, I can and will."

"I don't want you to move, I want you to stay and look after the house after she leaves with me. I want you to move into the house, run the servants, and keep it maintained. You will be rewarded in the end, I promise you."

Anil bristled. "I don't ask for money, Jana. I'm just fine."

Jana put her hand on his arm.

"I didn't mean to be rude, Anil. I'm sorry. I didn't know. You talk so little about yourself. There's so much about you that I don't know. We consider you a family member yet you're a mystery in so many ways."

Anil laughed it off.

"I hate to disappoint you but I'm no big deal."

"Anil, please tell me again about your family."

Anil paused, looking down, then away.

"It's painful for me to talk about it."

"Please, do it for me."

"Jana, I think the world of you and your family. I had no intention of hiding things from you. I crave a family more than you will ever know and you saying how you feel means a lot. The truth is that you're all the family that I have. I was disowned when I was still young. I have no other family."

Jana waited hoping for more. It didn't come. "Why did they do that?

"I left the Hindu religion and became a Christian."

Jana's antennae rose. Aunt Hattie had told her that he hadn't been to church since she had met him. When she had asked him to take her to church, he had declined. You don't give up your family for a casual belief.

"Anil, you'll always be my hero. No matter what. You know that, don't you?"

"Yes, Jana. You've said that many times. Thank you."

Jana bit her lip. "Anil, I need to tell you something else. This is very personal and very secret. I haven't even told Aunt Hattie."

She hesitated.

Anil waited patiently. "Yes?"

"Paul and I are in financial trouble. The president of our company stole our retirement funds. It was almost everything we had."

"How can this be?"

"We got greedy, I guess. The stock was going up so fast that we put everything we had into it. We found out two weeks ago that he had manipulated the books. Now all the money in the company, the retirement funds, and the stock participation fund has disappeared. We're wiped out and so are our co-workers. It's billions of dollars."

"What does this president say about this?"

"Nothing! He's disappeared. The police are looking for him."

"I'm very sorry for you."

"Anil, you are so wise. You always know everything. Where would this man go? Where would he hide?"

Anil's eyes narrowed. "Why do you ask me this?"

"Because you know everything."

"I wouldn't know where he went."

"I know, but you would know where to look."

Anil watched her carefully. "That's ridiculous. I'm just a humble man from India. I wouldn't know about such things."

Jana tried a new tact. "I really need help, Anil."

"What do you want me to do?"

"Is there any way at all that you can help me?"

"Probably not, but I'll look into it. What is this president's name?"

"Benton Ballard."

Anil nodded and leaned his head back. His heart pain was getting worse with no rest. His body was screaming for sleep.

"Jana do you have any sleeping pills?"

"Sure. They are in my room. Do you want me to bring you some?"

"Yes and one more favor, please. Would you hold my hand until I go to sleep? You'll chase the bad dreams away."

When she returned, he was already asleep on his bed. She gently removed his shoes, and then took his hand in her two. His breathing grew deeper. Quietly, she slipped into the living room. Anil had left his computer on with his email showing. As she reached down to minimize it, her eyes fell to a message at the top of the list. The message caption read: Your loving sister, Mildred.

CHAPTER THREE

Anil woke slowly. It was dark outside. The only noise was the comforting sound of the outgoing tide. How long had he been asleep? It must have been all day and part of the night. He glanced at his digital nightstand clock. 8:43 p.m., it read. He had been sleeping for fifteen hours. The voice had returned several times, but had faded away. Jana must have been here to fight back the demons. He ran his hand over the other side of the king-sized bed. The comforter had retained a faint outline of her body. Yes, she had kept her word. He had been able to sleep. The chest pain was mostly gone and he felt good. He rolled out of bed, laid out an exercise mat and stretched. From under his bed, he pulled out a portable gym and edged into a light workout.

Finishing, he cleaned his living areas and kitchen. Ignoring the hour, he made a heavy breakfast of scrambled eggs, hash browns, and sausage. After cleaning up, he turned on his computer to check the stock markets. *Why is the computer off? I usually leave it on.* Since it was nearing 10:00 p.m., he switched on the television, turned on the satellite, and found a Miami news station. While waiting through the commercials, he heard his patio glass door slide open. He glanced up to see Jana glide in and sit beside him. She wasn't as playful as usual and she didn't sit quite as close. Anil reached over and patted her arm.

"Thank you, Jana. I slept wonderfully."

Before Jana could reply, a beautiful blonde with a smiling face filled the wide screen.

"Good evening, Miami. This is Jennifer Jennings from WMIA, channel 7, bringing you the 10:00 p.m. news. The big news today is the ripple effect that continues from the alleged fraud in the Allegro Corporation. The stock market closed down another three hundred-fourteen points today with the biggest losses coming from mining, drilling, tech companies, and banking. The hunt continues for Benton Ballard, the corporate mogul, who allegedly disappeared with billions from Allegro Corporation's coffers. Charles Hunter with our San Francisco affiliate has a follow up story. Charles, what do you have for us?"

The screen changed to a man in his thirties, standing by the Golden Gate Bridge, microphone in hand.

"This is Charles Hunter, WCAL, reporting to you from San Francisco. The FBI got a break today when a witness in Paris, France, came forward with information that she saw Benton Ballard in the Paris airport last Tuesday. Interpol is now combing Europe for Ballard. The FBI has posted a five million dollar reward for information leading to his apprehension. Meanwhile, in Monterey, Allegro Corporation has closed its' doors at its' corporate office. This has resulted in layoffs of its thirty-three hundred employees-"

Jana gasped. "Oh my God! Now we have no jobs."

She moved closer, putting her hand on Anil's arm. Anil turned his attention back to the television.

"...the controller was released on bail today, emphatically denying any knowledge of Ballard's actions." A photo of Ballard appeared on the screen.

"Ballard's family is now claiming that he has been kidnapped by terrorists and that the money could have used for ransom..."

Jana laughed sarcastically. "That takes the cake. The money disappeared before he did."

"...eral authorities are discounting the claims. Their investigation has revealed that Ballard borrowed heavily three weeks ago to acquire diamond mines in South Africa. That two point seven billion dollars disappeared like the rest. The Bank of California's stock has plummeted seventy-four percent in just eight days. This is the biggest scandal and crisis in California economic history. Other bank stocks have dropped as much as thirty percent. No one knows where this will end. An emergency meeting will be held tomorrow in Sacramento to discuss future safeguards for the California banking industry. Here in San Francisco, federal authorities have filed charges against Ballard for fraud, theft, and violations of SEC stock regulations. If convicted, Ballard could face a maximum prison sentence of seventy-eight years. But the big question is where is Benton Ballard?"

"This is Charles Hunter, reporting from San Francisco."

The screen switched back to Jennifer Jennings.

"Thank you, Charles. Louisiana was shocked today as a twelve member jury has found Thomas Renton the Third, the son of the governor, not guilty of sexual abuse of a child, ignoring overwhelming evidence presented by the prosecution. This is the third time Renton has been tried for sexual crimes against children. All have resulted in not guilty verdicts. East Baton Rouge Parrish District Attorney Douglas Hebert issued a statement this afternoon calling for an investigation for jury tampering. The feud between the district attorney's office and the governor's office has escalated sharply in the last two weeks as the trial has developed. Governor Renton accused the prosecution of fabricating the videotape allegedly showing his son in bed with a thirteen year old girl despite expert witnesses' testimony showing the tape as authentic. District Attorney Hebert has asked for the intervention of the US District Marshall and the FBI.

"In other legal news, former Washington Redskins superstar linebacker Tyrone Jones has been arrested again for drug distribution in Washington DC. Bail has been set at five hundred thousand dollars. That is now almost two million in bail for other criminal charges that he faces. Jones, as you recall, received a lifetime NFL suspension for biting off the finger of an Indianapolis Colts player in the Super Bowl three years ago. Since then Jones has been in the news constantly for various criminal accusations ranging from rape to manslaughter. Washington DC police announced that one of Jones' lieutenants has turned state's witness against him and will testify about the extensive drug operations of Jones. A reliable source in the police department has disclosed that Jones allegedly has over a hundred people selling drugs on the street in several states and that he has a direct connection to the North Valley Cartel in Colombia. Police claim they recovered about two pounds of cocaine, heroin, and angel dust in the trunk of the car when Jones was arrested.

"In local news, more allegations surfaced as two additional ex-employees of noted televangelist Randolph Hayes have come forward to validate stories that he is a fraud. They have produced a video showing the employees opening prayer envelopes, removing the money, and throwing the prayer requests out without even looking at them. They are joining the others in saying that this is a sordid story of lies, fraud, and extravagant spending. The ex-employees are claiming that Hayes' faith healing is faked and that he hires people to sit in the church during his taped programs. Reverend Hayes was not available for comment. His headquarters offices were closed with a note on the door saying the staff was on prayer retreat and were unavailable for several days.

"After a word from our sponsors, there's a promise of rain in the forecast. Stay tuned."

Jana leaned against him. "Turn it off. I can't stand anymore."

"More what?"

"More news about bad guys. That's enough for one evening. The world would be better off if they were dead. There are some really bad people out there."

The world would be better off if they were dead? He gently stroked her arm. A woman's touch felt so good after all these years.

"The Lord will have his vengeance one day."

"I know, but that is too far down the road for me. Anil, I have to call Paul. But I want to talk to you first."

"Yes?"

"Anil, you would protect me if you could, right?"

"Of course."

"You would never hurt me, would you?"

"Jana, you're family to me. There's no way I would harm you."

"No matter what?"

"Of course, no matter what. That's ridiculous. Why would you ask that?"

"Anil, I need to know the truth about your family."

"I told you."

"Anil, who is Mildred?"

She felt him stiffen with shock. After a moment of silence, he spoke.

"Where did you hear that name?

"I didn't hear it, I saw it."

"Where and how?"

"I saw it on your computer this morning."

So! I did have the computer on.

"Mildred is my sister."

"I never heard of someone from India called Mildred. And you said you weren't in contact with your family. Why did you lie to me?"

"I had to. I'm sorry."

"Your real name is Kyle, isn't it?"

"Yes."

"You're from the states, aren't you?"

"Yes."

"You're obviously hiding from someone or something. You wouldn't go through all this for any other reason. You're in trouble with the law, aren't you?"

Anil sat silent for a long time.

"I'm sure I'm wanted, but it was a long time ago."

"What did you do?"

"I— I was in the underworld."

"I thought so. What did you do in the underworld?'

"Jana, you don't want to know all this."

"Why?"

"You just don't?"

"OK. Let me ask you this, do you have connections there that could help me find that bastard Ballard?"

"I don't know. Maybe. Let me ask you something. What are you going to do with this information?"

"What information?"

"About my identity and where I am."

"Oh. I don't want to tell anyone. You are my family. Other than Aunt Hattie, I don't have anyone else. Besides, I need your help."

"What would you do if you could find Ballard?'

"I'd like to kill him. But, I guess I would turn him in so we could get our money back."

"If he was arrested, you probably would never find the money. He wouldn't tell you."

"He would for a lighter prison sentence."

"He looks like he's in his late fifties. He'd rather die rather than go to prison in all probability. Whoever hides the money for him would steal it if he got caught.

"The banks that he would have to use would have no scruples. Why do you think he did this?"

"I have no idea."

"You can only spend so much money. It looks like he stole seven or eight billion. What would he want that money for? What would motivate him to leave family and friends?"

"I don't know."

"Did you ever see his house?"

"Yes. We were invited there once."

"Tell me about it."

"It's a lavish mansion overlooking the beach on the Monterrey peninsula. It's behind a twelve-foot stucco wall and a guarded wrought iron gate. The security system is quite elaborate, I'm told. The house is also white stucco. It has three stories with lots of balconies for the view. The house has about a dozen bedrooms, a media room that seats about forty, and a grand ballroom that he uses for his parties. It's huge with a raised platform on one end for music bands or a speaker rostrum. He has a smaller dining room that accommodates about thirty and a family only dining area on the top floor that overlooks the ocean."

"Does he play golf at Pebble Beach?"

"No. He doesn't play golf."

Anil paused and thought. "How large are his grounds?"

"It's about two acres. The land is very expensive there and hard to get. Nobody sells."

"Where do his party guests park their cars?"

"Valet parking is used. Some cars are parked at Pebble Beach Country Club and the overflow has to be taken off the Seventeen Mile Road to a private parking lot."

Anil whistled. "Wow! That's beyond my comprehension. Do you think he was loaded with debt? Could that be why he did this?"

"Maybe. But it wouldn't be seven or eight billion. That estate would be valued at about thirty-five million."

"How long had he been CEO of that company?"

"About ten years. He made that company a success."

"What does it do?"

"It does a lot of things. It builds, owns, and operates mega shopping centers, gold and silver mines, has oil fields in Alaska, the Caribbean, and the North Sea, and land development. There are subsidiary corporations that do other things as well."

Anil pondered this. "I just can't understand why a man leaves all this. What do you know about this family?"

"He has a wife and three children. His wife is a bitch and two children are spoiled messes. Benton Junior is second in command at the company and handles himself pretty well."

"Tell me about Ballard's personality."

"He has a commanding presence. He acts like a military commander at times but other times he can turn on the charm. As a business visionary, he has no peer that I've ever met. He spends a lot of time reading business periodicals and the Wall Street Journal. He keeps up with everything in the business world. He pushes his people hard but pays them well. He also keeps gifted employees in research and development. He pushes them the hardest. Outside the company, he is all charm. He seems to have the state legislature in the palm of his hand. He is a frequent guest at the governor's mansion. He spends some time in Washington D.C. as well."

"What does he do for recreation?"

"We never figured that out. He's all business. He does watch movies at home."

Anil got up and picked up two sodas out of the refrigerator.

"Does he travel for recreation?"

"I don't think so."

"Does he go to Vegas? Does he gamble?"

"I don't think so."

Anil was stumped for the moment.

"Let me sleep on this. I'll see if I can figure him out."

Jana rubbed his arm.

"Do you want me to stay with you awhile?"

"Yes. I have no dreams when you're here."

"Ok."

"I want to try one of your sleeping pills."

Anil rose, took a pill, and lay down on his bed.

Jana sat beside him, taking one of his hands in hers.

"Tell me about Mildred."

"She's my sister. What's to tell?"

"Is she your only sibling?"

"Yes."

"What about your parents?"

"They died when we were young."

"Did other family members raise you?"

"Yes, my mother's sister and her husband."

"You didn't say uncle."

"No. He was her second husband. He hated us."

"Why?"

"He thought of us as stepchildren. He treated us that way too."

"Where did you grow up?"

"We lived in a couple of places, Lafayette, Louisiana and Tulsa, Oklahoma."

"Was your family in the oil business?"

"Yeah. How did you know that?"

Jana smiled and stroked his wrist.

"Oil is the common denominator for both towns. My company is in the oil business. Remember?"

Anil was getting drowsy. Besides, he hated talking about himself.

"Did your company have offices there?"

"We did in Lafayette. We had rigs in the gulf. What did your step-uncle do?"

"He worked on the rigs; two weeks on and two weeks off. His absence made life bearable. Aunt Carmen was nice to us. I joined the army and got away when I was eighteen. Her husband beat me every time she wasn't looking."

"What did you do in the army?"

Anil didn't answer. He had drifted off. Fatigue pushed him down to a deep sleep very quickly. Slowly the mist seeped in when her hand went away. The voice didn't return until almost dawn. Anil fought consciousness in vain. The voice always won.

CHAPTER FOUR

Anil awoke to escape the voice. After fixing coffee, he slipped out to the patio to watch the sunrise. The breeze had dissipated. The morning was still and beautiful as the sun inched higher over the water. Seagulls sailed over as they searched for breakfast at the shoreline. Anil sipped his coffee, letting his thoughts drift to Jana and her problems.

Why would a man like Benton Ballard leave a perfect life and abscond with the funds. Obviously, life wasn't that good. Something was wrong in his life to cause this. But what? There was no way for him to know. There was no way to find out. *Where would he go to hide? How would he get there? Who would he go to for help? He wasn't a professional. He wouldn't know how to get a perfect identity and a backup. He wouldn't know how to hide.* But Anil did. Anil could possibly find him too. Anil studied and pondered. Jana's words came back again and again. "The world would be better off if he was dead." No! That wasn't what she said. She said, *"The world would be better off if they were dead." What was that awful voice saying? "Your accomplishment list is empty! Your life's meaning is empty! The world is not a better place because you were here! You leave nothing good behind! That was it! I can redeem myself in some small way. I can leave this world a better place. I can make these bad people go away. But, I would have to return to the states. But, I could make this world better for Jana and her husband. I could make this world better for countless others.*

Anil tried to remember the bad people in the news last night. *Who was the child molester in Louisiana? Who was that teleminister? He was the worst,* thought Anil. *What about that drug dealer? Maybe not. Justice would take its' course with him sooner or later.* Anil slowly made a conscious decision. Anil Jaffer would fade into the background. *It was time for Buck Reed to return.*

After refilling his coffee, he returned to his patio to watch the rising sun. His mind began to race. The old adrenalin came back. *Ballard would have to go to a professional for new identities and a hiding place. He wouldn't sit still for a cheap safe house either. If he was in Paris, he was heading to a chateau somewhere. Living on the west coast, he would have to see Binito Carpoletti from Las Vegas, either directly or indirectly. Carpoletti wouldn't reveal anything, even under torture. But his actions would be predictable. He would connect Ballard to the Sicilian families. They would put him in a chateau or sell him one. Servants and guards could handle all trips and chores. Ballard could hide there for months without showing himself.*

Reed checked the internet for private investigation agencies. There were many listed. Reed chose one in Paris to begin. It had affiliates in the United States as well as in Europe. After reaching for pen and paper, he dialed into the Paris office. Choosing English off the automated menu, he waited through six rings.

"World Wide Investigations, may I help you?"

"Yes. I need someone to check flight plans for a private jet leaving Paris last Tuesday or Wednesday."

"Do you have an account with us, sir?"

"No, but I can send you a retainer."

"Very good, sir. Who am I speaking with, please?"

"My name is Harish Savi."

"Where are you calling from Mr. Savi?"

"I'm in the Caribbean at the moment."

"I see. Are you a citizen there?"

"No. I'm from India. I'm just visiting a friend." *Damn the caller ID.*

"May I have your home address, please?"

Reed thought quickly.

"I'm not at liberty to disclose that at this time. I won't be home for several months and I have a very nosy family."

"I see. That's a bit irregular, sir. How could we reach you?"

"I can stay in contact by phone. If you have any concerns, I can send a larger retainer."

There was a pause on the other end.

"I guess that would be satisfactory. A large retainer shouldn't be necessary. This shouldn't be difficult."

"It may not be as simple as it sounds. I don't know the identity of the plane or the destination."

"I see. What exactly are you looking for, sir?"

"I suspect that a private jet transported someone from Paris to Italy, Sicily, or some adjacent country. The jet might be owned by some entity out of Sicily or southern Italy."

"Who would they have transported?"

"I can't say at this point? Besides, his name wouldn't be on the flight plan anyway."

"Do you have anything else we could go on?"

"The flight would have originated on Tuesday afternoon or Wednesday. It very well could have left in the middle of the night."

"Is that all you have to go on?"

"I'm afraid so."

"I guess we can take a look once you establish an account."

"Fine. How much retainer do you need?"

"Ten thousand euros should do."

"What is your hourly rate?"

"It's one hundred and fifty euros per hour and expenses."

"I can wire the funds today. Who am I speaking with?"

"My name is Marcel."

"Will you be my contact person, Marcel?"

"Yes, sir."

"Where do I wire the money?"

"Send it to CIC Banque Transatlantique, routing number 080156887377. Our account number is 32549279. Your case identity number is 21743."

Reed was silent as he wrote the information down.

"When should I check back with you?"

"Give us three days after your retainer is received."

"Very well. I'll be in touch early next week."

"Thank you for your business, Mr. Savi. Good day."

Reed dialed another number and punched two for English.

"You have reached Small Industries Development Bank of India, Nariman Point, Mumbai. If you know your party's extension, you may dial it now."

Reed pressed the extension numbers and waited.

"Your humble servant Atal Shastri speaking. May I help you?"

"Hello Atal. This is Harish Savi. How are you?"

"Mr. Savi. It's nice to hear your voice again. It's been a long time."

"Yes, I'm afraid so. I've been out of the country. How are things with you?"

"It's going very well, thank you. Business is good. Your account is doing well. We have enjoyed a rise in the rupee exchange rate. We're up to thirty-nine rupees to American dollars. Exports are on the rise. Things couldn't be better. How are things with you?"

"Things are going well, Atal. I hope you can help me with a few things."

"Yes, of course, Mr. Savi. I am your humble servant."

"Thank you, Atal. I need for you to wire ten thousand euros to CIC Banque Transatlantique. Their routing number is 08 01 56 88 73 77. The account number is 32549279. The reference number is 21743."

"Yes, of course, Mr. Savi. Consider it done. What else can I do for you?"

"I want you to find me a group tour to the United States, leaving in about seven days. It would be nice if the plane arrived in Miami, Florida."

"I believe that all tours arrive in New York. Would you prefer a direct flight from Mumbai to Miami?"

"No. New York is ok. I would rather go with a group."

"Do you wish any particular destinations?"

"Miami would be nice. But if the tour doesn't go there, its' still acceptable."

"How long a tour do you desire?"

"Anywhere from fourteen to twenty-one days would be just fine."

"Deluxe accommodations or whatever the rest of the tour is using?"

"Deluxe, please."

"Yes, sir. Anything else?"

"Yes, just one more minor thing. I need a checkup. Would you get me an appointment with a doctor? Preferably a heart specialist."

"Yes sir. I hope this isn't serious."

"Nothing is wrong. Its' just a routine checkup. I haven't had one in five years."

"That's good, sir. I will see to it immediately. Are you in Mumbai?"

"No. I'll arrive there day after tomorrow."

"Will I see you then, Mr. Savi?"

"Yes. I'll drop in. Perhaps we could have lunch or tea?"

"That would be wonderful, sir. I look forward to it."

"So do I. I'll see you then, Atal. Goodbye for now."

"Goodbye, sir."

As Reed hung up the phone, he remembered that Jana had mentioned an email from Mildred. He hadn't had a chance to read it. Quickly, he opened the computer to his emails and retrieved Mildred's message.

Dear Brother,

I hope this mail finds you well and comfortable. Helen's flu has eased and she is recovering. Barbara is doing well in school. She has made all As except one B. That's in history. She would do better if you were here. I hope her grades don't suffer but she is getting a part time job. She needs more money to participate in band. Things are good otherwise. By the way, our watchdog is gone. I guess your idea of fresh cookies finally worked. Let me hear from you. Your loving sister, Mildred.

Reed stared at the message. *The watchdog is gone! Could that really be? Why would they give up now? Was it a trap? A change in policy? A change in command? A new form of surveillance?* Reed didn't know and couldn't find out. Retaining the status quo was best for now. He wrote a new email.

Hey George: I hope all is well with you and Anne in Baton Rouge. I hope your granddaughter is still knocking them dead at LSU. I need you to increase Mildred's allowance by five hundred dollars a month. I will instruct the bank to increase your allocation today. I'm also sending an additional twenty-five K in three separate deposits. Hold it for me. I'm intrigued by this governor's son. Would you consider applying for a yard maintenance job there? I may be in Baton Rouge soon. Activate credit cards on plans two and three. I'll see you then. Warmest regards, Chameleon.

* * *

Reed decided that it was time to grow a beard. After making reservations for a flight to India, he cleaned up and headed for the big house. He found Jana in the breakfast nook, hugging a coffee cup and taking in the ocean view. Aunt Hattie was nowhere in sight. Jana looked haggard and tired. Her hands shook slightly.

"Jana, are you ok?"

Jana tore her gaze away from the window.

"Hello, my hero. I've just talked to Paul. One of our dearest friends at the company committed suicide last night. Paul is very upset and so am I. Our world is starting to unravel. I must leave for home today. I'm taking Aunt Hattie with me."

"I'm leaving for Europe tomorrow."

"Really? Why?"

"You asked for my help. I need to see some people there."

"Can you really find Ballard?"

"I don't know. Perhaps."

"How are you going to do that?"

"I think Ballard would have to have assistance to disappear. The man on the west coast who has the capability to provide shelter and a new identity to Ballard is a man named Binito Carpoletti out of Las Vegas. He's connected to the mob and has had connections to Sicily for many years. If reports that he surfaced in Paris are true, he would leave from there under the protection of the Peralta family. I suspect that he will be hiding at some seaside chateau somewhere in southern Europe. We'll try to find him."

"I pray that you do."

"What do you want me to do if we find him?"

Jana looked at him. Tears began to flow.

"Kill him if you can."

"What about the money?"

"Retrieve it if you can."

"Jana, are you sure you want his death on your conscience?"

Jana nodded her head yes. The tears kept coming.

"I want justice for me, Paul, and my friends, one of which is dead because of him. Yes, I can. Can you really kill him?"

"If we find him, I can get it done. One way or another. I need to know how to reach you by email in California."

"Can you call me?"

"Maybe, maybe not. Also, open a bank account with a small opening balance and give me the account number just in case I get lucky."

"What should we do about the house while you're gone?"

"Keep Alonzo here. You can trust him to look after the place."

Jana came over and gave him a big hug.

"You're my hero. I'll get you some money when I get back home."

"I don't need money. If I can get the money back, we'll talk about it then."

Jana wrote down her email address.

"I want to hear from you often, Anil. Are you going to the airport with us?"

"I'm sorry. I can't. I have too much to do."

Jana gave him another hug. "You take good care of yourself. I wouldn't want anything to happen to you."

Reed just nodded. He had a lump in his throat. Sadly, he watched her climb the stairs. He hoped he would see her again.

CHAPTER FIVE

Reed was exhausted when he arrived at the Chattrapathi Shivaji International Airport in Mumbai. The trip had taken seventeen hours with a two hour layover in Paris. He was getting that familiar pressure pain in his chest again. As soon as he cleared customs, he caught a taxi to a hotel. It was 9:00 p.m. local time when he checked in to his room. Room service was closed. Reed left a 7:00 a.m. wakeup call and collapsed in bed without unpacking. But, the dreaded voice returned, robbing him of needed rest. Finally, he took one of Jana's sleeping pills. That allowed him about six hours sleep. The wakeup call brought him out of a semi-coma. He was in a fog, feeling drugged. Now he realized why people avoided sleeping pills. At least his heart pain had diminished some. While wolfing down a hearty breakfast, he reflected on a plan forming in his mind.

I'm getting way too old and sick for this kind of work. How am I going to dispense with these miscreants when I am at forty percent of my old strength? Just traveling wears me out. I can't afford to get caught in a knife fight with younger men. A gun would be too loud. They will be around a lot of people. Whatever is done must be silent. I don't want to be caught with a silencer. Poison? No. Too slow. Wait. Cyanide! That would work. With a needle and syringe. I could get it here and smuggle it in disguised as insulin. But, how am I going to get cyanide?

Reed finished his breakfast and called Atal to confirm his lunch appointment. After bathing, he headed for the internet café by the lobby. Forty-five minutes of study revealed several surprising facts. Cyanide looked to be available right here in Mumbai. No permits were required. There were two electroplating chemical supply companies in Thane, a suburb, on Gauri Boulevard. After noting and studying several jewelry manufacturers in Surat, Gujarat, he headed back to his room. It would be risky ordering supplies when the employees from the chemical supply could be familiar with their customers anywhere in India. This might work or it might not. Reed took a deep breath and dialed the number.

"This is Thane Chemplast Industries. May I help you please?"

"Yes. I need to order some chemical supplies, please."

"I will transfer you to our order department, sir."

There was a long wait. That was good news to Reed. Maybe the company was small.

"This is your humble servant Shanti Ruballah speaking. May I help you?"

"Yes. This is your humble servant Anil Jaffer calling. I'm a new employee for Swarna Mala Jewelry in Surat. Are you familiar with our company, Mr. Ruballah?"

There was a pause. "No, but we serve San Jewelers there."

Reed breathed a sigh of relief.

"Yes, of course. We are working on an experiment here and need some liquid cyanide."

"What quantity, sir?"

"Not much. What size is your smallest bottle?"

"24 ounces, sir."

"That would be plenty. What is the price, please?"

"23,480 rupees, sir. What is your shipping address?"

"I would prefer to have my agent pick it up while he is in Mumbai, if that would be alright."

"That would be fine. May I set up an account for you, sir?"

"Certainly, Mr. Ruballah. Can my agent handle that this afternoon?"

"Yes, of course. But I'm afraid you will have to pay cash for this first purchase."

Reed smiled. "No problem, I understand."

"What is your agent's name?"

"Harish Savi."

"Very good, Mr. Jaffer. Is there anything else?"

"I have a repair problem with my barrel plating. Can you recommend a company that sells the machines?"

"Certainly. Try Sonal Industries here in Thane. Do you need their number?"

"Yes, please."

"95-555-421820."

"Thank you so much. I will have Mr. Savi to your place by three this afternoon."

"Thank you again, Mr. Jaffer. Goodbye."

Reed hung up the phone with a smile. That was incredibly easy. Maybe too easy. He dialed Marcel.

"Hey Marcel. This is Harish Savi. Did you receive my money?"

"Yes, Mr. Savi. I have some information for you. There appears to be three private flights and two charters that left Paris to the areas you told us to look for."

"Where did they go?"

"One went to Palermo, Sicily, another to Rome, and one went to Kosovo."

"I want you to check the Palermo flight and see if the same plane made another flight within a few days somewhere else. The same for the other two. I'm looking for a coastal area as the final destination. Make the Kosovo the lowest priority. There's too much trouble there and it's not a coastal area. Do you need any more money?"

"Not yet. You have only spent about eight hundred and fifty euros so far."

"Marcel, if any of those flights go to a coastal area, could you check for any recent purchase of a large chateau or villa near there?"

"Of course, but how far away would you want to search?"

"I don't know. Just use your best judgment."

"Do you have a name the villa would be in?"

"No. It would be in someone else's name or an alias."

"Who am I looking for, Mr. Savi?"

"I don't have a name for you yet, Marcel. I'll let you know when I have it."

"Obviously, it's somebody very wealthy."

"It certainly appears that way, unless he is an employee thief."

"So you don't know who it is yourself?"

"No. My clients haven't seen fit to tell me."

"So, you're a private investigator?"

"No. But they're my clients, nevertheless."

There was a pause on the other end of the line.

"Mr. Savi, is there any more information that you can give me?"

"I'm afraid my clients are very secretive about this. I don't know why. However, I have served them before and they are honest and reliable. I have formed some opinions based upon my conversations with them. I think someone has stolen several million euros from them. I think this man is in his late forties or early fifties. He may also have stolen someone's wife."

"Ha! That could make it spicy", Marcel laughed.

"Do you have a physical description of this man?"

Reed smiled. That seemed to work.

"No, but I have asked for one."

"What is his nationality?"

"I suspect that he is Italian."

"From Rome?"

"I don't know. Would that be important?"

"It could be. One of the flights ended there."

"Who owned the plane that flew there?"

"A French electronics distributor."

"Is the plane still there?"

"I think so."

"Has this company flown to Rome before?"

"We didn't check on that."

"What about the flight to Palermo"

"That plane is owned by a Sicilian wine grower."

"What is this wine growers name?"

"Carini."

"Is the plane registered in Palermo?"

"Oui, I believe so."

"Is the plane still there?"

"I don't know."

"Could you check for me?"

"Certainly. It will only take a day or so."

"There's one more thing I can think of. Check the previous flights of those three planes for about two weeks."

"Oui. That will take a few days."

"Thanks, Marcel. I'll be in touch."

"Mr. Savi?"

"Yes?"

"Would you mind sending another ten thousand euros? This will take more work than I anticipated."

"Certainly. You will have the deposit in three hours."

"Very well. Have a good day, Mr. Savi."

Reed hung up the phone with a scowl. Marcel sniffed a reward and intended to at least share in it. He would have to be careful with the man. He had to get the information without letting Marcel know whether he was on the right track or not. That could be tricky. With over an hour to burn before his appointment with the banker, he decided to check out a pharmacy. He discovered that he could buy any medicine without a prescription, just like the Caribbean. With ease, he purchased a beginning form of insulin. The medicine came in five vials. After purchasing the accompanying needles, empty syringes, and alcohol swabs, he turned to a helpful pharmacist's assistant and secured the needed pills that a type one diabetic needed. Before returning to the hotel, he found a lifelike rubber doll in a department store. Paying the cab driver to wait, he dashed to his room and left his purchases.

* * *

Twenty minutes later, after shaking hands and bowing, he looked across the desk at Atal Shastri for their first meeting. He was taller than first expected; dressed impeccably in a gray pinstripe suit, white oxford shirt, and a yellow power tie. The only thing that varied on this man from a Wall Street broker was the white turban. The shrewd eyes didn't quite match his smile. Despite eyes that missed nothing, the familiar voice was soft in contrast.

"Ah, Mr. Savi, I get the privilege of meeting you at last."

"Mr. Shastri, I am honored to meet you, finally."

"Yes. I am your eager humble servant. I have taken the liberty to reserve the best table at the building's top floor for our lunch. The view is magnificent, the food is delectable, the service superb, and the staff hears nothing."

Reed smiled. "That sounds like my kind of place. May I be so forward as to ask a couple of favors before we go? I'm sure staff could handle them while we are at lunch."

Shastri bowed. "Of course. Whatever I can do."

"I need another ten thousand euros sent to World Wide Investigations and I need about two hundred thousand rupees for walking around money while I'm here. I need to move one hundred thousand dollars US to a separate account and I need three debit cards.

One is for me and two for my associates in the US. One is named Randy Blanchard and the other is Steven Barnes."

Shastri wrote quickly but effortlessly as he received the instructions.

"Could you spell the names for me?"

Reed spelled the names. "I want a new pin word on this account. It's Jana, spelled J. A. N. A."

Shastri nodded as he punched a button. A bank assistant appeared like magic, taking the note and leaving without comment. Three minutes later they were seated at a table surrounded by glass with a grand view that went for miles. There were no tables nearby. Servants scurried to-and-fro. Reed ordered curried fish and rice. Although alcohol was on the menu, Reed noticed that none was visible at any of the tables. Shastri had nodded to a couple of men when he entered, but now focused his attention on his client.

"Mr. Savi, it's good to finally put a face with your name. You're looking well. You're in good health, I trust?"

"Yes, I'm fine, thank you. Did you get me an appointment with a good doctor?"

"Yes."

Shastri pulled out a business card and slid it across the table.

"Dr. Rasteen will do you a good job."

"Do you know him well?"

"No. He was recommended by a friend."

Reed nodded. Could he believe him? Those shrewd eyes bothered him. *I better set up a trust for Mildred before I leave here. Something he can't steal.*

"Is he a heart specialist?"

"Yes. Mr. Savi, I pray your health is ok."

"Yes, it's fine. I'm just overdue for a stress test. When is my appointment?"

"It's tomorrow morning at eleven."

"Very good. Tell me about my tour."

"You leave in four days. You're in a group of about twenty tourists. You fly Air India to Paris with a two hour layover. You fly American Airlines to New York. I have you booked into the Biltmore in a junior suite for one night. You have an option to stay with the group part of the time, but they do not go to Miami. Because of that I left all options to you. You're scheduled to return twenty days later from New York. Most of the group you are leaving with return in fourteen days so you will be with a different group coming back."

"Am I in coach on the plane?"

"No, sir. You're in business class. The chairs recline for more comfort and the meals are better. Most of the tour group booked the same class."

Reed nodded. "Excellent, Mr. Shastri. That should do splendidly."

Shastri nodded and remained silent as he waited for the food to be served. When the attendants left, he changed subjects.

"Have you talked to your friends in the movie industry recently?"

Reed stalled by tasting his food. This smelled like a trap question. A casual remark was made to Shastri three years ago while establishing his background. *Has Shastri been checking up on me?*

"No, I wouldn't have any reason to. Why?"

"I have some clients that need to make some fast money."

"I'm afraid we didn't part on good terms. They tried to cheat me on some royalties. Things got ugly and I threatened to sue them. They tried to pay me on net profits instead of the gross. I doubt that they would even admit to knowing me today."

Shastri nodded as he chewed.

Was he satisfied?

A pregnant silence followed as they ate the delicious meal. Reed took that to mean that Shastri didn't believe him. *Is Shastri saying that friends are facing financial pressure or is it him? He doesn't need me for investment opportunities. That was just a test question. He is worried about losing my account because of my doctor's request! He should have many clients like me. What if he doesn't? Could he be in trouble with his own bank?* Reed decided to break the ice.

"How much do they have to invest?"

"About three million euros."

"I'm looking at some real estate opportunities, but it is a three year investment. Is that too long for your clients?"

"Probably, yes."

"That's the best I can do with the disarray in the stock markets. You might look at South American investments though, particularly Argentina."

"Why?"

"With the wheat shortage in the world, they are suddenly an export nation."

"You mean invest in wheat futures?"

"No. That's too risky for my blood. Stick with pervasive technology products like cell phones, satellite television, and any product that will improve their standard of living."

"What type of return would that bring?"

"Probably about fifteen percent a year."

Shastri shook his head. "That's too slow for that group."

"That's fine. That's all I'm comfortable with at the moment."

Reed rose to go. This meeting hadn't gone well. Alarm bells were ringing in his head. After finishing up the details with Shastri, he returned to the hotel. The first thing on the agenda was to cancel the appointment with the heart doctor. The concierge found him another for that very afternoon and he used his other identity, Anil Jaffer. Shastri could look wherever he wanted. There would be no medical records on Harish Savi.

* * *

Reed spent an hour studying Swarna Mala Jewelry in Surat before going to pick up the cyanide. Dressing in traditional Indian clothes, he set out in a taxi for Thane Chemplast Industries with some trepidation. His worries were in vain, however. Shanti Ruballah was unavailable and an underling provided the cyanide with total unconcern. Reed asked for the credit application and told the young man he would get the boss to fill it in and return it by the next week. He left the building within five minutes with no difficulty. On the way back to the hotel, Reed stopped and purchased some rubber gloves and a small metal box. The chest pain was getting worse. That doctor's appointment couldn't come too soon.

* * *

One hour later, Reed sitting in a typical clinic inner room, looked up as the doctor entered the room. The doctor looked young, perhaps in his early thirties, but was all business.

"You must be Mr. Jaffer. I'm Doctor Ismari."

Reed nodded, noticing that the doctor didn't extend his hand or bow. He wore a white doctor's coat with a dress shirt and tie underneath. He merely glanced at Reed but studied his chart carefully.

"I see you have been diagnosed with CHF."

"Yes, Doctor. I'm experiencing some pressure pain in my chest."

"Please take off your shirt, Mr. Jaffer and let's have a look at you."

Ismari checked Reed with a stethoscope for a couple of minutes and sat down across from him.

"Your lungs are filling up, Mr. Jaffer. I'm going to admit you to our hospital for immediate treatment. Do you have insurance?"

"No, sir. But I have resources. How long will this take?"

"About two days."

"I can't spare that much time. I'm leaving for the US day after tomorrow. Is there anything you can do in a shorter time?"

The doctor shook his head no.

"Mr. Jaffer, you can't fool around with this. You could die."

"How much fluid is in my lungs?"

"Without x-rays, I can only estimate. I would guess about twenty percent. How long have you experienced this pressure pain?"

"About three days."

The doctor shook his head. "When the fluid gets to sixty percent, your heart will fail. You must start taking medication to keep fluids down in your body."

"What medication is that?"

"There are two, actually, Lasix and Digitalis."

"I thought they gave Lasix to horses."

The doctor smiled for the first time.

"Yes, they do. It dehydrates them. It does the same for you. That's how we keep the fluid out of your lungs."

"Can I function while I take these medications?"

"It would be difficult. You have to urinate constantly with the Lasix."

"How long would this take?"

"If you're lucky, just a day or so."

"So I could still leave on the trip?"

"Probably."

"Could I stay in my hotel room instead of the hospital?"

The doctor stroked his chin. "I suppose so."

"Good! Let's do it that way. Where do I get the medicine?"

"Downstairs, in the pharmacy."

"Can I get a prescription for those? I can't buy medicine over the counter in the U.S."

"Of course. Also, remember to drink plenty of fluids while you are on Lasix."

Reed nodded as the doctor left the room as quickly as he appeared without further comment. After paying the bill, he picked up the medicine and headed back to the hotel. Ordering room service, he took the Lasix and waited. Getting bored quickly, he drained the insulin out of one of the vials. After filling the vial with water, he started practicing injecting the rubber doll. The doll was too soft. It just didn't feel right. After some thought, he called room service back and ordered two oranges and four bananas. The fruit felt more like human tissue. In between trips to the bathroom, he spent the next six hours moving past the fruit and injecting the water. At first, it felt awkward and slow. It took coordination to inject and insert the liquid at the same time. But he got better. By three in the morning, he could walk past the fruit, insert and inject all in the same motion. Instead of taking the second dose of Lasix, he collapsed in bed for much needed rest. His chest already felt better. He slept well for four hours, and then came the unwelcome voice.

* * *

Unable to sleep any longer, Reed debated on taking another Lasix to resume dehydrating or spending some time first to shop and sightsee. Thumbing through the yellow pages, he found a weapons store that opened at eight. All weapons, traditional and novel, it read. After showering and sending an email to Jana, he caught a taxi to the store. Reed was intrigued by several, but selected a cane with a trigger device that extended a sharp blade at the end. That had several possibilities. But he knew it would never make it through airport security. He could pack it though.

CHAPTER SIX

Jana picked up the ringing phone as she finished Anil's email.

"Hello?"

"Mrs. Wilson?"

"Yes, this is she."

"Mrs. Wilson, this is Kevin Smallwood with the San Francisco FBI office. Deputy Director Clay Blaisdale is on the west coast today to look into the kidnapping in LA. He's offered to meet with the Allegro employees at one this afternoon to provide an update on the Benton Ballard investigation. Would you and your husband like to attend?"

"Yes, thank you. Where is the meeting?"

"At our Monterrey office. Do you know the address?"

"Yes, I know the address. Did you say kidnapping? Who got kidnapped?"

"The movie actress, Veronica Satterfield."

Jana sat upright in surprise.

"Really? When did that happen?"

"It happened just after lunch yesterday."

"Wow! I had no idea. I haven't watched television for a couple of days."

"Thank you, Mrs. Wilson. We'll see you at one." The phone line went dead.

Jana grabbed the remote and put the television on the news channel. After a commercial, the news was there.

"The investigation continues in Hollywood this morning after the reported kidnapping of Veronica Satterfield yesterday afternoon. According to Mrs. Satterfield's chauffeur, Mrs. Satterfield was grabbed coming out of a restaurant on Rodeo Drive and thrown into a black limousine. Reportedly, two men accosted her with another driving the limousine. Later, a limo matching the description was found burned in Pasadena. A news blackout has been put on the case by FBI Deputy Director Clay Blaisdale. It is unknown at this time whether the kidnappers have contacted the Satterfield family."

* * *

Jana found Paul on his cell and told him of the meeting. Three hours later they assembled in the FBI meeting room with about fifty other ex-employees. After a short wait, a tall dark haired man about thirty-eight strolled into the room with two assistants and approached the podium.

"Thank you for coming on such short notice. I'm Clay Blaisdale, a deputy director for the bureau. I'm from the west coast, so I'm familiar with the police departments and the leadership out here. We have cooperated on cases many times before. I know how devastated all you are about your loss of jobs and assets, so I think you are entitled to a personal update on the Ballard investigation. As you are aware, Ballard was seen in Paris nine days ago. I sent a team there to work with Interpol to determine where Ballard went from there. After two days of carefully checking flights, we have determined that Ballard used a false identity to fly from San Francisco to Paris on Monday, the day before he was sighted. He spent the night at the Ritz in a non-suite room. He booked a flight to Moscow but didn't make the flight. After that, he disappeared. The alias surfaced because that was the only person to miss a flight that day in Paris. While he was at the Ritz, he stayed in his room, ordered room service and didn't use the phone at all. After he checked out, he vanished. That's all we know at this point. Are there any questions?"

Paul raised his hand. "Mr. Blaisdale, did this man fly first class?"

"No, as a matter of fact, he didn't. Why do you ask?"

"He wouldn't fly coach all the way to Paris and then stay at the Ritz."

"Maybe first class was full."

"Maybe?"

Blasidale flinched as he looked down and slowly turned beet red. His department has missed something and everyone in the room knew it. After a pause, he looked back up, attempting to recover.

"Any other questions?"

Another hand raised in the back of the room. The crowd was getting brave after Paul had broken the ice.

"Mr. Blaisdale, why would Ballard go to Russia?"

Blaisdale shrugged to the question.

"Who knows? Perhaps you folks can help us out here. We can't come up with anything. Ballard should know that an investment there would be too risky. There shouldn't be anything there to attract him. He could pursue mineral rights in the Urals without this radical step. We hit a stone wall there."

The same hand rose again. "He could go there as a launching point to vanish somewhere else."

Blaisdale paused. "That's certainly possible, but we're not sure he went to Russia. Maybe he changed his mind and went somewhere else."

Another hand rose. "What about the money trail? Where has the money gone?"

Blaisdale nodded and reached for a folder from one of his assistants. He was prepared for this question.

"As most of you know, all of the funds in question were wired to two banks in Switzerland. The Swiss banks are refusing to disclose information. This is normal with the Swiss banking system and we are applying diplomatic pressure for full disclosure. Further, a suit has been filed in the World Court for full disclosure, freezing any assets or residual assets, and return of same to the Bureau. We have an emergency hearing set for next week for this matter. I don't want to raise any hopes for recovery, however. Those funds are probably long gone, but we would like for the banks to disclose where the funds went."

Jana raised her hand. "Mr. Blaisdale, can any of Ballard's personal assets be seized to compensate us for our losses?"

Blaisdale shook his head no.

"I doubt that any efforts in that direction would bear fruit. An investigation has revealed that his home was fully mortgaged about two months ago, his stock portfolio has been liquidated, and his antique car collection was quietly sold about a month ago. His art collection has been sequestered however."

A silence pervaded the room. There were no more questions. Blaisdale moved about the room shaking hands with the employees and giving them brief condolences. He came to the Wilsons last. Jana extended her hand first. "Thank you for coming, Mr. Blaisdale."

Blaisdale smiled and extended his hand. "Thank you and your name is -?"

"Jana, Jana Wilson and this is my husband Paul."

"I'm delighted to meet you both and thank you for your insightful questions."

Jana's smile tightened just a little. "Are you certain Ballard is headed to Russia?"

Blaisdale tightened his own smile. "There is a good chance of it. That's where the evidence leads."

"Perhaps that's where Ballard wanted you to follow."

"What do you mean?"

"I mean Ballard is too sharp a guy to leave a clue like that unless he wanted you to see it."

"You don't think Ballard is the person who flew to Paris from San Francisco the day he disappeared?"

"No, I don't. I think that person was a diversion. Probably on another plane."

"Mrs. Wilson, we checked every other flight. All other passports were verified. This is the only guy we couldn't find."

"Maybe so, but he is too smart to leave that plain of a trail."

"Do you have an opinion, Mrs. Wilson?"

"Yes and it sounds a lot more like him. I think Ballard got two or more identities from Binito Carpoletti in Las Vegas. He sent a diversionary passenger on that flight who came back home under his real name. Ballard would have taken a charter flight there. He would have shown himself at the main Paris airport for a second diversion and then caught another charter flight to another destination."

Blaisdale stared at her in amazement. "How do you know about Carpoletti, Mrs. Wilson?"

"A friend told me about him."

"Not many friends would know about him. Who is your friend?"

"Oh, I have a few friends in low places." Jana laughed.

Blaisdale didn't laugh. "Mrs. Wilson, no one outside the underworld or police organizations knows the name Carpoletti. I really want to know who your friend is."

Paul squeezed her hand in warning. Jana tossed her hair and laughed, squeezing Paul's hand in return.

"I'm sorry, Mr. Blaisdale, I really don't know this man that well. I bumped into him last week and I hadn't seen him in almost a year. At most, he is a casual acquaintance. I only know his first name and that is Anil and I'm not even sure that is his right name."

Blaisdale didn't buy it. Casual acquaintances didn't speak of Carpoletti to people they didn't know well.

"Where did you see this guy?"

"Oh, it was in the Caribbean, I think. I bumped into him at a bar."

"Where, Mrs. Wilson?"

"Really, Mr. Blaisdale, you're making a lot out of nothing. This man is from India. I don't think you would have any interest in him."

"How would a man from India know this?"

"I really don't know."

Paul thought it was time to rescue his wife.

"How much is that art collection worth, Mr. Blaisdale?"

Blaisdale fumed but retreated.

"Not enough, I'm afraid. Maybe six million."

Paul nodded and put his arm around Jana.

"Thanks again, Mr. Blaisdale. We have to be going now. Good luck on chasing down Ballard."

Without further ado, he led Jana away. Blaisdale watched them go in silence. When they had left the room, he strolled into the section chief's office.

"Hal, I want you to check on Mrs. Jana Wilson's passport and see if she has traveled to the Caribbean in the last thirty days. If so, I want to know where. Also, find out if Benito Carpoletti has a private jet or access to a private jet. If so, I want a report on its movements for the last three weeks. Get the Las Vegas office involved if you need to."

CHAPTER SEVEN

Three days later, Reed arrived in Miami and checked into a South Beach Hotel. After calling George with mailing instructions for his two new identities, he spent two days alone in his room. The first day was to rest from the long journey. The second day was for another round of Lasix. The trip had gone well. Customs had been a breeze. The officials paid no attention to the group of Indian nationals here for a sightseeing trip. The passports and visas were rubber stamped without suspicion or comment. If anything, they were mildly aggravated by the volume of questions by the group. Reed had stayed quietly near the rear of the group and moved through the line when told. He had been the only one of the group traveling alone so it had not been difficult to separate from them after arriving in New York. After a one night stay in the comfortable suite, he caught the plane to Miami.

The package arrived late on the second day. George had done his work well. Reed now had two new identities.

One was Randall Blanchard and the other was Steven Barnes. Included in the package were driver's licenses, passports, social security cards, and recently activated credit cards. The identities used the same photograph for the licenses and passports. The addresses were the same as well. George had decided to use his own home address in Baton Rouge for both identities. Reed studied the details of both new persons as he convalesced in his room.

Reed felt good on his third morning. After eating a hearty room service breakfast, he shaved off his beard, stretched, bathed, and donned American clothes. After packing, he sallied into the lobby carrying his one special bag. Waiting until the checkout counter people were busy, he left his express check out form on the counter and tipped the bell captain to bring down his luggage. Strolling out to the cab area, he sat down to read a newspaper until his bags arrived. The headline on page one read: **REVEREND HAYES DENIES WRONGDOING**. Reed scanned the article and learned that the church was located in Fort Lauderdale near his seaside mansion. Predictably, Hayes was threatening to sue his accusers for libel and saying that the devil was behind all this because Hayes was saving so many souls. Reed smiled grimly as he put down the paper to oversee the bags being placed into a taxi. Some story about a Hollywood starlet being kidnapped could wait. There was his special bag that he put in the back seat with him. It contained his medicine, money, and identities. After the taxi was loaded, he tipped the bellman, slipped into the back seat and spoke quietly to the cabby.

"The South Beach Executive Suites, please."

The cabby nodded and traveled the twelve blocks and unloaded a brand new Randy Blanchard, complete with his baggage. Reed strolled to the front desk and addressed the young lady working her computer.

"Hello, I'm Randy Blanchard. I have a one night reservation."

The clerk typed into the computer, hesitated a moment, then looked up and smiled at Reed.

"Yes, Mr. Blanchard. We have you. Your room will be ready by eleven. Would you like to check your bags with the bell desk?"

Reed frowned. "Do you have a comparable room ready now?"

"No, sir. It's only 9:30. The rooms are being cleaned now."

Reed placed a folded fifty under a brochure and slid it towards the clerk.

"Perhaps an upgraded room is vacant and ready."

The clerk's eyes darted right and left. She glanced to her left to the executive offices and the brochure vanished as if by magic. She tapped some info into the computer and waited. Then she tapped some more. Flashing her best smile to Reed, she computerized a key and pushed a registration form to Reed.

"Yes, we have the vice presidential suite available. I can provide that upgrade at our best rate. It's only two hundred and thirty five dollars. Would that be acceptable?"

"Certainly, if it's available right now."

"Yes, sir. Just fill in the registration form and I can get a bellman to escort you there. You will like it there,

Mr. Blanchard. It has a sitting room, ocean view, complete kitchen, complimentary fruit basket, wall safe, large screen HDTV, and complimentary breakfast."

Reed winked and smiled. "That sounds wonderful. Thank you."

Finishing the check-in form, he followed the bellman to the elevator. *I really missed America. It's good to be back.* The room was magnificent. Reed was tempted to stay a week, but it was too far from Fort Lauderdale. Munching an apple, he ordered a rent car pick up and checked the yellow pages for department stores, banks, pawn shops, and a Walmart. Finding an area with all four businesses, he put his valuables in the wall safe and rode the elevator down to the lobby to wait for the rent car.

* * *

After carefully choosing a four door Oldsmobile with a forgettable dark green color, he spent the day handling details. First, using two branches, he opened a bank account for each identity. Avoiding checks, he secured a debit card for each account. He transferred four thousand dollars into each account from his designated account in India. Leaving the bank, he found a pawn shop nearby where he picked up a set of tools, a four inch hunting knife with scabbard, a knife sharpener, and a pair of binoculars. After lunch he found the Walmart. There he selected a baseball cap, a toboggan hat, a floppy golf hat, three sets of cheap casual clothes, sunglasses, a box of medical rubber gloves, a roller suitcase, and a multi-tool. Rejecting the shoes there, he found a department store two blocks down. After an hour of finicky shopping, he found some rubber soled loafers that had no squeaks and a black long sleeve polo shirt.

Upon leaving the area, he chanced by a Goodwill store. Turning around, he shopped there for the most important items of the day; well worn, grubby work clothes. Getting help from a clerk, he found a set of khakis, a jumpsuit, and some threadbare shirts. Reed smiled as he tried on the old clothes. He transformed from a smartly dressed looking executive type into a pathetic looking day worker just one step above a beggar. Donning the toboggan and sunglasses, he appeared in the mirror to be someone a person would look past and forget within ten seconds.

The last stop of the day was at a cell phone store where he purchased a cell phone, taking the precaution of putting it in the name of the second identity, Steven Barnes. Returning to the hotel, he napped before dinner. Sleep came easier now, no voice. With a mission now, he was more at peace with himself.

After a scrumptious seafood dinner, he honed the hunting knife as well as the blade in the multi-tool while waiting for the channel seven news. He was beginning to enjoy watching Jennifer Jennings. She was really cute. It was a shame that youth was wasted upon the young.

CHAPTER EIGHT

The next morning, after his free breakfast, he decided it was time to call Marcel.

"World Wide Investigations."

"Marcel?"

"Yes."

"Harish Savi here."

"Ah, Mr. Savi. It's good to hear from you. Who is Steven Barnes?"

"He's a friend of mine in the United States."

"Are you there now?"

"Yes, I am. I would like to set up someone here to be a contact with you while I'm here. Someone who you can give all the details to."

"Yes, of course. Any place in the US in particular?"

"Somewhere in the south would be preferable. Maybe on the Gulf Coast?"

"Yes, let me see. We have an affiliate in Miami."

"I was thinking more centrally."

"Ok. What about Memphis?"

"That's a little too far north. What about Louisiana?"

"I'm sorry. We don't have any connections there. What about Dallas, Texas?"

"That sounds ok."

"All right. Write this down. Lone Star Security. It's on Harry Hines Boulevard. The phone number is 214 555 1244. The contact there is named Henry Watkins. I'll call him when we get through and set it up. How much do you want him to know?"

"Copy the whole file to him. Can you handle his payment?"

"Certainly. He'll have to copy us all his findings and activities, of course."

"No problem, Marcel. Have you found out anything since we have talked?"

"Well, maybe. I had the Palermo flight history checked as well as the one to Rome. Nothing in yet on the one to Kosovo. The Palermo flight that arrived in Paris two weeks ago came from Las Vegas, Nevada."

Reed's spine tingled. Keeping his voice calm, he asked the important question.

"Where was it before then?"

"San Francisco. It came in the day before."

"And before then?"

"It arrived in San Francisco from New York on the same day. It traveled to New York from Paris, and before that from Palermo."

"Is there a passenger manifest?"

"Sadly, no. That information is not available to me."

"Is the plane still in Palermo?"

"No. It left two days ago for Split, Croatia."

"Is it still there?"

"It was this morning."

"Good work, Marcel. What about the plane to Rome?"

"It stayed in Rome for three days and then returned to Paris. It hasn't moved since."

"No coastal visits, huh?"

"No messier."

"Let's go back to Croatia. Is there any indication of a large villa purchase?"

"I don't know yet. We are checking that out. Do you have a name for me yet?"

"No. Sorry. He will be using an alias anyway. Is there any way that you can find out who was on that plane from Palermo?"

"Probably not, messier. The passenger manifest was empty going from Paris to Palermo. It showed crew only. I can't get anything out of Sicily. They don't record who is on private jets."

"I see. You have done well, Marcel. Do you need any more money?"

"Probably. If we have to dig out real estate records on the Croatian coast without a name, we will. How large an estate do you think he would buy?"

"It will be big. Let's look at the five most expensive with an ocean view and see what they look like. I'll call your affiliate in Dallas in two days if that's enough time."

"That's fine. You have a balance of twenty-two hundred euros. I don't think that will be enough."

"I'll send another ten today. Thanks, Marcel."

"Have a good day, messier."

Reed hung up, barely able to control his excitement. The shot in the dark seemed to have borne fruit. The plane schedule looked perfect. As he unloaded his safe and packed, he debated whether to contact Jana. Since he now had a cell phone and was in the United States, he didn't see any down side to giving her a status report. After looking up her number and dialing it, he waited with excitement.

A sleepy voice purred into the phone. "Hello"

"Jana?"

"Yes? Who is this?"

"It's Anil. I'm sorry to wake you."

The voice grew sharper immediately.

"Anil. I'm delighted to hear from you. Where are you?" Are you alright?"

"Yes, I'm fine. I'm in Miami."

"What are you doing there?"

"I'm just handling a few business details. That's all. I wanted to give you an update on your former employer."

"Really? Do you know where he is?"

"There is evidence to suggest that he ended up on the Croatian coast."

"Where on the coast?"

"It's too soon to tell. I'll know more in a couple of days, maybe."

"Anil, how are you feeling?"

"I'm doing ok. How's your aunt?"

"She's getting pretty frail, I'm afraid."

"How is your husband doing? Has he found another job?"

"He's doing fine, but no job yet. Anil, there's something I need to tell you."

"Yes?"

"We spoke to a FBI guy this week about Ballard. I asked him about Binito Carpoletti. He wanted to know where I got his name. He was very persistent about it."

"Did you tell him about me?"

"Not really. I just said that I ran into a guy in the Caribbean named Anil that told me about him. Is that ok?"

"I don't know. What is his name?"

"Blaisdale. I don't remember his first name. He is in charge of finding Ballard."

"Is he getting anywhere?"

"I don't think they have a clue. Can I pass on what you told me?"

"Not yet. Don't tell anyone."

"What about Paul?"

"You can tell Paul but that's all."

"Anil, was that Carpoletti guy involved in hiding Ballard?"

"It sure looks like it."

"What can we do?"

"Just wait and be patient. Once we have Ballard located, we can decide. I don't know how protected he is or what he is up to. I can't formulate a plan until I know."

"Anil, I'm so lucky to have you. Thank you so much for all you've done."

"Don't worry, Jana. It will all work out. Do you and Paul need some money to tide you over?"

"Anil, you're very sweet to ask. But, you really don't need to do that. Aunt Hattie is helping us. How about you? Have you had to spend money to get this information?"

"Don't worry about it, Jana. I don't have anyone else to spend it on. I've only spent a few thousand euros anyway."

Reed glanced at his watch.

"I need to go now. I'll be in touch soon. Remember, don't talk to anyone yet."

"I won't, Anil and thank you so much."

"There is one thing you can do, Jana, now that I think about it."

"Yes?"

"Look up Split, Croatia. There seems to be a large airport there. Find out how many seaside towns and villages are near there."

"Will do. Is there a number where I can call you back?"

"No. I'll call you back in a couple of days."

"Take care of yourself, Anil. I'll wait for your call."

Reed hung up his cell phone and called the bell desk. It was time to go to work. The old juices were flowing. It felt good.

* * *

Within minutes, Reed was on I-95 heading north toward Fort Lauderdale. The sea breeze was blowing in cirrus clouds. It was going to rain. The traffic was heavy for ten in the morning. Road construction signs were plentiful. Reed was glad that Fort Lauderdale was only thirty miles away. Soon the road narrowed to one lane and the traffic slowed to a crawl. Road crews were everywhere. The single lane became a detour to the shoulder. The road turned bumpy and uneven. Chug holes appeared from nowhere. Going even ten miles an hour brought a risk of undercarriage damage. Then as if by magic, he was back to two open lanes of traffic. After a quarter of a mile both lanes of traffic stopped in front of him. *What now?*, he thought with growing irritation. Ahead of him, a small thread of smoke slowly climbed into the air to the accompaniment of screams of motorists. Reed got out of his car and ran forward to investigate.

Over a small rise, he came upon a four door sedan with flames rising from the engine area and smoke filling the passenger cabin. There was a Hispanic woman screaming and wringing her hands. Another woman was pulling her away from the car. Reed's attention was drawn to the back seat where he could see two children standing in the seat crying and looking toward their mother. Reed ran to the car and tried to open the back door. The door was locked and hot to the touch. Without thinking, he ordered a lady immediately behind the burning car to pop her trunk. Grabbing the jack, he strode back to the car and hit the window glass. The laminated glass held fast. Ordering onlookers back, he swung the jack with all his might. This time the glass cracked and gave way to the inside. Reed reached in and grabbed the first child and dropped him on the ground behind him. The front seat burst into flame and smoke obscured everything in the cabin. Reed found the second child who had scooted over to the far side. Unlocking the door, he reached over to rescue the second child. As Reed bent over, he felt a baby in a safety seat. After pulling the second child to safety, he felt for the release catch on the baby seat. It wouldn't budge. Reed backed out of the car and gasped for breath, reaching in his pocket for his multi-tool. Flipping open the blade, he ripped the strap open and grabbed the baby. Backing out of the car, he handed the child to a man standing there.

"Check her for breathing."

The screaming mother broke away from her restrainer and grabbed the baby. The child was unresponsive. Another man grabbed the child and laid it on the ground and began mouth-to-mouth. Reed backed away, satisfied that everything was under control. After replacing the jack, he headed back to his own car, ignoring a woman two cars back who was videotaping everything from inside her car.

CHAPTER NINE

Reed exited 17th Street and turned left several blocks to a Residence Inn. There were several hotels nearby but he opted for the more spacious floor plan. The hotel was two blocks from a toll way that connected back to I-95 both north and south. The room was immediately available. After unpacking, Reed checked the phone book for Randolph Hayes' church. It appeared to be only five minutes away. As expected, the Hayes' residence had unlisted numbers, so an address was unobtainable.

Reed dressed in his khakis, checked his tools and other essentials in the trunk, and headed for the church. It was eleven fifteen. There was a small amount of activity at the church. A black limo with an emblem of united hands in prayer waited by the side door. Reed couldn't tell if a driver was inside. The window glass was too dark. There were four cars parked in the back of the church and about ten in front. A channel seven news team was in the process of leaving. Reed parked in the back, donned his toboggan, and slipped through the back door. Inside, stairs led to the stage and a narrow hallway traveled both right and left, turning toward the front of the church. Reed chose the hall to the right since the voices were more to the left. Turning the corner, he spied some closets. Opening the first, he instinctively grabbed a large commercial broom and headed forward a few steps, through a solid door to the main chapel. Without looking to his left, Reed began sweeping the aisle directly in front of him. The voices continued as though he wasn't in the room. Reed didn't glance toward the podium until he turned the corner at the top of the chapel.

There was a man standing on the stage who Reed assumed to be Minister Hayes. He had a commanding presence, stood over six feet tall, had light hair reaching almost to his shoulders. He was berating a middle aged woman and a group of about a dozen people huddled below him. The uniformed chauffer was standing off to the side totally disinterested in the proceedings. Reed continued the soft broom across the back and turned left down the center aisle, heading directly toward them. Keeping his head down, he could now hear every word distinctly.

"I'm tired of you idiots screwing up. Our rehearsals shouldn't take more than a half hour and we've been here since nine o'clock and these assholes still don't know what to do."

The lady assistant protested.

"Reverend, that news team took over thirty minutes. I can't help that. I couldn't rehearse the Sunday program right in front of them, could I?"

Hayes turned away from her in disgust.

"Beatrice, quit your excuses. We've been at this for over an hour before they got here. Now get this bunch to the back of the chapel and let's go through this again. I don't have the whole damn day."

Beatrice showed the people past Reed and lined them up in various seats near the back of the chapel. Reed finished the aisle right in front of Hayes and turned right to the far side of the room. Hayes turned around to the back and signaled. Choir music came through speakers from around the chapel.

"That's still too loud, damn it. Turn it down, stupid. You're drowning my voice out."

The music dropped to background level.

"That's better."

Hayes picked up a microphone and began.

"Come, all ye faithful. Come to me. Come to me all you crippled and disabled. Come to me. Come to me all you downtrodden and poor of spirit. Come to me. Come to me all you poor. Come to me. I'm the way to the Lord. I'm the way to peace of mind. I am the way to the Kingdom. I can get you, the rich, through the eye of the needle. I am the way to heaven. I am the way to be healed."

Hayes stopped and pointed to Beatrice.

"You idiot, I said to get the man with the cash coming to me on the cue of "Come to me you poor in spirit. What's wrong with you?"

Beatrice poked the guy with a paper bag. The man walked down the aisle with a cripple right behind. Hayes shrieked again.

"Damn it, I want the cripple last. The aisle has to be clear when I heal him. How the hell can he run back up

87

the aisle when it's full of people? Beatrice, line them up so the idiots can get the sequence down."

Hayes paced the stage in frustration. Reed finished the sweeping and headed back to the janitor's closet. He had seen all he needed to see. He put up the mop and went back to his car. Circling around the church, he hid behind a pickup truck waiting for the limousine to leave. Thirty minutes later the church emptied out just after the limo charged out of the parking lot. Reed fell in line with some other cars and followed the limo out. Soon, the other cars peeled away, one by one. The limo traveled under I-95 and turned left a few blocks away from the ocean. Reed slowed as the limo drove through a security gate with a guard shack to the left. The limo traveled two blocks and turned a sharp left and disappeared. Reed eased up to the guard shack and peered in. It was empty. Hurrying to catch up he looked to the left, seeing the limo pull into the last house on the right. The road dead-ended just beyond the mansion, so he couldn't get a good look at the house. Instead he ducked into a side street to the left. Traveling to the end, he got out of the car and retrieved the binoculars from the trunk. Pulling the car up a few feet, he moved in front of the house on his street to where he could observe the Hayes mansion from inside the car.

The house was a two story white stucco with a white wall surrounding the front with a twelve foot wrought iron gate. There was a key pad on the left side for coded entry. There were two revolving cameras at the front covering all approaches. The wall was at least ten feet high going all the way to the ocean's edge in the back. Reed couldn't see beyond that. Any approach for a closer view would be detected by the cameras. Reed looked to his left. Streets had been cut for a new sub-division. Two houses were being built on a cul–de-sac backing up to the ocean. The streets led to an entrance to the left intersecting with the main boulevard that he had turned off to get into this sub-division. Reed decided to give that street a closer look. Retracing his steps, he left Hayes' sub-division, turned into the new one and parked behind some worker's cars. It was only a few yards to the ocean.

Reed opened the trunk and grabbed his baseball cap, some basic tools, and his sunglasses. Changing his khaki top for another shirt, he donned the cap and sunglasses for a different look, and trudged up the beach toward the Hayes' mansion. It was about three hundred yards away. There was a breakwater jetty rising above the water creating a canal for the homes backing up to the ocean. Inside the canal were several yachts including a large white one right behind the Hayes' home. It appeared to be about sixty feet long with a fly bridge. As he got closer, his attention went back to the wall that ran to the water's edge. There was no security camera there. Reed stopped and scanned the back yard and what little he could see of the back of the house. There was a security camera on the roof of the back of the house but it didn't swivel. He could see another roof a few feet behind the big house. He assumed that would be some kind of beach house. Walking to within ten feet of the property, he studied the wall running along the back property line. It was a low white brick with a wrought iron gate with three steps leading down to a walk going to the yacht. It appeared to Reed that the front security camera had no angle to monitor an entry on the yacht. The bath house was in the way. He wondered if a camera on the far corner of the house would catch it. Seeing that a walkway extended beyond the Hayes' mansion, Reed decided to walk it and see if it set off any alarms. Finding the camera on the far side of the house, he was surprised to see it angled toward the front side of the bath house. There was no vision security on the yacht.

Hearing no noise or activity in the back yard, he decided to explore the yacht. Stepping on the boat, he was stopped by a locked door. Pulling out his multi-tool, he opened the flimsy door and stepped inside. To his right was the captain's chair and steering wheel. A small drawer looked inviting. Inside were a credit card and a walkie-talkie. Reed pocketed both and stepped down inside the cabin. There was a living area with seats extending around and a large dining table in the middle. There was a layer of dust on it showing light use. Stepping around to the left, he traveled down a short hallway to the master bedroom. The room was lavishly furnished with a four poster bed and various cabinets on the opposite wall with a wall mounted plasma TV in the center. Reed thumbed through the movies in the drawer below the TV. The movies were mostly porno! Grabbing the remote, Reed turned on the TV. There was a porno movie in place and playing. A man with a white mane of hair was being attended to by two voluptuous and naked ladies in a hot tub. Looking closer, he discovered something else. The man was the good Reverend Hayes himself. The hot tub was beside a larger pool. Now Reed understood why the camera wasn't pointing toward the boat. Hayes had a better use for it. Reed quickly removed the disc and put it in an album cover. Since it wouldn't fit in his pocket, he stuffed it down his pants in the back. Reed left the boat, relocking the outer door and re-examined the back of the house. There was no activity. Occasionally someone would pass a window, but no one was paying any attention to the back area.

The second story on the left side had a balcony with stairs leading down to the pool. That looked like the master bedroom. The rest of the second story was obscured by the bath house. Reed didn't remember seeing a balcony there when he approached. The wall by the water was only four feet high. Entry over that wall looked pretty easy. Checking for signs of patrol dogs, he concluded that security was pretty lax in the back. There were no piles of dog dung or food or water dishes within sight. Slowly a plan formed. This looked doable if no guard was posted in the back at night. Reed returned to his car and drove slowly back to his hotel. He could get a nap in before dinner.

* * *

Reed awoke to a ringing telephone. He had left a wakeup call. Getting some water for his meds, he settled in to watch the six o'clock news. It was time for Jennifer Jennings.

After two commercials, her bright smile dominated the screen.

"Good evening, Miami. The traffic snarls continue on I-95. The police report endless complaint calls during peak travel hours as workers in the suburbs adjust to ninety minute drives to and from work. There was one bright spot today however. Eye witness reports tell a story of a good Samaritan who saved three small children from a burning car today and channel seven has the tape."

The screen went from Jennifer to the burning car. Reed stiffened as his image appeared from the left and rescued the children. Jennifer's moderation continued.

"Look at this man who selflessly endangered himself to extricate the children, including an infant from the back seat of the car. Instead of standing by to receive thanks and accolades, he just went on his way, like it was the normal thing to do."

The camera zoomed into his face.

"KMIA wants to know who this man is. Anyone who knows him should call our station immediately. He is eligible for a substantial reward from the city and our station for his heroic actions. In this day and time, we dwell so much on the things that are wrong in life, we should remember that there are many good people in this world."

The camera went back to normal focus and followed Reed back to his car with the license number plainly visible. Reed shuddered. *No good deed goes unpunished* ! Just what he didn't need. Notoriety!

A stunned Reed sat motionless for awhile. His mind raced. *Should I abort the mission? Will anyone pay attention to this story? Does the license plate number jeopardize this identity? Is it too dangerous to drive this car back to Miami? Am I still on most wanted lists?*

Reed thought for several more minutes, and then started moving. He filled out an express check out form.

He could stay here tonight if necessary, but no longer. He dressed in his black clothes and packed everything in the back of the car. Driving to a Walmart, he waited by an entrance until an Oldsmobile the same color drove in. As soon as the couple left the car, he parked, eased over to the car next to it and removed the back license plate. Then he went to the Oldsmobile and exchanged the license plate, keeping the Olds plate for himself. Driving several blocks away, he changed the back plate on the rental car. That precaution could buy him some time. Traveling back to I-95, he scoured the car lots until he found a four year old extended cab pickup on the back row. Satisfying himself with its condition, he put a deposit on it with instructions that he would pick it up the next morning at eleven and pay the balance. He was careful to use his second identity.

Next, he went back to Walmart, picking up a small mailing carton. After looking up the address of KMIA television station, he mailed the porno disc to Jennifer Jennings anonymously. After eating a quick meal at a fast food joint, he drove back to his hotel. Leaving a wakeup call for two a.m., he settled in to rest.

* * *

Waking to his call, he dressed in his black clothes, brought in his essentials, filled a syringe with six cc's of cyanide, put his small tools in his pocket along with the walkie-talkie, strapped his hunting knife to his belt, donned his toboggan, and ordered three pizzas sent to Reverend Hayes' house using Hayes' credit card. Although there was no need to hurry, he rushed back to the new sub-division. He exited the car and crept up to the side of the house where he could see the pizza delivery car. The darkness hid him completely and he saw the car slowly approach through the guard gate three blocks away. Scurrying to the back, he vaulted the short brick fence, keeping the bath house between him and the security camera on the right and headed for the stairs. He could hear voices in the front yard. The pizza man was doing his job. All security forces were drawn to the diversion. Reed climbed the stairs and tried the bedroom door. It was locked. Undaunted, he took out the multi-tool and worked open the lock. Sliding into the room, he froze and listened as his eyes adjusted to the dark room. Hayes was breathing deeply but not snoring. Reed moved to the side of the bed, pulling out the rubber gloves. Quietly, he put them on, adjusting them to fit his fingers. When they were tight, he pulled out the syringe and removed the protective cover off the needle. As he held the needle up to the light, the heavy breathing stopped. *Hayes was awake!* Dropping the needle cover on the bed, Reed pulled out his hunting knife and held it to Hayes' throat.

"Yell and you're a dead man."

"Who—Who are you? What do you want?"

"Where's your wall safe, preacher?"

"You're going to rob me? I'll have God strike you dead."

Reed laughed softly. "God doesn't listen to you."

Hayes was getting braver. Reed could tell by his voice.

"Back off asshole, or I'll call my security. You won't live a minute."

Reed tightened the knife.

"Neither will you. You won't get the second sound out of your mouth. Now where's that wall safe?"

"It's downstairs in my study. There's money in it. I'll go get it for you."

Reed chuckled again.

"I'm not that stupid, Hayes. I guess I'll have to settle for your Rolex. Where is it?"

"It's over there, on the dresser. Take it and go."

"I'm not going to leave you awake. Roll over. I'm going to give you a knock out shot."

"No. Just get out of here. God is going to strike you dead."

"Not on your orders. You're a bigger thief than I am."

"I am not. I am a man of God."

"Hayes, you're a thief of the lowest order. Now if you want to live, roll over. You're going to sleep."

"No. You're going to kill me."

"Only if you piss me off. You're just going to have a slight headache in the morning. If you don't roll over, I will kill you. I won't have a choice."

Hayes' voice trembled. "Please don't kill me. I'm a holy man. You'll burn in hell forever."

"Maybe! You'll be there. You can watch. That is when you're not watching your porno movies."

"I don't know what you're talking about. I'm a servant of God, I tell you."

Reed tightened the knife again.

"Are you going to roll over or do you want your throat cut?"

Hayes rolled over, sobbing. Reed yanked down his underwear and thrust in the needle, squeezing down on the plunger. Hayes gasped briefly, then was quiet as his body stiffened. Reed found the needle cover and replaced it on the syringe. Returning it to his pocket, he pulled up Hayes' shorts and rolled him over, being careful to cover him up to his shoulders. As he removed his gloves, he looked around the room and listened. Everything was quiet. Replacing his knife, he headed for the door. Turning the inside lock button back to lock, he wiped the knob, let himself out and eased down the steps. He could see two security guards through a window wolfing down pizza. He could have marched down the steps with a marching band and they wouldn't have noticed.

Reed's thoughts raced as he drove back to the hotel. He had killed someone for the first time in years. Strangely, he felt little or no emotion or remorse. Ridding the world of Hayes was a good thing, he decided. It was no worse than killing a snake on someone's path.

CHAPTER TEN

Reed ordered room service the next morning. Turning on the television to catch his handiwork, he was surprised to see himself again but this time it was on the national news. Patiently, he waited until the anchorwoman reappeared.

"This is Sarah Crownover with Good Day, USA. Welcome to Wednesday. The drama continues to unfold in Hollywood as police appear to be totally stumped by the Veronica Satterfield kidnapping. They are quoted as saying there have been no verifiable ransom demands by the kidnappers. The FBI has received some crank calls with people wanting money but they are clearly imposters who do not have Mrs. Satterfield. Anonymous sources within the family are saying Mrs. Satterfield has been an abused spouse for years. They are fearful that the husband, Walter Satterfield has murdered his wife and staged the kidnapping beforehand. The FBI has discounted the story though, claiming that the husband has been available every minute since the kidnapping. Rumors persist, however, that there is a sizable rift between Walter Satterfield and his two grown stepchildren. Reportedly, the dispute stems from alleged verbal and physical abuse that has gone on for years. Neither the husband nor the children are available for interviews at this time. Meanwhile, the whispers continue.

"On a happier note, all the news this morning is not bad. We have heartwarming news from Miami. Jennifer Jennings with our affiliate KMIA has the story. Jennifer what's happening down there?"

The picture switched to Jennifer with her ever bright smile with the skyline of Miami in the background.

"Good morning, Sarah. We have an unprecedented situation here where a good Samaritan driver saved three children on Interstate 95 yesterday, then vanished like a puff of smoke. The following video shows the hero entering the screen from the right, trying unsuccessfully to enter the burning car, and then coolly grabbing a jack from a car close by, smashing the window of the car, then extricating the three children. Our hero then returned to his car, rode on the shoulder past the other cars and vanished. This video caught it all."

The picture froze to a close up on his face.

"The speculation here is that he is either a retired police officer or a fireman. However, he could have a military background. Miami has offered him a reward but so far, he has not come forward to claim it. The question remains: Who is this man?"

Sarah broke in. "Jennifer, did you run the license plate number? I can see it plainly on the video."

"Yes. We sent the plate number to the Miami police but they haven't responded yet. Right now, they are swamped with traffic problems due to road construction."

"Jennifer, I'll speak to our people here on an award. We choose a citizen of the month. I would think this man would qualify for it."

Reed was both worried and relieved. They didn't know who he was yet, but they would. He knew his identity was shot. Also, George's address was on that identity. He had to do something about that. On the bright side, no one had discovered Hayes' body yet. He could be on the road long before the police discovered that the death wasn't by natural causes. Reed checked the desk drawer and found some stationery, but it had the hotel logo on it. He'd find some plain envelopes and paper on his way out of town.

He punched in George's Baton Rouge phone number.

"Hello?"

"George?"

"Yes?"

"This is Kyle."

"How's it going, man?"

"Ok, so far, but my first cover is blown. I'm going to send a letter addressed to him to your address. Mark it addressee unknown and return it to the post office. Do it as soon as you get it. I'm afraid the feds will be coming to see you over this but it will take a few days. I'm headed your way. I'll be there in two days. I'll find a hotel on the highway. Are you doing ok?"

"Yeah. Everything's cool. The wife is bitchin' as usual. My granddaughter is still doing well in school."

"What about your new job?"

"Not much to it. The boss is an old political hack. I hardly ever see him. I just mow the grass, prune the bushes and order fresh flowers. No one bugs me."

"Can you get into the mansion?"

"I don't know. I never tried."

Reed thought a minute.

"Act like you're hurt or something. Try going into the back looking for a first aid kit. Where do you get water while you're working?"

"There's a fridge in the shop with water and sodas in it."

"Have you seen our friend yet?"

"All the time."

"Does he ever talk to you?"

"Only once."

"Tell me about it."

"He wanted to know if I knew any pimps. I wanted to brain him."

Reed laughed. "That's our boy. If you see him again, tell him you found one."

George laughed. "That would be you?"

"You got it. I'll call you when I get into town."

"Do you want me to tell Mildred?"

"Not yet. I'll see you in two days."

* * *

Reed packed, checked out, and drove to Walmart. There he picked up an atlas and some plain stationery. After mailing a fingerprint-proof bland letter from a nonexistent person to his old identity at George's address, he checked the atlas for the best route out of

Florida. With his newfound notoriety, flying was out of the question. His newly acquired pickup could do the job. It took longer to secure the pickup than he planned. Being an out of state citizen, registration was a problem. He finally gave them instructions to send the title to his Louisiana address if they couldn't give him the title right then. They claimed that Florida law didn't allow them to hand over an open title. After getting a no-liability insurance policy, he drove to a branch of his bank and cashed out of his old identity account and closed it. Then, he called the credit card company to get his balance and close the account. After securing a cashier's check, he mailed off the payment. Going back to the car lot, he made arrangements to have his rental car returned to the Fort Lauderdale office with a drop charge. Satisfied that all details were dealt with, he headed north on I-95.

CHAPTER ELEVEN

Clay Blaisdale scowled as his phone buzzed again. This was the busiest of mornings. So far, he hadn't had time to catch his breath. The Satterfield family was losing control. There were employee problems galore. His wife was unhappy. The kids were sick. What else could go wrong?

"Yes, what is it?"

"Boss, this is Jennifer. You might want to come out here for a minute. There's something you need to see."

"Alright, dammit. I'll be right there."

He sauntered out to her desk. His gaze followed her finger to the TV on the wall. The TV had a frozen frame of an older man walking between two cars.

"Ok. Who is that?"

Jennifer smiled a 'cat ate the canary' smile. "I think that's Buck Reed, Boss."

Blaisdale focused and stared. "Could be. What happened?"

"He pulled some stranded kids out of a burning car."

"Where is that?"

"North Miami, I think."

"Is there more?"

"Yes, sir. Somebody got the whole thing."

"Can you play it back?"

"Sure."

Picking up the remote, she started at the beginning with sound.

Blaisdale watched without comment including the narration by Jennifer Jennings. "Jennifer, see if you can find Frank. Get him up here."

Taking the remote, he played it back three more times. The elevator doors opened and Frank appeared, looking ill at ease. He had never been summoned like this.

"Yes, sir?"

Blaisdale didn't answer until he had the still frame back on the screen.

"Is that Reed, Frank?"

Frank studied the TV. "He's a little older, but I think it is him. Why is he on TV?"

Blaisdale repeated the story. Frank played back the tape and handed the remote back to Jennifer with a grin.

"It sounds just like him. He would save the kids, then run like hell if he got noticed. Where and when did this happen?"

Jennifer broke in. "I think it happened in North Miami yesterday morning."

Frank stroked his chin. "Has anybody important been killed down there?"

"I don't think so. I did hear that that crook teleminister Hayes died in his sleep last night, but that was from natural causes."

Blaisdale grinned. "Gee, we'll really miss him. Was he in Miami?"

Jennifer nodded as she slid open her desk drawer.

"Jennifer, call the section chief in Miami. Get him on the phone for me."

Blaisdale softened his bark with a wink.

"Good work, Jennifer."

Jennifer nodded and smiled as she reached for the phone. As she dialed, Frank caught Blaisdale's attention.

"Did you notice the license plate number of the car that Reed was using?"

"Yes, but I couldn't make it out."

"Our section chief down there can get it from the press tape."

Blaisdale nodded as he raced back to his desk to talk to the section chief. Frank looked down at Jennifer with new respect.

"If Reed killed that preacher, somebody big is behind it. It would take a lot of money to bring Reed back to this country."

Jennifer nodded. "True, but we have no reason at this point to think Hayes was killed."

Frank wasn't convinced. "Reed won't come back here for just any reason and if he did, he wouldn't be driving around southern Florida."

Blaisdale hung up from talking to the section chief.

"Frank, are you still out there?"

"Yes, sir."

"I'm authorizing you to channel your resources to catching him."

"Ok. I'll move on it now."

Blaisdale nodded as he left. After Frank left, Blaisdale dialed the Monterrey section chief.

"This is Hal speaking."

"Hal, this is Blaisdale. Did you check on that information that we talked about?"

"Yes, sir. Mrs. Wilson did travel to the Cayman Islands about two weeks ago. Also, Carpoletti doesn't own a private jet, but he knows a lot of people that have one. If he traveled on one, we wouldn't know it unless he showed up on a passenger manifest."

"Does he have any Russian connections?"

"Not that I know of. Do you want me to check?"

"Yes. I take it that Carpoletti didn't appear on any manifests."

"That's correct, sir."

"Ok. Let's get back to Mrs. Wilson. Call her back and find out who she talked to down there in the Caymans about Carpoletti. She mentioned the name to me, but I can't remember who she said it was."

"Will do, sir. Anything else?"

"That's all for now. Thanks."

* * *

Reed jumped as his cell phone went off. It must be a wrong number. He hadn't given it out to anyone. He flicked on the cell to get rid of this pesky caller. "Hello?"

"How's my hero?"

"Jana?"

"Yes. It's me. How are you?"

"I'm fine. How in the world did you get this number?"

"You called me from it. Remember?"

"Yes. So?"

"I pulled up the number and hit redial."

"I didn't know you could do that."

Jana laughed. "Is this your first cell phone?"

"Yes, it is."

"I thought so. You need to read the instruction book."

"I tried but it was too complicated."

Jana laughed again.

"I called to tell you that the FBI is getting very interested in you."

Reed tightened his hand on the steering wheel.

"What did they say?"

"Not much, but they are asking me a lot of questions. The section chief for this Blaisdale guy called me today to get more information about you."

"What was he asking?"

"Just general stuff. Like where I met you. What we talked about. How much you knew about Carpoletti. That was about all."

"Did they ask if I was back in the US?"

"No. He didn't seem to know that and I, of course, didn't tell him."

"Did I tell you I was back?"

"No, but I saw you on television this morning. I almost dropped my coffee."

"He didn't mention that, did he?"

"No. It was a pretty short conversation."

"Ok. Did you check on that Croatian city?"

"Yes, I did. If he landed in Split, he could have gone anywhere on the Dalmatian Coast."

"Tell me about the Dalmatian Coast."

"It's about a hundred miles long. There are a lot of islands and small towns. There's a few cities with anywhere from ten thousand to thirteen thousand population and a lot of villages with less than that. It's very beautiful there with good weather and wonderful scenery. A lot Europeans vacation there. The big yachts travel there and tourists dive in the summer. What else do you want to know?"

"What about vegetation? Are there mountains near the ocean?"

"The further south you are the more vegetation you have. There are several mountains on the ocean and almost every village has at least a hillside. There are scads of places for a chateau or villa."

Reed grimaced. "That's great. That's gonna make him very hard to find."

"Maybe we should try to hire some private detective to find him."

Reed chuckled. "I've already done that. But I haven't told him who we're looking for. If he learns that, he will go after the reward and we'll lose him."

"I see. Do you need any money for this detective? I can raise some."

"No. I'm fine. What are those big towns named? I may need that information."

"Dubrovnik to the south and Makarska further north. Both towns are south of Split. If you suspect that he's on an island, get back to me and I'll research some more. I would go to an island if I was him. It's a lot more remote."

"True, but the island would need a power and water supply."

"Anil, enough of that. How are you doing, really? Are you ok?"

"Yes, I'm fine. How is Paul holding up?"

"He's doing ok. He's still looking for a job. It's really tight here though."

"Tell Aunt Hattie I said hello. Is she ok?"

"She's holding up pretty well. Have you gone to see Mildred?"

"Not yet, but I will soon."

"I miss you, Anil. Thank you for all you're doing."

"Thanks, Jana. I miss you too. Goodbye for now."

Hours later, Reed pulled into a Condotel in Destin, Florida right off the beautiful beach. He checked in for two days. It was time to recharge his batteries.

* * *

"This is Lone Star Security. May I help you?"

"May I speak to Mr. Henry Watkins, please?"

"This is Watkins."

"Mr. Watkins, this is your humble servant, Harish Savi calling."

"Who?"

"Harish Savi. I believe that Marcel from Paris called you on my behalf."

"Oh! Yes, Mr. Savi. My apologies. Your name didn't register. I've been waiting for your call. I have received updates from Marcel for three straight days."

"Good! What has Marcel learned?"

"Too much, I'm afraid. There appears to be a lot of things happening on the Croatian coast. There is so much building there, that without a name, it's virtually impossible to trace this guy any further."

"Can you give me the details, please?"

"Sure. Maybe you can make some sense out of it. First of all, there have been no recent sales of consequence of large villas. However, large homes and villas are being built everywhere. They don't have inspections and certificates of occupancy like here in the US. Therefore, records are sketchy at best."

Reed paused. *How do you solve a problem like this?*

"How many homes does Marcel estimate are being built there?"

"It depends on how narrow the area you want to search."

"Ok. How large an area are we dealing with? I thought the Dalmatian Coast was about one hundred miles long."

"Not really. Split is the closest airport to areas that include countless islands as well as about one hundred forty miles of coastline. He doesn't know how to narrow it down. He can't measure the villas by square footage either."

"Are some areas more remote than others?"

"Sure. But, they are all remote in one way or the other."

"Do some areas have a Sicilian population?"

"I don't know. I'll pass that on to Marcel."

"What about wine vineyards? I recall that the plane that went there belongs to a wine growing corporation."

"I'll talk to Marcel about that too."

"What information details has Marcel passed onto you? Give me all of it."

"Hang on a minute, Mr. Savi. I need to pour another cup of coffee."

Reed poured himself another cup while he waited. He was on the balcony of his ocean front condo. The weather was bright and warm, the sand pure white, and a gentle breeze blew in from the gulf. It was really beautiful here.

"Mr. Savi?"

"Yes, Mr. Watkins. I'm here. Go ahead."

"First, I'll go to the north of Split. There is an archipelago of islands near Sibenik. A developer out of Rome is building over a dozen estates, each on its own island. Every villa is over fifteen thousand square feet. The islands range from thirty acres to several square miles. Millionaires from all over Europe are buying these because the land is cheap, fresh water is available in semi shallow wells, and the sun shines most of the time, allowing for solar power. Each island has a cell phone tower and is accessible by a private ferry service. Some are completed and occupied and some are just in the beginning stages."

Reed interrupted. "Can the owners be identified?"

"Yes. The owners can but their guests, of course, cannot. If your target was a guest, it would be next to impossible to pinpoint him."

"Are any of the owners Sicilian?"

"Marcel doesn't think so. There are five completed villas. Two owners are from Rome and one each from Austria, Kuwait, and Monte Carlo."

"Ok. What's next?"

"Makarska is just south of Split. There is a lot of tourism there and numerous villages with mountains and hillsides overlooking the ocean. Several villas are there and many more are being built. Makarska is in the approximate center of the Dalmatian Riviera. It's about thirty-five miles long and has fourteen different villages on the Riviera. Tourism is exploding there. The large hotel chains of the world are moving in there because of the plentiful coastline. There is quite a bit of land available on the mountainsides overlooking the ocean. Large homes existing and in construction phases are too numerous to count."

"I suppose water and power is plentiful there?"

"I don't know about water but there is a large utility concern out of Rome that has moved in there and it is in rapid expansion."

"How large is the population there?"

"Makarska has about thirteen thousand people at the last known count and the surrounding villages would total the same amount. However, Marcel thinks with all the building, the population is at least fifty percent more than that now."

"Are the hotel chains bringing in casinos?"

"I don't know for sure, but I assume that they will."

"What is the political climate there?"

"I'll get back to you on that. I don't think there is much government there at all."

Reed paused again. "Unless the utilities are private, you have to have government to some degree. What about hospitals and transportation?"

"I don't know for sure, Mr. Savi. I'm no expert in the area and I just started on acquiring this information. I think Marcel is in the same boat."

"Ok. What else do you have?"

"The southernmost town on the coast is Dubrovnik. There are several islands off the coast. Three are fairly large and many are small and uninhabited. Real estate speculators are moving in there. They believe that the next area of growth on the coast will be there. Areas of interest include the Elafiti islands; the largest of these is Lopud Island. The same utility company from Dubrovnik has moved in there. The real estate on the water is being bought up there and a couple of large villas are being built. The utility lines are being extended down the coast for several miles. Something big is going on there."

"What is the name of this utility company?"

"Euroworld Power LTD."

"Who owns it?"

"I don't know."

"You say it's out of Rome?"

"That's what the report says."

"Ok. Anything else?"

"The report also mentions the town of Tisno. There are several islands both large and small just off the coast. The largest of these is called Murta. Four new villas are being built there."

"Are any finished and occupied?"

"Not yet, but the first is only about a month away."

"Have any been purchased yet?"

"Apparently all of them. A builder out of Rome has been hired for all four houses by the new owners."

"Are any of the owners from Sicily?"

"I don't know. The report wasn't specific. Apparently this area didn't interest Marcel as much. His report says that the owners are known and identifiable. But there are more villas to come."

"Ok. What else?"

"Marcel talks about a village near Makorska named Podgora. There is a large hillside there with several villas being built and six are finished and occupied. The ocean views are stunning. The villas are also quite large."

"Who are the six owners?"

"We don't know yet. Marcel is still investigating. There appears to be a master plan that is uncommon to the other developments on the coast."

"Did he say what was unusual about it?"

"The villas are closer to one another. More like a sub-division in this country."

"Ok. Anything else?"

"No. That is the complete report."

"How old is the report?"

"It came in yesterday afternoon."

"Ok. I'll call back in a few days. Did Marcel say he needed more funds?"

"No, sir."

"Very good, Mr. Watkins. I'll be back in touch in a few days."

Reed hung up and reviewed his notes. Big business was a maze to him, especially in unfamiliar areas. He couldn't tell if Marcel was on the right track. All this building and development could have nothing to do with Ballard. Ballard wasn't looking for business opportunities, he was looking for a place to hide. Was Marcel checking this out to eliminate possibilities and narrow it down to one? Probably. That was the direction Reed had sent him and Marcel didn't even know who he was looking for. The only person he knew and trusted on big business was Jana. Should he call her back?

* * *

Reed had to take more Lasix today but he decided to walk the beach first. It was so beautiful here with the sand being uncharacteristically white and the water was pristine green and blue. After ordering room service, he turned on CNN to catch up on the news.

Once again, he was more prominent than he wanted. The picture focused on the attractive woman at the news desk.

"...family members suffering from the uncertainty of the fate of their mother. The FBI is beginning to suggest the worst for film star Veronica Satterfield. We are now in day four since the kidnapping and so far, no ransom demands have been made. It's beginning to look like a murder rather than a kidnapping. The police are puzzled over a motive. Mrs. Satterfield has not played an active role in a movie in about three years. Instead, she has directed her efforts on charities with her favorite being the American Celiac Association. Patients suffering from Celiac disease have her to thank for more and more restaurants offering more gluten free foods on their menus. She has been awarded for animal rights as well, serving on the national board of the Humane Society. Hollywood insiders can't explain how anyone could have a serious grievance against Mrs. Satterfield.

"In other national news, the news just gets stranger in the death of controversial teleminister Randolph Hayes. The FBI has confirmed that it has taken over the case and that Reverend Hayes died from cyanide poisoning rather than natural causes. Full details of the autopsy are forthcoming. They haven't announced a primary suspect but stated that they expect to name one soon. Also, KMIA television announced this morning that they have acquired a video showing Hayes in a compromising position with two women at the same time. The video is in the process of authentication today. Three more employees including his administrative assistant have come forward with more evidence of alleged misbehavior. His assistant has been quoted as saying that he forced her to participate in some of the worst scams imaginable. The FBI has not answered questions about how a killer could penetrate and elude Reverend Hayes' security system. An undisclosed source is suggesting inside cooperation. The FBI is also sending an audit team from Washington D.C. to investigate the financial affairs of Hayes.

"After a word from our sponsors, we'll get a detailed report of the downward slide of the stock market. This is Rebecca Forman. Stay tuned."

Reed flipped off the TV and donned his tee shirt and work pants. He was ready to feel the sand between his toes. The beach beckoned from across the street. Reed found a lounge chair and settled in to enjoy the soft breeze and gentle waves. Seagulls sailed around him hoping for a snack. A small dot on the beach slowly became bigger as it moved toward him. Soon the dot sharpened into two young lovers walking arm in arm talking and laughing. They were totally oblivious of Reed as they walked a few feet in front of him. A dozen steps beyond they stopped for a short kiss and then more laughter. A few more steps and then a longer kiss. Reed watched them for a while and then sadly turned away. Sometimes it was hard not to think about a lifetime wasted without love. Reed wondered what it was really like; waking up with someone, sharing meals and shopping trips, vacations, remembering birthdays and anniversaries, and worrying about them when they were absent. *What was it really like not to be alone?* Reed finally shook himself away. It was too late now.

CHAPTER TWELVE

Reed circled the block three times before stopping at George's house. It didn't appear that there was any surveillance. After satisfying himself that everything was still safe, he drove north on Loop 110 and found a hotel room near the edge of town with escape routes in two directions. After unpacking, he walked two blocks and checked into another hotel under the name of Harish Savi. Leaving his Indian identity there, he returned to the first hotel and dialed George.

"Hey George."

"Hey Kyle, is that you? Are you in town?"

"I'm here. I checked your house. I don't think you're being watched. I'm worried about the blown identity. It leads to you. Did you get the letter for Randy Blanchard yet?"

"It came yesterday. I personally took it to the post office this morning."

"Wouldn't the post office workers think that was out of the ordinary?"

"No. I bought stamps and acted like that was the main reason for the trip. I made a big deal out of getting '*forever*' stamps so they would remember me."

"Have you had a chance to talk to our friend?"

"Yes."

"Was he interested?"

"He was more than interested. He came back twice this afternoon wanting more details."

Reed laughed. "Good! See if you can get into the house to talk to him. Try to get a layout of the house while you're in there."

"What should I tell him?"

"Tell him you can find me tonight. Try to set up a meeting in the morning."

"What if he wants to see you tonight?"

"No, I've been driving all day and I'm tired. I want to relax. By the way, I'm tired of eating alone. Why don't you and your family meet me for dinner tonight? I've never met your wife and I haven't seen you in nine years."

"That sounds good but my granddaughter, Natalie is going to some study party tonight. She might not be able to make it."

"Well, bring her if you can, but come anyway."

"Where and when?"

"I still like Cajun seafood. How about Don's? We can meet about six-thirty if that works for you."

"Anne and I will be there for sure. She has always wanted to meet our benefactor."

Reed laughed again. "Tell her she hasn't missed much. There's nothing exciting about a grizzled old honky. She doesn't know my details, does she?"

"Of course not. She only knows you're an old army buddy who pays me lavishly to handle a few details."

"Good. I look forward to seeing you tonight at six thirty."

Reed left a wakeup call for six o'clock. A nap would be good. He was feeling his age.

* * *

The family was already there when he arrived at the restaurant, sitting at a round table. George looked as old and grizzled as Reed, but he was still in reasonable shape. He reminded Reed of the actor Morgan Freeman. His wife Anne looked at least eight years his junior. Any gray hair was dyed and her figure was just starting to show excess weight. Her welcoming smile was infectious. Natalie and her boyfriend were there too, obviously taking advantage of a free meal. Natalie stood about five feet six, slender figure, medium length black hair, and bright, shining, youthful eyes. Her date was about five foot ten, slender, old fashioned afro, and a gold costume jewelry necklace. Reed thought his smile was rather perfunctory. Reed held out both arms for George and they hugged as only lifelong friends do. After, Reed took Anne's hand and kissed it briefly.

"Hello Anne, we meet at last. Kyle Drake, at your service."

Anne withdrew her hand but not her smile.

"Wow, I wasn't sure you were real. Did you really save my husband's life?"

"Twice", George interrupted.

Reed blushed a little.

"I guess you could say that but he saved mine too. That was the only way to get back here in that awful war. We had to watch each other's back."

Anne smiled more. "You'll have to tell me about it over dinner. George won't talk about it. This is our granddaughter, Natalie."

Reed turned to her and kissed her hand.

"Hello Natalie. I've heard so much about you."

Natalie laughed. "I hope some of it was good."

"Of course."

"This is my boyfriend, Carver Washington."

Reed extended his hand. "Delighted to meet you and thanks for coming."

"Thank you, Mr. Drake. I wasn't sure if I was intruding."

"Not at all."

Reed found his seat as the waiter arrived just as everyone sat. After ordering, Anne leaned over to him.

"Are you going to see your sister while you're here?"

"Of course."

"Is she younger than you?"

"Yes, by three years."

"Is her family with her?"

"Yes."

Reed didn't add any information so Anne changed the subject.

"I hear you're traveling a great deal."

"Yes. I suppose so. It gets old though."

An easy silence ensued as the waiter arrived with drinks and took their orders. Anne raised her eyebrows when Reed ordered crawfish bisque.

"I didn't think an outsider would know to order that, Mr. Drake."

"Thank you, but it's not Mr. Drake, its Kyle."

"You have been here before?"

"Not in Baton Rouge, but in other parts of Louisiana when I was younger."

"I thought so. Strangers won't eat our crawfish here and don't understand the bisque."

"It's delicious. I eat it at every opportunity."

Anne nodded. "When were you here last?"

"A few years ago," Reed answered carefully.

"Are you going to tell me about your Vietnam adventures?"

Reed laughed. "You would be terribly disappointed. Our company didn't do anything all the other units didn't do. We just fought when we had to and took it easy when we could. We did patrols mostly and three search and destroy missions."

Anne stopped as dinner was served. When the waiter left, she resumed.

"Was that in 1966?"

Reed nodded as he savored his first bite. Anne kept boring in despite warning glances from George.

"George told me about your dispute with your commander."

Reed nodded again without looking up from his bowl of bisque, saying nothing.

"Tell me how you saved George."

Reed was silent for a few moments as he finished his bite.

"Really, Anne. These incidents were common and happened every day in the war zones. I remember one day George was on point on a patrol. The Viet Cong let George go past them before they opened up on us which isolated George. I knew that he couldn't make it by himself if I didn't give him support, so I crawled ahead and took out a couple of nests of them with hand grenades. When I got to George, he was wounded in the leg and couldn't walk. I tied him on my back and crawled back to the unit. That's all there was to it."

George interjected. "No, actually there was a lot more. Two Charlies jumped us on the way back and Kyle shot one and bayoneted the other."

Anne patted Reed on the arm. "Thank you again for bringing me George."

Reed laid down his spoon and looked around the table. All eyes were on him. It felt uncomfortable.

"Really, Anne. That happened every day. I would rather talk about George. We were surrounded and pinned down by the Viet Cong during one of our search and destroy missions. A chopper came in to rescue us and George reached down and snatched me when the chopper took off too early. The ones we left behind didn't make it out. That's the one I remember the most."

George raised his glass in a toast.

"That's enough about war, but I do want to drink a toast to Lieutenant Wilbarger. May he roast in hell."

Reed smiled wanly and raised his glass and met George's eyes. They both knew this was a story that would go untold tonight. Anne, of course, didn't know the story, nor would she accept the premise.

"Well, don't keep the three of us in suspense. Why should he roast in hell?"

Reed said nothing. George had brought it up and Anne was his wife. He didn't need to say anything. Anne however was looking at him. When their eyes met, Reed simply shrugged his shoulders and drank from his glass, signaling the waiter for a refill. When Anne looked at her husband, he just passed it off.

"He was just a bastard, that's all. Kyle, why don't you tell them about your secret mission?"

Reed laughed, taking a cue from George to change the subject.

"How can I when it's a secret?"

Natalie joined in the laughter. "Come on, Mr. Drake. I love secrets. What's the big deal after all these years?"

Reed smiled and shrugged. "It's not a big deal, really. It wasn't considered a big deal then until the army classified it. It just involved the army recruiting dark-complexioned volunteers to infiltrate an enemy area and rescue some American prisoners of war."

Carver spoke for the first time.

"Can you tell us about it, sir?"

Reed swallowed a bite of food and smiled.

"George is making more out of it than he should. We were recruited and put into black pajamas and dropped into an enemy area with crude maps to a POW camp that was a staging point before they were sent to North Vietnam. We looked for the place for three days. Thankfully we had a couple guys who could speak the language well. We finally found the prisoner camp, took out the guards just before dawn the next day and freed about thirty-five enlisted men and three officers. We radioed in some choppers and held off some nearby Viet Cong units while the prisoners were evacuated. The last chopper got us out. We were lucky. We didn't suffer a single casualty. The Captain who led the mission received a medal and everyone else got a citation. I don't think anyone remembered the mission two weeks later."

Reed had spent all the time he wanted reliving the war. It was time to change the subject.

"Natalie, tell me about your studies."

Natalie shrugged. "There's nothing exciting about studying computers."

"What about computers?"

"I'm studying how to program and troubleshoot computers. It's kind of boring."

"I would think computer programming would be interesting. What exactly are you working on?"

"I like to link computer networks. That lets whole companies communicate in detail with each other. It would allow more outsourcing services to foreign corporations which would reduce our national trade deficits. That would help strengthen our dollar and improve our economy."

Reed smiled at her. "It sounds like you are more interested in economics than computer programming."

"Well, yes and no. I believe that providing outsourcing capabilities is the key to good economics. I think that is the future. But it's more boring than Carver's studies. He wants to save the world."

Reed glanced at Carver who lowered his eyes to his food. Reed felt several vibes from this young man. Some were good and some were not. He didn't look you in the eye much and his self-confidence and self-esteem seemed lacking. Reed decided to draw him out.

"What are you majoring in, Carver?"

"Political science, sir."

"I would like to hear your ideas on improving the world, young man."

Carver slowly shook his head no, while chewing on his shrimp. Natalie stood in for him.

"Don't mind Carver. He's bummed today about his American history. He didn't get his pick on his thesis and it's forty percent of his grade."

Reed gently persisted. "What did you want for a subject, Carver?"

"I wanted to do a thesis on George Washington Carver, my namesake, but my professor gave me some damn Confederate general instead. It's an insult. I thought I was a favorite of Professor Sims, but I guess I was wrong."

"Who was the general?"

"Richard Taylor, sir."

Reed laughed. "I think your professor likes you after all. You have a chance to really shine on that. Taylor lived right here in Louisiana before and after the war. You'll find all kinds of information sources on him both here at LSU and Tulane as well. The libraries will be full of information."

Carver looked more interested.

"Oh yeah? Why would he give that assignment to a black kid?"

"I can't answer that, but my guess is that he knew you wouldn't have to study at all for George Washington Carver and you would have to dig on General Taylor. He wanted you to learn something."

"Ok, but who cares about Taylor? He didn't do much."

Reed smiled at the kid.

"Actually, he did. He was given the assignment to raise an army and was given no supplies. He created an army from nothing and stole supplies from the Yankees to sustain it. He utilized the rivers well and gave General Nathaniel Banks more grief than he could handle. I think when you dig into his story, you can write a very interesting thesis."

"Yeah, but a friend of mine said he was a plantation owner and had slaves. How could I find interest in someone like that?"

"Well, it's true that he was a plantation owner but he was also the son of a president, Zachary Taylor. He failed at the plantation venture anyway. He had little discipline in his personal spending. In fact, he failed at just about everything that wasn't military. He was given a ferry franchise in New Orleans after the war and he didn't do well with that either."

"Could I show him for a failure then?"

"I wouldn't if I were you. You can mention it. From what you told me, the professor might think highly of him. You might focus on his service under Stonewall Jackson in the Shenandoah campaign in the spring of 1862. He taught Jackson's troops how to march without straggling and he actually faced Nathaniel Banks while serving in Virginia. You could focus there first. Everyone likes Stonewall Jackson stories."

The young man eyed Reed. "How do you know all this stuff off the top of your head?"

Reed shrugged. "I read history just like everyone else."

"Will you help me with it?"

Reed nodded. "Sure, why not? We can email if I'm not in town."

Carver brightened a little.

"How long are you going to be here, sir?"

"Somewhere between two and five days."

"Can you go to the library with me?"

"Maybe, but you can look this stuff up easier than I can. But, I'll go with you if the opportunity arises."

Carver stood up and extended his hand to Reed.

"Thank you for dinner and your advice. I'll be in touch. May I have your email address?"

Reed hesitated. "George will have it before I leave. I'll get yours from Natalie . Are you leaving us?"

"I'm afraid so. Natalie and I have to go to a study group tonight. I hope you can excuse us."

George looked at Natalie. "When will you be home?"

"Probably twelve, if that's ok."

Anne squeezed Natalie's arm. "Come in the back and don't wake us up."

Natalie extended her hand to Reed.

"Thank you for dinner. I'm glad to have met you at last."

Her smile was genuine. Carver extended his hand with another genuine smile.

"Same here, Mr. Drake. I look forward to seeing you in a couple of days."

Reed shook his hand and nodded. He felt a little better about him. After they left, Anne excused herself to the ladies room. The two men were finally alone.

"George, did you get a chance to talk to our friend?"

George laughed. "Oh yeah. He's hot to trot. He wanted you there tonight, but settled for tomorrow morning at ten."

"What else was said?"

"He wanted to know what you had."

"What did you tell him?"

"I told him you had access to several. Just about anything he wanted."

"Where do I meet you in the morning?"

George slid a small manila envelope across to Reed.

"You'll find directions to the new governor's mansion, a visitor's pass, and a gate key in there. Park in the visitor's parking lot, walk through the butterfly gardens to an unguarded gate just beyond. The key fits the lock. Just don't lose the key. If I don't get it back, I'll be the primary suspect within one day. Walk through a large garden area that has a big white lattice-like roof. Go to the side entrance of the mansion and knock on the door at precisely 9:59 a.m.. The security guards are all at the front entrance to assist with the visitor's tour that starts at ten sharp. Your target will let you in. After that, you're on your own."

"Should I dress normally or like a pimp?"

"I wouldn't dress like a pimp. That would spook the security guards."

"Were you able to enter the house?"

"Just briefly. Security let me in to wait for him but I had to stay by the door."

"Did security stay with you?"

"No. They're pretty lax over there."

"Good. What type of rooms were around the door where you stood?"

"The hallway on your right leads to the big atrium and stairway at the front entrance. There were two doors that were closed. The library door was open. Those were the only ones close to the door."

"Could you see the furniture in there?"

"Yes, lots of bookshelves, several reading chairs and a three-seat sofa."

"Where was the sofa in relation to the door?"

"It was about eight feet inside with the back to the door."

Reed smiled. "Perfect. It would probably be better if you missed work tomorrow. Tell your boss you're sick, hurt or something. You don't want to be anywhere around when this goes down."

George nodded. "Are you going to get him in the morning?"

"Maybe. I'll play it by ear. What does he look like? "

"He's twenty-seven, about five feet seven, one hundred seventy pounds, clean shaven, short brown hair, and dresses kind of sloppy for a governor's son."

Reed nodded. "How many security guards are there?"

"Usually four at a time."

"How good are they?"

George leaned back and stretched as he thought.

"I don't think they are top notch. Mostly they are in their mid-fifties, overweight, and not very alert. I would think they are all political appointees."

"Have you ever seen them do a disaster drill or an emergency response drill?"

"No. Never."

Reed smiled and relaxed. "Could you get Mildred and bring her back to this restaurant at noon? Don't let her tell anyone I'm here. I don't want my niece or her daughter to know I'm here."

George nodded again. Reed wanted to know one more thing.

"George, what do you know about this kid, Carver?"

George looked sharply at Reed. "Why, do you think something's wrong?"

"I don't know. I guess we were all young once. Are you comfortable with him?"

"Yeah, I think so. So is Anne. She is the tough one."

"Can Natalie handle herself pretty well?"

"Handle herself how, Kyle?"

"Well, you know. Drugs, sex, running around with bad kids, school trouble. You know, that kind of stuff."

"I think she's fine. Anne raised her well. She's been a good kid. I know she wouldn't do drugs. Her parents died from drugs. She knows how dangerous that is. As far as sex, that's a universal problem. Anne did her work well there too. I think she's ok."

Reed nodded. "I hope so too. You know how campuses are. There's probably trouble around every corner."

Anne returned as Reed paid the waiter. It was time to go. Tomorrow would be busy.

CHAPTER THIRTEEN

Following directions, Reed took the 1E exit off of Loop 110 and followed Capitol Lake Road toward the governor's mansion. Taking the right fork in the road, he followed it all the way around to North 5th and turned south. Spending fifteen minutes, he thoroughly familiarized himself with the area. There appeared to be three escape routes from the mansion grounds, two of which could put him on Loop 110 in less than two minutes. Checking his watch, which showed 9:35, he slowly circled back to the visitor's parking area. Before exiting the car, he went over the details in his mind. He didn't particularly like a job that didn't include careful reconnaissance. The streets were one thing, but all other aspects were virtually unknown.

Exiting his car, he opened the trunk and retrieved an alcohol swab. One thing he was sure of, if an opportunity presented itself, he would not have time to don rubber gloves. Getting cyanide on his hands was not something he wanted to deal with. Instead of following the main path to the grounds entry gate, he went to the back of the lot and walked through the rear of the butterfly garden to the locked security gate that George had on his crude map. Opening the lock with the key, he left it open as he passed through. The area was quiet and empty. Reed slowly walked through a large white pavilion with a lattice-type roof and a garden underneath. Beyond that was the mansion itself with the side entrance just where George said it was. His watch still showed ten minutes to go, so he took inventory of his tools as he pretended to study the plants in the garden. In his left pocket, he had the swab, syringe kit of cyanide, and the key to the gate. His multi-tool was on his belt and sunglasses in his right rear pocket. In his left rear pocket was a folded flop hat. Reed figured that the hat and glasses could change his appearance instantly. His right pocket contained only his car keys. Reed checked his watch again. 9:54 a.m. There was four more minutes to kill. Reed could hear voices at the front of the building as the sightseers gathered for their mansion tour. With a clock running in his head, he strolled around watching two squirrels cavorting up and down the oak trees. At precisely 9:59 he eased up to the side entrance and waited. The two doors opened to the outside. Reed could see through the windows that there was a wide hallway with tile floors. The doors, like the house, were painted white.

Without warning, a short young man appeared and opened one of the doors outward. A pair of sunglasses was perched on his forehead, blending in to his dark hair. The face was familiar, matching the photo on the newscast.

"Hello. I'm Tom Renton. Are you looking for me?"

Reed took two steps and extended his hand.

"Yes, I'm Benny Broussard. George said you wanted to see me."

"That's right. Come on in."

Renton moved aside as Reed eased into the hall. Reed sized him up. He looked tense.

"I have some friends to tell you about. Is there somewhere where we can talk in private?"

Renton hesitated. "Not really. Can't we just discuss it here?"

"I would prefer a private room if you don't mind."

Renton sauntered over to the closest door and opened it. "How about the library?"

Reed strode forward as he nodded. "That's cool."

The room was just as George described it. The sitting area was on the far side of the room with the sofa facing the opposite wall and chairs on the other three sides. Reed moved over and sat in one of the chairs.

"Please make yourself at home, Broussard", quipped Renton sarcastically. "Tell me about your friends."

He remained standing. Reed didn't like that.

"Mr. Renton, I have a young Filipino pair that you would go nuts over."

Renton was silent for a moment as he studied Reed. "Did you say pair?"

"Yes, a sister and brother."

Renton was cautious. He studied Reed for a moment without comment.

"How old are they?"

"The girl is thirteen and her brother is eleven."

Renton was still cautious. "Have we met before, Broussard?"

"I don't think so."

"Where are you from?"

"Morgan City and Houma."

"How do you know George?"

"We served in the army together."

Renton relaxed a little. "Where are these kids' parents?"

Reed looked at Renton and flashed a wicked smile.

"They are dead. I personally brought them here from Manila about a month ago."

Renton didn't change expression or voice inflection.

"What are you suggesting, Broussard?"

"I'm offering you the night of your life."

"Are you a cop, Broussard?"

"Hell no."

"Are you connected to the police or parish authorities in any way?"

"No."

"Are you wearing a wire?"

"No, again."

"Come here, Broussard. I have to see for myself."

Reed stood and approached Renton.

"Here, I'll open my shirt. You can see that I'm straight. I'm just here for a business proposition."

Renton opened Reed's shirt wide and then felt his crotch area.

"Ok, I believe you. How much is this going to cost me?"

"Eight hundred, including the testosterone 90 shot."

"I don't need no testosterone shot, man."

Reed managed a laugh. "You will when these kids get through with you. They have special talents. Besides, Testosterone 90 is not normal testosterone."

Renton looked puzzled. "I don't know what you mean."

Reed flashed a crafty smile. "Testosterone 90 not only adds testosterone initially but accelerates regeneration of it. So, if a young man like you can go maybe two or three times a night normally, this allows you to go six or seven times a night and the last time you would be just as strong as the first time."

Renton's air of caution slowly turned to enthusiasm.

"Are you kidding me, Broussard?'

"No. It's the greatest thing since sliced bread."

"Why haven't I heard of it then?"

Reed smiled inwardly. *This might work after all.*

"It's fairly new and you would have to have a source for it. It comes from the orient and hasn't passed FDA testing yet. I got some when I was in Manila. Found it in Po City."

Now Renton showed a wicked smile.

"I might want to try some of that sometime."

"You're in luck. You can try it now. And, these kids will wear your ass out tonight. Where do you want me to bring them?"

Renton was silent for a moment.

"I guess I'll trust you this one time. Bring them to the Fairfield Inn on Esson Park Avenue at ten o'clock. I have a friend there who gives me an unused room after the reservation deadline. Go to the front desk and ask for Mr. Park's room. They will give you a key. I'll be along in about ten minutes."

Reed nodded. "Two things: first, bring the money in cash and second, no drugs or rough stuff with the kids. Understood?"

Renton nodded. Reed stood. This was the critical moment.

"Would you close those shutters on the window, please?"

"Why?"

"So I can give you this shot without visitors looking in here."

Renton stared at him. "Now? Here?"

Reed tried his best to look nonchalant.

"Sure. It takes eight full hours for maximum effect. We'll be through in five seconds."

Renton hesitated but finally nodded. Quickly, he moved to the window and closed the shutters. Returning, he looked at Reed.

"What now?"

"Lean over the couch and drop your pants on one side."

"I would rather have it in the arm. "

Reed shook his head. "It won't work well there. It needs to go into fatty tissue, not muscle tissue. Come on. Let's not drag this out."

Renton loosened his belt, then his pants, and dropped them on the right side. Reed pulled out the syringe and swab. After tearing open the foil to the swab, he wiped Renton's cheek, jabbed in the needle and pushed. Renton involuntarily jumped! Only about half of the cyanide entered, the rest ran down his cheek. As he lost consciousness, he wheeled and tried to strike Reed. His mouth opened for a scream, but little sound came out as the poison took effect. His accusing eyes met Reed's before they rolled up in his head. He fell to his right, knocking over an end table lamp and sending it crashing to the floor. The loud breaking noise was immediately followed by a loud voice and the trampling of many feet. Reed pulled up Renton's pants, but there was no time to secure them. After laying him down on the couch, he bent his knees where he could not be seen from the door. The voice grew louder as the footsteps came toward the room. Reed hurriedly recapped and replaced the syringe in his pocket and headed for the door as he pulled the cap and sunglasses from his pockets.

Opening the door, he was relieved to see the approaching noise came from the visitors' tour and the voice was the tour guide. They were still fifteen feet away and were focused on something to their left as the guide was explaining something about a hidden staircase. Figuring that the library was next, Reed opened the outside door and almost bumped into a security guard coming up toward him.

"Did you hear something break in the house, sir?"

Reed shrugged, shook his head no and kept walking. Turning right, he headed for the gate as the security guard stepped inside the house. Avoiding the urge to run, he walked briskly through the pavilion to the gate. He was relocking the gate as he heard the first scream. By the time sirens went off, he was in his car, pulling out of the lot. Hurriedly, he turned west one block to North 6th street. Two blocks later, he turned left on to Spanish Town Road. Four blocks later, he was on the access road to Loop 110. Thanks to light traffic, he was able to enter the loop within thirty seconds.

The job had been sloppy. That was always the result of hurried reconnaissance. He remembered that he had left the swab and its foil pouch on the sofa. The police might get a good latent off the foil. He had been seen, maybe by several people but the floppy golf hat and sunglasses would help. The target's death had been messy. But so far, he had been incredibly lucky. A better larger security force might have caught him. He hadn't seen a single security camera. No one had seemed to notice him as he left except the security guard. His car was still clean. And, after all, the rotten bastard was dead. He wouldn't be molesting children anymore and he couldn't fix any more juries to escape justice. All things considered, Reed was pleased with himself.

Checking his cell phone, he found that George had called. Deciding that George could wait, he headed for his hotel to change clothes. After a quick shower, he returned George's call but got no answer. Three minutes later, he called back.

"Hello?"

"Hey man, I've been hearing about you on the radio."

"What are they saying?"

"Just that Renton is dead and they suspect foul play."

"Nothing else?"

"I don't think they got much of a look at you. A security guard saw you and described you as thirty-five years old, dark hair, six foot two, and sun glasses."

Reed laughed. "Yeah. I was standing above him on the stairs. That would make me look taller. He just assumed I had dark hair because of my complexion. He couldn't see the gray. Did they say where the body was taken?"

"The radio said that the state police took the body to the medical examiner's office for immediate autopsy."

Reed grimaced. "They will find the cyanide in no time. I better meet with Mildred and blow town."

George remained silent.

"George, are you still there?"

"Yes, I'm here. I will bring Mildred over to the restaurant, but I can just drop her off. I have to meet Anne at the police department."

"Damn, George. Are you a suspect already? I figured you would have to answer a few questions like all the other employees but not this fast."

"It's not that. I have a problem. Natalie didn't come home last night. She hasn't shown up for her classes. Anne and I are worried sick."

Reed kept his council. He had said it all last night.

"Ok, George. I hope she is ok. If you can get Margaret and drop her off, I will get her back home. I'm ready to go over there now. Call me later if you need me. If I miss you, I'll leave your key with Mildred."

The line went dead. George was already gone.

CHAPTER FOURTEEN

Jennifer glanced at the clock as she hung up the phone. It was ten minutes past three.

"Frank, that was the boss again. He wanted to know if you were here."

Frank shifted uncomfortably in the too-soft sofa. "How soon will he be here?"

"He's coming back from NSA. That's only five minutes away."

"Do you know what he wants?"

"I'm not sure, but I think it's about Buck Reed."

Frank grinned at her. "That's cool. I've got him in the net."

Jennifer turned and stared at him. "Where? In Baton Rouge?"

"That's it."

Jennifer turned back to her computer.

"Gee! I think I'm going to miss him. He's taking out some bad guys. That was really something this morning. He walks right in to the governor's mansion, kills that child molester, then walks out past security and vanishes like the wind. That takes stones."

Frank didn't respond. This was new information to him. He had been so wrapped up in casting the net, he had ignored the news entirely.

"Did he use cyanide again?"

"It looks that way. The early news reports are saying that his body has no apparent trauma. He was found with his trousers undone."

Frank pondered this. "Why would Renton drop his pants for Reed?"

Jennifer shrugged. "Beats me. How did he get to that teleminister?"

Frank laughed. "Because he's good. I can see him getting into the teleminister's home. But I can't see this Renton scum dropping his pants in his own house for Reed. Wouldn't the governor have security guards?"

"Yes, but none were close by. One guard thinks he saw a suspect, but he doesn't match Reed's description."

Frank laughed again. "Reed never looks like Reed."

Jennifer glanced up from her desk. "He looked like himself when he saved those kids."

Frank smiled. "He wasn't doing a job then. When he is killing somebody, he can change in a lot of ways."

The elevator doors opened and Blaisdale rushed past them into his office.

"Come on in. Both of you."

He set his briefcase down, sat in his chair, and looked at Frank.

"Do you know where Reed is?"

Frank grinned. "We've got him, Boss."

"You have arrested him?"

"Just say the word. I knew that you would want to be in on this. He is in a restaurant visiting with his sister. I have a table of four agents sitting nearby and another four in the parking lot. Finally, after all these years, we are going to nab him."

Blaisdale smiled and nodded no. "Not yet, Frank."

Frank opened his mouth in surprise.

"What do you mean?"

"I mean that we must give him some more rope."

"For what? To kill more people?"

Blaisdale leaned back in his chair and smiled again.

"No, I don't mean that. I mean that the powers that be want to know who has hired him for this. If it is some far right wing political group, we want to find out who."

Frank bristled. "We can find that out when we question him."

"You know he won't talk."

Frank's face was turning red.

"Mr. Blaisdale, I've spent half my career chasing this guy. You called me on the carpet a few days ago over not catching him and now you just want mc to lct him go?"

Blaisdale frowned a little.

"No. I want you to put a GPS transponder under his vehicle and a voice activated bug inside the car if you can. When we find out who is paying him, picking him up will be easy. There's no telling who he will lead us to."

"Who is us?"

"I just left a meeting with some high-ups in security. All the usual suspects were there from Homeland Security, NSA, and even the CIA. Would you believe that Milton Strong himself was there? Reed was the main topic on the agenda."

Frank's jaw dropped. "The Milton Strong?"

"None other. He didn't say much though. I think he was there for some classified items that were discussed after I left."

"Why did he sit in on Reed's part of the meeting?"

"I sent an inquiry over there a couple of days ago about Reed's possible presence in the Cayman Islands. Strong had a local agent sniff around down there and he hit a bonanza. Reed was using an identity from India to hide there. He's living in a guest house of some elderly woman, I guess as a tenant. We would have never found him if he had stayed there. But he flew to India almost two weeks ago using his Indian passport."

"Did he use the same passport to get into the U.S.?"

Blaisdale laughed. "Of course not. You don't think he would make things easy for us, do you? Homeland is running facial recognition programs to find him at all entry points."

Frank glanced at Jennifer. "I guess you need to get Louis Fontenot on the phone for me. I need to call off the dogs and plant the bugs."

Jennifer grabbed a pad. "Do you have his number handy?"

"Yeah. It's 504-555-7428."

Jennifer glanced up at her boss as she scribbled the number.

"Do you want me to patch him through to you?"

Blaisdale nodded yes but kept his eyes on Frank.

"Do you have a problem with this, Frank? Your face is as red as a beet."

Frank waited a moment to gather himself.

"You're the boss, Boss. But I want you to put a note in my personnel file that I had him, but he wasn't arrested due to policies determined from higher up. I never want to be put on the defensive again."

Blaisdale nodded. "Fair enough. But not until the case is over. That won't be necessary when we nab him later."

Frank nodded. "OK. I'll settle for that. You know that he probably killed the governor's son this morning?"

Blaisdale smiled. "It's a strong possibility. We don't know for sure until the toxicology reports come in. Reed showing up in Baton Rouge and the governor's son dying is too much of a coincidence. If there is cyanide involved, it's him for certain. Have we passed this on to the state police?"

"Not yet."

"Good. Hold off until I say so."

"You don't want them to catch him either?"

"Absolutely not. If he leads us to some radical right wing groups, he's worth his weight in gold."

"What if he kills again?"

Blaisdale laughed. "Judging by his victims so far, so much the better. We are losing some scum of the earth and our hands are clean."

Frank shook his head as the phone rang. His field team was obviously on the line. This was becoming the same story as twenty-five years ago. If you killed the right people, nobody really gave a damn.

* * *

An hour later, Reed walked his sister out to a waiting taxi. After a long hug, he returned to his truck, taking a manila envelope with him. She had brought him the mementos of his youth, pictures, old letters, and his military records. After exiting the parking lot, he dialed George.

"Hello?"

"Hey George, it's me."

"Kyle, something terrible has happened."

"What's going on?"

"Natalie and her boyfriend are dead."

"WHAT? How?"

"We're not sure yet. There are five dead. They were at the study party last night. Their friends said this guy brought in some cookies. Everybody that ate them died."

Reed shuddered. "Oh my God, George! This is awful. I'm so sorry."

George started sobbing. "They think the cookies were laced with drugs."

"Oh No! I thought she wouldn't touch drugs."

"She wouldn't. She didn't know."

"How is Anne taking this?"

"She is totally devastated. She is ready to kill this kid. We all are. Carver's father drove in this morning. He's screaming for this kid's head too."

"Do the police have him?"

"No. All they have is the name Tommy and a physical description."

"He's not a student?"

"No. Apparently he just hangs around the campus pushing drugs. I need your help on this, Kyle."

"What do you want me to do?"

"I want you to find this little shit and bring him to me. Alive!"

"George, I really need to leave here. I'm hot. You know that. I can't go out prowling the streets. The cops could nail me once they get their composites accurate. I'll have the most famous face in town."

George sobbed. "I have always been there for you, Kyle. I need your help now, man. This is your field. I don't know how to do this shit."

"I can tell you what to do. Do you have any help?"

"Yeah. Carver's father. He's an ex-marine. He has a couple of brothers too."

"Where is he from?"

"Alexandria. The brothers too."

"That's only an hour and a half from here. Right?"

"Yes."

"Do you just want to shoot him?"

"Hell no. I want his boss. I want everybody else in the operation, too."

"He's not going to tell you that."

"He'll beg to talk by the time I get through with his ass."

Reed swung into his hotel parking lot. Things looked quiet. Could he risk another day or two here?

"George, is Carver's father with you now?"

"Yes. His brothers will be here in a couple of hours."

"All right. Call Natalie's friends that were with her last night and see if they can get a phone number for this drug pusher. Let me think this over and I'll call you back in a couple of hours."

"Kyle, the police already talked to these kids. They don't know anything."

149

"George, no kid will admit knowing a drug dealer's phone number to a cop. Natalie's friends can also check around to their other friends. Somebody will know him. When you get his number, call me back. Don't call him before you talk to me though."

"Ok. I'll be back in touch."

Reed jumped out of his truck and bounded up the stairs to his room. The brief exercise left him winded. *Where did this come from? Oh yeah. That doctor in India said that I could get shortness of breath. This is a bad time for it. I need down time. Was it safer to stay or go? No one has seen me here. I could hide from the maids and get room service for a couple days or have George bring me some food. I could take my Lasix and drain my lungs while I hole up. That's probably safer than moving and checking in somewhere else. The police will figure that I blew town anyway. I'll let my beard grow and use my Indian identity to travel when I'm ready.*

Reed pulled his meds out of his suitcase and downed one of both. After a couple of minutes his breathing slowed down. He flicked on the TV. It was only a few minutes until the five o'clock news. After opening a diet coke, he pulled the contents out of the envelope and glanced at the old pictures of his youth. There were many that he had forgotten like his high school baseball team. He had been a pretty fair shortstop in his time. He couldn't hit much, but he could bunt and run.

There were his old prom pictures which was one of his first dates with Amanda. There were several pictures of him and Amanda; pictures in the park, with their friends, posing in each other's arms, one with them kissing, and a final one with them saying goodbye at the bus station. There were three letters. Reed remembered the last one. Was it still here? Yes, on the bottom. Slowly, he opened it.

Dear Kyle:

I've been waiting three weeks to get a letter from you. I know you are busy but I expected to hear from you a lot more often. Betty's boyfriend is in Nam too but she gets three letters a week from him. He tells her what she means to him, that he misses her and can't wait to be with her again. You never told me that, Kyle. Your last letter was very short. I have sensed for quite awhile that you were drawing away from me. I thought we loved each other but for months I have felt us drifting apart. It's really hard to tell you this in a letter but I have met someone else. I never wanted to hurt you. I have felt very lonesome and vulnerable. He makes time for me, tells me how important I am in his life, and how much I mean to him. You don't know him. He only moved here about three months ago.

His name is Jeremy Reed. Because he is an avid hunter, his friends call him Buck.

I wish you only the best, Kyle. When you get home, find someone else and have a wonderful life.

Stay safe,
Amanda

Reed slipped the letter back in the envelope. After carefully replacing all of the mementos back in the large manila envelope, he sailed it across the room. So much for his limited love life. How much do you know about women when you were barely nineteen and your mind was on survival every day? Reed had only dates

151

with party girls after that. No one he wanted to be close to. His life just didn't work out that way after he got back. After his job as an assassin began, he knew a relationship with a woman risked getting caught. How could you trust a woman to keep that strong of a secret? He never realized the permanent choice he had made until it was too late.

CHAPTER FIFTEEN

Reed had to laugh when his composite photo came on the news. It wasn't even close. The sunglasses obscured a face that was much younger. They still had him at six foot two with a floppy hat. The hat was the only thing they got right. It dominated the composite. For him to get caught, he would have to be stupid enough to keep wearing the hat. No one had seen him in the parking lot, so they had no description of his truck. The state police had set up roadblocks on all of the major highways, passing out flyers everywhere, and questioning and re-questioning all of the tourists that were at the mansion that day. No connection had been made to the photo on the Florida news. That one was dead on. When the police connected the cyanide from Florida to this one, it would get a lot hotter and the FBI would get involved. They wouldn't make these errors. Reed figured that he had two days at the most before his real mug was on every TV in the country.

Reed had just left the bathroom when his cell phone rang.

"Yeah?"

"Kyle?"

"Yeah, it's me. What's up, George?"

"We got his phone number."

"Good! Do you have a place to take him?"

"You mean to question him?"

"Yes."

"Well, you need to find one in some deserted area or maybe in a commercial district where there's no one around at least at night. You have to have it set up before you call him. You need a panel van, handcuffs, or rope to tie him up with and a really good gag. A blindfold wouldn't hurt either. When you get that set up, find some kid on campus to call him and tell him he needs to make a buy. The kid probably won't come on the campus with all of the heat that is on. Have the kid arrange to meet him about two or three blocks off campus but you and your friends need to be there to nab him. You may as well knock him out with a blackjack so he won't make a scene where you nab him. Take him to the secluded spot, make sure that he is secure, and then call me back."

"Kyle, I don't know of any place I can use. This won't work, man."

"Then check with Carver's family. Maybe they know of a place in Alexandria. You could take him up there."

"Hang on. I'll check with them and see if they know of a place."

George was back inside of a minute.

"Kyle, they say they have a friend up there with a closed up mechanics shop. They are trying to get a hold of him now. How am I going to get some campus kid to call him?"

"Contact Natalie's and Carver's friends. They probably know of some kids with drug problems. The friends should be motivated to help. Offer the kid a hundred bucks to make the call. Then offer him another hundred to go to the meeting place but don't mention it til he makes the call. Check out a meeting place first. Make sure it's deserted but with some cover to hide your friends when this pusher drives up. When you get him to the mechanics shop, rough him up a little, scare the shit out of him, and then call me. I'll drive up to Alexandria when you have him. I'll need a motel room. Have one of your friends get one in their name. Keep it on a major highway away from the center of town. I want it quiet but not skid row. I don't want to have to travel through a lobby either. Get me a room downstairs where I can drive up to the door and away from the office. Ok?"

"I got it. It will probably be in the morning before I call you. There is a lot to do here and it will take some time."

"I understand but try to nab this kid in the wee hours of the morning. Those people prowl around all night and sleep all day. If you call him after six in the morning, you won't get him to meet you anywhere 'til tomorrow night. You need a dark parking lot to nab him anyway."

"Ok, Kyle. I'll be in touch"

Reed hung up the phone and checked his watch. Five minutes to five. Maybe he could catch Watkins. He dialed the Dallas number.

"Lone Star Security."

"Mr. Watkins?"

"Speaking."

"This is your humble servant, Harish Savi calling. How are you, sir?"

"Just fine, Mr. Savi. I'm glad you called."

"Have you heard from Marcel?"

"Yes, he called this morning. He said to tell you that the Sicilian plane has flown back to Paris, refueled, and left for Las Vegas again."

"When was this?"

"Yesterday, sir."

Reed stroked his chin. "Hmmmm. I wonder what that means. Did Marcel check back to see if this plane flies there often?"

"He did. The round trip two weeks ago was the first in about a year, so he didn't think this was routine."

"Were there any passengers on the manifest?"

"No sir. It was the crew only."

Reed headed for the bathroom. He could pee quietly. The medicine was working fast.

"Hold on, Mr. Watkins. I'm thinking."

"No problem. Take your time."

Reed pondered the development. Ballard wouldn't be going back home. Maybe this was nothing. On the other hand....,

"Mr. Watkins?"

"Yes, I'm here."

"Could you arrange surveillance on this plane in Vegas? Could you also snoop around and check the flight manifest?"

"Maybe. I know a good investigator out there. How long and close do you want the surveillance?"

"Around the clock, until it leaves."

"How many crew members were on the manifest on the flight coming from Paris?

"Three. The pilot, co-pilot, and a flight attendant."

"A flight attendant? For who?"

Watkins laughed. "You've got me. You shouldn't need a flight attendant if there are no passengers."

"That's my point, exactly. What is the flight attendant's name?"

"I don't know. Marcel didn't go into that much detail."

"Ok. They may be picking someone up. Let's find out who it is. See if your man can get some photos of any passengers that fly back to Europe. Try to get close-ups."

"Where do I send them?"

"Email them to me at the following address." Reed gave him his laptop address.

"Will do, Mr. Savi."

"Is there anything else that Marcel told you?"

"No, sir. Do you want me to bill you direct on this or just bill Marcel?"

"Just bill Marcel. He already has a retainer account set up for me."

"I will do as instructed, sir."

"Ok, I will call you in a day or two, Mr. Watkins."

Reed hung up and considered the reverse flight from Paris to Las Vegas. He couldn't come up with a single scenario that made sense. Maybe he was focusing on the wrong airplane. Maybe Ballard was setting up a diversion. Maybe someone else wanted to go to Europe, someone from Carpoletti family. If so, would they bother to bring home a family jet or just fly first class on a regular airline? If it was a routine trip, a regular airline would be a hell of lot cheaper. Reed wondered where the jet would go once it returned to Paris. If it went to Sicily, the flight wouldn't necessarily mean anything. If it went somewhere else, well, Reed would cross that bridge when he came to it.

Reed undressed, stretched, and then turned on the evening national news. The assassination of Thomas Renton III warranted a sixty second spot late in the newscast, complete with the inaccurate composite. The colonel of the state police refused to speculate on the cause of death until all toxicology tests were in. The district attorney was interviewed. With his best poker face, he granted condolences to the family on behalf of all the state's citizens and emphasized his regrets of any irresponsible acts of vigilantes and any agents that they might hire. Reed smiled. Mentioning vigilantes was a subtle backhanded slap at the governor's family and everyone who knew the story would catch the nuance. The local news came on after that. Renton's death took the first six minutes with toxicology results promised the next day. The story was covered from every angle. Renton's legal problems were discussed at length with alleged victim's families interviewed as well as family spokesmen and various police authorities. Dragnet details were discussed in great detail. If Reed needed to escape the dragnet, all he had to do was watch this newscast.

The next story was the tragic deaths of five LSU students. Toxicology results weren't in on these cases either, but there didn't appear to be as much urgency to get them as the governor's sons. A film clip showed Anne leaving a building with several other people but the news reporter said that the grieving families were in no shape to give interviews.

As Reed flicked the remote to the off position, there was a loud knock at the door.

"Who is it?"

"Police! Open up."

CHAPTER SIXTEEN

George drove his sedan slowly through the neighborhood. Carver's father Frederick Douglas Washington rode shotgun. Frederick's two brothers and a recruited student followed closely behind in the borrowed panel van. The only parking lot that would work was at a church with a children's playground connected. There was a security light on a pole but it was down at the end, farthest from the street. There were some dark areas with a hedge between the parking lot and the playground. There were some smaller hedges between the sidewalk and the church on the other side. Two cars and a church van were parked in the lot. George looked at Frederick and both nodded. This would do. George parked in a space about half way down and pointed the brothers to park next to the church van. There would be no lettering on their van like the church's but it looked natural enough. After a brief conference, George deployed two on each side of the lot with the kid standing at the back of the sedan. George walked to the street and looked carefully. One of the brothers was slightly visible behind the hedge going into the playground. After an adjustment, he checked again. This time it was perfect. The only way for this to go wrong would be if the pusher approached on foot and walked through the playground. George decided to hide in the back seat of the sedan. He had the blackjack. The plan was for the two brothers to accost him approaching from the church hedges. They had pistols. While the pusher was looking at them, he would jump out of the car and knock the punk in the head. They would park the pusher's car in a spot, drag him into the van, tie him up and leave. It sounded simple enough. George signaled the kid to get out of the van. The kid was nervous, understandably. He was shaking as he approached the men.

George looked him over and decided to try to calm him down.

"What do you want me to say?"

"Tell him you need to buy some drugs. Tell him where you are and that you have two hundred dollars cash. That should fetch him."

"Then what?"

"You wait by the back of the car until he approaches. We'll take it from there."

The kid shook his head. "He'll kill me for this."

Frederick butted in. "Don't worry, boy. You'll never see him again."

Harvey's eyes got big. "What are you going to do to him?"

Frederick's brother laughed. "Don't worry about it. He's going to disappear."

"Are you going to kill him?"

George put a reassuring hand on Harvey's shoulder.

"If that happens, it won't be here and you won't be part of it."

Harvey looked down at his shoes. It was slowly sinking in.

"I don't like any part of this. Pay me my hundred. I'll call, but I'm leaving after that."

George smiled and patted him on the shoulder.

"I told you not to worry. No one knows about this unless you tell somebody. Are you going to blab to your buddies?"

Harvey shook his head. "No way, man."

George smiled again. "Ok, then. Just get him on the phone."

Harvey took the phone and dialed the number. A cocky voice answered on the other end. "This is the devil speaking. Who in the hell do you want?"

"Terrance, it's me, Harvey."

"What do you want, Harvey?"

"I need a hit, man."

Terrance laughed. "I wouldn't go on the campus right now for a million bucks. There are campus dicks all over the place."

"Yeah, I know. I borrowed a ride. I'm at St John's church. There's nobody around. It's as quiet as a church."

Terrance laughed. "That's pretty good, Harvey. Are you into comedy now?"

"Come on, man. I need a fix."

"How much you got?"

"I got two hundred from home today, but sixty is all I can spend. I need the rest."

"Sorry kid. I need cash too. I'll sell you five hits for eighty and its good coke."

Harvey hesitated. "OK. Ok. How soon can you get here?"

"About fifteen minutes. Are you alone?"

"Yeah."

"What are you driving?"

"A white Ford sedan."

"If I pull up and see anybody else, I'm gone. Understand?"

"Yeah. I hear you. There's only a couple church vans parked in the lot. There's nobody but me."

"Ok, Harvey. Sit tight." The line went dead.

Harvey looked at George. "Alright. I did it. Where's my hundred bucks?"

George shook his head no. "Sorry, Harvey. You get paid after we nab this asshole."

"That wasn't the deal."

"That's the deal. You get two hundred when we nab him. You have my word on it."

Harvey looked down at the ground. He could smell lots of trouble coming. Maybe the money wasn't worth it.

"Just pay me a hundred. I'll walk back to the campus."

George shook his head at Frederick who nodded back.

"Look, Harvey, We'll pay you three hundred but not a penny more. Remember, you were also friends with Natalie. You owe her this. This punk will disappear and nothing is going to come back on you."

Harvey slowly relented. "All right. Three hundred and you swear you never saw me."

The men took their places. Less than five minutes later a pink Honda with gold wheels drove slowly by, rap music blaring through the speakers, circled back at the corner and drove with screeching tires up to Harvey. There were two men in the car, not one.

* * *

Reed looked at the door in shock. There was nowhere to run. He had no gun. How did they find him? He thought fast and tried to stall.

"Can you give me a second? I need to put on some pants."

The voice boomed back. "No problem, sir. I can wait."

That didn't sound like a warrant. Reed waited about thirty seconds and cracked the door, leaving the chain latched.

"Yes?"

"Sorry to disturb you, sir. We are canvassing all the hotels looking for this man. Have you seen anyone who looks like him?"

The policeman slid a circular through the crack. Reed took the flyer.

"Hang on a second, officer."

He closed the door, removed the chain and opened the door wide. After looking down at the flyer, he looked up at the policeman who was looking over the room and Reed as well. Reed casually handed the flyer back to the policeman.

"Is this the guy who killed the governor's son?"

"Yes. That's him. Have you seen anybody like that?"

"No. I'm sorry. Why did he kill him?"

The policeman smiled. "I can only guess."

"I was watching this on the news. How did he kill him?"

"Apparently he injected him with some kind of acid. That's the scuttlebutt, anyway."

Reed nodded. "Do you have any good leads?"

"No, not really. Nobody's talking. We're not even getting any nut calls. I don't think the public cares. He was scum anyway. I think some kid's father did this out of revenge, or had it done."

Reed nodded again. "You mean the sexual molestation allegations?"

The policeman nodded his head vigorously. "Damn right."

Reed slowly inched the door shut. "Well, sorry I can't help you officer."

The policeman nodded and stepped to the next door and pounded away as Reed closed and latched the door, chuckling to himself with comic relief.

* * *

Eli Whitney Washington was undeterred by the surprise appearance of two men in the car. He knew both had to be subdued and to do that required the driver to be immobilized first. Eli moved low from the hedge, approaching the car from the rear on the driver's side. While the two occupants were looking at Harvey, He opened the driver's door, grabbed his shirt collar and neck, and yanked him to the ground. As he did so, the car started forward slowly, still in gear. Eli put his pistol against the driver's nose.

"Move and you're dead, asshole."

His brother, Martin Luther Washington, came out of the hedge by the playground and caught the passenger trying to open his door and escape. With another pistol in his face, the kid surrendered meekly. In five seconds it was all over. It took longer for George to exit the backseat. He approached Harvey.

"Which one is Terrence?"

Harvey pointed to the passenger. Without a further word, George walked up behind him and brought the blackjack down on his head with all the force he could muster.

His friend Frederick looked down at Terrence with concern.

"Damn, George! I hope you didn't kill him. Did you have to hit him that hard?"

George rolled the kid over on his back and checked his pulse.

"I had to. We only have cuffs and gags for one."

"You mean we are taking the other guy too?"

"We sure as hell can't leave him here."

"Are you going to brain him too?"

"Not unless he creates a problem. I don't want to hurt him right now. I don't know how he fits into this."

They were interrupted by the drug dealer's car rolling into a fence at the end of the parking lot.. George barely glanced at it. He looked at Martin.

"Tie that yard bird up and gag him. Get him in the van while I secure the car."

The driver let out a loud wail as they tied him up. George slapped him across the mouth.

"One more sound outta' you and I'll knock you into next week. Now shut up and get in the van."

The man was about thirty years old with semi-long hair, wore a chartreuse silk shirt and an expensive gold chain necklace. He looked like a pimp to George. With two guns in his face, all he could do was to meekly comply. George motioned to Harvey who was cowering behind George's car. Harvey stood and edged toward George. He was shaking uncontrollably. George reached into his wallet and extracted some bills.

"Here's your three hundred, kid. Go back to the dorm and forget about this."

Harvey pocketed the money and walked away without a word. George backed the driver's Honda out into the street and parked it by a fireplug. After locking it, he tossed the keys and returned to the van. Frederick was behind the wheel and his two brothers were in the back with the prisoners. The older guy had started rolling around and trying to scream through his gag. George handed the blackjack back to Frederick.

"Here. It looks like you are going to need this."

Frederick passed the club to Eli.

"George, follow me to Alexandria. If we get separated, I'll call you on your cell. That kid's head is starting to bleed. I hope you didn't hurt him too bad."

George bit his tongue. This wasn't the time to get into a quarrel.

"Frederick, you're forgetting that he killed my granddaughter and your son. Surely, you didn't think I was going to sit across the table and ask him questions while he ate ice cream."

Frederick chuckled a little.

"No. I guess not. Are you going to kill him?"

George hesitated. "I don't know if I have it in me. But if I don't, I have someone who does. One thing's for sure. He's gonna pay."

CHAPTER SEVENTEEN

Reed opened one eye and glared at the ringing cell phone. From the phone his eyes traveled to the digital clock by the bed. It said 8:49 a.m. Damn! Had he slept that long? It had been a rough night. The Lasix had kept him up until after two a.m. He had to get up every hour and a half after that. The lesson had taught him that taking the Lasix that late would ruin a night's sleep. The phone finally stopped ringing. Reed gratefully shut his eye and snoozed until it rang again within two minutes.

"Hello?"

"Kyle, it's me, George. Were you asleep?"

Reed groaned. "Yeah. Rough night. Couldn't sleep. What's up?"

"We got him."

"The drug pusher?"

"Yeah. Your plan worked great. There's just one thing. We bagged two guys instead of one. There was another guy driving. We had to bring him along."

"That's cool, George. Is the punk talking?"

"Hell no! That's why I called. We beat the kid up pretty good. He won't say a damn thing. The other guy keeps telling him to keep his mouth shut."

Reed laughed. "No wonder they won't talk. You have to separate them."

"I don't have any place to take him"

"Then just blindfold him and take him outside. What happens when you put knots on his head?"

"We haven't touched him yet. We don't even know if he is involved."

"Sure he is, George. He was driving the car when you nabbed them and he is telling the punk to shut up. Is he older than the drug pusher?"

"Yeah. The drug pusher we were after is a kid about twenty-three. This guy is over thirty. He's a hell of a lot smarter, too."

Reed smiled. "You may have got lucky and nabbed his boss."

"That would be cool. Can you come up here?"

"Yeah, I think it's time to leave here. The cops knocked on my door last night passing out circulars with that composite. It's a good thing I didn't look like him. If they ever get a photo that cop might remember where he saw me. Get one of your friends to get me a room up there like we discussed and I'll be up there in about three hours."

"Great. We probably will need you to question these punks."

"Ok. Call me on this cell in three hours."

"Will do. Bye."

Reed hung up the phone, showered, packed, wiped the room clean of fingerprints, and left, leaving the key in the room. After clearing the second room, he headed west toward Opelousas. He was stalled by a roadblock within ten miles of Baton Rouge. Thankfully, they were still relying on the inaccurate composite. They did check on his truck registration since he didn't have any hard plates. His bill of sale from the Florida dealer worked but they kept him on the side of the road for about thirty minutes. Reed wondered how George and friends had avoided this with a panel van with two handcuffed prisoners in the back. The roadblock obviously wasn't set up then or they would have never made it through. Instead of traveling all the way to Opelousas and catching Interstate 49, he turned off on highway 71 and drove to Alexandria on the back roads. Remembering the details from last night's newscast, he knew that the roadblocks were only on the major highways. While patrol cars were numerous on the back road, he wasn't stopped again. He was entering the little town of Meeker when his cell phone buzzed. It was George.

"Hello, George."

"Eli got you a room in a suburb named Pineyville. It's just north of town and there are three highways heading north from there. It's a Holiday Inn Express and there's no lobby. Are you on I-49?"

"No, I took the back way. I'm on 71."

"Ok. When you get downtown take highway 165 north. You will see the hotel on your right about six miles from downtown. Eli is waiting for you there in room 124."

"Sounds great, George. Are you getting anywhere with the kid?"

"Yeah. Separating them worked. He admitted taking the cookies in there but claims he didn't make them or knew that they were laced with ecstasy."

"What about the other guy?"

"We haven't questioned him yet."

"Did the pusher tell you who he was?"

"No. But his driver's license says that he is Gene Arceneaux ."

"How old is he?"

"Thirty-seven."

"How old is the kid?"

"Twenty-three."

"Was that on his driver's license?"

"Yep."

"Did he tell you how long he's been pushing dope on the campus?"

"Yes. He said that he started about six months ago."

"Did he give you this information freely?"

"Oh no. We had to beat it out of him."

Reed was silent as he pondered this.

"Did you tell him why he was nabbed?"

"Yeah. Is that ok?"

"Did you tell him in front of the other guy?"

"No."

"That's good. But that's why he won't talk. He knows you are going to kill him anyway. Talking won't gain him anything."

"I really screwed it up, didn't I?"

"Probably. If that other guy is his boss, you have them both anyway. What more do you want from them?"

174

"I want to know who Gino's boss is and I want to know who made the cookies."

"Are you going after them too?"

"Maybe. I don't know."

"Maybe bullshit! George, you need to let go after this. The police know you guys are related to the victims. A bunch of drug dealers turn up dead and you guys will be the first suspects. Do you want Anne to lose you too?"

"Kyle, right now Anne wants justice. So do I."

"What about your friends?"

"Them too. More than me maybe."

"All right, George. I'll be there in about an hour and a half. I have to eat something first. Take a break and keep them separated. Let me think about this."

"Ok, Kyle. Thanks. I'll see you in ninety minutes."

It was closer to two hours when Reed pulled up to the old garage behind Eli's pickup. The place was in a deserted decaying area. There was a house about two blocks down on the other side of the street. Other than that, it was just trees. But the garage was close to the street. There were old parts and tires littering the ground. All the cars were parked in the rear. George had the kid tied up and hooded. The hood had a small hole cut into it for breathing. He was sitting against the wall of the garage. Reed put his finger to his lips when he exited the truck to tell everyone to keep silent. He wanted no information given to the prisoners.

"Relax Kyle. He's unconscious."

Reed nodded as he walked over to the kid and raised his hood. The kid was beat to a bloody pulp. His face appeared to have several broken bones, his nose flattened, and cuts to his head were bleeding. His breath intake was labored. Reed raised an eyelid. The pupils were still ok. Reed rose and looked at George.

"Well, he looks like hell, but he's young and strong. He's not about to die, not from the damage you've done."

Frederick broke in. "Then I guess we need to do a little better."

Reed glanced up at him and then at each of his brothers. They were all in their early forties, physically fit, and stern. They were mad and it didn't appear that they were going to get over it soon. He already knew where George stood. Reed stared Frederick down.

"Have you ever killed anybody, Frederick?"

"No. But I can in this case."

"Eli and Martin, What about you two? Have you killed anybody?"

Martin nodded. "I served in Desert Storm. I took some Iraqis down."

"How did you feel about it later?"

"It didn't bother me much. This won't bother me either."

Reed nodded and walked to the back door and peeped into the garage. The room was just big enough for three bays and a small office and waiting room. In the center bay stood a large metal A-frame used to hoist engines from cars. He was standing under the A-frame with his arms raised and hands tied to a chain that led to the top of the A-frame. His back was turned to Reed and he was wearing a hood. His head was leaning to the right like he was resting. Reed glanced back at George.

"I need you to tie up and secure his legs."

George nodded and hurried to secure the prisoner's legs. When he finished, Reed motioned him back out of the garage. The prisoner had straightened up and stiffened. Reed walked in, circled him three times, stopped in front of him, and yanked off the hood. The man blinked a few times and focused on Reed.

"Well, a white man. You must be in charge."

Reed said nothing, just circled him again. The prisoner didn't handle silence very well.

"What do you want, asshole?"

Reed laughed. "I already have what I want. I have you Arceneaux."

"What do you want with me?"

"That's enough questions for now. I'll ask the questions."

Arceneaux wouldn't quit.

"If you'll get me out of here, I'll pay you a hundred grand."

Reed laughed again. "I bet you would. But I don't think those guys outside would sell out that cheap. Terrence told them all about you. They want your blood."

"I can get more, I swear."

"Where is this money?"

"I'll send you to my man Charles. He'll get you the money."

"How much you got?"

"I can scrape up a half million, maybe. It will take a day or two."

"I see. How would I get it from this Charles guy?"

"He works at our night drop every night til five in the morning. He could have the money there and give it to you when you release me."

"What do you mean by a drop?"

"That's where my salesmen bring me the money and pick up the dope."

"Where is this drop?"

Arceneaux shook his head. "Oh no. I'm not going to tell you that. Not until I know you'll let me go."

Reed raised his right foot and raked it down Arceneaux' shin. Arceneaux screamed.

"You son of a bitch."

"Shut up, Arceneaux. You're not hurt. Not yet. The next question you don't answer will bring some real pain. Now, where is this drop?"

"It's at the corner of Forrest and Taylor, in southeast Baton Rouge. There's a park there with playground stuff for the kids. It's deserted at night. The police don't even patrol there until six."

"What does Charles look like?"

"He's a tall black dude. Big afro and usually wears red silk shirts."

"How much of your money can he put his hands on?"

"I told you already. I have about a half a mil, but I need 200k to replenish my supply. So I really can only spare about 300k."

"Where do you get your dope?"

"I can't tell you that, man."

"Wrong answer."

Reed raked his other shin. Arceneaux wasn't as surprised this time. He groaned and gritted his teeth. Reed drew back and slapped him hard across the mouth.

"I said wrong answer. Now where do you get your dope?"

Arceneaux glared at Reed. He wasn't hurt, he was just mad. Reed knew he had a long way to go.

"Look Mr. Whoever you are, you've kidnapped me and I'm willing to pay something reasonable, but I'm not about to let you take over my territory."

"Look, Arceneaux. You have no guarantee that you can get out of here alive. Your best chance to make it is to come clean with me. Now where do you get the dope?"

Arceneaux decided to stall. "I need to go to the bathroom."

"Later. Where do you get your dope?"

"Unless you like stink, you'll let me go to the toilet."

"There's no working toilet here. Let it go whenever you feel like it. I'm probably gonna have to beat it out of you anyway. Where is the dope?"

"I need some food and water too. They've had me tied up here for hours with no water or food. If you want information, you better take care of me."

Reed laughed. "Do I look like a nice guy? Would you like ice cream for dessert too?"

"At least give me some water."

"All right, after you answer my question. Where do you get your dope?"

"No way, man. Take the three hundred grand and like it. That's a lot of money."

Reed shoved his face right up to Arceneaux's nose.

"I've been nice so far. No serious damage. I can start on your fingernails. How many do I pull before you tell me?"

Arceneaux studied him carefully. After about a minute he clinched his teeth and looked away, remaining silent for several seconds longer. Finally, he looked at Reed.

"Where am I? Where is this place?"

"You're in an old garage at the snake farm at Sorrento."

Arceneaux shivered, closed his eyes, and looked away. Reed knew he got a reaction with the snakes.

"If you like, I can get you a nice boa constrictor and put him around your neck. He could strangle you in no time."

Arceneaux closed his eyes and said nothing. Apparently that drug source was important information. Reed looked for a ladder. He needed one to get to Arceneaux's hands or he would have to untie him. He knew that would create problems. Without another word, he walked outside and motioned Frederick over.

"Can you get me a ladder? I need a complete set of pliers, too."

"I don't have one but Eli does."

Reed looked at Eli. "How soon can you get it here?"

"About ten minutes."

"How tall is it?"

"It's a good ladder. It extends up to ten feet."

"Good. Frederick, here's twenty bucks. Go to Walmart or the nearest hardware store and get me one of those sets of pliers. You know, several shapes and sizes. Like needle nose and big wire cutter type pliers. Get some bandages, gauze, and adhesive tape too. How long will that take?"

"About the same ten minutes."

"Good. Get going. Get some shop rags too and some bungee cords. We will need some serious gags. I'm gonna have to get a little rough."

Frederick grinned. "Coming up."

Reed walked inside shaking his head. These guys meant business. Reed stopped as a car drove by on the road. He was glad the traffic was sparse. He knew that Arceneaux heard the car too. He would get noisy soon. Reed stopped in front of Arceneaux again.

"Well, you have about nine minutes to talk to me before you start losing fingernails. Are you ready to make this easy or do you still want it the hard way?'

"I have talked to you, damn it."

"Not near enough."

"Who are you, mister?"

"I work for the DEA."

"That's bullshit."

"Why do you say that?"

"Because my source has the DEA in his pocket."

Reed hid his surprise. "I haven't heard anything about this."

"Like I said, if you worked for the DEA, you wouldn't have picked me up."

"Let's just say I'm a contract agent for DEA. They are not all crooked over there."

"Are you saying that whoever hired you didn't get the message?"

"I have no idea what you're talking about."

"I'm talking about a hands off policy."

"The guys that hired me won't get paid off. I know them."

"Who are they?"

Reed shook his head from side to side. "Nope. When are you getting this shipment?"

"Same nope back to ya."

Reed smiled. "We'll see about that. Are you saying your source has the same protection that you have?"

"That's what I said. He's bulletproof."

"I take it that he is running low on supply too."

Arceneaux nodded his head up and down. "Yes. I can give you that."

"When is his shipment coming in?"

"No way, man. Why would you get hired to nab me when they can pick me up any time?"

"I can do anything I want with you and they have to take you to jail. Then you call your lawyer and bail out."

"Are those black guys your crew?"

"Not exactly."

"What the hell does that mean?"

"An opportunity came up and I used them."

"What have they done to Terrence?"

"They beat the dog shit out of him until he started talking."

Arceneaux snickered. "He doesn't know much."

"That's why I'm talking to you. He gave us some good shit though. He told them about you sending him to the campus with the laced cookies."

"That son of a bitch! He's an idiot."

"I certainly can't argue with you on that. Why did you do that?"

"I've done it before. You can hook customers that way. The idiot that made the cookies just put too much dope in there."

"Who did that?"

"It doesn't matter. He's dead now anyway. I ordered him killed last night."

"Why?"

"Anybody that screws up that bad doesn't deserve to live. That kind of mistake can get me in a hell of a lot of trouble."

Reed nodded. "I can agree with you there."

"How about some water?"

"Nope. Only after you talk."

"I talked, damn it."

"No. I want to know who your source is, when and where the next shipment comes in, and who you are paying off at the DEA."

Arceneaux's eyes lit up with a thought. "You're gonna hijack that shipment."

"You can think what you like, but you're going to tell me."

"Like hell, I will."

"We'll see how much pain you can take, tough guy. You have about two minutes before they get back."

Arceneaux looked him in the eye.

"You're not going to do anything to me. You don't have the stomach for it."

Reed smiled as he heard the cars driving up. "You might be surprised."

"You hurt me and I will track you down and kill you."

Reed laughed again as all four of his helpers came in the back door.

"That's pretty rich, Arceneaux. I have you. It's not the other way around."

Arceneaux's eyes widened as they put the ladder next to him and Eli handed Reed a package with several pair of pliers.

"What goes around come around, asshole."

Reed held up the snub nosed pliers. "Last chance, Arceneaux."

Arceneaux looked at all of the men in the room. "You're bluffing."

Reed looked at George. "Stuff a shop rag in his mouth and tie it in. Eli and Frederick, get a good grip on his legs".

Reed adjusted the ladder and climbed to the top. He grabbed Arceneaux's right hand, gripped his thumb nail with the pliers and yanked. Arceneaux twisted on the tether and screamed through his gag. Reed looked at the nail. It was halfway out. Reed waited for him to calm down. It took about two minutes.

"Are you ready to tell me about the shipment?"

Arceneaux ignored him and kept twisting on the chain. Reed finished yanking out the nail. Arceneaux screamed again, this time with blood spurting everywhere. Reed climbed down and waited for the pain to subside.

"George, take the gag off."

Reed looked Arceneaux in the eyes from a foot away. "Do you still think I don't have the stomach for it?"

Arceneaux's mouth puckered. Reed ducked to the left just in time as the spit flew past him. Reed transferred the pliers to his left hand and punched him in the gut with everything he had. Arceneaux doubled over with his breath knocked out of him. Reed yanked him back up by his hair.

"Are you convinced yet?"

Arceneaux still couldn't breathe. He ignored Reed as he fought for breath. Finally it caught and he gasped and hyper-ventilated for about a minute. Reed waited patiently.

"Arceneaux, are you convinced yet?"

Arceneaux's eyes were now wild and they darted from Reed to the other men. Finally free from the gag, he let out a blood curdling scream. George crammed the gag back in his mouth and Reed slapped him hard.

"It's going to get a lot worse, Arceneaux. You have nine nails left and then I'll start on the toes. Are you ready to tell me?"

Arceneaux still ignored him. Reed shook his head and started back up the ladder. Two steps up and Arceneaux tried to talk through his gag. Reed stepped back down and George pulled the gag out.

"All right! All right! Just give me some water first. My tongue is so swollen, I can hardly talk."

Reed nodded to Martin. "Give him a little water. Not too much though."

Reed waited as he was given a few sips of water. "All right, Arceneaux. Out with it."

"Alberto Abadia is sending two hundred kilos by boat up the Chesapeake four nights from now. Tyrone Jones and his guys are meeting him at Herring Bay near a little town called Deale."

"What's the name of the boat?"

"It's a 60 foot Carver with the name 'Resting House'."

"Is Jones your source?"

"Yes."

"Why would he give you all this information?"

"I've been with Jones to pick up shipments before."

"What does the boat look like?"

"It's white with a blue stripe and it has a fly bridge."

"Does it belong to Jones?"

"No. I don't know who it belongs to. Maybe Abadia."

"Who is Abadia?"

"You don't know who Abadia is? I thought you worked for the DEA."

"I just do what they tell me. I don't know about the big drug dealers. Who is he?"

"He is really big, man. He runs the North Valley Cartel in Colombia."

"Is this Tyrone Jones the ex-NFL player that's been on the news?"

"Yeah."

Reed nodded while he digested all of this. "Let him have some more water."

Reed waited as he greedily downed the water.

"All right, Arceneaux. I gave you some water. Now tell me more about this meet. Does Jones meet him out in the bay?"

"No. There's a house with docks just south of Deale. The boat pulls up to the dock and they unload and collect the cash. It only takes about ten minutes."

"Is it close to DC?"

"Yeah. You take Loop 495 on Highway 4 to Bristol. Then go east on 256 across the inlet to Deale. Then you go south about 2 miles and it's a house painted blue on your right."

"Do you know the address?"

"No. But it is on Drum Point Road. The house belongs to a guy named Barnes."

Reed motioned his friends to go outside. "All right, Arceneaux. I'll let you rest for awhile."

"Are you going to let me go?"

"Maybe for three hundred k."

"I wouldn't try to hijack that shipment if I were you. Jones will kill your ass."

"We will see about that."

Reed walked outside where his helpers were.

"George, when are the funerals?"

"The day after tomorrow."

"Are you going to both?"

"Yes. Carver will be buried up here in the morning and Natalie will be in the afternoon in Baton Rouge."

"Ok. I'm going to leave these two with you. Have you decided where you're going to put the bodies?"

"No. Not really. Do you have any suggestions?"

"Yes, deep in the swamps. But be careful with the roadblocks. Did you see any when you left Baton Rouge this morning?"

"No, but we left about 5:00 a.m."

"When you move the bodies, have one car about ten minutes in front. If you are stopped by a roadblock, call back to the trailing vehicle and travel another way. If you can't do that, bring them back here."

George looked at his lifelong friend.

"You could go with us."

"No, I can't. I have to stay inside and quiet. I have to take some medications and I can't move around for awhile. I'm going to lay low for a couple days. Come see me the morning after the funeral."

"What's wrong with you, Kyle?"

"I'll tell you later. Eli, I need you to take this money and pay me up at the hotel for three more days. Get me some food, sodas and snacks where I don't have to show my face except to the maids. But you need to get rid of these guys today. It's too bad you can't leave them back in Baton Rouge in a prominent place as an object lesson to other drug dealers. By the way, Arceneaux thinks we are going to ransom him for three hundred grand. I played along with it to get him to talk. He has a second in command. A dude named Charles, tall and slim, and wears a red silk shirt most of the time. He hangs out at a playground near Forest and Taylor until about five in the morning. While you were gone, he admitted to ordering the cookies made and taken to the campus. You don't need to feel guilty about terminating him."

George nodded. "Thanks, Kyle. What are you going to do about that drug shipment?"

Reed grinned. "Maybe I can use that to my advantage and give this Tyrone Jones a headache in the process."

George didn't smile.

"I want to give him more than a headache."

"What do you mean, George?"

"I want his ass too. I want them all."

CHAPTER EIGHTEEN

Reed felt a lot better after two days of Lasix. The shortness of breath went away but there was a new pain in his kidneys when he sneezed or took a deep breath. The phone had been silent. George was busy with the funerals. He hadn't heard anything since they had separated at the garage. The maids had left him alone, thanks to a twenty dollar tip. Last night was the best night's sleep in a week.

He rolled out of bed, got some coffee, showered, shaved, and for the first time in days, stretched for fifteen minutes. When turning on his computer, he noticed an email from Henry Watkins from Lone Star Security. When he opened it, there were four attachments.

Dear Mr. Savi,
The plane under surveillance left Las Vegas for Paris yesterday morning. The attached photos show a single female passenger. Unfortunately, we didn't get a good angle on the

photos. We couldn't get very close to the plane, due to the layout of the hangars, but we zoomed as much as possible. The flight manifest showed no passengers, which means the passenger was flying in secret. Call if you have any questions.

Regards, Henry Watkins.

Reed clicked on the photos. The frontal views showed her behind the pilot with ninety percent of her face obscured. The two side views were of her climbing the steps into the jet. She wore a scarf and sunglasses. The last photo was somewhat of a frontal shot with her talking with the flight attendant but they were too far away to make out any facial features. Reed shook his head in disappointment. He couldn't pick up hair color, height, or even weight. She was wearing a loose fitting trench coat. What was worse, the plane flew to Paris yesterday. Reed hoped that Marcel got a copy of the email to alert him. His email didn't indicate one. Reed picked up the phone.

"Lone Star Security."

"Mr. Watkins?"

"Yes."

"It's me, Harish Savi."

"Yes Mr. Savi, I've been expecting your call."

"Have you passed on the information to Marcel?"

"Yes. I just got off the phone with him. We talked yesterday as well."

"Is he checking on where the plane is going from Paris?"

"Yes. He anticipated your interest there. The plane left for Split this morning."

"Would you call him back for me and tell him to follow the woman. I want to know where she goes and where she ends up."

"You want to set up a surveillance team in Split?"

"Yes."

"I will do that immediately Mr. Savi."

"Thank you Mr. Watkins. I'll call you in a couple of days."

"Thank you for your business Mr. Savi. Goodbye."

The line went dead. Reed dialed another number.

"Hello?"

"Jana?"

"Yes, Anil is that you?"

"Yes."

"My hero. I'm so glad to hear from you. Where are you?"

"Louisiana."

Jana giggled. "I thought so."

Reed was silent for a moment.

"What makes you say that?"

"The FBI thinks you are in Louisiana."

"Really? How do you know that?"

"I talked to Deputy Director Blaisdale yesterday. He told me that."

"How would he know that?"

"It seems that another scumbag had a run in with cyanide poison. He thinks that's your MO."

Reed gritted his teeth. This was bad news.

"There's been nothing on the news about this. Did he say anything else? Has he not told the state police?"

"I don't know. He didn't say. We mostly talked about Benton Ballard."

"Has he got a line on him?"

"No. That's why he called. He wanted to know if I had come up with anything. He fished around asking about you and if I had heard from you again?"

"What did you tell him?"

Jana laughed. "I just dummied up. I've never admitted to him that I made any contact with you other than a casual encounter at a bar in Fredericksburg."

"It doesn't sound like he believes you, how hard did he press?"

"Not very hard. It sounds like he has a lot more on his plate than you. I think he wants to know what you know."

"I don't know much and it's just a guess. Do you think Ballard's wife might join him?"

"I doubt it. They never went anywhere together anyway. They fought all the time."

"Did he have a mistress?"

"I don't think so. If he did, no one in the company picked up on it and he was at the office fourteen hours a day before he disappeared. Why would you ask that?"

Reed was cautious. After all, Jana was talking to the feds.

"I don't know. I would think that if he disappeared, he might want some companionship."

"I think that once he robbed us of all that money, he would cut all ties. Even his private secretary lost her life's savings to that scoundrel."

"What does she look like?"

"She is just average. About five foot five, dark hair, average build."

"How old is she?"

"About sixty."

"Ok. Never mind."

"Why do you ask?"

"Oh nothing really. There's a female traveling incognito. I thought there might be a connection. But it was a long shot anyway. Say, what is this FBI deputy director's name? I forgot."

"Blaisdale, Clay Blaisdale. Do you want his number?"

"Hah", exclaimed Reed. "Not a chance. I want you to call him back for me."

"What do you want me to tell him? That I really did talk to you?"

"Just tell him that a little birdie told you that there is going to be a big drug shipment coming into the DC area Wednesday night."

"How do you know this?"

"A little birdie told me."

They both laughed. "Write all this down, Jana."

"Ok. Just a minute."

She scrambled for a pen. "Ok. I'm ready."

"There's a boat coming up the intercoastal canal called Resting House. It's a sixty foot Carver, white with blue trim; it has a fly bridge too. It's carrying two hundred kilos of cocaine. It is expected to arrive Wednesday night just south of Deale, Maryland on the Chesapeake near Herring Bay. There is a house on the water with a private dock just off of Drum Point Road owned or occupied by a man named Barnes. This shipment is intended for the big drug dealer named Tyrone Jones. Tell Blaisdale not to refer this to the DEA. My little birdie tells me that Jones has bought them off. If he can, he needs to use the Coast Guard and the fibbies."

"Ok. I've got it. When do you want me to call him?"

"The sooner the better."

"He's going to ask why you are giving him this."

Reed laughed. "Just tell him that your little birdie never knows when he will need a favor. Something could come up any day."

"Ok. Anil, how are you feeling? Are you doing ok?"

"Yeah, Jana. I'm doing fine. How is your Aunt Hattie?"

"She's about the same. The doctors are testing. They suspect cancer."

"How's your husband?"

"He's fine. No job yet."

"Do you need some money, Jana?"

"No, dear uncle. We're fine. Aunt Hattie is helping us. We have a lot of friends in bad shape though. Any ideas on how long it will take to find Ballard?"

"If I'm real lucky, maybe a week or two."

"You can't give me any clues at all?"

"I don't have anything concrete, Jana. I'm going to have to run down some leads myself and they are in Europe. Don't breathe this to a soul, especially to this guy Blaisdale."

"Ok. Any chance that you come to California before you leave?"

"No. I don't think so. I'm sorry, Jana."

Jana giggled. "I bet I could find you some pedophiles out here."

Reed laughed. "I'm going to plead the fifth on that one."

"You don't have to with me. You know you're my hero, don't you?"

"You must be hard up for heroes." They both laughed.

"I better go now, Jana. Take care of yourself."

"You too, Anil."

Reed hung up and grabbed the remote. After scrolling through thirty-five channels, he found some national news. There was a brief mention of the ongoing investigation of the governor's son's assassination but it still showed the inaccurate composite. Reed was totally puzzled. Why had the fibbies not helped the state police? Reed decided that it was safe enough to leave the motel for awhile. He was getting cabin fever and he felt that he didn't need a Lasix pill today. He left and had a hot meal at a pancake house, and cruised by the deserted garage. Seeing no activity, he headed into the drive and parked in the back. When he entered, the place smelled bad but not like there were dead bodies in there. There weren't any live ones either. The rope and chain combination still hung down from the A-frame and dried blood was all over the floor. Reed didn't feel like cleaning up, but made a mental note to tell George about it. Before returning to the motel, he dropped by a supermarket and picked up a few things to snack on. Passing an impulse rack, he picked up a paperback novel too. He didn't expect George for another day or two. He hadn't read one in years.

* * *

There was a loud knock on Reed's door. Reed was instantly wide awake. He checked his clock. 7:45 a.m. Reed looked through a raised blind. It was George. Reed let him in. "I'm glad you don't get up early."

George didn't smile. He wasn't in the mood. "We have lots to talk about."

"I see you got through the funerals ok."

"They were rough."

"Was there a big turnout?"

"Yes. Both times."

"How is Anne?"

"She's upset. So am I. So is everybody else."

"I'm really sorry, George. I haven't had a chance to tell you with all that's happened."

"Anne was disappointed that you didn't come. I couldn't explain without telling her too much."

"She doesn't know my background?"

"She knows about your background but not the governor's son. She thinks you were just here to see your sister."

"Then tell her that I am ill. It's the truth anyway."

George raised his head and looked at him.

"I gathered that from what you said the other day. What's going on with you, Kyle?"

Reed finished setting up the coffee pot. The silence was a little too long. George asked a little louder this time.

"Kyle, are you not going to tell me?"

"Yes, George. It's not good though."

"What is it?"

"It's my heart. I'm afraid I don't have long."

"How much time do you have?"

"A few months at the most."

George dropped his jaw a little. "Damn. So that's why you came back. You wanted to see Mildred one last time."

"I wanted to see you too, George."

"Did you tell her?"

"Not exactly."

"Who is supposed to tell her when you're gone?"

"I guess you will have to."

"How am I going to know?"

"The automatic payments will stop. You will get a large lump sum."

"So I take her the money and tell her?"

"No. The lump sum will be for you and Anne. She will have a lump sum direct deposited to her account. You will need to tell her what it's from."

"How is that going to happen if you're dead?"

"It's automatic if I don't send a code to the banks on the last day of the month."

"Where are these banks?"

"One is from Mumbai, India and the other is in Panama City, Panama. The checks will come from a bank in British Columbia though along with a copy of my will. That will satisfy IRS."

George managed a small smile.

"Thanks, Kyle. You didn't have to do that."

"There is more. I will be moving my funds from Mumbai as soon as I leave the country. I have lost faith in my trust officer there. I haven't decided where to put it. It will take a few days to find the right one. I will email you the bank account numbers and the codes in a few weeks. That's one of the first things I am going to do when I get back to the Caymans. I'm planning on leaving tomorrow but I have to travel back through India so I am planning to close my accounts there and transfer my funds there to the Caymans. I have another project going on though. I don't know if I'm going straight back to the Caymans or not. There is something I may have to work on in Europe."

George cleared his throat.

"Kyle, there's something Anne and I want you to do for us before you leave. I hope you have some leeway on your time."

"What do you want me to do, George?"

"I want you to help me kill this bastard Tyrone Jones."

Reed was somewhat surprised.

"What do you know about this Jones?"

"I've heard that he is the big drug dealer in Washington D.C. I was there when Arceneaux told us that he was his supplier. I want his ass too."

Reed shook his head. "George, you're biting off more than we can chew. I think the law is going to get him anyway. He is already charged with a ton of crimes. He'll be in jail soon. He can't stay out on bail forever."

George shook his head. "Jail isn't good enough, Kyle."

"George, do you know how hard it would be to get to him? He has a small army. He must be the biggest dealer in the US."

"We know where he will be Wednesday night."

Reed had to chuckle. "Do you think we can just fly up there, drive up to the pickup site, mow down his army, kill him and walk away? George, it takes reconnaissance and planning. You have to have weapons and a getaway plan. That would take a week."

"Ok, we'll get him another time. I can take a week or a month. I don't care."

"The feds may get him Wednesday night anyway. I sent them a message. They will probably be there. If Jones is dumb enough to pick up the shipment in person, he will get nabbed. Then you won't be able to approach him under any circumstances."

George stroked his chin.

"Suppose he's not there?"

"Then he still is tough to get to. You need to forget this, George. It's a bad idea."

George looked at Reed with his most serious dogged look.

"If he's not arrested, I am going after him, Kyle. With you or without you. You know I could use your help."

Reed looked down at his friend who was sitting at the desk.

"I'll have to agree with you there. You left a mess at the garage. There are all kinds of clues for the police. Did anybody clean up the fingerprints?"

George shook his head. "No. We left pretty quick. We were thinking about ditching the bodies, not cleansing the evidence. I guess that was dumb of us."

Reed nodded. "Not only that, the cops can get DNA from the blood and anything that was touched. You need to take that chain down, ditch the hoods, and sweep all of the tire tracks in the driveway."

"Ok. I'll get Frederick and his brothers on it."

"What did you do with the bodies? Are they lost in the swamp?"

George looked down. "Yes and no."

"What does that mean?"

"It means I got voted down on Arceneaux. They understood about hiding the kid in the swamp because the cops would tie us directly to him and we did that. But they wanted to leave an object lesson for the drug dealers in Baton Rouge. They took him to the park and playground where this Charles hangs out and hung him upside down from the swing set."

Reed sat down, somewhat stunned. He had to think this through.

"How did you kill them?"

"After we beat the hell out of them, we cut their throats."

"Did you carry off the bodies in the van?"

"Yes."

"How well did they clean the van?"

"I don't know. We got busy with the funerals and all of the family members that came. I haven't asked them."

"Well, you better get on it. The police will be all over that corpse. They won't overlook the torn out fingernail either."

"What will that tell them?"

"It will tell them that he was tortured before he was killed."

"It doesn't tell them who though."

"True. But they will already be looking at you and your family's just on natural suspicion. By the way, have you heard anything from the state police?"

"Yeah, they want me to come in and talk to them about the governor's son and the murder. I was planning on going in soon."

"I'm surprised that you aren't a suspect since you didn't go in that morning."

"They came by when I was gone and talked to Anne. They understood my absence because of Natalie. They just said to come in when I got everything back together."

Reed nodded. That made sense. So far, no one had made a connection to him and George or tried to connect the dots on the cyanide. He wondered how long his luck would hold.

"George, I really need to leave this state. The state police can't stay stupid forever. When and if they connect the cyanide to the Florida trip, the FBI is going to get involved."

"Can you stay here two more days?"

"I don't know. It's risky. I would feel better in Mississippi."

George nodded. "How about you driving to Vicksburg or Jackson today and hang out there until Thursday morning? I will finish up my affairs here, clean up the site and the van. We will know Thursday morning if the feds caught Jones or not. If they catch him, you go on back to Europe, if not, I want you to go to DC with me. I'll join you there."

Reed studied George as he thought it out.

"You're really serious about Jones, aren't you?"

"You damn right I am. Kyle, I've done a lot for you over the years. I know you paid me well but I still think you owe this to me."

Reed finally nodded reluctantly.

"All right, damn it. I'll drive to Vicksburg or Jackson. You call me Thursday morning on my cell phone. If Jones is still alive and out of jail, I'll go with you. I'll help you plan it and make sure we have an exit strategy. Does Anne know about this?"

"She knows some of it."

"How does she feel about this?"

"She wants his ass worse than me."

"How would she handle it if I had to ship you home in a box?"

"Probably not well. But she thinks with you there, I would be ok."

Reed reviewed his options.

"All right, George. Call me Thursday morning."

After George left, Reed turned on the television. Suddenly, he jumped up and turned up the volume. The government was about to forget all about him.

A news flash scrolled on the bottom of the screen. Osama Bin Laden had been shot dead.

CHAPTER NINETEEN

Blaisdale's earpiece static stopped as the unemotional voice of the Navy Lieutenant's voice whispered the alert.

"The boat has slowed to ten knots and headed for the dock. Estimated distance is one hundred fifty yards. Two tangos are on the stern armed, I repeat armed. Others may be in the cabin. I see three tangos on the dock with two more at the back of the house. I can see no arms on them but the lighting isn't very good. Team Two, do you read? Over."

Harry Mentor adjusted his mouthpiece.

"We read you. Over."

"Any tangos in front? Over."

"Roger that, Team Leader 1. We have one tango on the front porch. He's armed with an Uzi. Over."

"All team members, stand by for the diversion. Move on my word. Over."

The cruiser cut back its engines and slowed to a crawl about fifty feet from the dock and halted when it pulled alongside of the dock. While the two guards watched the men on the dock and the water, two others came up from the cabin and handed boxes to two of the men on the docks. As the dock men turned toward the house, an unmistakable noise came across the bay. A large helicopter traveled obliquely in their direction. The CH-53 Sea Stallion slowly traveled just south of them with a large spotlight shining into the water. It was obvious that the chopper wasn't coming directly toward them. As the men on the boat and on the dock froze staring at the chopper, Team Leader spoke in whispered tones.

"Teams One and Two, GO!"

Two Navy Seals rose up on the other side of the dock, removed the condoms from their muzzles and aimed them at the two guards on the back of the boat. The rest of the Seals moved forward on their rubber raft from a neighbor's dock to the north, using an electric motor to approach the boat. Team Leader One plugged his microphone into a speaker system. The guard in front of the house moved into the yard to watch the helicopter approach. As he watched to the south, two SWAT members ran toward him from the opposite direction. Without hesitating, one of the team grabbed him around the throat and pulled him down from behind. The other grabbed his weapon.

"Front Tango down."

The rest of the SWAT team ran around the house toward the water as they heard the amplified voice of Team Leader One.

"EVERYONE FREEZE OR YOU'RE DEAD. THIS IS THE POLICE!"

The two guards in the back of the boat swung their weapons around. Before they could fire, the two Seals in the water cut them down with short bursts from their M-4s. The three men on the dock turned toward the house but were stopped in their tracks by the SWAT team streaming around both ends of the house. They dropped the boxes and raised their hands. The pilot raised his hands.

"STEP AWAY FROM THE HELM AND KEEP YOUR HANDS IN THE AIR!"

The two Seals in the water leaped onto the swim platform, entered the back of the boat, kicked the weapons away from the dying guards, and pointed their weapons on the pilot. Blaisdale followed Harry and his men onto the dock, forced the dock men onto the ground, and handcuffed them. Blaisdale grabbed a satchel away from one of the men and followed others onto the boat. He rushed down the cabin's steps and saw box after box filled with packages of cocaine. Harry was right behind him. He pushed Blaisdale out of the way and opened all of the drawers and storage bins. The search revealed three attaché cases containing cash. Lots of cash.

"It looks like they stopped several times before they got here."

Blaisdale nodded. "Yeah. It looks that way."

Harry spoke into his mouthpiece. "John, you and Bob get down here."

Two SWAT members instantly appeared.

"Mr. Blaisdale, would you accompany these two men to the van with the cash. Two men inside will count the cash under the cameras; all of you will witness the amounts and sign statements to that effect. Then we will mark and inventory the cocaine."

"That sounds like a good plan."

"That's standard seizure procedure, Mr. Blaisdale."

Blaisdale stopped on the way to shine a flashlight into the faces of the arrestees. None of them were Jones. The cash count was five million on the nose. Three came from the satchel that Blaisdale grabbed from the man on the dock and two came from the three briefcases on the boat. Blaisdale walked back to the boat. A Coast Guard cutter had pulled in behind the boat. The Colombian prisoners were being transferred to the cutter. The SWAT team was moving boxes of drugs toward the street. The seal team leader was talking to the captain of the cutter. When he saw Blaisdale, he motioned him over.

"Captain Lindsey, this is Clay Blaisdale with the FBI. We have him to thank for this raid."

Lindsey extended his hand. "It's a pleasure Mr. Blaisdale. You do good work."

"I just lucked into it, sir."

"Are you sure the DEA was dirty on this?"

"That's what my source said. I don't have any independent information."

"I see. I know our raids are down and our intel has dried up. If we have sprung a leak, it would explain that."

Blaisdale nodded. "All I know is that the intel he gave us on this one was accurate enough." He's not a normal drug source though."

"Can you question him more on this?"

Blaisdale smiled. "I'm afraid not. It's a long story. I don't think he would pass the Aguillar standard either."

"What is the Aguillar standard?"

"It's case law on the prerequisites for a reliable drug witness."

The Captain nodded. "Ok. If you need us further, we will be here with bells on."

Blaisdale smiled and shook both men's hands.

"I will. I couldn't have done it without you. You get to keep the boat, I presume?"

"We think so. You know the seizure procedure. Are you going after that house?"

"I don't know yet. We'll check into it. I don't think anyone is at home."

Blaisdale turned to go home. It had been a good day. His thoughts turned to Reed. Why did he give him this?

* * *

Reed enjoyed a quiet seafood dinner at one of the casinos. Afterwards, he strolled through the casino and watched the people gamble. The blackjack tables were busy and making money. He watched bad players give away their money with bad play. A noisy craps table drew his attention. The players were betting the pass line and the numbers and screaming at the shooter. She was on a roll. She was a doll too. Her husband or whatever was the largest bettor at the table. She would hand him the dice to kiss, then she would kiss them and let them fly. The crowd cheered as she rolled a hard ten which was the point. She received a big kiss from the man as the boys paid off the bets. It was two to one on the back line. The crowd was going nuts as they raked in their chips. After a double kiss the lady rolled a seven. The crowd went wild again.

"Get rid of them sevens now, baby. C'mon! Make us some money."

She next rolled an eight. The crowd poured more money behind the line and pressed their bets on the six.

"C'mon baby! Eighter from Decatur!"

"Give me a Sister Hix."

After another double kiss, she rolled a hard eight. The crowd went wild. She gave her man a big hug. He dropped two black chips down her bra. That brought another kiss. She picked up the dice, the double kiss, and rolled another seven. The crowd screamed. She was never going to lose. It was depressing for him to watch any more. He dropped his head as he walked away.

* * *

Blaisdale was tired, but he didn't care. He smiled broadly as he rode the elevator up to his eighth floor. When the doors opened to his floor, he was surprised to see Jennifer hosting a party for the entire floor. The television was blaring on the wall, still giving the details of Seal Team Six and the successful raid on Bin Laden.

"Hello, Boss. Isn't this wonderful?".

"Yes. I'm delighted. I have more good news too."

"You look pretty chipper this morning. What else has happened?"

Blaisdale smiled. "We hit another home run last night."

"What happened?"

"I'll tell you in a couple of minutes. Would you see if Frank Bledsoe is in his office?"

"Sure."

Jennifer reached for the phone as Blaisdale walked into his office and plopped down behind his desk. He had to get ready for a news conference at eleven.

"Boss, Frank is here. Do you want him to come up?"

"Yeah. Right now. Tell him you're off today. He has to bring his own coffee."

Jennifer laughed. "He'll be right up boss. What's going on?"

"I'll wait til he gets up here. Then I'll tell you both."

Frank was there in seconds.

"What happening, Chief?"

Blaisdale propped his feet on the desk, put his hands behind his neck and grinned.

"We had a very successful raid last night and it was huge."

"A raid on what?"

"Drugs. I went in with Harry's SWAT team. It was fun."

"A huge haul, huh?"

"Yep. We got a boat, two hundred kilos of cocaine, about 5 million in cash, and nailed eleven perps. We hardly had to fire a shot."

Jennifer took the liberty to sit down with Frank. After all, this was a quasi holiday.

"That's great boss. Why did you go?"

"It was my bust."

"Really? The DEA let us in on the raid? I didn't know they did that."

"Blaisdale smiled again. "They weren't involved. It was us, the Coast Guard, and the Navy Seals."

"Why not the DEA?"

"My source said they were bought off by the drug lords."

"You can't just exclude them", Frank exclaimed.

"I can and I did. I couldn't trust them in this case."

"They will raise hell about it."

"I've worked it out with the Coast Guard. They are going to claim that they got a last minute tip, looked the ground over, and brought in the Seals. Harry just happened to be nearby on a training exercise and they brought him in to cover the land approaches."

"Who were the perps?"

"They aren't talking yet, so we're not sure. Five were Colombians, and six had local ID."

"Were they blacks?"

"Yep."

"Tyrone Jones?"

"Probably. But he wasn't with them."

"Who was holding the money? The Colombians or the locals?"

"The locals had most of it but there was over two mil on the boat. They must have dropped a shipment to somebody else on the way up."

Jennifer had been quiet up until now. "Nobody got hurt?"

"Just two of the Colombians. Those Seals are pretty slick. They are quick and quiet. I was really impressed. All Harry did was mop up."

"That's pretty good, Boss. You're going to get some kudos for this."

"Yes Frank, and I owe it all to your boy."

Frank looked back in surprise. "Who is that?"

"The one you wanted to arrest in Baton Rouge last week."

Frank was shocked. "Not Buck Reed?"

Blaisdale smiled again. "None other."

"He called you with this?"

"Through his intermediary."

"Why would he do that?"

"I have no idea."

Jennifer laughed. "Maybe we should put him on the payroll."

Frank looked at her. "You like him don't you?"

Jennifer folded her arms.

"Maybe I do. He sure makes it easier for us, doesn't he?"

Frank scowled. "I don't care. He's killed too many people and I have been hunting him way too long."

Blaisdale broke in. "Where is he now, Frank?"

"The last time I checked he was in Alexandria, Louisiana."

"What was he doing there?"

"Nothing as far as I could tell. I sent a unit up there from Baton Rouge and his truck was parked at a motel. It had been there for a couple of days. Maybe he is through with these hits. Can I pick him up now?"

Blaisdale shook his head. "Not just yet. He may get more information for me."

Jennifer smiled. "The vigilante groups?"

"No. Much bigger than that."

Jennifer didn't tease well. "Don't leave me hanging, Boss. What is it?"

Blaisdale smiled and shook his head. "Sorry, not yet."

* * *

Three hours later Reed's cell phone rang.

"George?"

"Yeah. It's me."

"How did your talk with the governor's office go?"

"Ok, I think. I told them I would need a few more days off to take care of family affairs."

"What did they say about me?"

"They showed me the composite sketch that you told me about. It was so unlike you that I told them that I saw you hanging around the grounds the previous afternoon."

Reed laughed. "That's brilliant, George. What else?"

"They wanted to know if I saw you in a vehicle. I told them no, that I really didn't pay much attention to you but I saw a green minivan shortly thereafter and the driver was wearing the same floppy hat. Now they have put out an APB on a green minivan that doesn't exist and I'm the hero of the hour at the governor's mansion."

Reed laughed again. "That's pretty good, George. I'm proud of you."

George laughed too. "I hope you did a good job ditching that hat."

"Yeah. Don't worry about it. We're old news anyway. It's all about Bin Laden now. Have you seen the news about the big drug bust?"

"Yeah. They didn't get him."

"I'll bet that I knocked a dent in their operation. They were about out of drugs. They are really going to be short now."

"I'm ready to put a really big dent in his ass. Where are you staying? I'm ready to head your way."

"I can't talk you out of it, huh?"

"No way in hell."

"Are you bringing a sniper rifle?"

"I can bring my hunting rifle, a thirty-ought-six."

"Does it have a scope?"

"Sure does."

"A night scope?"

"No. Do we have to have one of those?"

"No, you don't have to have one, but it would be nice. You never know when the best time will be. There's not much time for this either. I really need to get to Europe."

"I'll be on the road in fifteen minutes. Where can I find you?"

"I'll be in the Castaway's Casino and Hotel on the river. I'll get you a room. There is only one bed in this one. You can pick up a key at the desk. I'm in room 247."

"I'll be there as soon as I can. Anything else I should bring?"

"We need some infra-red or night binoculars. A couple of pistols too"

"I don't have any night binoculars but I'll check around. Anything else?"

"Yes, bring about three kinds of hats if you have them."

"Ok, but I'm leaving my floppy hat at home."

They were both laughing when they hung up.

CHAPTER TWENTY

Reed turned left off Good Hope Road onto Minnesota Ave. Washington D.C. was unfamiliar to him. He had never been here before. George pointed ahead.

"It's about a mile ahead on the left."

Reed nodded. "What is the name of this joint again?"

"The Rainmaker's Club."

"How big is their parking lot?"

"It's pretty big."

A few minutes later, they parked across the street in an auto parts parking lot. Reed backed into a space and looked the club and its parking lot over. Minnesota Avenue was a four lane divided boulevard with a center median. The parking lot they were in wouldn't work. The car would be too visible when they pulled out and it had no rear exit.

"There's only one exit onto the street from that lot. We can't use it. We could get blocked in. Let's look around some more."

Reed pulled out of the lot and cruised slowly down the street. He didn't like what he saw.

"There's not a lot of options on this side of the street."

Reed turned around and cruised past the club on the same side of the street. They went past the club and pulled into the adjacent parking lot in a convenience store. Reed parked by the bathrooms with good visibility across the club's lot to the entrance.

George smiled. "This looks better?"

"In some ways. You could have visibility obstructions if vans or pickups are parked between here and the entrance. Also, when we make a getaway, we are on the same side of the street if somebody chased us. If we used this spot, we would have to rent a very fast car. That might not be easy."

George got out of the car and walked to the other side of the convenience store and looked back at the club. Then he surveyed the area in every direction. He walked into the store, bought two Diet Cokes and returned to Reed's pickup.

"Kyle, there's an alley back there leading to another street. You better take a look."

Reed opened his drink and took a look. When he returned, he looked more chipper.

"You're right, George. We could park on the other side of the store, back in, you could take the shot, we could shoot down the alley, turn right, and if we are lucky, turn right again before a pursuit car can get to the side street. But if they see us, they will probably catch us. It would depend on the traffic on this boulevard. If they had to yield to an oncoming car, we could make it. If they freeze, we could make it. If they left Jones on the street and followed us without interruption, there would be no guarantee. We would have about a seventy percent chance of getting away clean. Are you happy with that?"

"What if we traveled in the opposite direction in the alley after they left the parking lot?"

Reed stroked his chin. "That might work, but somebody would see us because there's no fence at the back of the lot. If some of Jones' party got left at the door, they could call the pursuit car and have them turn around."

"What would our chances be if we did it that way?"

Reed pondered it. "With the rifle shot coming from the back of this lot, it would be poor. Probably no more than forty percent. Let's drive down the alley and look it over."

Reed eased the pickup toward the back and turned left into the alley. It was no longer than eighty feet to the street. From there, Reed turned right onto the side street. It was a small street about twenty-eight feet wide with no center stripe. Reed wondered who would park there after dark. Turning right on the next street, he slowly drove down a typical ghetto street. A lot of the houses were boarded up. There was an old man sitting on his porch, watching the world go by. Reed glanced to the right and saw a boarded up house directly behind the club. Reed backed up and pulled into the driveway. There was an old garage at the back of the lot. Reed opened the gate to the left and entered the back yard. He was drawn to the back fence. It was dilapidated and about to fall down. But as he peered over it, he had an unobstructed view to the club's entrance not more than two hundred feet away. He went back to the gate and signaled George to come look. For two minutes they looked at everything without speaking.

"George, this looks like the best chance, but it's not perfect either."

George nodded. "Yeah, it's a side shot. I can't tell if there are lights under the weather awning, but we can find that out after dark. I would need light to see."

"You will have to hit a moving target too unless he stops under the awning. If the valet or his driver opens the rear door of the limo, he could move straight into the back seat of the limo. Can you nail him with a head shot if he's moving?"

George shook his head. "I don't know. It would be risky and I'll only have one chance."

Reed scanned the lot again. "There's another problem too. If he has a multi-car entourage, the last car could back up, swing around, turn right at the alley and follow us on a parallel course. We would have to block the alley with something."

George eyed it. "That's no problem. I can hot wire a car and park it in the alley."

Reed studied the valet desk at the entrance. There was an incoming and outgoing lane just outside the weather awning.

"We'll watch tonight and see what the exit procedure is. We need a look on the inside anyway. I like the exit plan from here. Our chances of a clean getaway are better than ninety-five percent."

George looked more dubious. "Yeah, but I don't like the side shot. It would be easier if he was walking straight toward me. There's less chance of missing him."

"I hear you, George. Let's watch tonight and see what happens. I like it here though. Let's drive up the street and see how to get out of the neighborhood."

"Yeah Kyle. I'm getting hungry too."

Reed laughed. "We're not eating in this neighborhood."

* * *

They found a restaurant on the loop and since it was mid-afternoon, a quiet back corner booth was available. Halfway through the meal, George sprung his surprise.

"Kyle, I really appreciate you helping me with this."

"No problem, George. That's what friends are for."

"You know that I probably couldn't pull this off without you, don't you?"

"Yes, I suppose so."

"You have no idea how much it hurts Anne and me to lose Natalie."

"Yeah. I can only imagine."

"She was all we had, Kyle. Her mother, my daughter, is dead. There is no one else on our family tree. It dies with us."

"I'm sorry, George. I really am. I do know about that because I have no one either. It really gives me a lonely feeling."

"You know her mother died because of drugs too."

"Yes, you told me."

"Kyle, there's no worse scourge on our society than drugs."

Reed nodded. "I know."

"Anne and I have talked about this and after this is over, I'm going to the top dog. I'm going to get him too."

"Who are you talking about?"

"I'm talking about the North Valley Cartel. I want Juan Abadia."

Reed almost dropped his fork. "You want to take on an entire army?"

"No. Just Abadia will do. Then I will feel avenged."

Reed's jaw dropped. "You can't be serious. That's a suicide mission."

George wiped his mouth with his napkin.

"Maybe not. If I can shoot Jones, I can shoot Abadia. If the distance is long enough, I can get away from there."

Reed laughed. "George, you have no idea what you're getting into. When they killed Pablo, it took a whole army to do it. I'm sure that Abadia never goes out in public. He is at war with his own government. He probably hides in complete seclusion surrounded by an army. You're wasting your time even thinking about it."

"Kyle, you don't understand. When this is over, I'm going to Colombia. I'm going to give it my best shot."

"Do you know anybody down there?"

"No."

"Can you speak Spanish?"

"No."

"Then how do you expect to get by down there and get your project done?"

George looked him in the eyes. "I was hoping you would help."

"So you want me to commit suicide too?"

"You said it yourself. You don't have much time left anyway."

Reed shook his head. "You're forgetting that I have things to do in Europe. Even if I signed off on this crazy scheme, I wouldn't have time."

"All you would have to do is get me to the right place and help me plan it."

Reed smiled at his friend.

"George, I know you mean well but this is a waste of your time and mine. You couldn't go to Colombia if you wanted to. You don't even have a passport. It takes several weeks to get one. You would spend thousands of dollars to go there and when you arrived, you would find the project impossible. I hate to turn my best friend down but it won't work. Can't work. I'm sorry."

George nodded and was quiet for awhile. He waited until they got back in the truck. "Kyle, I hear what you're saying, but at least think about it. Like I said before, you have nothing to lose."

Reed thought about it as they drove back to the motel. George wasn't going anywhere without a passport. He could dream all he wanted. When you got down to it, his plans were harmless. They had a lot more to think about than some pipe dream in Colombia.

* * *

Frank winked at Jennifer as he walked by to Blaisdale's office.

"You might be interested in this."

Jennifer followed him into the office. Blaisdale hung up the phone as they came in.

"What's happening, Frank?"

"You'll never guess where your boy is."

"Ok. I'll give up. Where is he?"

"Right here in DC."

Blaisdale smiled. "I wonder what he is doing here."

Frank shrugged. "I don't know. Do you want me to assign some surveillance?"

Blaisdale thought for a minute.

"I wish we had been able to get that bug inside his truck. Yeah, send a team over to find out where he is staying. See if he's meeting with anyone. He could be here to collect some money for those hits. If we could bug that meeting or even surveil it, it would make some higher-ups happy. They think he is being paid by some right wing radical groups."

"They wouldn't meet him themselves. They would send intermediaries."

"That would be cool. We could follow them to the source."

Jennifer broke in. "Maybe he is here to kill someone else."

Blaisdale smiled. "Some senator, maybe?"

Jennifer gave him a pouty look. "Very funny. It could be anybody."

"Yeah, you're right. Let's tail him and see what happens. Frank, give me a report first thing in the morning."

* * *

Reed pulled his truck into the parking lot at the Rainmaker's Club just before ten p.m. George got out first. Reed grabbed his cane out of the back compartment, tipped the valet, looked up at the lights under the canopy, and followed George inside. As a precaution, he had dipped the cane's hidden knife in cyanide. They had to pay a cover to get in. The rap music was deafening. Reed hated rap music. This would be a short recon. Inside, there was a long stage that jutted out from the back wall with chairs situated all along the edge of it with a narrow ledge for drinks. In the far back by the restrooms were three large booths. All three had 'Reserved' on the tables. On the other side of the stage and nearest the door were small tables with four bar stools pulled in close. A few were occupied.

The patrons were mostly black. Reed counted three other white guys in the club. Two dancers were gyrating on the stage, bending over by each patron sitting near the stage to accept dollar bills that were pushed inside their g-strings. Another dancer was giving a lap dance to a white man sitting at one of the tables. Reed selected a table near the lap dance. As soon as they seated themselves, a waitress dropped from the sky for their drink order. Both ordered beer and leaned back to look everything over. Talking over the loud music was out of the question. While they were waiting for the beer, Reed headed for the restroom. It was surprisingly large and clean. The door opened in. Reed looked over a row of four urinals and three stalls, the one on the end complying with the disabilities act. A large mirror was over the four wash basins. There were both paper towel dispensers and dryers. You could take your pick. Reed was relieved to see that there was no bathroom attendant. If Jones made the mistake of coming in here alone, he had another option. If a guard followed him in it wouldn't work. As Reed walked back to the table, he mentally measured the distance from the aisle to the middle of the closest booth. It looked like about four and a half feet. If Jones used that booth, the cane could reach him. But the guards would get him either before or after. On the other hand, if Jones was foolish enough to sit with his back to the aisle on this side of the booth, Reed could inject him quickly and perhaps in this dark place, no one would see.

When he returned to the table, George had already acquired a girlfriend. She was a hot young thing with light chocolate skin, big boobs, and a bright smile. The boobs were getting rubbed all over George. George looked uncomfortable. You would think he was getting tortured. Reed whispered in his ear as he sat down.

"Relax and go with the flow. They will remember you if you don't."

George nodded and tried to rub her bottom. She smiled as she brushed his hand away.

"Nuh uh. You can't touch. Club rules. I do all the touching. How about a lap dance to get you going? I'll put lead in that old pencil. I'm your stimulus package, baby."

George shook his head no. "Later. I just got here. I need a beer or two."

Reed laughed when she left. "Too much for you, George?"

George smiled sheepishly. "I don't think Anne considered this part of the job."

Reed couldn't resist teasing. "Looks like you still got it, George. Anne would be proud."

"Like hell. I'll send the next one your way. You don't have to answer to anybody."

Reed laughed. "We'll see. I don't think I'm the right color."

"You've got it wrong, Kyle. The color is green."

Reed shook his head no at an approaching dancer. George didn't see it. The girl veered away. Reed jabbed him in the ribs.

"See what I told you?"

George shook his head. He hated to talk in here. You had to yell to be heard.

"How long do we have to stay in here?"

"We can leave after our friends get here. Didn't you say they come every night?"

"That's what my contact said. He could be wrong though."

Reed started to nod but was interrupted by arms circling his neck from behind.

"Hey Grandpa. Are you here for a little fun?"

Reed turned to look at a young buxom girl smiling down at him.

"Well maybe. What's your name?"

"I go by Mexican Delight at this place."

"What's your real name?"

"Consuelo, what's yours?"

"Bill."

"Well Bill, how about buying me a drink?"

"Ok, I'll buy you one drink."

The young girl casually plopped down in Reed's lap. Apparently, that was a signal to a cocktail waitress who magically appeared.

"The usual, Delight?"

The young girl nodded.

"That will be ten dollars, please."

George snickered as Reed dug a ten out of his billfold. The waitress leaned back to get a glimpse inside and nodded to the dancer. George caught this without comment. As the waitress left, the dancer put her hand inside Reed's shirt and rubbed it around.

"You're in pretty good shape for your age. How old are you anyway?"

Reed squirmed. "Old enough, I guess."

George started laughing. The girl removed her hand and dropped it to Reed's lap.

"You got something for me down there?"

Reed squirmed some more. "I'm saving it for my girl."

Consuelo laughed. "Don't be selfish. There's plenty to go around. You're here, aren't you? If you were saving it for her, you wouldn't be here."

"She's outta town."

"So that's it. When will she be back?"

"Later this week."

Consuelo caressed his lap again. "How's about me taking care of you til she's back?"

Reed shook his head. "Sorry, I can't afford you."

She ran her fingers through his hair.

"Sure you can, Bill. I'm not that much and I can make you feel sooooo good. I tell you what, give me fifty and I'll give you the lap dance of your life."

Reed shook his head. "Too much."

Consuelo pouted. "How about forty then?"

"How about twenty?"

"No way, but just because I like you, I'll give you one for thirty-five. That's as low as I can go. We have rules here, you know."

Reed looked at her like he was considering it.

"Come back in a few minutes. I need a beer or two. I'll let you know then."

Without another word, she hopped off his lap and headed for another customer. George gave him a devilish look and burst out laughing.

"For a minute there, I thought you were really going to do it. I was going to find a camera somewhere. Save a picture for posterity."

Reed turned serious as six young black dudes came in the door. They proceeded to the booth on the far wall and sprawled out, taking up two of the three booths. Unfortunately, they were the two booths farthest away from the aisle. Reed strained in the bad light to look them over. The man sitting in the center of the booth closest to the wall took off his hat and sunglasses. He was the tallest of the men, by far. Reed recognized Jones from his news photos. It was Jones himself. The waitresses scrambled over with drinks. He did not need to order. One of the guards, moved back to the aisle and sat in the corner of the booth next to the walkway. He looked all business. He paid no attention to his friends but looked over everybody in the joint. Reed made a point of looking away and uninterested as the guard's gaze swung toward them. A new dancer appeared from the back and sat next to Jones with her hands all over him. He was talking on his phone and pushed her away, but not firmly. Another of the group kept his sunglasses on and stood directly behind Jones. The other two were talking to each other. Reed couldn't hear any of them but it was obvious that Jones was not in a good mood. He was animated as he talked. Somebody was getting an ass chewing on the other end of the phone. Finally he closed the phone, put it on the table and leaned back. This time he didn't push the girl away. After about ten minutes, he and the girl got up and disappeared behind a curtain at the far end of the stage. The guard behind him moved to the curtain and stayed there, facing the crowd. More people started arriving. The place was getting busy. Another group of five pimp-looking guys walked in and sat in the booth closest to the aisle. Jones' guard moved over to the center booth to accommodate them. As they talked and laughed back and forth, Reed could tell that they were friends. After a few minutes Jones appeared from the curtains. He jived the group in the next booth and sat back down in his own seat as one of his associates handed him his phone.

George was anxious to go but Reed nodded no. After about thirty more minutes with George waving off the dancers, Jones got up to go to the can. Reed watched closely as one of the guards followed him, staying at the door and refusing admittance to anyone until Jones was through. Finally Reed nodded to George. He had seen enough. Jones was smart and alert. There was no chance of getting to him in the club.

When they exited the club, Reed studied everything while waiting for his truck. There were two light bulbs out under the awning. The fence across the alley was dark. You couldn't see anyone standing on the other side. It was a perfect sniper spot. The valets didn't move very fast but they left the doors open on the cars they drove up for the customers that were leaving. The visibility was poor from the convenience store parking lot. A pickup and a van were parked in the lot partially blocking the view. Cars were still coming into the lot. A crowd of about eight or nine was around the valet kiosk most of the time. The valet manager was so preoccupied with his job that he noticed little else.

When Reed's truck was brought up, he had to wait almost a minute before the car in front of him cleared to allow him to leave the lot.

Reed turned right on Minnesota Avenue and right again on the side street beyond the convenience store. Turning right again on the first back street, he headed for the boarded-up house behind the club. They both got out and went to the fence. The alley was clear both ways. The visibility was excellent under the weather awning at the club.

"George, I think you could nail him with your pistol from here if he stops. You couldn't miss with your deer rifle."

"Yeah. If he will just stand still for a second."

"We'll need to block this end of the alley."

"Yeah. I hear you. You can wait in the car with the engine running. Leave the door open on my side. I nail him, throw the rifle in the back compartment and we're outta here in fifteen seconds or less. We head out to the right and they can't follow us. It's almost perfect. I just need him to stand still for two seconds. That's the only unknown factor."

Reed nodded. "Let's see what happens tonight when he leaves."

George's mouth tightened. "How long do you think they will stay in there tonight?"

"They're not leaving anytime soon. They've only been there about forty-five minutes. Unless something unexpected happens, I think they will be there for another couple of hours, at least. It's only eleven o'clock. The joint doesn't close until two."

"Kyle, let's go get our weapons. We don't know how long we will wait for the right shot. Let's be ready tonight. If it doesn't happen tonight, we will come back tomorrow night just like we planned. What do you say?"

Reed nodded. "Why not?"

As they headed for the truck, George reminded him of a detail.

"What about plugging the alley?"

"We'll find something on the way back."

"I saw a truck this afternoon three blocks from here. It was parked on the street."

"No, George. You don't want to draw police attention to this area. I haven't seen a squad car since we started casing this joint. I don't want that to change."

Reed turned right out of the driveway and cruised down the back streets back to Minnesota Avenue. Unsatisfied, he turned back north past the street where the sniper perch was and traveled the other way. Finding no access across the river, he reversed his path again to the sniper's nest. This time, he drove straight two blocks, turned right to Minnesota Avenue, turned left to Pennsylvania Avenue, turned left again and drove north across the bridge in to DC proper.

"That's the best way out of here. We'll fly down the back street but slow down to normal by the time we hit Minnesota Avenue. Even if they go to the light and do a U-turn, they won't know it's us unless we are driving crazy."

George was eager. "I can almost feel it. I get vengeance tonight."

* * *

It took them about an hour and a half to go to the motel, get the rifle and the two pistols that George had brought, find a big pickup to block the alley, and return to the site.

When they arrived, they looked over the fence and breathed a sigh of relief. The two limos were still in the parking lot. Jones was still there. George loaded his rifle and adjusted the scope. Reed pulled his pickup out to the street and returned.

"Kyle, I thought you were going to leave the pickup in the drive way. It's closer."

"I'm afraid that they will see the tail lights when we leave. This way, they won't have a clue where we are. If you take the shot, shoot out the back tire of the last car in the exit line before you head back to the truck. That will block them completely."

George nodded and they waited. And waited. And waited.

"George?"

"Yeah?"

"Did you notice that grey sedan that was at the motel?"

"No. Not really. Why?"

"I think I saw it two more times driving back over here."

"You think we are being followed?"

"I don't know. I wouldn't think so. Who would be following us?"

George shrugged as he peered through his scope. "Come on Jones, you son of a bitch."

The club door opened and a guard came out and spoke to the valet manager. The man snapped his fingers and his two men drove up the first limo and two trailing cars, leaving the doors open. Without a word, Reed walked out through the gate and down the driveway to his truck. He started the truck and opened George's door. The interior lamp came on. Reed pulled the door partially shut until the light went off. Seconds later, he heard the unmistakable crack of the rifle and then three seconds later a second crack. George came running down the driveway, opened the door, threw the rifle in the back and jumped in.

"*GO*", he yelled. Reed hit the gas.

George let out a whoop. "*VIETNAM ALL OVER AGAIN! KYLE, I GOT THAT SON OF A BITCH AND IT FEELS SO GOOD!*"

As George laughed, Reed concentrated on the getaway. He checked the rearview mirror as he turned left on Minnesota Avenue. The street was quiet. They had gotten away clean.

CHAPTER TWENTY-ONE

Frank approached Jennifer early this Monday morning. She looked tired, maybe hung over.

"Hi, Jennifer. How are you this morning?"

"I haven't had time for my coffee this morning. Neither has the boss. You might want to come back later."

"This can't wait."

"Ok, you were warned. What's up?"

"Reed is what's up."

"Your surveillance team came up with something?"

"Yeah. You might want to sit in. I know you like the guy."

"I'll get us some coffee first. The boss is on the phone anyway."

Jennifer returned with two cups and stevia for Frank.

"Thanks for remembering. I'm glad you saved some back."

"No problem. Mr. Blaisdale is off the phone now. Let's go in."

Blaisdale was sipping his own coffee, brooding over something.

"What's happening, Frank?"

"I checked with the surveillance team this morning. Believe it or not, they think Reed blew Tyrone Jones away early this morning."

Blaisdale looked up from his coffee.

"No kidding? I didn't hear anything on the news when I came in this morning."

"Washington PD is just now releasing it. Trying to notify the next of kin and all that."

"When did this happen?"

"About one this morning."

"Did your surveillance team see it?"

"No they were about a block away. They couldn't get any closer. They were keeping an eye on the strip club where it happened. They thought Reed was in there."

"How did they miss him?"

"He parked about a block away, behind the club. Our team thought he was too cheap to pay the valet. They had to guess where he was most of the night. There's not enough traffic in that part of town for them to stay close. He and another man were in the club earlier, so when he drove back in the neighborhood, they assumed he went back in. They were watching the entrance when it happened. They saw the whole thing."

"What happened exactly?"

"Jones and his hoodlum friends came out of the club. Jones stopped for a second to answer his phone and got his head blown off."

"Did they follow Reed after that?"

"No. They tried to find him but couldn't. Then they drove back to his motel and found his truck parked there. That was about two. The truck hasn't moved since."

Blaisdale looked at Jennifer. "You look like the cat that ate the canary. What are you smiling about?"

Jennifer giggled. "I told you so."

Blaisdale sipped his coffee. "He gave me Jones last week. We didn't get him so he came up here to finish the job. Why?"

Frank shrugged. "Can I go get him now?"

Blaisdale shook his head. "I'm not finished with him yet. Nothing's changed on that other deal. Who is this other guy?"

"I don't know, sir."

Blaisdale tapped his fingers on the desk.

"Send the surveillance team an audio van. Let's listen in and find out what's going on. Have them try again to plant an audio bug in the cabin of his vehicle."

Frank bit his tongue, said nothing more, and left.

Jennifer watched as her boss smiled. His bad mood was improving in a hurry.

"More coffee, Boss?"

"Yes, thank you, Jennifer. In all my years in law enforcement, I've never seen anything like this. A big time criminal wiping out bad guys with no apparent connection to them. He's either being paid a lot of money by some law and order group or is on some kind of vigilante mission. And he comes out of retirement to do it."

"Boss, remember when he saved those kids in Florida?"

"Yeah. What about it?"

"Maybe he's turned over a new leaf."

"You mean the ultimate vigilante?"

"Something like that."

"You mean for free?"

Jennifer hesitated. "Yeah, I see what you mean. Maybe it's that woman in California."

Blaisdale thought a moment and then shook his head.

"No. If that was the case, she wouldn't have dared bring him up to me in the first place. She's way too smart for that."

"Boss, how well does she know Reed?"

"I wish I knew."

"Why don't you ask her?"

"I don't think it would do any good. She would have to admit she lied to tell me otherwise."

"Can you trap her?"

Blaisdale brooded. "Maybe. If I can think of an approach."

* * *

George was devouring a huge breakfast at a local restaurant. Reed needed some Lasix. His appetite wasn't there. Reed was having fun listening to George though. Instead of being depressed after killing a man, he was downright jovial. He had been on a journey back to his youth, talking about their Vietnam days. He had conveniently forgotten about the fear, drudgery, and jungle filth and was remembering their victories. Reed couldn't help but wonder what if. What if he had kept George as a partner in his endeavors? Reed decided no.

George wouldn't have Anne. Even with all the pain that he had experienced from family tragedies, he still had a family. He had a lifetime companion.

"Kyle, you're unusually quiet this morning. Here I am in the best mood in days and you're a wet blanket."

"Sorry, George. I don't mean to be. I'm happy that you got that son of a bitch."

"Thanks to you, it was a piece of cake."

"I'm glad I was able to help."

"Kyle, I'm amazed at you. You're so good at details."

"That's how I've stayed alive all these years."

"We make a good team, you and me. Just like 'Nam'."

"That we are, George. You were really cool under pressure."

"Thanks. It really felt good to blow that drug lord away. Ever since 'Nam' I've lost buddies and family to drugs. There's nothing I hate worse. Do you remember Collins?"

"The one in our old outfit?"

"Yeah. He got wasted on heroin."

"That's the one. I visited his family when we got back. They never knew he was high on dope when he ran out in front of that machine gun."

"Did you tell them?"

"No, I couldn't do that."

"Where was he from? I don't remember."

"Denton, Texas."

"That's right. I remember now. He saved our ass once."

"Yeah. That's why I visited his family. It was like a funeral all over again."

"He had a beautiful young wife and a two year old son too. I left wondering how he could throw all that away for dope."

"I hear you, George. It's terrible stuff."

"The worst was when we lost our daughter. We just couldn't get her to quit. Her husband was just as bad off as she was. They were higher than a kite when they missed that curve."

"I know how you have suffered, George."

"That's why it felt so good to blow Jones away. I finally got back at them."

Reed nodded. "I'm glad for you, George."

George's smile faded. "Do you know how much better I would feel if I could nail Abadia?"

"Quit while you're ahead, George. You can't go there, in a lot of ways."

"I know. I know. No passport. But you could get me one. It doesn't have to be legit."

"Yes, it does. It takes a couple of months too. Even on the fast track."

"You could always get them at the snap of your fingers."

"Not really, George. I always had to wait too. I just kept several at a time. We live in a different world today. Now we have Homeland Security. If you tried to use a bogus passport today, they would put you under the prison."

"Then I will apply for one when I get back home. Then you and I can go to Colombia and look up this Abadia. I could get him from long range. With you as a partner, I can't fail."

Reed smiled. "George, you're dreaming again. You would have to go in after Abadia. He hides because he is at war with the Colombian government. He has assassinated their elected officials and the US works with their government to get him. That's how they got Pablo but it took months and a whole army to accomplish it. Abadia doesn't go to the store, drive kids to school, take his honey out to dinner, or go to a titty bar. You would have to invade his hideaway to get him and you would be cut down before you got there."

George put his hand over Reed's.

"As smart as you are, you could figure a way."

Reed shook his head. "No, George. I am smart. Smart enough to know what I can't do."

"Kyle, have you ever gone to Colombia to look?"

"No. Of course not. Why should I?"

"Because you don't know until you look. If there is anybody in this world that could sneak up on that son of a bitch, it's you. Just think of all of the people you would save in this world if you did that. You'd have that same feeling as I have today and I can't tell you how good it is. While I am waiting for a passport, you could go down there for a look. If it can't be done, I'll take your word for it. Would you do that for me, Kyle?"

Reed looked hard at George. He really meant it.

"All right, George. If I have time, I will go look. But remember I have to go to Europe and handle a problem there."

"When are you leaving for there?"

"Probably in about three days. I'm going to India first. Until I talk to some contacts, I don't know after that. If

I go home to the Caymans before I handle the Europe problem, I may catch a plane down to Bogotá and look around. But that's not a promise. Things would have to go the right way. That's the best I can do."

George grabbed his hand.

"Thanks, Kyle. I know you'll give it your best shot."

"My best shot won't include two old farts like us climbing up mountains to penetrate a hideout. We would have to hire guides we couldn't trust. We're too old for the Viet Nam moves. We're pushing sixty-five, for God's sake."

"Ok. Do what you can. Thanks."

"When are you going back home?"

"I'm thinking about leaving this afternoon.

"Take the pickup. I won't need it anymore."

"Thanks, Kyle. I was wondering what I was going to do with my guns."

"You might want to ditch your rifle over a bridge tonight. Disassemble it and throw the parts away piecemeal, in different rivers. The serial numbers separate from everything else. Remember, the barrel has ballistics that would convict you."

"I should keep the pistols?"

"Sure."

"Ok. Thanks. That's what I'll do."

"Did you bring much money?"

"I can get by."

"Here's an extra five hundred. You don't need to scrimp."

George took the money. "Thanks, Kyle. That won't run you short?"

Reed smiled. "No. I'm good. Just drop by a store on the way back to the motel. I'll hole up for a day, fly to New York, and catch a flight to Mumbai."

* * *

Two hours later, a tape of that conversation was played and replayed in Blaisdale's office as Frank, Jennifer and the boss listened. Blaisdale finally shut it off.

"Good work, Frank. Send kudos to the surveillance team. So Reed's on a vigilante mission after all. I'll report upstairs that we have no known conspiracy groups."

"Can I go get him now?"

Blaisdale had had enough of this. "No, Frank."

"What about this George guy?"

"No, again. Didn't you just listen to the tape?"

"So?"

"Suppose they find a way to get to the Colombian drug lords?"

"Reed said himself that it was impossible."

"I didn't hear that. I heard that he was going down there for a look."

"By that time, all of the evidence George has will be destroyed."

Jennifer broke in. "Give it a rest, Frank. All he did was get rid of some vermin."

"Come on Jennifer, he broke the law. Even Jones was entitled to due process."

"Yeah, Frank. He was arrested four times; he bonded out and still kept selling drugs to the kids on the street. It seems to me that he got more than enough due process."

Frank stuck his hand out to Blaisdale.

"I've heard enough here. Give me the tape and I'll put it back in the file."

Blaisdale shook his head. "No Frank. I'm going to keep it awhile."

Frank stomped out of the office. Jennifer sat back down.

"Boss, would you like me to keep that tape safe for awhile?"

Blaisdale nodded. "That sounds good. We wouldn't want to misplace it, would we?"

They both smiled. Jennifer asked one more question. "What if he goes to the director?"

"He can go as high up as he wants."

Jennifer retrieved the tape out of the player and went back to her desk. As soon as Blaisdale left, she dialed a number.

"Yes?"

"Milton Strong, please."

"One moment."

"This is Strong."

"Milton, it's me, Jennifer Belding."

"Hi, Jennifer. What's going on with you?"

"Great week, huh? Congratulations on the big raid. Were you in on that?"

"Just on the intelligence end of it. Keep it quiet though. What's happening?"

"You've heard that the drug dealer Tyrone Jones was killed early this morning?"

Strong chuckled. "Yeah. What a shame."

"You would never guess who did it."

"Ok. I give up easy. Who was it?"

"Your boy Reed."

"No kidding. Do you know who hired him?"

"No one. It was a vengeance mission. He didn't even pull the trigger. He set it up for an old acquaintance of his. Some guy that was in his unit in Viet Nam that has lost family members to drugs."

"That's interesting."

"There's more. There's a good chance that Reed is going to Colombia to scout the drug lord Abadia."

Strong was silent for a few seconds. "That's too big a bite for Reed to chew off. If he's as smart as I think he is, he should know that."

"He does know that. It's his friend who talked him into it. Reed just promised to look, that's all. I don't think he is as serious as his friend."

"When is he going down there?"

"I don't know. He spoke of a mission in Europe first. We're hoping its Ballard."

"That goes for us too. Nobody is getting anywhere with that. Does Blaisdale still think this Reed has a line on him?"

"He's not sure but it looks that way. Reed has a close connection to a woman who worked for Ballard. She's a victim."

"So this woman has hired Reed to find him?"

"Probably. She may be the front for an entire group of the employees."

"If that's the case, why is he off on these other hits?"

"We're puzzled about that too. We can't tie him to anyone else and he didn't tell his friend who it was. He didn't mention the other two hits to him at all."

"Have you monitored all of his conversations?"

"No. When he came to DC, we put him under surveillance. We got them on tape at a restaurant this morning. That's all we could manage."

"I see. I would like to listen to that tape. Is the quality good?"

"Yes. We got the van close to the window where they were eating. The directional monitor is the best we have."

"Can I meet you after work?"

"Sure."

"Same place as always?"

"That's fine."

Strong was smiling as he hung up the phone.

"Milton, you don't smile very often. There must be more good news."

"Yes, Senator. Somebody blew Tyrone Jones away last night."

Senator Terry Baker nodded. "I heard about it on the news. You know who did it?"

"Yes. I do now."

"One of your assets?"

"Heavens no. You know we can't touch anyone here in the US."

"Then who was it?"

"You don't want to know."

The young Senator from Montana thought about that. "Who was that on the phone?"

"The FBI."

"One of their assets did this?"

"No. Just someone they are watching."

"Are they going to arrest him?"

"I don't think so. He's going to lead them to somebody a lot bigger."

" I take it that you don't want my committee looking into this."

"You'll thank me later, Senator. Leave it be."

CHAPTER TWENTY—TWO

Reed checked into the Mumbai hotel under the name of Harish Savi. He was exhausted, had pain in his kidneys and short of breath. He needed at least two days of Lasix. His lungs were filling up quicker now. Reed wondered how much time he had left. There were still things to do. One more mission, maybe two. His demon was gone though. At least he could rest. When he unpacked, he dialed the phone.

"Hello Marcel. It's me, Harish Savi."

"Well, it's been a long time. How was the US?"

"It was a good trip, Marcel. I got a lot done. How are things with you?"

"They are fine, messier. You're a bit overdrawn though."

"That's ok. I can send you some more in the morning. I just got into Mumbai and I'm bushed. How much do you need?"

"Quite a lot, I'm afraid. I had to front most of the surveillance in Las Vegas and Split. I need seventy thousand euros to pay that and another ten as a start for the next project you need. You say you can send that in the morning?"

"Oui. Why was the surveillance so expensive?"

"Las Vegas wasn't very much but the Balkans was. The men are still on the job there. I was afraid to call them off."

"Did they find out where the woman went?"

"Yes. They followed her south to that village I told Mr. Hopkins about. Did he mention Podgora?"

"Yes, I remember the name vaguely. Where is it again?"

"It's on the southern end of the coast. There are six villas on a hillside overlooking the ocean. They tell me it's the most beautiful sight on the coast. It's a gated-guarded community. Access is very restricted. The woman was taken there last week and she hasn't showed her face since."

"Were they able to photograph her at all?"

"Not yet."

"Who have you hired there?"

"A company named Security Associates. They are very reputable. They have offices all over Europe."

"Who is in charge on site?"

"Guiseppe Monsalva."

"Do you have his number?"

"No. I don't think he has a cell phone. They are rare in those parts and towers are rarer. I will have to call their office in Split. They will contact him and he will call you."

"That's fine. I'm at the Mumbai Hilton. In room 1141. The number is 95-555-741200.

"Very well. Mr. Savi. I look forward to hearing from you soon."

Reed hung up coughing. He reached for his Lasix.

* * *

"Mrs. Wilson?"

"Yes?"

"This is Clay Blaisdale with the FBI calling. How are you today?"

"Oh. Hi, Mr. Blaisdale. I'm just fine. How are you?"

"I'm doing great. Thanks to you, I mean your little birdie."

"Good. I take it that the information was good."

"Much better than good, Mrs. Wilson. Thank you."

"Well, like I said. That wasn't me. I just passed it on."

"Thanks all the same. I would like the opportunity to thank your little birdie in person. Is there a way I can reach him?"

"No. I'm afraid not. I don't know how to reach him. He just calls me."

"I see. Did a phone number register on your caller ID when he called?"

"No. It was blocked."

"That's a shame. I could get him a reward on that drug bust. It was a big one. If I were to get it to you, could you forward it to him?"

"No. I would have no way to do that."

"Has this little birdie found any clues to Ballard?"

Jana hesitated. "I didn't say that this was the same little birdie."

"Do you have several little birdies?"

"Mr. Blaisdale, where are you trying to go with this?"

"I just need to know how to contact your source. He's doing so well. I would like to help him if I could."

"Like I said before, if he needs you, he will let you know."

"I'm really sorry for this, Mrs. Wilson. I'm under a lot of pressure to find Ballard. I know that you want me to find him. It might help if your source and I could talk and compare notes."

"I see. If he calls, I'll pass that along.."

Blaisdale tried another approach. "Perhaps you will be hearing from him soon. He would be back in India by now."

"India?"

"Yes. My little birdies tell me that he may go to Europe soon to help you with your problem."

"Really? That's news to me."

"Yes, it certainly is. He may call you with a status report soon. Be sure to pass along my message about us sharing information."

"Thank you, Mr. Blaisdale. If I get the opportunity, I will pass that along. Goodbye."

Jana hung up the phone. She wasn't good at playing games like this. She hoped she hadn't told Blaisdale too much.

* * *

Two days later Reed returned to the hotel after transferring most of his Indian bank funds to Canada. Atal Shastri had tried several tricks to keep the funds under his control and set up a trust fund for Mildred and George at his bank. Reed's suspicions were confirmed. They would have never received a penny if he left it there. When he left the bank he knew that and Shastri knew that he knew it. All in all, it was a very unpleasant day. He moved a small balance of six hundred thousand euros to another bank in Mumbai. That would be needed for the security companies and his own expenses. He poured the rest into irrevocable trusts for Mildred and George. Two days of Lasix had cleared his lungs. After a dinner in the hotel's dining room, he was opening his door when he heard his room phone ringing. At first, he couldn't remember anyone knowing where he was.

"Hello?"

"Mr. Savi?"

"Yes?"

"This is Guiseppe Monsalva with Security Associates. Marcel said you needed to talk to me."

"Yes, Guiseppe. That was three days ago."

"Yes, sir. I was in the field with the surveillance unit in Podgora. I just received the message. I'm back in Split for a day or so."

"Is the surveillance unit still on the job?"

"Yes, sir. I am awaiting further instructions."

"What is happening there?"

"Things are very quiet. The man in the house came back to Split this morning and left in their private jet."

"Do you know where he went?"

"Yes, sir. They filed a flight plan to Rome."

"What does this man look like?"

"He's in his mid-fifties. About six feet tall. Weighs about two hundred pounds, dark hair mixed with gray. "

"Did you get photos of him?"

"Yes, sir, we have several. We took them at the airport this morning."

"Can you email them to me?"

"Yes, sir. I will need your email address."

"And I need yours."

After they exchanged email addresses, Reed wanted a lot more. "Guiseppe, what can you tell me about the villa that they are in?"

"There are four guards at the house and a very good security system. The villa has three stories and is among five other similar sized villas in the same area. There is a large fence around the cluster of villas with a security gate. There is a guard there until midnight and another guard arrives at seven a.m. There are three total gate guards and they rotate. There is one on duty every daylight hour. No one is allowed entry without the permission of one of the home owners.

"The villa we are watching is the only one with other guards. Fortunately, one of my men knows one of the guards. They come from the same town. I have not initiated contact yet however. There are two women house servants. They leave after dinner, usually around eight p.m. They arrive at seven when the guard gate opens.

"There is a guard on the roof of the villa twenty-four hours a day. He uses night goggles and is armed with an AK-47. They are rotated also on four hour shifts. There are moving security cameras on the corners of the house. There are motion activated lights that come on in certain areas both in front and back with any activity. A guard and one of the women go down to the village every day for various items; fruits and vegetables and whatever essentials they need. The man of the house never leaves the villa except this morning when he came back to Split. It was our first opportunity to look at him."

Reed was watching his laptop while he was listening. When Guiseppe's email popped up, he opened it and stared at the man in the photos. His pulse quickened. *IT WAS BALLARD!* Reed said nothing as he fought to remain calm. Finally he trusted himself to talk.

"You've done well, Guiseppe. Are you the owner of this security firm?"

"No, sir. I'm just the branch manager. We have offices throughout Europe."

"Guiseppe, I'm sending you a twenty-five thousand euro bonus. I want you to get it personally, not the company. Do you understand?"

"Yes, sir. Thank you, that's very generous. I wasn't expecting anything like this"

"Tell me where to send it. I will handle it in the morning. There will probably be more bonuses later for you and your men. I want to discontinue surveillance on the villa until the man comes back. Watch the airport for his plane to return. Do you have an office in Rome?"

"No, sir, but Marcel does."

"All right. I'll call Marcel. From now on, Guiseppe, you are to report to me. Not Marcel. Do you understand?"

"Yes, sir. However, I need to bill him for the last week's surveillance."

"You can bill me direct. Do not, I repeat, do not email him those pictures. Don't even tell him you have any. OK?"

"Yes, sir."

"I want your man in Podgora to contact his guard that he knows as soon as possible. He needs to find out how long he is going to be gone. If he is reluctant to tell us, offer him some money."

"How much?"

"I don't know, Guiseppe. What do you think it would take?"

"I don't know. Guards are usually tight lipped about their bosses' schedules."

"Offer him whatever it takes and tell him there's more where that came from. Your man needs to find out how needy he is. He can tell him he stands a chance to make a lot of money. He's a local guy, right?"

"Yes. Their town is only about forty miles from Podgora. It's on the outskirts of Dubrovnik. I doubt if he has much money. But I will need to handle it myself."

Reed nodded. He liked this man. He knew what he was doing.

"That's a good idea. When can you call me back on this?"

"The phone service is not good there. Cell phones don't work at all. The public phones have no privacy. I will need to drive back to Dubrovnik to call you. Maybe we can make contact with the guard tomorrow."

"Good. I will send you my cell phone number in case I'm not in my room. Let me have your address and I'll send the money first thing in the morning."

Reed couldn't resist but the time zones wouldn't allow him to call Jana. He flashed her an email message.

Hi Jana. I may have Ballard sighted. Will know soon. Love, Anil

CHAPTER TWENTY—THREE

"World Wide Investigations."

"Marcel, please."

"Oui, messier, This is Marcel."

"This is your humble servant, Harish Savi. Did you receive the funds?"

"Oui, messier. Thank you. All is in order. Did you talk to Guiseppe?"

"Yes. Late yesterday. Nothing seems to be happening at that villa right now. I have scaled back the surveillance. Guiseppe says that the jet has gone to Rome. He does not know when, if ever, it will return to Split. Could you monitor that plane for me?"

"Of course. Has he found the man you are looking for?"

"I don't know yet. I will probably have to go there in person. Whoever is there is probably in hiding though. He doesn't show his face outside the villa."

"They haven't been able to photograph him?"

"No. The surveillance team has not seen him. Only guards. If he does appear there, I have instructed Guiseppe to contact me directly, without delay."

"Could he be on that plane to Rome?"

"He could be."

"I will check the passenger manifest. What is his name?"

"I still don't have that, Marcel. My clients are still secretive about that. He would use an alias anyway. I'm going to give you my private cell number. Call me if that plane leaves for Split. I want you to alert Guiseppe also."

"Very well, messier."

"Goodbye Marcel. I'll talk to you in a few days."

Reed hung up the phone with trepidation. He was certain that Marcel would turn in Ballard himself for the reward if he was given the opportunity. He was smart and wise to the events in the world. Guiseppe was not. He would be a lot easier to handle. The US government would move in and grab him in a hurry if they learned where he was. The money would be irretrievably lost.

Reed felt good this morning. After transferring funds to Guiseppe, he opened his balcony to a glorious sunny day with little wind. He went downstairs for a breakfast out on the patio. He ordered less though. He was discovering that it was better to eat more often and in small amounts. As he was finishing up, his cell phone rang.

"Hello?"

"Mr. Savi?"

"Yes."

"This is Guiseppe. I came back to Podgora last night. We made contact with the guard this morning. He says that the man will not be back for about ten days. He has gone to a big business meeting and does not know exactly when he will return."

"What did you have to pay the man for this information?"

"Nothing, sir. We just started talking shop and he volunteered it."

"Did you discuss him working for us?"

"No, sir. The conversation didn't go that way. My man arranged to meet him for lunch in three days. Just old friends. The whole conversation was very casual."

"Good work, Guiseppe. I wired your bonus this morning. It should be waiting for you in Split. Try to find out from your man what the guard's living standard is and his family's too. When I get there, we will devise a plan."

"When are you coming, sir?"

"Probably not until the man comes back from Rome. If he is gone for ten days or more, I will attend to some other things while I'm waiting."

"Do you want any information on the woman? She might go into the village."

"I don't have too much interest, but take a good set of photos if you get a chance."

"Ok, sir. I will handle everything here and call you with any developments. Thank you again for that generous bonus."

"You're welcome, Guiseppe. One more thing. I told Marcel that you will report to me. He will call you when the plane leaves Rome for Split."

"Very good, sir. I will get you a detailed bill for last week's surveillance."

"That's fine, Guiseppe. What is the approximate amount?"

"About fifteen thousand euros."

"All right. I'm going to send you another thirty thousand euros this morning. Put the balance on a retainer. I may be out of contact for a few days. If he is going to be in Rome for a while, I need to work on another project until he gets back. I might be a little harder to reach."

"Will you still have your cell phone?"

"Yes, but I don't know what reception I can get. The towers may be scarce."

"I understand. We have the same problem south of Split."

"If you are able to get photos of the woman, forward them to me by email."

"Of course."

"Thank you, Guiseppe. I'll talk to you soon."

Reed hung up feeling better every minute. He would go home to Rum Point for a few days and rest. If he felt up to it, he might even honor his promise to George. He could hop over to Bogotá and look around for a day or two and come back and enjoy a few days on the ocean. He could use the time to recharge his batteries. First, he needed more medicine. The pharmacy where he had bought the original meds was just a few blocks away. He didn't know when, if ever, he would return here. Reed also traveled to his new bank, wired more money to Guiseppe, closed the account, and transferred the remaining funds to Anil Jaffer in his Cayman account. After calling Alonzo, the housekeeper, Reed booked a business class flight back home for the next day. Avoiding New York, he had a layover in Paris and another in French Guadeloupe, before catching a short hop to Fredericksburg. After nineteen long hours, he was home at last.

* * *

Reed opened the door to the big house. It was six a.m. Alonzo was not there. The house was empty. So was the refrigerator. In fact, it was turned off. Reed walked out to the guest house. Alonzo had it up and running. There was fresh food, milk, and juice. Reed had not been specific about which house to get ready. That was ok with Reed. The guest house was closer to the beach anyway. Without unpacking, he slid open the glass door and walked out to the patio. The cool breeze felt like heaven. Reed went back inside, poured some orange juice and returned to the patio. The sun had just topped the horizon and the water was calm with only a small chop. Reed sat in one of the lawn chairs and soaked it all in. In seconds, he was sound asleep.

After waking, he unpacked, threw the junk mail away, paid some bills, and checked the emails on his desktop computer. There were two emails from Mildred and one from George. The other six hundred were spam. It took an hour to get through that. When he checked his laptop, there was an email from Guiseppe. Reed opened it. There was no text, just six photos of a woman shopping in a boutique. Reed studied her face. It was vaguely familiar. Where had he seen it before? He couldn't remember. After two hours, he still couldn't remember. He emailed them to Jana.

My dearest niece, I'm home for awhile. I need the rest. Alonzo fixed up the guest house for me. It feels so good. Check the attached photos. Do you know who this woman is?

Love, Anil

Ten minutes later, his land phone rang.

"Anil?"

"Yes, Jana?"

"Of course. I'm so glad you're home."

"It feels great to be here. How is Paul?"

"He had a good interview yesterday. We are hoping for a new job."

"How is Aunt Hattie?"

"Not well. We are thinking about putting her into an assisted living facility. She's just too much for us at home. The facility is only three miles from us. I can keep a close eye on her there. Did you ever figure out who that woman is?"

"No. Who is she?"

"None other than Veronica Satterfield."

Reed racked his brain. "I still can't remember."

"She's the one who was kidnapped out here several weeks ago and now is presumed dead. Where did you get these? When were they taken? And where is she?"

"The photos were taken yesterday. I got it from one of my sources. I don't know exactly where they were taken."

"Well, the kidnapping was obviously a hoax. This is sensational news."

"Jana, you will have to keep it to yourself for now. I think she is with Ballard."

"I'll be damned. I would have never figured it."

"Did you ever see them together?"

"I saw her at one of Ballard's parties, but she was just a guest. Her husband was with her. That seemed normal. Ballard traveled in Hollywood circles all the time."

"I remember a little bit about it now. Her husband is being blamed for this. He is a primary suspect in a murder investigation."

"That's right. This FBI guy Blaisdale is going nuts trying to solve these two cases. He called me back a few days ago wanting to talk to you."

Reed laughed. "I'll bet he does."

"He said there is a reward for that drug bust. He wants to give it to you and compare notes on everything else."

"I'll bet he does."

Jana laughed. "You sound like a broken record."

"If I hope to retrieve your money, he can't know a thing about this. When I get your money, you can tell him where the body is."

"Anil, you are a marvel. How have you done all this?"

"All what?"

"You have apparently found Ballard when the country's best don't have a clue and look at the bad guys that no longer plague our society. I can't believe that I even know you. You're awesome."

Reed sighed. "I haven't gotten your money back, Jana. When I do that, maybe I will have done something. Meanwhile, don't breathe a word about this. There are still a lot of things that can go wrong. If the feds connect these two, they will go public. It will spook Ballard and the woman. I might not find them again. If Ballard is caught, you can kiss your money goodbye. It's that important."

"All right, my hero. I will leave it in your hands. Are they on the Croatian coast like you thought?"

"They are near there. At least for now."

"When are you going to move in on them?"

"I don't know. Probably in about two weeks. I don't think Ballard is there now. I have something to do in the meantime. I will go to Colombia in a couple of days."

Jana chuckled. "Oh yeah? Is some bad guy gonna die there?"

"Probably not. I just promised to look into a matter for a friend."

"A friend like me?"

"Yes, Jana. A friend like you. It's a man named George. He's helped me look after Mildred all these years. I hope you get to meet him some day."

"I'll make a point of it. Where does he live?"

"Baton Rouge."

"Does he know about me?"

"Not yet. Mildred doesn't either, but I will tell her soon."

"Anil, how are you feeling?"

"Pretty good."

"I worry about you."

"Don't worry about me. I've lived a good life."

"Anil, you have never talked like this to me before. I'm really worried now."

"Don't, my dear niece. You can worry after we finish this task. We'll talk again."

"All right, Anil. Would you rather I call you Kyle?"

"No. Anil will do just fine. I have to go now. Take care of yourself. I really miss you when I'm here. I keep remembering how you chased my demons away."

Reed hung up abruptly and walked out on the patio. He had to brush away a tear.

A long walk on the beach helped him gather himself. Even a platonic relationship was foreign to him. His friends were few. A couple of army buddies and his assistant at the farm constituted the grand total of his lifetime friends. He had given them money and support but never his innermost feelings. He never let anyone get that close. He stopped on the beach and stared into space as it hit him. He had never told anybody how much they had meant to him. He understood for the first time how lonely he truly was. He knew also that he had utterly failed in life. The demon voice had been right.

* * *

"George?"

"Hey Kyle, how are you doing?"

"I'm doing all right. I see you made it back ok."

"Yeah. No sweat."

"Did you lose anything on the way home?"

George laughed. "Yes. What you told me to lose."

"Good."

"Where are you, Kyle?"

"I'm home at Rum Point."

"Did you get your matter taken care of in Europe?"

"No. The circumstances weren't right so I came home for a few days."

"Are you going to be able to make that trip we talked about?"

"I believe so. Maybe the day after tomorrow. Or the next day. That is, if things stay quiet in Europe."

"Thank you, Kyle. You know what it means to me."

"I know and that's why I'm going. You're the best friend I have, George. When I made that promise, I meant it."

"Thanks again. They are talking a lot on the news about what's happened in Washington D.C. The local police have figured it out."

Reed was concerned. "How did they do that?"

"Jones' underlings told them that Abadia ordered the hit because Jones didn't keep the drug exchange site secure. That bust cost him a bunch. One of the men killed was a close lieutenant. So by logical deduction, Abadia is the primary suspect there."

Both men laughed.

"How's Anne?"

"She's still in the dumps, Kyle. It's going to take us a long time to get over this. The trip helped though. As much for her as for me."

"How are things at work?"

"Things are ok. Everybody with a green minivan is being rousted though."

Both men laughed again. "I also wanted to tell you that I have finished the arrangements in Canada that we talked about. If anything happens to me, contact Harold Cummings at the British Bank of British Columbia in Vancouver. I explained things in detail with him. He understands that there will probably be no death certificate and that requirement has been waived. I told him you would be handling the trusts for both you and Mildred."

George was silent for a few moments. "Kyle, I hope this isn't our final phone call."

Reed laughed with false bravado. "No. I'm just taking care of business. I will be moving into dangerous territory soon and I wanted to finish this up."

"How are you feeling, Kyle?"

"About the same. I have to stop a couple of times a week to empty fluid out of my lungs. But it's working fine. I can go for about three days between those sessions."

"Well, you better take good care of yourself."

"I will, George. I'll call you as soon as I get back from that little trip."

"I look forward to it. I applied for a passport, by the way."

"Good. Maybe we'll need it if we're lucky. Goodbye."

CHAPTER TWENTY—FOUR

It was raining when Reed arrived in Bogotá. It was a slow rain with big drops. You could almost dodge them but when a drop hit you, it would drench you. He checked in at the Grand House Hotel, unpacked, and checked with the concierge. Reed slipped him a twenty.

"Could you tell me about your city tours?"

"Certainly, sir. What would you like to see?"

"Several things. The Plaza Bolivar, the salt cathedral, and old Bogotá."

"Yes, sir. Our tour desk will open at three p.m. They can book you anywhere. Their desk is around the corner and up the stairs."

"What do you recommend?"

"In addition to the ones you spoke of, I would recommend the Gothic Cathedral of Lourdes, the Museo Del Oro and especially the Botero Museo. The Botero Museo is free, has paintings from some of the world's masters and do not forget to ask to see the 'Custodias'".

"What are the 'Custodias'?"

"They are very valuable crucifixes from the early days of the city. They have a lot of jewels, and were used as icons to convert the natives to the Catholic church. They are very beautiful."

"What about Old Bogotá?"

"They have some beautiful churches there and a very quaint shopping plaza. I don't recommend the bus tour unless you like to see poverty. If you want to go to the shopping plaza there, you can catch a bus and shop at your leisure. But be careful there, sir. You can use the taxis there if they are marked. Do not get in an unmarked taxi. Watch out for street hustlers."

Reed thanked him and decided to wait for the tour desk. Since he had skipped the flight lunch, he explored the area around the hotel and found a delightful restaurant called Bellini Restorante where he could eat outside under an awning and sample their seafood fare.

The city was stunningly beautiful with a mountain to the east called the Monserratt that rose majestically up to the sky. Reed marveled at the modern buildings and the broad avenues with bustling traffic. He had expected an old, dirty, poverty-stricken town with drug pushers on every corner. The place was teeming with tourists and the locals seemed modern, courteous, and outgoing. They carried cell phones, Ipods, and were very well dressed. Reed knew the whole country couldn't be like this. The slums must be much closer to old town. Reed finished his tasty lunch and returned to the hotel.

The tour desk had a lot of interesting tours but he selected a guided bus tour to old town for the next morning. The rest of the afternoon he spent going up the Monserratt Mountain in a cable car. The view was splendid when he reached the top but the cold damp air forced him down sooner than he would have liked. He had neglected to bring a jacket.

* * *

The next morning he caught a hotel shuttle to Destino Bogotá which was a tours center. After thirty minutes of confusion, he found the tour bus to old Bogotá. The tour guide spoke in both English and Spanish giving the history of the city as they drove south. A few miles later, the landscape changed noticeably. Gone were the clean stately houses and large office buildings. The neighborhoods or barrios as the guide called them showed the poorer side of Bogotá.

They passed the shopping plaza with the talkative guide promising to return there by eleven a.m. They drove south on Bosa Avenue into the real slums where the conditions were unspeakable. The houses were barely standing up. Near naked children were playing in the side streets. The guide chirped on about how old this part of the city was and all about the Tunjuelo River. About two blocks after they crossed a bridge over the river, the bus turned right going west. Three blocks later the bus slowed at the city's oldest church and cemetery. Beyond the cemetery was a tall cement fence that covered an entire city block. When the lady guide failed to comment on it, Reed raised his hand. "What place is that?"

"Señor, that is a private residence."

"Who lives there?"

"Some drug lords own the place. I don't know their names."

As the bus grew quiet the guide added, "And I don't care to."

Everyone on the bus laughed and the guide changed the subject and directed everyone's attention to another old church sitting on a hillside with the city's oldest bell. The incident was quickly forgotten by everyone but Reed. When the group stopped at the plaza for two hours of shopping, Reed flagged down a marked taxi.

"Where to, señor?"

Reed got in without answering him until he was settled. "Go across the river bridge and turn right where that old church is."

The driver started chattering in Spanish and offering all type of tours and which whore houses were the best. Reed ignored him until they slowed by the church.

"What is the name of this church?"

"Our Lady of Santa Fe, señor. Would you like for me to stop here?"

"Maybe. Drive on a block or two. What is that concrete wall all about?"

"That's Alberto Abadia's residence, señor." The driver laughed. "Someone you don't want to meet, sir. He's a criminal. He has his own army in there. We don't want to even slow down here."

"Drive all the way around it."

"Señor, there are guards everywhere. They might shoot us for no reason. It's dangerous."

"Then drive quickly and don't look their way. I'm curious. I'll tip you twenty dollars."

"Yes, señor. I will hurry though."

He drove around the compound. There were armed guards at the only entrance to the place, they had dogs, there were video cameras on the walls, but on the south side of the compound were old houses and apartments. Most of them had for rent signs in Spanish.

"Slow down here a minute."

The driver slowed to the curb and Reed looked over a three story apartment. The sign said the apartment was available, but if it was on the top floor, Reed could get a look inside.

"Can you stop here a minute? I'd like to look inside?"

The drivers answer was obviously no as he revved the engine and sped away.

"You can't do that, señor. If we stop, we could get killed."

Reed nodded. He would have to find another driver.

"Drive around to the next block behind the apartment where no one can see you."

"Yes, señor."

The street behind the compound was even dirtier than the others. A little boy about five was playing naked in the street with two others who had on only underwear. They stopped playing when the taxi rolled by. A taxi was a novelty on this poor street.

"Do you want to go back to the church?"

"Sure, why not?"

The driver drove back there going several blocks out of his way to avoid the compound. Reed got out and walked around the cemetery pretending interest and then told the driver to take him back to the plaza. After tipping the driver handsomely, he bought some old used clothes at the back of the plaza, a well worn suitcase and a Mexican sombrero. After changing clothes in a restaurant, he found another taxi and directed him to the dirty street behind the compound. After giving the driver instructions to wait, he walked past the kids, through a brood of chickens in their back yard and up to the back entrance of the old apartments. Without hesitating, he knocked on the door. The old man who answered the door spoke no English but Reed knew Spanish well and was shown a top floor apartment. The first thing he looked at was the view. Ignoring the pitiful furniture he pressed twenty dollars in the old man's hand which was good for two weeks. He told him he would be back with his belongings in a few hours. Returning to the plaza, he traveled back to his hotel on the tour bus. He napped after enjoying another seafood lunch at Bellini's.

Waking up at five, he stuffed a change of clothes in the old suitcase, found some binoculars in a shop in the lobby, and hailed another cab. The traffic was heavy and slow on the way back to the apartment. The taxi driver charged him sixty dollars with a wrinkled up nose, but smiled when he was tipped with a hundred and told to pick Reed back up in an hour. The street was busier at this hour and the children had disappeared but not the chickens. Reed noticed for the first time that there were no dogs in the barrio. He decided he didn't want to know why. He hurried up the stairs to his room, pulled up the only chair to the window and scanned the compound with his field glasses.

The compound was every bit as daunting as he expected. The entrance was on the west side. He was on the south side. The wall ran the entire block with no breaks in the concrete. There were three armed guards under the porch of the hacienda laughing and talking. Reed could see a fairly large building on the far wall between the hacienda and the gate. Reed focused in through a window and saw rows of beds. A barracks for the guards, no doubt. There were two guards with leashed dogs at the wrought iron gate and four more men standing behind them for support. All the guards were in khaki uniforms with matching caps. Reed swung his binoculars to the cameras on the walls. They didn't appear to swivel but they could obviously see down the entire block. The hacienda appeared to be about five thousand square feet in size and was a one story building. Some windows were open and some were closed. Reed could faintly hear some kind of Spanish music floating from there. There was no telling where Abadia's bedroom was.

Reed was about ready to call it a day. He had done his duty to George. He couldn't touch Abadia without an army of Georges. Reed casually scanned the streets around the compound. It looked to him like an ordinary barrio. He scanned some one story buildings across the street from the entrance gate and then swung the glasses back to a rooftop near the corner closest to him. There was a man lying on the roof with a pair of binoculars of his own, studying the compound. Reed zoomed in as much as he could and studied him. The man appeared to be young and obviously inexperienced. He ran a big risk of being spotted there. Reed scanned the other rooftops again to see if he had backup. There was none that he could see. The man didn't look at anything other than the compound. He was wearing dark green, maybe a uniform which contrasted with the concrete roof he was laying on. Reed almost felt sorry for him. He wouldn't last long up there. Reed studied him some more. Upon impulse, he decided to get him off that roof before he got killed.

Reed exited out the back, walked through back yards to the south and approached the house from two blocks away where he couldn't be seen by the guards. The inattentive spotter had left his ladder up against the back wall. Reed carefully climbed it and stuck his head above the roof line. The man was still laying down watching the gate. Reed whispered to him in Spanish.

"Psst. Hey mister, come down from there. Do you want to get killed?"

The man jerked his head around as he yanked out an automatic pistol and pointed it at Reed. Reed submissively raised his hands and whispered in English.

"You're going to get spotted up there. Come down here. I want to talk to you and I'm not armed. Put the gun away."

The young man studied Reed. "Who are you?"

Reed put his finger to his lips. "Shhhh. A friend."

The young man turned around and crawled back to Reed. "Climb down the ladder and back up ten steps."

When Reed complied, the young man climbed down the ladder backwards never turning his pistol away from Reed. When he got down, he motioned for Reed to approach. Reed stepped forward and found himself pinned against the wall and being frisked. The man was surprisingly strong.

"Mister, if I wanted to kill you, I would have done it already. You didn't even see or hear me coming."

He whirled Reed around to face him. His English was very good.

"All right, I'll buy that. What do you want? Did Miguel send you over here?"

"Nobody sent me. I was scouting the hacienda and spotted you. You're in an exposed position here."

"So what? Why should you care?"

"Young man, Abadia is no friend of mine. It does me no good for you to get killed and it would alert the whole camp."

"I'm not so easy. I've got sixteen rounds in this clip. I'll take a lot of them with me."

"What good is that if you're dead?"

"Don't underestimate me. I can shoot this thing. I've trained with it."

"I'm sure you can. How about we go up to the plaza where we can talk freely?"

"Why? Are you going to help me?"

"Maybe. I've already helped you. Your hiding place isn't worth a damn. I can at least give you some advice."

"You sound like an American. Are you?"

"As a matter of fact, I am."

"All right. I'll talk to you. Where is your car?"

"I came in a taxi. What about you?"

"I walked from the plaza."

"How did you get the ladder here?"

"I brought it here earlier."

"Lay it down. I have a taxi that will be here in about ten minutes. We can walk back to my place and catch it."

"Your place?"

"I rented an apartment on a high floor down the other street. You can see better there if you want to use it."

The taxi was waiting when they got there. The driver was eagerly awaiting another tip. The young man directed the driver to the shopping plaza in Spanish while keeping his hand on his pistol and eyeing Reed. They traveled to the plaza in silence. Reed paid the driver with another hundred and motioned for the young man to follow him to a sidewalk restaurant. They didn't speak until their beer arrived. The young man stared at Reed suspiciously. Reed looked back. He saw a clean cut man about thirty-five with short black hair and no sideburns. He had an olive complexion that matched his. His black eyes were alert, moving beyond Reed at times and seemed to miss nothing.

"Who are you, mister?"

"My name is Kyle Drake but I go by Buck Reed and several other names. Who are you?"

"My name is Raphael Maniego. I'm a Captain in the army. What are you doing here?"

"I came to look over Abadia's compound for a friend."

"For what purpose?"

"My friend wants to kill him."

"Your friend must be a very powerful man."

"My friend killed the most powerful dope dealer in the US early last week. He wants more."

"I read about that. Was his name Jones?"

"Yes. Tyrone Jones."

"This friend of yours killed him all by himself?"

"No. I was with him."

"Is this friend your boss? Do you work for him?"

"No. It's the other way around. He works for me."

Raphael extended his hand. "I'm pleased to meet you, Mr. Buck Reed. Why do you have so many names?"

Reed smiled as he shook Raphael's hand.

"Let's just say I have some enemies back home who would like to know where I am. Why were you spying on Abadia?"

The young man's eyes glistened.

"He kidnapped my sister yesterday morning. He's demanding one million dollars from my father."

"Do you think your sister is there at the compound?"

"I think so, but I'm not sure. I don't think he's had time to move her out of the city and he has increased the guards there. No helicopters have arrived or left and his planes are still in Cali. I was trying to determine a way to infiltrate the hacienda until you got there."

"They would shoot you on sight."

"I'm not as naïve as you think. I have access to one of the guard uniforms and I was watching their movements."

"Your plan was to just walk up to the gate in uniform and demand entrance?"

"No. I didn't have a plan yet. I thought maybe if a guard escorted some of the servants out, I could take him out and slip back in with the servants."

"Wouldn't the servants expose you?"

"Maybe, maybe not. I would pay them. Almost everyone is poor here."

"What were you going to do when you got inside?"

"Try to find my sister."

"What then?"

"I don't know yet."

"How many guards are there?"

"I've counted sixteen so far. They work twelve hour shifts."

"What about the dogs?"

"They are out all the time."

"Are the cameras live on top of the walls?"

"I believe so."

"Who is Miguel?"

"He is a brother officer in my brigade and a friend of mine."

"Will he help you with this?"

"I doubt it. He told me to stay away from here."

"Can your father pay the ransom?"

"He could but he won't. Abadia will kill Taleah anyway. Our families hate each other and have been at war a long time. My father is a judge high in the government."

"Do you command a company of men?"

"Yes."

"Does Miguel?"

"No. He is the supply officer."

"How many men do you command?"

"Two hundred and sixty-four including cooks and clerks."

"Is this an infantry company?"

"Yes. Light infantry."

"Can they help you?"

"Abadia has spies everywhere. In a group that large, he would have at least two spies. Or someone would call him with information for a reward."

"Do you have any men that you can trust?"

"Some noncoms that have been with me for several years."

"How many of those could you bet your life on?"

Raphael thought. "Probably four."

"Are you going to ask them for their help?"

"Maybe three. One is on leave."

"Do you have any night goggles?"

"No, but I could probably get a pair from Miguel?"

"What about a heat sensitive surveillance device?"

"You mean something that looks through walls and detects people by body heat?"

"That's exactly what I mean."

"I don't know. I could ask Miguel. I see what you're getting at. We could spot Taleah without having to go in."

Reed nodded. "Yes."

Raphael smiled a little. "I like your thinking, Reed."

"Why don't you drive me back to my hotel, contact your friend, get what supplies you can and pick me up in the morning?"

"Ok. That sounds good to me. Do you have a cell phone?"

"Yes. Trading phone numbers is a good idea."

CHAPTER TWENTY—FIVE

Reed's cell phone rang at five a.m. It was still dark. His mind wasn't much brighter. He was enjoying a rare deep sleep.

"Hello?"

"Mr. Reed?"

"Yes?"

"It's Raphael. Did I wake you?"

"Yeah. It's only five o'clock. What's up?"

"I wanted to see if you could take me to your place for a look before daylight."

"Did you get some night vision equipment?"

"Yes. Miguel gave me night goggles, a night scope and a Flir b-50 infrared camera."

"Is anything large?"

"No. It's easy to carry. You could put most of it in your pocket."

"Ok. I'll meet you out front in 10 minutes. Can you be here that quick?"

"Yes. I'll be there."

Reed put some coffee on to brew and dressed in his old clothes quickly. This young man apparently was very resourceful. He was impressed. Downing the coffee, he rushed downstairs and out the front door to find Raphael waiting impatiently.

"Are you ready to go, Mr. Reed?"

Reed needed more coffee. "Ready as I'll ever be".

He looked Raphael over. The dark haired young man had acquired a stubble beard, bloodshot eyes and a haggard face.

"You didn't get any sleep last night, did you?"

"I have no time to sleep. I have to save Taleah. My father isn't sleeping either."

Reed picked up some goggles and a night scope off the seat.

"Did you get this equipment from Miguel?"

"Yes. None of us slept. We have to move quickly."

"Did you tell your father and Miguel about me?"

"Of course. They are grateful for your help."

Reed wondered what that meant as they raced down the deserted boulevards. Ten minutes later they turned a slight left on Bosa Avenue. The slum district was stirring. People were gathering around the bus stops. Work came early for the servants. Miguel crossed the river bridge and slowed to about forty. He turned right on the back street and Reed directed him to the house directly behind the apartment. Gathering up three surveillance items, they scattered the chickens, entered the apartment's back door, and bounded up the stairs past sleepy tenants coming the other way. The sky was turning gray as they used the goggles and the night scope to survey the fortress.

Reed looked through the goggles at a quiet compound. There was only one guard at the gate with two guards back about twenty feet. One of the Dobermans lay asleep by the two guards. Reed swept the grounds for the other dog. No dog. Reed wondered where he was. There were no guards around the house. All of the hacienda lights were out as well as the barracks. Reed looked over as Raphael put down the scope and picked up another small device that looked like a price gun at Walmart.

"What's that?"

"This is a FLIR b-50 infrared building camera. It's a thermal device that can show people or other mammals inside the hacienda."

Reed showed his enthusiasm. "Really?"

Rafael was quiet for several moments as he swept the building. Reed looked over his shoulder at the display that showed hot spots within the building. When the display got about two-thirds of the way through the building, he had a sharp intake of breath. Reed saw a heat image lying down with their four limbs extended wide. It was obvious that she was tied up and her arms and legs were tied to something like a bedpost. She was lying still as Raphael and Reed watched. Raphael swung the camera further to the right into other rooms. Most were empty, but the back one had someone lying down and beyond, a person sitting on a chair. The images were grainy to the point of shimmering heat silhouettes. Reed's pulse quickened.

"That could be Abadia with a guard outside his door."

Raphael nodded without comment. He swung the camera back to his sister and studied her motionless form. Suddenly another image approached her and struck her. His sister writhed for several seconds and then laid still. Raphael cried out in anger and pain.

"Shhh. People here can hear you."

Reed took the camera from the young man and sat him down in the chair. He was visibly shaken. He raised the camera to the barracks and studied the prone bodies lying in two rows. As he watched, the men sprang up almost all at once. Reed heard a loud voice yelling in Spanish. The men shuffled out of sight toward the other side of the building. Probably the bathroom, Reed guessed. He panned back to the right as two men exited the hacienda and walked toward them. Only one was wearing a guard uniform. Behind him Raphael was sobbing. Reed decided to get Raphael to focus on something else.

"Raphael, Look at these two men leaving the hacienda."

The young man took his night scope and looked carefully at the men. There was another sharp intake of breath. "Carramba! It's Soapy and that son of a bitch Diego."

"Who are they?"

"Soapy is a drug chief in the Cali area and Diego is one of the lieutenants for Abadia. Diego and I have fought each other before. He is mucho malo. He has no conscience. I think he killed my uncle. I caught him on the streets one day and kicked the shit out of him. I had no weapon with me or I would have killed him."

"Is he a threat to your sister?"

"Yeah. When Abadia gives the word to kill her, Diego will be the one to do it."

Raphael started shaking again. Reed looked down at him in sympathy but was realizing that he was too emotionally involved to handle this problem.

"Raphael, could I meet Miguel?"

"I suppose so."

"How about this morning?"

"When do you want to leave here?"

"In about fifteen minutes. I want to study the compound a little more."

Reed watched the hacienda through the thermal imaging camera. It looked like Abadia was not an early riser. As the sun peeped over the horizon, three guards strolled out of the barracks and relieved the ones on duty. Everything was at a leisurely pace. A few more guards came out on a veranda to smoke. Muffled voices and laughter drifted up to Reed. Reed swung the scope back to the hacienda and to the back of it. He could see part of a generator. He wondered if it was the primary electric source but that was answered when, with improving light, a large electrical wire became visible. The wire went from the opposite side of the hacienda to a utility pole beyond.

The second guard dog joined the other in the yard closest to Reed. The dogs sniffed each other and moved in opposite directions. They roamed the areas close to the wall and sniffed everything. Soon a whistle was heard and the dogs went running toward the barracks. It must be breakfast time. Reed watched with interest as two plates were set on the ground. The dogs attacked the food with voraciousness. Perhaps they were fed only once a day. The new guards were not as listless as the night crew. They looked sharp and alert. When a taxi cruised by, the two backups un-slung their rifles and backed out of sight from the wrought iron gate. After the taxi passed by, they visibly relaxed. None of the three were smoking. Reed guessed that someone was expected.

As the morning sun brightened the barrio, Reed pulled out his regular binoculars and studied the cameras. The wall appeared to be ten feet high and the cameras were mounted about a foot above that. Each one was located about a foot from the exact corner of the wall. He assumed that the cameras were monitored twenty-four hours a day from somewhere inside. Reed had some obvious questions about that. Would a monitoring guard stay awake all night watching a street where there was little or no activity? Was there enough of a dead spot at the corners where they could be altered or knocked out? If he could interrupt the electricity to them, would it alert the entire place? If the electricity was cut off, how long would it take for the backup generator to kick on?

A plan slowly emerged in his mind, but it was full of holes and unanswered questions.

How many men would it take to neutralize the guards? What weapons would they need? How could he keep the woman alive if the drug lord discovered that he was under attack? What about the other side of the hacienda where the night thermal camera could not see? What could be there that could destroy an entry plan? How many men should attempt entry to save the sister? Should Raphael be one of those going in? Obviously not! If not he, then who did he have that would risk it for his commander?

Reed checked the roof tops of the buildings on the south end. There was no activity that he could see. He decided that he had seen all that he would be able to see except for the procedure for visitor gate entry. That didn't look like a viable plan anyway.

Reed shook Raphael's shoulder.

"Get your equipment. Let's get out of here."

Raphael dejectedly picked up the three surveillance items while Reed stuck his binoculars under the bed and moved the chair away from the window. They exited out the back to Raphael's car. Somehow, the hub caps and hood ornament was still on it. After they hit Bosa Avenue, Raphael phoned Miguel and arranged for them to meet at nine a.m. at the base. Reed watched Raphael carefully. He was quiet and depressed. Beneath the beard and unruly black hair he had features that were quite handsome. He was about six foot one, one hundred eighty-five pounds, very fit, and biceps that rippled through his shirt. He had a small scar on his face just under his ear that traveled toward his nose about an inch. His nose was thinner than an ordinary Hispanic's. Reed figured he must have Spanish blood rather than some Indian mixture.

The traffic was heavy and slow. Raphael traveled north but turned off on a main boulevard to the left before he reached the hotel. After two blocks, he turned right for a block, through a security gate and then pulled into an aristocratic estate that encompassed about three-quarters of an acre with a large stucco house in the center of the lot. There was a gardener carrying some tools out to the yard and two men in plain clothes that did not look like gardeners. No weapons were visible, but Reed knew guards when he saw them. Raphael drove to the back where there was a circular drive that went up to a main door. He pulled up beside the door and gestured Reed to come in. They entered a large tiled foyer with statues on each wall with old oil paintings above them. There were several lounging couches.

"Papa?" called out Raphael in a loud voice.

"Where are you? Papa?"

There was no answer. "Papa? Papa?" Raphael called.

A thin frail man about sixty years old slowly came out of a door on the right side of the foyer. He was wearing a bathrobe with disheveled hair and a gray bristly two-day beard. He squinted at Rafael.

"Can't an old man get a little sleep? I'm too old to stay up all night without rest. Who is this man with you?"

"This is the Americano that I told you about. This is Mr. Reed."

Reed extended his hand. "It's an honor to meet you, Judge Maniego."

The father took two steps forward and grasped Reed's hand.

"The honor is mine, Mr. Reed and please call me Santiago. Thank you for your help in rescuing my daughter."

"I've done little, I'm afraid."

"Raphael says that you are a soldier of fortune that has come to kill Abadia. Is that true?"

Reed smiled. "A soldier of fortune? I guess you could call me that but I'm older than you are and retired. I'm too old for field action. I just came to scout Abadia for a friend."

"You're not here to kill him?"

"If the opportunity presented itself, perhaps."

Raphael broke in. "Papa, she's there. We saw her."

Papa beamed. "Good! Maybe there is hope yet. Mr. Reed, forgive me for my rudeness. Please follow me and my son. We will sit, have coffee, and talk of this."

Reed followed them into an ornate breakfast cove with a sweeping view of the back lawn and garden. When seated, Papa Maniego pulled on a cord and a butler appeared, almost by magic. In Spanish, he ordered coffee and pastries and the butler disappeared. With that done, he turned to his son.

"Tell me more, Raphael."

"Papa, they have her tied up in Abadia's hacienda. They have her spread eagled and I saw her beaten. It was awful."

"I'm glad to know that she is still alive, never the less."

"There is something worse, Papa. I saw Diego there."

Papa Maniego bowed his head and said nothing for a minute. His eyes moistened and his hand trembled.

"They will surely kill her."

"Yes, Papa. We must move quickly."

"What can we do?"

"I don't know yet. I'm going to talk to Miguel."

Judge Maniego turned to Reed. "Mr. Reed, do you have any suggestions?"

"Not yet, sir. I need to talk to Miguel also. I understand that Raphael has some men he can trust. I want to talk to them too. To be successful, your people will have to surprise them, get your daughter out, and then terminate the whole lot of them. The place is well protected and I don't know who can do what."

"What can you do to help?"

"I could help plan the operation and provide some support fire."

Judge Maniego excused himself and returned shortly with a photo collage and showed it to Reed.

"This is my only daughter. You have no idea how much I love her."

Reed took the photos and studied them carefully. He was quiet for a while. His daughter was one of the most beautiful women he had ever seen. She almost took his breath away. Long black hair slid down one shoulder as she looked from a side angle to the camera. Her brown eyes were captivating. It looked like glamour shots. She had a slender build but was quite voluptuous. Her smile could melt a statue. She looked like some actress he had seen but couldn't remember her name. Peneolpe something or other. In one word *WOW!* Reed could not imagine some man killing her. It would be like burning a rare book.

"How old is she, Judge Maniego?"

"She just turned forty-one."

"She's very beautiful. How can she not be married?"

"She was married once about ten years ago and it didn't go well. Her husband treated her very badly. He had serious depression problems and controlled her every move. He would beat her when he couldn't control his fits of rage. Since we are Catholic, she probably won't get married again. It's all my fault. I arranged the marriage. He came from a good family who had sugar cane plantations. May God forgive me. Please help us, Mr. Reed. I'll pay you anything if you can get her out."

Reed carefully folded his hands. "I'm not here for money, sir. As I said before, I'll do what I can. I don't wish to see her harmed either. Why don't you just pay the ransom?"

"Mr. Reed, twenty-two years ago, they abducted my wife. I paid the ransom but they killed her anyway. You don't know these men. What they really want are my coffee plantations. I think that this is what started it. They are the worst kind of evil."

"I have some idea of how evil they are. That's why I came here. Where are your coffee plantations, anyway?"

"Medellin. I have two there. They have been in my family since 1823."

"Wasn't that about the time of the Simon Bolivar revolutions?"

"Shortly thereafter. My great-great grandfather was a colonel under General Santander. Santander became the vice president under Bolivar but they didn't always get along. There was a coup attempt. My ancestor wasn't involved but was blamed for it anyway. He lost the land but recovered it a few years later. Selling those plantations would be out of the question especially to criminals like Abadia."

Reed nodded. He looked at Raphael who had dozed off at the table.

"I think your son has to get some rest."

"Yes. We are all tired. I'm an old man. My heart isn't strong enough for this."

Reed smiled. "I know the feeling. Me, too. Do you think you could get Miguel to come here this morning? We are scheduled to meet with him at nine. It's after seven now. Raphael needs the rest."

The father rose from his chair. "Yes, I'll arrange it. I want you to rest too. Please make yourself at home here.

I will arrange for a guest room for you. Are you staying at a hotel here?"

"Yes, sir. It's the Grand House Hotel."

"What is your room number?"

"942."

"I will arrange for your things to be picked up and brought here. I will have them for you within the hour."

"That's very kind of you, sir."

"It's the least I can do. I'm very grateful for your help. Why don't you rest for an hour or two? I'll take care of these details."

CHAPTER TWENTY—SIX

Reed awoke two hours later when a servant brought his things into the room from the hotel. He had tried to be quiet but that made it worse. Someone sneaking around would alert Reed more than a marching band. He went through everything to make sure there was nothing missed but everything was ok. He considered checking his emails, but decided to wait. Guiseppe would have to wait. After putting on some nicer clothes, Reed headed back to the dining area. Judge Maniego was there with an army officer. The officer looked dumpy compared to Rafael. He was short, squat, and a little unkempt. Both looked up from their sumptuous breakfast as Reed entered.

"Mr. Reed, may I introduce Miguel Sanchez from Raphael's brigade?"

Reed extended his hand. "I'm glad to meet you. I've heard a lot about you."

Miguel laughed lightly. "I hope some of it was good."

"All of it was good."

"I'm glad that you're helping to rescue Taleah."

"I'll do what I can."

"What do you need for this, Mr. Reed?"

"I don't know. I don't know what is available so I haven't finalized a plan yet."

Miguel nodded. "Tell me what you've seen so far or better yet, draw me a diagram of the place. Try to include everything."

Judge Maniego broke in. "Mr. Reed, could I interest you in some breakfast?"

"Yes. Thank you."

Papa pulled on his cord and summoned a servant. The servant took Reed's breakfast order while the judge brought a pencil and legal pad. While waiting for his breakfast, Reed sketched the diagram of the compound including the surrounding buildings across the streets. Miguel studied the sketch for about two minutes while Reed sipped some coffee. Papa got up to get Raphael, but Reed stopped him.

"Please, Judge. Let him rest. We can fill him in later."

Miguel looked up at last. "What are your thoughts, Mr. Reed?"

"We need to send in two good men to secure the house and retrieve Taleah before we attack the compound. First, we need to solve the problem with the cameras. I'm sure they are monitored inside and our men couldn't be seen climbing in over the wall. They would never make it to the house. Raphael has a guard's uniform from the compound. One of the two penetrators should wear it to ease his way into the house. They would need pistols with silencers."

Miguel broke in. "What about ladders? Will you have to neutralize the dogs?"

"Yes, of course. I got ahead of myself. The dogs maybe can be poisoned. I think they are fed only once a day."

Miguel shook his head. "That's a dangerous assumption. Many guard dogs are trained to only accept food from their masters. When they are encountered, they would have to be shot with the silenced pistols. I need to get two M-9 pistols with silencers. We need three ten-foot ladders."

"Those dogs could attack the men in the dark. They might not see them coming."

"We could communicate from your perch in that apartment on the third floor to their ear pieces. The Flir b-50 heat imager would see them coming."

"Ok. The penetrator with the uniform would need to take out two guards inside next. One is the guard monitoring the security cameras. I figure that he is nearest to any alarm that would alert the guards in the barracks and the entrance gate. They have a dog too, by the way. Then the guard outside Abadia's bedroom would need to be taken out. Those are the two that are supposed to be awake.

"Next, the guard watching Taleah needs to be done away with. That penetrator would free Taleah while the other kills Abadia in his sleep. There are two additional men that I think are staying inside the hacienda but I don't know where their bedrooms are. One is this Diego and I think the other Raphael called Soap or Soapy. They could be with girlfriends too. I couldn't see on the other side of the hacienda. There are probably bedrooms on that side of the house but we can't see them from my perch. They would need to be taken out next. Then if there are no more men inside the hacienda, we will need two snipers on top of this roof top here to take the gate guards out and the barracks would need to be attacked with either a bazooka or a RPG if you can find one. That could be fired from our perch. While that is happening, one penetrator helps Taleah across the yard to the ladders while the other protects their rear."

Miguel studied the sketch some more. After a while he nodded to himself.

"I think I can get us two FIM-9 Stingers and maybe one AT-4 anti-armor missile. I know I can get my hands on one M-4 assault rifle for one of the penetrators. He probably wouldn't need it going in but he might need it covering the other's six when they leave. It doesn't weigh much and it has a night scope and a grenade launcher."

"That must be a hell of a rifle."

"It's the best available."

"Where do you get this stuff?"

Miguel smiled. "Let's just say I have a friend."

"Do you think this can work?"

"Yeah, it's a good plan, but I'm still studying those cameras on the corners. If we hit about three or four in the morning, the monitor guard might be asleep."

"Or he might not be. If sirens go off before the penetrators get inside the hacienda and free Taleah, the whole plan fails and she dies."

"Yeah. We can't risk that. You couldn't pick him up on the heat imager?"

"No I think he's on the other side of the house."

Miguel studied the cameras and streets again. He looked up with a smile.

"I think I've got it. The only dead spots approaching those cameras are ninety degrees to their left. Someone can bring a ladder from across the street, put the ladder underneath the camera, and climb up and cover the lens."

"Cover it with what?"

Miguel chuckled. "A picture of a test pattern. He'll think the camera has malfunctioned. I don't know what he'll do about it, but it's highly unlikely that he will wake everybody up over it. If he's awake at all, he'll probably ignore it until later in the morning."

Reed was impressed. Miguel could be a genius. He could think of nothing better.

"That's good, Miguel. I like it. What about Raphael's men. He said he had three here that he could trust to help. They were all noncoms. Do you know who they are?"

"Yeah. But there is only one who has the balls to penetrate that hacienda. I don't think the others would risk it. They are family men and they just aren't that aggressive. Guillermo is the one who would go. That's just his meat. He would probably take time to look for the book if he got the chance. He has nerves of steel."

"What book are you talking about?"

"We have heard that Abadia has a book in there that lists all of his drug distributors in the United States. The American government would give a lot to get their hands on it."

Reed smiled. "I'll bet they would. Where does he keep it?"

"We don't know. We talked to a servant who got fired from there last year. He saw Abadia and others looking at it and talking about it. They were in his office."

"Where is his office?"

"I don't know."

"Are you figuring that Raphael will be the other penetrator?"

Miguel stroked his chin. "I hadn't really thought about it. He can't be it though."

"Why do you say that?"

"Because he is the only man in the outfit that is trained and qualified to fire those RPGs. It has to be somebody else."

Reed breathed a sigh of relief. He wouldn't have to bring up his objection.

"Who do you propose for the second man?"

"I don't know. Raphael wouldn't trust any private in his command for that. I don't have the answer right now. You'll have to ask Raphael."

The Judge cleared his throat. "What about you, Mr. Reed?"

"Me? No. I'm too old for that sort of thing. I'm unfamiliar with the weapons too. I could handle the silenced pistol and probably nothing more."

The Judge shook his head. "That's all you planned for the second man. Guillermo would handle the assault rifle. You would just need to kill Taleah's guard, cut her loose, and bring her out."

"It's not nearly so simple, sir. Things could go wrong. I would want to kill Abadia myself if I were in there. I have an important mission in Europe next week. There are a lot of people depending on me for that."

The Judge looked down at his knees dejectedly.

"Mr. Reed, think about all those young people in your country that are depending on you and us for that book. Think of the people that you would save from a hell on earth. The hell of drug addiction."

Reed felt guilty all of a sudden. "All right. I'll think about it, but no promises. Let's keep looking for a second man."

After breakfast, Reed went back to his room. The first thing on the agenda was to check for an email from Guiseppe. There was nothing. Ballard was not back yet. There was an email from Jana.

My dearest Anil:

Paul didn't get the job! We are so disappointed. We moved Aunt Hattie to the assisted living center this morning. She's doing ok. The FBI arrested Robert Satterfield today. They have charged him with kidnapping and are questioning him about the murder of his wife. He's such a nice man. Can't we do something?

Love,

Jana

Reed replied.

Dear Jana,

Call Blaisdale. Tell him your little birdie says that Veronica is alive and well and that her husband is innocent.

Love, Anil"

There were no other emails.

Reed shot one off to George.

Dear George,

I have made contact with people here who are not happy with your friend. Something could happen soon.

Kyle

Reed took a Lasix and laid down for awhile. Tonight could get long. He had to rest while he could. When Raphael woke up, they would need to talk. He needed to find that second man. His mind wouldn't quit though and the bathroom calls would come soon. He debated about going in himself. How good was this Guillermo? He would need to meet him to find out. Could he depend on the others?

* * *

Later that afternoon, Reed awoke to a strange sensation. Something was pressing down on his stomach and chest. It wasn't painful, his heart seemed ok. Opening one eye, he saw a slick cat sitting on his chest. Its long neck was extended and it's face moving toward Reed's. Slowly, he reached up with one hand and rubbed its head and jaws the way he had seen Mildred do her cat when they were teenagers. The cat started purring and moving its head back and forth telling Reed where to rub. He lightly moved his hand back to its haunches and rubbed its sacro area. The cat really loved that and put its paws on Reed's throat and started pushing. The purring grew louder. Reed moved his other hand to the cat which spooked it and it vanished in an instant. Reed checked his watch. It was after five. He bounded up, washed his face, put on a fresh shirt and headed to the eating area, it being the only place he was familiar with.

As he was going there, he passed a living area that was full of soldiers. Judge Maniego was there along with a refreshed Raphael, Miguel, and several men that Reed hadn't seen. Reed was introduced to Guillermo, Salazar, and Carlos. The new men were polite and deferential. However, they were cautious as they sized up Reed. The ice broke when the cat walked into the room and jumped on Reed's lap with its tail swishing. One of the new men said something in a low voice and everyone started laughing.

Reed looked at the judge.

"What did he say?"

"He said we better watch our women when that old man comes around or words to that effect, if you get what I mean."

Reed laughed. "I get it. Tell them I'm no threat. I am older than I look."

Miguel cleared his throat. "Mr. Reed, I've secured the items that we need. We now have one M-4 assault rifle with a grenade launcher and night scope, two M-9 pistols with silencers, a radio communications system with four headsets complete with AN/PV5 night goggles, two sharp military knives, four hand grenades, two FIM-9 stinger RPGs, and two sniper rifles with FAMAS red dot sights. We've been going over your plan and it seems workable if the two penetrators can get in silently and eliminate the five men that we know are inside without setting off an alarm. We are worried about the two men we can't see with the FLIR."

Reed nodded. "I know it's not perfect but with our limited personnel, that's the best I can come up with. Another question in my mind is should we wait about three minutes before penetrating the compound after we put the test pattern in front of the camera to see what the monitor guard is going to do?"

Raphael shook his head. "No. Go in fast and strike hard. If the guard hesitates, you can finish him before he decides what to do."

The judge nodded in assent. "I agree. Get Taleah out. That's the first priority."

Reed looked at Guillermo. "What do you think?"

"I think we have to take out the guard in the hallway first. He can see everything that goes on. We can't get by him to get the monitor guard first. If I can take him out quietly, I can locate all three men, Abadia, Soapy, and Diego. They are probably in three separate bedrooms. I can throw grenades in two of the bedrooms and step in and shoot the third before they wake up. The problem is the grenades will make a hell of a racket. When they go off, part B of the plan must commence with the snipers and the RPGs. I wish we had a third man going in with us." He was looking at Reed when he said us.

Reed spoke up again. "Guillermo, do you have anyone in your command that you could trust with going in?"

Guillermo thought about it. "Maybe. I have a corporal who is a good man but he has a family. I don't think he would accept the duty. After all, this is a volunteer assignment."

"Have you talked to him about it?"

"No. I was told this was a secret mission."

Raphael broke in. "Who is it, Guillermo?"

"Garcia, sir."

"You can ask but I don't think he'll go in. He would be good to put up the screen pattern and provide supporting fire from there if he needs to."

Guillermo nodded.

"I will call him."

Carlos asked the next question. "Should we take out the guard at the gate first or the two supporting him from behind?"

Reed nodded. "Take out the two back guards. Once they are warned, they could hide behind the wall and you couldn't get at them. The gate guard has to move farther to get some cover. Get the dog last. After that provide covering fire for the two penetrators."

The soldiers all looked around at each other.

Carlos asked, "You're not going in with Guillermo, Mr. Reed?"

"Maybe. I am looking for a more able and younger man. Any ideas?"

Carlos was persistent.

"Have you ever killed anyone?"

"Yes. Don't worry about that. It's just that I'm old and short winded. I don't think I can run very far."

"But you're going in if we can't find anyone else?"

Reed nodded reluctantly. "If there is no one else, I guess I'll go."

Everyone in the room visibly relaxed and smiled. The judge walked over and patted his shoulder.

"Thank you, Mr. Reed."

Reed nodded and looked at Miguel. "I need some last minute training on the weapons and equipment. Is Guillermo going to handle the M-4?"

"Yes. Miguel will take you to the range right now. When you get back, we will go over the radio and night scopes."

"What about transportation?"

"We can take an army flatbed there."

Reed shook his head. "Wouldn't that raise alarms in the barrio?"

"They should be all asleep."

"Is it marked?"

"Yes."

"Do we have any unmarked alternatives?"

"Yes. I suppose we could use two panel vans."

"Will the ladders fit in there?"

"No. But we could lash them to the top."

"That sounds better to me."

"Ok. We will do that."

"Once we penetrate the compound, can one of the vans move into position by the ladders so we can evacuate Taleah quickly?"

"Yes, Mr. Reed. That's a good idea too. Anything else?"

"If the penetrators don't get all the bad guys in the hacienda and the snipers don't get all the soldiers, the other van needs to meet the rest of the team on the street behind the perch. That's close by but out of sight of the compound."

Raphael stood up. "I will drive the van to the ladders right after I fire the RPGs."

The men nodded. They knew he would want to be with his sister.

Miguel stood up as if to terminate the meeting.

"Gentlemen, we will meet here at two a.m. We will get everyone in place by three and move in sometime after that. Are there any questions?"

No one spoke. Reed followed Guillermo and Miguel out to a van where Guillermo picked up the pistols and the M-4 rifle. The gun range beckoned. It was starting to rain. Reed excused himself to get a windbreaker from his suitcase. When he got to his room, he eyed his computer. After he retrieved his windbreaker, he opened his emails and composed a message to Jana.

Dear Jana:

I've had second thoughts about not telling you some information on Ballard in case, by chance, something happened to me. Ballard is hiding in Podgora, Croatia. My contact man there is Guiseppe Monsalva with Security Associates in Split. He knows me by another name (Harish Savi). Don't breathe a word of this of course unless a week goes by when you don't hear from me. After that you can give it to Blaisdale.

Jana, I'm doing ok, so don't worry. I want you to know how much it has meant to me to be accepted into your family. I wish the best for you and Paul. I hope Aunt Hattie gets better.

Love,
Anil.

CHAPTER TWENTY—SEVEN

The night had turned cold and clear. A mild breeze had moved the clouds away that caused the late afternoon rain. The streets had dried off leaving a clean smell even in the barrio. The first van stopped at the house behind the perch. Raphael, Miguel, Guillermo and Reed jumped out and waved to the second van carrying the snipers and Sanchez as it turned around to drop off Sanchez and the ladder before dropping off the two snipers. The four men from the first van carried the equipment up to the perch as quietly as they could. Miguel expertly set up the equipment as Raphael and Reed checked the compound with the night scopes. Things looked quiet. Raphael grabbed the Flir and scanned the hacienda.

"She's still there," he announced.

Reed watched Raphael carefully. He looked like a different man with some rest and a plan. He was much calmer. He loaded his RPG and checked the range to the barracks.

"Miguel, it's one hundred and eight meters to the barracks. I couldn't miss it from here."

Miguel nodded as he handed the headsets to Guillermo and Reed.

"Don't forget a test check when you get downstairs."

Reed and Guillermo took the Flir from Raphael and scanned the hacienda. It looked like everyone was asleep. They watched the guard outside Abadia's door. He hadn't moved after sixty seconds. Taleah was still stretched tight with ropes or something but was motionless. Reed wondered where her guard was. That guard had to be out of sight to the left. He was Reed's second target after the security monitor guard. Reed searched the yard for the dogs. There was one by the gate guards but he didn't see the other one. Reed gave the Flir back to Raphael.

"Don't forget. Blast the barracks as soon as you hear any alarm, gunfire, or our part B code."

Raphael nodded but said nothing, his teeth were clenched and his jaw was set. Reed and Guillermo donned their equipment and weapons and Miguel went down a check list. When everything was set, Guillermo strapped on the M-4 on his back with a spring release sling in the front. Both he and Reed twisted on the silencers to their M-9 pistols, adjusted their goggles and headsets, and headed down the stairs. The first order of business was to get the ladders down from the roof of the van. For once, Reed was glad there were no dogs in the neighborhood. Guillermo pressed the side of his helmet.

"Penetrator One to Base. Testing."

"This is Base. I read you loud and clear. Penetrator Two, do you read? Over."

Reed fumbled around until he found the button. "Roger. I read you clear. Over."

They both grabbed a ladder and moved quietly to the front edge of the apartment. The ladders were the expandable type. They couldn't carry them extended. They were just too long. That would happen when they reached the wall. They looked to their right for Sanchez. From their angle, he couldn't be seen.

"Penetrator One to Base. In position. Over."

Miguel's voice came back. "This is Base. Stand by. Test Pattern One, are you in position? Over."

"Test Pattern is in position and ready. Over."

"Base to Sniper Team. Are you in position? Over."

"Negatory, Base. That ladder that was supposed to be here is missing. Over."

"Stand by, Sniper Team. Over."

"Penetrator One, do you read? Over."

"Roger Base. Over."

"I need you and Penetrator Two to loan a ladder to Sniper Team. Penetrator Two knows the back way. Over."

"Roger, Base."

Reed almost laughed. He should have known that the ladder Raphael had left would be gone by now. He hoped some poor worker had stolen it instead of the compound guards doing a sweep and finding it. He hoped they wouldn't be on the roof waiting. Guillermo grabbed the bottom of the ladder and Reed took the top. It took ten minutes to make the circuitous journey to the back of the one story house where the sniper team was waiting. Reed looked through the windows to see if the house was occupied and thankfully, it wasn't.

Reed wondered what else he had not thought of. After getting the sniper team on the roof, they returned.

"Penetrator One to Base. Back in position and ready. Over."

"Roger. Test Pattern, do you read? Over."

"Roger Base. This is Test Pattern. Over."

"After you finish your mission, drive your ladder over to the sniper team. Over."

"Roger Base."

"Are you ready Test Pattern?"

"Roger."

"Sniper Team, are you ready? Over."

"Roger. Scoped in and ready. Over."

"Are you ready Penetrator team?"

"Roger. Let's go."

"All teams, stand by while I take a last look."

Reed lay in the cold wet weeds and waited. He was ready to get this over with.

"Base to Test Pattern. Go!"

Reed and Guillermo looked to their right and watched Sanchez run across the street lugging the heavy ladder in the camera's blind spot. No sound was made as he adjusted the ladder to the right height and spread it. Miguel had taken the precaution of using WD-40 on every hinge. Sanchez climbed up the ladder, centered the test pattern photo, and pulled it over the camera, fastening it with Velcro in the back.

Guillermo and Reed didn't wait for orders. Before he could climb down, they scurried across the street and adjusted the ladders. Guillermo climbed up as Reed pushed the other ladder up against the wall. When Guillermo got to the top, he straddled it and grabbed the top of the ladder while Reed pushed on the bottom. Together, they wrestled the ladder over the top and laid it against the inside wall. Reed climbed up as Guillermo climbed down the other side. When Reed climbed down, they spread the ladder where it rested as a triangle. It would make for a quicker escape and the woman would have to go first.

"This is Base. Dog closing in at eleven o'clock."

Guillermo pulled his pistol and coolly shot the dog that was only twenty feet away and running at full speed.

"Which dog was that, Base?"

"It wasn't the entrance guard's dog. He's still there."

"Is that one alerted?"

"Yes. It's getting restless but not moving. Over."

Guillermo sprinted for the hacienda with Reed close behind. When he reached the door, he slowed down, opened the door and walked in like he owned the place. Turning right in the hallway he raised the pistol and shot Abadia's guard. Reed turned left and looked in the first open door he saw which was three doors down. There was the security monitor guard, turning knobs on the camera with the test pattern showing. Reed shot him through the temple before he looked up. Reed turned and hurried back past the front entrance and opened the door where Taleah was. He ignored her and found the guard getting out of his bed, reaching for a gun. Before Reed could shoot him, he screamed. Reed shot him twice in the chest and once in the head and whirled to face a terrified near-naked Taleah. She was wild-eyed and thrashing around on a bed, her arms and legs secured by cords. Reed pulled his knife and whispered in her ear.

"Raphael is waiting outside for you and your cat misses you at home."

She quieted down but her eyes were still wild. As Reed was cutting her cords, a loud shot rang out, followed by two more. It sounded like the next room.

"Stay here. Try to find some clothes. I'll be back for you in a minute."

Reed stuck his head out in the hall and saw pandemonium. Guillermo was laying face down on the floor, blood running from his head. Three Hispanic men were standing in the hall, two had pistols. Reed shot the closest armed one in the chest with a two shot pattern. The other two ducked into separate bedrooms, one to the left and the other to his right. That had to be Abadia. Reed put his pistol in his waist band and pulled out his two grenades. He rolled the first one into Abadia's bedroom and then, as a huge explosion roared in the direction of the barracks, threw the other into the other bedroom. Reed opened the door to the left and saw the man lying on the floor. Reed put a bullet into his head for good measure and turned to Abadia's room. When he opened that door, he saw no one. He closed the door back and checked on Guillermo. Reed pulled him over and saw vacant eyes. Guillermo was dead. Reed yanked on the M-4 sling and extricated the carbine. Going low to the floor, he opened Abadia's door again. This time Abadia was coming out of the bathroom straight for him with a shotgun extended. Reed pulled up the M-4 and put about ten rounds of automatic fire into his chest. When he went down, Reed put a double tap to the head for insurance.

As he reloaded the pistol, Reed could hear weapons fire in the distance. He headed back for Taleah while staying alert for more tangos. When he opened the door, he found her sitting on the bed with a blanket wrapped around her shoulders. She was shaking like a leaf. Her eyes showed the wildest fear. Reed opened his mouth to calm her but no words came out. He sank to the floor as his heart raced. The worst pain he had ever felt exploded in his chest. It felt like a giant fist was squeezing his heart. He sat on the floor for thirty seconds or so until he could catch his breath. He crawled to Taleah and grabbed her shoulder.

"Taleah, we've got to get out of here. If I don't make it, go straight for the middle of the wall across from the entrance. Climb the ladder and call for Raphael. He will be in the van. You may need to help me up."

She didn't move. "Raphael? Here?"

"Yes, damn it. You've got to move. Now."

Slowly she rose. Reed pulled himself up by the bed. Leaving the M-4 there, he carried the pistol in his right hand and grabbed Taleah's hand with the left. Struggling through the entrance, Reed looked toward the entrance gate. Two guards were running toward him and that damn dog. One of the men fell as he was shot by the sniper team. Reed shot the other and then the dog as it lunged for him. It was a close call. Frantically he pushed his headset button.

"Base, this is Reed. Put somebody on the ladder to help. Taleah and I are coming out."

Taleah was limbering up as she took the lead when she saw the ladder. Without any prompting, she climbed it and reached for Raphael and was over the wall. Reed's heart was racing again as he climbed the ladder. He had to stop for breath halfway up. A searing pain tore through his left calf as he heard a report of a rifle.

"Base. I'm hit. Can somebody help me over the wall?"

Reed pulled himself up rung by rung. When he got to the top, he saw Raphael running from the van to help. Reed lay on top of the wall till Raphael helped him down. Before he could get to the van, his vision narrowed. Was *this the end?*, he wondered with a strange detachment. Reed felt nothing as the strong young Colombian grabbed him and slung him into the back of the van. Reed looked up at the ceiling of the van as a strange bright light came through the metal toward him. A very bright light, brighter, brighter, brigh————.

CHAPTER TWENTY—EIGHT

At first he heard sounds, then voices. He had a peculiar feeling in his left wrist. There was no pain. Cautiously, he opened one eye, then both. The judge and Raphael were above him. He tried to smile but couldn't. His throat was dry. He knew he was alive but not much more. Where was he? What happened? Was it all a dream? He raised his right hand to his face. There were tubes in his nose. What was that all about? He opened his mouth but couldn't speak. The judge placed a bent straw in his mouth. Reed sucked in some water. His throat felt better. Miguel's face appeared behind the others.

"Where am I?"

"We are back home. You're safe. I have a doctor here. He is the best heart doctor in the city. He says you had a heart attack during the raid."

Reed nodded. Now he remembered. He motioned for more water.

Miguel's face got closer. "Mr. Reed, what happened to Guillermo?"

"Taleah's nurse screamed before I could kill him. Abadia heard it and killed him through the door."

"You killed the three men in the back of the house?"

"Yes. But I couldn't save Guillermo."

The judge gripped his right wrist. "You saved Taleah. She told us. Even with your heart attack. We owe you a debt that we can never repay."

Reed waved his right wrist as if it was nothing. He looked at his left wrist. There was an IV there. "I never got a chance to look for the book."

Miguel smiled. "Forget it. Even though we lost Guillermo, the mission was a great success. The whole compound was wiped out. The North Valley Cartel is no more."

Reed looked at the judge. "How long have I been like this?"

"About eighteen hours."

"Was I shot?"

"Yes, but it was not serious. Just a flesh wound. It's your heart that's serious."

Reed nodded. "I know."

He looked at Raphael. "Thanks for getting me off the wall."

Raphael nodded. "It's the least I could do. You're a hell of a man, Reed, I'm honored to know you."

Reed smiled. "I'm old and worn out. I'm no big deal. I'm sorry about Guillermo. I know he was your best man."

Raphael nodded. "We will miss him. I will never forget his sacrifice. We'll take care of his parents. He had no other family."

A strange face appeared on Reed's left. A serious looking older man in a white jacket. He put a stethoscope on Reed's chest and listened. He raised his head to the others.

"You need to let him rest for now."

As the faces drifted away, Reed faded off. Faces and voices from the past appeared in his restless dream. Old army buddies, some of his victims, Mildred, George, Jana, and even his old fiancée Amanda. Glimpses and clips of past events came and went. Forgotten Vietnam missions, troubles at his wheat farm, and most of all his victims. Reed felt his own sweat from the dreams and then from nowhere came a cool damp cloth. He opened his eyes and saw Raphael and this vision of an angel who was wiping his brow. He had never seen a woman like this. Long dark hair and a face like Penelope Cruz with a heavenly smile.

"Look, Brother, he's awake. Hello Mr. Soldier of Fortune. My hero. How are you feeling?"

Reed could only smile. He was speechless for awhile. "Taleah?"

"Yes, my hero. I'm Taleah."

Reed smiled a little better. "My adopted niece calls me that."

Her hand touched his right arm lightly. He felt the goose bumps.

"Did you save her life too?"

Reed looked into those big brown eyes. "No. She has other problems."

"They must be serious."

"Yeah. They are pretty serious."

Raphael's face drifted away. The angel's stayed. "I owe you my life, Mr. Reed."

"Please, call me Kyle."

She rubbed his arm as she fixed that warm smile on him. "Ok, I owe you my life, Kyle."

"I'm glad you're safe, Taleah. It would be a tragedy if something happened to you. God, you're beautiful!"

She laughed easily. "You sound like a romantic, Kyle."

"No, far from it."

"That's sweet of you to say that."

"I meant it."

Taleah kept rubbing his arm. "I'll bet you say that to all the girls."

Reed looked into her eyes. "There were no other girls, Taleah. I've led a lonely life."

Taleah stopped rubbing his arm. "Really? I wouldn't have thought so. You've never been married?"

"No, I was engaged once, but I was young and stupid."

"No women after that?"

"No. Just a few party girls that I would date once or twice. My lifestyle didn't include women."

She smiled that warm smile and started rubbing his arm again.

"That's right, I forgot. You're a soldier of fortune. The other distressed damsels didn't grab you for themselves?"

Reed managed a small laugh. "There were no other damsels. I was simply a gun for hire. I wasted my whole life on that. Now, it's too late."

She leaned over and kissed him on the cheek. " Don't give up yet."

"It's too late for me. Don't worry about it. I want you to take the life that's been given back to you and don't waste it like I did. I want you to be happy and make someone else happy. You're still young and have many years ahead of you."

Her smile faded a little. "That's easier said than done. The men I've met are clods. The only ones who are sweet to me are married and just want me for a mistress. The single ones keep their distance. I seem to intimidate them with my social status or looks. The few that I've gotten serious with end up trying to control me and fly into a jealous rage if anybody looks at me, even if I didn't look back. I have been beaten many times. My brother and father would kill them if they knew."

Reed was silent for a moment. "Wow! I'm talking to you as if I've known you all my life. I've never talked this way to anyone before."

Her smile brightened. "That goes for me, too. Men have never talked to me the way you do. I've never met anyone with your honesty."

Reed looked up at her and took her hand in his. "Honesty is about all that I have left."

"Don't say that, Kyle. Don't give up on your life. Perhaps you just need a reason to live."

"I wish that were true."

"What is wrong with you?"

"Just a weak heart."

"Then get medical help. If money is a problem, we can help."

Reed pressed her hand. "Thank you but money isn't it. Money can't fix it."

"Have the doctors told you that your time is short?"

"Yes. A few months at best. It's actually called congestive heart failure."

"That sounds serious."

"It is. I can get temporary treatment but it is too late for a cure."

Taleah looked down at him with a more serious look. "Where do you live, Kyle?"

"I live in Grand Cayman. Just north of Fredericksburg. I am a permanent guest at a beach house on Rum Point. It's on the ocean and it's beautiful there."

"What do you mean by permanent guest?"

"I met an elderly lady there and rented the beach house. Then I did her a favor and she wouldn't accept any more rent. She is the aunt of Jana, who I called my adopted niece."

"What favor did you do? Was she kidnapped too?"

They both laughed. "No. Nothing like that. I just helped her through a hurricane crisis. It was no big deal."

Taleah's hand tightened on his. She was beginning to flirt with him.

"You keep thinking that saving people's lives are no big deal. Actually, it is a very big deal to those you save. Of all the men that I know, you were the only man who would walk into that den of killers and save me. It's a very big deal, Kyle."

"You're forgetting Guillermo. He gave a lot more than me."

"Yes, but he did that for Raphael, not me."

"Taleah, if I had known you, I would have gone in for you. Just because you're sweet and beautiful but I didn't know you then. I went in to kill Abadia. I wanted to save you too, don't misunderstand me, but I had made a promise to my closest friend."

"If you hadn't promised your friend but had known me even for the short time that we have talked, would you have gone in to save me?"

Reed took her hand and kissed it. "Yes, I would never want you harmed. My life is meaningless, yours is not."

Taleah reached down and brushed his lips lightly. "You're the one who is sweet. My soldier of fortune. My hero."

The doctor's face appeared on the opposite side of the bed. He put the stethoscope over Reed's heart and listened.

"You must rest now, Mr. Reed."

He glanced at their clasped hands, then back at Reed.

"Your heart rate is elevated and I can see why. I'm ordering you a light meal and then if you don't go to sleep, I will put a sleeping medication in your IV."

Reed looked back at Taleah.

"Will you come back tomorrow?"

She squeezed his hand again. "You know I will."

She left the room and found her father and brother in the hallway. The father feigned a scowl.

"How is he, Taleah?"

"He seems fine. We talked for quite a while."

The judge scowled some more. "Yes, I noticed."

"He's quite a man, Papa."

"Yes. That's true. I wouldn't get too close though, if I were you."

"He saved my life, Papa. He had a heart attack in there and he still got me out. How many men do you know that would do that?"

"It's just that I don't want you to be disappointed. He's much too old for you to get interested in and he won't be with us for long."

"How do you know that, Papa?"

"Because he told me that he has an important mission in Europe. I'm sure he will leave as soon as he is able."

"Maybe so. But I still want to be friends with him. He's the most honest and honorable man that I ever met, except you and Raphael of course. I like to talk to him. We really connected."

"Just don't get too attached. The doctor says that he may not have much time with that heart problem. His lungs keep filling up with fluid. It probably will kill him soon."

Taleah lowered her head.

"Yes, Papa. I'll remember. I'm so glad to be home. I love you both so much."

Raphael gave her a hug. "We love you too, Sister. We were really scared. We found out that Diego was there too. He would have never allowed you to leave there alive."

"I know. I heard Abadia and some others talking through the wall. They planned to kill me when you paid the ransom. I was running out of hope. Did Diego get away?"

"No. Mr. Reed killed him."

"Thank God he's gone."

Papa joined in. "Thank God they are all gone. Abadia as well as Diego."

Papa put his arm around his daughter. "There's one more thing I should tell you about Reed. He didn't go in there for you. He went in because there was no one else and that he wanted to kill Abadia."

Taleah looked up and smiled. "I know, Papa. He told me that. Like I said, he is the most honest person that I've ever met. If he were younger, you would never keep me away from him. He is not like all the rest. Reed es mucho hombre."

CHAPTER TWENTY—NINE

Reed woke up when the doctor put the cold stethoscope on his chest. He opened his eyes but said nothing. The doctor didn't need distractions. After a few moments, he took Reed's blood pressure and pulse.

"Well Mr. Reed, your heart sounds better this morning. Your lungs too."

"Yes sir. I meant to tell you that I need Lasix every third day to clear my lungs."

"I know. You had Lasix yesterday. Your urine bag had to be changed several times."

"Will I need more Lasix today?"

"No, I don't think so. I'm taking you off oxygen. I'll take the catheter out too. But I don't want you up walking yet. There is a wheel chair here for you to use. Just keep your meals light and stay quiet." He smiled. "No chasing women either."

Reed smiled back and said nothing.

***

Reed got an hour to shower, shave, brush his teeth, and dress in decent clothes. He got off an email to Jana telling her he was doing just fine. Then he grinned as he emailed George.

My dearest friend,

I wanted you to know that two nights ago, I had the pleasure of putting about a dozen rounds in your friend's chest and two in his head. A lot of his associates met unfortunate ends as well. Tell Anne that she can sleep a little better now. The North Valley Cartel has been dealt a death blow. Natalie is avenged as much as possible.

My very best regards, Kyle.

Reed was checking his other emails when he felt two arms encircle him and lips caressed his ear.

"I hear that my hero is much better this morning."

Reed leaned back against her. "Hello, Angel. I'm so glad that you're here. You really brighten my day."

"Well, I will just brighten your day all day if you don't get tired of me."

"How could I get tired of you?"

She laughed as she spun the wheel chair around to face her.

"Wow! The tubes are all gone. We can go outside and get some fresh air."

"The doctor says I have to use a wheel chair."

"Then we will use a wheel chair. I'll show you the garden and the grounds. That is if the troops will allow it."

"Troops? What do you mean?"

"Raphael has brought in his unit to guard the house. He is afraid of retaliation."

"Oh. I see."

Taleah picked up his hand. "I want to know everything about you. You have all day to tell me. I want to know about your family and friends. I want to know your innermost thoughts. I want to know about your secrets, hopes, and fears."

Reed laughed. "I could tell you all that in ten minutes."

She pushed him into the dining room. It was much larger than the breakfast nook, but closed in and much more private.

"How about some food?"

"That sounds good, if it isn't too much trouble."

"Nothing is too much trouble for you. I'm going to pamper you all day."

Reed laughed as she pulled the servant's cord.

"I think I've died and gone to heaven. All this pampering and you for entertainment. What more could I ask for?"

She kissed him lightly. "You could ask for another twenty years."

Reed looked at her seriously. "Taleah, if I had another twenty years, I would come after you. I hate to admit how lonely my life has been."

"Do you have twenty minutes?"

"I would think so."

"Come after me then." She winked at him as she lifted a coffee cup.

He watched her as she ordered food for them both in Spanish. God, she was a natural flirt. Much more than Jana. But Jana was married. She got up and closed the shutters to keep the sun off of him as he ate. Her moves were natural and graceful. Her long black hair was down and she had a dark green top with a gold necklace and long earrings to match. She wore only a light pink lipstick and little makeup. When she sat back down, she moved her chair closer to his. This time she put her hand on his knee.

"Tell me about your life and adventures, Mr. Soldier of Fortune."

Reed refilled his coffee cup from the pitcher and flavored it with cream.

"My sister and I lost our parents when I was seven."

"What happened to them?"

"A car accident. My mother lived about a day. My father was killed instantly. There were no seat belts in those days. We went to live with my aunt and her new husband. They had only been married about a year and kids were the last thing he wanted. He made life miserable for us. He blamed us for everything and beat me when my aunt wasn't looking. I had to take it because I had nowhere to go."

"Did you tell your aunt?"

"I didn't but Mildred did. They would argue. He would promise not to do it again but within a week, he would start over. I dated this girl in high school and we became engaged. Neither one of us knew what we were doing. Her name was Amanda. My uncle beat me up two days after my graduation but this time I fought back. I broke his nose and he threw me out of the house. I joined the army the next day. Six months later, I ended up in Vietnam. I joined the Green Berets because it paid more. We went through a lot of intense training and I learned a lot of survival tactics."

"What are the Green Berets?"

"It's a special combat unit that goes into the toughest and most dangerous places."

Taleah took her hand off Reed's knee to eat.

"Things like what you did for me?"

"Yes, kind of. But it was fighting an enemy in war. There weren't any beautiful women tied to the beds."

She smiled. "Lucky for me."

"Lucky for you?"

"Yes. Lucky you learned those skills to plan my rescue and lucky for me that some other woman didn't grab you then. You would have never come to Colombia."

Reed smiled. "Yeah. I guess you're right."

"How long were you in Vietnam?"

"Twenty-six months, total."

"What did you do then?"

"I ended up in Oklahoma."

"Where is that?"

"Just north of Texas."

"Oh I see."

"I worked in the oilfields and eventually got hired as a soldier for the labor unions."

"That's when you became a hired gun?"

"Yes."

She stopped a fork halfway to her mouth.

"Kyle, did you ever kill a woman?"

"No, I didn't. That was something I would never do."

She finished with the fork.

"That's good. Is that all you did?"

"No. I bought a wheat farm."

"Is that when you quit being a hired gun?"

"No. I should have quit but old bosses would keep calling for one last job and I never was good at saying no. That went on for thirty years and then I quit and moved to the Caymans. I lived there for about nine years."

"That's when you met the woman with the beach house?"

"Yes. I loved it there."

"Was this woman your age?"

Reed laughed. He could see where this was going.

"No, Taleah. She was elderly. We were just friends."

"What did you do for her?"

"I helped her through a bad hurricane. Her servants abandoned her and I fixed up her big house so it would weather the storm. Then I stayed with her when the hurricane blew in. She was quite frightened."

"So she gave you free rent after that?"

"Yes."

"Where is she now?"

"Jana took her home to California."

"That's her niece?"

"Yes. You don't miss anything do you?"

Taleah smiled. "Not when it comes to relationships. Women are like that."

Reed nodded. "I see."

"So you adopted her for your niece?"

"I think it was the other way around. She adopted me."

"Do you talk to her often?"

"Yes, you could say that."

"You said you were helping her with a serious problem. What problem is that? Is her husband mistreating her?"

"No. Nothing like that. Her boss stole all their money and disappeared. I'm trying to find him and to get her money back."

"Will you be able to do that?"

"Yes. It's beginning to look that way."

She put her fork down. "You're a very smart man, Kyle and you like helping friends."

"At this point in my life, I like helping my friends, yes."

"You're used to danger. It doesn't scare you."

"No. It can still scare me but not as much." Reed put his fork down.

"Then that makes you really brave. I am in awe of you, Kyle."

Reed was embarrassed. "Don't be. Like I said before, I'm no big deal."

She got up to wheel him outside. She kissed his ear again.

"Yes you are, but you don't think so. That's what makes you so special."

Taleah wheeled him out into the back. It was quite expansive. They arrived at an incline that stretched down a steep grade to a beautiful garden with bright flowers in yellows, oranges, and reds. Taleah summoned over two soldiers to lift Reed and the wheel chair down the steps to the walkway below. After she dismissed the soldiers, Reed rolled the chair over to a bench under a large tree near several beds of Birds of Paradise. Taleah sat on the bench and pulled the wheels of his chair so close that their knees were touching.

"Taleah, I've told you all about me, now I want to hear about you."

"There's nothing exciting like your life. It would bore you to tears."

"Try me."

"My birthday is October 1st. When is yours?"

"November 28th. Why?"

Taleah teased him with a coy smile. "I'm just curious."

"No changing the subject. Tell me about you."

"I've been lonely all of my life. I didn't go to school when I was young. Papa brought a tutor into our home."

"Why? Are the schools not good here?"

"The Catholic schools are fine and most of the private ones too. Papa was afraid that we would be harmed by the criminal elements here. They kidnapped and killed several families of the political leaders. They are horrible people. I had almost no friends. I was very lonely. When I reached the seventh grade level, Papa put me in a private school. The kids considered me an outsider for a long time. I made a few friends and things got gradually better. When I got to high school, I made two friends that are still with me today. But they are married with children. We get together twice a month but I feel lost with them. They are busy with their husbands and children. I have neither.

"Most of the girls in high school hated me. They were afraid I would steal their boyfriends. When I graduated, I went to the local university here for a year but Mama was kidnapped the next summer. We never saw her again. Papa pulled me out of school and I never went back. I would go to political and social functions with Papa and Raphael and that was about the only times that it was safe to go out. When I had dates, Papa would always send two guards with us."

She laughed as she remembered. "That was no fun."

"How old were you when you got married?"

"I was twenty-three. I went to live with Manuel and his family on their sugar cane plantation. Papa arranged it with his parents. I had met him only once before and I didn't know him at all. He had a long time girlfriend that his parents hated. They wouldn't approve of a marriage. She became his mistress as soon as we married. I caught him with her several times. We would fight about it. When his parents supported me against him, it turned him bitter. That's when he started hitting me. We were sleeping in separate bedrooms within four months of our marriage. I wouldn't let him touch me. This went on for almost five years. His parents finally put pressure on me to accept his mistress arrangement. They wanted a grandchild to carry on the family name. When I refused, I lost their support too. One day I discovered all of them gone and I grabbed a car and drove home and told Papa what had happened. He tried to get an annulment but the church said we were married too long. Then he arranged a divorce with Manuel's parents. I never heard from them again."

"What happened to Manuel?"

"I heard from friends that he died of alcohol abuse. He had two children with his mistress. I don't know if his parents accepted them or not. Frankly, I don't care. I do feel sorry for him though. He was never happy. Maybe if he had been allowed to marry her instead of me, things might have been different."

Taleah rubbed his knee. "There. Are you bored yet?"

Reed smiled at her. "No. What have you done since you came back here?"

"Oh, not that much. I run the house and the servants. I handle a lot of the details on the coffee plantations."

"Do you travel to the plantations?"

"No. We go there maybe once a year. We have overseers and foremen who handle most of the day to day details. I monitor the production figures and negotiate the contracts with the buyers."

Reed was surprised. "Oh really? What does that entail?"

"I make sure we have proper fertilizers for the coffee plants and they are sprayed for insects at the right time. The Medellin region grows the mam beans. One of our plantations has mountainous areas above four thousand feet that grows the arabica bean. It sells for more money but is more labor intensive. I keep a list of coffee brokers from all over the world. We correspond about our production figures and prices that they pay."

Reed was thinking more about her hand rubbing his leg then coffee prices.

"You don't use long term contracts for your beans?"

"On the mam beans we do. The production is consistent. But not the arabica beans. The crop varies and Europe sometimes pays the most for those beans. But it can be based on the volume of beans also. The flavor varies even from plantation to plantation because we use different fertilizers and the rain will vary too."

Reed looked at her with newfound respect. "What about your government functions? Don't you meet some nice army officers there?"

Taleah laughed. "I would never date an army officer."

"Why not?"

"Their persona, their mindset, and their attitudes toward women." I have talked to the wives of army officers. I haven't met a happy one yet."

"Ok. You never met any good men at your government functions?"

"Once I met the son of our Ambassador to Spain. He was handsome and debonair. We dated when he was in town for about a year. Then a lady who worked in our Madrid embassy came back on maternity leave and I met her at a function. I found out from her that Estabon˘ had a wife and family in Madrid and a mistress in Lisbon. I was crushed and disappointed beyond words. I never trusted a man again after that."

"How long ago was that?"

"About four years ago."

Reed patted her hand. "I don't blame you for not trusting men."

Taleah turned his hand over and took it in hers. "I think I could trust you though."

"Why me?"

"Because you're not like them. You are honest and open. I can tell that you are a little awkward with me. That tells me that you have as little experience with women as you say you have. Most importantly, you have made no moves on me even when I have given you all the right signals. Other men are more deft and clever. I can tell when they are secretive or lying to me. I know by instinct that everything you told me is the truth."

She took both of his hands in hers and leaned forward and kissed him. This time the kiss was soft but searching with her tongue probing. Reed felt chill bumps down to his very toes. The earth moved. He thought he felt a thunderclap. Actually, it was a thunderclap. He pulled back and looked into her eyes. A huge raindrop hit him on the nose. Taleah laughed with reckless abandon. She raced for the soldiers and had them lift Reed up the steps and she hurriedly pushed him inside as the heavens opened. When they got inside, she rolled him into his bedroom. When he could see her, she had wet hair and her makeup was running. She quickly excused herself and left. Reed sat motionless for awhile as he analyzed his feelings. Wow! He hadn't been kissed like that in years. Maybe never! Where had she been ten years ago? Was he to be tempted with a desire for happiness when his life was already over? He felt it was a cruel twist of fate.

CHAPTER THIRTY

Reed awoke from a long nap to find the doctor over him with that damned cold stethoscope checking his heart.

"Well, Mr. Reed. You must have had a good day. You heart is much stronger. Let's check that leg. I will need to replace the bandage. Ahh! Your leg looks good too. It will be healed soon. The scabs have structure. It will leave scars but that's nothing."

The doctor replaced the bandage. "Raphael and Miguel are waiting outside to see you. They were gracious enough to let me check you and get on my way."

"That's fine. I'll be happy to see them."

"I'll be through in just a moment."

"How soon can I travel, Doctor?"

"If you continue to improve, maybe two days. But I recommend that you see your doctor immediately after you return home."

"Of course."

The Doctor packed up his case and looked at Reed.

"I'll check on you tomorrow night. I may be able to release you then if you want to go home."

Reed nodded. "Thank you for everything, Doctor."

As he left the room Miguel and Raphael came into the room. Miguel came forward and extended his hand.

"How is our fearless leader tonight?"

Reed smiled. "Not bad, considering."

Raphael patted his arm. "Taleah said to tell you that dinner will be ready in a few minutes. You're invited too, Miguel."

"That sounds great. Your cook is better than the one at the Officers' Club."

Reed stared at them both. "I saw soldiers here today. What's happening?"

The two soldiers glanced at each other before Miguel spoke.

"We've heard that a retaliation strike is a possibility."

"I thought we wiped out the whole group."

"Apparently not. We didn't find Soapy's body among the dead."

"I didn't know that you went back in."

"As soon as Taleah and you were safe, Raphael came back and we went back in to get Guillermo. We found the three dead men in the back of the house like you said but none of them were Soapy."

"Where was he?"

"I guess he was behind one of the closed doors in a front bedroom by the security monitors. He must have been the one who shot you."

"Does he have any soldiers left?"

"Certainly. Up in the hills. He has sworn revenge against the Maniego family."

"I see. How many soldiers have you deployed here?"

"We have about twenty on guard at all times."

"You said before that you couldn't trust your own soldiers. Are you trusting them now?"

"Not entirely. We have brought in some more noncoms that we can trust to supervise the guards."

"Are there any leaders in the cartel left other than this Soapy?"

"We don't think so"

"Is Soapy a capable leader?"

"Yes. He was Abadia's Chief Lieutenant."

"How many soldiers does he have in the hills?"

"We don't know that, but it would be quite a few. They have many soldiers at their processing plants."

"How many plants does he have?"

"We don't know that either. If we knew where a plant was, we would bomb it."

Reed nodded. "Do you think he would actually attack this house?"

"It's not likely, señor. But he could."

"Are there any woods near this property?"

"No, señor. Only houses and there is a guarded gate to the community. There is limited access at best."

"Do your men have night goggles?"

"The noncoms do."

Reed noticed their side arms. "I see you two are armed as well."

Miguel spoke up. "Yes and we have been on the range today. Raphael is teaching me to shoot. I am much improved, thanks to him."

Reed glanced at Raphael. "Raphael is a good teacher?"

"Yes, and the best shot in the army as well."

"Really?"

"Yes, señor. He is an expert with almost any weapon. He wins all of the competitions."

A servant appeared and waited to be noticed. Raphael saw him. "Yes, Julio?"

"Your father said that dinner is served in the main dining room."

"Thank you, Julio. Please inform my father that we will be right there."

The servant bowed and retired. Miguel helped Reed out of bed.

"Let's get you dressed."

Raphael grinned. "Dress him well. He will want to look good for my sister."

Reed kept a poker face. "What makes you say that?"

"I saw how you looked at each other last night."

"Your sister is very attractive. I'm sure that I'm not the only man who has ever looked at her and noticed that."

Raphael's grin grew broader. "Perhaps. But she doesn't usually look back."

Miguel piped up as he helped Reed don a shirt. "I wish she would look at me like that."

Raphael laughed. "My friend, be glad that she doesn't. She would eat you alive. There is a lot of fire behind those big brown eyes."

Miguel laughed. "She could eat me up anytime."

Raphael shook his head. "It will never happen, Miguel. That casanova from Spain ruined her. She will never seriously consider another man."

Reed took this all in without comment. When he tied his shoes, he looked up.

"I'm ready when you are, gentlemen."

Reed followed them into the main dining room which was near the back of the house next to the kitchen. He had not seen it before. The table was long, seating about sixteen. The walls had oil paintings of the Colombian mountains and workers picking coffee beans. There were three large paintings of ancestors and one of Taleah's mother. Reed was drawn to a frail but beautiful brunette with the same haunting brown eyes that Taleah had and a long graceful neck as well. She wore a gold necklace and matching earrings. Her hands were clasped together in front of her and she smiled a distant smile for the artist that painted the mural. Her gown was emerald green and she had an emerald ring on her right hand. Her right hand covered her left, hiding her wedding ring. Reed stood for a full minute admiring the painting. The judge eased up to him and touched his arm.

"That was her mother, Mr. Reed. There is not a day that goes by that I don't mourn for her."

Reed nodded. "I can see why, Judge Maniego. She was lovely."

"Mr. Reed, she was lovelier on the inside than the outside. We all miss her."

They sat down and the servants brought in red wine and a light salad. Reed wondered where Taleah was, but didn't dare voice his question. Finally, all conversation stopped when she came breezing into the room.

"Good evening, gentlemen. She brushed her father with a kiss on the cheek.

"Papa."

The men rose in respect. Taleah was stunning in an orange dress that fell just below her knees. Her brown beaded necklace covered a moderate neckline showing just a touch of cleavage. Her black hair was down in that sexy style that covered both ears and curled around to the outside of her throat. She turned from her father, smiled at her brother and Miguel and kissed Reed on the cheek.

"How is my hero tonight? Did you get a good rest this afternoon?"

Reed nodded but said nothing. His heart was in his throat. He felt like a schoolboy. Everyone sat back down as the steward brought Taleah some red wine and a salad.

"Brother, what kind of mischief have you and Miguel been up to today?"

"We went to the range. Miguel needed brushing up on his shooting."

"Miguel, how is your girlfriend?"

Miguel looked up at her. "Who is that?"

"Consuelo, of course."

"I didn't know that you two were acquainted."

Taleah smiled that knowing smile.

"She speaks highly of you."

Miguel showed how flustered he was. He dropped his fork into his plate with a clatter.

"Miguel, how many girlfriends do you have?"

"Just Consuelo. Where did you meet her?"

Taleah smiled again. She was enjoying his discomfort. "I'll never tell."

Raphael clapped his friend on the back.

"Miguel, you never told me about Consuelo."

Miguel said nothing. He kept eating with his head down. The judge rescued him.

"Did you boys get some troops out to our plantations?"

Miguel jumped at the chance to change the subject. "Si señor."

Raphael jumped in. "Papa, we talked to General Rojas this morning. He sent Colonel Moros himself to Medillen with five hundred troops. They are guarding the main houses and the storage barns. He put a few out in the fields as a defense perimeter. They are well equipped. He left three of the helicopters for patrols."

The judge nodded. "Good. How long can they stay?"

"We didn't discuss that, Papa."

The Steward and two women came in, removed the salad plates, refilled the wine goblets and served the main course. It was a delectable pork roast with a mango sauce with potatoes and vegetables. For a few minutes little was said as they enjoyed the feast. Finally, Taleah glanced at Reed with light dancing in her eyes.

"Can I get you more wine, Kyle?"

At that moment, a single pistol shot rang through the house, putting everyone into shock. Raphael drew his pistol.

"Get down on the floor, all of you."

As footsteps came up the tiled hallway, Raphael moved to the doorway and peeped around the corner. He ducked down as automatic rifle fire echoed through the hallway and plaster flew off of the wall where his head had been just seconds before. Remaining in a low position, he moved his head around the corner and fired three quick shots down the hallway. Rising quickly, he sprinted to his left down the hallway. Miguel rose up off the floor and followed, with Reed close behind. Ahead lay four men on the floor in army uniforms. Blood was inching down the tile. Raphael turned the nearest one over with his foot and shot him once in the head.

Miguel yelled at him. "Raphael, don't! We need them to talk."

Raphael nodded and walked up to the soldier nearest the door. He knelt beside him and checked his vitals. "Miguel, they took out Gonzales on the way in. He's dead."

Reed looked down at the four dead soldiers in amazement.

"Raphael, Soapy hired your own troops to kill you?"

Raphael shook his head. "No. Those three are not our men. They got in here because they are wearing our uniforms. Look. They are carrying AK-47s. Our troops use M-16s. Their boots are not polished and their nameplates are on the wrong side. I knew immediately that they were drug troops."

Reed looked at Raphael with newfound respect.

"You knew that by a quick glance around the corner with them firing at you?"

"Yes. The AK-47 fires faster than the M-16. Miguel, check outside on our other guards. Have the noncoms inspect every man. Make sure that there are no more cartel thugs out there. Tell them to turn on the flood lights and search everywhere."

As Miguel raced out the door, Reed and Raphael walked quickly back to the dining room. Taleah and her father were still lying under the table. Taleah was lying on top of her father with her arms around his head. Raphael pulled them up and hugged them.

"It's all right. I think the danger is over for the minute."

Taleah moved from her brother to Reed and held him close. Raphael led his father out of the room, keeping his pistol at his side, just in case. Taleah took Reed by the hand and led him into the back of the house to her two-room private chamber. The back room was her bedroom with a large four poster king-sized bed with elegant decorations. The bed cover matched the draperies with the indirect lighting showing the matching furniture and lamps in a subdued cozy atmosphere. The outer room was a sitting area with two chaise lounges, a love seat, and sofa. Behind the sofa was a bay window that looked out on the front lawn. Taleah sat on the sofa and reached back to close the drapes with a casual tug of two tie backs. She reached up to Reed.

"Please stay with me awhile. I'm terribly frightened."

Reed took her hand and drew it to his lips.

"I'll be right back. I need to check with Miguel and make sure there are no more bad guys out there. Just give me two minutes."

She nodded and he left, quickly covering the distance to the front lawn. He saw Miguel and Raphael talking to two other men. Raphael motioned for him to approach.

"What do we have outside?"

"We lost the two guards at the entrance gate. Their throats were cut. Everyone else is alright. It doesn't look like there was any other penetration."

Reed nodded. "If it is alright with you, I'm going to commandeer one of the AK-47s. I may need to help you out in the future. I was completely helpless in there."

Raphael nodded. "Sure. No problem. Is my sister ok?"

"She is shook up. That's certainly understandable."

"Where is she?"

"Back in her parlor. She asked me to stay with her for a little while."

Raphael nodded and turned to his two noncoms and started issuing orders. Reed backtracked into the house and picked up one of the machine guns and all of the ammunition clips that he could find. On impulse, he grabbed a pistol too. Now fully armed, he returned to Taleah.

"Is everything alright out there?"

"Yes, we are safe for the moment. They killed two guards the entrance gate though."

"What was the shot inside the house?"

"They killed the guard at the front door."

"Why would they do that? The shot gave us warning."

"They couldn't leave him in their rear."

She pulled him down beside her. "God! This is terrible. I suppose it will never end."

Reed put his arm around her and drew her close.

"Yes. They are terrible people. They have received a serious setback and they are like wounded animals."

She leaned her head on his shoulder. "Hold me close, Kyle. I'm so afraid."

After awhile she started sobbing. The sobs were quiet at first then louder. She held Reed fiercely and began crying without control. Reed was dumbfounded. He didn't know what to do. In the end, he did nothing at all. He was just there and holding her tight which was exactly the right thing to do. She finally drifted off to sleep. Reed finally drifted off himself and they stayed that way all night. Two people alone with serious but different problems.

* * *

Reed awoke the next morning with Raphael shaking him. Taleah was still wrapped in his arms. Her makeup had run and her hair was disheveled. He shifted his weight and she slowly came to life. She quickly excused herself and disappeared. Raphael grinned at Reed.

"Women don't look as good first thing in the morning."

"Raphael, she would look good soaked and immersed in tar and feathers."

Her brother laughed. "Papa wants to see you in the breakfast nook."

"Tell him that I'll be right there."

Reed took the weapons to his room, used the toilet and headed to the breakfast nook.

"Good morning, Judge."

"Good morning, Mr. Reed. Would you care for some coffee?"

"I would love some. Thank you."

"Mr. Reed, first I want to thank you again for all you did for us."

"I was glad to be of service, sir. You have a wonderful family."

"I wanted to discuss with you the problems we face here. I have decided to disperse my family for the time being. We are obviously at war with the drug lords. It's not clear whether the other cartels have picked up the grievance. If so, we are in for a long bloody time. I can only hope that by hiding Taleah and Raphael that they can survive."

"I understand and agree, sir."

"You might want to consider going home today and getting out of the line of fire. Right now, the cartels do not know who you are. That could change if you stay here."

"Yes, sir Thank you again for your gracious hospitality. I have enjoyed meeting and getting to know your children. They are very special."

The judge nodded. "Yes, I think so too."

"Are you taking steps to hide, Judge Maniego?"

"Yes, this house will be empty by noon. We are going to three different places."

"I'll pack immediately. Can someone take me to the airport?"

"Of course, Mr. Reed. It is the least we can do."

"Will I have time to say goodbye to Taleah?"

"Yes. I believe that she is quite taken with you, Mr. Reed. Raphael tells me that she slept in your arms on her sofa last night."

Reed blushed. "I assure you, sir that I have treated your daughter with honor and respect. Nothing has happened between us that would cause your family embarrassment."

"I'm sure that is true, Mr. Reed. I have gauged you as a man of honor. I'm very grateful for that as well as everything else you have done here. Perhaps when things quiet down here, you can return for another visit."

"Thank you, sir. If I survive, I will return."

"My doctor tells me that your survival is uncertain."

"Yes, sir. He is correct. I have serious heart problems. I have a mission to complete in Europe too."

"Is that mission as dangerous as this one was?"

"I don't believe so."

"That's good. Well, I'll say goodbye. Good luck to you, Mr. Reed."

Reed shook his hand and returned to his bedroom to pack. Before he finished, Raphael came in.

"Mr. Reed, you are some kind of man. It's been an honor to know you."

Reed took his hand. "The honor is all mine. You were awesome last night. I looked at those thugs that you shot last night. Two out of three were center heart shots. They all died instantly. Miguel is right. You are a hell of a shot."

"Thank you, Mr. Reed. That's high praise from a professional like you."

"Good luck to you and your family against these drug lords."

"Thank you and good luck yourself." He smiled mischievously.

"Don't forget to say goodbye to Taleah."

Reed smiled back. "Don't worry about that."

Without another word, Raphael turned and left. Reed finished packing, taking care to leave his laptop on top of his carry on. He could do some work at the airport as he waited for a plane. Leaving the weapons on the bed, he headed for Taleah's room. He found her packing two suitcases. When she looked up and saw him, she broke into a glowing smile. She had showered and her make-up was fresh. She looked like a million bucks—-after taxes. She came to him without hesitation and held him close for several minutes.

"I'll never forget you, my hero."

"I won't forget you either. You have shown me what I have missed all of my life."

"Are you going to Europe now?"

"I will go home to the Caymans for a few days first."

"Then you stay safe."

"And you too, Taleah. I'm worried about you and your family."

"Don't worry about me. I'll be safe."

"Where are you going?"

"I'm leaving for Peru tomorrow. I have a cousin there. She and her husband will keep me until this blows over. No one here knows about them."

"That's good."

She wrote down a number and shoved it into his pocket. "This is my cell number. Will you promise to call me?"

"Yes. Of course I will. I would rather talk to you than anyone else in the world."

Her eyes widened. "Really? That goes for me too. When this is over, will you consider coming back to me?"

Reed nodded but his smile disappeared.

"Taleah, I hope you find someone more your own age to spend your life with. It's not fair of me to get close to you. You would only be disappointed if something happened to me. I would become just one more of your disappointing stories about men. You deserve a lot better man than me."

"There is no better man than you. I know your health is uncertain but I would be thankful for you if it was just a year, or a month, or even a week. I deserve some happiness in my life even if it's just a short time. I will deal with the aftermath later. Please come back to me. I can't bear the thought of never seeing you again."

Reed took her in his arms.

"If I can get back safe, I will call you and we'll talk some more. If you still feel that way, I'll come see you."

Taleah kissed him with a fervor that he couldn't imagine. When she drew back, tears were ruining her makeup.

"Goodbye, Kyle. Remember that my love goes with you."

* * *

Eight hours later, Reed arrived at home, tired from his travel. What food he had bought before he left was spoiled. It was almost five. Reed called a taxi and headed for a supermarket. Keeping his purchases to a minimum, he had only two bags when he walked out. He looked for his taxi but it was gone. Irritated, he turned back toward the supermarket's door. Without warning, his bags were stripped from his hands and he was slammed up against the wall. He was expertly frisked, cuffed and whirled around to face three big young men in suits. A limousine rolled up and they pushed him inside to face another man in a suit staring at him. The other three men climbed in, two with his groceries. The man in the opposite seat leaned back and studied Reed.

"Well, well! If it isn't the Buck Reed pest control company."

One of the other men smirked and the other two laughed out loud. Reed looked down in dejection. The feds had him. It was all over.

CHAPTER THIRTY—ONE

The man in the suit looked to be about forty-five years old. His hair was short, dark and had some gray flecks in it. He had a thin scar across his left cheek that curled down when it reached his neck. His shoes had a brilliant shine and a Rolex watch adorned his wrist. His eyes were dark, missed nothing, but were not unkind. He watched Reed with a look of amusement. When his cell phone rang, he turned it off and dropped it in a side pocket.

"You have been a busy man, Mr. Reed."

Reed looked back but said nothing.

"Your identities from India were quite clever. We didn't even look up when you came into New York last month."

Reed continued to watch without comment.

"You got rid of some real scum. The governor's son, the pedophile, the drug dealer in Washington DC, and now you almost wiped out a drug cartel single handedly.

You're a piece of work, Mr. Reed. I'm just wondering. Did you ice the teleminister too?"

Reed shuddered. He had wasted his last day of freedom on an airplane ride.

"I guess I better consult my attorney."

"What do you need an attorney for?"

"It's not hard to figure out. I'm sitting here in cuffs, you are Americans, and I'm obviously going back to the states to stand trial."

The man looked at the goon sitting next to Reed. "Un-cuff him."

Reed couldn't suppress his surprise. He stared back again saying nothing. The man leaned forward and extended his hand.

"My name is Milton Strong. I'm with the CIA. Do you want to be called Drake, Reed, Anil Jaffer, or Harish Savi?"

Reed shook his hand. He was numb with surprise.

"You mean I'm not under arrest?"

Strong laughed. "No. You're not under arrest."

"Where are we going?"

"To your place. You lost your taxi and I didn't want your food to spoil."

Reed ignored the comedy. "Why are you here?"

"We need to talk."

"About what?"

"Lots of things."

"What do you do in the CIA?"

"I'm a special assistant to the director."

"That tells me nothing."

Strong laughed his easy laugh. "That's by design. I handle special projects."

"What kind of special projects?"

"When things get really bad they call me."

"You mean like the Middle East?"

"Sometimes. Let's just say I'm a troubleshooter."

"Like where?"

"Well, they have had me looking for Benton Ballard. Outside the country, of course. Two weeks ago I was in Mumbai. This week I was in Bogotá."

"So you have been following me."

"You could say that, Mr. Reed."

"Actually, you can call me Drake. It looks like the time for my other identities have passed. Why have you been following me around?"

Strong's face wrinkled into a smile.

"Well, you are great entertainment. But I had to give you some assistance in Colombia."

"Assistance? The only help I got there was from some soldiers in the Colombian army."

Strong laughed again. "Mr. Drake, where do you suppose they got their RPGs and that M-4 assault carbine? From Walmart?"

Reed smiled in spite of himself. "I see. So Miguel is not as good as I thought he was."

"No. He's good alright. We are just his source of equipment and supplies when he is fighting the cartels. This time he paid big dividends. He brought me the book."

Reed was stunned. "I'll be damned. I was trying to get my hands on that book. How did he get it?"

"He went back in with a small squad of soldiers and found it."

"He told me they went back in but didn't mention the book. I needed it to swap for my freedom, if it came to that."

"You answer a few questions for me and you don't need to worry about that. You have more friends than you know back home."

"You mean the FBI guy?"

"Yes. Him and most of his staff. His secretary thinks you walk on water. Even the director will be impressed when he gets the book. You get credit for that even though Miguel brought it to me. I know how he got it. He took credit in the Colombian press for the raid too. He will get promoted over that."

Reed smiled as they pulled up to his guest cottage.

"That's ok. I didn't need that PR. The cartel probably reads the papers too. They are after the Maniego family with a vengeance."

"Yes. I heard."

"They are going into hiding."

"I would too if I were them."

The limo emptied out with the three goons taking in the groceries. Reed and Strong walked behind them. Reed caught up, unlocked the door and gestured to the kitchen. Strong made himself at home by sitting in a recliner, leaning back, and staring at the incoming tide.

"This is a nice little cottage, Mr. Drake."

Reed sat across from him. "Thanks."

"It makes me wonder why you bothered to come back to the US. Somebody must have paid you a lot of money."

Reed said nothing.

"One of my questions is who paid you to ice that scum."

Reed just looked at him. Strong motioned to his goons.

"You guys take a hike. Find some chairs and sit on the beach awhile."

When they left, he turned his attention back to Reed.

"I also want to know where Ballard is and I think you know."

Reed stayed silent. Strong motioned to the kitchen.

"Is there any beer in there?"

"No. Sorry. But I'll make you some coffee."

Strong nodded. "I guess that will do."

He followed Reed into the kitchen and watched as he made the coffee.

"You're not saying much, Mr. Drake."

"No. I'm just listening. You must want Ballard pretty bad."

"I hate to admit it but yes, I want him pretty bad."

"Why?"

"There is a lot of government pressure to get him."

"What about the money?"

"That too."

"You probably won't get both."

"What makes you say that?"

"Because Ballard won't tell you. He will have poison pills in place if he is caught. The money will disappear when you arrest him."

"You have all that figured out, Mr. Drake?"

"I think so."

"Where is he?"

"Not so fast, Mr. Strong. I think I can get him and the money."

"Can you take him alive?"

"Does it matter?"

"If I take him, it does. The director doesn't want to answer questions about the arrest methods. He wants to question him too."

"About what?"

"About his mob ties."

Reed smiled. "He's got them alright. Would your director have to answer questions if I got to him first and then turned him over to you alive or otherwise?"

"I don't know but I don't think he wants him killed."

"You and I have different agendas then."

"It's your agenda to kill him?"

"It's my agenda to retrieve the money. If I have to kill him to get it, then that's what will happen."

"Ah! I thought so. You have been hired by this Jana Wilson and her co-workers."

"Not exactly hired. I'm doing it as a favor."

Strong stared at him. "That's one hell of a favor."

"There is a five million dollar reward for him. I intend to collect that. I have gone to considerable expense to find him."

Strong laughed. "So have we. But it hasn't done much good."

"From what I hear, I am the only lead that you have."

Strong didn't acknowledge.

"I don't hear you denying it."

Strong changed the subject. "Did you kill the others as a favor to Jana Wilson too?"

Reed sat his coffee down. "Actually, I did it as a favor to the American people."

Strong stared at Reed in shock. "Why would you do that?"

"Let's just say that I would like to leave the world in a better place."

Stone watched him in silence. He didn't know what to make of this.

"What do you mean, Mr. Drake?"

"I mean that I'm getting old. I don't have a lot of life left. When I did have a life, I wasted it on the wrong things. I want the world to be a better place when I'm gone."

Strong sipped his coffee in silence as he digested this. After a few minutes, he spoke.

"Let's see if I got this right. You left this nice cottage with a breathtaking view, came back to the US and iced several people, all of whom are criminals in one form or another, just to rid our country of them?"

"That's about it."

"Do you think that this will have an impact on our country?"

"In a small way, yes. Actually, the book you received will have a better impact if you make the right moves."

"How so?"

"The feds can clean up drug distribution problems in a lot of cities if they move fast enough. It will take months for the North Valley Cartel to recover and replace them."

Strong put his cup down. "Ok. So the drug addicts can't get their fix. So what?"

"It's not just them. It's the kids who would have gotten addicted too. It gives them a chance at life. It will save a lot of crime victims too. I don't think we can measure that."

"So you are a self-appointed vigilante team?"

"That's about it. Arresting them and allowing them out on bond isn't working."

"Is that why you killed Tyrone Jones?"

"I suppose so, yes."

Strong laid the hammer down. "I thought George pulled the trigger."

This time Reed sat in silent shock.

"How in the hell could you know that?"

Strong smiled. "You underestimate the FBI. They aren't the country bumpkins you think they are."

"Did they arrest George?"

"No. I don't think they have any interest in George. They are interested in you."

"They will have to catch me first unless you help them."

Strong laughed. "Don't get cocky, Mr. Drake. They could have arrested you anytime during your trip from Baton Rouge on."

"Then why didn't they?"

"There were two reasons. One was that they want you to lead them to Ballard."

"And the other?"

"I asked them to leave you alone."

"Why did you do that?"

"I have a better deal for you. There's a problem on the horizon that I need your help with. If you do this, you will really make a difference in this country."

Reed looked at Strong. *So now we are down to it. What does he really want?*

"Mr. Strong, I'm not looking for more jobs. I'm getting tired. I need rest and I'm not finished with Ballard yet."

"I understand you speak Arabic. If so, this job is made for you."

"I guess I can listen. What is it?"

"Do you speak Farsi too?"

"No."

"That would have been nice, but it isn't absolutely necessary."

"I haven't spoken Arabic for years."

"Mr. Drake, we have accurate intelligence that tells us that there is to be a major summit conference in Iran in about two weeks. This conference will be hosted by the Iranian Revolutionary Guard and include the remnants of the Baath Party from Iraq, some top remaining leaders from the Al-Qaeda, top leaders from the Taliban, the Hezbollah, and the Hamas. Self-perceived and self-appointed Caliphs, everyone. There will be representation from North Korea, and the Abu Sayyaf from the Philippines. They are apparently planning a major retaliation offensive against us. North Korea's presence could mean that nuclear weapons will be involved. It is also highly unusual for these Islamic groups to meet with the Iraqis. They are lifelong enemies. It can only mean that either we missed the WMDs or they still have some of the biological weapons to add to the offensive. Whichever it is, it's scary as hell. The Philippine terrorists have never met with these groups before. Therefore, we know that our foreign military installations are included in their plans. To summarize this, Mr. Drake, we are facing a day in the near future that will be at least five times as catastrophic as 9-11. If nuclear and biological weapons are used, it will be much worse than that. They intend for us to pay heavily for Bin Laden."

Reed eyed Strong as he digested this. "What does this have to do with me?"

"My plan is for you to go in there and blow the place up. It would be very similar to the Von Stauffenberg plan in 1944."

Reed studied this young, confident and cocky CIA agent. *Was he really that crazy?*

"Mr. Strong, you have field agents all over the world. They are younger, better trained and far more used to danger than I am. Why not use your own people?"

Strong got up and helped himself to more coffee.

"It's not as simple as all that. Sure, we have field agents but they look like Americans. We have assets burrowed inside some high-up terrorist organizations. They are Middle East, they look Middle East, and they speak Middle East, but they are only intelligence gatherers. They are not field agents and they wouldn't accept a field agent's mission. You came to my attention because you can be both. You have a dark complexion, you speak Arabic, you have plenty of military savvy, good instincts, and balls of steel."

Reed laughed. "Well thanks for your vote of confidence, but I'll pass. You said so yourself, I have another project and that's Ballard. I haven't heard any details of your plan but it smacks of a suicide mission to me."

Strong held up his hand with his palm out.

"Please, Mr. Drake, give me some credit. I know you're too smart for me to propose something like that. This plan has been in the making even before we got

Bin Laden. It's very sound and believe me, it will work. Hear me out, please."

Reed nodded. "Ok, it won't hurt to listen."

"We have an Iranian asset that brought this to us five weeks ago. He has always been reliable in the past and we believe him now. All other Islam communications support his information. The meeting will be held in Qom, a holy city about sixty-five miles south of Tehran. It's close enough to the Tehran airport and far enough away to be out of sight to the traditional intelligence sources there. The meeting itself will be at the Jamkaran Mosque or in some of its adjacent buildings. Three weeks before we got Bin Laden, we apprehended one of their primary financiers, Sheikh Ali Jabril and his top aide Mohammad El Hassan. They were headed to a month-long holiday on the Mediterranean. No one will miss them for awhile. We have continued to use their laptops which provided a wealth of information about the meeting. Since the Bin Laden raid, they have escalated the attendees which tells us to expect world-wide retaliation. We have corresponded with several of the leaders about this meeting, using Jabril's name and email address, of course. Jabril, meaning us, has pledged sixty million dollars to finance this offensive. He promised to send his aide El Hassan to the meeting with the cash. El Hassan would be you of course. They are waiting for you with open arms but they have never seen El Hassan. We will bring in a specialist to tutor you and bring you up to speed on language, mannerisms, and the latest terminology that the terrorists use. They plan to pick you up at the Tehran airport and drive you to the meeting. What will happen is that you will arrive at the meeting early with your own transportation and chauffeur. We'll use the same chopper to carry the limo. You will have four briefcases of cash. The briefcases will have about six pounds of plastic explosives each. The detonator will be in your watch. We can program the detonator several different ways for you. When you go in, you leave the briefcases after you open them and let them gawk at the cash. Tell them that you have four more in the limousine. You and your chauffeur will drive away and detonate the bombs. We will pick you up in a helicopter about ten miles away and bring you home."

Reed sat silent as he thought about this.

"You're willing to burn sixty million in cash for this mission?"

"No. The money will be printed at our Philadelphia mint but the paper will curl up and self destruct two days after the briefcase is opened in daylight. There won't be sixty million in the cases anyway. You're telling them that there's more outside."

"How would I get into the country?"

"We'll fly you in low over the mountains from Iraq. We'll drop you about ten miles east of Qom just before dawn on the day of the job."

"Who would be my chauffeur?"

"I'm not sure. I thought you might have a man for that."

"Actually, I don't."

"It would need to be a man that you could trust to guard your back and handle a crisis. A good shot would be nice too, just in case. You haven't worked with any of my people. And like I said, my field agents are mostly Caucasian."

"I do know someone like that but I don't think he would do it. He doesn't speak Arabic and he would have no incentive to do this."

Strong grinned. "I could give him all the incentive that he would want."

"What were you planning to offer me?"

"How much do you want?"

"I would want a lot and I don't mean money."

"Like what?'

"I don't know. I would have to think about it."

"While you're thinking about it, tell me about Ballard."

"What about Ballard?"

"Do you have him located?"

"Yes, I think so."

"Would you mind telling me what you did that we didn't do?"

"You weren't checking the private jets, just the regular passenger airlines. When he was spotted in Paris, I started checking the private jets."

"Was he on a passenger manifest?"

"Of course not. He's not stupid."

"How many private jets fly out of Paris every day?"

"I don't know."

"How did you find him then?"

"I knew that if he were to get a new identity and disappear, he would have to contact Benito Carpoletti out of Las Vegas to do it. I concentrated on the jets that flew from Las Vegas to Paris the day before. There were only three. I monitored them for awhile and they eventually led me to him. Actually the woman using the same plane led me to him."

"What woman?"

"The actress that staged the kidnapping. I think her name is Satterfield."

Strong laughed. "Well, I'll be damned. I didn't know that. Does Blaisdale know?"

"Yes, I told him last week."

"You are talking to him?"

"Through an intermediary."

"Blaisdale must love you. You gave him that big drug bust too."

"I didn't know that you knew that."

"I keep informed, Mr. Drake. That's when I knew I could trust you with this job."

"That was about two weeks ago. You've been watching me since then?"

Strong leaned back in the recliner and smiled a smug smile.

"Actually, longer than that. You came on my radar when you iced the governor's son."

"Why would the CIA be interested in that?"

"Everyone was interested. That phony minister in Florida was killed the same way. The administration thought some right wing group had hired you to erase some social outcasts. We had a debate on whether to arrest you or just watch you."

"You obviously didn't arrest me."

"No. I was thinking of you doing this job even then."

"Do you really think this can be pulled off?"

"Sure. I wouldn't be here otherwise. We've pulled off a lot of difficult things over the years. It just takes the right plan and the right people."

"It still seems dangerous to me."

"There is always the unknown. But it is no more dangerous than you walking into the governor's mansion and assassinating that pedophile or blasting the drug lord in DC. How did you manage that, anyway?"

This time Reed smiled. "Like you said, a good plan, execution, and an exit strategy."

Strong nodded.

"How long have you been doing this, Mr. Drake?"

"Why do you ask that?"

Strong laughed. "Not for prosecution purposes, I can assure you."

"I started in 1967 and retired in 2001."

"Do you know how many you have killed?"

"No."

"The FBI says that number is 215 counting the latest victims. Is that close?"

"I wouldn't think so."

"Did you ever want to take one back?"

"Not really. They were all misbehaving in one way or another."

"Are you sure?"

"Most of them involved labor union politics. None of those guys were clean."

"What about that judge in Texas?"

"I'm not sure about him. I figured that he was dirty and turned someone around."

"What if I told you that your employers were the dirty ones?"

"Then I would feel bad. He was a single parent too. Did he die? I didn't stick around to find out."

"No, he didn't. The attorney botched the job and turned evidence on you to save himself."

"Then I'm glad he lived."

"Mr. Drake, you're not much different from the field agents that I hired over the years. I would have liked to have known you twenty or thirty years ago."

"Why? Would you have hired me?"

"Probably. I don't know how we missed you when you were in Viet Nam."

"My last commanding officer there didn't like me. My 201 file wouldn't have impressed you."

"I read it. Actually, it did impress me. But that was looking through hindsight."

"My life might have been a lot different if you had found me."

"How's that?"

"I have led a lonely life, a wasted one, actually."

"Some of my field agents say the same thing. It goes with the territory."

"Are you married, Mr. Strong?"

"Divorced. I couldn't maintain a family life with my schedule."

"Do you miss her?"

"Sometimes. I don't miss her unhappiness."

"Do you ever think about the good times you had with her?"

"When I have time to think about it."

"Well, I never had those good times."

"Why are you telling me all this, Mr. Drake?"

"Because I just met someone. It's the sunset of my life and now I want my last few months to be one of happiness and serenity. That's why I can't do your mission."

Strong looked down at his shoes and said nothing for awhile. He got up and paced the room and finally motioned to Reed.

"How about we go out on the patio? I would like to take in the sea breeze. I love your place here."

Reed followed him out and they sat down. Strong watched the seagulls and the tide rolling in. He refilled his coffee and came back.

"Mr. Drake, I can appreciate your feelings on this. I didn't know until you just told me that you had such a short time to live. Now everything you've done recently makes sense to me. You have obviously thought about those people that you're leaving behind. I know those feelings. I have them myself. That's why I do what I do. The truth is that I have no operatives who can do this mission. This mission will give not hundreds but thousands of our people a chance at the happiness that you crave for yourself. They will lose it if you don't do the mission. They will be dead. There will be many thousands that you will never know, and unfortunately never know you, who will live and love and have normal lives. That is what is at stake here. There must be something that I can do for you that will change your mind. I know one of them. To show you that I don't think this mission is a suicide mission, I will ride in the helicopter with you to Iran and I will be in the helicopter when we pick you up. I'm that confident of your success. In addition, there is very little that I can't do for you and your loved ones. Tell me what your last wishes are and I can probably do them for you when it's time for that. You have my word on it."

Reed thought for awhile. Finally he told him what it would take.

CHAPTER THIRTY—TWO

"Hello?"

"Jana?"

"Anil, is that you?"

"Yes. I'm back in the Caymans for a couple days. I thought I would give you a call. "

"Great. How are you?"

"I'm good"

"Is everything ok at the house?"

"Yes, everything's fine." How is Aunt Hattie taking the assisted living?"

"Not very well. She doesn't understand how ill she is."

"How is Paul?"

"He's still depressed, I'm afraid. He is still looking for a job and there just aren't any right now. We're really lucky that we can borrow a little from Aunt Hattie. There are a lot of others that we worked with who are getting very desperate. Is there any hope of recovering their money soon?"

"Yes. But you can't tell them anything yet. One slip to the press and it could blow the whole thing."

"But Anil, there are almost three thousand families that are having their homes foreclosed on. They are being evicted.

"They are being evicted this week?"

"Some of them."

"Jana, I will move as soon as I can. Like I said in the email, I have his hideaway spotted but he's not there. As soon as he shows up, I will go there and see what I can do."

"Thank you, my hero. I don't know what we would do without you."

Jana, I forgot to tell you about something. There is another lady now that calls me hero. I sort of rescued her from the drug lords in Bogotá."

Jana giggled. "So that was you that raided that drug lord in Colombia."

"Yeah, me and some new found friends."

"I should have known. Is she pretty?"

"Gorgeous. She flirts with me even more than you."

"What does her husband say about that?"

"She's not married."

Jana's antennae shot up. "Oh really? I suppose she is grateful for you rescuing her.."

"That's somewhat of an understatement. I think she wants to get close."

"That's marvelous. Go for it."

"I can't. It would be unfair to her."

"Why"

"She is only forty-one. I'm a generation older. I haven't told you everything about my health, either. I'm having heart problems, Jana."

"Are you telling me that you are in trouble?"

"Yes, I'm afraid so."

"Oh no. What have the doctors told you?"

"That my time is short."

Jana was silent for awhile. "Anil, first of all, bring her home and spend all the time you can with her. Savor the moments while you still have them. Second, get to know her really well and if everything works out, marry her and make her happy. Last, and not least, stop these wild adventures of yours. You're not that young anymore and you're not James Bond. Don't risk putting her in a position where she loses you. I don't want that for me either. You've wiped out enough bad guys to last three lifetimes. I don't know why you've done that."

"I guess I did it for you, Jana. And for those who will live long after I'm gone. I got the idea when you told me the world would be a better place without them."

"That's kind and noble of you, Anil. But stay home with your lady."

"Jana, I just don't think it's fair to her. Besides, there is one more mission I must do"

"You mean Ballard?"

"One more after him. The government approached me with something that will only take a few days. When that's done, I can come home and relax."

"Is it really necessary, Anil?"

"Yes, I'm afraid so. There are a lot of lives at stake and I won't have to hide anymore."

"That sounds dangerous."

"It's less dangerous than what I did in Colombia. Don't worry, I'll be ok."

"Anil, you must know how much we love you. Don't take unnecessary risks."

"I'll be ok."

"Go to her, Anil. If your time is short, spend it with her. That's something you never had. Call me when you can."

"All right. I will think about it."

Reed hung up and took a Lasix. He decided to find Raphael. He took a deep breath and dialed Taleah.

"Hello?"

"Is this my Angel?"

"Oh Kyle, my hero. I'm so glad you called. How are you?"

"I'm fine. Did you get to Lima alright?"

"Yes. My cousin lives in Callao."

"Where is that?"

"It's connected to Lima. On the west side by the ocean."

"It sounds nice."

"Yes. I love the ocean."

"Taleah, can you reach Raphael?"

"Yes, probably. Why?"

"I need to see him. I have a business offer for him."

"Can you do that by phone?"

"No. I would prefer to see him in person. Can you arrange it?"

"I don't know. He is fighting the drug lords in the mountains."

"Does your father know that?"

"I doubt it. Raphael is supposed to be hiding."

"Where is your father?"

"He is still in Bogotá with friends."

"If I flew into Bogotá, could Raphael come to see me?"

"I think it would be too dangerous. It would be safer for him to come where I am. You both could fly here and be safer. No one knows about my family here."

"Could you call him and call me back? I could fly down there as soon as tomorrow."

"Oh! How wonderful. I'll call you back in a little while. I miss you, Kyle. I would be very excited to see you again. When you left, I didn't know if I ever would."

"I miss you too, Taleah."

"I will have a big hug for you when you get here. Do you know to fly into Jorge Chavez International Airport?"

"I do now. I will check flight availability while I'm waiting to hear back from you."

"Ok, my dear. I will call you as soon as I can find him."

Reed hung up. *Should I call Mildred? Not yet. I will send her an email.* He wasn't ready to tell her about Taleah yet.

* * *

"Kyle?"

"Yes, Taleah."

"I talked to Raphael. He will be down as soon as he can."

"When will that be?"

"We don't know. It could be as early as tomorrow or three days at the most. It depends on things that are happening in Medellin. Can you come tomorrow?"

"Yes. I think so. There is a flight that gets in there about 3:30 p.m. Can you meet me there?"

"Of course I can, my hero. I will be there with bells on."

"I will need to get a hotel. Can you tell me which one is close to your cousin?"

"Don't worry. I'll take care of it."

* * *

Reed relaxed as he sat back in his first class seat. He closed his eyes and tried to sleep, but all he could see was Taleah's face. He cursed himself for being soft. He knew that he was the last thing she needed. He resolved to be strong.

Reed arrived on time. Taleah was just outside the security area with a big smile and a bigger hat. She looked like a tourista. She ran to him and embraced him with vigor. After that, a lover's kiss.

"I'm so glad to see you, Kyle."

Reed did not return the kiss. "You look better and better. You just need a camera and you would be a tourist."

They caught a taxi and headed west. Taleah gave orders to the driver and he drove them down an ocean-side boulevard to a gated village of condos. She grabbed his suitcase while he paid the taxi driver and they went upstairs and to the left end. She opened the door with aplomb and ushered him into a gorgeous two bedroom bungalow. She opened the sliding glass doors to a crescendo of surf crashing on the rocky shore. Seagulls were circling the patios looking for handouts. Couples were strolling on the beach hand in hand. Reed kissed her cheek.

"You did very well, my dear."

She moved toward him and circled his neck with her arms and attempted a long embrace.

"Kyle, I want to make you happy. I want our time together here to be unforgettable."

Reed gently pushed her away. "I'm also starving. I managed only a light breakfast and the food on the plane was terrible. Could we eat before I meet your family?"

"Of course, my dear. We can meet my cousin any time. "I'll call her and tell her we won't be there for dinner."

"Are there any good seafood places close by?"

"Of course. Fresh fish too. This coast has the best fishing in the world."

Her eyes twinkled. "You can have anything your heart desires."

"Let's go, then."

A three block walk brought them to a quiet sea front restaurant just opening for dinner. They were ushered to a window table. There was a band playing on the beach for the touristas. The hot Latin beat could be faintly heard above the crashing surf. After ordering both drinks and dinner, she leaned forward across the table and kissed him gently on the lips. He was awarded a dazzling smile and sparkling eyes.

"Kyle, I have you all to myself tonight."

Reed turned serious. "Taleah, we can't do this."

She assumed a slight pout. "Why not?"

"I just can't do this to you. I've thought a lot about this. Soon, I will be gone. As I told you before, you must get on with your life. When will Raphael be here?"

Taleah smiled mysteriously. "Tomorrow or the next day, maybe, or the day after that."

"Did you talk to him today?"

"Yes. He is still in Medellin."

"What is happening there?"

"The army is attacking the drug labs. The General sent three brigades there. Raphael says that they have them on the run."

"Is Miguel with him?"

"I think so. All the officers are there with their men. He said the CIA has loaned them a lot of helicopters and an AWACS plane."

Reed ate silently as he digested this. Strong must be there.

"Are the Americans involved in the raid too?"

"I'm not sure. Raphael didn't say much about that. Probably the helicopter pilots and certainly the AWACS plane. We don't have that many trained helicopter pilots."

Reed nodded. It made sense. Taleah had a head on her shoulders too. Most women wouldn't pay much attention to those details.

"You seem to know a lot about the Colombian army."

"I've been around it for years and Raphael tells me everything."

"Does Raphael have a girlfriend?"

Taleah put her fork down and looked at Reed.

"Why do you ask that?"

"Just curious. You said he told you everything."

"He has no serious girlfriends. There are several girls that are interested in him. He likes to play around. He doesn't want to settle down yet."

"How old is he?"

"Thirty-three."

"Most men are settled down by then."

"Not Raphael. He loves to be chased." She tossed her head and laughed.

"Does your father want grandchildren?"

"Yes. Of course. He's tried to get him to marry and settle down but it's just not happening. Papa tried to arrange a marriage for him with one of the wealthiest families in Colombia. Their daughter was very beautiful but Raphael said no."

"Was she as beautiful as you?"

Taleah smiled and squeezed his hand. "You're very sweet, Kyle. As sweet as you are, I'm surprised some woman hasn't snatched you up."

"Thank you, Taleah. But I just haven't been around women much. I'm usually ill at ease with them, but not with you."

She leaned forward for another kiss. "So much the better. I'm going to take you home and gobble you up."

Reed blushed but it didn't show under his olive complexion.

"Please Taleah, don't do this to me. You have no idea how hard this is for me. I'm tempted far more than you know."

Taleah took a bite of food and was silent for a while.

"Like I told you before, I'll be happy with what I get. Even if it is just one day. It would hurt me far more if you didn't spend your last days with me. I'm a big girl. I've thought about it too. Please don't shut me out, Kyle"

She took his hand across the table and looked into his eyes with tearful eyes of her own.

He paid the bill and they walked outside. She put her hand in his.

"Can we walk on the beach on the way back?"

"Ok, but I will get sand in my shoes."

"Then take them off, silly."

They walked back, hand in hand. Reed stopped suddenly as he remembered the couple in Florida that strolled past him on the beach. They were laughing and cutting up just as Taleah was. Now, at the end of his life, he was here. Taleah faced him and took both of his hands.

"What's wrong, Kyle?"

He gave her a close embrace. He knew she couldn't see the tears welling in his eyes.

"Nothing. Everything's right."

* * *

It was almost dark when they returned to the bungalow. Reed rested on the sofa and Taleah went into the bedroom. Reed awoke with a start as Taleah straddled him and breathed into his ear. She was wearing a purple, see-through negligee. Her tongue caressed his ear sending tingles all through him. He pulled her across his lap and gave her a long, slow, searching kiss. Then he started on that long lovely neck, then down to her gorgeous, shapely breasts. She lay quiet for awhile, enjoying the foreplay and whispering love words in his ear. Finally she took both of his hands and led him into the bedroom. This time she gave him the long, slow, and searching kiss as she unbuttoned his shirt and then his pants. She kept the kiss intact as she pulled him over on top and put both arms around his neck. Then she began that long tease with her tongue that seemed to go everywhere. Soon he was thoroughly aroused like it was thirty years ago. She enveloped him from on top into a warm, wet world that was pure heaven. She made slow movements to tease him, and then he rolled her over and teased her back. First, he entered only a little, moving with quick bumps. When that aroused her, he moved in deep but slow and then some slow and some quick and hard. She put both arms around him, shuddering and groaning. Slowing down, he teased her some more with the erratic movements. This time, she trembled from head to toe, held him tight, and groaned with ecstasy. She moved faster and faster until they reached the heights together with a crescendo of sounds and embraces. They lay there for over an hour, savoring the moments, giving each other kisses and nibbles. Finally, they drifted off to sleep in each other's arms.

CHAPTER THIRTY—THREE

Raphael followed Reed and Taleah into the bungalow. She walked with her arm inside of Reed's. They looked mighty cozy. He opened the sliding glass door and inhaled the sea air and listened to the crashing surf. Reed took his suitcase into one of the bedrooms. That left only one bedroom. He looked at his sister with a raised eyebrow. She flashed a mischievous smile in return.

"How long has Mr. Reed been here?"

"Three days and call him Kyle. That's his real name. Kyle Drake."

Raphael nodded. "Have you told Papa?"

"Not yet."

"When?"

Taleah was rescued when Reed came back into the room. He walked into the kitchen and opened the fridge.

"How about a beer, Raphael?"

"That sounds good. Are you having one?"

Reed nodded and popped two caps. He offered one to Raphael and everyone sat down. Reed wasted no time.

"How is it going in Medellin?"

"It's going well, we think. Right now we are on the offensive and have the drug lords on the run. The question is when the offensive is over, how much strength will they have left. We have destroyed ammo dumps, confiscated weapons caches, burned poppy fields, and wiped out six drug labs. But we don't know how many they started out with."

Reed nodded. "I understand that the CIA has lent its support."

"Yes. They have provided helicopters and pilots. They provide us intelligence from an AWACS plane. We couldn't have done it without them."

"Have you met a man named Milton Strong?"

"No. But I think Miguel knows him. Why?"

"I was just wondering."

"Everybody has heard of him. He is a very powerful Americano."

"I certainly hope so. He has a very big proposition for us."

"Us?"

"Yes. You and me."

"Some kind of mission, I suppose."

"Two missions, actually."

"One mission is mine and one is his but he supports both."

"I have my hands full right now. I don't know if I could get leave."

"It would only take a week or so and the army would greatly benefit from your assistance and you would too. Personally, I mean."

"Go ahead, I'm listening."

"First, my mission is in Croatia. There is a man there who stole about six billion dollars from friends of mine. The US government is hunting him also for the same reason. There is a big reward offered and I intend to collect it. I want to retrieve the money he stole, return it to my friends, and then if he is still alive, turn him over to the CIA. I have him located in a guarded villa on the Adriatic coast. I think I can turn one of the guards and he will assist us in entering the villa, subduing the other guards, and help us neutralize the security system. Other than help with the guards, all you would need to do is subdue and tie up his woman. She does not need to be harmed."

"What if the guard can't be turned?"

"I'm almost certain that he can but if not, we devise another plan. I would want to see the villa in person before I planned it."

"When would this take place?"

"Sometime in the next few days."

"How much is the reward?"

"Five million dollars."

"How much of that would I get?"

"One million. I have had a lot of expenses finding him and keeping him under surveillance."

"What is the second mission?"

"The second mission is in Iran. There is a high level terrorist summit there in about ten days. The CIA has devised a plan that would fly us in about ten miles east of the meeting near the highway but in an unpopulated area. The terrorists are expecting us as their financiers for future operations. The CIA has set that up. We would simply drive up to the meeting, leave some satchels full of cash, tell them we are going back to the car for more and blow up the satchels. It will kill everyone inside the building. We drive back east about ten miles and are picked up by helicopter."

"I don't speak Arabic."

"I know. Your role will be the mute nephew of Sheik Ali Jabril. You won't have to say anything. You drive the limo and provide fire cover for me. You will leave the meeting as soon as you set the satchels down. If anyone bothers me when I leave, you shoot them while I set off the satchels."

"What kind of security will the Arabs have?"

"I don't know that but like I said, they are expecting the money and we are not arriving when they think we will."

Raphael nodded. "That sounds doable if the helicopters don't get shot down in Iranian air space."

"They will fly low over the mountains from Iraq. Strong himself is riding in the helicopter with us."

"What do I get for this?"

"I negotiated this for you. You get two million in cash and two hundred M-4s for your army. In addition, Strong has promised several dozen RPGs. That would assist you greatly in your war against the drug lords."

Raphael smiled and nodded. "When do we start?"

"As soon as you get leave from your army. I would think your commander would be delighted with this arrangement."

Raphael laughed again. "I see no problem for getting permission for this. We could use the weapons. I would be delighted with three million dollars as well."

"Good! We need to leave for my place as soon as you get leave. There will be an Arab tutor there by the time we arrive."

Raphael looked at his sister. "Are you going too?"

Taleah hooked her arm in Reed's. "Of course."

"Then you had better call Papa."

* * *

Frank strolled into Blaisdale's outer office.

"Hey Jennifer, what's up?"

Jennifer smiled a mysterious smile.

"I'll let him tell you. Go on in."

Blaisdale was on the phone. He motioned for Frank to sit down. After chatting with his San Francisco office for a few minutes, he hung up and wheeled his chair around to face Frank.

"I need your help for a big project."

"Ok. What do you want me to do?"

"We are going to have a multi-arrest project on drug dealers throughout the US. I want you to take the eastern seaboard cities and coordinate arrest details with our offices there and the local police as well."

"Who are we arresting?"

"Sixty-four dealers in thirty-seven cities. I want you to handle Boston, New York, Buffalo, Cincinnati, Cleveland, Detroit, Philadelphia, Baltimore, Pittsburg, Richmond,

Charlotte, Jacksonville, Orlando, and Miami. That's fourteen cities and twenty-nine dealers. The warrants will be handed down tomorrow afternoon and I want the arrests to begin at 11:00 a.m. the following morning."

Frank looked down at a list of the cities. "Wow! How did we get the goods on these perps?"

"From one of your old friends."

"Who?"

Jennifer walked in to hear the last exchange.

"Mr. Buck Reed. That's who."

Frank was stunned. "Well, I'll be damned. How did this happen?"

"This guy was in on the Abadia raid in Colombia."

"He sent you this information?"

"Indirectly. Milton Strong brought it to me."

"Was he in on the raid too?"

"No."

"Is Reed working with Strong now?"

"Strong didn't say."

"Why did I get the honor of arresting these drug distributors?"

"We sent two warrants to the DEA, one at a time. Both times the drug dealer was gone and there were no drugs. They were tipped."

"So Reed was right about that too."

"Yes. I've heard that the DEA director is getting canned this morning. There's going to be a big shake up over there."

"Was the DEA director taking payoffs?"

Blaisdale shook his head. "From what I know about him, I wouldn't think so. But he is not on top of things there as he should be."

"I wonder how Reed knew about the payoffs."

"Yeah, me too. But we sure can't complain, can we?"

Frank shook his head.

"I guess not. Why is he doing all this?"

"Strong says that he seems to be a straight up guy."

Frank had to laugh. "Reed? Are you kidding me?"

"No Frank, I'm not. Are you still on a tear to arrest him?"

Frank pondered this. "I guess in the bigger picture, he's worth more to us on the outside."

Blaisdale smiled and looked at Jennifer.

"I think Frank finally got it."

Jennifer looked back with a deadpan expression, saying nothing. Frank got up.

"It looks like I will be burning the midnight oil tonight. That's a lot of warrants. Do you want me to use the local police or should I contact the state police?"

Blaisdale smiled. "It's up to you. You know those areas better than I do."

* * *

Milton Strong wheeled in his office chair and picked up the intercom. "Yes, Ginger?"

"Mr. Strong, there is a call from the Caymans on line one. A Mister Drake. Should I put him through?"

"Yes, thank you. Hello, Kyle?"

"Hello Mr. Strong. Is everything going well?"

"Yes, how about with you?"

"Everything is fine."

"How is that tutor working out?"

"He's all right. I'm learning to bow and say "Salaam Alaykum," that's peace be with you and "Allahu Akbar," that's Allah is great. He's taught us the five pillars of Islam and a lot of things about Halal which is permissible behavior. He's given us a course on the Wahhabbi which are the most radical of Muslims. I think he's doing pretty well."

"That's great, Kyle. Have you heard anything from your sources about Ballard?"

"Yes. He is now back in his nest. We are ready to move here. I do need your advice on something, though."

"Sure. How can I help you?"

"I have a guard on the inside who needs protecting. He doesn't want the other guards killed but they can't know he has helped us. Do you have any suggestions?"

Strong thought a minute.

"Certainly. There's a drug called Versed or the generic is called Midazolam. It's used in minor operations and erases the memory. It could be injected into the guards that are not yours and they won't remember a damn thing. You won't have IVs which is the normal way to introduce it into the body but you can inject it slowly into muscle tissue for the same result. Would that work?"

"Yes, it just might. Thank you. Can you get me some?"

"Sure. For how many guards?"

"Three, no make that four. I might want to use it on Ballard himself. Send plenty of it, just in case. I might need some truth serum, now that I think about it."

"That's no problem. When are you leaving?"

"Sometime today or tomorrow. Can you have a pick up team ready to move on my command?"

Strong thought a moment. "I have a better idea. How about I bring my team and come with you? You can enter the location, secure the information, and then turn him over to me. Would that work? I could provide the transportation and backup you would need."

Reed thought it over.

"Ok. That sounds good. Would I still get the full reward?"

"Of course."

"Who is holding the reward funds, anyway?"

"The FBI."

"Blaisdale?"

"No. It's controlled by the director but he would release it on Blaisdale's order."

"Can you arrange for that transfer immediately once you get Ballard?"

"I think so. I'll call Blaisdale and get the details. Where are we going?"

"I'll tell you when we get in the air. Just have the plane fueled for Paris or Rome. We will need to refuel there and go to the final destination. We can rent cars there. You might want to consider a limo for you and your team. A limo would provide privacy for Ballard and his lady to return home with you."

"Ok. I'll get the drugs you need, call Blaisdale, and meet you at your place tonight."

"There's one more thing. Can you bring along a good computer hacker?"

"Sure."

"That sounds good, Mr. Strong. I'll see you tonight."

Reed hung up the phone as Taleah came into the room and stood by his side watching the surf roll onto the shore. She slipped her hand under his arm and nestled close.

"When are you leaving?"

"It looks like tonight."

"Are you coming back before the other mission?"

"I'm not sure."

"You're going to leave me here all alone?"

"You will be fine here. I've opened up a bank account for our house account. I have a signature card I need you to sign and return to the Scotia bank on Cardinal Avenue. Take a taxi there in the morning. It's easy to find. Ask to speak to Claire. She works in new accounts. She is expecting you. She is preparing temporary checks for you to use until the printed ones get back."

Taleah turned him toward her.

"Are we going to play house?"

"Yes, my dear. You know I want you to stay with me."

Taleah smiled. "What will I tell Papa?"

"You tell him I will take care of you as long as I live and beyond."

"Well, well. Is that a proposal?"

"Do you want it to be?"

She pulled him close. "More than anything."

"Then we will make plans when I get back. I know it's really soon but I don't know how much time I have and I want nothing more than to make you happy."

"I am more than happy already."

"Then I am going to make you happier."

Reed swooped her up and carried her across the threshold to the guest house bedroom as she giggled in his ear.

"Where is Raphael?"

"He is off sightseeing in a taxi."

She nuzzled his ear. "Make me happier then."

* * *

The air was fresh and clean after a short afternoon shower. Seagulls swirled and dove into the shallow water for food as the light faded from the setting sun. Pink, blue, and white sky formed the ceiling as Reed and Taleah walked arm in arm on the beach outside the guest house. Taleah laughed her earthy laugh as she stopped, removed bread from the wrapper, and starting tossing it to the gulls. The seagulls flew to her like she was a magnet and soon Reed stepped away as she was enveloped by several dozen birds. When she ran out of bread, the fickle birds flew away, loudly complaining about the short supply. Seeing him watching, she ran to hug in a close embrace.

"You have made me so happy. I could do this forever. I cannot get enough."

Reed smiled. "Me either. I'll be back soon and we can be together always."

"I wish you didn't have to go."

He held her close. "I know. I wish I could stay but I'll be back before you know it."

"I will think of nothing else until you get back."

Reed pulled back and looked at her.

"I'd like for you to call Jana while I'm gone. I want you to get acquainted and she may have some hints on taking care of the big house. There may be maintenance things to address but mainly I would just like you two to talk."

"Would she consider coming to our wedding?"

"I'm sure she and Paul would come. You couldn't keep her away."

"Then I will call her in the morning."

"Don't forget that there are three time zones between you. Don't call until afternoon."

"All right. When can you call me?"

"I'm not sure yet. We will fly all night and into tomorrow before we get to Split. Then there is a drive of several hours before our final destination. I don't know what to expect when we get there. It could be several days before I can call. The phone service is terrible there. If the mission is as successful as I think it will be, we will be back in Split in about forty-eight hours. There will be a lot of details to deal with. There's a good chance that Raphael and I will go on to Iraq before coming back home. If that's the case, I will be back in about six days. After that, I am all yours."

In the gathering darkness she kissed him passionately.

"I can hardly wait for that. I'm impatient. I have waited for you my whole life and I don't like sharing you with anyone or anything. When you get back, you belong to me."

Reed smiled and looked out beyond the gentle waves caressing the beach.

"I remember seeing a couple on a beach in the US not long ago. They were as happy as we are. I never dreamed that I was as close as this to experience it myself. I want you to know how happy you have made me. I love you beyond words."

Her eyes teared up and she hugged him fiercely.

"Stay safe."

He laughed. "Don't worry. This is a piece of cake."

* * *

Two hours later, Reed and Raphael climbed the steps to the door of the private jet. Milton Strong was there to greet them.

"Hey Kyle. You look pretty good for an old man."

Raphael extended his hand to Strong.

"It's my sister. He's fallen in love and gotten soft. I'm Raphael Maniego."

Strong took his hand. "I'm delighted to meet you. Kyle has told me some very good things about you."

They stowed their gear in the back and sat down as the jet roared into the dark sky. Strong had wasted no time getting underway. Reed and Raphael were introduced to three more men who were the transfer team. They were the strong silent types and said very little. It wasn't hard to discern the computer hacker. He was a nerdy twenty-five year old with semi-long hair and in only average shape. His name was Wilbur.

Strong offered coffee and snacks.

"Sorry, no flight attendants on this flight. Budget savings, you know."

Reed sat back in a large reclining swivel chair.

"That's ok. We can manage. I figured we would be in the back of a transport."

Strong smiled as he handed Reed some coffee.

"Where are we headed, Kyle?"

"We need to fly into Split, Croatia. We will be met there by my contact. He has arranged transportation to a village named Podgora which is about one hundred and seventy miles south of there. You will have a limo and a small European sedan. Raphael and I can ride with my contact Guiseppe. When we arrive in Podgora, I hope to meet one of the inside guards and make the final arrangements. I have brought some cash for him. I don't know how much he will demand. My preliminary plan is to wait till he is the roof guard on the villa and then move in and take over. There is a guard at an entrance gate that I don't know yet how we will handle. Our inside man may be able to tell him that we are expected guests but probably, we will have to neutralize him some way. Once we get inside the villa and neutralize the guards there, it should be pretty simple. I need to extract the information from Ballard on where the stolen money is, transfer it back to the United States and summon your transfer team."

Strong listened carefully. "Your memory drugs won't help your inside man if the gate guard talks to his benefactors later."

Reed considered this. "That's true. We will deal with it when we get there. Do we have enough drugs to use on him too?"

"I think so."

Reed nodded. "When can the FBI transfer the reward funds?"

"Within one hour of the time I call them."

Reed nodded. "Fair enough. Here is the bank in Fredericksburg and the account number I want it transferred to."

Strong took the note and put it inside his billfold.

"Done. You realize that unless we move tomorrow night, we will have to fly directly to Iraq for the other mission?"

"Yes. I didn't think there would be time to go home before."

Strong nodded. "I better tell the pilot to refuel in Rome and not Paris. It will make it a little shorter trip."

Reed settled back in the comfy chair, propped his legs up, and got ready for the long flight ahead.

* * *

Guiseppe was a short five foot eight with a barrel chest and short hair, weighing about one hundred seventy-five pounds, and mostly all business. He whisked them into the waiting cars and a panel van and drove south toward Podgora. Raphael sat in the back seat and slept most of the way. Sleeping on the plane was difficult for him. Guiseppe drove smoothly on the winding road with the high hills and mountains on their left and the azure sea on the right. The water sparkled in the early afternoon sun. The villages and towns were picturesque, quaint, historic in some areas, and modern in others. Reed enjoyed the countryside and discouraged talk for the most part by Guiseppe. The local surveillance team was standing down and there was no real recent news about Ballard or the villa where he was. After the four hour drive, Guiseppe directed them to park in the Minerva Hotel parking lot. From there he led them to a sidewalk café two blocks from the hotel. His man was there, sitting at an outside table, enjoying a local drink and flirting with the waitress. Guiseppe pulled out a chair for Reed as the others sat at nearby tables. Guiseppe wasted no time.

"Eduard, this is our client, Mr. Harish Savi."

They shook hands. Reed looked him over and saw a young man with short dark hair wearing sunglasses.

He was physically fit, weighed about one hundred ninety pounds. He looked about twenty-four or twenty-five years old. He wore expensive European clothes with strange looking moccasins. His shirt tail was out but Reed noticed the familiar bulge on his right side. Eduard seemed completely at ease, leaning back in his chair and swirling his drink.

"Nice to meet you, Mr. Savi."

Reed nodded and smiled a little. "I take it that you are from around here."

Eduard nodded. "Dubrovnik, actually."

"That's how you know the guard?"

"Yes, we are the same age and went to school together."

"Were you friends at school?"

"Not really. But we weren't enemies either. I wanted to date his sister and he didn't want that. He thought I was a playboy."

Reed smiled at this. He looked like a playboy to him, too.

"Is he going to cooperate with us?"

"Maybe. He is adamant about nobody getting hurt or killed. He likes the head security man there and is friends with the other guards."

"What about the man they are guarding?"

"He didn't say."

"How much does he want?"

"He didn't state an amount but is curious about what you are offering and he doesn't know what you want him to do."

Reed nodded. That made sense. "What is his name?"

"Ivan Zubotnik."

"What about the gate guard?"

"He goes off duty at midnight. The gate is locked until seven the next morning. But the gate can be opened by any of the villa's security systems. Ivan can open the gate for us after midnight."

Reed nodded. "When does Ivan serve as roof guard?"

"I don't know. It varies."

"Can we see the villa from the road?"

"Yes."

"I would like you to take us there."

"All right."

"When can we talk to Ivan?"

"Tomorrow at eleven-thirty in the morning."

"That's when they come into town?"

"Yes, sir."

"There's no way to talk to him tonight?"

"No. I wouldn't think so. It would look suspicious for him to leave."

"What about the two maids?"

"I don't know them. They are locals and have families here."

"Where is the villa?"

"It's up on Biokovo Mountain. We can ride past the gate on the left and about six hundred meters up, there is a road that goes past the villas with a pretty good view of them and the security gate."

"Let's drive up there now. I want to look at it."

Strong stood up at the next table.

"I would like to go too."

Reed nodded. "Of course. Let's take two cars. I'll ride with you and Eduard. I want Raphael and Guiseppe to ride in another car."

In a few minutes they were traveling slowly up a steep winding road. The scenery was breathtaking with the sea below and the mountain rising sharply before them. The mountain was covered with olive groves. Everything was green and the orchards were abuzz with activity. Women were carrying baskets of olives and dumping them into trucks. Men were moving ladders from tree to tree. Small herds of sheep crossed the road a few times with a herder following close with sheep dogs barking and nipping at the heels of the slowest sheep. Two-thirds of the way up, Eduard nodded to the left. All three men in the car watched carefully as they went by. Strong tapped on Eduard's shoulder from the back seat.

"What is at the top of the mountain? "

"A park, sir."

"Drive us up there. I would like to take a look."

Eduard drove slowly up another five hundred yards. A road led off to the left. Reed pointed at the road.

"What is that?"

"It's a road where more houses are being built."

"Go down that road and stop above the villas in the gated community."

Eduard drove there and stopped on the roadside. The following car followed suit. All five men piled out of the cars for a look. Strong took out some field glasses and studied the villa for two minutes. Without comment, he handed the glasses to Reed who did the same. Reed passed the binoculars to Raphael who studied even longer. Strong walked over to Reed.

"What are your thoughts?"

"Well, we can't climb the fence by the house. There are lights pointed at the fence from the house. That back area could be lit up like daylight. Even if we controlled the roof guard, we wouldn't know who would be watching from within the house."

Strong nodded. "Did you notice the wires between the house and the light pole?"

"No. But now I see it. What does it mean?"

"It is a special wire that connects from the security system to somewhere else."

"Where do you think it would go?"

"Some monitoring station. Probably the local police. Did you notice that the guard gate had the same wiring?"

"No."

"If you have your man open the gate from the house, the police will be there to investigate within five minutes."

"Then what do you suggest?"

"I saw a place on the way up where you and yours could ladder the fence and walk up to the house. You wouldn't open the gate from the house at all."

"Then how would we get everyone out?"

"We pick the lock at the guard gate and open the gate from there. We take Ballard's car and block the road further down, leave the engine running and the lights on like he or someone left the car and departed on foot. That would divert the police to hunting for a drunk or hurt villa resident in the area of the car before proceeding to the villa. It would gain us some valuable time."

Reed nodded. "Yes. I like that. But what happens when they arrive at the villa and find the guards? They could radio ahead and we could be stopped going to Split."

"I know. Those were my thoughts too. Things could get messy. Let's look at the top of the mountain. Maybe I can come up with another plan."

When they got to the top, they found a park with a nearly level parking lot just under the summit. Strong smiled.

"I can get the helicopter to land here."

Reed stared at him. "What helicopter?"

"A helicopter from the aircraft carrier. I have the carrier hurrying here now."

Reed was speechless.

"I had no idea. When did you do that?"

"While you were asleep on the plane. I was afraid that the road back would be dangerous and we had no alternative routes."

Reed said nothing. He felt outclassed. Strong continued.

"May I suggest something else?"

"Of course."

"I think you might need a little more muscle going into that villa. It's risky depending on the roof guard to take out all three of his friends. I doubt that he would hit them hard enough to knock them out and that memory drug won't work unless he does."

Reed thought a minute.

"If we send in a member of your team, won't you be responsible for the operation and anything that goes wrong?"

"No. Do you remember meeting the tall silent guy named Rudy?"

"Yes."

"He is a contract agent, not a CIA employee. You could hire him for the trip and he would be your man, not mine. I am paying him fifteen thousand. You could offer him more. He would be fine with that and he could help you more with the guards. You tell your man to knock out just the guard who monitors the security system and not to be afraid about hitting him hard. Then you and your team come in and finish the job. Rudy knows what to do. He would be more trustworthy than this guy you haven't even met."

Reed nodded. "That sounds good too. I really appreciate your help. I know you have a lot more experience with this than me."

Strong smiled. "You have no idea."

He turned to Eduard. "There's another road leaving this parking lot. Where does it go?"

"It winds down to the town too. There are two roads that go up the mountain."

"Does that road go all the way into town?"

"Yes."

"Is it north or south of the road we came up on?"

"It is to the north, sir."

Strong smiled. "Good! When we block the other road, we will go back on this one. We could avoid the police altogether."

Reed broke in. "They could still radio ahead to the towns further north."

Strong nodded. "That's true. We could travel to Dubrovnik and duck into a hotel there. We could stay two days while the police scoured the roads. By that time I can pull strings in Washington to get the heat off and tell the local authorities that the team all left on the helicopter. Then we can go back to Split and catch our plane to Iraq."

Reed summoned Guiseppe over.

"Take this credit card and reserve us eight rooms at a nice hotel in Dubrovnik for two nights starting tomorrow night. We need a hotel here in Podgora for tonight only."

Guiseppe took the card.

"Yes, sir. We can stay tonight at the Hotel Minerva. That's where we parked the cars. I will arrange everything as soon as we get back to town."

They drove down the new road on the way back to town to familiarize themselves with it. When they dropped off Guiseppe, they headed back to the villa for another look and to find a place to block the road.

CHAPTER THIRTY—FOUR

It was two-fifteen p.m. when Eduard called Reed to tell him that the guard had arrived. The guard not showing up on schedule had put the group in panic mode. Strong had called a council of war to discuss alternative plans and the meeting was just wrapping up. The group had agreed that if the guard had changed his mind, that he would probably alert the head guard and whatever they tried just wouldn't work. They had to have the element of surprise. If push came to shove, the US would have to ask Croatia to arrest Ballard and turn him over. Extradition was a chancy thing.

Now with the guard arriving, perhaps they were back in the game. Reed, Strong, Raphael, Guiseppe, and Rudy rushed down to the restaurant to find Eduard and a nervous young man with a rifle strapped upside down on his back. As they were introduced, the young man looked all of them over carefully. He seemed to miss nothing as now seven men crowded around the table. His name was Ivan Zubotnik. While his clothing was nondescript, his eyes were alert. He watched not only the group he was with, but also the street beyond. Reed was pleasantly surprised. This kid was no idiot and knew the dangers he faced. Ivan remained silent and observant as drinks were ordered and another table was added to give them more room. After the waiter left, the group was quiet for several minutes. The air was tense and awkward. To break the ice, Reed raised his glass to Ivan and smiled.

"Salud"

Ivan returned the toast. "Are you the leader of this group?"

Reed tossed his drink down and looked back at Ivan.

"I guess you could say that. There are several of us here who are leaders in some way or another."

"Are you going to kill the man I am guarding?"

"We don't plan to. We want to take him back to the United States to stand trial."

"What has he done?"

"He has stolen a lot of money and ruined a lot of people."

"Are you from the US government?"

Strong nodded and interjected for truth's sake. "Yes."

"Are you CIA?"

"We can neither confirm nor deny what agency we are with."

"What exactly do you want me to do?"

Reed answered this time. "We need a little more information before we know for sure."

"Are you going to have to kill any of the guards?"

"No. We have taken great pains to avoid that."

"Like what?"

"We have drugs that will make them forget what happened. They will wake up, your charge and his lady will be gone, you will be tied up with them, and nobody will remember what happened."

Ivan shook his head in disbelief.

"How can that be?"

"It's a drug that's used to create short term amnesia that is used in same day clinic operations. It's very effective."

"Does it work every time?"

"Yes. They just need to be knocked unconscious first. Everything that occurs after that is erased from their memory."

"So I would just act like I didn't remember either."

Strong broke in. "No. It's not quite that simple. Your bosses could test you for the drug. If they found that you didn't have it in your system, they would know you were a traitor. The whole plan for your protection would fail."

Ivan nodded as he considered this.

"Then I want to be injected last after I see that it doesn't kill the other guards."

Reed nodded. "That's reasonable."

"What evidence is going to be left at the villa to explain how you got in.?"

Strong interrupted. "I am going to leave a parachute draping off the roof to look like we jumped in and subdued you and then infiltrated the house."

Reed tried to hide his surprise. Strong hadn't told him about this. Ivan nodded.

"That could work. But what about the security system guard?"

"We need you to knock him out and call us. We can probably handle the rest. Are you guarding the roof tonight?"

"Yes, from two until dawn."

"Where will the other guards be?"

"The head guard and the fourth guard will be asleep."

"Can we slip into the house quietly after you knock out the security system guard?"

"How am I going to knock him out?"

Rudy raised his hand. "It's called a shuto strike. Just a hard chop to the back of the neck."

Rudy got out of his chair and touched Ivan on the back of the neck.

"Right there, at the base of the skull. It's called the medulla oblongata. No matter how hard you hit him, it won't kill him. I will put the drugs into him. In the morning, he will have a headache and won't remember a damn thing. Just remember to hit him hard. If you don't knock him out, you're dead and the plan is dead."

Ivan nodded. "How much do I get for this?"

Reed spoke up. "Twenty-five thousand in US dollars. I'll pay you ten thousand now or better yet, put it into a bank for you, and the rest in the morning when the job is finished."

Ivan shook his head no. "First, that's not enough. There's a lot of risk here. Second, how do I know you will keep your word?"

Reed thought a minute. "Al right, I will double it. Fifty thousand dollars. That's the best I can do. As far as my word goes, I understand how you would be nervous about that. After all, we just met. Eduard and I will go to a bank of your choice in Dubrovnik and deposit the final twenty-five in whatever account you designate. I know that you have known Eduard all of your life. I will give him the deposit receipt to give you. You don't want it too soon where your bosses could find it on you anyway."

Ivan sat thinking for a few minutes.

"Ok, it's a deal. My father has an account in the Croatian Mercantile bank there. I don't know the account number but the bank will give it to you when you tell them you want to make a deposit. I will call my father tonight to verify today's advance deposit."

Reed gave him his cell number.

"I know the cell phone service is bad here. If you can't reach me when you have subdued the guard, blink the front entrance light three times to signal us that all is clear."

"I'll just do the light. There's no point in wasting time on the cell phone."

"How are you going to call your father?"

"The guards have a regular line inside. I'll wait until they are busy and call him then."

Guiseppe broke in. "I thought you were going to be here at eleven-thirty this morning. Why were you late?"

"Something came up. The big bosses from Sicily are coming in tomorrow night for a meeting. The women have to get more food and wine."

Strong scowled. "There's no chance they are coming in early, I hope."

"No. If anything, they would be late."

Reed had another question. "Are there any dogs in the house?"

"Yes. A Doberman. He's bad."

"Can you put him up before we come in?"

"Yes, sir."

"Give him a big chew bone or something to keep him occupied. I don't want him waking anybody up."

Ivan nodded as he rose. "I can handle it. Don't forget my money."

With that he walked off toward the market at a rapid pace. Strong looked at Reed.

"What do you think?"

"I don't know for sure but I think he will do it. Do you agree?"

Strong nodded. "I hope so."

Reed flashed a grin.

"Where is your parachute?"

"I will get the helicopter to bring one from the carrier. It will be close enough by one a.m."

"How am I going to communicate with your computer hacker if the cell phones don't work?"

"He brought walkie-talkies."

"What have we forgotten, Mr. Strong?"

"I don't know if there is a video monitor on the roof. I'm assuming that there is. Your guard will have to deal with it. Before we leave we will erase everything."

Reed motioned Guiseppe over next to him. He pulled out five straps of currency from his briefcase and handed it under the table to Guiseppe.

"Take Eduard to Dubrovnik and put this money into Ivan's father's account. We will meet you back at the hotel for dinner. We will need a ten foot ladder too."

Guiseppe nodded to Eduard and they left. Reed, Strong, and the others returned to the hotel. It was necessary to pay for another night and get some rest.

* * *

By two forty-five a.m. Reed was showing his impatience. As Raphael watched for the flashing light, he paced to-and-fro behind the wall. It was so quiet on the mountainside that he could hear the waves hitting the beach below. The air was crisp on the mountain and he had pulled a jacket out of his duffel bag. Strong was watching the villa with his infra-red binoculars. One of his men, including the computer hacker, were stationed by the gate entrance. Strong was worried about what could be seen in the villa. Probably the villa monitor would have some view of the gate entrance. The helicopter had been in place on top of the mountain since one forty-five a.m.. It had made enough noise to wake up the dead. Strong hoped that the sound would be unfamiliar to the local residents where they couldn't tell whether the chopper was landing or just passing by. Guiseppe had placed two men on the road above and below the guard gate to warn of approaching vehicles but Strong was about to recall them. You could see and hear a car coming on this winding narrow road for miles. Ivan had disappeared off the roof twenty minutes ago.

Reed checked his watch and held up his palm to Strong. *Where the hell is he?* Strong smiled and shook his head no. He whispered to Reed

"Be patient. He has to catch him just right. Things are quiet and that's good."

Just then the front lights blinked on and off and then again, and again. Raphael snapped open the ladder and Rudy climbed up and jumped down to the other side, his tool vest rattling with the handcuffs and other equipment. Reed went next, followed by Raphael. Eduard tossed four sets of feet manacles over the fence while Guiseppe folded the ladder and put it away. Within twenty seconds the three black clad men trotted uphill to the villa. Ivan was waiting at the front door. When all three came inside, he led them to the security monitoring room. Not one but two security guards were lying on the floor. Rudy cuffed both of them and checked their pulse. He looked up to Reed and nodded with a smile. Ivan had done well. Quickly, he pulled a large vial of drugs out of his vest along with two syringe packs. After twisting on the needles, he extracted a measured amount from the vial of drugs. Pulling Reed close, he whispered

"Send your man back for the manacles then when I inject the needle into the first man call off the time in five second intervals."

Reed nodded and motioned for Raphael to go back for the manacles. Raising his wrist, he nodded to Rudy who wiped an alcohol swab over the first guard's bicep and inserted the needle. Reed whispered the time while Rudy slowly injected the anesthetic into the man's muscle. Before he finished with the second guard, Raphael was back with the manacles. Ivan watched quietly until Rudy was finished, then checked the guard's pulse. He smiled and gave a thumbs up sign and motioned them to follow him. They walked up the stairs to the second level and turned left. Ivan tiptoed to the first door on the right and slowly opened the door. Rudy went in first, encouraged with the soft snoring made by the room's occupant. Raphael turned on a small flashlight and pointed it against the far wall revealing a man in a tee shirt lying on his back on a king-sized bed. Rudy couldn't reach him without putting his weight on the bed. Suddenly the man stopped snoring and began sitting up. Rudy grabbed him by the shoulder, spun him around on his stomach and delivered a chop to the neck. As he cuffed him, Raphael turned on the lights in the room and Rudy repeated the injection process. Then the dog started barking from a room downstairs. Reed took out his walkie-talkie.

"Penetrator One to Base. Do you read? Over."

"Roger."

"Guards are secure. Over."

"Roger, Out."

Reed patted Ivan on the shoulder. "Where is the dog?"

"Downstairs."

"Lead us to him."

They went back downstairs to a room next to the monitor station. Ivan opened the door and without warning the Doberman sprang out with a snarl and fangs bared. The dog leaped for Reed's throat but Rudy was able to push his head aside just as the dog collided with Reed. He was knocked backward against the wall and was sliding down as the dog went for his throat again. Rudy grabbed him by his collar and yanked back and to the left as Raphael leveled his silenced pistol at the dog's head and fired. The dog howled in pain as it hit the floor, spewing blood everywhere from its fractured jaw. It rolled over and started to lunge at Reed again. This time Raphael fired two shots hitting him in the brain.

Rudy walked to the end of the hall and looked up the stairs to see if the noise had disturbed Ballard. Raphael knelt down at Reed's side and checked him. Reed was turning red and wasn't breathing. His eyes were frantic and he began pointing to his stomach area. Raphael undid his belt and pulled his shirt tail out. There seemed to be nothing amiss, so he started raising and lowering his abdomen. Rudy came up from behind.

"What's wrong with him?"

"I think he's had the breath knocked out of him."

"Then keep at it. You're doing the right thing."

After thirty agonizing seconds, Reed was able to gasp. He sat up and hyper-ventilated for a few breaths. Rudy went back to check the stairway. Apparently the noise had not gotten all the way to Ballard's bedroom. Reed stood up and nodded to Raphael that he was ok. Ivan led them up to the third floor. This time they hurried. Ballard could be waking up. By the time they reached the outside of the bedroom, Reed was gasping for air again. This time his heart was pounding and he was experiencing chest pains. Ivan cracked open the door and peeked in. He nodded back to the group and opened the door for them. There was a dim night light on that showed Ballard on their left and the woman on the right. Rudy moved quickly and silently to Ballard's side of the bed. He slid open the night stand and extracted a pistol. As he was putting it in his pocket, Raphael moved to the other side of the bed. Rudy pulled out a set of cuffs and clasped them on Ballard's hands which were conveniently folded across his chest. Ballard screamed in surprise as he was awakened and yanked to his feet. He dove for his night stand and started screaming for the guards. Rudy held on to his hands and Reed slapped him to his senses.

"Your guards can't help you Ballard. You are all ours."

The woman woke up and started screaming. Raphael slapped her hard and cuffed her hands behind her. There was no shutting her up. Raphael dragged her to the bathroom area and stuffed a washcloth in her mouth. Ballard watched this in a dazed surprise.

He looked at Rudy then Reed trying to figure out what was happening to him.

"Where are my guards, you sons of bitches?"

Reed stayed silent, recovering his breath. Rudy spun Ballard around to face him and received a wad of spit that landed square on his nose. As Rudy moved to wipe the spit off, Ballard whirled and planted a karate kick to the right side of Reed's chest, knocking him back against the night stand and down to the floor. Rudy recovered quickly, kicking Ballard's feet out from under him and placing his foot on Ballard's throat.

"One more move like that, Ballard and you won't live to see daybreak."

Rudy then drug Ballard past Raphael and the woman and threw him into the jetted bathtub, pulling his hands high and tying them off to a towel holder above. Knowing that the towel holder was fragile, he leaned down close to Ballard's face.

"If you try to get up, I'll beat you to within an inch of your life. Do you understand me?"

Ballard nodded. Rudy walked to the door and retrieved a set of manacles and returned to Ballard, tying his feet and looping them over the water faucet. Now Ballard was stretched tight between the front and back of the tub. He was barely able to sit in the tub with his arms stretched up and behind him. Rudy went back to check on Reed.

Reed lay on the floor, bruised and battered, but able to breathe. Now his heart was really painful. He was gasping for breath again.

"Rudy, get the nitro out of my left pocket."

Rudy got one and placed it under his tongue. Then he went back to Ballard. He spotted a decorative shelf above the towel holder. He removed the ivy and crystal ornaments from the shelf and tested its strength. The supports were tied to the studs and solid as a rock. He removed the shelf and tested the supports. They were solid.

"Mr. Savi, are you ok?"

Reed struggled to his feet. "I– I think so."

"Look in the closet and find me some belts or some kind of chain."

Reed lurched into Ballard's closet and looked. There were no chains. Taking three belts off the rack, he walked back into the tub area and handed them to Rudy. Rudy connected them together and tied them onto one of the supports. After giving the belts a good yank, he pulled up Ballard's wrists and connected them to the belt. Now Ballard was secure. He nodded to Reed and stepped back.

Reed limped up to the side of the tub and looked down at Ballard. "Hello, slime ball."

Ballard ignored him. Reed lifted his chin and forced him to look into his eyes. Ballard seemed more mad than scared.

"Ballard, you're shit. It takes a real asshole to steal from your own son."

This got a reaction. Ballard sneered. "What do you care?"

"It's nothing to me. I just know that nobody steals from their kids. That is, except you."

"I don't give a rat's ass what you think."

"Well, you will before this night's over."

"Why is that?"

"You just might want to live. The way I see it, you only have about one chance in five to get out of that tub alive."

Ballard snorted. "I thought the big guy was in charge. If I had known it was you, I would have kicked you a lot harder."

"Well, you had your chance. Now you have to deal with me."

"We'll see about that. You're nothing. I can buy and sell you for fifteen cents, Mr. Savi or whoever you are."

Reed hid his surprise. This man had apparently never been in jeopardy in his life.

"I've got bad news for you, Ballard. You're the one that's going to be nothing now. I'm going to turn you in to the US government, that is, if I decide to let you live. I think the reward is good dead or alive."

Ballard laughed. "Probably not dead. The government will want to question me. They would have a difficult time with that if I'm dead."

"That's not my problem."

417

"So you're a bounty hunter. How much is the reward?"

"Five million."

Ballard laughed again. "That's nothing. I can pay you twenty million just to walk out of here. No questions asked and no vengeance sought."

Reed laughed. His heart was getting better. "Not good enough."

"You're an idiot, Savi. You're going to throw away fifteen million dollars?"

"The money doesn't mean that much to me. Five million is enough for me. But there are a lot of other people who want a piece of you. Like a couple of thousand employees that you ruined."

"So that's who hired you."

"Some of them."

"Who was it?"

Reed smiled. "I can't tell you that and let you live. Your one chance in five would be reduced to zero."

"Who are you going to turn me over to, the CIA?"

"That's not a bad guess."

"They won't allow you to hurt or kill me."

"They aren't here yet. They can't save you. Did you know that one of your employees committed suicide over this?"

"No and I don't give a damn. Why should I?"

Reed looked down at him with his anger starting to rise. "You have no ethics at all, do you?"

Ballard laughed. "You're really naïve, Savi. There is no ethics in business. The strong survive, that's it."

Reed smiled back. "You won't be laughing when I'm through. You're going to answer a lot questions for me. Then you get the sanctuary of the federal government."

"I don't think so. You have me tied up but you could study for fifty years and not be half as smart as I am."

"You're wrong, Ballard. We are smart in different ways. You're going to tell me what I want to know, one way or another. I'll give you one brief chance to start talking. Then things are going to get rough."

Ballard sucked in his cheeks. Reed jerked to his left just in time to avoid the spit.

"Ok, if that's the way you want it. You have ten toe nails and ten finger nails. I can pull them out slow like about half of a nail at a time. Do you like to play twenty questions?"

Ballard's smile vanished and he turned pale but remained steadfast.

Reed glanced up at Rudy. "Gag him."

Rudy found a washcloth and stuffed it into his mouth and secured it with a necktie. Reed reached into his briefcase and pulled out a pair of short nose pliers. Reaching down to Ballard's left big toe, he clamped down on the nail with the pliers and yanked hard.

Ballard jerked and screamed through his gag. His eyes were full of hatred. Reed knew that this wasn't going to be enough. He grabbed the half-out nail and pulled it all the way out, slowly. Ballard jerked and screamed again. The eyes hadn't changed expression. His gaze dropped to his toe as it started to bleed. It bled a lot, running down the drain. His eyes traveled back up to Reed. The hatred was still there. Reed went to the next toe. Ballard's feet were shifting as he tried to avoid the pliers. Reed grabbed his ankles with his left hand and secured the next nail with the right. He yanked again. Ballard stiffened and screamed through his gag again.

Now fear was beginning to show in his eyes along with the hatred. Reed knew that he still was unwilling to talk. He yanked again, this time the nail came out with blood spewing some as it hit the bathroom wall. Ballard stiffened again and the scream lasted longer. He was beginning to get the message.

"Having fun yet, Ballard? You only have eighteen to go. I have another set of pliers that can take off the entire toe. I've never had to use them yet. I've never seen anybody that tough. Maybe you will be the lucky one. When you are ready to talk, nod your head up and down and blink. I'll just keep working on your pedicure."

Ballard struggled to speak under the gag but he wasn't nodding or blinking. Reed grabbed his ankles again. Ballard screamed before he did anything else. Reed stopped and removed his gag.

"Yes Ballard? You wish to make a statement?"

"All right, Savi. I'll double the offer. I'll pay you forty million. You could live like a king with that and your people too."

Reed crammed the gag back in.

"Wrong answer, Ballard."

He grabbed the ankles and pulled the next nail completely out taking three pulls. Ballard stiffened and screamed. He bucked and twisted to no avail. After the pain stabilized, he looked back at Reed, pleading with his eyes for him to stop. Reed knew that he was getting close. For effect, he pulled a nasty looking set of heavy wire cutters out of the bag and snapped them together.

"It's going to get serious when I start using these, Ballard. You will probably die from blood loss when you lose your toes. Do you know what it's like to bleed to death? At first there's no pain as your blood drains from your body. But at the end, your heart starts pounding, your head aches, your lungs scream for air, and you hurt all over. Then pain slowly ebbs away like your life. My face, which will be the face you hate the most, will be the last thing you see. Then you wake up in hell. There will be a special reception committee for the likes of you. You're the second biggest thief in history. You don't even get the distinction of being the best at that. Bernie Madoff beat you to it. The reception committee will escort you to unimaginable tortures to compensate for the pain you have given others. Face it, Ballard. You have drawn your last free breath and lived your last pain free moment. All you face now is justice and vengeance."

Reed took the wire cutters and pressed a blade across Ballard's leg and let him watch the blood rise to the cut. Then Reed snapped them shut, making Ballard wince. Sweat was beading on his forehead and he started to tremble. Slowly he nodded his head and blinked. Reed dropped the cutters and nodded to Rudy who whipped out a recorder from his tool vest and turned it on. Reed slowly removed the gag and looked into Ballard's eyes. Now there was only fear. The time had come.

"All right Ballard. Why did you do this? You already had more money and power that you could ever want. Why throw away everything you had for this?"

Ballard struggled, gasping for air.

"Because, you idiot, that was just a beginning. I was sick of that bitch I am married to. She wouldn't give me a divorce. This is all her fault."

Reed laughed. "Save it, Ballard. It's nobody's fault but yours. If you go down that trail, I'll start with the nails again."

"All right, asshole. Whatever you say."

"What did you mean by beginning?"

"It was a business opportunity of a lifetime. We can make enough money to rule the world. That's how good this is."

"Who is we?"

Ballard looked at Reed like he was a stupid child.

"Not a chance, Savi. I can't and won't tell you that. They would kill me."

"What do you think I'm going to do to you, Ballard? Do you think I'm a Sunday school teacher? Whoever you are protecting will never be able to reach you. You better worry about living past me."

"You don't know who I'm dealing with, Savi."

Reed smiled back. "Sure I do, Ballard. It's the Sicilian Mafia. Now let's get on with this. What did they pull you into?"

Ballard's mouth opened in surprise.

"How did you know that?"

Reed smiled as he folded his arms and leaned back against the wall.

"First of all, forget the idiot part. If I'm smart enough to find you, I'm smart enough to deal with you. When I ask you a question, just answer it and save me the games. Remember, I can start back on the nails again."

Ballard reluctantly nodded.

"They came to me with a proposition. It's going to take an investment of twenty billion and we can get it back ten times in eight years. I couldn't walk away from that."

"What kind of investment is this?"

"It's stock in an electric company. A lot of the money will be used to buy seafront property here on the coast. We will move in and buy the local power companies and build hotels and casinos on the seafront properties and market it to all of Europe. It's like planning Las Vegas all over again and we are on the ground floor just like Bugsy Siegel was in the 1940s. They came to me to run the corporation. They didn't have anyone with the business experience to handle a project of this size. I got in for a discount of three billion. I could disappear and get rid of that bitch too. Veronica and I have wanted to be together for some years now. This allowed me to do both. Now do you understand?"

"I think so. Where is the rest of the money?"

"That's all there was."

Reed tightened the belts on his wrists.

"Don't try to bullshit me, Ballard. I have no problem going back to the nails. Now where is the rest of the money?"

"Look, Savi. I'll split it with you. Just let me and Veronica go."

"You're not listening. The money is going back to the victims. It's not negotiable. Now where is it?"

"I've got it safe and you can't have it."

"Are you willing to lose more nails before you give it to me?"

"Look, Savi. I earned that money, not those crumbs that worked for me. It's mine and I'm going to keep it."

Reed pulled the belts tighter. He looked at Rudy and nodded. Rudy grabbed the belts and pulled tight. Reed grabbed Ballard's head and reinserted the gag and secured it. This time he took a finger nail. Ballard bucked and writhed, screaming through the gag. Reed wondered if they were going to have to use the truth serum. Maybe it would be easier but Ballard deserved every bit of this and Reed wanted blood for Jana's sake. Reed opened his pajama bottoms and pulled out his penis.

"I'm getting bored with the nails. I think I will take off the tip of your dick next. You're not going to need it anyway."

Reed reached down with the pliers and Ballard screamed in terror. He nodded and blinked several times. Reed smiled. "That's better. Now I know what to take off next if you don't cooperate. Now where is the money?"

"It's in the bank."

"What bank?"

The International Bank of Italy."

"Which branch?"

"The one in Rome."

"What is the name of the corporation that you formed?"

"Go to hell, Savi."

Reed laughed. "Probably not before you, Ballard. Let me guess. How about Euroworld Power LTD? Did I get that right?"

Ballard was speechless. His mouth opened in awe.

"How could you possibly know that?"

"You keep underestimating me, Ballard. Where is their bank account?"

Ballard just looked back at Reed, trying to stall and give some diversionary information if he could think of something. Reed thought of it first. He looked at Rudy.

"Stay with him. I'm going to find his office. I bet I find some bank books in it."

Reed walked out of the palatial bedroom and checked the other two doors on the same floor. The second one revealed a study with a large desk with a bank of telephones. Three large flat screens were on the left wall and the drapes were open to enjoy the magnificent ocean view. Reed was more interested in what might be in the desk. He found three bank books in the lower right hand drawer. Opening them, he found no balances but two aliases of Ballard's and one on the Euroworld Power Ltd in Rome. He pulled out his walkie-talkie and called the hacker.

"Penetrator One to Computer One, over."

"This is Computer One, over."

"I have three bank books for you to check. I need the balances in each one."

"Ok, give me the account and routing numbers."

Reed gave him all three and then repeated the numbers.

"Penetrator One, I'll get back to you."

"How long?"

"Not long. Base One wants to know if you are on schedule, over."

"If the bank balances are right and you can transfer the money, we can be out of here in about ten minutes."

"Is the bird singing? Over."

"Not very well, but enough. He is pretty tough. Over."

"Roger. Stand by."

Reed put the walkie-talkie back in his pocket and went back to the bathroom with the bank books. Ballard's eyes got big but he made no comment. Reed turned for the first time and looked at Veronica Satterfield. The slinky nightgown she wore was just a bit better than naked. Reed threw a towel over her.

"Raphael, get some clothes on her. Get her ready to travel. Just one change of clothes and a coat."

He turned toward Ballard who was watching him intently. "Where are we going?"

"If you are lucky, back home to the USA. If I can't recover five point six billion from these accounts, you are going straight to hell."

Ballard scowled at Reed. "If it is the last thing I ever do on this earth, I'm going to get you for this."

Reed laughed. "You will never get the chance."

The walkie-talkie squawked. "Penetrator One, come in. Over."

Reed pulled it out and walked out of the room. "This is Penetrator One. Go ahead."

"I have the three balances, over."

"Great! That was fast. Give me the good news. Over."

"The big one in Rome has a balance of seventeen billion plus. The one in Podgora has a balance of twenty-seven thousand plus, and bank number three is in Split. It has a balance of one hundred and twenty-six thousand plus, over."

"Roger that, Computer One. Check the Split and Podgora banks for CD's, over."

"Stand by. I'll get back to you. Over."

Reed clicked off the walkie-talkie and thought a minute. *What would happen if I took the whole five point six billion out of the mafia account? It wouldn't take long for everyone to know where it went. Would the victims have to give it back?* Reed didn't know. He might get away with taking out Ballard's contribution but beyond that, he didn't know. He didn't want to ask Strong either.

"Penetrator One, come in. Over."

"This is Penetrator One. Go."

"Bingo on the CDs in both places. Split has point seven billion. Podgora has about fourteen million. Over."

Reed did the math. There was still about two billion missing. Where was the money?

"Can you transfer the CDs as well as the bank balances? Over"

"It's harder but I can do it. I have to become a bank employee and cancel the CDs, collect the penalties, and transfer the funds back into the primary accounts. Over."

"How long will that take? Over."

"Thirty to forty minutes, tops. Over."

"Proceed then. Withdraw three billion from the Euroworld account and transfer everything else to the account of Jana Wilson that Strong gave you earlier. Leave one hundred Euros in each account. I will investigate further for the balance. Over."

"Over and out, Penetrator One."

Reed walked back down to the office. After looking through everything in the desk, he spotted a stack of mail. Thumbing through it, he found a thick envelope from a stock brokerage firm in London called Emory and Lockberby. Opening the envelope, he saw the balance on the first page. *Two point one billion!* He looked further. One point seven billion was in a daily money market account. Four hundred million was tied up in stocks and commodities. Mostly commodities.

"Penetrator One to Computer One. Over."

"This is computer One. Over."

"I have an account in the name of Benton Walls at the brokerage firm of Emery and Lockerby in London. The account number is 47229-01. There's one point seven billion in a money market account and a little over four hundred million in commodities and stocks. What can you do with that? Over"

"Do you want it all?"

"Absolutely."

"That will take another thirty minutes. I'll sell them on the Hong Kong exchange. Over."

"Can you do it in the car? Over?"

"I doubt it. But I can do it once we get to another hot internet spot. Over"

"I'll leave that up to Base One. Over."

"Roger, Penetrator One. Over and out."

"Penetrator One to Base One. Over."

"This is Base One. Go ahead."

"Computer One says that he needs another hour to finish all the money transfers. He says that he can finish once we hit a computer hot spot later, like an hour or so. Do you want to wait and let him finish here or should we begin the transfer? Over."

"I don't want to stay here another hour. Over."

"Then I think we are ready to transfer the packages, over."

"Roger that, will be there in sixty. Over."

Reed walked back to the bathroom. "Rudy, get him ready to travel."

Reed looked down at Ballard. "One more question and you get to live."

"Screw you, Savi. I've told you enough already."

"Not quite. How come you have one hundred million more than you left home with?"

Ballard smiled a proud smile.

"I know how to make money, Savi. Like I said in the beginning, I can buy and sell you with pocket change."

"Well, let's see how good you are with a balance of two hundred Euros and a prison job. That's all you have left, big shot. Now where did the extra money come from?"

"I want it back, you prick. I made that money. It's mine."

"How did you make it?"

"I shorted the market on my company and the California banks that I knew would go under from the loan defaults, that's how. Now give it back."

Reed smiled. "Do you know what fat chance means? That's insider trading knowledge and the banks will get that back. I just needed to know who to send it to."

Reed backed out of the bathroom to answer the knock at the front door.

"I'll see you in hell, Ballard."

CHAPTER THIRTY—FIVE

Guiseppe had booked them into the moderately priced but modern Importanne Resort in Dubrovnik. They arrived there at daybreak, too tired to notice the ocean view, modern lobby, the glassed in restaurant with another sea view, or the swimming pools outside overlooking the ocean. The computer hacker set to work on finishing the money transfers. Too tired to eat, Reed had parked his sore tired body into the soft pillow top bed and dived into a deep sleep. Strong had taken over when he arrived at the house, sitting Reed down on a comfortable sofa and handling all the details. After tying up Ivan and injecting him, his team placed all the guards by the front entrance where they could be untied when found. He dispatched Rudy and two others to transfer a sedated Ballard and Veronica Satterfield to the helicopter and return with the parachute. The fourth man stripped the video tapes from the security monitors and removed the dead dog.

Guiseppe and Eduard took one of Ballard's cars to the area where it blocked the road. All this had been done within five minutes after they arrived.

After cleaning up the blood and nails, the whole villa and guard house were wiped clean of prints. The entire operation took only ten minutes. The alternative road had taken them into town and then to the coastal highway. They had seen no police on the way to Dubrovnik. Strong had called in a report to Washington from the helicopter. As a precaution, he arranged for the Croatian ambassador to meet with the Croatian leaders and express the US regrets for having to arrest two US citizens on Croatian soil, but to explain the sensitivity of the circumstances. If the US had relied on the usual extradition process, the money would have disappeared. The ambassador was instructed to mention casually that the recovery team had all left on the helicopter. After that call was made, Strong got Blaisdale out of bed to process Reed's reward. Reed had paid little attention. His chest hurt and he was sore all over. His back was scraped up where he had slid down the wall from the dog attack and his head had hit the end table when he fell from Ballard's karate kick. He now sported a big knot on the right side of his head above the ear. As he sank into a dreamless sleep, he heard a church bell ringing softly in the distance. The bell kept ringing and kept ringing. It wouldn't stop. Then it drifted away. Then it came back again. Reed finally opened his eyes. It was his cell phone. He tried to ignore it. It finally quit. Then it came back again. Grumbling, he reached out for it.

"Hello?"

"Anil, is that you?"

"Yes. Jana?"

"Yes, it's me. Oh my God, Anil. You got him? Is it true?"

"Yeah. How did you know?"

"It just hit the eleven o'clock news here. My phone has been ringing off the wall. Everyone is so excited. Anil, you are everyone's hero."

"That's great, Jana. I'm worn out though. It's been a long night."

"I won't keep you, then. Were you able to recover any money?"

"Yes. All of it and more. It's in your account."

"Oh my God! Thank you, Anil."

"You're welcome, Angel. I'll call you back in about eight hours. Don't distribute the money until we talk, ok?"

"Ok. Call me when you get some rest. I love you, Anil."

Reed hung up the phone and dived back into sleep. There was no drifting. Five hours later, he awoke, showered, shaved, took an aspirin for his aches, and headed down to the restaurant for breakfast. The restaurant was glassed in but with a sea view that stretched beyond islands in the near distance to a dark blue ocean that went to the horizon. The wait staff bustled around and voices could be heard from the kitchen. It was one-fifteen p.m. and lunch was just about over. At the far end of the narrow bistro was a long table. Milton Strong sat there with Guiseppe and Eduard. Reed strode down and joined them.

"Good morning, gentlemen."

They all looked up from their coffee and nodded. Strong looked closer.

"How are you feeling, sir?"

"I'm all right. Just a bit tired."

"You don't look all right. You're flushed. Your face is as red as a beet."

Reed shrugged. "I'll be ok. I just need some rest and quiet."

Guiseppe patted him on the arm. "Nothing can happen to you, man. You are our leader."

"Thanks, Guiseppe. Did you and Eduard get to the bank this morning?"

"Yes. Ivan has been paid. It's all taken care of."

Reed nodded. "Good. There will be bonuses for the two of you as well. I am going to send a bonus to Marcel too. He worked really hard on this."

"Mr. Strong, is everything handled on your end?"

Milton smiled and nodded as he sipped his coffee.

"I had to wake Blaisdale up in the middle of the night but he got it handled with the director. I have the paper work in the room. He said Ballard's arrest has caused quite a stir back home. He said to tell you that a major drug bust has occurred. They missed some but about fifty-one have been apprehended so far. The local police are mopping up. The drug business has taken a very hard blow. I just got off the phone with our ambassador here. I think we will be able to travel in about three hours. I want to get to Split and head on to Iraq."

"When are we scheduled to start the next mission?"

"Two nights from now."

"What's the rush?"

"I want to get you to a military hospital in Baghdad. I think you need to be looked at."

"I'm all right, I tell you."

Strong grinned a little. "Sure you are. That's why you look like hell. You are over sixty. You have taken two hard body blows and have heart pains. You're doing great."

Reed changed the subject. "Guiseppe, can you get a waiter over here? I need some coffee and food."

Giuseppe raised his head and signaled a waiter.

"I'm sending Eduard ahead to Split and make sure the roads haven't been blocked by the police. He will call us when he gets there. Then we can hit the road."

The men grew silent as a waiter appeared with coffee and took Reed's order. Eduard excused himself to the bathroom. Reed sipped his coffee and glanced at Guiseppe.

"I will forward two hundred and fifty thousand dollars to you when my bank opens. I want you to give Eduard a fifty thousand dollar bonus, pay your agency the balance of what I owe and you keep the rest."

Guiseppe nodded. "You are very generous, sir. Thank you."

"You're very welcome. There's plenty to go around and you did a great job."

Reed looked at Strong. "I'm giving Rudy a bonus too. You were right about him. He was a godsend. If it hadn't been for him, Raphael would have had to kill him."

Strong nodded. "Rudy is one of my best contract agents."

"I couldn't have done it without you either, Mr. Strong. Can you accept a bonus?"

"No. It's against the law. But thanks for the offer."

"Thank you, sir."

Strong shrugged. "All in a day's work. I get paid plenty anyway."

Reed glanced at Guiseppe who took the hint and moved. Reed looked back at Strong.

"Do you really?"

Strong smiled. "Don't worry about it, Kyle."

"Do you have the funds to hide?"

Strong put his coffee cup down and scowled at Reed.

"Why would I need to hide?"

"I would think that politics in Washington could get chancy at times."

"It's that way all the time."

"Then I will ask you again. Do you have the funds to hide?"

Strong shook his head. "No. Not really. But I'm a careful guy and I have friends high up. I think they would look after me if push came to shove."

"What if a mission that you planned went horribly wrong?"

Strong poured himself some more coffee from a pitcher and stirred in some cream as he silently contemplated Reed's question.

"Kyle, it's just not the same for me as with you. I will never be on the lam. If I happen to get fired, I would have a very generous lifetime pension. I would be ok."

"Suppose the terrorists decide to target you."

"I could disappear in the witness protection program and stay home."

"Would your standard of living be the same?"

"I don't know. I never thought about it much. Listen Kyle, I appreciate your concern but your five million will only go so far. Don't worry about me."

"Mr. Strong, there's something you don't know."

"Yeah?"

"Ballard had a hell of a lot more money than he took from his company and employees."

"Did you take it all?"

"You're damn right I did."

"I don't think I want to hear this."

"Mr. Strong, he shorted his own stock and the California bank's stocks that he had borrowed from. I transferred all of it to one of his former employees."

"What are they going to do with it?"

"Probably whatever I say."

"How much is there?"

"I'm not sure but it looks like about one hundred million."

Strong whistled. "Wow. You know Ballard will scream about it."

"Who is going to listen?"

"I don't know. Some judge, maybe. Then there are the missing toe nails. That's going to be a legal problem."

"Why? You didn't do that."

"I know. But Ballard may say otherwise. Why didn't you use the truth serum?"

"I don't know. I had never used it before. Besides, I didn't like Ballard. He ruined a lot of people."

"He kicked the hell out of you too."

"That didn't come into it."

"Well, he will scream brutality anyway. There is not much else he can say."

"Then blame me. I don't care."

Strong smiled and said nothing more.

* * *

Two hours later the phone interrupted Reed's nap.

"Mr. Savi?"

Reed rubbed the sleep from his eyes. "Yeah?"

"This is Guiseppe. Mr. Strong wants to leave in thirty minutes. Can you pack and be ready?"

"Yeah, I guess. What's up?"

"I'm not sure. Eduard has scouted ahead and reported the road clear of roadblocks. Once Mr. Strong knew that, he was anxious to go."

"All right. I'll be ready. I'll meet everyone in the lobby."

Reed had a military shower and put on fresh clothes. There was no time to call Jana or Taleah. He didn't want to talk in front of Strong either. He called the bellman to pick up his bags and went to the lobby. Strong and his team were waiting. Guiseppe and Raphael weren't down yet. Reed walked over to Strong.

"What's going on?"

"I'll tell you on the road. I'm anxious to get going."

"Any particular reason?"

Strong snapped back.

"I told you. Let's talk in the car. Where are your bags?"

"The bellman will bring them down."

"Would you follow up with the bell desk while I check on Raphael?"

"All right."

Reed complied but was curious. Strong was in a rare bad mood over something. One of his team was checking everyone out while another was supervising a bellman who was loading their bags in the limo. Raphael came down with his own bags, his ear planted to his cell phone. He made no eye contact with Reed. Based upon his body language, he was not talking to his sister. Reed got the bell captain to personally get his bags. As soon as they were loaded, Strong signaled to one of his team who got behind the wheel. Everyone grabbed a seat and they headed to the highway without waiting for Guiseppe. While they were waiting for the light, three squad cars with lights and sirens exited the highway in front of them and raced by. Reed took this all in while watching Strong. Strong pulled out his cell and dialed a number.

"Thanks, Griff. I owe you one. They almost got us but we're clear."

Strong snapped the phone shut. "That was close."

"I thought we were clear of the local police."

"We were until I got a phone call from our ambassador. It seems that Mrs. Satterfield had a cell phone in her purse and nobody checked her. Once on the ship, she made a lot of phone calls. One was to the local police. Your name came up. Something about police brutality. Fingernails being pulled out and all that. The whole world is buzzing about it. The news stations got a hold of your photo and someone from our hotel called them."

"How did the ambassador find out about this?"

"The embassy has an informant on the police department here. I had about twenty-five minutes warning. If they hadn't taken the time to pull in extra men, they would have gotten you."

"They could set up roadblocks up ahead."

"I know. I got Guiseppe to wait there and give them a false lead. That should gain us enough time to get to Split."

"Shouldn't we ditch this limo?"

Strong thought about this one. They would spend valuable time switching cars.

"Yeah, you're right. It's too noticeable."

Quickly, he called Guiseppe and had him reserve two rental sedans in the next town. The cars were standing ready when they pulled in to the rental center. They were back on the road in five minutes.

Strong was breathing a little easier.

"Where did you find this Guiseppe?"

"I didn't. My investigator in Paris did. But when I started using him, I liked him so much that I moved my main operation to him."

Strong nodded. "I like him too. He's going to get a lot of business from us in the future."

"Do you think we are out of the woods now that we have these cars?"

"That's just part of our problems. Your face being all over television is a huge problem. The terrorists watch the news too."

"What are they saying?"

"Someone has tied you to everything you've done in the last month. The press is all over your story like flies on cow dung."

"How did they put it together?"

"I don't know. I suspect that Jennifer leaked it."

"Who?"

"Blaisdale's secretary. What she doesn't know, she suspects. She thinks you are Superman."

"Doesn't she know that publicity ruins me?"

"I doubt it. She doesn't know that we are working together on the Iranian thing. That's totally top secret. She would be out of the loop."

"Can you call her?"

"It's too late and she wouldn't admit it anyway."

Reed checked his watch.

"What time is it in Washington?"

"About nine a.m.. Why?"

"Could the CIA director squelch the story?"

Strong laughed. "Not a chance. The press hasn't had a story this hot in years. If we tried to kill or deny, it would only make it worse. We just need to get out of here."

Strong's cell phone rang. "Hey, the phone's working. We must be getting close to Split.

"Hello?"

"Hey, Boss. It's Rudy. We just went through a police roadblock."

"Where are you?"

"On the outskirts of Split."

"They didn't question your visas?"

"No. They had a photo of Mr. Savi. When they saw that he wasn't in the car, they let us pass."

"Did they look in the boot?"

"No."

"Ok. Call ahead to the airport and get the plane ready. I want to take off as soon as we get there."

"Roger. Do we file a flight plan?"

"Yes. File it to Rome."

"Will do, sir. Anything else?"

"No. We will be about twenty minutes behind you unless we get hung up at the roadside check. Did you see any side roads we could take south of the roadblock?"

"No, sir."

"Ok, Rudy. Thanks."

Strong snapped the phone shut and told the driver to pull over at the next road.

"Kyle, you are going to get in the boot."

"What about all the bags? The boot is loaded."

"We'll put them in the back seat and I'll sit up in the front with Charles."

"When the cops look inside the car and see all the bags, won't they check the boot?"

"Yeah, they could. These damn European cars are just too small. We may have to ditch some bags."

"I have to keep my two. I have my medicine in one and my personal data in the other."

"You'll have to combine the two into one. We can get more clothes later."

Forty-five minutes later, a much lighter rental car pulled into the airport. Reed's heart was aching again. For once, he was thankful that he was short and not tall. Folding himself into that boot was brutal. Within three minutes, the plane was rolling down the runway and lifted off into a blue cloudless sky.

CHAPTER THIRTY—SIX

S trong watched out the jet's window as it landed at Balad Air Force Base about forty miles north of Baghdad. The light was fading fast as the plane taxied to the salmon colored hanger. A signalman directed the pilot to enter the hanger and the doors closed behind them shutting out any prying eyes. Reed was still asleep. Raphael brushed him as he went by to wake him up. A CIA employee distributed white robes and turbans to everyone as they emerged from the plane. Two American sized sedans waited outside to rush them to their quarters. Most of the buildings were modular or trailers and Strong could see a concrete fence in the distance. Judging from soldiers moving close to it, the fence looked to be between twenty and twenty-five feet high. The team was assigned four trailers for quarters. Strong decided to bunk with Reed and assigned Raphael with Rudy.

When they got out of the cars, Strong called them together for a quick meeting.

"Hey guys, listen up. The cars will leave for the chow line in twenty minutes. After chow, one car will come back here and the other will take us to the base exchange if we need clothes. We will shop there for about forty-five minutes, and then come back here. In the morning, at 09:00 hours, we will meet here and take the cars to the southwest corner of the base for weapons training. We will meet at hangar twelve at 13:00 hours for a briefing from a Colonel Walker who will walk us through the mission, tell us about the equipment and answer any questions we have. We hit the sack early. We leave at 03:00 hours the next morning on the mission. We should be back here by 13:00 hours and will head for home at 17:00 hours after a debriefing with Colonel Walker. Any questions?"

The men shook their heads and headed into their quarters with what bags they had left.

Strong followed Reed through the door and tapped him on the shoulder.

"Kyle, when you finish dinner, I want you to go to the base hospital. You need to be looked over by a doctor."

Reed shook his head. "I'm all right. I need to make a couple of phone calls. I have the meds that I need."

"I want you looked over, all the same. I'm going to insist on this."

"Why?"

"This mission rides on you, Kyle. If I can make you better, I will. I owe it to you and everybody else."

Reed nodded. "All right. I'll let a doctor check me over if you think it's necessary. What are you going to do if he says that I'm not fit for duty?"

Strong smiled. "Ignore him, probably. But the doc may be able to do something to help."

"I'll go but I have to make the phone calls first."

"All right, let's go to dinner."

An hour later, Reed had the trailer to himself while Strong shopped for clothes. As soon as he got in from dinner, he dialed Jana.

"Hello?"

"Hello, Angel."

"Anil, is that you?"

"Yes, my dear. I'm sorry I couldn't get back to you sooner but we have been on the move."

"Where are you?"

"I'm not allowed to say."

"Oh. I thought you were coming home. Aren't you through with all that adventuring?"

"Almost, my dear. I will be coming home in a couple of days."

"Are you in danger?"

"Not too much. I'll be fine."

"Anil, you've done enough. Go home to your Taleah. Are you ok?"

"Don't worry, I'll be fine. I'll be home in less than seventy-two hours."

"Good! Anil, everyone is so excited here. You have been their salvation."

"I was glad to be of help."

"I have been getting calls all day from the press. They want to know everything about you. Will you consider giving some interviews when you return?"

"I don't know, Jana. I haven't thought about it. Are they upset about me being rough on Ballard?"

"No. They haven't said much about that. One reporter from Washington D.C. asked about it. I told him Ballard wasn't a nice man and he wouldn't give up the money."

"That's pretty much true. What did he say?"

"Not much. He then asked about what was going to happen to the money."

"What are you doing about the money?"

"I am gathering information about everyone's losses. I'm having a meeting tomorrow with Ballard's son. He's bringing all of the company books. We will see where that goes."

"What kind of man is he, Jana?"

Jana was silent for a moment. "I think he is a good man and intends to do the right thing. He took some losses in this, too."

"Can he be trusted to return all of the victim's losses?"

"I think so."

"I have an idea, Jana. I want him to accept putting you on the board of directors and being appointed comptroller of the company. I want you to be in charge of disbursing the funds. I have some thoughts on this."

"What do you want to do?"

"Is your company's stock recovering since Ballard is under arrest and the money returned?"

"Not entirely, of course. It closed two days ago at ninety- four cents a share. It opened yesterday at three dollars and surged to close at twenty-three and a half."

"Jana, after the bank loans have been repaid, I want to reimburse the owners of record as of the day he stole the money to whatever losses they sustained. If they still own the stock, they will eventually recover most of it. But I want the ones who sold the stock to get their money back."

"Is that what you want done with the extra funds?"

"Yes. I want the banks to get their interest too. Will there be enough money for all that?"

"I think so. Probably more than enough."

"I want to get some money immediately to the employees who lost money from their investment and retirement accounts. I remember that some were in dire straits."

"Good. I will make that the first priority if that's all right with you."

"That's fine. Can you start tomorrow?"

"Yes. Those friends of mine want to build you a monument."

Reed laughed. "That won't be necessary."

"What if there is some money left?"

"There are a few things I would like to see done. First, I would like to see some money donated to the Valley Forge Historical Society for preservation of that site. Second, there's a famous football player that used to play for either Atlanta or Tampa Bay who builds homes for single mothers. I would like to see him get some seed money. I think he did a wonderful thing."

"Yes. I remember something about that. I think his name is Dunn."

"Yes, that's him. Warrick Dunn."

"What else, Anil?"

"There are some groups who are fighting to preserve Civil War battle grounds. I would like to help them too, if there's any money left."

"I wouldn't know where to start. Who is doing that?"

"I'm not sure. Call the state of Virginia's information office. They would probably know. But you don't have to keep it all in the state of Virginia. Just start there."

"What about you, Anil? You deserve some of this money more than anyone else."

"No, I'm fine, Jana. I received a reward from the government for turning him in."

"Oh. I didn't know that. Will that be enough?"

"Yes, plenty. By the way, would you consider selling me Aunt Hattie's house? Taleah and I are getting married. We need a place to live and I don't want her to live in Colombia. It's too dangerous there."

"Anil, I would be honored just to give you the house for what you've done."

"No. I want to pay you fair market value."

"That's fine. Get the place appraised and we'll sell it to you. I'm so happy for you and Taleah. We had a long talk. She is a wonderful person, Anil. She is crazy about you."

"Thanks, Jana. Are you coming to our wedding?"

"You know I will. Paul and I will be there with bells on. When is it?"

"Probably as soon as I get back. Maybe next week."

"Wow! That's really fast."

"Yeah. She is kind of rough on me, with my weak heart and all. I may not have much time."

That brought laughter from them both.

"Kyle, speaking of women, do you remember that TV reporter from Miami that you were so gaga over?"

"Jennifer Jennings?"

"Yes, that's her."

"What about her?"

"She was one of the reporters that called today. She wanted to know all about you."

"What did you tell her?"

Jana laughed. "I told her to go away. That you were in love with Taleah."

"Seriously, what did you tell her?"

"Just that you hunted down Ballard and got our money back and turned him in."

"That's all you told her?"

"I didn't know what else to say. I don't know anything else. She wanted to know all about your visit to Florida a month ago."

"What did she ask about that?"

"First, she was interested in a man that saved some kids in a burning car. She emailed a photo of him. She wanted to know if that was you."

"What did you tell her?"

"I told her that I thought it was you, but I wasn't completely sure."

"What else?"

"She had a lot of questions about some teleminister who died. She wanted to know if you did it. I told her that I didn't know. Then she asked about the governor's son in Louisiana. I told her that I didn't know about that either. Then she said she wanted to interview you and she wouldn't take no for an answer. She would go any place in the world to meet you. Wherever you say."

Reed was silent for a moment. "Well, that's interesting. Did she venture any thoughts at all on the teleminister or the governor's son dying?"

"She called it the story of the year."

"That's all she said?"

"That's pretty much it. Do you want to talk to her?"

"I don't think so. She didn't mention a video tape?"

"No. She did ask a lot of questions about what type of person you were. I told her that you were a lovable old cuddly bear."

"What was her response to that?"

"She didn't believe me at first. I told her about you helping my aunt with the hurricane and then she believed it. At least I think she did."

"Well, maybe I'll talk to her when I get back. I'll think about it."

"Anil?"

"Yes?"

"My friends out here want to throw a big party or reception for you when you get back. Would you consider coming to California? They are dying to meet and thank you."

"We'll see. Maybe after the wedding."

"Anil, I have an idea. Why don't you and Taleah come out to California to get married? My friends would like to be there."

"Call Taleah and talk to her about it. If it's all right with her, it's all right with me. Her family would have to travel a long ways. I don't know if they would be willing to do that. I would need to talk to Mildred too. I haven't talked to her in almost three weeks. She doesn't even know about Taleah. I'll try to call her tomorrow."

"Can you call her now?"

"I don't have enough time. I barely have time to call Taleah. There's one more thing you can handle for me."

"Ok. What is it?"

"I need you to send some reward money to Guisipee Montalvo and a man named Marcel in Paris. Montalvo is the branch manager of a company called Security Associates in Split, Croatia. Marcel is an employee of World Wide Investigations in Paris. I want Guiseppe to get two hundred and fifty thousand and Marcel one hundred thousand. Can you manage that out of the money?"

Jana laughed. "Hell yes. That's chicken feed under the circumstances. Ok. I'll take care of it and let you go. Take care of yourself and be careful."

"I will, Angel. Goodbye."

Reed didn't dial Taleah. He heard a car door slam outside and knew Strong was back. Strong didn't need to be within earshot of his call. Reed decided to wait. Strong breezed in with a few bags filled with clothes and shaving articles.

"Did you finish with your calls?"

"I only managed one."

"We need to get over to the hospital. The doctor is waiting. He's off duty and doing this as a favor. He's the only doctor on the base with cardiac experience."

Reed got up. "Let's go then."

The Joint Base Balad Hospital was a one story series of modular buildings connected together. Guards were posted in the front and Strong had to flash his credentials to get by. Inside to the left and down several hallways was an impromptu emergency room. There was a skeleton crew there just in case some unexpected casualties came in. Otherwise, the ER was in stand down mode. There were rows of cots and hospital beds and the place smelled of disinfectant. Strong asked for Dr.

Gray and a perky nurse in fatigues marched off to get him. She returned shortly with a rather tired looking young guy who was prematurely gray. There were crow's feet around the eyes. He exhibited no personal skills or sense of humor and was all business.

"Are you Strong?"

"That's right."

"What is your name, sir?"

"Kyle Drake."

"Are you in the military, Mr. Drake?"

Strong broke in. "He's attached to the CIA, Dr. Gray."

The doctor nodded and snapped at the nurse.

"Take him to intake and get the forms filled out. Then put him in Ward One, strip him to the waist, give him an EKG, get his vitals, and come get me."

The nurse grabbed Reed by the arm. "This way, sir."

Strong looked at the doctor. "Thanks for seeing him on such short notice."

The doctor stroked his chin as he eyed Strong.

"He's a little old for a CIA asset, isn't he?"

"Yes, sir. It's a unique situation."

The doctor strolled to the first lavatory and started scrubbing.

"Aren't they all?"

"This one is even more unique."

"How so?"

"Can't say. It's classified."

"Then what do you want me to do with this guy?"

"Just check him over. He took two hard blows to the chest yesterday and has a weak heart. He's not handling stress well. See if there is anything you can do to make him feel better."

"You mean like some pain meds?"

"I don't know, Doctor. Check him out and then you tell me."

"All right. Come back in an hour. I'll see what I can do."

* * *

When Strong came back in an hour, Reed was sitting in an outside waiting room.

"I'm ready to go, I guess."

"Did the doctor check you out?"

"Yes. He wants to talk to you. He's back in his office somewhere that way."

Reed jerked his head to the left. When Strong entered his office, Dr. Gray was reading some medical manual. He looked up and scowled.

"Sit down, Mr. Strong."

"How is he?"

Gray shook his head. "You better find another man for your mission."

Strong sat down. "That bad, huh?"

"Did you know that he is sixty-three years old?"

"No, but that doesn't surprise me."

"Well, it gets worse. His heart is seriously enlarged, he has congestive heart failure, and his lungs are full of fluid. His blood pressure is off the charts. His EKG shows rhythm problems. He needs a pacemaker-defibrillator to survive more than a few weeks. And you're sending him on a priority mission? You better get somebody else."

Strong leaned back in his seat. "I would if I could. I don't have anybody else. He speaks Arabic, is dark complexioned, and has the nerves and experience to pull it off. The mission is critical. That's all I can tell you about it. And it's right now."

"When do you leave on this mission?"

"Three a.m., day after tomorrow."

"You don't have a backup?"

"I didn't have a backup three weeks ago."

"Does this mission carry presidential authority?"

"Yes, it's JSOC but that information is confidential. Don't breathe a word of it."

"Does this Mr. Drake understand his fragile condition?"

"Yes and also the importance of this mission. He's more than willing to go forward."

"Is he an employee of the CIA?"

"No, he is a volunteer."

"What happens to your mission if he dies in the middle of it?"

"If he dies before his duty is performed, the mission will fail. If it happens after, the mission will be a success."

"So, his presence is critical to the mission?"

"He is the mission, Doctor. Is there anything you can do to help him?"

"He needs bed rest tomorrow and a water pill to bleed off some of the fluid in his lungs. Can you give him that?"

"No, not really. He needs training on the weapons he will carry and an orientation of the mission tomorrow afternoon."

"How much time will that take?"

"I can probably cut the weapons training to forty-five minutes in the morning and the orientation to an hour and a half in the afternoon."

"Can you move them together where he can stay near a bathroom when he takes the water pill?"

"Yes, I think I can. I can arrange for the weapons training to take place later in the morning or after the orientation tomorrow afternoon."

"All right. Get him up at 06:00 and give him this Lasix pill. He should be able to pass a lot of fluid by 13:00 hours. If he isn't finished, delay the orientation until he is. Put him to bed with a decent meal right after the weapons training. Don't allow any disturbances. He will need all the rest he can get."

"Is there anything you can give him that will provide some temporary relief?"

Doctor Gray was quiet for a moment. "Yeah, I think I have some steroids in my medicine cabinet. Let's go look."

They walked two doors down and Gray unlocked a cabinet and handed Strong two pills.

"These are ten milligram Prednisone pills. They will give him a temporary boost without serious side effects. You can't give it to him long term though."

Strong took the tablets. "Thanks, Doctor. Anything else?"

"Yeah. When you get him home, get him to a heart specialist. He has a fighting chance with a defibrillator. Make sure he does it right away."

"All right. Thanks for everything."

Strong got into the car with Reed. He started the car and left without saying a word. Reed waited sixty seconds and could stand no more.

"What did he say?"

"He says that you have a fighting chance if you get a defibrillator. Just be quick about it. I'm going to rearrange the schedule tomorrow to give you some time to shed some fluid that's in your lungs and get you maximum rest tomorrow night. He gave me a couple of pills to make you feel better while you're on the mission. But as soon as we get home, I'm going to put you in Walter Reed Medical Center and get you that defibrillator. You're going to have some quality time with that new lady of yours."

Reed laughed. "I think I have to get married first."

Strong looked at him in surprise. "Why? Are you pregnant?"

CHAPTER THIRTY—SEVEN

At 13:00 hours the group filed into hangar thirty-four with Strong in the lead. Resting at the front of the hangar was a large black helicopter with Arabic lettering on the sides. A maintenance crew was checking the impressive bird over with six men in civilian clothes, walking around inspecting as well. Beyond the helicopter was a large wooden crate, also with Arabic letters on the sides. When Strong's group got closer, they could see that the far end of the crate was open with the wooden end creating a ramp angling down to the floor. When they looked in, they saw a gleaming black limousine with Arabic plates. Standing a few paces past the crate was a tall, lean Air Force officer with the insignia of a lieutenant colonel. He was in a casual parade rest posture and looking over the group with a practiced eye. As Strong neared him, he smiled easily and extended his hand.

"Mr. Strong, I presume?"

"Yes, sir. That's me."

"I'm Lieutenant Colonel Ken Walker from the 332nd AEW. I'm the senior liaison officer with JSOC. "

"I'm glad to meet you, Colonel Walker."

"I have been assigned by General Steele to plan and coordinate your mission."

"Great! These are my men and we are looking forward to your briefing. Is that the bird we are traveling on?"

"Yes, sir. I will explain its features shortly."

He stepped to the side and called out in a booming voice:

"Captain Terry, would you bring your crew over here, please?"

The six men in civilian clothes promptly left the helicopter and walked over to the group.

"Mr. Strong, this is Captain Walter Terry. He will introduce his crew shortly. I want all of you to follow me into the briefing room."

Walker turned and walked to the back of the hangar and into a room with about twenty chairs. All eyes went instantly to three large maps on the wall. The first map was a map of Iran. The second was a map of a city and the third was a satellite photo of a mosque and some surrounding buildings. Walker strode to the front of the room.

"Have a seat, men. Let's get started. I'm Lieutenant Colonel Kenneth Walker. I'm your planning and coordinating officer for this mission. The helicopter you saw in the front of the hangar is a Pave Low MH-53J 111E transfer and combat helicopter. It is used to infiltrate and exfiltrate personnel and equipment to and from a combat zone. It can refuel in the air, travels at a one hundred sixty- five mph maximum cruising speed, and has a fuel range of six hundred and thirty nautical miles. It can fly low profile and hover close to the terrain to avoid radar detection. It has a stealth paint job. It can travel in darkness and in all kinds of inclement weather. Its infra-red cameras can guide our crew of six over mountains up to sixteen thousand feet. It has two pilots, two navigation officers and two gunners with fifty caliber machine guns. This one has a cargo hook and will transport your limo to the landing zone. When you land, you will need to open the crate with ordinary crowbars starting at the top. There will be Styrofoam padding all around the limo to prevent damage in flight. Once that is removed, take the two socket wrenches that will be provided to remove the chocks around the wheels. Underneath the car are four shock absorbers that are mounted to the floor of the crate and connected underneath to the frame of the car. The same socket wrenches can disconnect the shock absorbers from the car. There is a button beside each shock absorber to hydraulically lower the absorber into a housing. Once that is done, the limo can be started and exited out of the crate. The Pave Low's crew will remove the cargo hook and move away while this is done. When the limo is rolling the crew will re-connect the hook and fly away. The crate will be lowered to a hiding place in a ravine somewhere and the Pave Low will stand down during the mission.

"You will have a set of walkie-talkies with a range of forty miles where the limo can communicate with the helicopter. Field rations will be on board for chow. No heads are on board, so take care of your bathroom business before you get on. First aid supplies are on board in case of any wounds or injuries and the navigators are also trained as medics. Before you get on the flight, remove all personal items such as watches, wallets, identity cards, money and pictures of your families, etc. Wear only the clothing provided to you and that includes the skivvies. If you were to be captured, your mother wouldn't want you to be wearing dirty Hanes underwear." That brought some laughter.

"We also have the four brief cases of funny money. Per the Washington instructions, we can't open the satchels because it starts the demolition timers but I want to go over the details. The latches can be opened in either direction. That will initiate the timers. You will have three minutes to get away to at least a hundred yards from the blast, more than that if the satchels are outside of concrete. The blast timers can be extended sixty seconds by pressing in either of your watch stems. In addition, there is a remote in the limo's console that can trigger the blast immediately once you press it twice. Remember to pull out your watch stems before getting out of the limo to deliver the satchels.

"When you leave the base at 03:00 hours you will travel north sixty-five miles to Salaymaniyah where you will top off your fuel tanks in the air and head east into Iran. You will pass over some foothills before you climb the Zagros mountain range to slightly above eleven thousand feet. Then you will descend over some more foothills until you reach a valley. There will be a lot of oil wells in the foothills to the east of the mountains so it isn't unusual to see helicopters there. The lettering on the sides of the crate says 'water' in Arabic. Once daybreak occurs, the natives should think nothing of the helicopter if they see it. Once the helicopter hits the valley, it will angle slightly to the south for about one hundred fifty miles. It will go south of Qom and circle north to somewhere east of Qom which you see here on the second map. Your ETA is about 07:00 hours. Once you land and extricate the limo, you will wait til approximately 08:45 hours and head toward Qom. The Jamkaran Mosque is located six kilometers east of town. The aqua colored dome should guide you right to it. It's about three stories high. You can see it for miles." Walker walked to the third map and pointed.

"This building just to the east of the mosque appears to be where the meeting is being held. There is a lot of activity there that started right after prayers this morning. Notice the parking area just to the north of the second building above it. If you park there, the building in the middle should shield you from the blast. The distance appears to be only about two hundred feet from the meeting site. Once the blast occurs, circle to the south and go west until you hit the highway. When you get there, radio the helicopter and have them come to the highway and pick you up. If you are pursued, the helicopter can travel toward you and strafe the pursuing cars before the exfiltration. Then it's back to the base here where the champagne will be on ice. I'm going with you. I wouldn't miss this for anything. Are there any questions?"

For awhile, everyone was silent. Then Raphael raised his hand. "Why can't we leave at 04:45 hours instead of 03:00 if we have to wait when we get there?"

"The reason is wind patterns in the mountains. The air is usually a lot calmer at night. It's tough enough carrying cargo through the mountains in the dark but when you add mountain winds, it gets downright nasty."

Another hand shot up, from Captain Terry's crew. "Do we leave the limo there?"

"Yes and the crate too."

"Won't the limo give the Iranians clues to our identities?"

"No, and that's the beauty part. The limo was stolen from Iran's government fleet last week. It will confuse the hell out of them." Laughter and applause erupted.

"What about the crate?"

"We hope some goat herder will make a nice home out of it." More laughter.

"What about air patrols by the Iranians?"

"Five minutes before the blast, we are going to create a diversion on the Afghan border. Jets and helicopters will appear on their radar screens and the jets will drop cluster bombs on the border. It will kick up a hell of a fuss. We think the jets will be drawn in the opposite direction. Any other questions?"

There was silence for a few moments. Colonel Walker smiled and walked back to the center of the room.

"Good luck then and good hunting."

Strong caught Reed on the way out.

"See me after the firing range. I will take you back to quarters and give you a sleeping pill."

"All right."

"Did you get to call your girl?"

"Not yet. I will try as soon as we get in from the range."

"Won't that catch her in the middle of the night?"

"Yeah, but that's better than not calling her at all."

Strong nodded. "Yeah, you're right. How do you feel?"

"Not all that great. I need more rest."

"Don't forget when you get back to quarters to start thinking in Arabic. Everything must be easy and automatic tomorrow."

"No problem. I'll handle it."

"How do you feel about the mission?"

"I've had a lot more difficult assignments than this. It should be a piece of cake."

Strong smiled. "Don't get cocky. They are never as easy as they look."

* * *

The windows and sliding glass doors were open, letting in the soft sounds of small waves lapping against the shore. A quiet breeze drifted through the guest house caressing the figure of Taleah sleeping on the sofa. A new kitten lay curled up beside her. Her dream was of a church bell ringing softly in the distance. The bell rang to signal her love, her betrothal and her wedding. The bell was persistent. It rang to announce her arrival, it rang to announce her entrance and it rang to announce her procession up the aisle. It rang and rang. Taleah opened her eyes. The bell was still ringing. *What was that?* It was the telephone. She turned on the lamp. It was two-fifteen a.m.

"Hello?"

"Hello Angel."

"Kyle, is that you?"

"Yes, Angel, it's me. I'm sorry for calling so late. I'm halfway around the world and have been terribly busy. This is the first time that I've had a chance to call."

"Kyle, are you all right? Raphael said that you got hurt."

"I'm all right. I got hit in the chest a couple of times, but it's not serious. That's one of the reasons I haven't had a chance to call. I have some really good news though."

"Tell me. I'm anxious to hear it. Are you headed home?"

"Almost, Angel. We're headed home in forty-eight hours."

"Wonderful! I can hardly wait to see you. I've missed you so much."

"I've missed you too, Angel. There's more good news. When I get home, my new friends are going to get me a pacemaker. They say it will give me a good chance to live for awhile. They want me to go to the hospital in Washington as soon as I get home. They say we must hurry and do this."

"Can I come to Washington to be with you?"

"Sure. I will arrange it."

"Then can we get married?"

"Yes, of course. Have you talked to Jana?"

"Yes, I talked to her two days ago."

"She didn't call you today?"

"No. What's going on with Jana?"

"She wants us to get married in California. There are a lot of her friends that I have helped on this trip and she wants us to have a big wedding with them there."

"I don't know any of those people. I want my father to be there. I don't think he would want to go all the way to California."

"All right Angel. It's your call. We'll get married at home. Jana and her husband will come anyway. Now, I have some more good news."

"Wow! I can hardly wait. What's next?"

"We can buy the big house and our guest house from Jana and her Aunt."

"I love it here. That would be wonderful."

"I worked it out with Jana today."

"Do we have enough money for this?"

"Yes, Angel. I have done well on this trip. I want you to go back to our bank and ask the lady you met there for the second set of signature cards. She will know what you're talking about. I made these arrangements before I left. There is about five and a half million in that account. I want you to transfer one million to Raphael's account. It's there in the same bank. Then I want you to send another million to Jana as a payment for the house. We will owe a little more later, but I don't know the amount yet. We will have to get the house appraised. But it can wait for now. Jana will have the sale papers drawn up. You can move into the big house if you like. Alonzo will provide the help you need."

"I'll take another look at the big house but I would prefer to wait til you get home to move in. I really love the guest cottage. It's nearer the sea."

"Whatever you want, Angel. I sure miss you."

"I miss you too. I can't wait to see you. Should I make travel plans to Washington?"

"No. Wait til I call you tomorrow afternoon."

"Is that your time?"

"Yes. I'm sorry about waking you up."

"Call me anytime. I thought you had rescued some other lady and forgot all about me."

"You know better than that, Angel. I love only you."

"I wish you were laying here beside me. There's a soft breeze coming off the ocean."

"I wish I was there too. But I'll be home soon. I'll talk to you tomorrow."

"Goodbye, Baby."

* * *

Reed, dressed in a white Arabian robe and black turban, was powerless to move. He was vaguely aware of the terrorist approaching him. Where *had it all gone wrong?* The satchels were still around him. He could sense them. The Arab wouldn't even look at them. He knew death was approaching. It would be just as the demons said. He was all alone, he would die for nothing, and there was no one to mourn him. He refused to look at his tormentor and executioner. He decided that his last moments would be looking at Taleah's face. When the gunman got close, he gave Reed a shove on his right shoulder.

CHAPTER THIRTY-EIGHT

"Kyle, wake up. You're talking in your sleep. Are you having nightmares?"

Reed opened his eyes to see Raphael shaking his left shoulder.

"Kyle, are you all right?"

"Yeah. Just a bad dream. I'm fine. What time is it?"

"0845 hours. It's time for action. Mr. Strong said to let you sleep as long as possible."

"Do we have any coffee?"

"Yes. Strong left some in a thermos for you."

"I guess I slept through the flight too. I don't remember much."

"You did well. The flight got windy and rough after we crossed the mountains. We had to fly lower and slower. We had to dodge ground stuff all the way to the valley. It got pretty tense at times and you slept through it all."

Reed took a big swig of coffee. "I barely remember getting into the limo."

"Everything went smooth. We're almost there."

"Have you talked to Strong?"

"Yes. They found a ravine about two miles from here. They have a camouflage net over the chopper and the crate too."

Reed felt the coffee slowly kick in. He was beginning to feel good. What was that pill that Strong had given him? He could see the dome in the distance. He looked down and saw his AK-47 on the floorboard and the four satchels on the seat beside him.

"Raphael, did you check the remote in the console?"

"Yes. It's there just like Colonel Walker said."

"Let's not forget to pull out our watch stems before we go in."

Raphael nodded.

"Are you in the right mindset, Kyle?"

Reed took another pull on his coffee. "I'm getting there."

"What's your name?"

"Mohammed El Hassan."

"Who do you work for?"

"Sheik Ali Jabril."

"Remember to be bold."

"Yeah, we will barge right past the guards singing 'Allahu Akbar'.

Reed lapsed into a brief silence. Raphael wouldn't shut up though.

"Hey Kyle?"

"Yeah?"

"How did you get into this business anyway?"

Reed laughed. "It just happened. When I was really young."

"I think it's really cool."

"Raphael, don't do it. It's a very lonely life."

Raphael laughed. "Maybe I could be the next real James Bond."

"It's not that glamorous, believe me."

"Mr. Strong mentioned that he might have some more work for me."

"Let's talk about it after the mission. Isn't that the aqua colored dome up there on the left?"

"It sure looks like it."

"Let's drive around it first and get a feel for what's going on."

"All right. You're the boss."

The limo drove up another two miles and turned to the left, approaching the huge mosque. The mosque looked like a capitol building back home in the states. The square in front of the mosque looked like it could accommodate several thousand people. The adjacent buildings were just as the map showed. They caught sight of the target building from the other side of the square. There were several men standing outside the front door, most of them armed with automatic weapons. Raphael pulled around the back of the mosque and slid into the parking area. Raphael took pains to back into the parking place for a quick getaway.

"Are you ready?"

"Ready as I'll ever be. Pull out your watch stem. Remember to walk behind me and say nothing. If anybody tries to talk to you, shake your head no, and make that funny sound in your throat. When I set the satchels on the floor or tables, you do the same and come back to the limo without waiting for me. Have the remote and your weapon ready. Start the car too."

The two men exited the car, grabbed the satchels, and walked briskly to the target building. The armed guards were caught by surprise. Reed brushed by them chanting "Allahu Akbar". He waved them to come inside.

"Come in and look. I brought the money. Praise to Allah. He has provided us the way to total Jihad."

Although the head guard told him to stop, he acted as if he didn't hear him and barged into a room with about twenty men sitting in a circle. There were three faces that he recognized from his training. Reed couldn't remember who they were but they were major terrorists.

He sang out in a loud voice. "Sheik Ali Jabril sends his greetings and blessings. Allah is great. Here is the money to cripple the infidel."

Reed sat down the satchels and opened his two. Raphael followed suit. The men gawked at the piles of new one hundred dollar bills. Reed called out again. "Allahu Akbar."

Some of the men reached into the satchels and pulled out some of the money. They started chanting. The room soon erupted into an uproar. Reed called out.

"This is only half of it. I will bring in the rest."

He turned and rushed past the celebrating terrorists. When he got outside, he looked fifty yards ahead and saw that the head guard was walking beside Raphael toward the car. Raphael couldn't shake him. He couldn't talk. When Raphael reached the car, he turned on the guard and planted a judo chop to the throat. Reaching into the car, he pulled out his AK-47 and whirled around.

Other guards at the front of the building saw this and drew their weapons. They were only twenty yards behind Reed.

Reed ran toward the car and yelled "Blow it now!"

Raphael reached in and grabbed the remote, squeezing the button twice. The explosion erupted, knocking down just about everyone. Raphael leveled his AK-47 past Reed.

"Get down!"

Reed crawled toward Raphael as fast as he could. Raphael hosed the guards and jumped into the limo, starting the engine. Reed stood and ran. He had fifteen yards to go. Just as he reached the building's corner, gunfire erupted behind him. He felt his chest explode. He fell forward on his face, gasping for air. Two guards reached him and turned him over with their feet. They leveled their rifles at him.

"You're a dead pig, infidel."

Reed smiled. "Dead —————already."

The guards hosed him again, somehow missing him with most as Raphael was putting about ten rounds into each of them. Dropping the empty weapon, he raced to Reed, picked him up and carried him back to the limo. After throwing him in the back floorboard, he jumped into the driver's seat and floored the car out of the parking lot. Circling behind the target building, he glanced at it. It was a pile of rubble. Raphael reversed his route and headed for the highway. Turning right, he floored it again. Checking his rear view mirror, he waited for about three-quarters of a mile and reached for his walkie-talkie.

"Mission to Chopper. Over."

"Go Mission. What's your status? Over."

"Mission accomplished. Headed to you at top speed. Trigger One is down. Have medic ready. ETA to you is three minutes. Over."

"Roger that. We'll meet you on the road. Over."

Raphael swerved to miss a herd of goats and got back on the road at top speed. He could see the chopper approaching the road ahead. Raphael headed for it, screeching to a stop a few yards away. The two navigators jumped out and grabbed Reed and they all entered the chopper and it rose and headed south.

The navigators put an oxygen mask on Reed and began artificial respiration. Strong watched anxiously. He could see two head wounds and several chest wounds. The navigators switched places and stayed with the first aid efforts. After four minutes, they looked up at Strong and Raphael and shook their heads. Raphael sank to the floor and buried his head in his hands. He would have to tell Taleah. Reed was gone.

EPILOGUE

The morning was bright at Arlington National Cemetery. There was a whisper of a breeze under the noise of singing birds. This brief ceremony had taken three months to fight through the red tape. Strong had been persistent, though. Mildred, Taleah, and Raphael were seated under the tent with only four other chairs behind them. On the other side of the coffin stood seven Green Berets at parade rest with their rifles extended in the right hands. Blaisdale and Frank looked over the unending rows of military heroes and then back to the freshly dug grave before them. A shuttle drove up. Strong, the CIA assistant director, FBI Director Taney, and a cleric got out. They took in the surrounding graves as they walked up and joined them. Strong walked straight to Mildred and took her hand.

"Mildred, I'm Milton Strong. I want you to know that your brother was one of the bravest men I ever met. The President asked me to give you this Medal of Merit."

He nodded to Taleah and shook Raphael's hand. Then he walked over to Blaisdale.

"Hello, Clay. Congratulations on your promotion. The head of DEA no less. That's quite an accomplishment."

Blaisdale nodded to the gleaming casket.

"Thanks to him."

The FBI director handed Mildred a small box.

"This is all that remains of Kyle's file with our agency. When you open it, you will see that it is shredded."

He then walked over to Strong.

"Are we ready for the cleric?"

"No. Not yet. Jennifer wanted to come. She is on the way. There are a few more coming too. His friend George and his wife are flying up from Baton Rouge. They aren't here yet. I'm told that Jana Wilson is bringing some friends in from California too."

Strong nodded as Mildred handed the cleric a sheet of paper. The cleric backed up next to Strong and both read the paper.

These were the words that haunted my brother:

> *Empty! My life's purpose is empty.*
> *Empty! My family circle is almost empty.*
> *Empty! My friendship circle is almost empty.*
> *Empty! My accomplishment list is empty.*
> *None! My children.*
> *Few! My meaningful relationships.*
> *Few! My pleasant memories.*
> *Few! Friends that knew me.*
> *Few! Friends who mourn me.*
> *Few! Friends that will remember me.*
> *Many! My sins.*

Many! My regrets.
Late! The happiness I found in life.

Strong looked up as another people shuttle arrived. Jennifer, George, and Anne got out. George laid a single red rose on the casket and came up to Mildred and hugged her. Mildred motioned for them to take a seat behind them. Jennifer looked good in black with a veil over her face. She stood briefly at the casket and walked to Blaisdale's side. Five minutes passed.

The cleric glanced at his watch and approached Mildred. "May I begin?"

Blaisdale walked over and interrupted.

"Can we wait just a few more minutes? Jana Wilson is supposed to be coming with some of her friends."

The cleric was getting restless. "I guess I can wait five more minutes. I have another appointment, you know."

Strong looked over the rolling hills toward the entrance. "There!"

A people shuttle crested the hill and disappeared in a valley. And then another. And then another, another, and another. Strong counted five, loaded with hundreds of people. A lady about thirty-five stepped out of the first shuttle, walked to the next, and then the next, pointing to the tented area. She strode with authority to Blaisdale, shook his hand, and then to Mildred. She hugged both Mildred and Taleah. The crowd emptied off the shuttles and formed a large semi-circle around the tent and the grave. When things quieted down, Mildred nodded to the cleric.

He stood, cleared his throat, and read Mildred's words. After that he hesitated.

"My friends, our departed friend admitted in his last days that he was a sinner. *Aren't we all?* He obviously underestimated his impact on the lives of others and it appears to me that his friends are almost without limits. He said his life was without purpose, yet he has been given one of the highest honors ever to be bestowed upon an American. A quiet resting place among the heroes of this land. *A place where he belongs!* Maybe three months ago he left this world not knowing his impact on you, his friends and family. But we now know that although he didn't get the opportunity to marry the one he loved late in life, that he leaves her a child. His name will go on, not only in his child but in the memories of those he helped. Regardless of his feelings, he will be fondly remembered always.

Before I close with a prayer for his soul, let's remember the twenty-third Psalm. I feel that this was written for him."

Read on for a sneak preview of

Prindle's next exciting novel!

America is about to change!

REVOLUTION II

BY

SANDY PRINDLE

CHAPTER ONE

July 14th had dawned clear and cool in Washington D.C. It was too pretty a day to die. An overnight rain had broken the heat wave and cleansed the air. The following wind had dissipated by late morning to a wisp of an occasional breeze. It was more like late spring to the hundreds of thousands gathered at the Washington monument and the surrounding grounds. The people stretched for hundreds of yards in three directions from the raised platform. The beautiful weather was largely ignored by the huge crowd who were suffering through another political speech by a conservative congressman who wasn't saying the right words. When he finished, the crowd applauded politely. A low buzz traveled through the throng comprised mostly by Tea Party members but joined by unwelcome radicals from paramilitary units, some in uniform and diverse racists groups with signs that were downright embarrassing to the rally organizers.

The buzz was caused by the introduction of the feature speaker, Simeon Smith. This was the rally organizer and the Tea Party leader. A fifty-two year old talk show host and author who the crowd had traveled hundreds and thousands of miles to hear. They had been promised a speech that would define America's future. A speech that the liberal press could not ignore and the Washington leadership group would listen to. The whispers around the country suggested that it would parallel Martin Luther King's speech here in 1963.

President Warren Holmes went to the center window of the Blue Room to watch. His guests from the capitol followed him. He had hosted almost every leader in Washington to the reception including the Republicans. The thought was if they were here they couldn't be down at the rally. The Cabinet was there as well. The group crowded the Blue Room and spilled over into the Red Room and Green Room as well. Television sets had been installed in the overhead corners to provide better viewing and to pick up the audio.

President Holmes had been in office less than a year. He had swept Obama out of the primaries as his popularity had waned. The conservatives had obliged by splitting in two just like they had one hundred years before. They had forgotten their history lesson. Holmes had promised to continue the social reforms started by Obama but pursued a more aggressive defense program and to fight the rampaging inflation that had surfaced in the last year of Obama's term. The taxes had been raised, primarily against business and the rich. The social programs continued unabated. The unrest around the country had grown to mammoth proportions, whipped up by Simeon Smith and other talk show hosts leading to this rally. The President and the congressional leaders were clearly nervous about the growing clamor for their removal.

The camera supervisor from ABC watched the rally from a closer vantage point in his raised camera platform. It was located in the Ellipse, obscured from the White House by the Christmas tree. The South Lawn fence was just over thirty feet from his platform. His name was Rob Richter. A man in his early forties, trim and athletic, dark hair, clean shaven, rugged good looks, and a Marine Corps tattoo on his left arm. His designer sunglasses hid shrewd piercing eyes that scanned the crowd, ignoring the conservative messiah that rose from his seat and advanced to the microphones to the deafening cheers of an expectant crowd.

Rob Richter wasn't who he appeared to be. After twelve years in the Marine Corps, he was hired by an independent company who the government used to outsource the nastiest black-ops duties. Richter was a veteran of Desert Storm in an armored unit. He had resigned in anger after the allies had won but stopped short of bringing down Saddam Hussein. He couldn't see the point of winning a war and letting the culprit walk off unscathed. He quickly became a commander in the private company recruiting and training assault teams who could deploy by helicopter and hit terrorists fast and hard. Their raids lasted no more than ten minutes and they would disappear into the wind. They used Pave-Low 111-E choppers that could travel anywhere in all types of weather, day or night. Richter was a weapons specialist and a visionary war planner. He was paid well and enjoyed a legendary reputation among his peers. But the company folded in 2009. Black-ops weren't in style anymore. Rob Richter was nobody's fool. He had put money aside for a rainy day. But he didn't have enough for a monsoon. A bad marriage got worse and she took him to the cleaners. What was left went to his kid brother. Richard was maimed in an auto accident in Maryland, leaving him a paraplegic. The other guy was an illegal alien with no insurance and Richard's had a $300,000 limit which didn't go far. Rob had visited him in a state facility, took one look and put him in private care. Two years later, he was dead broke. Gone were his Corvette, antique gun collection, 4,000 square foot home, and a vicious ex-wife. Richter was at rock bottom, living in an efficiency apartment and driving a seven year old Honda. A chick magnet he was not.

Seven weeks ago his life changed. His old buddy from the company days came to see him. Izak Wright wanted to know if he wanted a job making big money. He didn't even ask for details at first. Wright didn't have them anyway. He was told to meet a man in Frederick, Maryland. That meeting led to this day. Richter was too pre-occupied to pay much attention to the first part of Smith's speech. He was as nervous as a cat. He had taken every precaution, but he didn't know if this gorgeous day would be his last or his first day of undreamed of wealth and luxury.

Simeon Smith had started off his speech in a low voice, reminding his audience of the early colonial adventurers who came to this country for a chance at wealth. England's second and third sons, with no hope of inheritance, saw a chance here to make their lives a success. They left everything behind just for a chance at fortune. The colonies had provided them that chance. The Netherlands had sent their second and third sons to New York about the same time. Within seven generations these ancestors had established a prosperous chain of colonies with a free enterprise system that was one of the best in the world. Then the revolution came.

"Why did we have a revolution?" he said as his voice rose.

"It was about unfair taxes. Our leaders today have ignored that history lesson. They have overlooked the American character and psyche. They can't expect the industrial giants, the inventors, the investors, the business owners large and small, and the skilled workers of this country to perform as in the past and then tax it away from them and give it to the non-producers, the lazy, the school drop outs, the welfare cheats, and the illegal entrants. They, the producers, didn't accept unfair taxes in 1775 and we won't accept it today."

The crowd warmed to Smith. This was the speech they had come to hear. Their placards rose and fell and their cheers and cries became deafening. It was the largest crowd Washington had ever seen.

"Our leaders need to remember that we threw the British out then and we can throw them out now."

The crowd jumped to their feet and cheered for two minutes. Finally Smith raised his hand for silence.

"Look what our nation accomplished in the nineteenth century with our free enterprise system. We built an industrial nation of gigantic proportions and became a world leader. From a fledgling group of colonies, we became a world power in just one hundred years. Our free enterprise system bred giant visionaries like DeWitt Clinton, J. P. Morgan, John D. Rockefeller, Andrew Carnegie, J. C. Penny, Jay Gould, Thomas Edison, George Pullman, and James Otis and many others who helped build this country to a level where we enjoyed the highest standard of living this world has ever seen. In the 20th century this progress continued. Our economy flourished despite the world's greatest depression and we reached the pinnacle of world leadership by the end of the century.

"As we all realize, that world leadership position is rapidly fading away. Is it because our citizens have lost their patriotism?" He paused.

"No!" screamed the crowd.

"Is it because our producers have become soft and lazy?" He paused again. *"NO!"* yelled the crowd.

"I'll tell you why our world position is slipping. "It's because our national leaders have squandered our gross national product and mismanaged everything they can get their hands on. They have raided social security, tripled the national debt, hired thousands of federal employees who do little or nothing, and to rub salt in our wounds, Congress has exempted themselves from laws and reforms they have burdened us with, and granted themselves special privileges that the rest of us can't have."

The crowd screamed and applauded, rising again to give Smith a standing ovation. Smith basked in the glow. He had been born for this. He held up his hand again for silence. His voice rose in indignation.

"My question to you is this. Are you going to stand for this?"

"No!" screamed the crowd.

"Are you ready to throw the rascals out?"

"Yes!" screamed the crowd.

"Then today it begins." His voice lowered significantly.

"Today is July 14th. In France it is called Bastille Day. In 1789 the people stormed the Bastille to free the political prisoners there. Today our Bastille is up the South Lawn in that White House."

Smith pointed an accusing finger directly at the White House. The crowd cheered again. His voice rose again. *Our free enterprise system is a prisoner there! Our hopes and dreams are prisoners there! Our grandchildren's future is a prisoner there!*

The crowd cheered long and loud. They were fired up. Smith knew he had reached the apex of the crowd's emotions.

"Today is our day to storm the Bastille! I am going to storm the Bastille and demand the return of our free enterprise system! I'm marching up that White House lawn and present my demand to the leaders. I will demand lower taxes! I will demand the 28th amendment! I will demand the return of our country! Mr. President, release our prisoners today!"

The *crowd was screaming now. Smith pointed at the White House.*

"I am going right now! Who is going with me?"

Smith leapt off the platform and headed for the South Lawn. Others led the way. He couldn't move fast enough. The crowd closest to the White House turned and ran that way, screaming with pent-up rage. They overpowered the double line of police and climbed over the barricades and fence. Within five minutes a mob of uncounted thousands streamed up the South Lawn.

Greg Allen, the head of Secret Service, spoke into his mike and a battalion of troops in three ranks rushed to form a line below the Blue Room to prevent entry.

Rob Richter lowered the raised platform, ordered off the camera man, and raised it again around the Christmas tree. He signaled a limousine sitting two blocks away, just outside the security gate. Reaching under a tarp, he pulled out a M-203 missile launcher. The missile would travel at 931 feet per second. There would be no time for response. After first checking the wind, he pointed the launcher at the center window of the Blue Room. Through the scope he could see the President standing just to the right and the House Speaker next to him. They were looking down at the mob below. He took in a deep breath, let half of it out and did a soft squeeze on the trigger.

Richter watched as the warhead traveled through the window and exploded twelve thousandths of a second later with a concussion designed to take out anyone in the near vicinity. In addition, it scattered sixteen hundred numchuk shaped pieces of shrapnel at the speed of thirty-two hundred feet per second. Richter lowered the platform, shot the camera man through the head, and stepped into the limo. The limo had crashed the security gate and the two men in back seat had shot the guards.

Paul Simmons, the number three man in the Secret Service, raced up to the street floor of the White House, pistol drawn and calling for back up to anyone listening. After calling Greg Allen for a sit rep and getting no answer, he got to the Blue Room and saw why. The scene took his breath away. *Everybody was dead!*